ΤΟ ΜΥΣΤΙΚΟ ΤΩΝ ΘΕΩΝ

ΕΙΡΗΝΗ ΛΕΟΝΑΡΔΟΥ

ΤΟ ΜΥΣΤΙΚΟ ΤΩΝ ΘΕΩΝ

ΘΕΣΣΑΛΟΝΙΚΗ 2014 - ΝΕΑ ΕΚΔΟΣΗ

ISBN: 9609361439
ISBN-13: 978-960-93-6143-9

eleonardou@onirocosmos.gr

1η έκδοση "Αρχέτυπο" 2002

Στην μνήμη του πατέρα μου
που μου κληροδότησε τα "όπλα"
για την αντιμετώπιση του παρόντος κόσμου
και της μητέρας μου που πάντα με ενθάρρυνε
να βλέπω και με τα "άλλα" μου μάτια

ΛΙΓΑ ΛΟΓΙΑ ΓΙΑ ΤΗ ΣΥΓΓΡΑΦΕΑ

Η ΕΙΡΗΝΗ ΛΕΟΝΑΡΔΟΥ γεννήθηκε το Γενάρη του 1959 και μεγάλωσε στην Θεσσαλονίκη. Αποφοίτησε από το Λύκειο της Σχολής Βαλαγιάννη και παρακολούθησε σπουδές Κλασικού Χορού ενώ παράλληλα πήρε μαθήματα κλασικής κιθάρας στο Κρατικό Ωδείο της Βορείου Ελλάδος. Ασχολήθηκε με την έρευνα του Παράξενου από τα δεκατρία της χρόνια και άρχισε να γράφει σχεδόν την ίδια εποχή.

Από το 1996 έως το 2007 αρθρογραφεί για τα περιοδικά "ΤΟ ΒΛΕΜΜΑ", "ΑΝΕΞΗΓΗΤΟ" και "ΑΒΑΤΟΝ". Έκτοτε ασχολείται με την συγγραφή σεναρίων για την Ελλάδα και το εξωτερικό.

Συνεργάζεται με τον ιστότοπο "Ονειρόκοσμος" και είναι από τα ιδρυτικά μέλη της Λέσχης Ortessia.

Το αγγλόφωνο κινηματογραφικό της σενάριο "The Secret of the Gods" που είναι προσαρμογή του παρόντος βιβλίου της Ειρήνης Λεονάρδου έχει διακριθεί σε πολλά διεθνή φεστιβάλ.

ΣΗΜΕΙΩΜΑ ΣΤΗ ΔΕΥΤΕΡΗ ΕΚΔΟΣΗ

Το βιβλίο που κρατάτε στα χέρια σας γεννήθηκε σε ανύποπτο χρόνο παίρνοντας έμπνευση από μια νοερή εικόνα που ήρθε από το "πουθενά". Την εικόνα της πρώτης σκηνής που εξελίσσεται στη μεγάλη σοφίτα πλάι στο Σηκουάνα. Κι ένας, ένας γεννήθηκαν και οι ήρωες. Και μαζί τους, η πλοκή της ιστορίας. Μιας ζωντανής ιστορίας.

Όπως κάθε τι ζωντανό, σ' όλα αυτά τα χρόνια που μεσολάβησαν ανάμεσα στην πρώτη (2002) και την παρούσα έκδοση, η ιστορία συνέχισε να εξελίσσεται.

Έτσι σαν αποτέλεσμα, με το παρόν βιβλίο, κρατάτε στα χέρια σας μια πιο ολοκληρωμένη εκδοχή της, καθώς σ' αυτή την έκδοση, υπάρχουν κομμάτια της πλοκής που είτε "δεν είχαν ακόμη συμβεί" είτε, τότε, δεν μπορούσαν να ειπωθούν.

Κι αν υποθέτετε πως για τον ίδιο λόγο έχω παραλείψει να αναφέρω κάποια άλλα, δεν πέφτετε έξω. Ποτέ δεν υπονόησα ότι ξέρω τα πάντα και ακόμη, παίζω συνήθως με τους υπάρχοντες κανόνες του παιχνιδιού εκτός κι αν μπορώ να προσθέσω νέους...

Θεσσαλονίκη, 2014
Ειρήνη Λεονάρδου

Το Μυστικό των θεών ® Ειρήνη Λεονάρδου

ΠΕΡΙΕΧΟΜΕΝΑ

ΜΕΡΟΣ ΠΡΩΤΟ
ΤΟ ΠΑΙΧΝΙΔΙ ΤΩΝ ΜΥΣΤΙΚΩΝ

ΜΕΡΟΣ ΔΕΥΤΕΡΟ
ΤΑ ΙΕΡΑΤΕΙΑ ΤΩΝ ΜΥΣΤΙΚΩΝ
ΜΥΗΣΗ

ΜΕΡΟΣ ΤΡΙΤΟ
ΟΙ ΑΓΓΕΛΟΙ ΤΩΝ ΜΥΣΤΙΚΩΝ

ΠΡΟΛΟΓΟΣ

του Γιώργου Μπαλάνου

Μια ομάδα ανθρώπων που ξεκινούν για να διανύσουν κάποια από τις μυριάδες δαιδαλώδη μονοπάτια του Κοσμικού Δικτύου, βαδίζοντας κάτω από την πέννα μιας πρωτότυπης έμπνευσης.

Μια περιπλάνηση-αναζήτηση της Ειρήνης Λεονάρδου, αλλά και του αναγνώστη, για κάποιες απαντήσεις στα μεγάλα ερωτήματα της ύπαρξης, μια πτήση της φαντασίας σε κόσμους πέρα από τον ανθρώπινο.

Της φαντασίας; Ναι, γιατί όχι; Δεν υπάρχει καλύτερος καμβάς για να ζωγραφίσει κανείς τις ιδέες του από εκείνον της ελεύθερης φαντασίας.

Βλέπετε, το πιο μάταιο πράγμα που θα μπορούσε να κάνει ένας συγγραφέας θα ήταν ν' ανησυχεί μήπως και το έργο του, το πνευματικό του παιδί, ξεπερνά τα ανεκτά όρια της φαντασίας.

Δεν υπάρχει τέτοιος φόβος. Το Σύμπαν, έτσι κι αλλιώς, είναι αρκετά απέραντο για να χωρά πολύ περισσότερα απ' όσα μπορεί να συλλάβει και η πιο αχαλίνωτη φαντασία. Γι' αυτό και το Σύμπαν είναι ό,τι το πιο συναρπαστικό θα μπορούσε να υπάρξει.

Αλλά – τι *ακριβώς* είναι αυτό το Σύμπαν;

Θα έλεγα ότι το Σύμπαν είναι ένα απέραντο πλέγμα πολυδιαστατικού χωροχρόνου που «αρχίζει» από το Τίποτα και «τελειώνει» στο Πουθενά... Με πιο απλά λόγια, ούτε εγώ ούτε κανείς, δεν ξέρει τι είναι το Σύμπαν. *Είναι – το παν!*

Από εκεί και πέρα, ό,τι κι αν πούμε, απλώς ντύνουμε τη γυμνή μας άγνοια με μια επίφαση γνώσης.

Αλλά, παρά την άγνοιά μας, αυτό το μεγάλο αίνιγμα δεν παύει να μας τσιγκλά και να μας κεντρίζει να το ερευνήσουμε, να δώσουμε κάποιες απαντήσεις στα αμέτρητα ερωτήματα —με πολύ σαρκασμό προς τη
νοημοσύνη μας— το ίδιο το Σύμπαν μας θέτει. Οι συγγραφείς είναι σαν τ' άλογα, που κάτι το εσωτερικό τα μαστιγώνει να καλπάσουν. Συνεπώς...
...επιχειρούμε διάφορες προσεγγίσεις. Με εργαλεία και όπλα μας τη γνώση και τη φαντασία, στη σωστή —όπως ελπίζουμε— δόση το καθένα. Έτσι...
...με τη φαντασία μας να στηρίζεται στις γνώσεις που διαθέτουμε, είτε αυτές είναι αντικειμενικές είτε ενορατικές, μπορούμε ν' απεικονίσουμε το Σύμπαν σαν μια απέραντη θάλασσα η οποία —όπως και η αληθινή θάλασσα— έχει πανίσχυρα ρεύματα και αθέατα ποτάμια ενέργειας. Και όλα αυτά τα ρεύματα και τα ποτάμια, που κάνουν την κοσμική θάλασσα να κυματίζει ασταμάτητα, συνθέτουν ένα άπειρο δίκτυο δυνάμεων: το Κοσμικό Δίκτυο. Και όλα τα πανίσχυρα ρεύματα και τα ποτάμια που συνθέτουν το Κοσμικό Δίκτυο στροβιλίζονται... και στροβιλίζονται... και στροβιλίζονται... συμπαρασύροντας και μεταφέροντας μαζί τους ήλιους και πλανήτες, και τα πλάσματα που τους κατοικούν, πέρα προς τις αχαρτογράφητες απεραντοσύνες του κοσμικού χωροχρόνου.
Όμως οι λέξεις βγαίνουν εύκολα· το δύσκολο είναι η αληθινή τους κατανόηση. Και πώς να κατανοήσει κανείς τον κοσμικό χωροχρόνο το Κοσμικό Δίκτυο, όταν αυτό είναι απείρων διαστάσεων, κι εμείς οι άνθρωποι μπορούμε μετά βίας να κατανοήσουμε μόνον τις τρεις, ενώ μια τέταρτη —ο Χρόνος— παραμένει ακόμη μια ουσιαστικά ασύλληπτη έννοια;
Κατανοούμε μόλις τρεις πενιχρές διαστάσεις και κάτι ελάχιστο από μια τέταρτη... Πώς να κατανοήσουμε την αληθινή απειρία του συνόλου τους; Πώς η αδύναμη γνώση και η φαντασία μας να συλλάβουν το εξ ορισμού ασύλληπτο, το μεγάλο Κοσμικό Παιχνίδι;
Περιμένετε απάντηση στο ερώτημα αυτό; Τώρα, και στασβέλτα, μάλιστα;

11

Καλά κάνετε. Κι εγώ αυτή την απάντηση περιμένω. Και όπως φαίνεται, θα την περιμένουμε μια αιωνιότητα μαζί. Μάταια. Αλλά τότε...

Γιατί να περιμένουμε καν;

Για σκεφτείτε:

Ας πούμε ότι πεινάτε κι ότι μπαίνετε σ' ένα τεράστιο σουπερμάρκετ, με εστιατόριο, ζαχαροπλαστείο και αμέτρητα εκατομμύρια από φαγώσιμα καλούδια σε διάφορες συσκευασίες. Τι λέτε, επειδή πεινάτε, θα πρέπει να τα φάτε ή όλα ή τίποτα; Όχι βέβαια! Αλλά μπορείτε να φάτε ό,τι τραβά η καρδιά σας κι αντέχει το στομάχι σας.

Το Κοσμικό Δίκτυο είναι ένα τέτοιο κοσμικό σουπερμάρκετ συμπαντικών διαστάσεων. Μη ζητάτε να το καταλάβετε στο σύνολό του, μη ζητάτε να φάτε τα πάντα στο σύνολό τους· απλώς, αρχίστε να τρώτε. Αργά και απολαυστικά. Ό,τι φάτε, το κατανοήσατε, τουλάχιστον βιωματικά.

Κι εκείνος ο ακατανόητος Χρόνος, και οι άλλες διαστάσεις που λέγαμε; Θα τ' αφήσουμε έτσι; Να μην προσπαθήσουμε ν' αποκτήσουμε την αληθινή γνώση τους;

Α... να προσπαθήσουμε, δε λέω, αλλά για δείτε το και κάπως έτσι:

Μπορεί να μην ξέρετε το πώς ακριβώς ο Μεγάλος Σεφ έφτιαξε ένα νόστιμο πιάτο, ούτε με τι υλικά — αλλά σίγουρα μπορείτε να απολαύσετε αυτό το πιάτο, τρώγοντάς το!

Δεν ξέρουμε τι είναι το Σύμπαν ή το Κοσμικό Δίκτυο ή οι άπειρες διαστάσεις· ούτε πώς έγιναν, ούτε από τι έγιναν, ούτε γιατί έγιναν... Ναι, δεν ξέρουμε —

— αλλά όλα αυτά είναι το πιάτο που μας σερβίρει ο Μεγάλος Σεφ.

Απολαύστε το, και αφήστε τα υπόλοιπα να προβληματίζουν μόνον εκείνους που έχουν μια δόση σαδομαζοχισμού στο αίμα τους, όπως οι συγγραφείς, ας πούμε. Βλέπετε, μας αρέσει τόσο να βασανίζουμε τους άλλους, όσο και τον εαυτό μας. Γι' αυτό και γράφουμε, βασανίζοντας πρώτα τον εαυτό μας, και μετά τα εκδίδουμε σε βιβλία για να βασανίσουμε και τους αναγνώστες.

12

Ο Μεγάλος Σεφ χαμογελά χαιρέκακα τώρα, βλέποντας αυτά που γράφω εδώ, αλλά μήπως κι αυτός δεν είχε τις ίδιες σαδομαχιστικές τάσεις όταν έφτιαξε το Κοσμικό Δίκτυο; Είναι ένα χαιρέκακο χαμόγελο αμοιβαίας κατανόησης...

Ξέρετε, ο κάθε συγγραφέας μπορεί να γράφει, αλλά κατά βάθος δεν είναι παρά ένας ζωγράφος που ζωγραφίζει τα όνειρά του. Και ποιος καλύτερος καμβάς θα μπορούσε να υπάρξει σαν φόντο από το προκλητικά αινιγματικό Κοσμικό Δίκτυο;

Σ' αυτόν τον απέραντο κοσμικό καμβά ζωγραφίζει και η Ειρήνη Λεονάρδου τη δική της περιπλάνηση αναζήτησης, όπως αυτή αντικατοπτρίζεται στους ήρωες του βιβλίου που με τη σειρά τους αντικατοπτρίζουν τις εσωτερικές αγωνίες ενός ανθρώπου που ψάχνει και ψάχνεται.

Και ψάχνοντας, πάντα βρίσκει κανείς κάτι από αυτά που αναζητά. Και ψάχνει την ευκαιρία να το μεταδώσει και σε άλλους.

Αλλά καιρός ν' αρχίσει κι ο αναγνώστης το δικό του ψάξιμο στις σελίδες αυτού του βιβλίου.

Αθήνα, Νοέμβριος 2001
Γιώργος Μπαλάνος

Άκουσε με Ερμή, του Διός αγγελιοφόρε, γιε της Μαίας, που έχεις Παντοδύναμη καρδιά, αγωνιστή, κύριε των θνητών, φαιδρέ, Πολυμήχανε, οδηγέ, Αργειφόντη, που με φτερωτά πέδιλα τρέχεις,
Φιλάνθρωπε, προφήτη του λόγου στους θνητούς·
συ χαίρεσαι με τα γυμνάσια και τα πονηρά τεχνάσματα, ω οφιούχε·
ερμηνευτή των πάντων, κερδέμπορε που μας λυτρώνεις απ' τις μέριμνες·
συ που κρατείς το άμεμπτο όπλο της ειρήνης,
Κωρυκιώτη, μακάριε, ωφέλιμε, ποικιλόμυθε, βοηθέ στις εργασίες·
συ που κατέχεις το δεινό όπλο της γλώσσας,
που είναι τόσο σεβαστό στους ανθρώπους.
Εισάκουσε τις ευχές μου και δώσε αγαθό τέλος του βίου, με έργα, χάρες του λόγου και ενθύμια.

ΜΕΡΟΣ ΠΡΩΤΟ

ΤΟ ΠΑΙΧΝΙΔΙ ΤΩΝ ΜΥΣΤΙΚΩΝ

Θερμοπύλες

Τιμή σ' εκείνους όπου στην ζωή των
ώρισαν και φυλάγουν Θερμοπύλες.
Ποτέ από το χρέος μη κινούντες*
δίκαιοι κ' ίσιοι σ' όλες των τες πράξεις,
αλλά με λύπη κιόλας κ' ευσπλαχνία*
γενναίοι οσάκις είναι πλούσιοι, κι όταν
είναι πτωχοί, πάλι εις μικρόν γενναίοι,
πάλι συντρέχοντες όσο μπορούνε*
πάντοτε την αλήθεια ομιλούντες,
πλην χωρίς μίσος για τους ψευδομένους.

Και περισσότερη τιμή τους πρέπει
όταν προβλέπουν (και πολλοί προβλέπουν)
πως ο Εφιάλτης θα φανεί στο τέλος,
κ' οι Μήδοι επί τέλους θα διαβούνε.

K. Καβάφης, 1903

ΠΑΣΚΑΛ ΝΤΙΤΡΟΝ – ΒΕΡΤΖΙΛ ΚΑΝΤΟΥ

Το χλωμό φως του ήλιου, διαπερνώντας τα πυκνά σύννεφα, έπεφτε μέσα από τα επτά παράθυρα, που βρίσκονταν στην οροφή της σοφίτας και σχημάτιζε επτά φωτεινές στήλες, που πατούσαν αχνά στο καλογυαλισμένο ξύλινο πάτωμα. Ήταν ένας τεράστιος χώρος, όλη η επιφάνεια της κάτοψης του κτιρίου, μαζί με τη βεράντα όπου έβγαινες από τη μοναδική δίφυλλη μπαλκονόπορτα. Από κει πάνω μπορούσες να δεις ένα μεγάλο τμήμα του Παρισιού και τις ήσυχες νύχτες ν' ακούσεις το ποτάμι.

Ένα μικρό κομμάτι της σοφίτας, στη δυτική πλευρά, είχε μετατραπεί σε κουζίνα και λουτρό αντίστοιχα ενώ τα υπόλοιπα έπιπλα, ένα στρώμα πάνω σε ξύλινο έδρανο, ένα γραφείο και η βιβλιοθήκη, μερικές πολυθρόνες κι ένα χαμηλό τραπέζι, είχαν πάρει το καθένα τη θέση του δημιουργώντας χώρους για ύπνο, μελέτη και ανάπαυση.

Η ανατολική πλευρά θύμιζε μουσείο ή γκαλερί καθώς τα γλυπτά έργα του Βέρτζιλ στέκονταν στις βάσεις τους, ή απλά, ήταν ακουμπισμένα στο μαρμάρινο πάγκο με τα σιδερένια σκαλιστά πόδια. Στον ίδιο πάγκο και από την αντίθετη άκρη βρίσκονταν αραδιασμένα τα εργαλεία του και δίπλα, η χαμηλή

17

εξέδρα που χρησιμοποιούσε όταν δούλευε με τη βοήθεια μοντέλου.

Ο Βέρτζιλ είχε λίγο περισσότερο από ένα χρόνο από την ημέρα που είχε έρθει, με υποτροφία, από την πατρίδα του στο Παρίσι. Με τη βοήθεια κάποιου φίλου είχε καταφέρει να βρει αυτό το χώρο, που νοικιάζονταν σαν αποθήκη, και με πολλή προσωπική δουλειά και μεράκι είχε καταφέρει να τον μετατρέψει σ' ένα ευχάριστο σπιτικό όπου πέρναγε τις περισσότερες από τις ώρες που δεν βρίσκονταν στη σχολή του.

Είχε διαλέξει αυτό το χώρο για πολλούς και διαφορετικούς λόγους. Πέρα από το χαμηλό ενοίκιο που πλήρωνε ήταν πρακτικός για τη δουλειά του, αποκομμένος από την εξωτερική κίνηση και φασαρία, αλλά πολύ κοντά στον ουρανό και τον ήλιο, δυο στοιχεία της φύσης που είχε λατρέψει από παιδί. Ένιωθε να πνίγεται χωρίς τον ανοιχτό ορίζοντα που του προσέφερε η θέα από τη μεγάλη βεράντα.

Γεννημένος σ' ένα χωριό, κοντά στο Βαννίνγβιλ, στις όχθες του Καζάι παραπόταμου του Κόγκο, είχε περάσει τα παιδικά του χρόνια μέσα στη τροπική ζούγκλα, λατρεύοντας την Μέμε τη Μεγάλη Θηλυκιά-Γη και τον Γκμπορογκμπόρο τον Πατέρα Ουρανό, σαν τους μεγαλύτερους και δυνατότερους Θεούς.

Ο παππούς του ήταν εκείνος που του είχε μάθει να σμιλεύει στη πέτρα και να πελεκάει στο ξύλο τις πανάρχαιες θεϊκές μορφές και του είχε εμπνεύσει την αγάπη για την τέχνη, που περνούσε στην οικογένεια από γενιά σε γενιά. Αλλά όχι μόνο. Ο παππούς του, του είχε διδάξει ακόμη μια «τέχνη», αυτήν του σαμάνου και τον είχε μυήσει σ' έναν Άλλο Κόσμο πέρα από τον γνωστό. Σαμάνος ο ίδιος, είχε αναγνωρίσει στο Βέρτζιλ τις κατάλληλες ψυχικές ικανότητες όταν ήταν ακόμη πολύ μικρός μετά από ένα ατύχημα που του είχε συμβεί.

Είχαν σκαρφαλώσει κάμποσα πιτσιρίκια σ' ένα πανύψηλο δέντρο και ο Βέρτζιλ είχε την ατυχία να γλιστρήσει και να πέσει. Τα κλαδιά συγκράτησαν την πτώση του με αποτέλεσμα να πάθει μόνο γρατσουνιές και μικρομώλωπες, όμως είχε τρομάξει τόσο πολύ που για τρεις ολόκληρες μέρες όχι μόνο δεν μπορούσε να μιλήσει αλλά είχε χάσει κάθε συνειδητή επαφή με το περιβάλλον.

Ο παππούς του, ακολουθώντας τον πανάρχαιο τρόπο των προγόνων του, κατάφερε να τον "βρει" και να τον οδηγήσει πίσω στον κόσμο της υλικής πραγματικότητας. Όσο όμως βρίσκονταν και οι δύο σ' εκείνο το Άλλο Βασίλειο είχε την ευκαιρία να διαπιστώσει πως ο εγγονός του, παρά το νεαρό της ηλικίας του, είχε απίστευτες δυνάμεις και ικανότητες.

Και τον μύησε στην τέχνη του πιστεύοντας πως θα γίνονταν άξιος διάδοχος του.

Όμως ο πατέρας του Βέρτζιλ τον πήρε μαζί του στην πρωτεύουσα, όπου είχε βρει δουλειά και ο Βέρτζιλ, έφηβος πια, αναγκάστηκε να προσαρμοστεί στη ζωή της πόλης.

Έμαθε εύκολα να διαβάζει και να γράφει Γαλλικά, την επίσημη γλώσσα του Ζαΐρ, και αποδείχτηκε ένας από τους καλύτερους μαθητές του σχολείου όπου φοιτούσαν τα παιδιά των υπαλλήλων και των εργατών της εταιρίας όπου δούλευε ο πατέρας του. Κι όταν εκείνος έγινε προσωπικός οδηγός του «μεγάλου αφεντικού» ο Βέρτζιλ και η οικογένεια του βαφτίστηκαν χριστιανοί κατά την επιθυμία του εργοδότη τους και ο νεαρός ανέλαβε να προπονεί τα μικρότερα αγόρια του σχολείου, παίρνοντας ένα μικρό μισθό ενώ τα πρωινά της Κυριακής παρακολουθούσε τη θεία λειτουργία και το λόγο του ιερέα.

Όμως τις ελεύθερες ώρες του συνέχιζε να φτιάχνει ειδώλια και φιγούρες των θεών, από πέτρα ή ξύλο, προσπαθώντας να

19

ξεδιαλύνει μέσα του τα συναισθήματα που θέριευε η πάλη των προγονικών παραδόσεων με τη νέα θρησκεία. Οι απορίες γίνονταν όλο και περισσότερες καθώς οι ζωντανοί Θεοί της Φύσης συγκρούονταν μέσα του με τον βλοσυρό Παντοκράτορα Θεό της Βίβλου. Μάταια προσπαθούσε να ξεδιαλύνει τα μηνύματα του Ιησού μέσα από τις γραφές, που δεν ήταν παρά ύποπτες καταγραφές τρίτων, και να πάψει να πιστεύει στις Δυνάμεις της Φύσης που έτσι κι αλλιώς Γνώριζε από πρώτο χέρι. Όμως κανείς δεν μπορούσε να του δώσει τις απαντήσεις που γύρευε. Είτε επειδή δεν ήξεραν είτε επειδή δεν ήθελαν. Όταν, τυχαία κάποια στιγμή, το αφεντικό του ανακάλυψε την ικανότητα του στη γλυπτική και θέλοντας να τον αποσπάσει οριστικά από την "ειδωλολατρία", τον παρότρυνε να ασχοληθεί με την τέχνη γενικότερα και φρόντισε να γίνει δεκτός στα μαθήματα της σχολής Καλών Τεχνών. Έτσι, έξι χρόνια αργότερα, ο Βέρτζιλ βρέθηκε να σπουδάζει με υποτροφία στο Παρίσι χάριν της θρησκοληψίας του πρώην εργοδότη του αφ' ενός και του έμφυτου ταλέντου του να δίνει όχι μόνο μορφή στα άψυχα υλικά, αλλά συναίσθημα και προσωπικότητα αφ' εταίρου. Η ζωή του είχε αλλάξει ριζικά και νέοι ορίζοντες ανοίγονταν πια μπροστά του όμως εκείνος υπέφερε μακριά από τον ζεστό ήλιο και την ύπαιθρο κι αυτό είχε σαφώς επηρεάσει τη δουλειά του. Οι Εσωτερικές του ανησυχίες για το νόημα της Ύπαρξης, της Ζωής και του Κόσμου, γίνονταν ακόμη πιο έντονες κάτω από τον καινούργιο ρυθμό της Ευρωπαϊκής μεγαλούπολης.

«Στάθηκες πολύ τυχερός, του είχε πει ο πατέρας του όταν τον αποχαιρετούσε. Φρόντισε να κρατήσεις κοντά σου αυτή την τύχη με σοφία και σύνεση. Μη φοβάσαι να κάνεις λάθη, αρκεί να διδάσκεσαι πάντα απ' αυτά.»

Ήξερε πως εκείνος είχε δίκιο και προσπαθούσε να καταπνίγει

την τάση φυγής που ένιωθε συχνά και να συγκρατεί τις αταίριαστες, με το κοινωνικό πλαίσιο, επιθυμίες του. Όμως δεν μπορούσε να πάψει να κατηγορεί τον "πολιτισμό" για την εγκληματικότητα του απέναντι στη Μητέρα Φύση και έτρεμε για την οργή της που κάποτε θα ξεσπούσε.

Διάβαζε ολοένα και περισσότερο, δούλευε σκληρά και αγνοούσε τους συμφοιτητές του που προσπαθούσαν να τον μυήσουν στη νυχτερινή ζωή της πόλης. Προτιμούσε να βάλει τα αθλητικά του παπούτσια και να τρέξει στις όχθες του Σηκουάνα παρά να κλειστεί σε κάποιο μπαρ μ' ένα ποτήρι στο χέρι και τα ντεσιμπέλ να τον τρελαίνουν.

Κι άλλοτε πάλι ακολουθούσε όσα του είχε διδάξει ο παππούς του τότε που ήταν παιδί.

Ξάπλωνε αναπαυτικά στο στρώμα του, χαλάρωνε το σώμα κι άφηνε το πνεύμα του να ταξιδέψει σε χώρες μακρινές και παραμυθένιες, χώρες της φαντασίας και του ονείρου, όπου η πραγματικότητα ήταν πλασμένη από τον ίδιο σύμφωνα με τις βαθύτερες επιθυμίες του. Άλλες φορές ταξίδευε στη πατρίδα του. Πέταγε σαν πουλί πάνω από το ποτάμι ή έτρεχε σαν μπαμπουίνος ανάμεσα στα καταπράσινα κλαδιά ακούγοντας τους ήχους της ζούγκλας και το κελάρυσμα των νερών. Νιώθοντας το καυτό χάδι του ήλιου και την πνοή του ανέμου να ζεσταίνουν το τοτεμικό κορμί του και να γεμίζουν την ψυχή του με χίλιες ευλογίες.

Έτσι και τούτη τη στιγμή ήταν ξαπλωμένος με τα μάτια καρφωμένα στο κενό και το βλέμμα βυθισμένο στη φωτεινή στήλη που έπεφτε από το παράθυρο της οροφής. Το πνεύμα του βρίσκονταν χιλιόμετρα μακριά.

Το κουδούνισμα της εξώπορτας στην αρχή ήταν ένας ήχος που τον διαπέρασε χωρίς να στείλει κανένα μήνυμα στον εγκέφαλο του. Ύστερα ακούστηκε ξανά δυνατό και επίμονο και τον γύρισε στην πραγματικότητα. Χρειάστηκαν κάποια δευτερόλεπτα για να συνέλθει και σηκώθηκε με δυσκολία καθώς το χαλαρωμένο του σώμα δεν υπάκουσε αμέσως στην επιθυμία του.

Δεν περίμενε κανέναν κι άνοιξε την πόρτα με επιφύλαξη. Ήταν πολλοί οι περίεργοι τύποι που τριγύρναγαν από σπίτι σε σπίτι με την παράξενη βεβαιότητα ότι ο κόσμος χρειάζονταν, οπωσδήποτε, τα διάφορα προϊόντα που πουλούσαν. Ήταν κι αυτό βέβαια ένα επάγγελμα, αλλά...

Μπροστά του στέκονταν μια κοπέλα. Μια μικροκαμωμένη κοπέλα με μακριά μαλλιά όλο μπούκλες και καστανά μάτια. Είχε στον ώμο της περασμένη μια αθλητική τσάντα που της έπεφτε μάλλον βαριά και κρατούσε στα χέρια της μια διπλωμένη εφημερίδα.

Τον κοίταξε από την κορυφή ως τα νύχια κάνοντας τον να νιώσει άσχημα για το μοναδικό ρούχο που φορούσε πάνω του, ένα φαρδύ άβαφο λινό παντελόνι που είχε φέρει μαζί του από την πατρίδα.

«Θέλω τον Βέρτζιλ Καντού», του είπε. «Εδώ μένει;»

«Εγώ είμαι.» Της εξήγησε ορθώνοντας το ανάστημα του. Η κοπέλα μάλλον ξαφνιάστηκε.

«Έχεις μια αγγελία» του έδειξε την εφημερίδα, «για μοντέλο γλυπτικής.»

Η άγνωστη είχε δίκιο, αλλά εκείνος είχε ξεχάσει την αγγελία.

«Ναι, πράγματι.» Παραδέχτηκε. «Θέλεις να περάσεις;»

Μπήκε διστακτικά και η αμηχανία της ήταν αρκετά φανερή καθώς δεν ήξερε αν έπρεπε να προχωρήσει προς το εργαστήρι ή στο καθιστικό. Και τα δυο φάνταζαν πολύ μακριά της.

Ο Βέρτζιλ από την πλευρά του εξακολουθούσε να νιώθει άβολα για το ντύσιμό του και πολύ θα ήθελε να αλλάξει. Όμως τα ρούχα του βρίσκονταν στα ντουλάπια πλάι στον πάγκο της κουζίνας, μια λεπτομέρεια που δεν ήθελε να μοιραστεί με μια ξένη.

Της έδειξε προς το εργαστήριο κι εκείνη ξέχασε το δισταγμό της και θαύμασε τα έργα του που δέσποζαν στο χώρο γύρω της.

«Πώς σε λένε;» τη ρώτησε.

«Πασκάλ Ντιτρόν.» του έδωσε το χέρι χαμογελώντας του για πρώτη φορά κι εκείνος το έκλεισε στο δικό του σαν να ήταν ένα μικρό πουλάκι του δάσους.

Ένα ευχάριστο συναίσθημα ζέστανε την καρδιά του με το άγγιγμά της και για λίγο έμμειναν έτσι να κοιτάζονται στα μάτια, απορροφημένοι ο καθένας στις σκέψεις του.

Η Πασκάλ ήταν μόλις ένα και εξήντα και ο Βέρτζιλ, που περνούσε το ένα κι ογδόντα, ορθώνονταν μπροστά της σαν θεόρατος βράχος. Ήταν μάλλον αδύνατος για το ύψος του είχε όμως φαρδιές πλάτες και το πρόσωπο του της ήταν αδιόρατα γνώριμο αν και ήταν σίγουρη πως δεν τον είχε ξανασυναντήσει ποτέ πριν.

«Χαίρομαι που είσαι εδώ!» της είπε και το εννοούσε. «Με συγχωρείς για την εμφάνιση μου, αλλά δεν περίμενα κανέναν και...»

«Μην ενοχλείσαι, δεν με πειράζει. Άλλωστε είναι όμορφο ρούχο! Το γύρισμα, στο ρεβέρ, το έκανες εσύ ή ήταν έτσι;

Ο Βέρτζιλ κοίταξε με απορία τις άκρες από τα μπατζάκια του που τις είχε γυρίσει δυο τρεις φορές πάνω από τους αστραγάλους.

«Εννοείς;» έδειξε. «Από συνήθεια ξέρεις. Στο τόπο μου, περπατάμε πολύ κοντά στο νερό.» της εξήγησε, αλλά η Πασκάλ του χαμογέλασε χωρίς να καταλαβαίνει.

Η παρουσία της είχε δώσει ξαφνικά χρώμα στο σιωπηλό του σπίτι κι αποφάσισε, χωρίς καθόλου να το σκεφτεί, να της δώσει

23

τη δουλειά μόνο και μόνο για να έχει την ευκαιρία να την ξαναδεί.

Από τη δική της πλευρά εκείνη, ένιωθε μαγεμένη από το περιβάλλον και τη δουλειά του, όσο για τον ίδιο, είχε πάνω του κάτι που την καθήλωνε. Μια εξωτική γοητεία που ακτινοβολούσε γύρω του όπως το άρωμα άγριων λουλουδιών.

«Αν νομίζεις πως είμαι κατάλληλη γι αυτό που χρειάζεσαι, μπορούμε να δουλέψουμε και τώρα, αν θέλεις...» του πρότεινε διστακτικά.

«Ναι, με συγχωρείς που σε κρατώ σε αγωνία. Νομίζω πως μου κάνεις όμως όχι, σήμερα δεν θα δουλέψουμε.»

«Ευχαριστώ. Ξέρεις σπουδάζω και έχω άμεση ανάγκη από αυτά τα χρήματα. Με βολεύει και η περιοχή, μένω εδώ κοντά, οπότε θα ήθελα να ξέρω. Διαφορετικά έχω σημειώσει και κάποιες άλλες αγγελίες που θα έπρεπε να πάω απόψε.»

«Και τι σπουδάζεις;»

«Κλασσικό χορό. Φέτος παίρνω το πτυχίο μου και τα έξοδα είναι πολλά !»

«Καταλαβαίνω. Κι εγώ έχω συνήθως πρόβλημα με τα χρήματα, αλλά πρόσφατα πουλήθηκαν δυο έργα μου κι έχω και αυτή την παραγγελία, που θα δουλέψουμε μαζί.»

«Τι θέμα έχει;»

«Ο πελάτης μου, άφησε στην κρίση μου το θέμα. Απλά ζήτησε κάτι για ένα συγκεκριμένο σημείο της αυλής του. Η ατμόσφαιρα που δημιουργούν τα πυκνά δέντρα και το ρυάκι που διασχίζει την αλέα παραπέμπει σε εποχές ξεχασμένες, τότε που οι Νύμφες και οι Νεράιδες δεν ήταν ακόμη μύθος. Και τώρα που το ξανασκέφτομαι... τι είπες ότι σπουδάζεις; Χορό!»

Η Πασκάλ ένεψε καταφατικά χαμογελώντας. Ήξερε που το πήγαινε, ή μάλλον... πήγαινε από μόνο του!

Τον ακολούθησε μέχρι το καθιστικό και της πρόσφερε ένα

μεγάλο ποτήρι χυμό. Γέμισε ένα και για τον ίδιο και της ζήτησε να του μιλήσει για τον εαυτό της.

Είχε γεννηθεί πριν δεκαεννιά χρόνια στη νότια Γαλλία και ήταν το τρίτο παιδί στην οικογένεια της. Αγαπούσε το μπαλέτο από πολύ μικρή και οι γονείς της έκαναν οικονομίες για να την στείλουν να σπουδάσει στο Παρίσι πιστεύοντας στο ταλέντο της ίσως περισσότερο από την ίδια.

«Θα ήθελα να σε δω να χορεύεις...» της είπε κοιτάζοντας την στα μάτια κι εκείνη ξαφνιάστηκε.

«Ίσως, κάποια μέρα... Έχεις τόσο πολύ χώρο εδώ! Το δικό μου διαμέρισμα είναι μικρό και το μοιράζομαι με μια φίλη. Μακάρι να είχα τόσο χώρο. Θα ήμουν πολύ καλύτερη με περισσότερη εξάσκηση.»

«Μπορείς να χρησιμοποιήσεις την αίθουσα όποτε θέλεις!» της πρότεινε κι εκείνη τον κοίταξε με δυσπιστία. Ήταν τόσο διαφορετικός από τους γνωστούς και τους φίλους της!

Θέλησε να μάθει για τη ζωή του πριν έρθει στο Παρίσι για τις σπουδές του και τον ρώτησε πού γεννήθηκε και μεγάλωσε.

Της μίλησε για τα παιδικά του χρόνια κι εκείνη για τα δικά της και όχι μόνο. Η συζήτηση τους άλλαξε άπειρες φορές πορεία και βρέθηκαν να κουβεντιάζουν ακόμη και για θέματα και καταστάσεις που σπάνια ανέφεραν σε άλλους. Ο ήλιος έδυσε βάφοντας με ροδοκόκκινες αποχρώσεις τους τοίχους και το λυκόφως απλώθηκε σιγά, σιγά δημιουργώντας αχνές σκιές μέσα στο σκοτάδι που όλο και έπεφτε.

Ο Βέρτζιλ συνειδητοποίησε πως το στομάχι του ήταν άδειο εδώ και πολλές ώρες και σηκώθηκε τραβώντας την από το χέρι στην κουζίνα.

«Θα ετοιμάσω κάτι για φαγητό. Συνέχισε να μου διαβάζεις. Μιλά σοφά αυτός ο βασιλιάς.»

Η Πασκάλ είχε μαζί της το Βασιλιά Ληρ του Σαίξπηρ και του

διάβαζε ένα απόσπασμα, έπειτα από μια σχετική συζήτηση που είχε προηγηθεί. Είχε κι εκείνη πεινάσει όμως υπέμενε στωικά το γουργουρητό στο στομάχι της μια που εκ των πραγμάτων έπρεπε να προσέχει το βάρος της.

«Αχ, γιατί μου το κάνεις αυτό;» παραπονέθηκε κι εκείνος την κοίταξε τρομαγμένος.

«Τι σου έκανα;»

«Ετοιμάζεις φαγητό κι εγώ δεν πρέπει να τρώω το βράδυ.»

Ανασήκωσε τα φρύδια του έκπληκτος. «Φοβάμαι πως αν δεν αρχίσεις να τρως, θα πρέπει να ψάξεις για δουλειά σε κάποιον που διδάσκει ανατομία και όχι σε γλύπτη!»

Του χαμογέλασε καρτερικά και εξήγησε πως για τις χορεύτριες ισχύουν άλλοι κανόνες.

«Βραστά αυγά και φρέσκα λαχανικά για σαλάτα.» της ανακοίνωσε το μενού. «Είναι εντάξει;»

Του έγνεψε καταφατικά κι αφαιρέθηκε στις σκέψεις της

καθώς τον παρακολουθούσε να ετοιμάζει το λιτό δείπνο τους. Η πλάτη του γυάλιζε κάτω από το φως του φθορίου και οι μυς του διαγράφονταν αισθησιακοί. Είχε πολύ όμορφο σώμα και ήταν φανερό πως ο αθλητισμός ήταν μέρος της ζωής του. Θα της άρεσε να ήταν παρτενέρ της στο pas des deux που ετοίμαζε για τις εξετάσεις...

«Λοιπόν; Τι έγινε μετά;» την ρώτησε όταν εκείνη συνέχισε να μένει σιωπηλή και την έφερε στο παρόν κάνοντας την να συνειδητοποιήσει πως, αν δεν της μιλούσε, η επόμενη εικόνα στη φαντασία της θα την έβρισκε κλεισμένη στα μπράτσα του σ' ένα ερωτικό αγκάλιασμα.

Κοκκίνισε χαμηλώνοντας τα μάτια της γρήγορα στο βιβλίο κι έψαξε να βρει πού είχε σταματήσει.

Ο Βέρτζιλ πρόλαβε να δει το βλέμμα της και το χρώμα που έβαψε το πρόσωπό της και κατάλαβε τι περίπου σκεφτόταν, ίσως γιατί κι εκείνος λίγο πριν την είχε κοιτάξει με τον ίδιο ακριβώς τρόπο καθώς του διάβαζε ανυποψίαστη.

Ένα ρίγος ανέβηκε στη ραχοκοκαλιά του μουδιάζοντας τον αυχένα και τη βάση του κεφαλιού του. Γύρισε πάλι στο νιπτήρα και συνέχισε να κόβει τη σαλάτα, προσπαθώντας να συγκεντρωθεί σ' αυτά που άκουγε.

Έφαγαν ακούγοντας μουσική και συνέχισαν την κουβέντα τους μέχρι αργά το βράδυ χάνοντας τελείως την αίσθηση του χρόνου.

Μονάχα όταν η Πασκάλ ένιωσε τη νύστα να την καταβάλει συνειδητοποίησε την κούραση της ημέρας και κοίταξε το ρολόι της.

Ήταν απόγευμα, όταν χτύπησε το κουδούνι στην πόρτα ενός άγνωστου και τώρα κόντευαν μεσάνυχτα και βρίσκονταν στο σπίτι ενός φίλου.

«Πόσο περίεργη είναι η ζωή!» σκέφτηκε πριν του πει πόσο αργά ήταν.

Εκείνος τεντώθηκε νωχελικά. «Ελπίζω να πέρασες το ίδιο ευχάριστα όπως εγώ αυτές τις ώρες που ήμασταν μαζί.»

«Ναι, ήταν όμορφα! Απόδειξη το ότι δεν κατάλαβα πώς πέρασαν. Κανονικά κοιμάμαι νωρίς όμως απόψε...»

Έμεινε να την κοιτά μ' εκείνο το διεισδυτικό του βλέμμα, ψάχνοντας θαρρείς στα τρίσβαθα της ψυχής της, ώσπου εκείνη ένιωσε αμηχανία και σηκώθηκε να μαζέψει τα πιάτα τους.

«Άφησε τα.» τη σταμάτησε. «Απόψε είμαι εγώ ο οικοδεσπότης. Όταν με καλέσεις στο σπίτι σου, μπορείς να με περιποιηθείς.»

Μάζεψε τα πράγματά της. «Θα είσαι πάντα ευπρόσδεκτος!» του χαμογέλασε όμως μετά το πρόσωπό της συννέφιασε και κοίταξε το ρολόι της.

«Τι συμβαίνει;»

«Είναι πολύ αργά. Συνήθως αποφεύγω να κυκλοφορώ μόνη

τέτοια ώρα. Ήταν ανοησία μου να ξεχαστώ έτσι...»

«Μη στενοχωριέσαι, θα σε πάω εγώ μέχρι το σπίτι σου. Άλλωστε είπες πως μένεις κάπου κοντά.»

«Είναι πολύ ευγενικό αυτό όμως δεν θέλω να σε ξεσηκώσω νυχτιάτικα.»

«Α, δεν με πειράζει. Εκτός κι αν θέλεις να μείνεις απόψε εδώ!»

Η πρόσκληση του ειπώθηκε με αβρότητα όμως το βλέμμα του, όταν γύρισε και τον κοίταξε, άφηνε να φανεί κάτι περισσότερο από μια τυπική ευγένεια. Και ενώ αρχικά είχε σκεφτεί πως μπορούσε να δεχτεί την πρόσκληση του κάτι μέσα της την έκανε να διστάσει.

Εκείνος κατάλαβε πως την είχε φέρει σε δύσκολη θέση και αποφάσισε να γίνει πιο σαφής. «Για να είμαι ειλικρινής αισθάνομαι μια ιδιαίτερη έλξη για σένα... Λοιπόν; Θέλεις να μείνεις;» της χαμογέλασε.

Η Πασκάλ ένιωσε την καρδιά της να χτυπά σαν ταμπούρλο ακούγοντάς τον. Εκείνο όμως που την ξάφνιαζε, δεν ήταν η πρόταση του, αλλά ο τρόπος του. Παρ' ότι της είχε μιλήσει τόσο απροκάλυπτα, δεν είχε ακουστεί ούτε στο ελάχιστο χυδαίος. Υπήρχε "κάτι" στη χροιά της φωνής και στα μάτια του, κάτι άπιαστο, κι όμως τόσο ζωντανό, που την καλούσε από τα βάθη της ψυχής του. Κι αυτό δεν μπορούσε να είναι ούτε χυδαίο, ούτε ψεύτικο.

Ωστόσο, της ήταν αδιανόητο να ενδώσει και τραβήχτηκε από κοντά του. «Θέλω να πάω σπίτι μου.» του είπε βραχνά, αποφεύγοντας να τον κοιτάξει.

«Σου ζητώ συγνώμη. Νόμιζα πως ήταν αμοιβαίο... Όταν ετοιμάζαμε το δείπνο, σκεφτόσουν διαφορετικά και δεν κατάλαβα ότι άλλαξες γνώμη.» απολογήθηκε στενοχωρημένος.

Τον κοίταξε σοκαρισμένη σχεδόν. Ή εκείνος μπορούσε να διαβάζει τη σκέψη της, ή η ίδια είχε εκδηλωθεί περισσότερο απ' ότι νόμιζε! Κι ενώ κατά βάθος ήθελε να παραδεχτεί πως ναι, έτσι ήταν και πως δεν είχε αλλάξει γνώμη, η φωνή της λογικής την σταμάτησε ακόμη μια φορά.

«Μπορείς σε παρακαλώ, να με πας σπίτι μου;»

«Φυσικά. Όπως, θέλεις.» της χαμογέλασε καθησυχαστικά.

Τον περίμενε να ντυθεί και κατέβηκαν σιωπηλοί τις σκάλες. Δεν μίλησαν καθόλου ούτε στη διάρκεια της διαδρομής και μονάχα όταν έφτασαν εκείνη του έδωσε το τηλέφωνό της.

«Ειδοποίησε με όταν με χρειαστείς.» του είπε και τον ευχαρίστησε για το δείπνο.

Την καληνύχτισε και περίμενε μέχρι να την δει να κλείνει πίσω της την εξώπορτα. Ύστερα πήρε το δρόμο του γυρισμού νιώθοντας μόνος όσο ποτέ πριν κι έπιασε να σιγοτραγουδά ένα παλιό τραγούδι στα σουαχίλι. Το κρύο ήταν τσουχτερό σε τούτο τον τόπο και νοστάλγησε γι άλλη μια φορά το τροπικό κλίμα της πατρίδας του.

«Αχ, Πασκάλ! Γιατί φοβάσαι τόσο τον εαυτό σου; Πρέπει να σου μάθω να τον αγαπάς!» μουρμούρισε ανάμεσα στο τραγούδι του και κοίταξε τα σύννεφα που πέρναγαν βιαστικά μπροστά απ' τ' ολόγιομο φεγγάρι.

Τυλίχτηκε πιο σφιχτά στο χοντρό του ανοράκ και συνέχισε την πορεία του για το σπίτι. Μια ακόμη μέρα είχε τελειώσει.

ΔΑΦΝΗ ΣΤΕΦΑΝΟΥ - ΕΡΙΚ ΚΟΛΙΝΣ

Η ησυχία που επικρατούσε στους άδειους διαδρόμους του τμήματος ερευνών στο πανεπιστήμιο της Περθ, ήταν απόλυτη. Η ώρα ήταν περασμένες επτά και όλοι βρίσκονταν από ώρα στα σπίτια τους.

Η Δάφνη τακτοποίησε τα γραπτά που μόλις είχε διορθώσει και τα κλείδωσε στο συρτάρι της. Μάζεψε τα πράγματά της κι έκλεισε τα φώτα και την πόρτα του γραφείου της αλλά δεν κατευθύνθηκε στην έξοδο. Αντίθετα, βάδισε προς τη σκάλα που οδηγούσε στους πάνω ορόφους. Ήξερε πως ο Έρικ βρίσκονταν ακόμη στο κτίριο αφού δεν είχε περάσει από το γραφείο της.

Καθόταν, πράγματι, μπροστά στον υπολογιστή του χτυπώντας το πληκτρολόγιο φρενιασμένα και παρότι εκείνη είχε μπει κάθε άλλο παρά αθόρυβα δεν αντιλήφτηκε την παρουσία της.

Περίμενε να τελειώσει την παράγραφο του κι έπειτα έβαλε τα χέρια της στους ώμους του. «Όμως η γάτα το έσκασε!» του ψιθύρισε στο αυτί κι εκείνος αναπήδησε ξαφνιασμένος, βάζοντας αμέσως μετά τα γέλια.

Η "γάτα που το έσκασε" ήταν ένα αστείο εναλλακτικής πραγματικότητας που συνήθιζε να του κάνει η Δάφνη όταν ξεχνιόταν με τις ώρες στη δουλειά. Ο Έρικ ήταν θεωρητικός φυσικός και "η γάτα που το σκάει" ήταν η θεωρία της Δάφνης για την γάτα του Schrödinger.

Όμως ο Έρικ είχε την δική του θεωρία και πάνω σ' αυτήν δούλευε όλες τις ελεύθερες ώρες του μετά τη δουλειά. Δίδασκε στην φυσικομαθηματική σχολή του πανεπιστημίου και παράλληλα είχε καταφέρει να πάρει μια θέση βοηθού στο ερευνητικό τμήμα, που ήταν και ο πραγματικός στόχος του. Είχε ξεκινήσει σαν "παιδί θαύμα" την καριέρα του και από πολύ νωρίς είχε μπει στην ελίτ των πανεπιστημιακών παρά το νεαρό της ηλικίας του.

Με την Δάφνη γνωρίστηκαν όταν εκείνη πήρε την έδρα της βιολογίας και η αλήθεια είναι πως στην αρχή τον νόμιζε για φοιτητή. Όταν της τον σύστησαν ξαφνιάστηκε και δεν τον πήρε και πολύ στα σοβαρά, όμως γρήγορα κατάλαβε πως η μποέμικη εμφάνιση του, που σε ξεγελούσε, έκρυβε ένα κοφτερό μυαλό και μια δημιουργική φαντασία που σπάνια συναντούσες.

Σύντομα συνειδητοποίησε πως ήταν πολύ τυχερή που τον είχε γνωρίσει. Άλλωστε πάντα πίστευε πως η καθημερινή επαφή με άξιους συνεργάτες την βοηθούσε να καλυτερεύει όχι μονάχα σαν επιστήμονας αλλά και σαν άνθρωπος. Και η γνωριμία της με τον Έρικ είχε αποδειχτεί μια καταπληκτική εμπειρία.

Εκείνος είχε αργήσει να την προσέξει σαν γυναίκα, παρ' όλο που η Δάφνη ήταν αντιπροσωπευτικό δείγμα της Αφροδίτης. Θεάς που οι Έλληνες πρόγονοί της λάτρευαν σαν θεά της ομορφιάς. Όμως, το ότι είχε δώσει περισσότερη σημασία στο μυαλό και τις γνώσεις της παρά στην εξωτερική της εμφάνιση ήταν κάτι που εκείνη το εκτίμησε ιδιαίτερα καθώς ήταν συνηθισμένη να έχει διαφορετική αντιμετώπιση από το ανδρικό φύλλο.

Όταν ωστόσο αποφάσισε να της μιλήσει για τα αισθήματά του, αποδείχτηκε πολύ ρομαντικός και ευαίσθητος και αυτός ήταν ακόμη ένας λόγος για να πεισθεί πως άξιζε την αγάπη και τον θαυμασμό της. Από τότε είχαν γίνει αχώριστοι και όλοι οι φίλοι και οι γνωστοί τους, τους θεωρούσαν το ιδανικότερο ζευγάρι του κύκλου τους.

«Νομίζω πως βρίσκομαι σε καλό δρόμο.» σχολίασε ο Έρικ βγαίνοντας από το πρόγραμμα κι έτριψε τα μάτια και το μέτωπό του. Ξαφνικά ένιωθε όλη την υπερένταση και την κούραση που τον είχαν καταβάλει μετά από τόσες ώρες δουλειάς και αισθάνθηκε τυχερός που η Δάφνη είχε αποφασίσει να τον περιμένει. «Είσαι πολύ καλή που με περίμενες.» της χαμογέλασε.

«Όχι και τόσο! Διόρθωνα τεστ μέχρι πριν λίγο. Θα μπορούσα βέβαια να τα πάρω στο σπίτι...» τον πείραξε κι εκείνος την τράβηξε πάνω του φιλώντας την πεταχτά στον κρόταφο. «Θα κολυμπήσουμε;» τη ρώτησε.

«Αν βιαστείς ίσως προλάβουμε. Μην ξεχνάς πως το βράδυ υποσχέθηκες μπάρμπεκιου στον Στήβεν και στην Άννυ!»

«Έχεις δίκιο! Το είχα ξεχάσει τελείως...»

Η Δάφνη τον κοίταξε κάτω από τα φρύδια της με νόημα κι εκείνος έφερε το δάχτυλο του στα χείλη κάνοντας της νεύμα να σωπάσει. Η αφηρημάδα του ήταν πλέον παροιμιώδης, επισύροντας συχνά τις επικρίσεις της.

«Να μένουν τα σχόλια!» κοίταξε το ρολόι του.

«Πέρασε η ώρα. Η Έμυ;» ρώτησε για την οκτάχρονη κόρη της Δάφνης.

«Τηλεφώνησα στο σχολείο και την έφεραν εδώ. Είναι κάτω στη ρεσεψιόν με τον Μπάρνυ... Πάμε;»

* * *

Το σπίτι τους, ένα μικρό μπανγκαλόου, βρίσκονταν στη νότια πλευρά της πόλης μακριά από την υπόλοιπη κατοικημένη περιοχή και λίγα μόνο μέτρα από την ακτή οπού έσκαγαν τα κύματα του Ινδικού. Το είχαν διαλέξει και αποφάσισαν να το αγοράσουν από κοινού, αποφεύγοντας να συζητήσουν τι θα το έκαναν σε περίπτωση που δεν θα ήθελαν πια να είναι μαζί.

Ζούσαν κι οι δύο κυρίως για το παρόν χωρίς να πολυασχολούνται για το τι θα μπορούσε να συμβεί στο μέλλον, πιστεύοντας πως ένα γεροφτιαγμένο "θεμέλιο" σήμερα, χτίζει ένα σίγουρο αύριο.

Βούτηξαν στα αφρισμένα κύματα παίζοντας με την Έμυ σαν μικρά παιδιά και το παγωμένο νερό και τα γέλια τους έδιωξαν μακριά την ένταση και το στρες της ημέρας.

Μόλις που είχαν προλάβει να συμμαζέψουν όταν κατέφθασαν οι φίλοι τους, φέρνοντας κρασί και γλυκά. Η Δάφνη είχε έτοιμες τις φέτες του ψαριού που θα έψηναν και ο Έρικ βάλθηκε να ανάψει τα κάρβουνα. Μαζεύτηκαν και οι άλλοι τριγύρω του κουβεντιάζοντας και γέμισαν τα ποτήρια τους με λευκό παγωμένο κρασί.

Ήταν μια ανοιξιάτικη, από τις γλυκύτερες βραδιές του Σεπτέμβρη και είχε σχεδόν άπνοια. Μια βραδιά ιδανική για δείπνο στην αυλή με το καταπράσινο φροντισμένο γκαζόν και τα ξύλινα κατάλευκα έπιπλα κήπου. Το σασπένς όμως της βραδιάς ήταν οι πικάντικοι ελληνικοί μεζέδες που είχε ετοιμάσει η Δάφνη.

Έτρωγαν το γλυκό τους ακούγοντας Pink Floyd όταν η κουβέντα έφτασε αναπόφευκτα και στο φλέγον θέμα, την έρευνα που είχε ξεκινήσει ο Έρικ με μια ομάδα φοιτητών στο πανεπιστήμιο. "Κβαντοφυσική ή Μεταφυσική;".

Ο Στήβεν, παιδικός φίλος του Έρικ, ήταν γεωλόγος και οι γνώσεις του, του επέτρεπαν να παρακολουθήσει σχετικά άνετα όσα τους εξηγούσε εκείνος. Για την Άννυ, που ασχολούνταν με τον οικονομικό κλάδο, όλα αυτά ακούγονταν λίγο "κινέζικα"

33

και η Δάφνη προσπαθούσε, μάταια, να της μεταδώσει κάτι περισσότερο από το κλασσικό παράδειγμα με την νεκροζώντανη γάτα.

«Σε ποιο στάδιο έχετε φτάσει;» ρώτησε ο Στήβεν.

«Περνάμε στο πρόγραμμα τα στοιχεία που έχουμε συγκεντρώσει μέχρι στιγμής. Είμαστε σε καλό δρόμο όμως δεν είμαι απόλυτα ικανοποιημένος. Πιστεύω πως υπάρχουν παράμετροι που δεν έχουμε εντοπίσει ακόμη.»

«Όπως;»

«Κοιτάξτε, είναι βέβαια αυτονόητο πως ο Κόσμος είναι πολύ περισσότερα πράγματα από αυτά που μπορεί να αντιληφθεί το ανθρώπινο μάτι. Όμως αυτό από μόνο του δεν είναι αρκετό και φοβάμαι πως τίποτε δεν είναι αρκετό για την συμβατική επιστήμη, ή αν θέλεις για τους συμβατικούς επιστήμονες, όταν πρόκειται να παρουσιάσεις μια θεωρία που φέρνει τα πάνω κάτω.

Το κακό είναι πως από ένα σημείο και μετά ακόμη και οι μαθηματικές εξισώσεις δεν μπορούν να μεταφραστούν στην γλώσσα της καθημερινής μας εμπειρίας και αυτό είναι το κρίσιμο σημείο όπου όλα αρχίζουν να ταυτίζονται με την μεταφυσική. Βλέπετε, ούτε και τα μεταφυσικά φαινόμενα μπορούν να *μεταφραστούν*. Στόχος, της έρευνας μας, είναι να βρούμε όσο περισσότερα κοινά σημεία μπορεί να υπάρχουν και, αν είναι δυνατόν, να εξηγήσουμε κάποια από αυτά με την βοήθεια της μαθηματικής γλώσσας. Όπως για παράδειγμα έγινε με την θεωρία *των πολλών κόσμων*, του Everett. Μια θεωρία που όταν ειπώθηκε άγγιζε τα όρια του μεταφυσικού ή του... παρανοϊκού.»

«Εμένα πάντως εξακολουθεί να μου φαίνεται τουλάχιστον εξωφρενικό!» δήλωσε η Άννυ.

«Αυτή ακριβώς είναι η σύγχρονη φυσική, γλυκιά μου,

εξωφρενική!» της διευκρίνισε ο Στήβεν. «Το ίδιο και ...όσοι ασχολούνται μαζί της!»

«Αυτό ήταν καρφί! Το κατάλαβα!» του αντιγύρισε ο Έρικ κάνοντας μια ηλίθια γκριμάτσα.

«Αχ... Παράλληλοι Κόσμοι! Ξέρετε, το προηγούμενο κομμάτι γλυκού το έφαγε μια άλλη Δάφνη, σ' έναν άλλο κόσμο... Άρα εγώ μπορώ να φάω άλλο ένα!» Τους πείραξε η οικοδέσποινα ξανά-σερβίροντας τον εαυτό της.

«Αρκεί να μην αρχίσεις να πολλαπλασιάζεσαι αμοιβαδοειδώς σαν τα φωτόνια!» σχολίασε ο Έρικ.

«Όμως αν ένα φωτόνιο χωρίζεται σε δύο, όπως συμβαίνει και στις αμοιβάδες, τότε πώς γίνεται να παρατηρείται πάντα μόνο το ένα;» ξαναγύρισε στη συζήτηση ο Στήβεν.

«Το φωτόνιο, σύμφωνα με βασικό αξίωμα της κβαντικής φυσικής, δεν μπορεί να χωριστεί σε δύο.

Ωστόσο κάθε άνυσμα στον "χώρο Hilbert" περιγράφει ακριβώς αυτό: *ένα φωτόνιο που βρίσκεται συγχρόνως σε δύο διαφορετικά σημεία!* Εδώ είναι και το αποφασιστικό σημείο της ερμηνείας των *πολλών κόσμων.* Εφόσον συμβεί ο "διαχωρισμός" κανένας από τους δυο κλάδους δεν διαθέτει κανένα μέσο για να μάθει τι συμβαίνει στον άλλο.» του εξήγησε ο Έρικ.

Η Άννυ φαινόταν περισσότερο σκεφτική από τους υπόλοιπους που, λίγο ως πολύ, ήταν εξοικειωμένοι με όλα αυτά. «Εκείνο όμως που δεν μπορώ να χωνέψω είναι το πώς είναι δυνατόν η γάτα του πειράματος να μην είναι ούτε νεκρή ούτε ζωντανή μέχρι και την τελευταία στιγμή.»

Οι υπόλοιποι γέλασαν με την εμμονή της στο πείραμα της γάτας και ο Στήβεν της πρότεινε να μπει εκείνη μέσα στον κλωβό της μετρητικής συσκευής ώστε, αν γλιτώσει, να μπορεί να τους πει τι ακριβώς και πότε συνέβη.

«Όχι, ευχαριστώ. Θα πάρω μόνον γλυκό!» του απήντησε σηκώνοντας ψηλά το πηγούνι και, πήρε γλυκό.

«Και όμως!» επενέβη ο "εξωφρενικός" της παρέας.

«Ο Wigner πιστεύει πως ένας παρατηρητής με "Συνείδηση" είναι πιο κατάλληλος για την διεξαγωγή του πειράματος. Γιατί η μέτρηση βρίσκεται μέσα στο νου του.»

«Με Συνείδηση;»

«Ναι! Η κβαντική θεωρία ισχυρίζεται πως η γάτα πρέπει να βρίσκεται σε μια κατάσταση μεταξύ ζωής και θανάτου ως την στιγμή της μέτρησης. Όταν ανοίγουμε το κουτί, "εμείς", παρατηρούμε αν η γάτα είναι ζωντανή ή νεκρή.

Συμπεραίνουμε λοιπόν πως ο Άνθρωπος πρέπει να θεωρείται ως η τελική μετρητική συσκευή. Και η ιδιότητα που ξεχωρίζει τα ανθρώπινα όντα από τα άλλα αντικείμενα του σύμπαντος είναι η Συνείδηση!»

«Μα αν υιοθετήσουμε αυτή την άποψη στο πρόβλημα των κβαντικών μετρήσεων, διαπιστώνουμε ότι η Συνείδηση παίζει πολύ σημαντικό ρόλο στη φυσική του σύμπαντος. Πολύ πιο σημαντικό απ' αυτόν που θα μπορούσαμε να φανταστούμε!» κατέληξε ο Στήβεν.

«Ακριβώς! Δεν είμαστε πλέον απλοί παρατηρητές αλλά "συμμέτοχοι"!»

«Συνειρμικά, μου έρχεται στο μυαλό κάτι που διάβασα πρόσφατα : "στην πιο αρχέγονη μας μορφή, είμαστε ένα πεδίο με όλες τις δυνατότητες"!» μονολόγησε σχεδόν η Άννυ.

«Εγώ θα σας θυμίσω κάτι πιο οικείο. Την Μεγάλη Συνείδηση των Αβορίγινων που δημιούργησε τον κόσμο την Εποχή του Ονείρου.» παρατήρησε ο Στήβεν.

«Ο Έρικ, έχει μια δική του θεωρία, σχετικά με όλα αυτά.» Ανακοίνωσε με καμάρι η Δάφνη, ενώ εκείνος βολεύονταν ακόμη πιο βαθιά στην πολυθρόνα του.

«Ώστε σκοπεύεις να το πας ακόμη πιο μακριά!» διαπίστωσε ο φίλος του και η περιέργεια φούντωσε μέσα του.

«Εγώ θα το χαρακτήριζα υποψία, παρά θεωρία.» Αποσαφήνισε εκείνος.

«Θα ήταν πολύ τολμηρό, αν σου ζητούσα να μας μιλήσεις γι αυτήν;»

«Όχι, με την προϋπόθεση πως θα μείνει εντελώς μεταξύ μας.»

«Καταλαβαίνω, όμως τώρα μου έχεις κινήσει την περιέργεια.»

«Λοιπόν, εγώ θεωρώ, πως δεν είναι ο παρατηρητής αυτός καθ' αυτός που επηρεάζει την συμπεριφορά των ηλεκτρονίων κατά την μέτρηση, αλλά ο *τρόπος* παρατήρησης.

Για να επιτευχθεί μια πλήρης μέτρηση χωρίς να διαταραχθεί η πορεία των ηλεκτρονίων, ή όποιου άλλου σωματιδίου, θα πρέπει ο παρατηρητής να ταυτιστεί απόλυτα μαζί τους ώστε να τα παρατηρεί *"εκ των έσω"*, σαν να ήταν κάποιος από το μικροκοσμικό σύμπαν τους.

Και για να γίνω σαφέστερος, έχω την υποψία πως κάθε απειροελάχιστο "σωματίδιο", που μπορεί να υπάρχει, ακολουθεί κάποια προκαθορισμένη πορεία, την οποία αυτό γνωρίζει αφ' εαυτού, έως ότου αντιληφθεί ότι "κάποιος", μια άλλη Συνείδηση, προσπαθεί να επικοινωνήσει μαζί του ή ζητά κάτι συγκεκριμένο απ' αυτό και τότε αντιδρά ανάλογα. Βλέπε, ζητώ τη θέση του; Βρίσκω τη θέση του. Ζητώ την ταχύτητα; Βρίσκω την ταχύτητα. Όμως αυτή η "υποψία", προϋποθέτει πως – ΟΛΑ – συνυπάρχουν μέσα σ' ένα κοινό πεδίο, πως υπόκεινται σε μια συλλογική ενεργειακή και συνειδησιακή θάλασσα, μέσω της οποίας επικοινωνούν μεταξύ τους. Κοντολογίς, είμαι της άποψης πως *κάθε φωτόνιο, ή για να το κάνω ευρύτερο, το "έσχατο σωματίδιο", όποιο κι αν είναι και αν ποτέ εντοπιστεί, είναι κατά κάποιο τρόπο Νοήμον!»*

Το χαρακτηριστικό επιφώνημα του Στήβεν έδειξε καθαρά

ΕΙΡΗΝΗ ΛΕΟΝΑΡΔΟΥ

πόσο είχε εντυπωσιαστεί από την τολμηρή σκέψη του Έρικ. «Φίλε μου, φοβάμαι πως περπατάς στην κόψη ενός καλό ακονισμένου ξυραφιού! Και πιστεύεις πως έχεις αρκετές πιθανότητες να τα καταφέρεις;»

«Είναι σαφώς μια πρόκληση για μένα. Όμως μη ξεχνάς πως ακόμη και ο Αριστοτέλης, σε κάποιες περιπτώσεις ξεφεύγει προς μεταφυσικές αντιλήψεις!»

«Ξέρεις τι σκέφτομαι...» μουρμούρισε η Δάφνη.

«Μήπως τελικά, το "Πρώτο Κινούν" του Αριστοτέλη, αυτή η υπερβατική αρχή Κίνησης της Φύσης και ίσως ακόμη και ο ύστατος σκοπός της Εξέλιξης, είναι αποτέλεσμα ή συνάρτηση της "νοημοσύνης" των κβάντων;»

Ο Έρικ την κοίταξε ανασηκώνοντας το ένα του φρύδι, όμως πριν προλάβει να κάνει οποιοδήποτε σχόλιο, ο Στήβεν είχε εκραγεί.

«Για σιγά, για σιγά! Εδώ μας καλέσατε για φαγητό και όχι για να μας τρελάνετε!»

«Και όμως!» επενέβη η Άννυ. «Η ιστορία μας έχει διδάξει πως πολλές από τις ανακαλύψεις που άλλαξαν την πορεία της, έγιναν σε χρόνο ανύποπτο. Όπως τότε με τον Αρχιμήδη και το γνωστό "εύρηκα - εύρηκα", όπως με τον Νεύτωνα και το μήλο, με...»

«Εντάξει, εντάξει. Παραδίνομαι. Αλλά αρκετά άκουσα για απόψε. Με τόση κβαντική φυσική, κοντεύει να με πιάσει δυσπεψία!»

«Μμ, κακίες!» τον πείραξε η Δάφνη και του γέμισε το ποτήρι.

«Αλήθεια, τι έγινε με την ομάδα της αποστολής, για τις Πυραμίδες;»

«Είπαν πως θα μας ειδοποιήσουν. Φαίνεται όμως πως τελικά, δεν βρέθηκαν αρκετοί που να θέλουν να φάνε την άμμο με το κουτάλι.»

38

«Φυσικά! Πόσοι έχουν νομίζεται, την δική σας τρέλα.» συνέχισε να τους πειράζει ο Στήβεν.

«Δεν θα μοιάζει βέβαια με εκδρομή, όμως είναι καλή εμπειρία, τα έξοδα πληρωμένα και επί πλέον, θα έχουμε και κάποια ποσοστά από τις πωλήσεις της βιντεοταινίας.» του εξήγησε ο Έρικ.

Την αποστολή της ομάδας οργάνωνε κάποιο τηλεοπτικό κανάλι, προκειμένου να γυρίσει ένα ντοκιμαντέρ για τις πυραμίδες της Αιγύπτου, καλύπτοντας όλες τις θεωρίες γύρω από τα μνημεία. Στην ομάδα συμπεριλαμβάνονταν επιστήμονες διάφορων ειδικοτήτων και στόχος τους ήταν να ανακεφαλαιώσουν τις παλιές εκδοχές και να προτείνουν ή να αποδείξουν νέες.

Και βέβαια όταν έκαναν την πρόταση στον Έρικ και την Δάφνη, εκείνοι δεν χρειάστηκε να το σκεφτούν και πολύ. Εφόσον το ταξίδι ήταν προγραμματισμένο για το καλοκαίρι που οι σχολές τους ήταν κλειστές, δεν είχαν κανένα λόγο να χάσουν αυτή την ευκαιρία που άλλωστε συνδύαζε το τερπνόν μετά του ωφελίμου.

«Φαντάζομαι πως θα είναι πολύ γοητευτικό να επισκεφθείς και να γνωρίσεις τις πυραμίδες σαν ερευνητής και όχι σαν τουρίστας!» σχολίασε η Δάφνη και όλοι συμφώνησαν ανεπιφύλακτα.

«Έχουν γίνει τόσες έρευνες από επιστήμονες και μη, έχουν ειπωθεί τόσες θεωρίες, έχουμε ακούσει τόσο πολλά και τρελά για τις πυραμίδες, που απορώ για το τι καινούργιο ευελπιστούν να δώσουν στο κοινό μ' αυτό το ντοκιμαντέρ.» Αναρωτήθηκε ο Στήβεν.

«Έχεις δίκιο, είναι πολλά αυτά που ξέρουμε ή υποθέτουμε για τις πυραμίδες σήμερα, σίγουρα όμως δεν είναι -όλα-!» ο Έρικ τόνισε την τελευταία του λέξη σκόπιμα, χαμογελώντας με κατανόηση στην απορία του φίλου του.

«Δηλαδή τι δεν ξέρουμε;» "τσίμπησε" η Άννυ.

«Κατ' αρχήν η μεγάλη Πυραμίδα, όπως και άλλα μνημεία, είναι αχρονολόγητη. Δεν υπάρχουν επιγραφές εκτός από μία, κι αυτή σ' έναν από τους ανακουφιστικούς θαλάμους και η οποία είναι αμφισβητήσιμη. Αυτό, η έλλειψη δηλαδή ταφικών κειμένων, γεννά μια άλλη αμφιβολία. Αυτήν της χρήσης των πυραμίδων της Γκίζας. Δεδομένου ότι όλα τα ταφικά μνημεία, όπως αυτά στην Κοιλάδα των Βασιλέων που αποδεδειγμένα ανήκαν σε ηγεμόνες, είναι γεμάτα από ζωγραφιές, τελετουργικά ξόρκια και επικλήσεις, που ήταν στοιχεία απαραίτητα για την ασφαλή πορεία του νεκρού στον κάτω κόσμο.

Παράλληλα, η ύπαρξη της Απογραφικής Στήλης, που βρέθηκε στην Γκίζα τον προηγούμενο αιώνα από τον Μαριέτ, αναφέρει πως η Μεγάλη Πυραμίδα, η Σφίγγα και κάποια άλλα οικοδομήματα της περιοχής, υπήρχαν πριν τη βασιλεία του Χέοπα!

Ο τρόπος κατασκευής τους, επίσης. Εμένα προσωπικά δεν με πείθει ούτε στο ελάχιστο ο κοινά παραδεκτός, που κατ' ουσία είναι υποθετικός. Άλλωστε την εποχή του Ηρόδοτου, από τον οποίο έχουμε τις πρώτες πληροφορίες, οι Πυραμίδες ήταν ήδη αρχαίες και τα όσα του είπαν τότε οι ιερείς, δεν ήταν παρά φήμες της εποχής τους.»

«Ουσιαστικά δεν ξέρουμε τίποτε επομένως!»

«Κάπως έτσι. Δεν μπορούμε βέβαια να αγνοήσουμε τα χειροπιαστά στοιχεία που προέκυψαν από τις μετρήσεις στις πυραμίδες όμως ακόμη κι αυτά μεγαλώνουν το μυστήριο γύρω από τον πολιτισμό που τις ανέγειρε και τους λόγους που το έκανε.»

«Ίσως να είχαν κατά νου κάτι τελείως διαφορετικό όμως είναι

γεγονός πως κατάφεραν να ταξιδέψουν μέσα στο χρόνο και να μας φέρουν ολοζώντανες τις γνώσεις τους γύρω από τα μαθηματικά και την αστρονομία.» επεσήμανε η Δάφνη. «Και ας μη ξεχνάμε και τις παράξενες δυνάμεις τις οποίες ισχυρίζονται πως έχει το πυραμιδικό σχήμα ορισμένοι ερευνητές!»

«Ώστε αυτό είναι λοιπόν!» διαπίστωσε ο Στήβεν κοιτάζοντας με νόημα τον Έρικ. «Κι εγώ αναρωτιόμουν γιατί σε ενδιέφερε τόσο αυτή η έρευνα, τη στιγμή που έχουν γίνει τόσες και τόσες!»

Εκείνος αποτέλειωσε το κρασί του χαμογελώντας στωικά.

«Κατ' επέκταση,» παραδέχτηκε «πιστεύω πως όλα τα μυστήρια της Ζωής και του Κόσμου, ή αν θέλεις, τα "ανεξήγητα" ακόμη φυσικά φαινόμενα, έχουν άμεση σχέση μεταξύ τους. Όπου κι αν παρουσιάζονται αυτά. Είτε σε τόπους με αρχαιολογικό ενδιαφέρον, είτε σε τόπους λατρείας, είτε σε κάποιο εργαστήριο ερευνών, ακόμη και στα σπίτια μας, ή οπουδήποτε... Αν μπορέσουμε να κατανοήσουμε αυτή τη σχέση που τα διέπει θα είμαστε πολύ κοντά και στην ερμηνεία τους.»

«Που σημαίνει πως ξαναγυρίσαμε στην θεωρία των "νοημόνων κβάντων"!» συμπέρανε ο Στήβεν αλλά ο Έρικ έκανε μόνο μια αόριστη χειρονομία αποφεύγοντας να απαντήσει.

«Μια άλλη εκδοχή θέλει την Μεγάλη Πυραμίδα ως Ιερό Μύησης. Έχω διαβάσει γι αυτήν τουλάχιστον από δύο διαφορετικούς συγγραφείς που όμως και οι δύο ισχυρίζονται πως απέκτησαν αυτή τη γνώση ύστερα από υπερβατικές εμπειρίες που είχαν στο εσωτερικό της και συγκεκριμένα στο Θάλαμο του Βασιλιά.»

«Το κακό σ' αυτές τις περιπτώσεις είναι πως κανείς δεν παίρνει στα σοβαρά τέτοιου είδους αποκαλύψεις. Ίσως επειδή όσοι έχουν τα "κότσια" να μιλήσουν δημοσίως είναι άγνωστοι και άσημοι και δεν έχουν τίποτε να χάσουν ενώ, αντίθετα, αν συνέβαινε κάτι ανάλογο σε κάποιον γνωστό επιστήμονα με κύρος εκείνος δεν θα τολμούσε να το αποκαλύψει για τους ευνόητους λόγους...»

«Και να σκεφτείς πως αυτή η ίδια κοινωνία που θα χαρακτήριζε "ανισόρροπο" ένα τέτοιο άνθρωπο πιστεύει, αιώνες τώρα, σε θρησκείες εξ αποκαλύψεως!»

«Εδώ, νομίζω πως ταιριάζει μια φράση του Καμύ από τον πρόλογο του στο "Απ' την Καλή κι απ' την Ανάποδη": "Το εμπόδιο βρισκόταν περισσότερο μέσα στις προκαταλήψεις ή και την ανοησία ακόμη."

Το φιλοσοφικό σχόλιο του Έρικ ζωγράφισε ένα πικρό χαμόγελο στα πρόσωπα τους. Δυστυχώς ήταν ακριβώς έτσι...

Και η συζήτηση συνεχίστηκε μέχρι αργά το βράδυ κι όταν ο Στηβ και η Άννυ έφυγαν, έβαλαν την Έμυ που είχε αποκοιμηθεί κοντά τους στο κρεβάτι της, και οι δυο τους κατέβηκαν να περπατήσουν για λίγο στην αμμουδιά. Η θάλασσα ήταν πιο ήρεμη αυτή την ώρα και το φεγγάρι που μεσουρανούσε φώτιζε το δρόμο τους.

Κοντοστάθηκαν αγκαλιασμένοι μπροστά στα κύματα, στην αρχή ο καθένας βυθισμένος στις σκέψεις του. Όμως σιγά, σιγά η γαλήνη και ομορφιά του τοπίου τους έκαναν να χαλαρώσουν και να ταυτιστούν με τους ήχους της νύχτας, τη μυρωδιά της αλμύρας, το φύσημα της αύρας.

Η Δάφνη έγειρε το κεφάλι της στον ώμο του Έρικ. Εκείνος της χάιδεψε την πλάτη, στέλνοντας ρίγη σ' όλο της το κορμί κι έπαιξε με τις μπούκλες των καστανόξανθων μαλλιών της. Το άρωμα τους, άρωμα νυχτολούλουδων, ξεσήκωσε μέσα του έναν έντονο ερωτικό παλμό όμως η επιθυμία της ψυχής του να ταυτιστεί με την δική της, έτσι όπως εδώ και λίγη ώρα είχε κάνει με ολόκληρο θαρρείς το σύμπαν, ήταν μεγαλύτερη. Φιλήθηκαν με τις ανάσες κομμένες ξεντύνοντας αργά ο ένας τον άλλο κι έγειραν στην αμμουδιά κάτω από το βλέμμα των αστεριών. Κι έπειτα έγιναν ένα.

Η Δάφνη, ο Έρικ και το Σύμπαν.

ΝΤΑΓΚΛΑΣ ΓΟΥΩΣΜΠΟΥΡΝ –
ΝΑΣΣΙΜ ΡΕΦΑΤ

................»Η σύγκλιση του μυστικισμού και της νέας φυσικής μας έσπρωξε στα όρια της ανθρώπινης ιδιότητας. Πέρα από αυτά βρίσκεται κάτι που υπερβαίνει τις δυνατότητες της γλώσσας μας. Κατά τον Σάτπρεμ, «βρισκόμαστε στην αρχή του «Απέραντου», που θα γίνεται διαρκώς ακόμη πιο απέραντο. Οι πρωτοπόροι της εξέλιξης βρήκαν ήδη νέες περιοχές μέσα στον Υπερνού. Αληθινά, βρισκόμαστε σε μία σημαντική καμπή του αιώνιου Γίγνεσθαι. Όλα αλλάζουν, προκαλείται μία αντιστροφή της συνείδησης, ένας νέος ουρανός και μια νέα γη. Ο ίδιος ο φυσικός κόσμος θα αλλάξει σύντομα μπροστά στα έκπληκτα μάτια μας. Ίσως δεν είναι η πρώτη αλλαγή στην ιστορία. Αλήθεια, πόσες υπήρξαν πριν απ' αυτήν; Πόσες είναι δυνατόν να συμβούν ταυτόχρονα με την ύπαρξη μας, αν συγκατατεθούμε να γίνουμε συνειδητοί;«.........

Έκλεισε το βιβλίο του και τεντώθηκε. Για κάποια δευτερόλεπτα το μυαλό του συνέχισε να αναμασά τις τελευταίες φράσεις. Ωστόσο εδώ και λίγη ώρα κατέβαλε προσπάθεια για να παραμείνει συγκεντρωμένος σ' αυτά που διάβαζε παρ' όλο που παρουσίαζαν μεγάλο ενδιαφέρον. Ξαναγέμισε με μπύρα το ποτήρι του και στάθηκε μπρος στο παράθυρο με τις λευκές κουρτίνες. Έξω, ο στενός δρόμος ήταν όπως πάντα μουσκεμένος από τη βροχή και οι λιγοστοί διαβάτες πέρναγαν βιαστικοί κρατώντας τις ομπρέλες τους.

Το δροσερό ποτό τον έκανε να νιώσει καλύτερα σωματικά, πνευματικά όμως εξακολουθούσε να βρίσκεται σε εγρήγορση. Ήταν μια περίεργη αίσθηση, αυτό που ένιωθε μέσα στο κεφάλι του, σαν κάποιο μήνυμα να προσπαθούσε να αποκρυπτογραφηθεί από τον εγκέφαλο του χωρίς επιτυχία. Ήξερε πως έπρεπε να χαλαρώσει και ν' αφήσει το νου του καθαρό και ήσυχο από κάθε σκέψη, αν ήθελε να έχει κάποιο αποτέλεσμα, όμως του ήταν αδύνατον. Εδώ και λίγες ημέρες είχε λήξει, οριστικά και αμετάκλητα, η σύμβαση που είχε ως σύμβουλος ψυχολόγος στην κλινική με την οποία συνεργαζόταν τα τελευταία χρόνια, αλλά το χειρότερο ήταν ότι του το είχαν ανακοινώσει την τελευταία στιγμή. Σαν δικαιολογία έθεσαν τα διοικητικά προβλήματα, που όντως τους απασχολούσαν τους τελευταίους μήνες, όμως αυτό δεν τον παρηγορούσε καθόλου ούτε και έλυνε άλλωστε το άμεσο πρόβλημα της ανεργίας που αντιμετώπισε ξαφνικά.

Βέβαια υπήρχε πάντοτε η ανοικτή πρόταση της S.P.R., της Εταιρίας Ψυχικών Ερευνών, στην οποία ήταν και μέλος, όμως ακριβώς επειδή ήξερε καλά πως λειτουργούσαν δεν είχε καμία διάθεση να μπει στη θέση του πειραματόζωου. Ο ίδιος ήξερε πολύ καλά τις δυνατότητες του και δεν τον ενδιέφερε να πεισθούν και άλλοι γι αυτές.

Είχε πρωτοέρθει σε επαφή με την Εταιρία όταν ήταν φοιτητής και είχε μάλιστα συμμετάσχει σε ένα ομαδικό ερευνητικό πρόγραμμα τότε και όταν αργότερα πήρε το πτυχίο του, έγινε μέλος της ύστερα από την πρόταση δύο καθηγητών του που συμμετείχαν ήδη σ' αυτήν.

Ο ένας από αυτούς ήταν τώρα Πρόεδρος και επειδή ήξερε

πως ο Ντάγκλας είχε τηλεπαθητικές ικανότητες, του είχε προτείνει να δημιουργήσουν ένα ειδικό πρόγραμμα έρευνας για την περίπτωση του, όχι πλέον για να αποδείξουν την ύπαρξη των ικανοτήτων του αλλά για να εντοπίσουν το μηχανισμό λειτουργίας τους. Όμως εκείνος είχε αρνηθεί λόγω έλλειψης ελεύθερου χρόνου, αλλά και τώρα που είχε μπόλικο απ' αυτόν, εξακολουθούσε να είναι επιφυλακτικός.

Είχε ανακαλύψει τις ικανότητες του όταν ήταν ακόμη πολύ μικρός, άρχισε όμως να συνειδητοποιεί πως δεν ήταν όλοι οι άνθρωποι έτσι, όταν πρωτοπήγε σχολείο.

Στην αρχή κλείστηκε στον εαυτό του και δεν μιλούσε γι αυτές επειδή τα άλλα παιδιά τον απέφευγαν ή τον κορόιδευαν. Σύντομα ανακάλυψε πως όσοι λιγότεροι ήξεραν, τόσο περισσότερα τα οφέλη που αποκόμιζε εκείνος. Ωστόσο είχε ορίσει ένα δικό του ηθικό κώδικα, που τον τηρούσε με ευλάβεια, γιατί κατά βάθος πίστευε πως το ξεχωριστό χάρισμα που είχε ήταν ένα Θεϊκό δώρο που έπρεπε να το σεβαστεί.

Σπούδασε ιατρική και ειδικεύτηκε στον ψυχιατρικό κλάδο όπου οι ικανότητες του τον βοηθούσαν ιδιαίτερα.

Με τις γυναίκες, τουλάχιστον με όσες είχε τύχει να γνωρίσει μέχρι τώρα, δεν τα πήγαινε και πολύ καλά. Όχι πως ήταν δηλωμένος εργένης, αλλά δεν είχε γνωρίσει ακόμη εκείνη που θα μπορούσε να γίνει στ' αλήθεια σύντροφος της ζωής του. Αυτή την εποχή δεν είχε σχέση και ήταν καλύτερα έτσι, γιατί ένιωθε πως βρίσκονταν σε μια σημαντική καμπή της ζωής του και προτιμούσε να είναι μόνος. Ακόμη και το ότι είχε μείνει χωρίς δουλειά μπορεί να σήμαινε κάτι ή ίσως από εκεί να ξεκινούσαν όλα. Αρκεί να έπαιρνε τις σωστές αποφάσεις. Κι επειδή δεν είχε την υπομονή να περιμένει τις εξελίξεις, αποφάσισε να κάνει μια μικρή έρευνα με το δικό του τρόπο. Μονάχα που έπρεπε να φύγει για λίγες μέρες από την πόλη και το εξοχικό της αδερφής του στο Ιρλανδικό Μπάντρι, την ιδιαίτερη πατρίδα τους, ήταν ιδανικό για να απομονωθεί και να χαλαρώσει. Πήρε την απόφαση του χωρίς δεύτερη σκέψη και της τηλεφώνησε.

* * *

Την τρίτη μέρα της απομόνωσης του ένιωσε έτοιμος να αντιμετωπίσει τη διαδικασία της αυτοΰπνωσης. Έφαγε ελάχιστα όλη τη μέρα και όταν βράδιασε έβγαλε το τηλέφωνο από την πρίζα και τράβηξε την πολυθρόνα του απέναντι από το τζάκι, όπου η φωτιά είχε φουντώσει για τα καλά, και κάθισε αναπαυτικά.

Άφησε το βλέμμα του να βυθιστεί στις φλόγες και το σώμα του να πέσει σε βαθιά χαλάρωση. Τα βλέφαρα του βάρυναν σιγά, σιγά κι έκλεισαν. Έδιωξε από το μυαλό του κάθε περιττή σκέψη και συγκεντρώθηκε στο σημείο της κορυφής του κεφαλιού του αφήνοντας τον εαυτό του ανοιχτό να δεχτεί το μήνυμα που τριγύρναγε στο "κατώφλι" εδώ και τόσες μέρες.

Για κάποια δευτερόλεπτα όλα παρέμειναν σιωπηλά. Ύστερα και με ταχύτητα αστραπής ένα δυνατό και ζεστό φως γέμισε το κεφάλι του και ολόκληρη την ύπαρξή του.

Κάθε συμβατική έννοια του χρόνου και του χώρου καταλύθηκε κι ένιωσε να μεταφέρεται αλλού.

Συνειδητοποίησε πως το ζεστό φως ήταν ο ήλιος, ενώ παράλληλα άκουσε τον άνεμο να φυσά και μια ριπή πέρασε από το πρόσωπο του, γεμίζοντας το με άμμο. Η αίσθηση τον ενόχλησε και δοκίμασε να προχωρήσει περισσότερο.

Ένιωσε τον όγκο ενός λόφου πίσω του και στράφηκε να κοιτάξει. Βρίσκονταν ακριβώς στους πρόποδες, όμως κάτι δεν ήταν σωστό... Όχι, δεν ήταν λόφος. Στέκονταν στη βάση μιας

46

Πυραμίδας! Είχε βρεθεί τόσο ξαφνικά στο σημείο της διερεύνησης του, που οι αισθητικές του αντιλήψεις είχαν μπλοκάρει προς στιγμή, όμως τώρα δέχονταν με ευκρίνεια την ενέργεια του τόπου. Βρίσκονταν στην Αίγυπτο, μπροστά στη Μεγάλη Πυραμίδα.

Υπήρχαν και κάποιοι άλλοι εκεί, μια ομάδα, αυτό το ένιωθε πολύ καθαρά, όταν όμως θέλησε να ερευνήσει τις ταυτότητες τους, η προσοχή του επικεντρώθηκε στην παρουσία μιας μελαχρινής γυναίκας. Ήταν Αιγύπτια και κατείχε πολύ σημαντική θέση ανάμεσα στους υπόλοιπους, που αποτελούσαν μια ομάδα έρευνας. Και το σημαντικότερο, ένιωθε πως είχε μαζί της ένα πολύ έντονο ψυχικό δεσμό. Ίσως γι αυτό και να επέλεξε εκείνη, ανάμεσα σε όλους.

Το συνειδητό μέρος του μυαλού του έκανε λογικούς συνειρμούς συμπεραίνοντας πως η συμμετοχή του σ' αυτή την ομάδα ίσως ήταν η καινούργια του δουλειά, όμως βιάστηκε να παραμερίσει κάθε επιρροή της επαγωγικής διαδικασίας της σκέψης και θέλησε να μάθει με ποιο τρόπο βρέθηκε να συμμετέχει στην ομάδα. Μπήκε αστραπιαία σε διαδικασία μεταφοράς και το σκηνικό άλλαξε. Βρέθηκε στο γραφείο του προέδρου του ASSAP, του Συλλόγου Επιστημονικών Μελετών Ανωμάλων Φαινομένων, και τον βρήκε να μελετά ένα φάκελο που είχε άμεση σχέση με όλα τα προηγούμενα.

Δεν θέλησε να προχωρήσει περισσότερο. Ένιωθε ήδη κουρασμένος και άλλωστε είχε πια στα χέρια του την άκρη του νήματος και όχι μόνο. Άρχισε την διαδικασία της επαναφοράς αργά και σταθερά και λίγα λεπτά αργότερα έπαιρνε βαθιές εισπνοές ώστε να συνέλθει τελείως από την ύπνωση. Άνοιξε τα μάτια κι έμεινε για λίγο έτσι ακίνητος, προσπαθώντας να συγκρατήσει όλες τις λεπτομέρειες από τις εικόνες και τις εντυπώσεις που είχε δεχτεί. Όταν ένιωσε έτοιμος τίναξε ελαφρά το κεφάλι του κι έσφιξε τους μυς σ' όλο του το κορμί, πριν σηκωθεί.

«Αίγυπτος!» μονολόγησε, ξαφνιασμένος ακόμη με την τροπή που έπαιρνε η ζωή του. Όσο για τον ASSAP, είχε πάντα την υποψία πως ήθελαν να τον έχουν με το μέρος τους.

Από την εποχή που τα ιδρυτικά του μέλη αποσχίστηκαν από την Εταιρία Ψυχικών Ερευνών και τον δημιούργησαν, είχαν ζητήσει αρκετές φορές την γνώμη του πάνω σε διάφορα θέματα, είτε έρευνας είτε διαδικαστικά, και τους είχε βοηθήσει με ευχαρίστηση.

Και κατά βάθος, αν δεν ένιωθε υποχρέωση απέναντι στον τέως καθηγητή του, θα προτιμούσε να προσχωρήσει σ' εκείνους, ακριβώς επειδή ήταν πιο ευέλικτοι και "ανοικτοί" στις μεθόδους των ερευνών τους. Άλλωστε το αντικείμενο τους ήταν τόσο πολυεπίπεδο που οι παρωπίδες της S.P.R. αποτελούσαν σκέτη τροχοπέδη. Έτσι, θα χαιρόταν πραγματικά να συνεργαστεί μαζί τους ακόμη και σε επαγγελματικό επίπεδο.

Δεν υπήρχε πια λόγος να μένει άλλο εκεί. Μάζεψε τα πράγματα του κι έκλεισε το σπίτι. Δεν του πολύ άρεσε που θα ταξίδευε νύχτα, όμως ήθελε να προλάβει την πρώτη πρωινή πτήση. Και βέβαια το πρώτο πράγμα που θα έκανε φτάνοντας στο Λονδίνο, ήταν να επικοινωνήσει με τον πρόεδρο του Συλλόγου. Αυτός είχε το "κλειδί" για όλα τα υπόλοιπα!

* * *

Το κρουαζιερόπλοιο του Σέρατον ανέβαινε το Νείλο νωχελικά ενώ οι επιβάτες του, τουρίστες στην πλειοψηφία τους, κουβέντιαζαν σ' ένα συνονθύλευμα γλωσσών, σκορπισμένοι στο κατάστρωμα.

Η Χέτι έτρεξε χοροπηδώντας στη θεία της, που απολάμβανε ξέγνοιαστη τον πρωινό ήλιο στην πιο ήσυχη πλευρά του σκάφους.

«Μπορώ να ανέβω επάνω;» την ρώτησε στα αγγλικά τραβώντας την από το μανίκι. Εκείνη της παρατήρησε πως δεν ήταν σωστό να τραβολογά έτσι τους άλλους, της διόρθωσε την προφορά στην λέξη "επάνω" και της έδωσε την άδεια, με την προϋπόθεση να είναι πολύ προσεκτική και να μην αργήσει. Η μικρή εξαφανίστηκε στη στιγμή και η Νασσίμ χαμογέλασε συμμεριζόμενη την έξαψη της.

Και είχε δυο λόγους για να είναι τόσο χαρούμενη. Ο ένας ήταν πως θα έβλεπε τους παππούδες της ύστερα από αρκετό καιρό και ο άλλος, ότι είχε καταφέρει τον πατέρα της να τις αφήσει να ταξιδέψουν με το πλοίο κι όχι με αεροπλάνο.

Η Νασσίμ είχε κι εκείνη λόγους για να είναι χαρούμενη και ο σπουδαιότερος βέβαια ήταν πως επιτέλους είχε καταφέρει να πάρει την έγκριση για την ανασκαφή της στην Άβυδο.

Θεωρούσε, και με το δίκιο της, πως επιτέλους όλοι οι κόποι και οι αγώνες της είχαν αρχίσει να ανταμείβονται. Και αν όλα πήγαιναν καλά και οι υπολογισμοί της αποδεικνύονταν σωστοί, τότε ήταν σαν να κρατούσε την πανεπιστημιακή έδρα στα χέρια της!

Πήρε μια βαθιά αναπνοή κι έκλεισε τα μάτια κάτω από τον ήλιο που δεν είχε αρχίσει ακόμη να καίει. Αναπόφευκτα το μυαλό της ξαναγύρισε στην Ασιούτ, την ιδιαίτερη πατρίδα της και προορισμό του ταξιδιού της, και στην παιδική της ηλικία.

Ήταν το τελευταίο από τα πέντε παιδιά των γονιών της, όλα κορίτσια, και το πιο χαϊδεμένο. Ο πατέρας της, εύπορος οικονομικά, με δικό του εργοστάσιο υφαντουργίας και συνεχείς επαφές με Ευρωπαίους εισαγωγείς, είχε ιδιαίτερα ανοικτές αντιλήψεις κι έτσι όταν στα δεκατέσσερα της η

Νασσίμ ζήτησε να συνεχίσει τις σπουδές της, εκείνος δεν της έφερε καμιά αντίρρηση.

Βέβαια σημαντικό ρόλο έπαιξε και το ότι οι δυο μεγαλύτερες αδερφές της ήταν ήδη παντρεμένες και ζούσαν στο Κάιρο, οπότε την πήραν μαζί τους.

Το ότι αποφάσισε να ακολουθήσει τον κλάδο της αρχαιολογίας ήταν μάλλον αναπόφευκτο. Από πολύ μικρή της άρεσε να πηγαίνει στα δυο μουσεία της πόλης της και η αγαπημένη της εκδρομή ήταν στην αρχαία νεκρόπολη της περιοχής. Ο κόσμος των Φαραώ την συνάρπαζε από τότε που θυμόταν τον εαυτό της και όταν για πρώτη φορά επισκέφθηκε το μουσείο του Καΐρου, ένιωσε τέτοιο δέος που ορκίστηκε πως μια μέρα θα γίνονταν αναπόσπαστο κομμάτι της ζωής της.

Ήταν μονάχα δώδεκα χρονών τότε, όμως ποτέ δεν είχε μετανιώσει για κείνη την απόφασή της. Τέλειωσε τις σπουδές της με την καλύτερη βαθμολογία της σχολής της και αυτό της άνοιξε πολλές πόρτες που μέχρι πρότινος διάβαιναν μόνο άντρες. Ειδικεύτηκε στην αιγυπτιολογία και ξεκινώντας ως βοηθός καθηγητού στο αμερικάνικο πανεπιστήμιο του Καΐρου είχε καταφέρει να φτάσει πολύ κοντά στην διεκδίκηση δικής της έδρας. Η ανασκαφή στη νεκρόπολη της Αβύδου ήταν το "εισιτήριο" της και τώρα το κρατούσε πλέον στο χέρι.

Βέβαια όλα αυτά είχαν και το τίμημα τους. Δεν είχε σχεδόν καθόλου προσωπική ζωή και οι άντρες είτε την σέβονταν και κρατούσαν απέναντί της την δέουσα απόσταση, είτε την φοβόντουσαν και το έβαζαν στα πόδια.

Υπήρχε βέβαια και ο Μπεχρούζ, όμως της έπεφτε πολύ "σκληροπυρηνικός" για τον τρόπο ζωής που είχε συνηθίσει. Εκείνος ήταν ένας τυπικός σουνίτης μουσουλμάνος, μεγαλομέτοχος σε εργοστάσιο χημικών, με διασυνδέσεις μέσα κι έξω από την κυβέρνηση, ενώ η Νασσίμ είχε μάθει αλλιώς.

Βέβαια, όταν της έστειλε επίσημη πρόταση γάμου, φρόντισε να του δείξει πόσο την είχε κολακεύσει αυτό, μα φυσικά αρνήθηκε απαντώντας του πως, παρ' όλη την συμπάθεια της προς το πρόσωπό του, δεν ένιωθε έτοιμη για γάμο και δεσμεύσεις.

Θα χαιρόταν πολύ να του έλεγε στα ίσια τι πραγματικά πίστευε για εκείνον, όμως ήξερε καλά πως «πόρτες» σαν του Μπεχρούζ, δεν τις βροντάς αλλά τις κλείνεις απαλά και με το μαλακό. Όχι πως σκόπευε να χρησιμοποιήσει ποτέ την γνωριμία του για να πετύχει οτιδήποτε, αλλά σαφώς δεν τον ήθελε δυσαρεστημένο μαζί της.

Βασικός σκοπός του ταξιδιού της ήταν να ξανά επισκεφθεί την Άβυδο, όσο ήταν ακόμη καλοκαίρι, και να τσεκάρει για άλλη μια φορά τα στοιχεία της επί τόπου. Παράλληλα, είχε καλέσει ένα συνεργείο γεωφυσικών μελετών, το οποίο με την βοήθεια ενός γεωραντάρ θα εντόπιζε με ακρίβεια την θέση του ταφικού συγκροτήματος. Η Ασιούτ ήταν στο δρόμο της και όπως ήταν φυσικό, είχε προγραμματίσει να περάσει μερικές μέρες κοντά στους γονείς της, όχι μόνο γιατί τους είχε πεθυμήσει αλλά κι επειδή είχε ανάγκη από λίγη ξεκούραση.

Στο λιμάνι τις περίμενε αυτοκίνητο του πατέρα της και στο σπίτι τις είχαν ετοιμάσει ολόκληρη γιορτή υποδοχής, με στρωμένο τραπέζι στην πίσω αυλή, κάτω από τα μεγάλα δέντρα.

Είχε συγκεντρωθεί όλη η οικογένεια, που εκτός από τις αδερφές της και τις οικογένειες τους, αριθμούσε αρκετούς θείους και θείες, με τις δικές τους. Ευτυχώς για την Νασσίμ, την παράσταση έκλεψε η μικρή Χέτι κι έτσι εκείνη μπόρεσε με τη σειρά της, να κλέψει λίγο χρόνο, για να ξεκουραστεί πριν το δείπνο.

Όταν έφυγε και ο τελευταίος από τους συγγενείς ήταν κιόλας περασμένα μεσάνυχτα, όμως η υπερένταση από τη μια, και η

51

λαχτάρα να μείνει μόνη με τη μικρότερη αδερφή της από την άλλη, είχαν σαν αποτέλεσμα να περάσουν όλη τη νύχτα ξάγρυπνες, κουβεντιάζοντας. Είχε αρχίσει να χαράζει όταν ξάπλωσε, έχοντας τελευταία σκέψη στο μυαλό της την έρευνα της στην Άβυδο. Ο ύπνος την πήρε σχεδόν αμέσως και είδε το πιο ζωντανό όνειρο της ζωής της.

Είχε πέσει, λέει, γυμνή στα αφρισμένα νερά του ποταμού και πάλευε να κρατηθεί στην επιφάνεια. Και τότε ήρθε μια φελούκα, σαν εκείνες των χωρικών, όμως μέσα καθόταν ένας ξένος με καστανόξανθα μαλλιά και γαλάζια μάτια. Ένας ξένος που όμως, το ένιωθε πολύ έντονα, της ήταν τόσο οικείος που ταυτίζονταν ολόκληρη η ύπαρξη της μαζί του. Της χαμογέλασε και της άπλωσε το χέρι. Ανέβηκε, κι εκείνος έβγαλε το πουκάμισο του και την σκέπασε.

Έπειτα βρέθηκαν, καταμεσής στην έρημο, να κάνουν έρωτα κάτω από μια τέντα. Το κορμί της ριγούσε και τραντάζονταν από ηδονή κι αναρωτήθηκε αν είχε ποτέ νιώσει έτσι όταν, φοιτήτρια ακόμη, είχε ολοκληρώσει τη σχέση της με το φίλο της ή αν είχε ξεχάσει από τότε πως ένιωθε.

Το σίγουρο ήταν πάντως πως η ανταπόκριση της ψυχής της ήταν κάτι το πρωτόγνωρο και μοναδικό. Έφτασαν μαζί στο τέλος κι η Νασσίμ ξύπνησε μούσκεμα στον ιδρώτα και όχι μόνο. Έκρυψε, κόκκινη από ντροπή, το πρόσωπο της στο μαξιλάρι κι έμεινε έτσι μέχρι που κόντεψε να σκάσει. Όταν ηρέμησε και σκέφτηκε πιο ψύχραιμα, απέδωσε το όνειρο στον ανέραστο βίο της και αποφάσισε πως ήταν μάλλον καιρός να σκεφτεί λίγο και τον εαυτό της σαν γυναίκα. Έπειτα, ξανασκέφτηκε τις λεπτομέρειες του ονείρου κι αποκοιμήθηκε χαμογελώντας.

* * *

Ο Ντάγκλας συναντήθηκε με τον Πρόεδρο του Συλλόγου Επιστημονικών Ερευνών δυο μέρες μετά την επιστροφή του στο Λονδίνο. Όταν του τηλεφώνησε και έκλεισαν ραντεβού ο δεύτερος δεν είχε ακόμη ιδέα για τι επρόκειτο. Πήρε το τηλεγράφημα από το Αυστραλιανό κανάλι, που προγραμμάτιζε να γυρίσει το ντοκιμαντέρ για την Αίγυπτο, το πρωί της ημέρας του ραντεβού τους. Και ούτε λίγο ούτε πολύ ζητούσαν να τους συστήσουν κάποιον, με τα προσόντα που συγκέντρωνε ο Ντάγκλας Γουώσμπουρν στο πρόσωπό του.

Ο συγχρονισμός ήταν τέτοιος που δεν μπορούσαν να τον αγνοήσουν και παρ' ότι ήταν κι οι δυο εξοικειωμένοι με αυτές τις καταστάσεις, πέρασαν αρκετή ώρα σχολιάζοντας την περίπτωση.

Ο Πρόεδρος του έδωσε όλα τα απαραίτητα στοιχεία για να έρθει σε επαφή με τον νέο εργοδότη του και του ευχήθηκε καλό ταξίδι.

Οι κρατήσεις των δωματίων του ξενοδοχείου, για την ομάδα, ίσχυαν από τις δέκα του ερχόμενου Οκτώβρη, όμως ο Ντάγκλας κανόνισε να βρίσκεται στο Κάιρο μια εβδομάδα νωρίτερα. Δεν είχε ξανάπει ποτέ του και ήθελε να έχει λίγο ελεύθερο χρόνο για τουρισμό πριν πιάσουν δουλειά. Όμως κατά βάθος, ήταν η μορφή της μελαχρινής Αιγύπτιας που τον έκανε να βιάζεται, παρ' όλο που δεν ήξερε για ποιο λόγο. Συνήθιζε όμως να ακούει πάντα, πρώτα τη φωνή της διαίσθησης κι ύστερα της λογικής. Και ποτέ μέχρι τώρα δεν το είχε μετανιώσει.

Ήρθε σε επαφή με τον ξεναγό της ομάδας, αγγλικής μεν καταγωγής αλλά μονίμου κατοίκου του Καΐρου, και του δήλωσε την πρόθεση του να πάει νωρίτερα από τους υπόλοιπους.

Όταν συναντήθηκαν του έκανε το τραπέζι στο εστιατόριο του

ξενοδοχείου κι εκείνος του πρότεινε μονοήμερες περιηγήσεις στην γύρω περιοχή και του εξασφάλισε αυτοκίνητο με οδηγό. Και βέβαια ο Ντάγκλας του ζήτησε να μάθει ποιοι συμπεριλαμβάνονταν στην ομάδα, μένοντας προβληματισμένος όταν διαπίστωσε πως ανάμεσα στα μέλη της αποστολής δεν υπήρχε καμιά Αιγύπτια.

Όταν έμεινε μόνος, άπλωσε το χέρι του στην εφημερίδα, που είχε ξεχάσει ο οδηγός του, παρ' όλο που ήταν αραβική. Άρχισε να την ξεφυλλίζει και χαμογέλασε μόνος του γι αυτή την αντανακλαστική σχεδόν συνήθεια, αφού το μόνο που μπορούσε να κάνει ήταν να χαζέψει τις φωτογραφίες. Όμως μια εικόνα είναι πάντα χίλιες λέξεις και την προσοχή του τράβηξε η φωτογραφία κάποιων ανθρώπων που στέκονταν με φόντο τη Σφίγγα, στην Γκίζα. Και δίπλα ακριβώς, από μια μικρότερη του χαμογελούσε ένα γνώριμο γυναικείο πρόσωπο! Βέβαια υπήρχαν λεζάντες και στις δυο φωτογραφίες, που προφανώς εξηγούσαν τα δρώμενα, όμως για τον Ντάγκλας τα γράμματα ήταν μόνο καλλιγραφικές ...μουτζούρες!

Δίπλωσε την εφημερίδα έτσι που να φαίνονται οι φωτογραφίες και σηκώθηκε. Λίγα λεπτά αργότερα, ο υπάλληλος της ρεσεψιόν του εξηγούσε πως η κυρία της φωτογραφίας ήταν η διακεκριμένη αιγυπτιολόγος Νασσίμ Ρεφάτ και πως δίπλα απεικονίζονταν με μια ομάδα φοιτητών της από επίσκεψή τους στην Γκίζα. Η είδηση αναφέρονταν σε μια νέα ανασκαφή που επρόκειτο να ξεκινήσει με την ομάδα της στην Άβυδο.

«Πως θα μπορούσα να επικοινωνήσω μαζί της;» ρώτησε ανυπόμονα εκείνος και ο υπάλληλος χαμογέλασε συγκαταβατικά. «Μα την ξέρουν όλοι στο Μουσείο!»

* * *

Το κτίριο του Μουσείου ήταν τεράστιο και επιβλητικό. Το εσωτερικό του, του φάνηκε σαν λαβύρινθος με την πρώτη ματιά και στο κισσέ των πληροφοριών γινόταν πανδαιμόνιο από ένα γκρουπ Ιταλών τουριστών. Ωστόσο δεν είχε και πολλά περιθώρια επιλογής κι έτσι περίμενε υπομονετικά τη σειρά του. Ο υπάλληλος που ανέλαβε να τον εξυπηρετήσει αναγνώρισε αμέσως το όνομα της Δρ Ρεφάτ και τον ρώτησε αν είχε ραντεβού μαζί της.

«Όχι ακριβώς,» απολογήθηκε ο Ντάγκλας, «στην πραγματικότητα αυτό προσπαθώ να κάνω. Να έρθω σε επαφή μαζί της και να κλείσουμε κάποιο ραντεβού.»

«Αυτή τη στιγμή βρίσκεται με τους φοιτητές της στην αίθουσα είκοσι δύο, στον επάνω όροφο. Αν δεν την απασχολήσετε επί μακρόν, μπορώ να σας οδηγήσω εκεί σε λίγο.»

Ο Ντάγκλας τον ευχαρίστησε και περίμενε. Είκοσι δύο λεπτά αργότερα έμπαιναν στην αίθουσα είκοσι δύο. Ο υπάλληλος του έδειξε διακριτικά προς το μέρος της και περίμενε υπομονετικά δίπλα στην είσοδο.

Οι φοιτητές κράταγαν όλοι από ένα μπλοκ και σκιτσάριζαν τα ταφικά ευρήματα και τα ειδώλια που ήταν τοποθετημένα στις προθήκες ενώ εκείνη περιφέρονταν ανάμεσα τους κάνοντας διορθώσεις και υποδείξεις.

Την πλησίασε διστακτικά. Δεν είχε σκεφτεί τι ακριβώς θα της έλεγε και το συνειδητοποιούσε μόλις εκείνη τη στιγμή. «Δρ. Ρεφάτ; ...Συγνώμη που ενοχλώ, είστε η Δρ. Νασσίμ Ρεφάτ;» προσπάθησε να τραβήξει την προσοχή της. Εκείνη στράφηκε να κοιτάξει ποιος της μιλούσε και τα χαρτιά της σκόρπισαν ολόγυρα στο πάτωμα, έτσι που ταράχτηκε από την παρουσία του. Μπροστά της, ολοζώντανος με σάρκα και οστά, στέκονταν ο ονειρικός της εραστής!

Έφερε το χέρι στο στόμα προσπαθώντας να συγκρατήσει μια

55

αυθόρμητη κραυγή τρόμου που ανέβηκε στο λαιμό της, ενώ το χρώμα έφευγε τελείως από το πρόσωπο της.

Όλοι γύρισαν και τους κοίταξαν ανήσυχοι και ο Ντάγκλας ζήτησε χίλια συγνώμη που την είχε άθελα του τρομάξει. Έσκυψε να της μαζέψει τα σκίτσα ενώ εκείνη εξακολουθούσε να στέκεται ακόμη ασάλευτη σαν παγωμένη, λες και είχε δει φάντασμα, και τον έφερε σε μεγαλύτερη αμηχανία.

«Και πάλι σας ζητώ συγνώμη!» απολογήθηκε δίνοντας της τα χαρτιά της. «Μάλλον ήσασταν πολύ απορροφημένη από τη δουλειά σας κι εγώ ίσως λίγο απρόσεκτος.»

Ψέλλισε κάτι σαν «δεν πειράζει, συγνώμη, εγώ...» κι έπειτα είπε κάτι στη γλώσσα της απευθυνόμενη στους φοιτητές που ξαναγύρισαν στη δουλειά τους.

«Ναι, είμαι η Νασσίμ Ρεφάτ.» του δήλωσε ψύχραιμα πια. «Τι μπορώ να κάνω για σας;»

«Ντάγκλας Γουώσμπουρν» της άπλωσε το χέρι, όμως εκείνη έσφιξε περισσότερο τα χαρτιά που κρατούσε και αγνόησε τη χειραψία του. Η συμπεριφορά της δεν τον βοηθούσε καθόλου, ωστόσο αποφάσισε πως δεν έπρεπε να χάσει την ευκαιρία και να κλείσει μια συνάντηση μαζί της, οπωσδήποτε!

«Είμαι μέλος μιας ερευνητικής ομάδας που πρόκειται να ξεκινήσει σύντομα εργασίες στη Γκίζα...... και νομίζουμε, δηλαδή πιστεύω, πως εσείς μπορείτε να μας βοηθήσετε λόγω της ειδικότητος σας... Εν πάση περιπτώσει, μπορούμε να συναντηθούμε κάπου μετά τη δουλειά σας και να σας εξηγήσω;»

«Ποιος σας έστειλε σε μένα κύριε Γουώσμπουρν;» τον ρώτησε ψυχρά και ίσως λίγο απότομα.

«Θα σας εξηγήσω τα πάντα αργότερα, αν μου επιτρέψετε να εκμεταλλευτώ λίγο από το χρόνο σας. Θα μπορούσαμε να φάμε το μεσημέρι μαζί; Αν σας βολεύει ευχαρίστως θα σας περίμενα να τελειώσετε τη δουλειά σας......»

Την ένιωσε να διστάζει και προς στιγμή φοβήθηκε πως θα του αρνηθεί. Έπειτα κάτι σκέφτηκε κι αυτό την έκανε ν' αλλάξει γνώμη. «Πολύ καλά. Θα βρεθούμε στις τρεις στην έξοδο του κτιρίου. Με συγχωρείται τώρα. Πρέπει να γυρίσω στη δουλειά μου.»

Την ευχαρίστησε με μια μικρή υπόκλιση, κι έφυγε συγκρατώντας την διάθεση θριάμβου που ένιωθε για την επιτυχία του.

* * *

Κατά τη γνώμη της, το εστιατόριο του ξενοδοχείου του ήταν ίσως το πιο κατάλληλο, για να πάρουν το γεύμα τους και να κουβεντιάσουν με την ησυχία τους.

Στη διάρκεια της διαδρομής της εξήγησε για το ντοκιμαντέρ που επρόκειτο να κινηματογραφήσουν όπως και την ειδικότητα του ως ψυχολόγου, "ειδικού" απεσταλμένου του Συλλόγου Επιστημονικών Μελετών Ανωμάλων Φαινομένων.

«Και τι ακριβώς σημαίνει αυτό;» τον ρώτησε προσπαθώντας να καταλάβει τη θέση του μέσα στην ομάδα.

Είχαν ήδη καθίσει στο τραπέζι τους και η Δρ. Ρεφάτ ανέλαβε να παραγγείλει παραδοσιακές σπεσιαλιτέ και για τους δύο.

Ο Ντάγκλας αποφάσισε πως έπρεπε να της μιλήσει εξ αρχής για τις ικανότητες του. «Με λίγα λόγια, κατέληξε, εγώ θα αναλάβω την παραφυσική έρευνα, των όποιων δεδομένων, θα προσπαθήσουν να εξηγήσουν με τις επιστήμες τους, τα υπόλοιπα μέλη της ομάδας.»

«Κι εγώ, σε τι μπορώ να σας φανώ χρήσιμη;»

«Είστε γέννημα θρέμμα αυτού του τόπου και επί πλέον ειδικευμένη αιγυπτιολόγος, ενώ εγώ ποτέ άλλοτε δεν είχα επαφή με οτιδήποτε σχετικό. Ξέρω ό,τι και ο περισσότερος κόσμος για τις Πυραμίδες και αυτό δεν είναι αρκετό. Θα μου ήταν πολύτιμη η βοήθεια σας, αν θέλατε να μου αφιερώσετε λίγο χρόνο και να με φέρετε σε μια πρώτη επαφή με το αντικείμενο της δουλειάς σας. Και βέβαια, αν δεχτείτε, αφήνω σε σας να αποφασίσετε για το ποσό της αμοιβής σας, γιατί πραγματικά δεν θα μπορούσα να εκτιμήσω την προσφορά σας.» πήρε την πρωτοβουλία να της προτείνει, αδιαφορώντας για το ότι η αμοιβή της θα έβγαινε από την δική του τσέπη!

Η Νασσίμ τον κοίταξε για πρώτη φορά ίσια στα μάτια. Τόση ώρα που της μιλούσε, η σκέψη της πηγαινοέρχονταν μεταξύ ονείρου και πραγματικότητας προσπαθώντας να βάλει μια λογική τάξη σε ότι της συνέβαινε, αλλά μάταια.

Δεν του απάντησε κι έτσι όπως τον κοιτούσε σκεφτική τον απογοήτευσε. Ήταν σχεδόν σίγουρος πως επρόκειτο να του αρνηθεί.

«Η αλήθεια είναι πως έχω λίγες μέρες στη διάθεση μου μέχρι να ξεκινήσουμε την προετοιμασία για την ανασκαφή. Όμως δεν ξέρω αν είναι συνετό...» άφησε την κουβέντα της μισοτελειωμένη. Τι να του έλεγε άλλωστε;

«Σας δεσμεύει κάποιο επαγγελματικό συμβόλαιο μήπως;»

«Όχι, όχι. Είναι... προσωπικοί λόγοι.»

«Είναι θέμα κάποιου... ταμπού, ίσως; Μήπως υπάρχει κάποιος που θα παρεξηγούσε την επαγγελματική φύση της σχέσης μας;»

"Μονάχα ο εαυτός μου!" σκέφτηκε εκείνη χαμηλώνοντας το βλέμμα, ενώ τα μάγουλα της βάφτηκαν κόκκινα.

Ο Ντάγκλας άπλωσε το χέρι του στο δικό της.

«Συγνώμη αν σας έφερα σε δύσκολη θέση.» απολογήθηκε κι ένιωσε την ζεστασιά της να τον διαπερνά ολόκληρο. Όμως εκείνο που τον έκανε να μείνει μαρμαρωμένος στη θέση του ήταν οι αισθητήριες εικόνες που πλημμύρισαν το μυαλό και την ψυχή του μόλις την άγγιξε.

Η ικανότητα της διόρασης αναδύθηκε αυθόρμητα, και μπήκε στο μυαλό της χωρίς να το θέλει. Και μέσα σε κλάσματα δευτερολέπτου, αν μπορούσε βέβαια να βάλει σε χρονικά όρια μια καθαρά άχρονη διαδικασία, βίωσε ό,τι και η Νασσίμ στο όνειρο της.

Ομολογουμένως ήταν κάτι που δεν το περίμενε και ξαφνιάστηκε τόσο που έμεινε άφωνος. Ωστόσο μπορούσε πλέον να κατανοήσει το δισταγμό της. Ήταν κι εκείνη το ίδιο ξαφνιασμένη και ίσως ακόμη περισσότερο.

«Δεν έχει σημασία...» ψιθύρισε σχεδόν, και τράβηξε διακριτικά το χέρι της.

«Είσαι σίγουρη πως δεν έχει σημασία;» τη ρώτησε ψάχνοντας το βλέμμα της κι εκείνη τον κοίταξε καχύποπτα. Κάτι στη φωνή του την έκανε να υποψιαστεί πως ήξερε.

Ο Ντάγκλας μάντεψε τη σκέψη της και της χαμογέλασε. «Βλέπεις, ήμουν... κι εγώ εκεί!» αστειεύτηκε κι εκείνη πανικοβλήθηκε. Η κατάσταση είχε αρχίσει να ξεφεύγει από τον έλεγχο της κι ένιωσε την ανάγκη να ξαναβάλει τα πράγματα στη θέση τους.

«Τι εννοείς;» Είχαν πάψει ασυναίσθητα να μιλούν πια στον πληθυντικό ευγενείας κι εκείνος αποφάσισε να της μιλήσει ανοιχτά. Της ανέφερε για το όραμα που είχε στην ύπνωση του και της εξήγησε πως αυτός ήταν ο λόγος που είχε ψάξει να τη βρει. Ακόμη παραδέχτηκε πως ήξερε για το όνειρό της, και πώς ένιωθε εκείνη γι αυτό, βεβαιώνοντας την πως τα συναισθήματα ήταν αμοιβαία.

Την ένιωσε να βρίσκεται στα όρια υστερικής κρίσης και σήκωσε τα χέρια του ψηλά. «Με συγχωρείς. Παρασύρθηκα και σου τα είπα όλα μαζί. Καταλαβαίνω πως ανατρέπω κάθε γνωστή όψη της πραγματικότητας σου, όμως είναι το μοναδικό χαρτί που έχω στα χέρια μου για να κερδίσω την προσοχή σου.

Θα περιμένω όσο χρειαστεί για να συνέλθεις από το σοκ και θα είμαι πλάι σου όταν χρειαστείς τη βοήθεια μου. Εσύ θα μου μιλάς για την αρχαία Αίγυπτο και τις Πυραμίδες κι εγώ για τις Ψυχικές Δυνάμεις και την ρευστή πραγματικότητα του Κόσμου.»

Η Νασσίμ ένιωσε να απλώνεται μέσα της μια γαλήνια ηρεμία, όπως ακριβώς στη φύση μετά από μια καταιγίδα. Ύστερα σκέφτηκε πως βρίσκονταν απλώς στο "μάτι" του κυκλώνα, όμως αυτό δεν φάνηκε να την ταράζει. Κάπου βαθιά μέσα της ήξερε και το είχε δεχτεί, πως από εκείνη τη νύχτα που τον είχε δει στον ύπνο της, όλα είχαν πάρει το δρόμο τους και πως η ζωή της δεν θα ήταν ποτέ πια η ίδια.

Έγνεψε μόνο καταφατικά με το κεφάλι, για να του δείξει πως συμφωνούσε κι ευχήθηκε να μην μετάνιωνε ποτέ γι αυτή της την απόφαση.

ΤΖΕΡΑΛΝΤΙΝ ΝΤΡΕΙΚ –
ΜΑΡΤΙΝ ΧΟΡΜΠΣ – ΚΙΜ ΛΙΝΤΕΝ

Το Ρέιντζ Ρόβερ ανηφόριζε τον κακοτράχαλο χωματόδρομο αγκομαχώντας, καθώς ήταν φορτωμένο με προμήθειες τουλάχιστον δεκαπέντε ημερών.

Η Τζέραλντιν απέφυγε μια μεγάλη πέτρα που είχε κυλήσει στη μέση του δρόμου μουρμουρίζοντας, όμως κατά βάθος ήταν πολύ ευχαριστημένη που βρίσκονταν πάλι πίσω.

Το σπίτι της, μια ξύλινη κατασκευή στους πρόποδες του βουνού, εκατόν είκοσι χιλιόμετρα βόρεια από τη Λίμα, είχε θέα στον Ειρηνικό ενώ ανατολικά του υψώνονταν μεγαλόπρεπα οι Άνδεις. Μια πηγή ψηλά στους βράχους, την προμήθευε νερό και ηλεκτρικό ρεύμα, χάρη στο μικρό καταρράχτη που σχημάτιζε λίγο πιο πέρα από την αυλή της, αν μπορούσε να ονομάσει έτσι την έκταση γύρω από το σπίτι.

Στην πραγματικότητα ακόμη κι αυτό το ίδιο φάνταζε παράταιρο σ' εκείνο τον άγριο τόπο.

Ωστόσο είχε καταφέρει να δημιουργήσει στο εσωτερικό του μια ζεστή ατμόσφαιρα σπιτικού που σε γέμιζε θαλπωρή. Τον αγαπούσε τούτο τον τόπο, ήταν ό,τι πιο προσωπικό είχε ποτέ κι ένιωθε να γαληνεύει κάθε φορά που γύριζε από κάθε ταξίδι

61

της. Η απόλυτη μοναξιά της τη βοηθούσε να συγκεντρωθεί και να δουλέψει, βγάζοντας στην επιφάνεια όλο τον εσωτερικό της κόσμο. Είχε αρχικά επισκεφθεί το Περού πριν οκτώ χρόνια, αμέσως μετά το διαζύγιο της, σαν τουρίστρια και από τότε πήρε την απόφαση να μείνει μόνιμα, χωρίς ποτέ να το μετανιώσει. Ίσα, ίσα είχε καταφέρει να δημιουργήσει εκεί τους καλύτερους πίνακες της. Αυτούς που είχαν κάνει την καλύτερη εντύπωση, στην τελευταία της έκθεση, και που είχαν πουληθεί όλοι!

Γύριζε λοιπόν διπλά ευχαριστημένη. Ήταν η πρώτη φορά, εδώ και καιρό, που δεν χρειαζόταν να σκέφτεται τα έξοδα της, μιας και οι καταθέσεις της στην τράπεζα είχαν αυξηθεί κατακόρυφα και αυτό βέβαια της έδινε πολύ κουράγιο.

Ανανέωσε τις προμήθειες της σε τρόφιμα και κυρίως παρήγγειλε τόσο υλικό για τη δουλειά της, που η εταιρία προσφέρθηκε να της το στείλει η ίδια στη Λίμα. Αν και αυτό σήμαινε καθυστέρηση, η Τζέραλντιν ήταν ευχαριστημένη γιατί δεν θα είχε να φροντίσει και την δική του μεταφορά.

Σταμάτησε το αυτοκίνητο ακριβώς μπροστά στη σκάλα, για να μπορεί να ξεφορτώσει εύκολα και ο Ράλφ, ο σκύλος της, πέρασε από πάνω της και βγήκε πρώτος, μόλις άνοιξε την πόρτα. Έτρεχε σαν τρελός πάνω κάτω μυρίζοντας τριγύρω και μαρκάροντας την περιοχή του, όπως άλλωστε κάθε φορά που γύριζαν πίσω.

Ξεκλείδωσε τη βαριά ξύλινη πόρτα και την έσπρωξε με δύναμη. Οι μεντεσέδες έτριξαν θυμίζοντας ταινία τρόμου και αναλογίστηκε, αναστενάζοντας, την δουλειά που την περίμενε μέχρι να ξανακάνει το σπίτι κατοικήσιμο.

Ψηλαφώντας στα σκοτεινά μπήκε στο σαλόνι κι έψαξε μάταια να βρει ένα κερί. Ψηλαφώντας ακόμη, έφτασε στο παράθυρο για ν' ανοίξει τα παντζούρια και κάτω από το πόδι της ακούστηκε ένας ήχος πλαστικού που σπάει. Στο φως του ήλιου που μπήκε εκτυφλωτικό ανακάλυψε πως, το θύμα της, ήταν το ηλεκτρονικό παιχνίδι του Ρέιφ, εκείνο που είχαν ξεχάσει φεύγοντας και για το οποίο δεν είχε σταματήσει να γκρινιάζει σχεδόν σε όλο το ταξίδι.

Μάζεψε τα κομμάτια θλιμμένη, όχι τόσο για το σπασμένο παιχνίδι, όσο για την απουσία του γιου της, το μόνο μελανό σημάδι στη ζωή της. Ο πρώην άντρας της, την είχε αποκαλέσει τρελή όταν έμαθε πως σκόπευε να μετακομίσει στην άκρη του κόσμου ολομόναχη και φρόντισε να κρατήσει ο ίδιος το παιδί και την κηδεμονία του. Φαίνεται πως την ίδια άποψη είχε και ο δικαστής, γιατί δεν δυσκολεύτηκε καθόλου να τα καταφέρει. Ο Ρέιφ ήταν τώρα έντεκα χρονών και ζούσε στην Καλιφόρνια, έρχονταν όμως πάντα στις διακοπές θεωρώντας τη ζωή του εκεί πραγματική περιπέτεια. Όταν βρίσκονταν εκείνη στην πατρίδα και έμενε με τους γονείς της, τον έπαιρνε κοντά της μιας και η μοναδική αντίρρηση του πατέρα του εστιάζονταν στην ερημιά της περιοχής όπου ζούσε εκείνη.

Δεν του κρατούσε κακία γι αυτό, άλλωστε καταλάβαινε και η ίδια πως το δίκιο ήταν με το μέρος του. Το παιδί χρειάζονταν ένα καταλληλότερο περιβάλλον για να μεγαλώσει, απ' αυτό που μπορούσε να του προσφέρει εκεί.

Ξαφνικά συνειδητοποίησε πως είχε ξεχαστεί και βιάστηκε να κατέβει στο μικρό κτίσμα που στέγαζε την ηλεκτρική γεννήτρια. Ήταν το πρώτο που έπρεπε να ελέγξει όσο ήταν ακόμη μέρα. Τα υπόλοιπα μπορούσαν να γίνουν και αργότερα. Εξ άλλου, μέχρι να έρθει το υλικό της δουλειάς της και να κατέβει να το παραλάβει από το αεροδρόμιο της Λίμα, θα περνούσαν αρκετές ημέρες και σ' αυτό το διάστημα προλάβαινε με άνεση να καθαρίσει το σπίτι.

* * *

63

Ο Μάρτιν έφτιαξε για άλλη μια φορά τη γραβάτα του στον καθρέφτη και έσκυψε να πάρει τον χαρτοφύλακά του. Η Κιμ, λεπτή και μικροκαμωμένη, με τα κοντά της καστανά μαλλιά ακόμη πιο ανακατωμένα από τον ύπνο, του χαμογέλασε τυλιγμένη σφιχτά στην ρόμπα της από σατέν στο χρώμα του φιστικιού.

«Δεν θα αργήσεις, έτσι;» την ρώτησε σκύβοντας να την φιλήσει.

«Σε μια ώρα, περίπου, θα είμαι εκεί.» τον διαβεβαίωσε και πριν προλάβει να τραβηχτεί από κοντά του η επτάχρονη Ντόροθυ όρμησε σαν σίφουνας από την σκάλα, στην αγκαλιά τους. Είχε μόλις ξυπνήσει.

«Μπαμπά μη φεύγεις... Εγώ δεν έφαγα ακόμη!»

Ο Μάρτιν την σήκωσε ψηλά κρατώντας την στον αέρα για λίγο. «Όποιος αργεί να σηκωθεί, τρώει μόνος του!» της εξήγησε τρυφερά και της έσκασε ένα φιλί στη μύτη.

«Θα φροντίσω να γυρίσω για το δείπνο και τότε θα μου πεις πως πέρασες στο σχολείο. Εντάξει;»

«Εντάξει.» Συμφώνησε η μικρή.

«Μπορώ να δείξω στη δασκάλα μου τη ζωγραφιά που κάναμε μαζί;»

«Και βέβαια μπορείς. Αρκεί να μην της εξηγήσεις πως εκείνος ο ψηλός με τα στραβά πόδια και τα στρογγυλά αυτιά, είναι ο μπαμπάς σου!» Η Ντόροθυ γέλασε και μάζεψε το παντελόνι της πυτζάμας της.

Στο μάρμαρο της σκάλας ακούστηκαν τα βήματα από τα γυμνά ποδαράκια της Άλις. Ήταν μονάχα πέντε χρονών και κατέβαινε προσεχτικά, κρατώντας με το ένα χέρι ψηλά την κουπαστή και στο άλλο έσφιγγε την χνουδωτή κουβέρτα της, που σέρνονταν πίσω της, στο πάτωμα.

«Ο Λάιουνς σε θηλυκή έκδοση!» μουρμούρισε η Κιμ και την πήρε στην αγκαλιά της.

«Πες καλημέρα στο μπαμπά που φεύγει...»

«Πηγαίνεις στη δουλειά;» ρώτησε η μικρή.

«Προσπαθώ...» της χαμογέλασε εκείνος, τους φίλησε όλους και βιάστηκε να εξαφανιστεί.

Είχε ραντεβού με πελάτες και ήθελε να φτάσει στη γκαλερί αρκετά νωρίτερα από την καθορισμένη ώρα. Ο πελάτης που περίμενε του είχε παραγγείλει μια μινιατούρα, δώρο για τα γενέθλια της γυναίκας του και ο Μάρτιν είχε κινήσει γη και ουρανό για να την βρει. Την είχαν παραλάβει πριν δυο μέρες και είχαν ήδη ελέγξει την γνησιότητα της, έργο άγνωστου ζωγράφου του δέκατου έβδομου αιώνα, ήθελε όμως να σιγουρευτεί για άλλη μια φορά πως όλα ήταν εντάξει. Η κυρία Ρέιμοντ, η βοηθός τους, ήταν κιόλας εκεί και η καφετιέρα ήταν γεμάτη αχνιστό μυρωδάτο καφέ.

Η ζωή της γκαλερί "Όνειρα Τέχνης" είχε ξεκινήσει όταν ο Μάρτιν ήταν ακόμη έφηβος, με πρωτοβουλία της μητέρας του. Και παρ' ότι ο ίδιος ήθελε να ασχοληθεί με την επιχείρηση, έκανε το χατίρι του πατέρα του και σπούδασε αρχιτεκτονική. Ένα χρόνο μετά το θάνατό του, η μητέρα του ξαναπαντρεύτηκε κι έφυγε με τον άντρα της για την Ευρώπη, και τότε ο Μάρτιν ανέλαβε την διεύθυνση ενώ εκείνη ίδρυσε μια θυγατρική στο Λονδίνο, που όπως ήταν φυσικό συνεργάζονταν άμεσα με την πρώτη.

Αυτή η κίνηση έδωσε νέα ώθηση στην γκαλερί και όταν παντρεύτηκε και ο ίδιος, προστέθηκε ένα τμήμα με αντίκες, την μεγάλη αδυναμία της Κιμ, μετά τη μουσική.

Έτσι, επτά χρόνια αργότερα, ήταν οι μοναδικοί στην δυτική ακτή που συνδύαζαν μια μεγάλη γκάμα από πίνακες γνωστών ζωγράφων με μια συλλογή από αντίκες διαφόρων ειδών.

Οι πελάτες τους, διάσημα ονόματα του επιχειρηματικού, καλλιτεχνικού αλλά και του πολιτικού κόσμου, ξεκινούσαν τις αναζητήσεις τους πρώτα από τα "Όνειρα Τέχνης" και σπάνια έφευγαν ανικανοποίητοι.

Η λιμουζίνα έφερε το ζεύγος Κόεν ακριβώς στην ώρα του, και ο Άιζακ συνόδευσε την γυναίκα του στον ειδικό χώρο έκθεσης, που τους οδήγησε ο Μάρτιν. Μια ώρα περίπου αργότερα, τους αποχαιρετούσε ενθουσιασμένους με το απόκτημα τους, έχοντας την ικανοποίηση της επιταγής που θα προσέθετε στον τραπεζικό του λογαριασμό.

Όμως η ευδαιμονία του δεν κράτησε για πολύ. Το τηλέφωνο κουδούνισε, ανυπόμονα θαρρείς, και στην άλλη άκρη της γραμμής ακούστηκε η φωνή του Πάτρικ Λη. Ένας ακόμη καλός πελάτης και όχι μόνο. Η σχέση τους, είχε ξεπεράσει το επαγγελματικό επίπεδο, πλησιάζοντας έως και το φιλικό. Ωστόσο, ο Πάτρικ ήταν τόσο απρόβλεπτος χαρακτήρας, εργένης αλλά γυναικάς εκ πεποιθήσεως, που ποτέ δεν μπορούσες να ξέρεις που θα κατέληγες μαζί του.

«Θα είσαι εκεί;» τον ρώτησε. «Ωραία, έρχομαι αμέσως!» δήλωσε χωρίς να περιμένει απάντηση.

* * *

Η Κιμ άφησε τα παιδιά στην φροντίδα της συνοδού τους και ανέβηκε στο δωμάτιο της. Έπρεπε να ετοιμάσει ένα μικρό σάκο με πιο σπορ ρούχα, από αυτά που είχε σκοπό να φορέσει το πρωί στην γκαλερί, επειδή στις τρεις είχε ηχογράφηση στο στούντιο κι αμέσως μετά σεμινάριο Χάθα Γιόγκα στο κλαμπ.

Έκανε ντους βιαστικά και κάθισε μπρος στον καθρέφτη της. Ήταν όμορφη, πλούσια, επιτυχημένη μουσικός και αντικέρ, είχε έναν υπέροχο άντρα που την αγαπούσε όσο και εκείνη και δυο υγιή και χαριτωμένα παιδιά, από τα οποία δεν έλλειπε το παραμικρό. Ωστόσο ένιωθε ένα κενό κάπου μέσα της, μια απουσία που καλώς ή κακώς, την είχε συνειδητοποιήσει εδώ και λίγο καιρό και που εμφανίζονταν σε χρόνο ανύποπτο και χωρίς ιδιαίτερο λόγο για να την βασανίζει.

«Κορεσμός!» της είχε πει με μια λέξη η Νάνση, η καλύτερή της φίλη, όταν προσπάθησε να της εξηγήσει το πρόβλημα της. «Αν είχες έστω και ένα πραγματικά σοβαρό πρόβλημα να αντιμετωπίσεις, δεν θα ένοιωθες έτσι!»

«Και λοιπόν τι με συμβουλεύεις; Να δημιουργήσω ένα;»

«Όχι, βέβαια! Ασχολήσου με ξένα!»

«Άσε με καημένη...» της είχε απαντήσει τότε, όμως μερικές φορές το σκεφτόταν σοβαρά, αν και κατά βάθος ήξερε πως δεν ήταν ακριβώς έτσι. Κατά βάθος ήξερε, πως ήταν εκείνες οι περίεργες σκέψεις που έκανε όταν βρίσκονταν μόνη. Σκέψεις για το –ποιοι είμαστε; -που πάμε; -γιατί συμβαίνει ό,τι συμβαίνει έτσι κι όχι κάπως αλλιώς; -υπάρχει το πεπρωμένο ή το φτιάχνουμε μόνοι μας;- και άλλα τέτοια πολλά, που δεν τολμούσε να τα εκμυστηρευτεί σε κανένα.

Πήρε μια βαθιά αναπνοή και έδιωξε τις σκέψεις από το μυαλό της. Έπρεπε να βιαστεί αν ήθελε να είναι στην ώρα της στο γραφείο. Ο Μάρτιν θα είχε δει ήδη τους Κόεν και θα την περίμενε να φτιάξουν τον κατάλογο με τους πίνακες που θα έστελναν στην έκθεση του ερχόμενου μήνα, στο Μπέρκλεϋ. Φτάνοντας, έπεσε πάνω στον Πάτρικ Λη, που έφευγε φουριόζος.

«Γεια σου αγάπη μου!» τη φίλησε στην άκρη των χειλιών της και την έκανε μια σβούρα γύρω από τον εαυτό της προκειμένου να την θαυμάσει. «Υπέροχη όπως πάντα! Λυπάμαι που πρέπει να φύγω, όμως σου υπόσχομαι πως ένα βράδυ μέσα στη βδομάδα, θα βγούμε οι δυο μας, για να επανορθώσω.»

«Θεότρελε! Και θα χαραμίσεις μια νύχτα για μένα, αγνοώντας τις γυναίκες σου;»

«Για σένα, θα μπορούσα να γίνω ακόμη και σπιτόγατος σαν τον Μάρτιν!»

Η Κιμ γέλασε, ξέροντας πως δεν το πίστευε αυτό που έλεγε και του κούνησε το χέρι.

Η χαρούμενη όμως διάθεσή της άλλαξε, όταν αντίκρισε τον Μάρτιν, φουρτουνιασμένο από νεύρα. «Τι έπαθες; Τι συμβαίνει... μήπως οι Κόεν ακύρωσαν...» ρώτησε ανήσυχη.

«Όχι, όχι. Με τον θεοπάλαβο τον Πάτρικ τα έχω.»

Η Κιμ αναστέναξε με ανακούφιση. Σίγουρα δεν μπορεί να ήταν κάτι σοβαρό κι εξ άλλου, ο Πάτρικ της είχε φανεί πραγματικά ευδιάθετος. «Δηλαδή;»

«Δηλαδή ούτε λίγο ούτε πολύ, θέλει να με στείλει στο Περού!»

«Δεν κατάλαβα...»

«Εύκολο είναι;»

«Αχ, Μάρτιν... Μη με μπερδεύεις περισσότερο!»

«Θα σου εξηγήσω αμέσως! Τον περασμένο μήνα έγινε μια έκθεση ζωγραφικής στο Σαν Ντιέγκο. Ήταν οργανωμένη από τον Δήμο και έλαβαν μέρος δυο τρεις νέοι ζωγράφοι. Ανάμεσα τους και κάποια Τζέραλντιν Ντρέικ, της οποίας δύο αντιπροσωπευτικά έργα είδε η νυν φιλενάδα του Πάτρικ σ' ένα διαφημιστικό φυλλάδιο, όταν τυχαία βρέθηκαν εκεί και ξετρελάθηκε! Η έκθεση είχε όμως ήδη κλείσει και ψάχνοντας να βρει τα ίχνη της ζωγράφου, έμαθε μέσω των γονιών της, πως όταν δεν ταξιδεύει, μένει κάπου έξω από τη Λίμα, στο Περού!»

«Και θέλει να πας να τη βρεις;» ρώτησε η Κιμ με τα μάτια διάπλατα ανοιγμένα, γνωρίζοντας ήδη την απάντηση.

«Μου άφησε το τηλέφωνο των γονιών της...»

«Μα έχουμε την έκθεση στο Μπέρκλεϋ...» διαμαρτυρήθηκε εκείνη.

«Λες να το έχω ξεχάσει; Αν ακούσεις όμως τι προμήθεια δίνει ο Πάτρικ συν τα έξοδα του ταξιδιού, χώρια που ο πελάτης έχει *πάντα δίκιο, θα αλλάξεις αμέσως γνώμη!»*

«Ωστόσο δεν παύει να είναι μια αλλαγή στο πρόγραμμα μας!»

«Το ξέρω. Όπως ξέρω ότι κι εσύ είσαι πολύ φορτωμένη για αναλάβεις και τις δικές μου υποχρεώσεις, για τις δυο τρεις μέρες που θα λείψω. Από την άλλη δεν θέλω να τον δυσαρεστήσω, πρόκειται για γυναίκα βλέπεις και τον ξέρεις τώρα τον Πάτρικ.»

«Έστω! Τουλάχιστον να δούμε τι αλλαγές μπορούμε να κάνουμε στο πρόγραμμα, ούτως ώστε να μην μείνουν εκκρεμότητες.»

Λίγα λεπτά αργότερα, είχαν βυθιστεί στο δικό τους κόσμο, δημιουργώντας διάφορα πλάνα, καταστρώνοντας σχέδια και προγραμματίζοντας εκ νέου τις υποχρεώσεις τους για τις επόμενες ημέρες.

* * *

Το αεροδρόμιο της Λίμα ήταν σχεδόν έρημο κι ένας ψυχρός άνεμος φυσούσε δειλά αλλά σταθερά. Ο Μάρτιν νοίκιασε ένα αυτοκίνητο με τετρακίνηση, σε μια εξωφρενική τιμή, και συμβουλεύτηκε τον οδικό χάρτη, που είχε επίσης ακριβοπληρώσει, πριν ξεκινήσει.

Φτάνοντας στα όρια του Καλιάο, μηδένισε το κοντέρ του αυτοκινήτου και πήρε το δρόμο προς το Σέρο Δε Πάσκο. Ύστερα από εκατόν είκοσι χιλιόμετρα και σύμφωνα με τις οδηγίες που του είχε δώσει ο κύριος Ντρέικ, θα συναντούσε στα αριστερά του τον χωματόδρομο που ανηφορίζοντας το βουνό, οδηγούσε στο σπίτι της Τζέραλντιν.

Το τοπίο γίνονταν ολοένα και πιο επιβλητικό και καθώς η ερημιά ήταν απόλυτη, άρχισε να χάνει την αίσθηση του χρόνου και η πραγματικότητα του περιορίστηκε στην οδήγηση στον

69

δύσκολο δρόμο και στα χιλιόμετρα που άφηνε πίσω του. Κι όταν σε μια στροφή συνάντησε ένα λεωφορείο, παμπάλαιο και ασφυκτικά γεμάτο να έρχεται από το αντίθετο ρεύμα, κατατρόμαξε ουσιαστικά χωρίς λόγο. Υπήρχε αρκετός χώρος και για τους δυο, όμως είχε συνηθίσει τόσο την ερημιά που ξαφνιάστηκε όταν το είδε απότομα μπροστά του.

Έριξε μια ματιά στα χιλιόμετρα που έδειχνε ο μετρητής και άναψε τσιγάρο. Ήθελε ακόμη είκοσι περίπου για να φτάσει στη στροφή και, άγνωστο πόσα, για να φτάσει στο σπίτι.

Ξαναβυθίστηκε στις σκέψεις του κι όταν μισή ώρα αργότερα κοίταξε και πάλι το κοντέρ, πάτησε τόσο απότομα το φρένο που κόντεψε να βγει από το δρόμο. Εξακολουθούσε να δείχνει ότι και την τελευταία φορά κι αυτό, βέβαια, σήμαινε πως είχε κολλήσει. Έμεινε για λίγα λεπτά σταματημένος κάθετα στο αντίθετο ρεύμα, ξεφυσώντας σαν ταύρος κι έπειτα πήρε, βρίζοντας, το δρόμο του γυρισμού.

Αρκετά χιλιόμετρα πίσω, συνάντησε την πρώτη διασταύρωση. Ήταν ένα στενό μονοπάτι, ανηφορικό και κακοτράχαλο, το οποίο θα απέρριπτε αμέσως αν δεν έβλεπε ίχνη από ρόδες αυτοκινήτου στο νοτισμένο χώμα. Έστριψε αποφεύγοντας τις λακκούβες που είχαν σκάψει με τον καιρό τα νερά της βροχής, ανησυχώντας για το αν είχε πάρει το σωστό δρόμο.

Είχε σχεδόν απελπιστεί όταν, τελικά, ο δρόμος τον έβγαλε σ' ένα ξέφωτο στην ρίζα ενός τεράστιου βράχου. Μπροστά του στέκονταν μια ξύλινη κατασκευή που έμοιαζε με σπίτι και κάτω από ένα υπόστεγο ήταν παρκαρισμένο ένα ρέιντζ ρόβερ. Από την καπνοδόχο έβγαινε μυρωδάτος καπνός καμένου ξύλου.

Αυτό, το τελευταίο, ήταν που του έδωσε λίγο κουράγιο. Αν μη τι άλλο υπήρχε κάποιος άνθρωπος να τον βοηθήσει. Ωστόσο δεν πρόλαβε να σκεφτεί τίποτε άλλο, όταν ένα κατάμαυρο θηρίο, που αποδείχτηκε σκύλος, όρμισε πάνω στο αυτοκίνητο γαβγίζοντας αγριεμένο. Ήταν έτοιμος να κορνάρει, αλλά η εξώπορτα άνοιξε και προς μεγάλη του έκπληξη εμφανίστηκε μια λεπτή ξανθιά κοπέλα, τυλιγμένη σ' ένα μαύρο μπουρνούζι.

Κατά τα φαινόμενα είχε σταθεί τυχερός κι είχε πάρει το σωστό δρόμο ή διαφορετικά, το βουνό ήταν γεμάτο ξύλινες καλύβες όπου ζούσαν ξανθές αμερικάνες.

Η κοπέλα σφύριξε στο σκύλο της κι εκείνος έκανε πίσω και σταμάτησε να γαβγίζει, χωρίς όμως να αφήσει στιγμή από τα μάτια του τον ανεπιθύμητο εισβολέα.

Άνοιξε λίγο ακόμη το παράθυρο και φώναξε το όνομα της.

«Ναι, εγώ είμαι. Τι θέλετε;»

«Μάρτιν Χόρμπς, της γκαλερί "Όνειρα Τέχνης"! Μπορώ να ανέβω στο σπίτι;» συστήθηκε ανυπόμονα.

«Ο Μάρτιν Χόρμπς;» ρώτησε σαστισμένη, μη μπορώντας να πιστέψει αυτόν τον αναμαλλιασμένο άνδρα με τη χαλαρωμένη γραβάτα, που την κοίταζε με βλέμμα κάπως... γυαλιστερό!

Δεν τον είχε δει ποτέ, εκτός από μια φευγαλέα στιγμή στην τηλεόραση πριν ένα, δυο χρόνια, ήξερε όμως καλά τον ρόλο που έπαιζε η γκαλερί του στη διαμόρφωση της αγοράς. Και φυσικά, ούτε και στα πιο τολμηρά της όνειρα μπορούσε να τον φανταστεί έξω από το σπίτι της.

Φώναξε τον Ράλφ κοντά της και του έκανε νόημα πως μπορούσε ν' ανέβει. Του ζήτησε συγνώμη για την εμφάνιση της και τον πέρασε στο μικρό καθιστικό, με τους αναπαυτικούς καναπέδες τριγύρω από το πέτρινο τζάκι.

«Θέλετε ένα ποτό μέχρι να αλλάξω;» τον ρώτησε, κι εκείνος για μια στιγμή έμμεινε ασάλευτος καθώς σκεφτόταν πως ήταν δυνατόν μια τόσο εύθραυστη γυναίκα να ζει μονάχη μέσα στην ερημιά. Ωστόσο τα διαπεραστικά μπλε μάτια της φανέρωναν θάρρος και τα χείλη της πείσμα.

«Ναι, ευχαριστώ.» μουρμούρισε και ξαφνικά θυμήθηκε πως

δεν είχε φάει τίποτε από το προηγούμενο βράδυ.

«Ένα χυμό, αν υπάρχει.»

Του χαμογέλασε συγκαταβατικά και γύρισε δυο λεπτά αργότερα προσφέροντας του ένα μεγάλο ποτήρι. Διέταξε τον Ράλφ να καθίσει κι έφυγε ζητώντας συγνώμη.

Ο Μάρτιν σωριάστηκε στον καναπέ και τέντωσε τα πόδια του να ξεμουδιάσουν. Ένιωθε ταλαιπωρημένος και βρόμικος και ζήλεψε την Τζέραλντιν που ήταν σπίτι της.

Νοστάλγησε το δικό του και του φάνηκε τόσο μακρινό, σαν να μην είχε φύγει από εκεί μόλις εκείνο το πρωί ή σαν να μην επρόκειτο να είναι πίσω το επόμενο βράδυ. Ξαφνιάστηκε μ' αυτή τη σκέψη και απέδωσε τα συναισθήματα του στην κούραση. Ήπιε το χυμό του και έβγαλε τσιγάρο, περίμενε όμως να επιστρέψει η οικοδέσποινα για να της ζητήσει την άδεια πριν το ανάψει.

Εκείνη γύρισε φορώντας τζιν και εκρού πουλόβερ, με τα μαλλιά πλεγμένα κοτσίδα, κρατώντας ένα χυμό και για την ίδια. Έμοιαζε με κοριτσόπουλο, όμως ο Μάρτιν ήταν σίγουρος πως μόνο μια γυναίκα με κότσια θα αποφάσιζε να ζήσει με το δικό της τρόπο. Και αυτό ήταν κάτι που τον εντυπωσίαζε αλλά και τον τραβούσε παράλληλα.

«Μπορώ να καπνίσω;» τη ρώτησε σπάζοντας πρώτος τη σιωπή.

«Ναι φυσικά. Μήπως θέλετε κι άλλο χυμό;»

«Όχι, ευχαριστώ. Καλύτερα να κουβεντιάσουμε όσο είναι νωρίς. Πρέπει να γυρίσω εγκαίρως στη Λίμα για να βρω ξενοδοχείο. Δεν φαντάστηκα πως θα αργούσα τόσο στη διαδρομή μέχρι εδώ και το άφησα τελευταία στιγμή.»

«Μην ανησυχείτε. Θα σας δώσω τη διεύθυνση του ξενοδοχείου όπου μένω εγώ. Αν χρησιμοποιήσετε το όνομα μου θα σας δώσουν δωμάτιο ακόμη κι αν είναι πλήρες!»

Ο Μάρτιν μπήκε στο θέμα χωρίς περιστροφές και αφού

κουβέντιασαν αρκετά, η Τζέρυ, έτσι την φώναζαν οι δικοί της, τον ανέβασε στη σοφίτα όπου είχε το στούντιο της. Του έδειξε όσα έργα της είχε τελειωμένα, όπως και κάποια πειραματικά σχέδια με χρώματα φυτικής προέλευσης, που της είχαν προμηθεύσει ινδιάνοι φίλοι της.

Το έμπειρο μάτι του εκτίμησε τη δουλειά της, αναγνωρίζοντας το ταλέντο της, όμως εκείνο που τον ξένιζε ήταν η ποικιλία των τεχνοτροπιών που χρησιμοποιούσε.

Εκείνη χαμογέλασε αναγνωρίζοντας την απορία στο πρόσωπο του. Πρόσωπο όχι ιδιαίτερα όμορφο, όμως από εκείνα που δύσκολα έφευγαν από τη μνήμη σου, αν τα πρόσεχες μια φορά.

«Δουλεύω πάντα ανάλογα με την ψυχική μου διάθεση, χωρίς περιορισμούς...» του διευκρίνισε. «Άλλωστε, μου αρέσει να δοκιμάζω νέους τρόπους.»

Έδιωξε ένα τσουλούφι από τα μαλλιά που έπεφταν στο μέτωπο του και το βλέμμα του στάθηκε στη σειρά με τα τελάρα που ήταν ακουμπισμένα σε μια γωνιά. Ήταν σκίτσα από παράξενες φιγούρες κι όταν ζήτησε να τα δει, του εξήγησε πως τα είχε φτιάξει για την διάλεξη μιας φίλης. Ήταν πιστά αντίγραφα των αυθεντικών από την πεδιάδα της Νάζκα. Η αράχνη, ο πίθηκος, πουλιά... Δεν είχε τύχει να τα ξαναδεί και προσφέρθηκε να του δείξει το βιβλίο από όπου τα είχε ξεσηκώσει.

Κατέβηκαν στο καθιστικό και του έδωσε το βιβλίο έρευνας που αναφέρονταν στις τεράστιες φιγούρες και στις πιθανές εξηγήσεις της προέλευσης και χρησιμότητας τους.

«Να φτιάξω κάτι για φαγητό;» ρώτησε από ευγένεια και προς μεγάλη της έκπληξη εκείνος δέχτηκε ευχαρίστως.

Τον άφησε μόνο με το βιβλίο και χώθηκε στην κουζίνα. Μένοντας μόνη, πήρε μερικές βαθιές ανάσες, προσπαθώντας να χαλαρώσει το τεντωμένο σαν χορδή κορμί της. Τόση ώρα τώρα, από τη στιγμή που της είχε ανακοινώσει το σκοπό της επίσκεψής του, ήθελε να ξεφωνίσει από ενθουσιασμό, όμως προσπάθησε να κρατηθεί ψύχραιμη, εκφράζοντας τη χαρά της με πολύ ευγένεια και τακτ.

Μπροστά του, ένιωθε μπλοκαρισμένη σαν μαθήτρια σε εξετάσεις, παρ' όλο που έλεγε και ξανάλεγε στον εαυτό της ότι το μόνο που έκανε ήταν να της δώσει μια παραγγελία. Ήξερε καλά όμως, πως η συνεργασία τους δεν θα σταματούσε εκεί. Δεν της το διαβεβαίωνε κανείς, όμως το ήξερε με απόλυτη σιγουριά. Ήταν ίσως διαίσθηση, ίσως ο τρόπος που κοίταζε τα έργα της ή και ο τρόπος που κοίταζε την ίδια, όσο κουβέντιαζαν.

Έβαλε μπριζόλες στο φουρνάκι και ψωμί στη φρυγανιέρα και βάλθηκε να κόβει σαλάτα. Η φρυγανιέρα όμως μπλόκαρε και δεν πετούσε το ψωμί, κάνοντας την να μουρμουρίζει για την ατυχία της. Ήθελε να του παρουσιάσει ένα άψογο δείπνο, όσο βέβαια αυτό ήταν δυνατό με τα υλικά που διέθετε, όμως όλα πήγαιναν στραβά. Διαπίστωσε πως ούτε ο φούρνος είχε ζεσταθεί και αυτό την έβαλε σε υποψίες. Πάτησε το διακόπτη για το φως και, όπως το είχε υποψιαστεί, δεν είχε ρεύμα. «Αυτό μου έλλειπε τώρα!» μουρμούρισε και βγήκε βιαστικά από την πίσω πόρτα.

Έτρεξε στο υπόστεγο της γεννήτριας όμως όλα φαίνονταν να δουλεύουν σωστά. «Μα δεν είναι δυνατόν...» μουρμούρισε και πήρε την απόφαση της στα γρήγορα. Αν ο Μάρτιν Χόρμπς ήθελε να φάει, έπρεπε να βοηθήσει την κατάσταση.

Του εξήγησε τι συνέβαινε και γύρισαν μαζί στη γεννήτρια. «Δεν είμαι βέβαια ηλεκτρολόγος, όμως απ' ότι καταλαβαίνω, εδώ δεν υπάρχει κανένα πρόβλημα. Απλά το ρεύμα δεν φτάνει στο σπίτι.»

Κοιτάχτηκαν απορημένοι και ακολούθησαν το χοντρό καλώδιο της παροχής μέχρι τον ηλεκτρικό πίνακα μέσα στο σπίτι. Ο Μάρτιν έλεγξε την ασφάλεια, όμως κι εκεί δεν υπήρχε πρόβλημα.

«Τι κάνεις σ' αυτές τις περιπτώσεις;» τη ρώτησε.

«Μα κάτι τέτοιο δεν μου έχει ξανασυμβεί! Ό,τι βλάβη κι αν υπήρξε στο παρελθόν, ήταν εμφανής και σχετικά απλή...»

«Σε λίγο θα σκοτεινιάσει. Δεν γίνεται να μείνεις εδώ χωρίς φως!»

«Έχω λάμπες πετρελαίου και εξ άλλου, μπορούμε να ψήσουμε στο τζάκι...»

Ο Μάρτιν της χαμογέλασε ενθουσιασμένος. «Όπως τότε, που η φωτιά ήταν ο μόνος τρόπος!»

Δυο λεπτά αργότερα βρίσκονταν γονατιστοί μπροστά στο τζάκι με όλα τα σύνεργα κι ένα μπουκάλι κόκκινο κρασί.

«Μερικές φορές, τα ατυχήματα βγαίνουν σε καλό!» σχολίασε εκείνος γεμίζοντας τα ποτήρια τους και η Τζέρυ του σέρβιρε τη σαλάτα. Είχε ξεπεράσει πια την αρχική της αμηχανία αλλά και ο Μάρτιν, χωρίς σακάκι και γραβάτα και με τα μανίκια του πουκάμισου γυρισμένα, έδειχνε περισσότερο "ανθρώπινος" και προσιτός.

Η συζήτηση ξέφυγε από τα επαγγελματικά πλαίσια και περιστράφηκε γύρω από την πολιτική, την οικονομία αλλά και την οικολογική καταστροφή, για να καταλήξει σε ποιο προσωπικά θέματα, όπως τις θρησκευτικές πεποιθήσεις του καθενός και τα όνειρα τους για τη ζωή και τους προσωπικούς τους στόχους. Έμεινε μέχρι αργά και όταν ετοιμάστηκε να φύγει, αποχαιρετίστηκαν σαν παλιοί φίλοι, με τη συμφωνία να του τηλεφωνήσει μόλις είχε την παραγγελία του έτοιμη.

Ο Ράλφ στάθηκε πλάι της στην εξώπορτα και ο Μάρτιν της κούνησε άλλη μια φορά το χέρι, πριν γυρίσει το κλειδί στη μίζα. Μάταια. Η μηχανή γουργούρισε ξελιγωμένα και έσβησε. Δοκίμασε για δεύτερη και τρίτη φορά, όμως τίποτε.

Η μπαταρία είχε ξεφορτίσει τελείως.

Κατέβηκε βρίζοντας και άνοιξε το καπό. Η Τζέρυ στάθηκε πλάι του, κοιτώντας τον απολογητικά σαν να έφταιγε εκείνη. «Φαίνεται πως σήμερα δεν είναι η τυχερή σου μέρα.»

Την κοίταξε για λίγο σκεφτικός. «Όχι, ακριβώς. Αν παραβλέψεις την ταλαιπωρία, γνώρισα ένα πολύ αξιόλογο άνθρωπο και πέρασα μαζί του μερικές υπέροχες ώρες! Και πιστεύω πως άξιζε τον κόπο!» Το βλέμμα του έγινε βαθύ και ζεστό, βάφοντας κόκκινα τα μάγουλά της, κι έπειτα βιάστηκε να σκύψει πάνω από τη μηχανή.

Η μικρή λάμπα που φώτιζε στο εσωτερικό, έφεγγε ακόμη πιο λίγο και ώσπου να καθαρίσει τις σκόνες από τους πόλους της μπαταρίας είχε σβήσει τελείως.

Έκλεισε απογοητευμένος το καπό συγκρατώντας άλλη μια βρισιά που του ήρθε στη γλώσσα και ξαναπροσπάθησε με τη μίζα, χωρίς αποτέλεσμα «Μπορείς να με σπρώξεις λίγο; Θα πάρει στην κατηφόρα!»

«Δεν στο συμβουλεύω. Ο δρόμος είναι άσχημος κι έχει απότομες στροφές. Χωρίς φώτα, γίνεται ιδιαίτερα επικίνδυνος.»

Ο Μάρτιν βγήκε άλλη μια φορά από το αυτοκίνητο.

«Έχεις δίκιο...»

«Μη στενοχωριέσαι. Έλα, θα σε πάω εγώ και αύριο στέλνεις κάποιον να το πάρει.»

«Είναι εύκολο; Δεν θα σε βάλω σε μπελάδες νυχτιάτικα;»

«Μην ανησυχείς. Ξέρω το δρόμο με κλειστά μάτια. Πάρε το σάκο σου μέχρι να κλείσω το σπίτι.»

Ο Ράλφ πήδηξε στη θέση του, τρελαμένος από χαρά για την απρόσμενη βόλτα, όμως δεν στάθηκε τυχερός. Όταν η Τζέρυ γύρισε το κλειδί στη μίζα, η μηχανή γουργούρισε ξελιγωμένα και έσβησε!

«Δεν το πιστεύω!» έκανε έκπληκτος εκείνος και η Τζέρυ

δοκίμασε άλλη μια φορά, επίσης χωρίς αποτέλεσμα. Έπειτα βγήκε από το αυτοκίνητο σκεφτική και ο Μάρτιν κάθισε στη θέση του οδηγού και προσπάθησε κι αυτός με τη σειρά του.

Όταν έχασε κάθε ελπίδα, γύρισε και την κοίταξε. Στέκονταν με τα χέρια σφιχτά διπλωμένα στο στήθος, σαν να προσπαθούσε να αγκαλιάσει τον εαυτό της και το βλέμμα της καρφωμένο στο σκοτεινό ουρανό.

Τα συναισθήματα που γεννήθηκαν μέσα του ήταν και πάλι αντιφατικά. Ένιωθε τη δύναμη της, όμως παράλληλα ένιωθε και την ανάγκη να την προστατέψει σαν να ήταν ακόμη παιδί.

Για μερικά δευτερόλεπτα έπαψε να σκέφτεται και χωρίς να το καταλάβει βρέθηκε πλάι της. Άπλωσε τα χέρια του στους ώμους της και πρόλαβε να αντιληφθεί το ρίγος που την διαπερνούσε πριν κυριαρχήσει στον εαυτό της και τραβηχτεί πίσω ξαφνιασμένη.

«Τι έπαθες; Κρυώνεις;» τη ρώτησε συνειδητοποιώντας την χειρονομία του και νιώθοντας άβολα και ο ίδιος.

«Όχι, δεν είναι αυτό...» απάντησε αόριστα και ξανακοίταξε τριγύρω προσπαθώντας να διαπεράσει, με το βλέμμα της, τον ορίζοντα στο πυκνό σκοτάδι.

»Φοβάται πως πρέπει να με φιλοξενήσει απόψε...« σκέφτηκε αστραπιαία εκείνος και θέλησε να την βγάλει από τη δύσκολη θέση. «Ας μη μεγαλοποιούμε την κατάσταση περισσότερο. Αν μου δώσεις ένα υπνόσακο θα κοιμηθώ στο αυτοκίνητο χωρίς πρόβλημα. Αύριο βλέπουμε. Πιστεύω πως με το φως της ημέρας θα εντοπίσω τη βλάβη.»

Τον κοίταγε αφηρημένη και χρειάστηκε λίγο χρόνο για να καταλάβει τι της έλεγε.

«Ω, όχι! Για το Θεό! Δεν υπάρχει λόγος. Μπορώ να κοιμηθώ στον καναπέ στο σαλόνι. Άλλωστε κοιμάμαι συχνά εκεί. ...ειλικρινά!»

Ο Μάρτιν δίστασε. Πίστευε πως απλά ήθελε να φανεί ευγενική. Κατά βάθος σίγουρα την ενοχλούσε η παρουσία του στο σπίτι και την ακολούθησε επιμένοντας πως μια κουβέρτα, του ήταν αρκετή και πως δεν υπήρχε λόγος να κάνει κατάχρηση της φιλοξενίας της.

Η Τζέρυ μπήκε στο σπίτι ενοχλημένη. Η άρνηση του ξεπερνούσε το φυσιολογικό και στο κάτω, κάτω προτιμούσε να έχει και κάποιον άλλο μαζί της, μια τέτοια νύχτα. Κι έπειτα ήταν καλύτερα και για τον ίδιο να μείνει μέσα, αν οι υποψίες της ήταν βάσιμες. Πώς όμως να του εξηγούσε; Τι να του έλεγε ώστε να μη την θεωρήσει "ψώνιο";

Έριξε ακόμη ένα κούτσουρο στη φωτιά και του χαμογέλασε προσπαθώντας να βρει χρόνο να σκεφτεί.

«Θέλω να πιστέψεις πως πραγματικά δεν θα με ενοχλήσεις. Και όχι μόνο. Η παρουσία σου στο σπίτι θα μου κάνει τη νύχτα πιο εύκολη κάτω απ' αυτές τις συνθήκες. Μπορεί να μην είμαι από τους ανθρώπους που φοβούνται ακόμη και τη σκιά τους, όμως για είμαι ειλικρινής, απόψε προτιμώ να μην είμαι μόνη.»

Εκείνος επιτέλους συμφώνησε και τον έστειλε να φέρει το σάκο του από το αυτοκίνητο. Άναψε μια λάμπα ακόμη και του έστρωσε στο υπνοδωμάτιο. Φόρεσε μια φόρμα και πήρε κουβέρτες για τον εαυτό της, στον καναπέ. Του έδειξε το λουτρό και τον καληνύχτισε.

«Μπορώ να κρατήσω το βιβλίο που μου έδωσες νωρίτερα; Συνήθως διαβάζω πάντα πριν κοιμηθώ αλλά ξέχασα να πάρω το δικό μου.»

«Και βέβαια. Άλλωστε μέσα έχω κι άλλα, αν θέλεις κάτι διαφορετικό.»

«Μου φαίνεται ενδιαφέρον αυτό... ευχαριστώ. Καληνύχτα...»

Πήρε το βιβλίο κι έκλεισε την πόρτα πίσω του. Ήταν της

φαντασίας της ή πράγματι ήθελε να της πει και κάτι ακόμη αλλά το μετάνιωσε την τελευταία στιγμή;

Την είχε σχεδόν πάρει ο ύπνος, όταν ο Ράλφ πετάχτηκε όρθιος κι έτρεξε στην εξώπορτα. Τον άκουγε που γρύλιζε εδώ και λίγη ώρα κι έτσι η ξαφνική του κίνηση δεν την τρόμαξε. Ωστόσο το παγωμένο χέρι του φόβου που της έσφιγγε την ψυχή τις τελευταίες ώρες, έκανε πιο αισθητή την παρουσία του τώρα.

Ανακάθισε και δυνάμωσε τη λάμπα. Το σκυλί μύριζε τη χαραμάδα κάτω από την πόρτα έχοντας τα αυτιά και την ουρά τεντωμένα. Το τρίχωμα στη ράχη του είχε σηκωθεί όρθιο και παρά τις προσπάθειες της να το ηρεμήσει, εκείνο συνέχισε τα γρυλίσματα κάνοντας βόλτες από την πόρτα στο παράθυρο και αντίστροφα. Τον φώναξε κοντά της μα την αγνόησε. Έξυσε με το πόδι του την πόρτα κι άρχισε να γαβγίζει.

Σε άλλη περίπτωση δεν θα τον άφηνε να βγει, όμως μη θέλοντας να ενοχλήσει τον Μάρτιν, του άνοιξε.

Έφυγε τρέχοντας, όμως τίποτα στην ησυχία της νύχτας δεν πρόδιδε την αιτία της συμπεριφοράς του και η Τζέρυ στάθηκε στο άνοιγμα περιμένοντας τον να γυρίσει, παρά το τσουχτερό κρύο που κατέβαινε από το βουνό.

Ο Μάρτιν, γυμνός από τη μέση και πάνω και ξυπόλητος, ήρθε κοντά της κρατώντας την παλιά αλλά καλογυαλισμένη Ρέμινκτον που είχε βρει στο δωμάτιο της. «Κυκλοφορούν πολύ άγρια θηρία στα μέρη σας;» τη ρώτησε μεταξύ σοβαρού και αστείου.

«Πρόσεχε! Είναι γεμάτο.» Τον προειδοποίησε εκείνη και το βλέμμα της στάθηκε φευγαλέα στο άτριχο στήθος του.

«Τι συμβαίνει;» τη ρώτησε και βγήκε στη βεράντα.

«Δεν ξέρω. Ξαφνικά τον έπιασε τρέλα. Ίσως ακούει κάτι που

εμείς δεν μπορούμε. Ξέρεις τα σκυλιά...»

«Ναι, ξέρω. Έχω κάποια ιδέα από σκυλιά!» την διέκοψε και το μυαλό του έτρεξε στο κόλεϋ που είχε χαρίσει πριν δυο χρόνια στα παιδιά του.

Ο Ράλφ γύρισε τρέχοντας, με την ουρά κάτω από τα σκέλια, εξακολουθώντας όμως να γαβγίζει με μανία.

«Μα τι διάολο συμβαίνει;» ο Μάρτιν ανησύχησε τώρα στ' αλήθεια. Τι μπορεί να ήταν αυτό που τρομοκράτησε έτσι ένα σκυλί σαν τον Ράλφ;

«Πήγαινε μέσα και κράτα το σκυλί κοντά σου.» την πρόσταξε οπλίζοντας. Η φωνή του δεν σήκωνε αντίρρηση και η Τζέρυ υπάκουσε χωρίς καν να σκεφτεί να διαμαρτυρηθεί. Άρπαξε το σκυλί από το κολάρο και μπήκε στο σπίτι χωρίς ωστόσο να τον χάσει από τα μάτια της. Κι έτσι όπως τον παρακολουθούσε να περπατά ξυπόλητος στα σανίδια με τα γόνατα ελαφρά λυγισμένα σαν γάτα και το όπλο στα χέρια, ένα παράξενο συναίσθημα την κυρίευσε.

Η εικόνα, της ήταν απίστευτα γνώριμη. Την θυμόταν σαν να την είχε ξαναζήσει! *Ήταν εκείνος πάλι μαζί της κι αυτή κράταγε πίσω από μια μισόκλειστη πόρτα ένα... παιδί! Ναι! Το χέρι ενός παιδιού! Ξαφνικά δυο άγνωστοι άνθρωποι όρμισαν πάνω του και τον άρπαξαν, χτυπώντας τον με τις κάνες των όπλων τους στο πρόσωπο. Προσπάθησε να αμυνθεί αλλά τον είχαν αιφνιδιάσει. Γύρισε προς το μέρος της και το πρόσωπο του ήταν γεμάτο αίματα.*

Άκουσε τον εαυτό της να ουρλιάζει και λιποθύμησε.

Όταν άνοιξε τα μάτια της, βρίσκονταν ξαπλωμένη στον καναπέ. Ο Ράλφ κάθονταν στο πάτωμα δίπλα της και ο Μάρτιν προσπαθούσε να της δώσει να πιει λίγο νερό. Η φωτιά στο τζάκι είχε φουντώσει και η εξώπορτα ήταν κλειστή όμως δίπλα της, ήταν ακουμπισμένη η καραμπίνα.

Ξαφνικά τα θυμήθηκε όλα. Όμως ο Μάρτιν φαίνονταν μια

χαρά αν εξαιρούσες το χλωμό του πρόσωπο.

«Με κατατρόμαξες!» την μάλωσε τρυφερά. «Φαντάζομαι πως τώρα είσαι καλύτερα.»

Του έγνεψε καταφατικά πίνοντας κι άλλο νερό. «Τι έγινε;» ρώτησε σαστισμένη.

«Δεν ξέρω. Εσύ θα μου πεις! Σε άκουσα να τσιρίζεις κι όταν έτρεξα είχες λιποθυμήσει.»

«Ποιος ήταν έξω;» επέμενε πάλι.

«Κανείς... Εσύ τι έπαθες;»

Περιεργάστηκε πάλι το πρόσωπο του. Δεν φαινόταν χτυπημένος κι άρχισε να συνειδητοποιεί πως αυτό που είχε ζήσει ήταν μια παραίσθηση. Όχι. Η λέξη δεν ήταν σωστή. Ήταν ανάμνηση, της έλεγαν τα συναισθήματα της κι αυτό μόνο μια εξήγηση μπορούσε να έχει......

Έκρυψε το πρόσωπο της στα χέρια της νιώθοντας το κορμί της να τρέμει ολόκληρο. Δεν ήθελε να το σκέφτεται και προσπάθησε να ηρεμήσει. Αντίθετα ο Μάρτιν ανησυχούσε όλο και περισσότερο.

«Τρόμαξα...» του είπε. «Νόμισα πως κάτι έπαθες, και τότε μάλλον λιποθύμησα.»

«Και κατάφερες να τρομάξεις κι εμένα! Είσαι καλά τώρα; Τρέμεις ολόκληρη.»

«Θα μου περάσει... Είναι από το σοκ, υποθέτω.»

«Έμεινε καθόλου κρασί; Ένα ποτήρι θα σε βοηθούσε αρκετά.»

Προσπάθησε να σηκωθεί αλλά δεν την άφησε. «Κάτσε κάτω. Θα το βρω μόνος μου.» Έφερε το κρασί και δυο ποτήρια και κάθισε δίπλα της. «Πολύ κακό για το τίποτε.» σχολίασε.

Ήπιαν το κρασί τους χωρίς να ξαναμιλήσουν, απολαμβάνοντας την θαλπωρή που δημιουργούσε η φωτιά που τριζοβολούσε στο τζάκι. Λίγες ώρες πριν θα ένιωθαν πολύ αμήχανα αν κάθονταν έτσι πλάι, πλάι όμως τώρα τους φαίνονταν τόσο φυσικό που σιγά, σιγά χαλάρωσαν και ήταν έτοιμοι να αποκοιμηθούν όταν ο Ράλφ ανακάθισε γρυλίζοντας.

«Ωχ, όχι πάλι.» διαμαρτυρήθηκε εκείνος και η Τζέρυ σηκώθηκε.

«Θα κάνω καφέ, θέλεις κι εσύ;»

«Ναι, αν κάνεις θα πιω. Ευχαριστώ.»

Έβαλε το νερό να βράσει στο μάτι του γκαζιού κι ετοίμασε τον καφέ στο φίλτρο. Ο Μάρτιν έριξε ακόμη ένα ξύλο στη φωτιά και ξάπλωσε στον καναπέ. Τα μαξιλάρια μοσχοβολούσαν από το λεπτό της άρωμα και απρόσμενα, ένιωσε βαθιά ευτυχισμένος που βρισκόταν εκεί. Μια αδικαιολόγητη ευδαιμονία τον κατέκλυσε και παρ' όλο που ήξερε πως ήταν λάθος, έκλεισε τα μάτια και απέφυγε να σκεφτεί λογικά, απολαμβάνοντας τη στιγμή.

Άκουγε τα κουταλάκια που κροτάλιζαν στα φλιτζάνια, το νερό που έβραζε και μετά η μυρωδιά του καφέ έφτασε στα ρουθούνια του. Δυο πιάτα που μπήκαν στο δίσκο κι έπειτα τα βήματα της στα σανίδια που έτριξαν σιγανά.

Άνοιξε τα μάτια. Στέκονταν στην πόρτα με το δίσκο στα χέρια και τον κοίταζε με μάτια που χαμογελούσαν. Για μια φευγαλέα στιγμή, η σκηνή του φάνηκε γνώριμη... *εκείνη, μ' ένα δίσκο στα χέρια στο άνοιγμα μιας πόρτας, όχι όμως εδώ, κάπου αλλού, σ' ένα άλλο σπίτι, κι έξω έβρεχε καταρρακτωδώς...* Ανοησίες!

Της έκανε χώρο στο χαμηλό τραπέζι και κάθισε στο πάτωμα οκλαδόν. Τον μιμήθηκε κρατώντας μια τυπική απόσταση και του σέρβιρε.

«Σκέτο, ευχαριστώ.»

Εκείνη έβαλε μόνο κρέμα και του πρόσφερε κουλουράκια και κέικ. Ο Ράλφ ήρθε κοντά τους κουνώντας την ουρά του κι εκείνος του χάρισε το κουλουράκι του κάτω από το αυστηρό της βλέμμα.

«Την επόμενη φορά που θα έρθεις, θα σε υποδεχτεί με καλύτερο τρόπο.» γέλασε τελικά στέλνοντας το σκυλί στη θέση του.

«Το ελπίζω!» ευχήθηκε, ενώ μέσα του αναρωτιόνταν αν υπήρχε περίπτωση να ξανάρθει ποτέ σε τούτο τον περίεργο τόπο. Έκανε κι εκείνη την ίδια σκέψη και μελαγχόλησε. Ωστόσο φρόντισε να είναι ευχάριστη και τον ρώτησε λεπτομέρειες για τον τρόπο που οργάνωναν τις εκθέσεις τους.

Δεν είχαν ακόμη τελειώσει τον καφέ τους, όταν ο Ράλφ ξαναπήγε στην πόρτα γρυλίζοντας. Στην αρχή δεν του έδωσαν σημασία, όμως λίγα λεπτά αργότερα βρέθηκαν κι οι δυο πλάι στο παράθυρο.

Πίσω από το σπίτι υπήρχε ένα διάχυτο γαλαζωπό φως που ολοένα δυνάμωνε, λες και ανέτειλαν τρία φεγγάρια μαζί.

«Τι είναι αυτό;» την ρώτησε ο Μάρτιν σίγουρος πως είχε μια απάντηση.

Η Τζέρυ δεν μίλησε, αν και τώρα πια ήταν σχεδόν βέβαιη, κι εκείνος βγήκε έξω με τον Ράλφ να τον ακολουθεί σιωπηλός, έχοντας τραβηγμένα πίσω τα αυτιά του, σημάδι πως κάτι τον ανησυχούσε. Από τη γωνία της βεράντας μπορούσε να δει και την υπόλοιπη αυλή. Το φως έρχονταν πίσω από το βουνό, κάνοντας τον όγκο του να φαίνεται σκοτεινότερος.

Η Τζέρυ αποφάσισε πως ήταν καιρός να του μιλήσει. Αν μη τι άλλο, τώρα δεν υπήρχε περίπτωση να γελάσει μαζί της. Πήγε κοντά του κι εκείνος της έκανε νόημα να σωπάσει. «Άκου...»

Κούνησε το κεφάλι της αρνητικά. «Δεν ακούω τίποτε απολύτως.» του ψιθύρισε.

«Ακριβώς! Πριν ακούγονταν νυχτοπούλια, τριζόνια, βατράχια... Τώρα τίποτε!»

Η ένταση του φωτός αυξομειώνονταν χωρίς περιοδικότητα, φτάνοντας μερικές στιγμές να γίνεται τόσο δυνατή θαρρείς και στην άλλη πλευρά του βουνού είχε ξημερώσει.

«Μάρτιν καλύτερα να πάμε μέσα. Θέλω να σου μιλήσω.»

Την κοίταξε αμήχανος. Το περίεργο φαινόμενο δεν έμοιαζε να της κάνει την ίδια εντύπωση άρα, ήξερε τι ήταν. Ένιωσε λιγάκι χαζός με τον παιδιάστικο ενθουσιασμό που τον είχε αναστατώσει και την ακολούθησε, ρίχνοντας μια τελευταία ματιά.

«Λοιπόν;» ρώτησε περίεργος, βάζοντας κι άλλο καφέ. Η νύχτα προμηνύονταν μεγάλη!

«Φαντάζομαι πως έχεις ξανακούσει για Α.Τ.Ι.Α, έτσι δεν είναι;» τον ρώτησε χωρίς περιστροφές ξαφνιάζοντας τον.

Ένιωσε την διάθεση να γελάσει, αλλά το γέλιο του δεν ήταν παρά ένα νευρικό ξέσπασμα. Και βέβαια είχε ακούσει για "Ιπτάμενους Δίσκους"! Στις Η.Π.Α. ζούσε, όχι στο Μιντανάο των Φιλιππίνων με τους Τασαντάι! Ωστόσο του ήταν αδύνατο να την πάρει στα σοβαρά.

«Εννοείς πως...» άφησε τη φράση του μισοτελειωμένη και ήταν η σειρά της να χαμογελάσει. Όμως κι εκείνη κάπως έτσι είχε αντιδράσει όταν πρωτοήρθε στο Περού και της είχαν μιλήσει για τις συχνές εμφανίσεις περίεργων "φαινομένων". Με τον καιρό τα συνήθισε, και αποδέχτηκε την ύπαρξη αυτής της -άλλης πραγματικότητας-.

«Εδώ, είναι κάτι πολύ συνηθισμένο. Ειδικά για τους ανθρώπους που ζουν στο βουνό ή κοντά στη λίμνη. Έχουν μεγαλώσει μαζί τους και δεν τους κάνουν καμιά εντύπωση. Τα θεωρούν φυσικά, όπως τους κεραυνούς και τον άνεμο ή τη βροχή. Αν τους ρωτήσεις ανασηκώνουν απλά τους ώμους και στην περίπτωση που θα σου απαντήσουν μιλούν για "ξεχασμένους Θεούς". Υπάρχουν βέβαια και οι νεότεροι που είναι ενημερωμένοι, όμως κι αυτοί δεν τα θεωρούν κάτι αμφισβητήσιμο...»

«Κι εσύ, τι γνώμη έχεις; Με ξαφνιάζει το ότι το αντιμετωπίζεις έτσι... ψυχρά!» τη ρώτησε νιώθοντας κεντρισμένος αλλά και λιγάκι γελοίος που κουβέντιαζε για ένα θέμα πάνω στο οποίο είχαν ειπωθεί τόσα πολλά και αντιφατικά, ώστε να το θεωρεί πλέον.... "επιστημονική φαντασία", κάτι σαν παιχνίδι ή θέμα συζήτησης για παιδιά.

«Έχω ακούσει και διαβάσει τόσα πολλά... Μου έτυχε και άλλες δυο φορές να είμαι μάρτυρας κάποιων παραπλήσιων με τη σημερινή, ανεξήγητων καταστάσεων, ώστε το λιγότερο που μπορώ να κάνω είναι να μην απορρίπτω το φαινόμενο ως μυθοπλασία. Και δεν σου κρύβω πως κάπου στο βάθος αγριεύομαι μ' αυτή την ιστορία και δεν θέλω να έχω καμιά σχέση και κανενός είδους "επαφή".»

«Ναι, είναι κι αυτό μια άποψη... Όμως θα μου επιτρέψεις να έχω προσωπική εκτίμηση του θέματος!» συμπλήρωσε και βιάστηκε να βγει στην αυλή.

Το φως δεν υπήρχε πια, όμως η ησυχία που επικρατούσε εξακολουθούσε να είναι απόλυτη. Έπειτα ένιωσε στ' αυτιά του κάτι σαν βούισμα και λίγα δευτερόλεπτα μετά δυο φωτεινές πορτοκαλόχρωμες σφαίρες, σε μέγεθος πανσέληνου, εμφανίστηκαν από το πουθενά πάνω στο βουνό και κύλησαν αργά και μεγαλόπρεπα προς τα δυτικά, πάνω από τον ωκεανό.

«Διάολε...» μουρμούρισε κι ύστερα έβαλε τις φωνές. «Τζέρυ... τρέξε να δεις. Γρήγορα... μην το χάσεις... Τζέρυ... Είναι καταπληκτικό!» ούρλιαζε συγκλονισμένος κι εκείνη βγήκε στην πόρτα.

«Έλα λοιπόν....» Την παρότρυνε και την έκλεισε στα μπράτσα του, με την πλάτη της ακουμπισμένη στο στήθος του.

Πρόλαβε να τις δει που χάνονταν στον ουρανό, μικραίνοντας ώσπου έμοιαζαν σαν δυο μακρινά αστεράκια κι έμειναν έτσι, να στέκονται αγκαλιασμένοι και αμίλητοι, μέχρι που γύρω τους άρχισαν να ακούγονται ξανά οι θόρυβοι της νύχτας.

Πρώτη η Τζέρυ συνειδητοποίησε τι είχε συμβεί, και πως βρίσκονταν ακόμη ανάμεσα στα χέρια του, με το μάγουλο της να ακουμπά στη ζεστή του επιδερμίδα. Τα χείλη της απείχαν ελάχιστα από τη φλέβα που χτυπούσε στο λαιμό του και η μυρωδιά του κορμιού του έφτανε ζεστή στα ρουθούνια της. Δεν είχε καταλάβει πότε, όμως είχε τυλίξει τα χέρια της γύρω από τη μέση του κι εκείνος, βυθισμένος ακόμη στις σκέψεις του, χάιδευε τα μπράτσα της με τα ακροδάχτυλά του. Ίσως το ρίγος, που της προκαλούσε, ήταν εκείνο που την έκανε να ξαναγυρίσει στην πεζή πραγματικότητα.

Την ένιωσε που ανατρίχιασε και την έσφιξε λίγο περισσότερο πάνω του, μια κίνηση καθαρά από ένστικτο. «Αν μου το έλεγες λίγες ώρες νωρίτερα, θα σε είχα περάσει για τρελή.» παραδέχτηκε. «Δεν ξέρω τι ακριβώς ήταν αυτό που είδα, όμως σίγουρα ήταν κάτι που τράβηξε το χαλάκι κάτω από τα πόδια μου! Φοβάσαι ακόμη;» τη ρώτησε, κι όπως γύρισε να την κοιτάξει βρέθηκαν σε απόσταση αναπνοής. Μπορούσε ελάχιστα να διακρίνει ο ένας το πρόσωπο του άλλου, μέσα στο βαθύ σκοτάδι, όμως τα μάτια τους είχαν μια δική τους ικανότητα επικοινωνίας. Ίσως κάποιος με γνώσεις μεταφυσικής να μπορούσε να το εξηγήσει με περισσότερα λόγια, όμως για τη Τζέρυ η λέξη "μαγεία" ήταν αρκετή. Γιατί μόνον έτσι μπορούσε να χαρακτηρίσει την ενέργεια που ένιωθε να ρέει ανάμεσα τους. Και την ένιωθε και ο Μάρτιν. Ήταν σίγουρη! Και μόλις εκείνη τη στιγμή συνειδητοποίησε πως η "μαγεία" υπήρχε από το πρώτο λεπτό που συναντήθηκαν!

Κάτω από άλλες συνθήκες και παρά τα όσα είχαν προηγηθεί, θα το άφηναν να περάσει χωρίς να εκδηλωθούν. Όμως το τελευταίο γεγονός είχε λειτουργήσει σαν ένα μικρό σοκ, βγάζοντας τους έξω από τα όρια που χάραζε η καθημερινότητα της ζωής τους. Και βρέθηκαν να φιλιούνται απεγνωσμένα, σαν να ήταν το τελευταίο πράγμα που προλάβαιναν να κάνουν πριν το τέλος του Κόσμου. Άλλωστε, ο γνωστός τους, προσωπικός κόσμος, είχε πλέον παρέλθει ανεπιστρεπτί!

Τα φώτα του σπιτιού και της βεράντας τρεμόπαιξαν και άναψαν. «Συγνώμη...» της ψιθύρισε. «Δεν έπρεπε να συμβεί αυτό...»

«Όχι, δεν έπρεπε...» συμφώνησε μαζί του, όμως κανείς τους δεν τραβήχτηκε κι έμμειναν αγκαλιασμένοι. Η Τζέρυ έγειρε τα κεφάλι της στον ώμο του κι εκείνος στο δικό της, "νανουρίζοντας" την τρυφερά. «Πάω στοίχημα πως τα αυτοκίνητα θα δουλεύουν τώρα ρολόι!» μουρμούρισε.

«Μη φύγεις ακόμη... όχι έτσι ξαφνικά....» τον παρακάλεσε.

«Όχι» της υποσχέθηκε. «Θα φύγω το πρωί, όταν θα ξημερώσει, και όλα θα μοιάζουν σαν ένα παράξενο όνειρο!»

Ανέβηκαν αγκαλιασμένοι στο σπίτι και ο Ράλφ τους ακολούθησε και ξάπλωσε πλάι στο τζάκι. Εκείνοι βολεύτηκαν στον καναπέ χωρίς να μιλούν, ο καθένας βυθισμένος στις σκέψεις του. Όμως και οι δύο σκέφτονταν όλα όσα είχαν συμβεί τις τελευταίες ώρες από τη στιγμή που είχαν συναντηθεί, μέχρι την παράξενη εμπειρία που είχαν ζήσει, και την άλλο τόσο παράξενη σχέση που

αναπτύσσονταν λεπτό προς λεπτό ανάμεσα τους. Σχέση βαθιάς οικειότητας και στοργής, σχέση απόλυτης κατανόησης!

Κάθονταν σκυμμένος μπροστά, με τους αγκώνες του να στηρίζονται στα γόνατα και το κεφάλι σκυφτό, τα χαρακτηριστικά του προσώπου του τραβηγμένα. «Διάολε...» μονολόγησε κι έτριψε τα μάτια του.

Η Τζέρυ έκανε μια πικρή γκριμάτσα· "το έργο το είχε ξαναδεί". Μόνο που την πρώτη φορά βρίσκονταν στη θέση της γυναίκας του. Ήταν η απατημένη και ήξερε καλά τι σήμαινε αυτό!

Ένιωσε να κάθεται σ' αναμμένα κάρβουνα και θύμωσε με τον εαυτό της που είχε παρασυρθεί έτσι επιπόλαια. Έπρεπε να βάλει τα πράγματα στη θέση τους αμέσως και σηκώθηκε γεμάτη ένταση, ψάχνοντας τα κατάλληλα λόγια, να του πει.

Την άρπαξε από τον καρπό, χωρίς να γυρίσει να την κοιτάξει και την κράτησε δίπλα του.

«Μην πεις τίποτε. Ξέρω... ήταν ανοησία μας. Εκείνο που θέλω να καταλάβεις, είναι πως δεν μετανιώνω. Όμως, έχω οικογένεια και, δεν ξέρω πώς να... σταματήσω το Χρόνο...»

Είχε βρει εκείνος, τα κατάλληλα λόγια! Όσα της είπε, ήταν όσα τριγύρναγαν στο μυαλό της.

Τον εκνευρισμό της διαδέχτηκε θλίψη και απελπισία. Άπλωσε το χέρι και του χάιδεψε τα μαλλιά... Της φίλησε τον καρπό και την παλάμη... Η λογική λούφαξε, η σπίθα έγινε μια μεγάλη φλόγα, και η "μαγεία" τύλιξε τις καρδιές τους και τις έκανε να χτυπήσουν στον ίδιο ρυθμό. Και ο Χρόνος, σταμάτησε!

* * *

Όταν, το άλλο πρωί, το αυτοκίνητο του Μάρτιν χάθηκε στις στροφές, η Τζέρυ ένιωσε για πρώτη φορά την πραγματική έννοια της μοναξιάς. Ήταν σίγουρη πως θα ένιωθε ακριβώς έτσι αν μάθαινε πως με κάποιο τρόπο, ήταν η μοναδική επιζώσα σ' ολόκληρο τον πλανήτη.

Από τα μάτια της έτρεχαν δάκρυα με τον ίδιο ρυθμό που κυλούσε ο μικρός καταρράκτης πλάι στο σπίτι κι η ερημιά της μεγάλωσε όταν σκέφτηκε πως εκείνος γυρνούσε στην οικογένεια του, ενώ η ίδια δεν είχε κοντά της κανένα, ούτε καν το ίδιο της το παιδί.

Ο Ράλφ κλαψούρισε ανυπόμονα δίπλα της, χώνοντας τη μουσούδα του στα χέρια της, δηλώνοντας την πιστή του παρουσία. Του χάιδεψε το κεφάλι αναστενάζοντας.

Δεν ήταν μοιρολάτρης κι όμως αναρωτήθηκε αν, αυτή τη φορά, μπορούσε να κάνει κάτι για ν' αλλάξει την πορεία της μοίρας.

Έπειτα βρέθηκε, χωρίς να θυμάται πως, στο στούντιο να ζωγραφίζει. Είχε μπροστά της κάμποσα τελάρα με προσωπογραφίες του Μάρτιν, όλες με κάρβουνο, προσωπογραφίες που τον έδειχναν από διάφορες γωνίες, αλλού σκεφτικό, αλλού να χαμογελά ή να είναι ξαφνιασμένος, αλλού να την κοιτά με βλέμμα γεμάτο απελπισία.

Παράτησε τα μολύβια της και κατέβηκε τρέχοντας τη σκάλα. Έκανε ένα κρύο ντους και πέντε λεπτά αργότερα κλείδωνε το σπίτι. Έπρεπε να φύγει, να βρεθεί με κόσμο, να πάψει να σκέφτεται τρελά πράγματα. Είχε πολλούς φίλους στη Λίμα, θα χαίρονταν να τη φιλοξενήσουν και άλλωστε είχε να τους δει από πριν ακόμη φύγει για την έκθεση στο Σαν Ντιέγκο. Θα της έκανε καλό να βγει, να διασκεδάσει μαζί τους.

Ο Ράλφ πήδηξε στο πίσω κάθισμα κι εκείνη έβαλε μπρος τη μηχανή. Κι έπειτα μια σιωπηλή κραυγή φούσκωσε το στήθος της, κι έγειρε το κεφάλι της αργά πάνω στο τιμόνι.

Το μόνο που ήθελε ήταν να κρυφτεί στην αγκαλιά του. Το μόνο που μπορούσε να τη λυτρώσει από το μαρτύριο, ήταν η παρουσία του. Όμως εκείνος βρίσκονταν κιόλας χιλιόμετρα μακριά.

Όρθωσε το κορμί της σκουπίζοντας με πείσμα τα μάτια της. Ήταν μάταιο να αφήνεται, έπρεπε να το πολεμήσει όσο ήταν καιρός. Έκανε μανούβρα και κατηφόρισε στο χωματόδρομο. Ένα σαρκαστικό χαμόγελο ζωγραφίστηκε στα χείλη της. Μήπως δεν ήταν κιόλας αργά;

Βγήκε στην άσφαλτο παίρνοντας τη στροφή δίχως να σταματήσει, δίχως καν να ελέγξει τη διασταύρωση και βρέθηκε απέναντι σ' ένα φορτηγό που ανέβαινε. Τότε μόνο συνειδητοποίησε το μέγεθος της αφηρημάδας της και έκοψε το τιμόνι όλο δεξιά, ρίχνοντας το τζιπ στο χαντάκι, προκειμένου να αποφύγει τη σύγκρουση.

Μέσα σε κλάσματα δευτερόλεπτου και με κινηματογραφική ακολουθία, πέρασε μπρος από τα μάτια της, ολόκληρη η ζωή της. Μόνο που... αυτό κι αν ήταν σοκ! Αυτή "η ζωή της", δεν ήταν η ζωή που είχε ζήσει μέχρι τώρα, δεν ήταν η ζωή της Τζέραλντιν Ντρέικ. Ήταν η ζωή της ...κάποτε ...κάπου ...αλλού! Και σ' εκείνη τη ζωή, ο Μάρτιν, ήταν δικός της!

Ο οδηγός του φορτηγού και ο βοηθός του είχαν κιόλας κατέβει χειρονομώντας αγριεμένοι. Εκείνη έμενε ασάλευτη στη θέση της σαν παράλυτη, όχι πια από την τρομάρα της αλλά από την έκπληξη που είχε δοκιμάσει. Πότε είχαν συμβεί όλα αυτά;

Όμως κάνοντας αυτή τη ερώτηση στον εαυτό της, σβήστηκαν αυτόματα όλες εκείνες οι αχνές θύμησες από το μυαλό της, όλες εκείνες οι μικρές λεπτομέρειες που βρίσκονταν ακριβώς κάτω από την επιφάνεια της μνήμης της. Κι έμεινε πάλι μ' εκείνο το απόλυτο κενό να την βασανίζει.

Πρέπει να φαίνονταν σοκαρισμένη, γιατί ο οδηγός την ταρακούνησε βάζοντας το χέρι του από το παράθυρο. «Είσαι καλά κυρία;»

«Ναι... καλά.» Κατάφερε να ψιθυρίσει κι αγκάλιασε το Ράλφ που της έγλειφε χαρούμενος το πρόσωπο.

«Άντε βάλε όπισθεν να σπρώξουμε, αλλιώς θα μείνεις εδώ!»

Ευχαρίστησε τους δύο άνδρες για τη βοήθεια τους να βγάλει το αυτοκίνητο από το χαντάκι και ξαναπήρε το χωματόδρομο για το σπίτι. Δεν είχε πια διάθεση να πάει πουθενά, να δει κανέναν. Ήθελε να μείνει μόνη της! Είχε τόσα πράγματα να σκεφτεί...

ΤΕΡΡΑ ΕΛ - ΛΩΡΡΕΝ ΌΖΕΝΜΠΟΥΡΓΚ

Του είχε πει πως στον τόπο της, ένα μακρινό Αστερισμό του Γαλαξία, δεν χρησιμοποιούσαν πλέον ονόματα. Όχι τουλάχιστον έτσι όπως εννοούσαν τα ονόματα στο δικό του τόπο. Ο κάθε άνθρωπος, το κάθε ον, του είχε εξηγήσει, σύμφωνα με τις Ιδιότητες της Ύπαρξης του κατέχει και εκπέμπει τη δική του ενέργεια σε μια απόλυτα ξεχωριστή συχνότητα, που ανιχνεύεται και αναγνωρίζεται από τους άλλους. Αυτό προσέδιδε στον καθένα ένα δικό του ξεχωριστό "χρώμα", μια ταυτότητα, μέσω της οποίας γίνονταν εφικτή και η επικοινωνία. Μπορούσε να "μεταφράσει" την προσωπική της δόνηση σε ήχο, μόνο στην ελληνική γλώσσα, κι αυτό επειδή μόνο τα ελληνικά γράμματα απέδιδαν τις αντίστοιχες ιδιότητες. Έτσι, το όνομα της θα είχε τον ήχο "Μεη Ην" και τα συγκεκριμένα γράμματα απέδιδαν την προσωπικότητα της που είχε ως, Χαρακτηριστικό Γνώρισμα (Μ) την Διαχρονικότητα (Ε) Ηγετικών Ιδιοτήτων (Η) και ειδικότερα, Ανώτερη (Η) Διανόηση (Ν).

Ο Λώρρεν αποφάσισε, για χάρη ευκολίας να τη φωνάζει Μέη, την σκέφτονταν όμως πάντα σαν Μεη-Ην γιατί πράγματι η δόνηση αυτού του ήχου ήταν πολύ κοντά σ' αυτό που θα λέγαμε "ατομικότητα" της. Αλλά βέβαια, υπήρχαν πολλά πράγματα που τα καταλάβαινε, άγνωστο πώς, δεν μπορούσε όμως να τα "μεταφράσει" σε καμιά από τις γνωστές του γλώσσες.

Για τον ίδιο λόγο φώναζε και την κόρη τους Τέρρυ, αν και το αληθινό της Όνομα πλησίαζε στον ήχο Τέρρα Ελ. Ήταν άλλωστε γεγονός πως η γέννηση της μικρής, ήταν αποτέλεσμα Έντεχνης (Τ) -με την έννοια της εσκεμμένης- γονιμοποίησης, έχοντας ως σκοπό, τη Διαχρονική (Ε) Ροή Ενέργειας (ΡΡ) συγκεντρώνοντας Μεγάλο Αριθμό Ικανοτήτων (Α) και ειδικότερα, την Σύνδεση του

Παρελθόντος με το Παρών και το Μέλλον (Ε) των Ομοειδών (Λ) της.

Είχε γεννηθεί σ' ένα σκάφος στα βάθη μιας μικρής λίμνης στις Άνδεις και το γεγονός της γέννησής της ήταν η εμπειρία που σημάδεψε τον Λώρρεν περισσότερο από οποιαδήποτε άλλη. Και η αλήθεια ήταν πως η ζωή του μετά τα είκοσι δύο, τότε δηλαδή που γνώρισε τη Μέη Ην, ήταν γεμάτη από ασυνήθιστες εμπειρίες.

Έζησαν μαζί δυο χρόνια περίπου, μέχρι που η Τέρρυ έγινε ενός έτους. Έπειτα η Μεη Ην, ακολουθώντας το Σχέδιο Αποκατάστασης, ανέθεσε την φροντίδα της μικρής αποκλειστικά σ' εκείνον και επέστρεψε στην πατρίδα της.

Σύμφωνα με όσα του είχε πει και στη συνέχεια με τον δικό της τρόπο αποδείξει, το συμπαντικό Σύστημα στο οποίο ανήκουν οι Γαλαξίες μας αποτελεί μονάχα μια διακλάδωση του Συμπαντικού Οργανισμού, που με τη σειρά του αποτελείται από άπειρα σύμπαντα, αντισύμπαντα, αντιυλικά σύμπαντα που άλλα εφάπτονται, άλλα τέμνονται ή συγκρούονται και που όμως δεν διαχωρίζονται μεταξύ τους.

Κορωνίδα όλων αυτών το Υπερσύμπαν, η ενεργειακή δομή του

οποίου αντιπροσωπεύει την Δημιουργό Πηγή.

Όπως είχε γίνει σαφές από την πρώτη στιγμή, η πνευματική και τεχνολογική τους εξέλιξη ήταν πέρα από την γήινη κατανόηση. Το επίπεδο συνειδητότητας των μελών ήταν πολύ υψηλό, με συνέπεια να έχουν επίγνωση της Συνείδησης, αλλά και της Δημιουργίας, όχι μόνο στην υλική αλλά και στην ενεργειακή τους όψη. Η επικοινωνία ανάμεσα τους, γίνονταν λεκτικά αλλά και τηλεπαθητικά.

Ένας από τους στόχους τους ήταν και η υποστήριξη νέων πλανητικών κοινωνιών που ανέτειλαν μέσα από την συνειδητή αντίληψη της Ύπαρξης τους ως Συμπαντικά Όντα. Δεδομένου ότι το κάθε είδος, η κάθε πλανητική κοινωνία, ήταν πολύτιμη και απαραίτητη για το καλό του συνόλου.

Στο απώτατο παρελθόν είχαν αποικίσει διάφορους πλανήτες και είχαν βοηθήσει στην εξέλιξη των αυτόχθονων ειδών, αφήνοντας τους στη συνέχεια να τραβήξουν το δικό τους δρόμο, με την προϋπόθεση πως δεν θα έβαζαν σε κίνδυνο την ασφάλεια του Συμπαντικού συστήματος.

Αντίπαλο δέος, από την απαρχή ακόμη αυτής της συνειδητής τους προσπάθειας, ήταν μια κάστα Όντων που αποκαλούσαν "Όντα Στρέβλωσης" και ήταν εκείνα τα Όντα που στην πορεία της Εξέλιξης είχαν χάσει την Αρμονική της διάταξης, της πρότυπης Ύπαρξης τους. Και δυστυχώς τα Όντα αυτά υπήρχαν, αλλού περισσότερα κι αλλού λιγότερα, ανάμεσα σε όλες σχεδόν τις κοινωνίες.

Πρώτο και σημαντικότερο βήμα, ήταν η ανάπτυξη της συνειδητότητας των Γήινων ανθρώπων. Προς αυτή την κατεύθυνση εργάζονταν ήδη διάφορες ομάδες και σε μια τέτοια ομάδα ανήκε και η Μεη Ην. Αναπόφευκτα, στην ομάδα εντάχθηκε και ο Λώρρεν και φυσικά η Τέρρα Ελ. Άλλωστε αυτός ήταν και ο λόγος που είχε αποφασιστεί να γεννηθεί από γονείς διαφορετικής καταγωγής, να μεγαλώσει όμως ως Γήινη. Αποκτούσε έτσι την ευκαιρία να βιώσει μεν την ζωή στην Γη, έχοντας δε εκ φύσεως πρόσβαση στις ικανότητες των προγόνων της μητέρας της. Ικανότητες που θα την βοηθούσαν να κατακτήσει το στόχο της.

Ο Λώρρεν είχε επιλεγεί για πατέρας της όχι μόνο για την ευφυΐα και την ευρύτητα πνεύματος που τον χαρακτήριζε, αλλά και για τα ψυχικά του χαρίσματα.

Στα χρόνια που ακολούθησαν, η ζωή του πήρε τελείως διαφορετική κατεύθυνση από αυτήν που προσδοκούσε αρχικά. Στράφηκε στην εσωτερική αναζήτηση και στην έρευνα και, με κάθε ευκαιρία που του δινόταν, ταξίδευε σε διάφορες χώρες προκειμένου να συναντήσει ανθρώπους που "γνώριζαν" και μπορούσαν να τον διαφωτίσουν.

Ο τρόπος της ζωής του έγινε λιτός, έως ασκητικός όταν χρειάστηκε και μυήθηκε σε διάφορες κουλτούρες και πρακτικές. Είδε, άκουσε και βίωσε καταστάσεις που ούτε μπορούσε κάποτε να διανοηθεί. Βρήκε το δικό του εσωτερικό δρόμο και απέκτησε γνώσεις από πρώτο χέρι και παράλληλα τελείωσε τις σπουδές του ως περιβαλλοντολόγος.

Όταν έλλειπε, η Τέρρυ έμενε με τους γονείς του. Τον υπόλοιπο όμως καιρό ζούσαν μαζί, σε δικό τους σπίτι και είχε την φροντίδα της αποκλειστικά ο ίδιος.

Σαν παιδί, ήταν ιδιαίτερα έξυπνη, με έμφυτη κλίση στη μουσική και καθώς μεγάλωνε ανέπτυσσε σταδιακά και τα χαρίσματα που είχε κληρονομήσει από τη μητέρα της, όπως τηλεπάθεια, ενόραση, αστρική προβολή, αιώρηση, αορατότητα...

Στην αρχή, όσο ήταν μικρή, της είχε πει πως η μητέρα της ήταν υπάλληλος ενός προξενείου σε μια μακρινή χώρα και πως αυτός ήταν ο λόγος που δεν ζούσε μαζί τους. Είχε πάνω στο

94

κομοδίνο της μια φωτογραφία της, με την ίδια βρέφος στην αγκαλιά της, και αυτό ήταν όλο. Τουλάχιστον επιφανειακά.

Γιατί σε υποσυνείδητο επίπεδο και σε τακτά χρονικά διαστήματα, η Μεη Ην επικοινωνούσε μαζί της, καλύπτοντας το ψυχολογικό κενό της απουσίας της. Όταν όμως έγινε επτά χρονών άρχισε να έχει συνείδηση αυτής της επικοινωνίας, θεωρώντας την φυσιολογική και δεδομένη για όλους τους ανθρώπους και φυσικά και για τους φίλους της.

Στην αρχή αυτό ήταν πρόβλημα και χρειάστηκε λίγος καιρός μέχρι να καταλάβει και να πεισθεί πως έπρεπε να κρατά το στόμα της κλειστό, αν δεν ήθελε να την κοροϊδεύουν τ' άλλα παιδιά.

Της εξήγησε πως ήταν ένα ξεχωριστό χάρισμα που είχε κληρονομήσει από τη μητέρα της, ενώ στα επόμενα δυο χρόνια άρχισε να αναπτύσσει και τις υπόλοιπες ικανότητες της. Όταν μπήκε στην εφηβεία και ύστερα από υπόδειξη της Μεη Ην ο Λώρρεν την πήρε και εγκαταστάθηκαν για μερικούς μήνες σ' ένα απομονωμένο σπίτι στο βουνό, όπου η Τέρρυ δέχτηκε την πρώτη της υποσυνείδητη, σε υπερδιαστατικό επίπεδο, εκπαίδευση.

Για το συνειδητό μέρος του μυαλού της, αυτή τους η εγκατάσταση στο βουνό, είχε να κάνει με μια αποστολή του πατέρα της για λογαριασμό της εταιρίας στην οποία εργαζόταν. Όσο για τις ικανότητες της, ο πατέρας της φρόντισε να την προμηθεύσει με τα κατάλληλα βιβλία, ώστε να μάθει ότι ήταν μεν ένα άτομο με ξεχωριστές δυνάμεις αλλά όχι και το μοναδικό.

Τώρα, τρία χρόνια αργότερα και λίγο μετά τα δέκατα τέταρτα γενέθλια της, έπρεπε να αρχίσει σταδιακά να έχει και συνειδητή επίγνωση της καταγωγής και της αποστολής της. Γι αυτό το σκοπό και με πρόσχημα μια ερευνητική αποστολή που είχε αναλάβει ο Λώρρεν με την ιδιότητα του περιβαλλοντολόγου, την κάλεσε να πάει να τον συναντήσει στο Ντουράνγκο του Μεξικό. Το ότι έπρεπε να έρθει μόνη της ως εκεί, ήταν κι αυτό μέρος της εκπαίδευσης αφ ενός και αφ εταίρου έδινε στον Λώρρεν τον χρόνο που χρειάζονταν για να οργανώσει την διαμονή τους στην μικρή κοινότητα του Σεμπάλος.

Η επιλογή της περιοχής δεν είχε γίνει τυχαία, αλλά προς το παρόν η Τέρρυ το μόνο που ήξερε ήταν πως ο πατέρας της βρισκόταν εκεί γιατί έπρεπε να κάνει κάποιες χρονοβόρες μετρήσεις για λογαριασμό του Ινστιτούτου Περιβαλλοντολογίας, σχετικά με τις παράξενες φυσικές ιδιότητες της περιοχής. Αυτές οι ιδιότητες άλλωστε, ήταν και η αιτία που είχαν επιλέξει ως κατάλληλο τόπο την έρημο, στη "Ζώνη της Σιωπής".

ΜΕΡΟΣ ΔΕΥΤΕΡΟ

ΤΑ ΙΕΡΑΤΕΙΑ ΤΩΝ ΜΥΣΤΙΚΩΝ ΜΥΗΣΗ

Ποσειδωνιάται

Την γλώσσα την ελληνική οι Ποσειδωνιάται
εξέχασαν τόσους αιώνες ανακατευμένοι
με Τυρρηνούς και με Λατίνους κι άλλους ξένους.
Το μόνο που τους έμενε προγονικό
ήταν μια ελληνική γιορτή, με τελετές ωραίες,
με λύρες και με αυλούς, με αγώνας και στεφάνους.
Κι είχαν συνήθειο προς το τέλος της γιορτής
τα παλαιά τους έθιμα να διηγούνται
και τα ελληνικά ονόματα να ξαναλένε,
που μόλις πια τα καταλάβαιναν ολίγοι.
Και πάντα μελαγχολικά τελείων' η γιορτή τους.
Γιατί θυμούνταν που κι αυτοί ήσαν Έλληνες-
Ιταλιώται έναν καιρό κι αυτοί·
και τώρα, πώς εξέπεσαν, πώς έγιναν,
να ζουν και να ομιλούν βαρβαρικά
βγαλμένοι -ώ συμφορά!- απ' τον ελληνισμό.

Κ.Καβάφης

ΠΑΡΙΣΙ - ΓΑΛΛΙΑ

Η μουσική από το "Ρωμαίος και Ιουλιέτα" του Προκόφιεφ, γέμισε την αίθουσα διδασκαλίας και η Πασκάλ με τον Ετιέν πήραν τις θέσεις τους στο χώρο. Οι υπόλοιποι χορευτές σταμάτησαν κάθε ψίθυρο και κάθισαν τριγύρω να παρακολουθήσουν. Ο δάσκαλος μετρούσε κιόλας τη μουσική και τα δυο παιδιά άρχισαν την πρόβα. Ήταν το κλασσικό pas des deux που θα χόρευαν στις εξετάσεις και το "περνούσαν" μετά από κάθε μάθημα, όπως και όλοι όσοι επρόκειτο να πάρουν μέρος σ' αυτές για το απολυτήριο.

Η Πασκάλ ένιωθε το νύχι στο μεγάλο δάχτυλο του αριστερού της ποδιού να πονά φρικτά, μα προσπάθησε να βγάλει και την τέταρτη πιρουέτα πριν σταθεί ακίνητη ανάμεσα στα χέρια του Ετιέν, που βιάστηκε να την κρατήσει.

«Δεσποινίς Ντιτρόν ξέρετε πολύ καλά πως ο χρόνος μας για τις πρόβες είναι ελάχιστος και πολύτιμος.» την μάλωσε ο δάσκαλος της, κάνοντας νόημα στον πιανίστα να σταματήσει. «Έπρεπε να φροντίζετε τα πόδια σας σχολαστικότερα.»

«Συγνώμη. Μου τελείωσε το ψυκτικό και το νύχι μου πονά πάρα πολύ.»

«Οι επόμενοι.» φώναξε εκείνος και τους έκανε νόημα να

πλησιάσουν. «Εσείς θα μείνετε να δουλέψετε τελευταίοι και να μην επαναληφθεί αυτό, δεσποινίς. Κρατηθείτε ζεστοί. Placement για "Ζιζέλ" παρακαλώ!» χτύπησε τα χέρια του, δίνοντας το σύνθημα για τις πρώτες νότες του Άντολφ Άνταμ.

Δυο ώρες αργότερα και αρκετά καθυστερημένη, χτυπούσε το κουδούνι στο σπίτι του Βέρτζιλ. Της άνοιξε ανήσυχος από την αργοπορία της κι εκείνη του ζήτησε συγνώμη και βιάστηκε να αλλάξει.

Πήρε τη θέση της στην εξέδρα, λαχανιασμένη ακόμη από την τρεχάλα και τις πολλές σκάλες και τα δάχτυλα των ποδιών της μουδιασμένα από τον πόνο.

Ο Βέρτζιλ που είχε πιάσει κιόλας τη σμίλη και το σφυρί, απέμεινε να την κοιτά απογοητευμένος. Η Νύμφη, που σμίλευε στο λευκό μάρμαρο, χόρευε ξέγνοιαστη πλάι στα νερά ερωτοτροπώντας σχεδόν με τις ακτίνες του ήλιου που έπεφταν πάνω της, διαπερνώντας τις πυκνές φυλλωσιές. Το κορμί της ήταν αφημένο να παρασύρεται στο χορευτικό της στροβίλισμα και στο πρόσωπο της ήταν ζωγραφισμένες η ευτυχία και η μακαριότητα.

Όμως η Πασκάλ δεν είχε τίποτε απ' όλα αυτά εκείνη τη στιγμή, παρά μονάχα ένταση και κούραση που ήταν τόσο φανερά, ώστε του ήταν αδύνατο να δουλέψει.

Πήρε το μπουρνούζι της και πήγε κοντά της. Το έριξε στους ώμους της και της έκανε νόημα να καθίσει στην εξέδρα, πλάι του.

«Υποθέτω πως είχες σοβαρό λόγο για να αργήσεις και άλλωστε δεν είναι τραγικό που καθυστερήσαμε κάπως να ξεκινήσουμε. Όμως αν δεν ηρεμήσεις πρώτα και δεν χαλαρώσεις, είναι ανώφελο να βρίσκεσαι εδώ. Δεν ξέρω αν μπορείς να το καταλάβεις, αλλά μεταδίδεις τη νευρικότητα σου και σε μένα.»

Φόρεσε το μπουρνούζι της κουνώντας καταφατικά το κεφάλι.

«Μπορώ να καπνίσω;» ρώτησε ψαχουλεύοντας το σάκο της.

«Καπνίζεις;»

«Μερικές φορές... σε ανάλογες περιπτώσεις!» του χαμογέλασε.

«Όχι. Δεν μπορείς!» της απαγόρευσε αποφασιστικά κι εκείνη τον κοίταξε ξαφνιασμένη. Είχε ρωτήσει μονάχα από ευγένεια χωρίς να φανταστεί πως μπορούσε να της αρνηθεί.

Εκείνος της έκανε νόημα να του γυρίσει την πλάτη. «Κάθισε οκλαδόν και κράτα την πλάτη σου χαλαρή αλλά ίσια.» την πρόσταξε.

Το σώμα της, μαθημένο σε ανάλογες εντολές, πήρε τη στάση που της υπέδειξε.

«Άφησε τα χέρια σου χαλαρά στο πλάι και πάρε μερικές βαθιές εισπνοές. Αργά... Έτσι μπράβο! Δεν νιώθεις κιόλας καλύτερα;» τη ρώτησε και χωρίς να περιμένει απάντηση ακούμπησε τα επιδέξια χέρια του στους ώμους της. Με απαλές κινήσεις μασάζ στον αυχένα και στις ωμοπλάτες, τη βοήθησε να χαλαρώσει. Έπειτα στήριξε το κεφάλι της στο στήθος του κι έτριψε με τα ακροδάχτυλα το μέτωπο, τα φρύδια, τους κροτάφους της, ώσπου την ένιωσε να αφήνεται τελείως.

Την έγειρε στο μπράτσο του σαν μωρό, κι έδιωξε τις μπούκλες των μαλλιών της από τα μάτια της. Το βλέμμα του ταξίδεψε στο πρόσωπό της και στάθηκε στα χείλη της. Η επιθυμία του να τη φιλήσει ήταν ολοφάνερη, όμως ήθελε να της δώσει τον απαραίτητο χρόνο να συγκατανεύσει ή να αρνηθεί.

Όλη αυτή την ώρα, τα χέρια του είχαν ξεσηκώσει τολμηρές επιθυμίες στο κορμί της και η ψυχή της λαχταρούσε να ανταποκριθεί στο κάλεσμα του, όμως για άλλη μια φορά η φωνή της λογικής έμπαινε φραγμός ανάμεσα τους. Ο Βέρτζιλ ήταν βέβαια πάρα πολύ καλός από άποψη χαρακτήρα, όμως τόσο διαφορετικός σε κουλτούρα και συνήθειες, που φοβόταν να δεσμευτεί μαζί του.

101

Πρώτα απ' όλα φοβόταν μήπως και άθελα της τον πληγώσει. Από ό,τι της είχε αφήσει να καταλάβει, όλο αυτό το διάστημα της γνωριμίας τους, την θεωρούσε κάτι το ξεχωριστό στη ζωή του, την ιδανική ίσως γυναίκα για εκείνον. Κι αυτό την έκανε να κλείνεται στον εαυτό της τρομαγμένη.

Δεν είχε ποτέ πριν σοβαρό δεσμό. Απεναντίας η επαφή της με τα αγόρια της σχολής ήταν τόσο ανοιχτή που προσφέρονταν για περιστασιακές σχέσεις, βασισμένες περισσότερο στη φιλία και την ερωτική έλξη που γεννιόταν κάποια στιγμή ανάμεσα τους, παρά στη βαθιά αγάπη ή στον μεγάλο έρωτα. Σχέσεις που έρχονταν κι έφευγαν χωρίς απογοήτευση και πίκρα, σχέσεις που άρχιζαν και τέλειωναν απλά. Δεν ένιωθε έτοιμη για οτιδήποτε άλλο, όμως κάπου βαθιά μέσα της ο Βέρτζιλ είχε ανάψει μια σπίθα, που πάλευε να θεριέψει και που εκείνος προσπαθούσε με χίλιους τρόπους να την κάνει να ξεπεταχτεί ελεύθερη και να γίνει μια πελώρια φλόγα.

Μα εκείνη αντιστέκονταν. Ακόμη και τώρα, που δεν έβρισκε τη δύναμη να τραβηχτεί μακριά του, ακόμη και τώρα που η ανάσα της έσμιγε με τη δική του στον ίδιο ρυθμό, το μυαλό της έλεγε - όχι!

Άνοιξε τα μάτια της για να αντικρίσει τα δικά του, κατάμαυρα και φωτεινά, δυο αναμμένα κάρβουνα στο μαύρο του πρόσωπο. Τα σαρκώδη χείλη του ήταν μονάχα λίγα εκατοστά από τα δικά της κι ένας ανεπαίσθητος σπασμός τα διαπέρασε καθώς χαμήλωσε το βλέμμα της πάνω τους.

Το ρίγος που απλώθηκε στο κορμί της έγινε ολοφάνερο, όμως έκρυψε το πρόσωπο στα χέρια της, προσπαθώντας να επιβληθεί στον εαυτό της.

«Γιατί με πολεμάς;» τη ρώτησε απελπισμένος και την ανάγκασε να τον κοιτάξει.

«Γιατί πολεμάς τον εαυτό σου; Το βλέπω στα μάτια σου, το

νιώθω στο κορμί σου... όμως γιατί αντιστέκεσαι; Τουλάχιστον εξήγησε μου, σε παρακαλώ!»

Τον κοίταξε με απόγνωση. Πόσο εκφραστικά ήταν τα μάτια της! Από την πρώτη εκείνη μέρα που γνωρίστηκαν, τα μάτια της είχαν μιλήσει στην καρδιά του, είχαν ανοίξει μια ουράνια πύλη στην ψυχή του. Είχε προσπαθήσει πολλές φορές από τότε να την πλησιάσει, να την βοηθήσει να διαβεί το κατώφλι που οδηγούσε στην καρδιά του. Άλλοτε με σκόρπιες κουβέντες, άλλοτε με τρυφερές χειρονομίες όπως ένα μπουκέτο λουλούδια, ένα δείπνο με κεριά, ένα γλυπτό μπιμπελό φτιαγμένο ειδικά για εκείνη... Και ποτέ δεν του είχε αρνηθεί τίποτε από αυτά, όμως και ποτέ δεν του είχε αφήσει περιθώρια για να προχωρήσει περισσότερο.

Αλλά απόψε, βλέποντας την τόσο κουρασμένη, τόσο γεμάτη από άγχος, πήρε την απόφαση του χωρίς δεύτερη σκέψη. Έπρεπε επιτέλους να της μιλήσει ανοιχτά. Ήξερε πως ο έρωτας που ένιωθε για εκείνη έβρισκε την ίδια ανταπόκριση, όμως του ήταν αδύνατο να καταλάβει το γιατί η ίδια τον αρνιόταν. Κι αυτό έπρεπε να το ξεκαθαρίσουν. Εδώ και τώρα.

«Σε παρακαλώ, την ικέτεψε άλλη μια φορά. Μίλησε μου, πες μου τι σκέφτεσαι ακόμη κι αν αυτό δεν θα μου αρέσει. Το προτιμώ χίλιες φορές από το να μένεις σιωπηλή κι απόμακρη, ενώ τα μάτια σου με κοιτάζουν μ' αυτό τον τρόπο.»

«Ω, Θεέ μου!» αναστέναξε η Πασκάλ καθώς η πάλη μέσα της γίνονταν όλο και πιο άνιση. «Μη με βασανίζεις Βέρτζιλ...»

«Εσύ είσαι εκείνη που με βασανίζεις! Δεν το βλέπεις λοιπόν;»

Τραβήχτηκε μακριά της. Του ήταν δύσκολο πια να τη νιώθει τόσο κοντά στο κορμί του. Έπλεξε τα χέρια του πίσω στον αυχένα και της γύρισε την πλάτη. Δεν ήθελε να δει στο πρόσωπο του τον σπασμό του πόνου που διαπέρασε την ψυχή και το κορμί του.

Ήθελε να είναι νηφάλιος καθώς θα κουβέντιαζαν όμως του ήταν δύσκολο πια να τα καταφέρει.

«Δεν μπορώ να δουλέψω απόψε....» ψιθύρισε, παραδομένος στα συναισθήματα που αλληλοσπαράζονταν μέσα του.

Η Πασκάλ πήρε βαθιά αναπνοή κι έδιωξε και τον τελευταίο δισταγμό. Θα του μιλούσε. Ανοιχτά και απλά, έτσι όπως της το είχε ζητήσει. «Έχεις δίκιο.» παραδέχτηκε. «Πολεμάω! Όλο αυτό τον καιρό. Με σένα, με τον εαυτό μου, μ' αυτό που γεννιέται ανάμεσα μας. Με ρωτάς γιατί; Επειδή... το φοβάμαι! Νιώθω πως είναι πιο δυνατό από μένα κι από τη δύναμη της λογικής μου. Έχω κάποιους στόχους στη ζωή μου. Σε λίγο θα πάρω το πτυχίο μου και θα πρέπει να δουλέψω. Σαν επαγγελματίας θα χρειαστεί να κάνω περιοδείες στην επαρχία, ακόμη ίσως και στο εξωτερικό. Η δουλειά μου είναι σκληρή Βέρτζιλ. Απαιτεί το σώμα και την ψυχή μου ολοκληρωτικά. Δεν μπορώ να μοιράζομαι ανάμεσα σε σένα και σ' εκείνη. Δεν έχω περιθώρια. Θα πρέπει να διαλέξω —εσένα ή το χορό! Και το αγαπώ αυτό που κάνω. Από τότε που θυμάμαι τον εαυτό μου, καθημερινά, ακόμη και άρρωστη πολλές φορές, βρίσκομαι σε μια αίθουσα διδασκαλίας. Έχω κοπιάσει γι αυτό το σκοπό, είναι τρόπος ζωής, είναι πια η ίδια μου η ζωή! Μου ζητάς να την απαρνηθώ ζητώντας να ενδώσω στον έρωτα σου. Και φοβάμαι. Δεν είμαι από τους ανθρώπους που αρκούνται να ζουν στη σκιά κάποιου άλλου. Ούτε μπορώ να κάνω κάτι διαφορετικό από αυτό για το οποίο αγωνίστηκα τόσα χρόνια. Δεν θέλω, να κάνω κάτι διαφορετικό. Ωστόσο, δεν μπορώ ν' αλλάξω αυτό που νιώθω για σένα... δεν μπορώ να μην σ' αγαπώ...» Τα δάκρυα που αυλάκωναν εδώ και λίγα λεπτά το πρόσωπο της, έγιναν λυγμός και της έκοψαν την ανάσα. Ο Βέρτζιλ, που άκουγε την εξομολόγηση της γεμάτος ένταση, μπορούσε τώρα να νιώσει τη φοβερή προσπάθεια που έκανε η

Πασκάλ τόσο καιρό και ο πόνος της ψυχής του έγινε ακόμη πιο δυνατός. Δεν είχε ούτε στο ελάχιστο φανταστεί πόσο οδυνηρό ήταν για εκείνη. Δεν είχε ούτε στο ελάχιστο φανταστεί, πως μπορούσε η αγάπη του, να ανατρέψει ολόκληρη τη ζωή της.

Γονάτισε μπροστά της κι έκλεισε τα χέρια της, δυο τρομαγμένα πουλάκια του δάσους, στα δικά του. «Συγχώρεσε με...» της ψιθύρισε.

«Σου έκανα τη ζωή άνω κάτω. Όμως πάντα πίστευα πως η αγάπη, μόνο καλό μπορεί να δημιουργήσει!»

Η Πασκάλ του χάιδεψε τα μαλλιά. «Φαίνεται πως δεν έχεις διαβάσει την ιστορία του Ρωμαίου και της Ιουλιέτας!» του είπε χαμογελώντας του τρυφερά μέσα από το αναφιλητό της κι εκείνος κούνησε αρνητικά το κεφάλι.

Έμειναν να κοιτάζονται, διαβάζοντας ο ένας στα μάτια του άλλου, όσα δεν μπορούσαν να ειπωθούν με λέξεις. Κι έπειτα τη σήκωσε στην αγκαλιά του και την πήρε μακριά από το εργαστήριο.

Καταμεσής στο σπίτι κοντοστάθηκε. Δεν ήθελε να την πάει στο κρεβάτι του χωρίς να έχει την συγκατάθεση της παρ' όλο που εκείνη είχε αφεθεί στα χέρια του.

«Μη μου φύγεις ποτέ.» την παρακάλεσε. «Γίνε απόψε για πάντα δική μου...»

Η Πασκάλ έγειρε το κεφάλι στον ώμο του. «Όπου κι αν βρίσκομαι, ό,τι κι αν κάνει το κορμί μου, η ψυχή μου θα είναι πάντα, μονάχα δική σου!»

Δέχτηκε σιωπηλά την απόφαση της, προσπαθώντας να πνίξει τα δάκρυα που ανέβηκαν στα μάτια του, μάταια. Κι όταν την ακούμπησε στο σκληρό του στρώμα, ήξεραν κι οι δυο καλά, πως τίποτε και κανείς δεν μπορούσε πια να τους χωρίσει.

Μέσα στην επόμενη εβδομάδα, η Πασκάλ μετακόμισε στου

ΕΙΡΗΝΗ ΛΕΟΝΑΡΔΟΥ

Βέρτζιλ. Τα πρωινά παρακολουθούσαν τα μαθήματα στις σχολές τους και όλες τις ελεύθερες ώρες τους ήταν μαζί, δουλεύοντας στο εργαστήριο ή προβάροντας το χορευτικό της Πασκάλ.

Του είχε υποδείξει τι έπρεπε να κάνει για να την βοηθά και ο Βέρτζιλ το διασκέδαζε πολύ. Κάποια μέρα πήγε μαζί της στο μάθημα και παρακολούθησε την πρόβα της με τον Ετιέν κι έτσι του ήταν πιο εύκολο να καταλάβει και να τον αντικαθιστά με επιτυχία, έστω κι αν απλά βρίσκονταν πλάι της χωρίς να χορεύει.

Μοιράζονταν έτσι μαζί της την συγκίνηση της αρμονικής συνύπαρξης της κλασσικής μουσικής και της κίνησης, αλλά και την προσπάθεια και την πειθαρχία που χρειάζονταν να καταβάλλει σωματικά και ψυχικά. Και συνειδητοποίησε πως αυτό που σπούδαζε η Πασκάλ ήταν ουσιαστικά ένα είδος μύησης, ένας έμμεσος και ασυνείδητος τρόπος για να ανοίξει εσωτερικές πύλες, για να έρθει σε επαφή με την Αληθινή Ύπαρξη, καθώς έπρεπε να βρίσκεται σε μια κατάσταση συνειδητής έκστασης, προκειμένου να αποδώσει τέλεια ό,τι κι αν χόρευε.

Και η παρουσία της είχε αναπόφευκτα αντίκτυπο και στη δική του δουλειά. Όλη η καταπίεση και η μιζέρια της μεγαλούπολης έφυγαν από μέσα του κι ένιωσε να ξαναγυρνά στην ψυχική διάθεση των παιδικών του χρόνων σαν να ζούσε ακόμη στην πατρίδα του. Η σμίλη στα χέρια του αποκτούσε δική της οντότητα και η "Νύμφη" έπαιρνε μέρα τη μέρα τη δική της ζωή, αντικατοπτρίζοντας τη μουσική αρμονία του έρωτα που τη δημιουργούσε.

Δούλευαν κι οι δυο ακούραστα και η Πασκάλ ένιωθε βαθιά ευτυχισμένη, ανακαλύπτοντας πως η παρουσία του Βέρτζιλ την επηρέαζε μόνο θετικά. Απέφευγε να σκέφτεται το μέλλον κι όταν ξάπλωναν τα βράδια κι έπιαναν την κουβέντα, κρατούσε τη συζήτηση μακριά από κάθε τι σχετικό. Άλλωστε εκείνος είχε τόσα πολλά να της πει για την πατρίδα του και τις παραδόσεις της, που ήταν εύκολο. Και καθώς της μιλούσε ανακάλυπταν πως συνέβαινε να έχουν τις ίδιες σκέψεις, τις ίδιες αξίες, τα ίδια πιστεύω, τους ίδιους προβληματισμούς. Μεγαλωμένοι τόσο διαφορετικά ο ένας από τον άλλο κι όμως με τόσο κοινά ιδανικά!

«Ίσως είναι πολύ τετριμμένο αυτό που θα σου πω, όμως είναι αλήθεια.» του εξομολογήθηκε κάποιο βράδυ καθώς χουζούρευαν ξαπλωμένοι κάτω από το ζεστό πάπλωμα. «Νομίζω πως σε ξέρω σ' όλη μου τη ζωή. Σαν να μην ήταν μόλις πριν λίγους μήνες που γνωριστήκαμε. Είναι αδικαιολόγητο, αλλά έτσι νιώθω.»

«Ίσως και να μην είναι αδικαιολόγητο! Ίσως πράγματι να με ξέρεις...» της χαμογέλασε με νόημα.

«Τι εννοείς;»

Ο Βέρτζιλ ακολούθησε με τα ακροδάχτυλα του τη γραμμή του λαιμού της, βυθισμένος στις σκέψεις του. Ήταν άραγε έτοιμη να ακούσει όσα ήθελε να της πει; Την είχε προετοιμάσει αρκετά, εξακολουθούσε όμως να έχει τις επιφυλάξεις του.

«Λοιπόν;» απομάκρυνε το κεφάλι της από το δικό του για να τον κοιτάξει.

Ήξερε καλά πως ό,τι κι αν της έλεγε θα ήταν άχρηστο, αν δεν είχε η ίδια ακούσει το Κάλεσμα. Και είχε αρκετές ενδείξεις, δεν ήταν όμως απόλυτα σίγουρος γι αυτό. Μπορούσε βέβαια να δοκιμάσει και αποφάσισε πως ήταν μια καλή ευκαιρία.

«Μου έχεις πει πως στη σχολή ασκείστε στη Χάθα Γιόγκα. Κάνετε απλά πρακτική ή σας έχουν μιλήσει γενικότερα για την Ανατολική Φιλοσοφία;»

«Τι σχέση έχει αυτό με την κουβέντα μας;»

«Θα σου εξηγήσω μόλις μου απαντήσεις.»

«Πρακτική... Κάνουμε μια σειρά ασκήσεων. Μάθαμε να ελέγχουμε την αναπνοή μας και πώς να αυτοσυγκεντρωνόμαστε πιο εύκολα την ώρα που εκτελούμε. Καταφέραμε έτσι να ελευθερώσουμε πιο αποτελεσματικά την εσωτερική μας δύναμη και να ελέγχουμε καλύτερα το σώμα μας.»

«Δεν έχεις ιδέα δηλαδή από την φιλοσοφία...»

Η Πασκάλ χαμογέλασε πονηρά. «Ξέρω που το πας! Έχω διαβάσει για την μετενσάρκωση, αν αυτό εννοείς! Υποθέτεις πως εμείς οι δυο γνωριζόμαστε από ...παλιά;»

«Είναι κάτι περισσότερο από μια απλή υπόθεση... Όμως δεν είχα αυτό ακριβώς στο μυαλό μου, αν και θα μπορούσα να το χρησιμοποιήσω σαν απλούστερο παράδειγμα. Βλέπεις, αυτό "το από παλιά", είναι σχετικό!»

«Μήπως μπορείς να γίνεις πιο σαφής;»

«Θα προσπαθήσω. Σύμφωνα με την Βίβλο, για να σου δώσω ένα οικείο παράδειγμα, "ο Θεός εποίησεν τον άνθρωπον άρρεν και θήλυ". Αυτή όμως η έκφραση έχει δύο ερμηνείες. Την συνηθισμένη, ότι δηλαδή έπλασε τον άνδρα και την γυναίκα, αλλά και μια πιο "εσωτερική". Ότι ο Θεός έπλασε τον Άνθρωπο κατά τέτοιο τρόπο, ώστε να είναι και τα δύο ταυτόχρονα. Ανδρόγυνος. Αυτό όμως δεν ισχύει για το φυσικό πεδίο της ύλης στο οποίο βρέθηκαν τα ανθρώπινα όντα μετά την "πτώση". Γιατί μη ξεχνάς ότι ο άνθρωπος δημιουργήθηκε σ' ένα άλλο, ενεργειακό, ανώτερο φυσικό πεδίο, αυτό που αποκαλούν οι θρησκείες "Παράδεισο". Με την αφύπνιση του και την απόκτηση της Γνώσης, της αυτοσυνείδησης, η διπλή του πόλωση χωρίστηκε σε θετική και αρνητική. Κι έτσι, βρέθηκε να υπάρχει στο κατώτερο υλικό πεδίο, βιολογικά, είτε σαν άνδρας είτε σαν γυναίκα, χάνοντας το υπόλοιπο μισό του, που από τότε το αναζητά απεγνωσμένα, στην προσπάθεια του να νιώσει ολοκληρωμένος. Κι αν έχει την τύχη να το ξαναβρεί και καταφέρουν παράλληλα και οι δύο οντότητες να εξελιχθούν πνευματικά, τότε ξεφεύγουν μαζί από την αλυσίδα των επαναγεννήσεων. Μετά τον "θάνατο" τους επιστρέφουν στο ανώτερο ενεργειακό πεδίο, όπου βρίσκονταν πριν από την πτώση κι εκεί ξαναγίνονται Ένα. Μία οντότητα διπλά πολωμένη, ανδρόγυνη. Γίνονται εκείνα τα Όντα που αποκαλούμε Αγγέλους!»

«Τι όμορφη σκέψη!» μουρμούρισε μαγεμένη η Πασκάλ.

«Και αυτό σημαίνει πως οι Άγγελοι είναι το επόμενο στάδιο στην εξέλιξη του ανθρώπου;»

«Όχι. Οι Άγγελοι αποτελούν μια ξεχωριστή, ανώτερη... Ανθρωπότητα. Αυτό που ήμασταν πριν από την πτώση μας στο πεδίο της ύλης. Ακολουθούν τον δικό τους δρόμο εξέλιξης αλλά είναι πλέον αθάνατοι. Κι έπειτα μη ξεχνάς πως σπάνια βρίσκουν οι άνθρωποι το αληθινό ταίρι της ψυχής τους και ακόμη πιο σπάνια καταφέρνουν να φτάσουν σε τόσο υψηλά επίπεδα εξέλιξης συγχρόνως, ώστε να γεννηθούν στον "Κόσμο των Αγγέλων"! Όμως ακόμη κι έτσι, υπάρχει πάντα ο κίνδυνος μιας νέας πτώσης. Ο άνθρωπος ωστόσο έχει την δυνατότητα της εξέλιξης και της επανένωσης του με την Κοσμική Ενέργεια της Δημιουργίας, με το Θεό αν προτιμάς, στην φύση του. Ανήκει στην ανοδική σπείρα της Δημιουργίας και τελικός του στόχος είναι η επίτευξη της ένωσης του με την Πηγή. Αυτά από πλευράς εσωτερισμού και θρησκείας. Αν τώρα θέλεις, μπορώ να σου μιλήσω για τις ίδιες έννοιες και με όρους της κβαντικής φυσικής και τις χαολογίας, αλλά επιφυλάσσομαι για κάποια άλλη φορά, αργότερα.»

«Και πιστεύεις πως κάποτε οι δυο μας ήμασταν Ένα; Πως αποτελούμε ο ένας το "έτερον ήμισυ" του άλλου;»

«Έτσι νιώθω. Και είναι κάτι που το έχω νιώσει μόνο μαζί σου!

Δεν νομίζεις πως *κάτι* σημαίνει αυτό;»
«Ναι! Ό,τι κι αν λέει η λογική, η καρδιά μου συμφωνεί
μαζί σου! Όμως, πώς τα ξέρεις όλα αυτά;»
«Αα, είναι μια παλιά και μεγάλη ιστορία! Όπως ξέρεις, σαν
παιδί γνώρισα δύο τελείως διαφορετικές απόψεις για τον Θεό
και την Δημιουργία. Οι παραδόσεις των προγόνων μου
μιλούσαν για Ενέργειες και Δυνάμεις της Φύσης και ο Κόσμος
δεν ήταν μόνον αυτό που αντιλαμβάνονταν οι πέντε αισθήσεις
και το μυαλό, αλλά και πολλά άλλα που τα αντιλαμβάνονταν το
ένστικτο και η καρδιά. Η "μαθητεία" μου στο πλάι του παππού
μου, μου έδωσε την ευκαιρία να αποκτήσω αυτή τη Γνώση από
πρώτο χέρι.
Έτσι, όπως καταλαβαίνεις, όταν έφηβος πια ήρθα σε επαφή με
την Βίβλο, άρχισαν να μου γεννιούνται αμέτρητες απορίες.
Απορίες που οι δάσκαλοι και οι αντιπρόσωποι της εκκλησίας,
αδυνατούσαν ή απέφευγαν να μου λύσουν, δίνοντας πάντα τις
στερεότυπες απαντήσεις. Ευτυχώς είχα πρόσβαση σε μια καλή
βιβλιοθήκη και την φλόγα της αναζήτησης να καίει μέσα μου.
Σαν πρώτο βήμα, άρχισα να μελετώ τις διδασκαλίες άλλων
θρησκειών και τις μυθολογίες διάφορων λαών, να τις συγκρίνω
και να εμβαθύνω σ' αυτές. Αυτό με οδήγησε να στραφώ προς
τις εσωτερικές παραδώσεις και την φιλοσοφία. Και όταν
ανακάλυψα τους Έλληνες Προσωκρατικούς Φιλόσοφους,
συνειδητοποίησα πως όλα συνδέονταν. Έτσι άρχισα να μελετώ
και τις θεωρίες των πρακτικών επιστημών. Και βρέθηκα εκεί
από όπου είχα ξεκινήσει. Στις Ενέργειες και Δυνάμεις της
Φύσης. Και ο Κόσμος έπαψε να είναι μόνο αυτό που φαίνεται!
Ο Δημιουργός Αντρόγκα μπα ο Μπαρίρι, λένε οι παραδόσεις
της φυλής, έφτιαξε το αίμα με το οποίο δημιούργησε τον
Ουρανό και τη Γη, από το *τίποτα!*
Κάποιοι φυσικοί επιστήμονες θεωρούν πως η ουσία του

"τίποτα" είναι ο στοιχειώδης δομικός λίθος της ύλης. Ο Κλίφορντ για παράδειγμα, διατύπωσε στο τέλος του προ-προηγούμενου αιώνα τη θεωρία ότι η ύλη δεν είναι τίποτε περισσότερο από *κενό* καμπύλο διάστημα.

Σύμφωνα με τον Αϊνστάιν, το σύμπαν δεν ακολουθεί την γεωμετρία του Ευκλείδη αλλά είναι καμπύλο. Είναι δύσκολο να φανταστούμε την καμπυλότητα του χωρόχρονου δίχως να θεωρήσουμε πως έχει κάποια ουσία, αλλά είναι το ίδιο το *τίποτα* που καμπυλώνεται.

Ο Τζον Γουίλερ δηλώνει πως "εκτός από κενό καμπυλόγραμμο διάστημα δεν υπάρχει τίποτε άλλο στον κόσμο. Η ύλη, το φορτίο, ο ηλεκτρομαγνητισμός και τα υπόλοιπα πεδία είναι μόνο οι *εκδηλώσεις* της κάμψης του διαστήματος."

Ωστόσο, οι γνώσεις που απέκτησα διαβάζοντας, δεν είναι τίποτε περισσότερο από την επιβεβαίωση όλων όσων Γνώριζα κάπου βαθιά μέσα μου. Είναι οι απαντήσεις που ζητούσε το συνειδητό μέρος του μυαλού μου προκειμένου να ταυτιστεί με το υποσυνείδητο και την Αρχέγονη Γνώση του.»

Η Πασκάλ στηρίχτηκε στον αγκώνα της παίζοντας σκεφτική με τις μπούκλες των μαλλιών της. «Νομίζω πως καταλαβαίνω τι εννοείς. Δεν μπορώ να σου εξηγήσω πώς, αλλά καταλαβαίνω.»

Ο Βέρτζιλ χαμογέλασε αχνά. Έτσι κάπως ένιωθε κι εκείνος στην αρχή. Τα λόγια του φαίνονταν φτωχά κι ανούσια μπροστά σε όσα ένιωθε μέσα του. Του ήταν αδύνατο να "μεταφράσει" την Εσωτερική Γνώση του χωρίς να δημιουργήσει ανακρίβειες. Όπως άλλωστε διατύπωνε και ο Μ. Τάλμποτ, "η έσχατη φύση της πραγματικότητας υπερβαίνει τη γλώσσα"!

Και προφανώς κάτι ανάλογο συνέβαινε σε παγκόσμια κλίμακα. Έτσι, μπορούσε να εξηγηθεί το συνονθύλευμα των δογμάτων και θεωριών που είχε δημιουργηθεί κατά το διάβα των αιώνων ανά τον κόσμο. Οι άνθρωποι, εκπαιδευμένοι να σκέφτονται με λέξεις, πάνω στην προσπάθεια τους να εξηγήσουν τα μυστικά του Σύμπαντος και της Δημιουργίας, είχαν κάνει την κατάσταση πολύ μπερδεμένη. Και βέβαια, δεν μπορούσε να αγνοήσει την επέμβαση των Ιερατείων που απέκρυπταν εσκεμμένα και με πολλούς και διάφορους τρόπους την Γνώση από την ανθρωπότητα, επιδεινώνοντας ακόμη περισσότερο την κατάσταση, φυσικά προς όφελος τους.

Όμως εκείνος είχε τη χαρά και την ικανοποίηση της διαφορετικότητας. Και ήθελε αυτό το προνόμιο να μπορεί να το μοιραστεί με την αγαπημένη του. Ακόμη κι αν χρειαζόταν γι αυτό το σκοπό να αφιερώσει όλη του τη ζωή.

Και η Πασκάλ ένιωθε τη φλόγα που έκαιγε μέσα του και ανταποκρίνονταν. Υποσυνείδητα προς το παρών αλλά αυτό δεν είχε σημασία. «Είναι τόσα πολλά που πρέπει να ξεδιαλύνω στο μυαλό μου Βέρτζιλ! Δώσε μου λίγο χρόνο να σκεφτώ...» τον παρακάλεσε.

«Έχεις όσο χρόνο θέλεις!» της χαμογέλασε τρυφερά. «Ολόκληρη την αιωνιότητα! Κι εγώ είμαι εδώ και σ' αγαπάω!»

* * *

Το Μπολερό του Μορίς Ραβέλ πλημμύρισε τον χώρο για πολλοστή φορά και η Πασκάλ δοκίμασε άλλη μια σειρά βημάτων στο μέτρο της μουσικής κι έπειτα τα σημείωσε στο ειδικό τετράδιο της. Ετοίμαζε την χορογραφία της για τις εξετάσεις και είχε αποφασίσει να παρουσιάσει σαν θέμα της μια γιορτή στο παλάτι του Φαραώ Ακενατόν. Το Μπολερό του Ραβέλ, χωρίς κανένα συγκεκριμένο λόγο, την ταξίδευε νοερά στην Αρχαία Αίγυπτο από τότε που ήταν παιδί, και τώρα είχε την ευκαιρία να δει το όνειρο της να παίρνει σάρκα και οστά.

Και αν κατάφερνε να πάρει μια από τις τρεις πρώτες θέσεις, και σύμφωνα με την επικρατούσα συνήθεια, θα έβλεπε την δημιουργία της να ανεβαίνει με Corps de Ballet και κοστούμια στην παράσταση της σχολής!

Ο Βέρτζιλ ενθουσιασμένος από την ιδέα κάθονταν στο σχεδιαστήριο με τις ώρες και της σχεδίαζε κοστούμια και σκηνικά κι εκείνη τον πείραζε πως αν βραβεύονταν η δουλειά της, θα του έδινε το ρόλο του Φαραώ που κάθεται στο θρόνο του και παρακολουθεί την γιορτή. Ξέροντας πως κανείς από τους συμφοιτητές της δεν θα ήθελε αυτή την αγγαρεία, πίστευε πως και ο Βέρτζιλ θα είχε την ίδια γνώμη. Όμως εκείνος της χαμογέλασε πλατιά. «Ευχαριστώ που μου δίνεις την ευκαιρία να μοιραστώ μαζί σου αυτή την εμπειρία!» της είπε και ακούμπησε μια στοίβα βιβλία ιστορίας, με φωτογραφίες από την Αίγυπτο, πάνω στο γραφείο.

Η ιδέα αιωρήθηκε στο μυαλό τους όταν το βράδυ κάθισαν να τα ξεφυλλίσουν. Σχεδόν ταυτόχρονα έκαναν κι οι δυο την ίδια σκέψη, ήταν όμως η Πασκάλ που την είπε πρώτη.

«Πολύ θα ήθελα να πήγαινα ένα ταξίδι στην Αίγυπτο! Φαντάζομαι πως θα ήταν συναρπαστικό να τα δει κανείς όλα αυτά από κοντά!»

«Μόλις σκεφτόμουν να σου το προτείνω! Συγκεκριμένα, σκέφτηκα πως θα ήταν ωραία να πηγαίναμε μόλις τελειώσει η εξεταστική μας, όμως πρέπει να πάω στους δικούς μου και άλλωστε το καλοκαίρι έχει πολύ ζέστη. Η καλύτερη εποχή είναι το φθινόπωρο και θα μπορούσαμε να το προγραμματίσουμε για τότε, αν δεν έχεις αρχίσει ακόμη να δουλεύεις...»

«Θα χρειαστούμε λεφτά όμως. Δεν θα είναι ακριβό ένα τέτοιο ταξίδι;»

«Μπορούμε να κάνουμε μια έρευνα αγοράς! Όλο και κάτι θα βρούμε στα μέτρα μας...»

«Σύμφωνοι!» του χαμογέλασε εκείνη ενθουσιασμένη.

113

ΠΕΡΘ - ΑΥΣΤΡΑΛΙΑ/
ΖΑΓΟΡΟΧΩΡΙΑ - ΕΛΛΑΔΑ

Ο καιρός ήταν πια αρκετά ζεστός και οι εξετάσεις του εξαμήνου κόντευαν να τελειώσουν. Είχε επιτέλους περάσει άλλη μια κουραστική μέρα και η Δάφνη δεν έβλεπε την ώρα να βρεθεί κάτω από το ντους. Έβαλε το αυτοκίνητο στο γκαράζ και πριν προλάβει να διασχίσει την αυλή, η Έμυ η κόρη της και η Νόρμα το ιρλανδέζικο σέτερ τους, όρμησαν πάνω της με την ίδια λαχτάρα.

«Μάντεψε, μάντεψε!» χοροπηδούσε η Έμυ μπροστά της. «Γαβ, γαβ!» συμφωνούσε και η Νόρμα χοροπηδώντας κι αυτή.

«Έϊ, σιγά και οι δυο σας. Θα με ισοπεδώσετε! Τι συμβαίνει λοιπόν;»

Ο Έρικ στέκονταν στο κεφαλόσκαλο κρατώντας και με τα δυο του χέρια ένα επιστολόχαρτο, σηκωμένο ψηλά σαν πανό. Ήταν μακριά για να μπορεί να διαβάσει, όμως το χαμόγελο που φώτιζε το πρόσωπο του και η αναστάτωση του παιδιού, ήταν αρκετά για να καταλάβει.

«Από το κανάλι; Είναι έτοιμοι;» ρώτησε με κομμένη την ανάσα και το επόμενο λεπτό βρίσκονταν πλάι στον Έρικ και διάβαζε: «Παρακαλούνται τα μέλη της ομάδας να έρθουν σε προσωπική επαφή με τον συντονιστή του προγράμματος

114

έρευνας, εντός τριών ημερών, στα κεντρικά γραφεία της εταιρίας.»

Της ήρθε να χοροπηδήσει κι εκείνη από τη χαρά της όμως ο Έρικ της άνοιξε την αγκαλιά του και την προτίμησε. Όλα τα υπόλοιπα, έγιναν τόσο γρήγορα, που βρέθηκαν να τρέχουν και οι δυο τους τα επόμενα εικοσιτετράωρα χωρίς ανάσα. Από τη μια το πανεπιστήμιο και οι εξετάσεις και από την άλλη οι προετοιμασίες εφοδίων και υλικού που χρειάζονταν να πάρουν μαζί τους, χώρια το σεμινάριο που έπρεπε να παρακολουθήσουν σχετικά με το είδος της έρευνας. Η Έμυ είχε κι αυτή το μερίδιο της στην γενική έξαψη που επικρατούσε. Το ότι θα ταξίδευε για πρώτη φορά στην πατρίδα της μητέρας της, η Δάφνη είχε αποφασίσει να την πάει στους γονείς της στην Ελλάδα, όσο εκείνη θα βρίσκονταν στην Αίγυπτο, ήταν φοβερά συναρπαστικό.

Αγαπούσε πολύ τη γιαγιά και τον παππού της και όταν εκείνοι πριν δυο χρόνια δεν άντεξαν τη νοσταλγία που είχαν για τον τόπο τους και έφυγαν οριστικά από την Αυστραλία, χρειάστηκε αρκετό χρόνο για να το ξεπεράσει. Βέβαια η φίλη τους η Άννυ ήταν καλή συντροφιά, όταν η μητέρα της είχε πολύ φορτωμένο πρόγραμμα, όμως με τον παππού και την γιαγιά ήταν αλλιώς.

Το σπίτι τους στο χωριό, ήταν ψηλά σ' ένα βουνό που το έλεγαν Πίνδο και δεν είχε θάλασσα, όμως ο παππούς τους είχε στείλει φωτογραφίες και η Έμυ ανυπομονούσε να βρεθεί στο καταπράσινο δάσος με τα πανύψηλα δένδρα και το ορμητικό ποτάμι.

Η Δάφνη και ο Έρικ από την πλευρά τους, ανυπομονούσαν να βρεθούν στο αεροπλάνο, αν μη τι άλλο, για να σταματήσουν να τρέχουν σαν σίφουνες από το πρωί μέχρι το βράδυ.

Ωστόσο, όταν όλα ήταν πια έτοιμα και πήραν επιτέλους το δρόμο για το αεροδρόμιο, δεν μπόρεσαν να μη συμμεριστούν την χαρά της μικρής και ξέσπασαν σε ενθουσιώδη επιφωνήματα.

Φτάνοντας στην Αθήνα και παρ' όλο που ήθελαν να ξεκινήσουν αμέσως για το χωριό, χρειάστηκε να μείνουν εκεί δυο μέρες, για να συνηθίσουν την διαφορά της ώρας και άλλωστε δεν είχαν καταφέρει να βρουν αμέσως διαθέσιμο τον τύπο του αυτοκινήτου που ήθελαν να νοικιάσουν. Τελικά βρέθηκε ένα τετρακίνητο με κλούβα, που αποδείχτηκε ιδανικό τόσο για τον εξοπλισμό και τις αποσκευές τους όσο και για το κλουβί της Νόρμα, που είχαν υποχρεωθεί να αγοράσουν για το αεροπλάνο.

Τα Ζαγοροχώρια βρίσκονταν στο βορειοδυτικό τμήμα της Πίνδου, τετρακόσια περίπου χιλιόμετρα από την Αθήνα και σε δύσκολο οδικό δίκτυο, όμως οι φυσικές ομορφιές, τα αλπικά λιβάδια και οι λίμνες, το φαράγγι του Βίκου με τους βιότοπους, τα άφθονα τρεχούμενα νερά και η εντυπωσιακή βλάστηση, αποζημίωσαν τον Έρικ για το πολύωρο ταξίδι κι έκαναν τη Δάφνη να νιώσει υπερήφανη για τον τόπο της άλλη μια φορά.

Την δεύτερη μέρα της παραμονής τους στο χωριό, κοιμήθηκαν μέχρι αργά μιας και το προηγούμενο βράδυ είχαν σχεδόν ξενυχτίσει κουβεντιάζοντας με τους γονείς της Δάφνης. Όμως το πρωί της επόμενης σηκώθηκαν πριν την ανατολή, ετοίμασαν δυο σάκους με τα απαραίτητα και ξεκίνησαν για το βουνό. Ήταν κάτι που το είχαν προγραμματίσει πριν ακόμη φύγουν από το Πέρθ και που τελικά άξιζε τον κόπο από κάθε άποψη.

Το ανηφορικό μονοπάτι, ανάμεσα από τα πανύψηλα δέντρα, στριφογύριζε την πλαγιά χιλιοπατημένο από τις οπλές των κοπαδιών. Ο αέρας μοσχοβολούσε νοτισμένο χώμα και πρασινάδα και οι πρωινές δροσοστάλες λαμπίριζαν σαν διαμαντάκια στις πρώτες αχτίδες του ήλιου, που τρύπωναν ανάμεσα από τα πυκνά φυλλώματα. Τα τιτιβίσματα των πουλιών και τα κουδουνάκια των ζώων που έβοσκαν στην απέναντι πλαγιά ήταν οι μόνοι ήχοι που διέκοπταν την απέραντη σιγαλιά.

Μετά από μιας ώρας ανάβαση βρήκαν ένα ξέφωτο που σχημάτιζε ο πεσμένος κορμός ενός γέρικου δέντρου και κάθισαν κάτω από το ζεστό φως του ήλιου να ξεκουραστούν.

Ο Έρικ έβαλε καφέ στα μεταλλικά τους κύπελλα και η Δάφνη ξετύλιξε την πετσέτα με το σπιτικό ψωμί, το κατσικίσιο σκληρό τυρί κι έκοψε στη μέση μια ντομάτα από το λαχανόκηπο του πατέρα της. Στο βάθος του σάκου βρήκε ένα πακέτο μορταδέλα, τυλιγμένο στο χαρτί από τον μπακάλη του χωριού. Ειδική φροντίδα της μητέρας της για τον Έρικ, σε περίπτωση που δεν του άρεσε το τυρί με την ιδιόμορφη γεύση. Όμως έφαγαν μέχρι και το τελευταίο ψίχουλο και χορτασμένοι ξάπλωσαν στην ρίζα του διπλανού δέντρου κρατώντας τα πρόσωπα τους στη σκιά.

Η Δάφνη συνειδητοποίησε πως είχαν μιλήσει ελάχιστα από τότε που έφυγαν από το σπίτι, όμως ήξερε πως δεν ήταν ούτε εξ αιτίας της ανάβασης αλλά ούτε και του φαγητού. Απλά ένιωθαν την ανάγκη να μείνουν σιωπηλοί, να ταυτιστούν με τη φύση γύρω τους που έσφυζε από ζωή, ζωή γεμάτη γαλήνη και αρμονία.

Πήρε μερικές βαθιές εισπνοές κάνοντας μια νοερή αναδρομή στο παρελθόν, από την μέρα που έμαθε πως περίμενε παιδί και ο Ντην της είχε ανακοινώσει, μόλις την προηγούμενη, ότι ήθελε να χωρίσουν μέχρι την ημέρα που ήρθε το τηλεγράφημα από το τηλεοπτικό κανάλι και είχε πεταχτεί χαρούμενη στην αγκαλιά του Έρικ.

Γύρισε και τον κοίταξε ευτυχισμένη, γεμάτη ικανοποίηση που τα είχε φέρει έτσι η ζωή, που τον είχε γνωρίσει και ζούσαν μαζί,

117

που είχε σταθεί πραγματικός πατέρας για το παιδί της και πιστός σύντροφος για κείνη. Το βλέμμα του ήταν καρφωμένο στον ουρανό σαν να παρακολουθούσε τα λευκά σύννεφα που πέρναγαν με τη σειρά πάνω από το ξέφωτο, αλλά η Δάφνη ήξερε πως κοιτούσε βαθιά μέσα του, πως περιπλανιόταν στα μυστηριώδη μονοπάτια της ψυχής του.

Δεν ήθελε να τον διακόψει όμως εκείνος είχε ήδη αντιληφθεί πως τον κοίταζε, χωρίς ούτε στιγμή να χαλάσει την αυτοσυγκέντρωση του. «Η Φύση ξέρει όλα όσα εμείς αγνοούμε!» διατύπωσε φωναχτά τη σκέψη του.

«Είμαστε κι εμείς μέρος της Φύσης.» του θύμισε εκείνη.

«Μέρος της Φύσης ή κομμάτι του Δημιουργού της, που ψάχνει να βρει την χαμένη του ταυτότητα;»

Η Δάφνη δεν είχε σκεφτεί ποτέ άλλοτε τον εαυτό της σαν κομμάτι του Θεού. Μια τέτοια σκέψη, σε άλλη περίπτωση θα της φαινόταν ανόητη ή ακόμη και ασεβής. Όμως τούτη την ώρα κατανοούσε απόλυτα το μήνυμα που της έστελνε ο Έρικ με κείνη την ερώτηση και το δέχτηκε ανεπιφύλακτα. Μήπως αυτό δεν ήταν κατά βάθος που προσπαθούσε να επαληθεύσει μέσω της επιστήμης της κι ας το συνειδητοποιούσε μόλις τώρα; Γι αυτό δεν είχε αποφασίσει να τον ακολουθήσει μέσα στην καυτή άμμο της ερήμου; Ψάχνοντας για τις χαμένες απαντήσεις, ψάχνοντας για ...την χαμένη ταυτότητα;

Ανακάθισε αναστατωμένη. Ήταν σαν κάποιος να της είχε τραβήξει ένα πέπλο μπρος από τα μάτια και να έβλεπε τώρα καθαρά, όσα λίγα δευτερόλεπτα πριν, έμοιαζαν θολά και συγκεχυμένα μέσα στο μυαλό της. Ήξερε! Τώρα πια ήξερε για ποιο λόγο υπήρχε, ποιος ήταν ο σκοπός της.

Η επιθυμία της να μοιραστεί μαζί του αυτή την αποκάλυψη που είχε συμβεί τόσο απροειδοποίητα μέσα της, ήταν μεγάλη. Όμως το ίδιο μεγάλη ήταν και η αδυναμία της να βρει τις κατάλληλες λέξεις. Μα ακόμη κι αν νόμιζε πως τα κατάφερνε, θα μπορούσε εκείνος να κατανοήσει τα λόγια της; Εκείνος ίσως. Όμως αν αυτό το μήνυμα ήθελε να το φωνάξει σ' όλο τον κόσμο, πόσοι θα το αντιλαμβάνονταν;

Τελικά εκείνο που είχε σημασία ήταν όχι να δίνεις απαντήσεις αλλά να κάνεις τις σωστές ερωτήσεις. Οι απαντήσεις έτσι κι αλλιώς βρίσκονται μέσα μας.

«Η Φύση ξέρει όλα, όσα εμείς έχουμε ξεχάσει!» ήταν το μόνο που είπε και ήταν σίγουρη πως ο Έρικ μπορούσε να καταλάβει.

«Κρίμα που πρέπει να φύγουμε αύριο...» είπε εκείνος ύστερα από ώρα σιωπηλής ενατένησης και μια νοερή εικόνα πέρασε σαν φωτογραφία από το νου της.

«Δεν θα φύγουμε!» του δήλωσε ξαφνικά. «Θέλω να σε πάω κάπου, οπωσδήποτε.»

Την κοίταξε ξαφνιασμένος μιας και το πρόγραμμα τους ήταν αυστηρά φιξαρισμένο.

«Στη Δωδώνη!» του αποκάλυψε κι εκείνος της χαμογέλασε με νόημα. Ήξερε πως δεν θα ήταν μια απλή εκδρομή, αλλά ένα προσκύνημα.

ΚΑΪΡΟ - ΑΙΓΥΠΤΟΣ

Το αεροπλάνο τους προσγειώθηκε στο αεροδρόμιο Αλμάζα της Ηλιούπολης, δεκαέξι χιλιόμετρα από το Κάιρο. Στην αίθουσα αφίξεων τους περίμενε ο συντονιστής-οδηγός της ομάδας κρατώντας, γραφικότατα, μια αυστραλιανή σημαία ως σημάδι αναγνώρισης. Ήταν σαραντάρης και αδύνατος σαν φακίρης. Άγγλος στην καταγωγή, αλλά μόνιμος κάτοικος του Καΐρου την τελευταία δεκαετία, εργάζονταν σε ένα από τα μεγαλύτερα τουριστικά πρακτορεία της πόλης ως οδηγός-ξεναγός και είχε αναλάβει την ασφαλή μετακίνηση της ομάδας και την πρόσβαση της στους χώρους των ερευνών της.

Μετά τις τυπικές διαδικασίες, τους οδήγησε στο αυτοκίνητο του και από κει στο ξενοδοχείο τους φροντίζοντας να κάνει την διαδρομή τους ευχάριστη και επιμορφωτική.

Όπως επίσης τους πληροφόρησε, ο Δρ. Ντάγκλας Γουώσμπουρν ψυχολόγος και ειδικός απεσταλμένος του ASSAP από το Λονδίνο, βρίσκονταν ήδη στην πόλη εδώ και μια εβδομάδα, ενώ μέσα στο επόμενο εικοσιτετράωρο περίμεναν το τηλεοπτικό συνεργείο και τους αρχαιολόγους της ομάδας. Ο Δρ. Άντονι Γουέστ και η γυναίκα του Δρ. Μπεθ Άντριους, γλωσσολόγος ειδικευμένη στα ιερογλυφικά, ήταν δυο γραφικότατοι τύποι αρχαιολόγων ερευνητών που είχαν περάσει σχεδόν όλη τη ζωή τους, γυρνώντας από τόπο σε τόπο, αναζητώντας λύσεις σε πολλά επιστημονικά προβλήματα. Η τριακονταετής και πλέον πείρα τους, θα τους ήταν πολύτιμη! Στην ρεσεψιόν, άφησαν μήνυμα στον Δρ. Γουώσμπουρν αναγγέλλοντας την άφιξη τους και ανέβηκαν με ανακούφιση στο δωμάτιο τους. Η διαδρομή από το αεροδρόμιο μέχρι το ξενοδοχείο, μέσα στους φρακαρισμένους από κίνηση δρόμους και με τη θερμοκρασία στους είκοσι επτά βαθμούς, τους είχε εξαντλήσει τελείως. Είχαν φάει κάτι ελαφρύ στο αεροπλάνο κι έτσι έκαναν ντους και κοιμήθηκαν μέχρι το βράδυ.

Ξύπνησαν κεφάτοι και πεινασμένοι, ήταν όμως πια πολύ αργά για να δειπνήσουν στο ξενοδοχείο κι έτσι αποφάσισαν να περπατήσουν στους δρόμους της πόλης ψάχνοντας για κανένα εστιατόριο.

Το βράδυ ήταν σχετικά δροσερό, πραγματική ανακούφιση μετά τη ζέστη της ημέρας. Η κίνηση στους δρόμους ήταν η ίδια, αν όχι περισσότερη, και η Δάφνη κοίταξε ανήσυχα τον Έρικ που έδειχνε να απολαμβάνει τη βόλτα τους σαν παιδί.

«Ελπίζω να μη χαθούμε...»

«Όχι βέβαια! Δεν ακούς τα ρεβιθάκια που σκορπίζω πίσω μας τόση ώρα;»

«Χαλικάκια ήταν και μη με πειράζεις. Ίσως είναι επικίνδυνο να τριγυρνάμε μόνοι μας με τα πόδια τέτοια ώρα.»

Στην γωνία των οδών Σαράουι και Τάλαατ Χάρμπ δελεαστικές μυρωδιές φαγητών τους οδήγησαν στο Φελφέλα, ένα φαγάδικο γεμάτο νεαρόκοσμο κάθε εθνικότητας. Ένας φοιτητής που μιλούσε αγγλικά, τους βοήθησε να παραγγείλουν από την ανατολίτικη κουζίνα : Τααμία και μπίρα και φυσικά το παραδοσιακό γλυκό Ουμ Άλι.

Όταν επέστρεψαν στο ξενοδοχείο, η υπάλληλος στην υποδοχή

121

τους έδωσε μαζί με το κλειδί του δωματίου και ένα λευκό φάκελο. «Από τον κύριο Γουώσμπουρν!» τους χαμογέλασε ευγενικά και η Δάφνη βιάστηκε να το διαβάσει, καθώς περίμεναν τον ανελκυστήρα. «Αύριο θα βρίσκομαι από το πρωί στο Μουσείο και αν νιώθετε ξεκούραστοι θα χαρώ να σας συναντήσω εκεί. Θα ήθελα να γνωρίσετε την Δρ. Ρεφάτ, γνωστή αιγυπτιολόγο με πολλές διασυνδέσεις που πιθανόν να μας φανούν χρήσιμες. Θα σας περιμένω στις οκτώ και τριάντα στην είσοδο. Με εκτίμηση, Ντάγκλας Γουώσμπουρν.»

«Βιαστικός ο τύπος» σχολίασε ο Έρικ. «Έχει κιόλας δικτυωθεί!»

«Έτσι φαίνεται, αλλά αυτό είναι καλό. Μου αρέσει να έχω "ορεξάτους" συνεργάτες.»

«Δίκιο έχεις, αλλά να, φανταζόμουν διαφορετική την αυριανή μας ημέρα.» ανασήκωσε τους ώμους εκείνος. «Στο Μουσείο, λοιπόν!»

* * *

Κατεβαίνοντας από το αεροπλάνο ο Βέρτζιλ και η Πασκάλ, άρχισαν ένα περίεργο αγώνα δρόμου. Πρώτα απ' όλα έπρεπε να βρουν το τηλέφωνο της Αιγυπτιακής Ένωσης Ξενώνων Νεότητας. Σ' αυτό τους βοήθησε ο υπάλληλος στο γραφείο πληροφοριών αρκετά πρόθυμα. Όμως από κει κι έπειτα τα πράγματα δεν ήταν και τόσο απλά. Χρειάστηκε να περιμένουν στην ουρά για να μπορέσουν να χρησιμοποιήσουν ένα από τα κοινόχρηστα τηλέφωνα και όταν επιτέλους είχαν εξασφαλίσει δωμάτιο και την διεύθυνση του ξενώνα όπου θα έμεναν, ανακάλυψαν πως το λεωφορείο της γραμμής, που θα τους πήγαινε μέχρι την πλατεία της Όπερας, είχε αναχωρήσει πριν λίγα λεπτά. Περιμένοντας το επόμενο, έπιασαν κουβέντα με ένα ζευγάρι με το οποίο είχαν συνταξιδέψει και αποφάσισαν να πάρουν ταξί και να μοιραστούν έτσι τα κόμιστρα.

Φτάνοντας συνειδητοποίησαν πως ήταν λάθος τους να μην ρωτήσουν την αξία της διαδρομής από την αρχή και μόνο χάρη στα παζάρια που έκανε ο Βέρτζιλ πλήρωσαν το μισό από το υπέρογκο ποσό που ζητούσε ο οδηγός.

Το πρώτο βράδυ μοιράστηκαν το δωμάτιο με δύο αμερικανούς φοιτητές που έφευγαν την επόμενη μέρα και αυτό δεν θα τους πείραζε και τόσο, αν ο ένας από τους δύο δεν είχε πάθει τροφική δηλητηρίαση με αποτέλεσμα σχεδόν να ξενυχτίσουν.

Το πρωί, ξύπνησαν αναγκαστικά νωρίς από την φασαρία της αναχώρησης των άλλων και όταν πια έμμειναν μόνοι, ήταν πολύ ξαγρυπνισμένοι για να μπορέσουν να ξανακοιμηθούν.

Ήπιαν ένα δυνατό καφέ πριν από το πρωινό τους και αποφάσισαν να κάνουν βόλτα στην πόλη. Στην ρεσεψιόν υπήρχε ένας πίνακας ανακοινώσεων όπου εκτός από το φαγητό της ημέρας ήταν αναρτημένο κι ένα εβδομαδιαίο πρόγραμμα εκδρομών στα κυριότερα μνημεία της περιοχής γύρω από το Κάιρο. Επειδή όμως έπρεπε να είχαν δηλώσει συμμετοχή από την προηγούμενη, βρέθηκαν τελικά με τη βοήθεια μιας υπαλλήλου του Κέντρου σ' ένα λεωφορείο που θα τους άφηνε κοντά στο Αιγυπτιακό Μουσείο. «Καλύτερα έτσι.» σχολίασε ο Βέρτζιλ. «Θα ήταν παράλειψη να μη γνωρίσουμε τα ευρήματα πριν επισκεφθούμε τους χώρους όπου βρέθηκαν!»

«Μου φαίνεται απίστευτο που είμαστε εδώ!» χαμογέλασε η Πασκάλ. «Η αλήθεια είναι πως μέχρι και την τελευταία στιγμή αμφέβαλα για το αν θα καταφέρναμε να κάνουμε αυτό το ταξίδι!»

«Αλλά ιδού! Είμαστε τελικά εδώ!» θεατρίνισε ενθουσιασμένος

123

ο Βέρτζιλ και το μισό λεωφορείο γύρισε και τον κοίταξε περίεργα κάνοντας την Πασκάλ να σκάσει στα γέλια.

* * *

Ο Ντάγκλας είχε σεβαστεί την σιωπή της Νασσίμ τις επόμενες ημέρες. Εξ άλλου, κάτι μέσα του, του έλεγε να κρατήσει διακριτική την παρουσία του από το στενότερο περιβάλλον της. Ωστόσο ήταν σίγουρος πως εκείνη δεν θα εξαφανίζονταν έτσι απλά από τη ζωή του και πως αργά ή γρήγορα θα του τηλεφωνούσε. Και έτσι κι έγινε. Συμφώνησαν να συναντηθούν στο ξενοδοχείο του για δείπνο και την περίμενε, καρδιοχτυπώντας σαν σχολιαρόπαιδο, στην ρεσεψιόν.

Τίποτε στην εξωτερική του εμφάνιση ή στους τρόπους του, δεν πρόδωσε τα συναισθήματα του στους γύρω τους, όταν εκείνη ήρθε και την πλησίασε χαιρετώντας την τυπικά. Τίποτε, εκτός από το βλέμμα του που δεν το πρόσεξε κανείς, παρά μονάχα εκείνη.

Όλα όσα διάβασε στα μάτια του της έκοψαν την ανάσα και προς στιγμήν, ο Ντάγκλας, ένιωσε ένα τείχος να υψώνεται ανάμεσα τους. Ήταν ο φόβος που γεννήθηκε μέσα της, φόβος για τις συνέπειες που θα έφερνε η απόφαση που είχε πάρει. Παγωνιά τύλιξε τις καρδιές τους και μια σκέψη πως ήταν η τελευταία φορά που την έβλεπε, πως ίσως είχε έρθει για να τον αποχαιρετήσει, του πέρασε σαν αστραπή. Η απόγνωση στη μορφή του, έδωσε το σινιάλο στα βάθη της ψυχής της, όπου είχαν κουρνιάσει όλα τα όμορφα συναισθήματα που της γεννούσε η παρουσία του, η ύπαρξή του. Του χαμογέλασε αχνά, καθησυχαστικά και το βλέμμα της γλύκανε. Οι σκέψεις της έφθασαν ελεύθερες στο μυαλό του καθώς το τείχος έσβησε, χάθηκε...

124

» Είμαι εδώ, μαζί σου. Τίποτε άλλο πια δεν έχει σημασία. Όσες δυσκολίες κι αν υπάρξουν, ό,τι κι αν συμβεί... «

» Σ' ευχαριστώ. Ευχαριστώ που ήρθες, ευχαριστώ που θα μείνεις. Είμαι πλάι σου, θα είμαι για πάντα. Κυρίως στις δυσκολίες... «

Μπορεί η Νασσίμ να μην ήταν σε θέση να αντιληφθεί τις σκέψεις του, όμως τα συναισθήματα του άγγιξαν κι ερμηνεύτηκαν από την ψυχή της και την γέμισαν ζεστασιά.

Την οδήγησε στο τραπέζι τους κι έμμειναν σιωπηλοί όση ώρα χρειάστηκε να τους σερβίρουν.

Μετά, τσιμπώντας αδιάφορα από τα πιάτα τους και πίνοντας ένα παγωμένο λευκό κρασί, άρχισαν μια συζήτηση που κράτησε μέχρι αργά τη νύχτα, συνεχίζοντας το ποτό τους στο roof-garden του ξενοδοχείου. Στα πόδια τους απλώνονταν η πόλη του Καΐρου, με τις σκοτεινές αλάνες και τα στενά δρομάκια να χωρίζουν σαν παζλ την αλλοπρόσαλλη συνύπαρξη των παραδοσιακών κτιρίων και των ουρανοξυστών και τους μιναρέδες να ξεπροβάλλουν άτακτα ανάμεσα τους.

Στο διάστημα εκείνων των ωρών κατάφεραν να κουβεντιάσουν για δεκάδες θέματα, προσωπικά και μη, ξεπερνώντας τους οποιουσδήποτε δισταγμούς τους και αποκτώντας τέτοιο βαθμό οικειότητας που ήταν σαν να γνωρίζονταν από χρόνια. Ωστόσο, η στάση τους, η συμπεριφορά τους, ακόμη και ο πληθυντικός ευγενείας που χρησιμοποιούσαν, έδειχνε σε όλους πως επρόκειτο για μια καθαρά επαγγελματική συνάντηση.

Του υποσχέθηκε πως θα τον βοηθούσε στην έρευνα του και του πρότεινε να ξεκινήσουν με μία εκτενή ξενάγηση στο αρχαιολογικό μουσείο. Έκλεισαν ραντεβού και πριν του σφίξει το χέρι, μπροστά από το αυτοκίνητο με τον σοφέρ που την περίμενε έξω, του χαμογέλασε και πάλι αχνά. «Στην δουλειά μας, κύριε Γουώσμπουρν, χρειάζεται μεγάλη υπομονή.» του είπε, όμως τα λόγια της έκρυβαν ένα βαθύτερο νόημα και ο Ντάγκλας βιάστηκε να την καθησυχάσει.

«Μην ανησυχείτε Δρ. Ρεφάτ. Η υπομονή είναι ίδιον του χαρακτήρα μου.»

Όταν ξανασυναντήθηκαν την ημέρα του ραντεβού στο γραφείο της ένιωθαν πολύ πιο άνετα, ίσως επειδή ο χώρος και ο σκοπός της συνάντησης είχαν καθαρά επαγγελματική βάση, χωρίς ωστόσο να αποφύγουν να δημιουργήσουν και κάποιες στιγμές έντονα φορτισμένες από τις ψυχικές προεκτάσεις της επαφής τους.

Του πρόσφερε καφέ και έφτιαξαν το πρόγραμμα βάση του οποίου σκόπευαν να ξεκινήσουν την ξενάγηση. Ήταν πρακτικά αδύνατο βέβαια να δουν τα πάντα σε μερικές ώρες και για αυτό η Νασσίμ αποφάσισε να ξεκινήσουν από τα σημαντικότερα εκθέματα, όπως ο θησαυρός του Τουταγχαμών στον πρώτο όροφο, αλλά και σε αίθουσες του ισογείου όπως αυτή με το άγαλμα του Χεφρήνου, την αίθουσα του νάνου Σενέμπ και φυσικά την αίθουσα με τα εκθέματα του Ακενατόν.

Λίγο μετά τις οκτώ και είκοσι ο Ντάγκλας βγήκε στην είσοδο να περιμένει τον Έρικ Ντρέιφους και την Δρ. Στεφάνου. Δεν είχε ιδιαίτερη κίνηση, μια και το Μουσείο άνοιγε για το κοινό στις εννέα, και κάθισε στο κεφαλόσκαλο παρακολουθώντας τριγύρω τους περαστικούς.

* * *

Ο Βέρτζιλ και η Πασκάλ περπάτησαν μέχρι την είσοδο του Μουσείου αφοσιωμένοι στο διαφημιστικό φυλλάδιο για τα εκθέματα, που τους είχε δώσει η υπάλληλος του Κέντρου Νεότητας. Ήταν όμως ακόμη νωρίς κι έτσι κάθισαν στα πρώτα σκαλοπάτια κουβεντιάζοντας για το πρόγραμμα της επόμενης ημέρας και ανταλλάσσοντας τρυφερότητες.

Ο Ντάγκλας τους κοίταγε αφηρημένα στην αρχή, ύστερα χαμογέλασε με τα πειράγματα τους και μακάρισε την ευτυχία που είχαν να εκδηλώνουν έτσι δημόσια την αγάπη τους. Ένιωσε την βαθύτητα των αισθημάτων που έτρεφαν ο ένας για τον άλλο τα δυο παιδιά και, πριν προλάβει να σκεφτεί οτιδήποτε, το μυαλό του γέμισε από μια δυνατή σύλληψη των αισθητήριων εικόνων του νεαρού.

Ξαφνιάστηκε περισσότερο από όσο είχε ξαφνιαστεί με τη Νασσίμ κι έμμεινε αποσβολωμένος στη θέση του καθώς ο Βέρτζιλ γύρισε αργά προς το μέρος του. Ο χρόνος έμοιαζε να κυλά σαν σε αργή κίνηση σκηνής σε κινηματογραφική ταινία κι έμμειναν να κοιτάζονται κατάματα.

Και ο Βέρτζιλ ήταν το ίδιο ξαφνιασμένος από την απρόσμενη ενεργοποίηση του ηλιακού του πλέγματος που τον οδήγησε να στραφεί και να κοιτάξει τον Ντάγκλας. Για πρώτη φορά μετά τον θάνατο του παππού του, του συνέβαινε να έρχεται, αυθόρμητα, σε υπεραισθησιακή επαφή με κάποιο άλλο άτομο και μάλιστα άγνωστο. Αλλά δεν ήταν μόνο αυτό. Ταυτόχρονα υπήρχε και μια επιτακτική αίσθηση γνώριμου, καθώς αναγνώριζε το "χρώμα" της Παρουσίας του άλλου. Κάτι που ήταν περίεργο εφ' όσον του ήταν παντελώς ξένος.

Σηκώθηκαν κι οι δυο αργά, χωρίς ν' αφήσουν στιγμή ο ένας το βλέμμα του άλλου και πλησιάζοντας έσφιξαν τα χέρια χωρίς καν να σκέφτονται συνειδητά. Η επαφή τους δυνάμωσε τη ροή της ενέργειας ακόμη περισσότερο και η βεβαιότητα πως "γνωρίζονταν" σε κάποιο βαθύτερο επίπεδο, έγινε σαφέστατη. Όταν το έκαναν, μίλησαν συγχρόνως κι οι δυο, ο Ντάγκλας στα αγγλικά και ο Βέρτζιλ στα γαλλικά και τότε το ξάφνιασμα τους ήταν ακόμη μεγαλύτερο. Δεν μπόρεσαν να κρατήσουν την ευθυμία που δημιουργήθηκε και ξέσπασαν κι οι δυο σ' ένα τρανταχτό γέλιο. Ήταν άλλωστε ένας καλός τρόπος να ξεπεράσουν το σοκ που είχε δεχτεί η λογική πλευρά του μυαλού τους.

Η Πασκάλ που παρακολουθούσε τη σκηνή χωρίς φυσικά να έχει αντιληφθεί το παραμικρό, στην αρχή φαντάστηκε πως γνωρίζονταν ήδη.

«Μιλάς αγγλικά;» ρώτησε ο Ντάγκλας γελώντας ακόμη. «Τα γαλλικά μου είναι άσχημα...»

«Φοβάμαι πως και τα αγγλικά μου το ίδιο!» ήταν η απάντηση του Βέρτζιλ, όμως ο Ντάγκλας ένιωσε ικανοποίηση που η σύνταξη του ήταν σωστή αν και η προφορά είχε έντονα γαλλικούς τόνους. «Νομίζω πως είναι αρκετά καλά.» τον επιδοκίμασε. «Θα ήταν εξαντλητικό αν έπρεπε να κουβεντιάζουμε ...αλλιώς!» Τον κοίταξε με νόημα και ο Βέρτζιλ ξαναγέλασε τρίβοντας το μέτωπο του, προσπαθώντας ακόμα να συνέλθει.

«Μα τι συμβαίνει;» ρώτησε η Πασκάλ μοιάζοντας να τα έχει τελείως χαμένα έπειτα από την συζήτηση που είχε παρακολουθήσει.

Οι δυο άντρες κοιτάχτηκαν απολογητικά. «Θα σου εξηγήσω.» την καθησύχασε ο Βέρτζιλ. «Αργότερα, όταν θα έχω βάλει τις σκέψεις μου σε μια σειρά...»

«Ποιος είναι ο κύριος;» επέμενε εκείνη.

Ο Ντάγκλας, που καταλάβαινε την γλώσσα της πολύ καλύτερα απ' ότι την μιλούσε, άπλωσε το χέρι του στην κοπέλα. «Δρ. Ντάγκλας Γουώσμπουρν.» της χαμογέλασε κι έπειτα κοίταξε τον Βέρτζιλ. «Και μέλος της Εταιρίας Ψυχικών Ερευνών του Λονδίνου!»

«Αυτό είναι μια καλή εξήγηση!» μονολόγησε εκείνος και η Πασκάλ έδωσε το χέρι της διστακτικά, νιώθοντας άσχημα που δεν μπορούσε να καταλάβει ακόμη τι γινόταν. Όμως τους πλησίασε ένα περαστικό ζευγάρι, διακόπτοντας τη συζήτηση τους, αλλά όχι και τη μαγεία της στιγμής που πλανιόταν ακόμη στην ατμόσφαιρα.

«Καλημέρα! Με συγχωρείται που ενοχλώ, είναι μήπως κάποιος από σας ο Ντάγκλας Γουώσμπουρν;» ρώτησε ο άνδρας και ο Ντάγκλας του άπλωσε το χέρι. «Εγώ! Κι εσείς πρέπει να είστε ο Δρ. Ντρέιφους και η Δρ. Στεφάνου! Καλημέρα, καλώς ήρθατε! Περάστε παρακαλώ.» Ύστερα στράφηκε στον Βέρτζιλ. «Φαντάζομαι πως σκοπεύατε να επισκεφθείτε το Μουσείο, αλλά όπως και να 'χει ελάτε μαζί μας. Θεωρώ σκόπιμο να γνωριστούμε καλύτερα, δεν νομίζεις;»

«Με μεγάλη βεβαιότητα!» συμφώνησε εκείνος και τους ακολούθησε κρατώντας την Πασκάλ από το χέρι.

Όταν βρέθηκαν στο γραφείο της Νασσίμ και έκανε τις συστάσεις, τον σύστησε σαν ένα καλό φίλο κοιτώντας τον ερωτηματικά. «Βέρτζιλ» του χαμογέλασε εκείνος «και Πασκάλ!» Κανείς όμως δεν αντελήφθη πως ο Ντάγκλας αγνοούσε το όνομα του "φίλου" του, εκτός βέβαια από την Πασκάλ που κόντευε να σκάσει από περιέργεια.

«Τυχαία συνάντηση;» ρώτησε η Νασσίμ εύθυμα ξέροντας πως περίμεναν μόνο ένα ζευγάρι και ο Ντάγκλας έτριψε το ένα του φρύδι. «Μάλλον... Θα σου εξηγήσω. Αργότερα, όταν θα έχω βάλει τις σκέψεις μου σε μια σειρά...»

Η απάντηση του, έδειξε πως την σάστισε λίγο έκανε όμως την Πασκάλ να σουφρώσει διακριτικά τη γαλλική της μύτη.

* * *

Ήταν λίγο μετά από τις τρεις όταν, εξαντλημένοι από την κούραση, αποφάσισαν να αφήσουν για μια άλλη μέρα τις υπόλοιπες αίθουσες και να πάνε όλοι μαζί κάπου για φαγητό.

Τότε μόνο η Πασκάλ βρήκε την ευκαιρία να ρωτήσει ξανά τον Βέρτζιλ για την συνάντηση τους με τον Ντάγκλας.

Κάθονταν στο τραπέζι κάτω από τη σκιά μιας μεγάλης ομπρέλας κι έπιναν παγωμένη μπύρα περιμένοντας να τους σερβίρουν το φαγητό τους.

«Λοιπόν, θα μου εξηγήσεις επιτέλους πότε γνώρισες τον Ντάγκλας;» ρώτησε διακριτικά στα γαλλικά και παρ' όλο που του μίλησε ιδιαίτερα και σε χαμηλό τόνο, έτυχε εκείνη τη στιγμή να σωπάσουν όλοι με αποτέλεσμα να ακουστεί καθαρά.

Η Νασσίμ κοίταξε τον Ντάγκλας. Δεν είχε το θάρρος να τον ρωτήσει ευθέως, ήξερε άλλωστε τόσο λίγα για εκείνον και τη ζωή του, όμως ήταν το ίδιο περίεργη με την Πασκάλ. «Λοιπόν;» ρώτησε με το βλέμμα της, μη τολμώντας να εκφράσει την απορία της φωναχτά. Οι δυο άντρες κοιτάχτηκαν.

«Λοιπόν;» ρώτησε και ο Ντάγκλας στην εσωτερική του ακοή και ο Βέρτζιλ του παραχώρησε, με τον ίδιο τρόπο, την ελευθερία να μιλήσει εκείνος αν δεν είχε αντίρρηση.

Ο Ντάγκλας ανασήκωσε τους ώμους. *«Ξέρουν για τις ικανότητες μου. Είμαι μέρος του προγράμματος......»*

Η φαινομενική σιωπή τους, έφερε τους υπόλοιπους σε αμηχανία. Ο Έρικ και η Δάφνη κοιτάχτηκαν απορημένοι.

«Δεν γνωριζόμαστε!» απήντησε τελικά ο Βέρτζιλ στην Πασκάλ κι έπειτα στράφηκε στη Νασσίμ.

«Όχι πριν από σήμερα.»

Ο Ντάγκλας αποφάσισε να πάρει το λόγο. «Όπως όλοι ξέρετε, είμαι μέλος της Εταιρίας Ψυχικών Ερευνών και παίρνω μέρος στην έρευνα με την ιδιότητα του παραψυχικού. Φαντάζομαι πως λίγο πολύ έχετε όλοι ακούσει για τις ειδικές ικανότητες των παραψυχικών...

Το εκπληκτικό σ' αυτή την περίπτωση είναι πως και ο Βέρτζιλ έχει αυτό το χάρισμα, και όταν το πρωί συναντηθήκαμε τυχαία στην είσοδο του Μουσείου, οι αισθητήριες εικόνες που ανταλλάξαμε ήταν τόσο καθαρές και έντονες που, όπως καταλαβαίνετε, ήταν αδύνατο να αγνοήσουμε ο ένας τον άλλο! Είναι βλέπετε σπάνιο, ακόμη και ανάμεσα σε ανθρώπους με ψυχικά χαρίσματα, να βρεις κάποιον παντελώς ξένο και να μπορείς να επικοινωνήσεις υπεραισθησιακά μαζί του τόσο αβίαστα και τόσο φυσικά. Η σκέψη παύει να είναι λεκτική και παράλληλα με τις αισθητήριες εικόνες, συντελείται η μεταβίβαση άμεσης γνώσης, σε κάποιο άλλο βαθύτερο επίπεδο. Νιώθεις τις σκέψεις σαν να ήταν δικές σου με τη διαφορά ότι "πιάνεις" συγχρόνως και το "χρώμα" αυτού που σκέφτεται, κι έτσι τον αναγνωρίζεις με απόλυτη βεβαιότητα. Για να συμβεί όμως αυτό πρέπει τα δύο άτομα να συντονιστούν στην ίδια συχνότητα, που σημαίνει συνειδητή προσπάθεια, ή να είναι άτομα με έντονους συναισθηματικούς δεσμούς, μητέρα με το παιδί της για παράδειγμα... Ή ζευγάρι, αδέλφια, φίλοι. Τότε συμβαίνει αυθόρμητα και συνήθως όταν υπάρχει συγκεκριμένος λόγος, ακόμη και σε ανθρώπους που δεν έχουν ποτέ τους ασχοληθεί με αυτά τα θέματα. Το ότι συμβαίνει ανάμεσα στον Βέρτζιλ και σε μένα έχει ιδιαίτερο ενδιαφέρον κι έτσι αποφασίσαμε να γνωριστούμε καλύτερα και ίσως καταφέρουμε να ανακαλύψουμε κάποια καινούργια στοιχεία για τον τρόπο με τον οποίο λειτουργεί!»

Σταμάτησε ξαφνικά συνειδητοποιώντας πως οι υπόλοιποι τον κοίταζαν σαν να επρόκειτο για εξωγήινο. Γιατί, άλλο να διαβάσεις κάπου κάτι και άλλο να έχεις ζωντανά γεγονότα μπροστά στα μάτια σου. «Με συγχωρείτε, παρασύρθηκα...» κατέληξε απολογητικά.

Η Δάφνη και ο Έρικ κοιτάχτηκαν διστακτικά μεταξύ τους, προσπαθώντας να μη φανούν αγενείς δείχνοντας απροκάλυπτα, την δικαιολογημένη όπως πίστευαν, αμφιβολία τους.

Η Πασκάλ απέμεινε αμίλητη, σαν μαγεμένη. Οι συζητήσεις που είχαν κάνει παλιότερα με το Βέρτζιλ την είχαν προετοιμάσει αρκετά για να μπορεί να δεχθεί όπως ένα απλό φυσικό φαινόμενο ένα συμβάν σαν αυτό, όμως τούτη τη στιγμή αισθάνονταν γεμάτη δέος.

Η Νασσίμ έμοιαζε σχεδόν τρομοκρατημένη και είχε φυσικά τους λόγους της. Είχε προσωπική εμπειρία και κανένα λόγο για να αμφιβάλλει, όμως η λογική της την προειδοποιούσε, σημαίνοντας συναγερμό, πως τα συναισθήματα της την είχαν κιόλας μπλέξει σε κάτι πολύ πιο σοβαρό απ' ό,τι είχε αντιληφθεί στην αρχή. Ωστόσο, η καθαρή περιέργεια από τη μια και το επιστημονικό ενδιαφέρον από την άλλη, στάθηκαν πολύτιμοι σύμμαχοι του βαθύτερου εαυτού της, που επέμενε να θέλει να βρίσκεται εκεί ακριβώς όπου βρισκόταν. Δίπλα στον Ντάγκλας και ανάμεσα σε αυτούς τους ανθρώπους που μόλις είχε γνωρίσει κι όμως αισθάνονταν τόσο άνετα και τόσο ζεστά κοντά τους.

Ο Έρικ ήταν εκείνος που έσπασε την αμήχανη σιωπή που επεκράτησε μετά την εξήγηση του Ντάγκλας. Ήταν φοβερά εντυπωσιασμένος από όσα άκουσε, όμως η έμφυτη περιέργεια που τον χαρακτήριζε τον ωθούσε να δώσει συνέχεια στη συζήτηση, ακόμη κι αν κινδύνευε να χαρακτηριστεί αγενής με τις ερωτήσεις του.

«Παρ' ότι ήμουν ενήμερος για τις ικανότητες σας και τον ρόλο σας στην ερευνητική ομάδα, οφείλω να ομολογήσω πως δεν είχα σκεφτεί το όλο θέμα και δεν είχα συνειδητοποιήσει τι ακριβώς μπορεί να σήμαινε η παρουσία σας. Έχω ...σοκαριστεί λίγο, όπως και οι υπόλοιποι υποθέτω, από αυτή την συμπτωματική επίδειξη των ικανοτήτων σας, όμως εκείνο που σαφώς με ξενίζει είναι η παρουσία ενός ακόμη ανθρώπου με ανάλογες ικανότητες, στην ολιγομελή συντροφιά μας.» Πήρε μια βαθιά ανάσα κοιτώντας τους άλλους γύρω του και χαμογέλασε απολογητικά συμπληρώνοντας. «Δεν νομίζετε πως είστε... πολλοί;»

Η Δάφνη ένιωσε άσχημα για την απροκάλυπτη αμφιβολία που έδειχνε ο Έρικ και προσπάθησε να τον δικαιολογήσει, όμως ο Βέρτζιλ την πρόλαβε.

«Δεν είναι παράλογο να νιώθει έτσι, ούτε κατακριτέο. Όλοι οι άνθρωποι αισθανόμαστε, τουλάχιστον άβολα, όταν με τον ένα ή τον άλλο τρόπο, κλονίζονται τα θεμέλια του γνωστού μας κόσμου. Πόσο μάλλον κάποιος που ανήκει στην επιστημονική κοινότητα!»

«Εδώ θα μου επιτρέψεις να σε διακόψω.» επενέβη η Δάφνη. «Ο Έρικ κι εγώ δεν ανήκουμε σ' αυτούς τους επιστήμονες που φορούν παρωπίδες. Απόδειξη η συμμετοχή μας στην ομάδα, που κάθε άλλο παρά "ορθόδοξη" είναι. Όμως, πέρα από την επαφή μας με την παραδοξότητα της κβαντοφυσικής, δεν έχει τύχει ποτέ μέχρι τώρα να γνωρίσουμε μια ανάλογη εμπειρία. Είναι λοιπόν αναμενόμενο, αν μη τι άλλο, να νιώθουμε ξαφνιασμένοι.»

Η Πασκάλ χαμογέλασε συμφωνώντας. «Κι εγώ κάπως έτσι ένιωθα στην αρχή.» εξήγησε σε άπταιστα αγγλικά. «Ο Βέρτζιλ φοβόταν πως δεν θα δεχόμουν ποτέ αυτή την *άλλη πραγματικότητα,* όμως ζώντας κοντά του έμαθα πως ο Κόσμος μας δεν είναι μονάχα αυτό που βλέπουμε. Τώρα πια είμαι σίγουρη πως υπάρχει και μια άλλη πλευρά, μια πλευρά που ο κάθε άνθρωπος μπορεί να γνωρίσει, αρκεί να βρει την κατάλληλη *"πύλη"* μέσα του.»

Ο Έρικ έσκυψε μπροστά και ακούμπησε τους αγκώνες του στο τραπέζι, προσπαθώντας να βρεθεί πιο κοντά της.

«Τι εννοείς μιλώντας για την "άλλη πραγματικότητα"; Κάτι δηλαδή σαν τη θεωρία του Everett;»

Η Πασκάλ προσπάθησε να θυμηθεί που είχε ξανακούσει αυτό το όνομα και τι σχέση μπορούσε να έχει η θεωρία του με όσα λέγονταν, όμως μάταια. «Λυπάμαι αλλά δεν έχω ιδέα για την συγκεκριμένη θεωρία.»

«Με συγχωρείς! Είναι ένα λάθος που κάνω συχνά· να νομίζω πως η κβαντική φυσική είναι συνηθισμένο θέμα συζήτησης για όλους τους ανθρώπους!»

«Τότε ας μην σε απογοητεύσω κι εγώ!» του χαμογέλασε ο Βέρτζιλ. «Όχι. Η Πασκάλ μιλούσε πολύ γενικά. Εννοούσε *αυτό που ασυνείδητα ξέρουμε όλοι μας ότι υπάρχει πίσω από τον φαινομενικό κόσμο*, ακόμα και όταν δεν το παραδεχόμαστε. Αυτή ακριβώς η υποσυνείδητη γνώση γίνεται το εφαλτήριο απ' όπου ξεκινούν όλες οι φιλοσοφικές και επιστημονικές ανησυχίες μας κι έτσι σήμερα καταλήξαμε, σαν ανθρωπότητα, να μιλάμε για θεωρίες των πολλών κόσμων όπως του Everett και να ακούμε φυσικούς επιστήμονες όπως ο Heisenberg να δηλώνουν πως "η κοινή διάκριση του κόσμου σε υποκειμενικό και αντικειμενικό, σε εσωτερικό και εξωτερικό, σε ψυχή και σώμα, δεν επαρκεί πλέον!". Βέβαια είναι αδύνατον να σου εξηγήσω έτσι απλά και με πέντε κουβέντες όλα όσα προσπαθούν εδώ και αιώνες να εξηγήσουν οι διάφορες θρησκείες και φιλοσοφίες, όμως θα μπορούσες να αποκτήσεις μόνος σου όλη την Γνώση, αν ψάξεις να βρεις μέσα σου την κατάλληλη "πύλη" αντίληψης!»

«Γιατί τα λόγια σου μου θυμίζουν αρχαία Ελληνικά Μυστήρια;» τον ρώτησε η Δάφνη σκύβοντας πλάι στον Έρικ.

«Εμένα μου θυμίζουν τις γραφές του αρχαίου Αιγυπτιακού Ιερατείου!» δήλωσε η Νασσίμ και ο Ντάγκλας της χαμογέλασε με νόημα. «Το πράγμα άρχισε να γίνεται πολύ ενδιαφέρον!»

Εκείνη μισόκλεισε τα μάτια και του ανταπέδωσε το βλέμμα. «Ενδιαφέρον και επικίνδυνο!» συμπλήρωσε.

«Όταν αναφέρεσαι στη λέξη "πύλη", εννοείς κάποιο

"πέρασμα" που οδηγεί σε μια άλλη πραγματικότητα;» επέμενε ο Έρικ.

Ο Βέρτζιλ έμμεινε για λίγο σκεφτικός. «Ναι, ίσως θα μπορούσες να το πεις κι έτσι.»

«Κάτι σαν το τρίγωνο των Βερμούδων!» σχολίασε χαμογελώντας ο Έρικ και ο τόνος της φωνής του έδειχνε περισσότερο διαπίστωση παρά ερώτηση.

Οι υπόλοιποι γέλασαν και ο Ντάγκλας συμφώνησε. «Κάπως έτσι, μόνο που το "πέρασμα" στην προκειμένη περίπτωση, βρίσκεται μέσα σου.»

Ο Έρικ ακούμπησε στη ράχη της πολυθρόνας του σκεφτικός. «Φαντάζομαι πως δεν έχουν κυκλοφορήσει ακόμη κατάλληλοι χάρτες για το δρόμο προς τις Πύλες!» αστειεύτηκε.

ΚΑΛΙΦΟΡΝΙΑ – ΗΠΑ / ΜΕΞΙΚΟ

Όταν το αεροπλάνο του Μάρτιν προσγειώθηκε στο διεθνές αεροδρόμιο του Λος Άντζελες η ώρα ήταν τέτοια που κανονικά θα έπρεπε να πάει στην γκαλερί. Όμως η εμφάνιση του, τσαλακωμένος και αξύριστος εδώ και ένα εικοσιτετράωρο, τον υποχρέωνε να περάσει από το σπίτι.

Πήρε το αυτοκίνητο του από το πάρκινγκ του αεροδρομίου και συνειδητοποίησε ξαφνιασμένος πως εδώ και μερικές ώρες έβλεπε τον εαυτό του τελείως διαφορετικά από πριν. Δεν ήταν πια ο πασίγνωστος γκαλερίστας με την μεγάλη οικονομική επιφάνεια, το τέλειο οικογενειακό περιβάλλον και τον ευρύ κοινωνικό κύκλο. Ήταν μονάχα ο Μάρτιν, ένας ανήσυχος άνδρας που κόντευε τα σαράντα, βαθιά ερωτευμένος με μια γυναίκα που είχε συναντήσει για πρώτη φορά στη ζωή του μόλις την προηγούμενη μέρα και που ήθελε απεγνωσμένα να μείνει μόνος, για να μπορέσει να σκεφτεί και να κατανοήσει τι του συνέβαινε. Οδηγώντας μέχρι το προάστιο όπου βρίσκονταν το σπίτι του είχε αρκετό χρόνο για να αποφασίσει πως το τελευταίο ήταν το καλύτερο που μπορούσε να κάνει.

Η Κιμ ευτυχώς έλλειπε κι έτσι το μόνο που χρειάστηκε ήταν να της αφήσει ένα σημείωμα πάνω στον καθρέφτη..

»Έκλεισα τη δουλειά στο Περού / φεύγω για Βερμόντ. Έχω

πληροφορίες για κάποιο πλειστηριασμό που πρόκειται να γίνει σε πολύ κλειστό κύκλο. Θα σε ειδοποιήσω μόλις το επαληθεύσω. Φιλιά, Μάρτιν.«

Θα μπορούσε βέβαια να της τηλεφωνήσει και δεν είχε καμιά δικαιολογία για να μη το κάνει, όμως δεν μπορούσε να της μιλήσει. Όχι πριν πει μερικές κουβέντες με τον ίδιο του τον εαυτό!

Η Κιμ βρήκε το σημείωμα του αργά το απόγευμα και ξαφνιάστηκε διαβάζοντας για το Βερμόντ, η ανακούφιση όμως που ένιωσε για την παρατεινόμενη απουσία του, την ξάφνιασε ακόμη περισσότερο.

Η αλήθεια ήταν πως η ανάγκη της να μείνει μόνη για ένα διάστημα, γίνονταν κάθε μέρα και πιο επιτακτική. Όμως πώς θα μπορούσε να του εξηγήσει γιατί αισθάνονταν έτσι όπως αισθάνονταν, χωρίς να τον πληγώσει, όταν μάλιστα δεν το καταλάβαινε ούτε και η ίδια; Είχε ελπίσει πως παρακολουθώντας το σεμινάριο της γιόγκα στο κλαμπ θα εύρισκε κάποια βοήθεια, κάποιες απαντήσεις. Όμως, προς το παρών τουλάχιστον, η επαφή της με την ανατολική φιλοσοφία της είχε δημιουργήσει ακόμη περισσότερα ερωτηματικά.

Ανέβηκε στο δωμάτιο της μουσικής. Τα δάχτυλα της χάιδεψαν το καπάκι του πιάνου στη θέση των πλήκτρων, πήρε όμως το βιολί της από τη θήκη του, με το μυαλό της γεμάτο σκέψεις. Το Confitatis από το Ρέκβιεμ Κ626 του Μότσαρτ γέμισε το δωμάτιο με τις ζοφερές του νότες. Δεν ήξερε γιατί είχε διαλέξει συγκεκριμένα αυτό το κομμάτι. Ίσως να καθρέφτιζε την ψυχική της διάθεση, ίσως πάλι να την οδήγησε η φευγαλέα υποψία της πως ο θάνατος έκρυβε όλες τις απαντήσεις.

* * *

137

Το Βερμόντ ήταν φυσικά πρόφαση. Ωστόσο αποφάσισε πως ήταν προτιμότερο να πετάξει μέχρι εκεί και μάλιστα να φροντίσει να τον δουν κάποιοι παλιοί γνωστοί, ίσως ακόμη και να τους αναφέρει για τις πληροφορίες που υποτίθεται πως είχε για κάποιο πλειστηριασμό, ζητώντας να μάθει περισσότερες.

Ειδοποίησε να του κρατήσουν το πιο απομονωμένο σαλέ που υπήρχε ελεύθερο και φτάνοντας φρόντισε να τελειώσει τις κοσμικές του εμφανίσεις και να αποσυρθεί όσο γινόταν πιο σύντομα, περιλαμβάνοντας ανάμεσα στα υπόλοιπα εφόδια του και μια ολόκληρη ντουζίνα από βιβλία που αναφέρονταν σε στενές επαφές με Α.Τ.Ι.Α. και άλλα σχετικά θέματα.

Έριξε μερικά παγάκια σ' ένα ποτήρι και το γέμισε Μπέρμπον. Ο καιρός ήταν σχετικά καλός για την εποχή, ο αέρας όμως του βουνού ήταν παγωμένος και ο Μάρτιν βγήκε στη βεράντα κροταλίζοντας τα παγάκια στο ποτήρι του. Η φρεσκάδα της ατμόσφαιρας τον αναζωογόνησε και του καθάρισε το μυαλό. Πήρε μερικές βαθιές ανάσες κι ένιωσε να πλημμυρίζει από επιθυμία για την Τζέραλντιν όμως αυτή τη φορά δεν προσπάθησε να συγκρατήσει τα συναισθήματα του, ούτε να τα διώξει. Αφέθηκε να παρασυρθεί μέχρι που ολόκληρο το κορμί του άρχισε να πονά από την απουσία της και σωριάστηκε αποκαμωμένος στον καναπέ, ξέροντας με βεβαιότητα πως το χειρότερο δεν είχε έρθει ακόμη.

Αγαπούσε την Κιμ, ο δεσμός τους χρονολογούνταν από το κολέγιο και η σχέση τους ύστερα από τόσα χρόνια χαρακτηρίζονταν ακόμη από αμοιβαία κατανόηση και μια πραγματική φιλία. Ουσιαστικά η μοναδική του φίλη ήταν η γυναίκα του και μητέρα των παιδιών του. Αυτό που του είχε συμβεί ήταν τελείως απρόσμενο κι αν λίγες μέρες νωρίτερα κάποιος του μιλούσε για μια τέτοια προοπτική θα γελούσε με την φαντασία του. Κι όμως ήταν γεγονός.

Προσπάθησε να σκεφτεί λογικά. Δεν ήταν βέβαια άγιος όλα αυτά τα χρόνια του γάμου του, όμως τα εξωσυζυγικά του ενδιαφέροντα ήταν περισσότερο πλατωνικού χαρακτήρα, πικάντικα φλερτ έτσι για ανανέωση! Θεωρούσε τη γυναίκα του πολύτιμη και δεν επέτρεπε σε καμία να μπει στη θέση της ή έστω να σταθεί δίπλα της. Όμως αυτή τη φορά είχε συμβεί κάτι πολύ διαφορετικό. Ενώ η Κιμ διατηρούσε τη θέση της στην καρδιά του, η Τζέραλντιν είχε αγγίξει τα βάθη της ψυχή του με ένα τρόπο μοναδικό, ένα τρόπο που, ήταν σίγουρος, δεν υπήρχε άλλο πλάσμα στη γη να γνωρίζει. Κι αυτό ακριβώς ήταν που τον τρόμαζε, που τον καθιστούσε ανίκανο να αντικρίσει την Κιμ. Ήξερε καλά πως αυτό που του συνέβαινε ήταν καθοριστικό για την υπόλοιπη ζωή του και δεν μπορούσε να της το κρύψει. Άλλωστε δεν είχαν μυστικά μεταξύ τους, μέχρι τώρα τουλάχιστον.

Ήπιε το υπόλοιπο ουίσκι του και πέταξε τη γραβάτα του στην άκρη. Δεν άντεχε άλλο την πάλη που γινόταν μέσα του κι ένα ποτό ακόμη ίσως βοηθούσε λίγο την κατάσταση. Έπιασε το μπουκάλι από το ράφι και το βλέμμα του στάθηκε στα βιβλία που είχε ακουμπήσει δίπλα του. Ένα ρίγος διαπέρασε τη ραχοκοκαλιά του, μα σίγουρα δεν ευθύνονταν γι αυτό ο αέρας που έμπαινε από τη μισάνοιχτη μπαλκονόπορτα. Ωστόσο την έκλεισε, πήρε τα βιβλία, γέμισε το ποτήρι του και κάθισε στο χαλί πλάι στο τζάκι.

Ήταν ένας καλός τρόπος για να ξεχαστεί, δικαιολογήθηκε στον εαυτό του, όμως αν ήθελε να είναι ειλικρινής μαζί του κάπου στο βάθος ανυπομονούσε να μάθει όσο το δυνατόν περισσότερα για το φαινόμενο των Α.Τ.Ι.Α. Αν η ύπαρξη της Τζέραλντιν τον είχε κάνει να δει διαφορετικά τον εαυτό του, η ύπαρξη φαινομένων ανεξήγητων με την κοινή λογική, τον ανάγκασε να δει διαφορετικά τον κόσμο ολόκληρο!

139

Μονάχα για ένα πράγμα μπορούσε να είναι σίγουρος πια, πως δεν μπορούσε να είναι σίγουρος για τίποτε! Άδειασε και το δεύτερο ποτήρι κι έπιασε στην τύχη ένα βιβλίο. Αυτή τη φορά δεν έκανε τον κόπο να ξαναβάλει το μπουκάλι στη θέση του, απλά γέμισε το ποτήρι και το κράτησε δίπλα του.

* * *

Στην αρχή νόμισε πως το κουδούνισμα του τηλεφώνου ήταν στον ύπνο της. Ξύπνησε για τα καλά μονάχα όταν άκουσε τη φωνή του Μάρτιν από την άλλη άκρη της γραμμής. «Τι συμβαίνει; Τι ώρα είναι;» μουρμούρισε προσπαθώντας να βρει το διακόπτη για να ανάψει το φως.

«Συγνώμη, σε ξύπνησα! Είχα ξεχάσει τη διαφορά της ώρας....»

Ήταν μεθυσμένος ή της φάνηκε πως μπέρδευε λίγο τη γλώσσα του; «Μάρτιν; Τι έχεις; Δεν είσαι καλά;» η Κιμ είχε ξυπνήσει τελείως πια.

«Είναι πέντε και μισή τα ξημερώματα... γιατί δεν τηλεφώνησες χθες;»

«Δεν ...προλάβαινα! Ήμουν συνέχεια στους δρόμους κι έπειτα το έριξα στο διάβασμα. Διάβαζα όλη τη νύχτα.»

«Τι έγινε με τον πλειστηριασμό... Διάβαζες όλη τη νύχτα; Τι διάβαζες;»

«Τίποτε.»

«Πώς τίποτε; Είπες πως διάβαζες!»

«Με τον πλειστηριασμό δεν έγινε τίποτε. Διάβαζα για Ιπτάμενους Δίσκους και Στενές Επαφές. Θα σου εξηγήσω. Κοίτα Κιμ, θέλω να σου μιλήσω. Μπορείς να ακυρώσεις τα ραντεβού σου και να βρεθούμε στο κλαμπ για φαγητό και να μιλήσουμε;»

«Για το Θεό Μάρτιν, τι συμβαίνει; Γιατί δεν μπορούμε να μιλήσουμε στο γραφείο ή το βράδυ στο σπίτι;»

«Όχι, όχι στο σπίτι. Θα σου εξηγήσω, Κιμ σε παρακαλώ γλυκιά μου. Το κεφάλι μου πονάει φοβερά και δεν έχω κουράγιο για κουβέντες. Θα πάρω την επόμενη πτήση, θα βρεθούμε το μεσημέρι. Κλείνω τώρα.»

Έμμεινε με το ακουστικό μετέωρο στο χέρι και την καρδιά της να χτυπά βαριά και δυνατά. Τόσο που μπορούσε να την ακούσει.

»Συνέβαινε κάτι φοβερό, αυτό ήταν σίγουρο. Όμως για όνομα του Θεού, τι μπορούσε να είναι;«

Σύρθηκε στο μπάνιο κι έριξε κρύο νερό στο πρόσωπο της. Είχε χλομιάσει. «Σύνελθε κορίτσι μου!» μάλωσε τον εαυτό της. «Είναι γερός κι αυτό έχει την μεγαλύτερη σημασία! Οτιδήποτε άλλο μπορεί να ξεπεραστεί.»

Όσο όμως κι αν προσπάθησε να αντιμετωπίσει το θέμα, ψύχραιμα στάθηκε αδύνατο.

Η υπόλοιπη μέρα της φάνηκε ατελείωτη και έφτασε στο ραντεβού τους σχεδόν μια ολόκληρη ώρα νωρίτερα.

Ήπιε ένα ποτό στο μπαρ, κουβέντιασε περί ανέμων και υδάτων με γνωστούς και φίλους, προσπάθησε να διώξει από την ψυχή της την αγωνία και από το στομάχι της το σφίξιμο και τελικά το μόνο που πέτυχε ήταν να γίνει χειρότερα. Αν ο Μάρτιν είχε προσπαθήσει να την προετοιμάσει μ' εκείνο το πρωινό τηλεφώνημα, τα είχε καταφέρει περίφημα.

Ακόμη και αν της έλεγε πως είχαν χάσει τα πάντα και δεν είχαν χρήματα ούτε για το φαγητό που έτρωγαν, δεν θα ξαφνιάζονταν καθόλου. Ωστόσο, μόλις τον είδε στην είσοδο, το ψυχοπλάκωμα που ένιωθε διαλύθηκε ως δια μαγείας και αποφάσισε πως, στο πλάι του, θα μπορούσε να αντέξει τα πάντα.

Μονάχα όταν ήρθε κοντά της, συνειδητοποίησε πως ο Μάρτιν που έβλεπε, έδειχνε τελείως διαφορετικός από τον Μάρτιν που ήξερε! Και δεν ήταν βέβαια το χλωμό του πρόσωπο, ούτε οι μαύροι κύκλοι κάτω από τα μάτια του, που της έδιναν αυτή την εντύπωση. Ήταν κάτι στο βλέμμα του και στον τρόπο που έκανε κάθε του κίνηση. Έμοιαζε να μην βρίσκεται εκεί που βρισκόταν, θαρρείς και το κορμί του ήταν μια άψυχη τηλεκατευθυνόμενη κούκλα.

Την φίλησε και προσπάθησε να χαμογελάσει.

«Με συγχωρείς που σε έστησα. Φαίνεται πως η καθυστέρηση που είχαμε ήταν μεγαλύτερη απ' όσο κατάλαβα, αλλά έρχομαι κατευθείαν από το αεροδρόμιο.»

«Μη στενοχωριέσαι, δεν με έστησες. Εγώ ήρθα νωρίτερα!»

«Α, έτσι...» Μουρμούρισε ξαφνιασμένος και την οδήγησε στο τραπέζι τους.

Παρήγγειλαν και ενώ η Κιμ ένιωθε να κάθεται σε αναμμένα κάρβουνα, εκείνος παρέμενε σιωπηλός, αποτραβηγμένος στις σκέψεις του.

Πήρε η ίδια την πρωτοβουλία να αρχίσει τη συζήτηση. «Λοιπόν; Πως πήγε η "επιχείρηση" στο Βερμόντ;» χάιδεψε το χέρι του πάνω στο τραπέζι.

Τα μάτια του, όταν τα σήκωσε στο πρόσωπο της, την τρόμαξαν. Έσφιξε τα δάχτυλά της στην παλάμη του.

«Δεν υπήρχε πλειστηριασμός στο Βερμόντ.» της απάντησε κουρασμένα.

«Και γι αυτό κάνεις έτσι; Πες πως πήγες να δεις πως είναι ο καιρός αυτή την εποχή στα βουνά!» προσπάθησε να αστειευτεί, μη ξέροντας αν έπρεπε να νιώσει ανακούφιση ή να περιμένει το χειρότερο.

«Το ταξίδι στο Βερμόντ ήταν μονάχα μια δικαιολογία......» άφησε ατέλειωτη τη φράση του και η Κιμ νόμισε πως άνοιξε η

142

γη κάτω από τα πόδια της καθώς ξαφνικά το μυαλό της φωτίστηκε. Γιατί δεν είχε σκεφτεί από την αρχή την πιο πιθανή εκδοχή; Προσπάθησε να πνίξει την κραυγή που ανέβηκε στο λαρύγγι της κρύβοντας το πρόσωπό της στις παλάμες της. «Μη συνεχίζεις Μάρτιν. Κατάλαβα...» του είπε όταν ξαναβρήκε τη φωνή της. «Ήσουν με κάποια γυναίκα... Ω, Θεέ μου! Έχεις ερωμένη!»

Στη σκέψη μιας άλλης στην αγκαλιά του, νόμισε πως ο κόσμος άρχισε ξαφνικά να γυρίζει με την ταχύτητα του φωτός. Δεν μπορούσε πια να συγκρατήσει άλλο τον εαυτό της και βγήκε τρέχοντας από την αίθουσα. Ο Μάρτιν βλαστήμησε για την απερισκεψία του να της δώσει ραντεβού σε δημόσιο χώρο κι έτρεξε πίσω της αφήνοντας το σερβιτόρο με τα πιάτα στα χέρια. Την πρόλαβε στο αυτοκίνητο της, όμως εκείνη δεν έκανε καμιά προσπάθεια να φύγει. Έκλαιγε πια με αναφιλητά μουρμουρίζοντας συνέχεια γιατί; -γιατί;

Την έβαλε να καθίσει στη θέση του συνοδηγού και οδήγησε το αυτοκίνητο στην άκρη από το γήπεδο του γκολφ, μακριά από αδιάκριτα βλέμματα. Έσβησε τη μηχανή και προσπαθώντας να διατηρήσει τουλάχιστον εκείνος την ψυχραιμία του, άναψε ένα από τα τσιγάρα που φύλαγε στο ντουλαπάκι του αυτοκινήτου.

«Κιμ, προσπάθησε γλυκιά μου να ηρεμήσεις. Δεν είναι έτσι ακριβώς τα πράγματα όπως τα φαντάστηκες. Άσε με να σου εξηγήσω!»

«Τι να μου εξηγήσεις; Ότι δεν ήσουν με άλλη; Ότι δεν με απατάς;» ξέσπασε φωνάζοντας.

«Ναι, όχι, δηλαδή όχι ακριβώς. Στο Βερμόντ ήμουν μόνος. Πήγα γιατί ήθελα να μείνω μόνος!»

«Όμως με απατάς!»

«Όχι έτσι όπως νομίζεις.»

Γύρισε και τον κοίταξε με μάτια διάπλατα από έκπληξη.

«Μάρτιν τι είναι αυτά που μου λες; Με απατάς ναι ή όχι;» φώναξε αγανακτισμένη.

«Δεν έχω ερωμένη. Αυτό προσπαθώ να σου εξηγήσω. Όχι με την έννοια που το θέτεις εσύ. Μπήκε κάποια άλλη γυναίκα στη ζωή μου, όμως δεν έχω δεσμό μαζί της. Όχι ακόμη, τουλάχιστον... » έσκυψε το κεφάλι.

«Κατάλαβα. Ευχαριστώ για την εντιμότητα σου, φαντάζομαι πως ο πρόλογος έγινε για μου ζητήσεις να χωρίσουμε!» διαπίστωσε πικρόχολα.

«Όχι! Πάλι δεν κατάλαβες. Δεν έχω σκοπό να σας εγκαταλείψω. Ούτε εσένα, ούτε τα παιδιά φυσικά! Βλέπεις, εξακολουθείς να σημαίνεις για μένα ό,τι και πριν. Είσαι ένα κομμάτι από τη ζωή μου! Μακάρι να μπορούσα να σου εξηγήσω με λόγια τι μου συμβαίνει και πως ακριβώς αισθάνομαι... μακάρι να μπορούσες να καταλάβεις!»

«Όχι, δεν μπορώ διάβολε, να καταλάβω! Σ' αφήνω να μου εξηγήσεις κι εσύ μπερδεύεις τα πράγματα περισσότερο από πριν! Αν μου έλεγες -έπαψα να σ' αγαπώ, αγαπώ μια άλλη και θέλω να χωρίσουμε- ίσως και να καταλάβαινα. Εκτός κι αν προσπαθείς να μου χρυσώσεις το χάπι! Αν προσπαθείς να με κάνεις να συνηθίσω στην ιδέα! Αν είναι έτσι, σε παρακαλώ σταμάτα το θέατρο. Σ' αγαπάω πάρα πολύ για να καθίσω εδώ και να βλέπω τη σχέση μας να φθείρεται μέρα τη μέρα, μέχρι να μισήσουμε ο ένας τον άλλο. Καλύτερα να φύγεις αυτή τη στιγμή! Θέλω να έχω μόνο όμορφες αναμνήσεις από σένα... και με τον καιρό ίσως ...το ξεπεράσω.» Η φωνή της έσπασε κι έβαλε πάλι τα κλάματα. Είχε προσπαθήσει να φανεί γενναία μα δεν τα κατάφερε.

Την τράβηξε στην αγκαλιά του εκδηλώνοντας όλη τη στοργή που ένιωθε για κείνη. «Μη κλαις κοριτσάκι μου, μου σπαράζεις την καρδιά. Ξέρω πως είναι φοβερό αυτό που σε αναγκάζω να

144

αντιμετωπίσεις, όμως δεν μπορούσα να γυρίσω πίσω και να συνεχίσω τη ζωή μας μέσα στο ψέμα. Θα ήταν πολύ άδικο για όλους μας και προπάντων για σένα.»

«Κι έχεις την εντύπωση πως είναι δίκαιο να με απατάς εν γνώσει μου;»

«Δεν εννοούσα αυτό. Εκείνο που ήθελα ήταν να ξέρεις τι μου συμβαίνει, ήθελα να μοιραστώ μαζί σου το πρόβλημα που αντιμετωπίζω και που αφορά όλους μας. Στο κάτω, κάτω ήμασταν πάντα οι καλύτεροι φίλοι!»

Η Κιμ τραβήχτηκε από την αγκαλιά του και σκούπισε τα μάτια της. «Εντάξει Μάρτιν. Να ξέρεις ότι εκτιμώ αυτό που κάνεις, δηλαδή την ειλικρίνεια σου, όμως μην περιμένεις πολλά πράγματα από μένα. Δεν μπορώ να είμαι ψύχραιμη όταν έχω να αντιμετωπίσω μια τέτοια κατάσταση και να δείξω κατανόηση, ούτε μπορώ να ξέρω πως θα αντιδράσω αν σας δω μαζί. Αλλά ούτε κι εσύ να ξαφνιαστείς αν με βρεις συντροφιά με κάποιον άλλο. Όχι πως έχω σκοπό να πάω με τον πρώτο τυχόντα, όμως κάποια στιγμή κάποιος θα βρεθεί που να με συγκινεί και να ενδιαφέρεται για μένα... »

Ο Μάρτιν ένιωσε σαν να του ξερίζωναν την καρδιά με τα χέρια. Σκέφτηκε πως κάπως έτσι και χειρότερα, είχε νιώσει κι εκείνη πριν λίγο και πήρε, κάνοντας μεγάλη προσπάθεια, μια βαθιά ανάσα. Έπρεπε να βρει το κουράγιο και να ξεκαθαρίσει τώρα κάποια πράγματα, πριν ο εγωισμός και η ζήλια τους θολώσει το μυαλό.

«Καταλαβαίνω πως νιώθεις και, αν αυτό έχει καμιά σημασία για σένα, θέλω να ξέρεις πως ποτέ δεν είχα την πρόθεση να σε πληγώσω. Όμως αυτό που μου συνέβη είναι πολύ δυνατό για να το αγνοήσω. Ωστόσο δεν σκοπεύω να σε εγκαταλείψω και σου ορκίζομαι πως ποτέ δεν θα χρησιμοποιήσω δικαιολογίες του τύπου —είχα πολύ δουλειά γι αυτό άργησα- ή —έχω ραντεβού με πελάτη- και άλλα τέτοια. Άλλωστε, όπως ήδη σου είπα, δεν έχω δεσμό και το Περού πέφτει αρκετά μακριά για καθημερινές συναντήσεις...»

Στην αρχή τον κοίταξε χωρίς να καταλαβαίνει κι όταν συνειδητοποίησε τι της έλεγε, άφησε ένα βογκητό έκπληξης και συνάμα οργής. «Ω, Θεέ μου! Μου έκανες τη ζωή κόλαση για μια γυναίκα που γνώρισες μόλις προχτές και δεν έμμεινες μαζί της παρά μονάχα μερικές ώρες;»

Έμοιαζε να βρίσκεται στα πρόθυρα υστερίας καθώς σκέφτονταν την επιπολαιότητα με την οποία είχε φερθεί ο άντρας της. «Νόμιζα πως ήσουν πια αρκετά ώριμος στα σαράντα σου! Ω! ναι... » γέλασε νευρικά ψάχνοντας για τσιγάρο.

«Αυτό είναι! Η κρίση της ηλικίας!» ξεφύσησε τον καπνό σχεδόν ανακουφισμένη. «Μόνο που την περνάς λιγάκι νωρίτερα!»

Ο Μάρτιν ένιωσε σαν παγιδευμένο αγρίμι που ενώ ξέρει τι θέλει δεν ξέρει πώς να το αποκτήσει. Ήταν φανερό πως η Κιμ προσπαθούσε να αρπαχτεί από την παραμικρή σανίδα σωτηρίας που θα εύρισκε μπροστά της, ακόμα κι αν ήξερε πως ήταν μάταιο να αγωνίζεται ενάντια σ' ένα φουρτουνιασμένο ωκεανό.

Όμως πώς μπορούσε να της το εξηγήσει αυτό; Ακόμη και ο ίδιος είχε περάσει ξάγρυπνος ολόκληρη τη νύχτα προσπαθώντας να πείσει τον εαυτό του πως δεν ήταν παρά ένας περαστικός ενθουσιασμός αυτό που ένιωθε για την Τζέραλντιν κι ας ήταν απόλυτα σίγουρος για ό,τι ένιωθε βαθιά μέσα του. Δεν μπορούσε να προσποιείται πως εκείνη δεν υπήρχε!

«Μακάρι να είχες δίκιο!» της είπε τελικά. «Θα ήταν πιο εύκολο για όλους μας, ένα περαστικό καπρίτσιο, μια κρίση της ηλικίας. Όμως δεν αισθάνομαι καθόλου ξοφλημένος, ούτε γέρος και δεν προσπαθώ να αποδείξω τίποτε στον εαυτό μου. Επίσης, θα

146

ήταν πιο εύκολο να μην σου μιλήσω, να υποκρίνομαι πως όλα είναι όπως πριν και να αρχίσω να ζω διπλή ζωή, ενώ εσύ θα συνέχιζες να κοιμάσαι ήσυχη πλάι μου. Δεν το θέλω όμως. Εκείνο που θέλω είναι να το αντιμετωπίσουμε μαζί. Ίσως είναι πάρα πολύ αυτό που σου ζητάω και θα καταλάβω αν αρνηθείς και φύγεις, όμως εγώ δεν πρόκειται να σε εγκαταλείψω ποτέ.»

Τα εγκαίνια της έκθεσης στο Μπέρκλεϋ είχαν την αναμενόμενη επιτυχία. Ο Μάρτιν είχε καταφέρει να συντονίσει τους πάντες στην εντέλεια και σε άλλη περίπτωση θα απολάμβανε την κοσμοσυρροή που επικρατούσε κουβεντιάζοντας με κάθε παρέα χωριστά. Εκείνο το βράδυ όμως, πίσω από το την χαμογελαστή του μάσκα, μετρούσε απλά τις ώρες που περνούσαν με πρωτοφανή αργό ρυθμό, μέχρις ότου φύγει και ο τελευταίος επισκέπτης, για να μείνει μόνος με την Κιμ.

Από εκείνη την ημέρα που της είχε μιλήσει και μετά, η σχέση τους έγινε για πρώτη φορά στα χρονικά της γνωριμίας τους, απόμακρη και τυπική. Ευτυχώς βρίσκονταν μακριά από το σπίτι και τα παιδιά και είχαν καταφέρει να κρατήσουν την παγερή ατμόσφαιρα μυστική από όλους τους ανθρώπους του οικείου περιβάλλοντος.

Η Κιμ είχε κλειστεί στον εαυτό της προσπαθώντας να μην σκέφτεται τίποτε άλλο πέρα από την διοργάνωση της έκθεσης και το κατάφερε αρκετά καλά, καθώς ασχολιόταν προσωπικά ακόμη και με την παραμικρή λεπτομέρεια. Η μόνη κουβέντα που είχαν ανταλλάξει με τον Μάρτιν, πάνω στο πρόβλημα τους, ήταν η επιθυμία της να φύγει αμέσως μετά τα εγκαίνια. Συνήθως έμεναν μια δυο μέρες κι έπειτα επέστρεφαν στη βάση τους παρακολουθώντας την πορεία των εκθέσεων από κοντά κυρίως τα σαββατοκύριακα. Αυτή τη φορά του δήλωσε πως θα έφευγε αμέσως.

147

«Χρειάζομαι χρόνο να συνηθίσω την καινούργια κατάσταση. Πιστεύω πως θα είναι πιο εύκολο αν είμαι μόνη μου στην αρχή.» του είχε εξηγήσει κι εκείνος σεβάστηκε την επιθυμία της. «Μη δώσεις τραγικές προεκτάσεις στο θέμα... » την παρακάλεσε. «Σ' αγαπώ πάντα και προς Θεού δεν μου περνά από το μυαλό να ζήσω μακριά σου. Χρειάζομαι κι εγώ λίγο χρόνο, μονάχα αυτό.»

«Τίποτε πια δεν θα είναι το ίδιο με πριν. Θέλω να μείνω μόνη και να σκεφτώ.»

Δεν ξαναείπαν τίποτε προσωπικό από εκείνη τη στιγμή, ούτε ακόμη και όταν βρέθηκαν μόνοι στο αυτοκίνητο προς το αεροδρόμιο. Σε όλη την διαδρομή ήταν απόμακρη και σιωπηλή και ο Μάρτιν που περίμενε με αγωνία αυτή την ώρα δεν κατάφερε να της αποσπάσει κουβέντα. Το μόνο που έσπασε την παγωμένη της έκφραση ήταν ένα αδιόρατο ειρωνικό χαμόγελο, που μάλλον δεν απευθύνονταν στον ίδιο. Είχε πράγματι χαμογελάσει ειρωνικά στον εαυτό της όταν, μετά από διάφορους συνειρμούς, θυμήθηκε την συζήτηση που είχε κάποτε με την Νάνσυ, σχετικά με το κενό που ένιωθε μερικές φορές μέσα της. «Ανία λόγω έλλειψης σοβαρών προβλημάτων!» είχε αποφανθεί η φίλη της και η Κιμ το βρήκε τουλάχιστον ηλίθιο. Τώρα ήταν έτοιμη να αναρωτηθεί μήπως τελικά η Νάνσυ είχε δίκιο, όμως ξαφνικά συνειδητοποίησε πως το κενό ήταν μεγαλύτερο και πως όλα εκείνα τα ερωτηματικά όπως - ποια είμαι; - ποιος ο σκοπός της ζωής μου;- έγιναν πιο πιεστικά και μάλιστα προστέθηκε σ' αυτά κι ένα καινούριο —υπάρχει πεπρωμένο ή το δημιουργούμε εμείς κατά βούληση; Αυτό το τελευταίο ήταν κυρίως που την απασχολούσε σε όλη τη διαδρομή. Τι είναι "μοίρα"; Το ότι ο άντρας της είχε ερωτευθεί μια άλλη ήταν μέρος του πεπρωμένου τους ή κάτι στο οποίο εκείνη μπορούσε να επέμβει με κάποιο τρόπο;

Παραπλήσιες σκέψεις τριγύριζαν στο μυαλό της και καθώς περίμενε μόνη την πτήση της. Είχε σαφώς επιθυμήσει τα παιδιά της, όμως την έπιασε πανικός στη σκέψη πως έπρεπε να τα αντιμετωπίσει υποκρινόμενη τον χαρούμενο και ξέγνοιαστο εαυτό της που εκείνα γνώριζαν.

Μακάρι να μην τέλειωνε ποτέ η πτήση τους, μακάρι να έμπαιναν σε τροχιά γύρω από τη Γη και να πετούσαν, να πετούσαν ασταμάτητα. Το να ταξιδεύει, της έδινε δύο πλεονεκτήματα στην προκειμένη περίπτωση. Το ένα ήταν ότι δεν έμενε άπραγη σ' ένα συγκεκριμένο τόπο, γεγονός που θα την καταπίεζε αφάνταστα. Το άλλο, ακόμη πιο σημαντικό, ήταν πως δεν την ενοχλούσε κανείς κι έτσι μπορούσε να σκεφτεί απερίσπαστα.

Από τα μεγάφωνα ακούστηκε το χαρακτηριστικό κουδούνισμα των αναγγελιών και την γύρισε στην πραγματικότητα. Δεν αφορούσε την πτήση της, ήταν προς Μοντερέυ – Μεξικό, όμως μια εσωτερική παρόρμηση την έσπρωξε να σηκωθεί και να βαδίσει αργά προς το κισσέ των εισιτηρίων. Σύντομα τάχυνε το βήμα της και ζητώντας συγνώμη από τους ανθρώπους γύρω της προσπάθησε να φτάσει εγκαίρως. Μισή ώρα αργότερα πετούσε για Μεξικό!

Στο αεροδρόμιο του Μοντερέυ ζήτησε από ένα ταξιδιωτικό πρακτορείο να της βρουν ένα καλό ξενοδοχείο και πήρε ταξί. Έκανε ντους, έκλεισε το κινητό της κι έπεσε εξαντλημένη για ύπνο. Κόντευε μεσημέρι όταν ξύπνησε και το πρώτο πράγμα που έκανε ήταν να τηλεφωνήσει στα παιδιά της. Τους είπε πως ήταν καλά και πως είχε πολύ δουλειά και θα αργούσε να γυρίσει, δίχως όμως να αναφέρει στη συνοδό τους πως βρίσκονταν στο Μεξικό. Έπειτα ντύθηκε και κατέβηκε για φαγητό αγοράζοντας πρώτα ένα τουριστικό οδηγό της περιοχής. Δεν είχε σκεφτεί ακόμη τι θα έκανε και πόσο θα

149

έμενε εκεί, ενεργούσε σχεδόν αυτόματα, κάνοντας ό,τι κάνουν συνήθως όλοι οι τουρίστες.

Το απόγευμα αγόρασε λίγα σπορ ρούχα και παπούτσια, οι αποσκευές της είχαν πετάξει για Λος Άντζελες, και το βράδυ έκανε μια βόλτα στους δρόμους της πόλης για να καταλήξει στο μπαρ του ξενοδοχείου. Δεν έπινε, όμως απόψε πήρε μαρτίνι με πάγο, ελπίζοντας πως θα την βοηθούσε να κοιμηθεί πιο εύκολα.

Το πρωί της επόμενης μέρας επισκέφθηκε το ιστορικό μουσείο της πόλης και το μεσημέρι μετά το φαγητό, ζήτησε να νοικιάσει ένα αυτοκίνητο, πλήρωσε το λογαριασμό της στο ξενοδοχείο και παίρνοντας τα λιγοστά της πράγματα, έφυγε.

Βγήκε στη λεωφόρο οδηγώντας μηχανικά. Ο απογευματινός ήλιος της ζέστανε το πρόσωπο και η ζεστασιά του απλώθηκε σταδιακά στο κορμί και την ψυχή της. Ένιωσε να γαληνεύει για πρώτη φορά ύστερα από πολλές ημέρες και ασυναίσθητα έστριψε το αυτοκίνητο στον πρώτο δυτικό δρόμο που βρέθηκε μπροστά της, προκειμένου να παρατείνει την άμεση επαφή της με το ηλιακό φως.

Συνειδητοποίησε ότι οδηγούσε αόριστα και χωρίς προορισμό, ώρες αργότερα, όταν ο ήλιος έδυσε και η κούραση του ταξιδιού είχε αρχίσει να την ενοχλεί. Ήπιε μερικές γουλιές νερό από το παγούρι που είχε μαζί της και άναψε τσιγάρο. Έπρεπε να βάλει καύσιμα αλλά δεν είχε ιδέα για το πού ακριβώς βρισκόταν αν και είχε μια αμυδρή εντύπωση πως είχε προσπεράσει μια πόλη.

Σταμάτησε δεξιά και ενεργοποίησε το GPS. Είχε αφήσει πίσω της το Σαλτίλιο και κατευθύνονταν προς Τορεόν. Αποφάσισε πως η μόνη της επιλογή ήταν να συνεχίσει μέχρι την πόλη ή τουλάχιστον μέχρι το πρώτο βενζινάδικο.

Διανυκτέρευσε σ' ένα υποτυπώδες δωμάτιο ξενοδοχείου, πάνω από το πρατήριο όπου έβαλε βενζίνη και το επόμενο πρωί, μετά από ένα δυνατό καφέ, συνέχισε δυτικά με προορισμό το Τορεόν αποφεύγοντας να σκεφτεί τι θα έκανε εκεί, αν θα έμενε ή αν θα συνέχιζε και προς τα πού.

Έκανε μια βόλτα στην πόλη, έφαγε κάτι πρόχειρα κι αποφάσισε να συνεχίσει. Όσο βρίσκονταν καθισμένη πίσω από το τιμόνι, το μυαλό της έμενε απασχολημένο με την οδήγηση κι αυτό την έκανε να ξεχνιέται κι επομένως να νιώθει καλύτερα. Μόλις όμως σταματούσε, και παρά τις όσες καινούριες παραστάσεις αντιμετώπιζε, οι σκέψεις της γύριζαν έχοντας επίκεντρο το πρόβλημα της και τα μάτια της θόλωναν από τα δάκρυα. Ούτε που της είχε περάσει από το νου πως αυτό δεν μπορούσε να κρατήσει για πάντα και πως έπρεπε κάποια στιγμή να κοιτάξει το πρόβλημα της κατάματα.

Καμιά δεκαριά χιλιόμετρα μετά τη διασταύρωση για το Γκόμες Παλάσιο, που είχε αφήσει δεξιά της, ένα παιδί της έκανε ωτοστόπ. Δεν έπαιρνε ποτέ ξένους στο αυτοκίνητο, όμως ήταν ένα λευκό κορίτσι όχι πάνω από δεκατέσσερα, δεκαπέντε χρονών και το ντύσιμο του αν και σπορ, ήταν φροντισμένο και καθαρό. Βέβαια δεν μπορούσε να πει το ίδιο και για το σάκο της, όμως η ιδέα πως ήταν επικίνδυνο για τη μικρή το να τριγυρνά μ' αυτό τον τρόπο στους δρόμους τη σόκαρε.

Ήταν εδώ και χρόνια ενήλικας, είχε στη διάθεση της ένα καλό αυτοκίνητο και κάμποσα μετρητά, εκτός από τις πιστωτικές της κάρτες κι όμως έρχονταν στιγμές που ένιωθε ξεκρέμαστη καθώς διέσχιζε τα βουνά.

Σταμάτησε συγκλονισμένη το αυτοκίνητο χωρίς καν να μπει στον κόπο να κάνει δεξιά και η μικρή στρώθηκε στη θέση του συνοδηγού δίχως ιδιαίτερη πρόσκληση και της χαμογέλασε. «Ευχαριστώ πολύ. Είναι βαρετή διαδρομή για περπάτημα.»

Η Κιμ την κοίταξε μένοντας έκπληκτη. Αυτό είχε μόνο να πει; Περιέφερε το βλέμμα της τριγύρω στο τοπίο προσπαθώντας να εντοπίσει κάποιο στοιχείο πολιτισμού που θα δικαιολογούσε την παρουσία της, αλλά μάταια.

«Μέχρι που πηγαίνεις;» την ρώτησε εκείνη ακόμη πιο άνετα.

«Εε... εγώ... Εσύ που πηγαίνεις;»

«Δυτικά.»

«Α, μάλιστα. Κι εγώ...» συμφώνησε η Κιμ κι ύστερα διαπίστωσε πως αυτό δεν ήταν απάντηση.

Ή τουλάχιστον ήταν μια πολύ αόριστη και μάλιστα προφανής. Ωστόσο έβαλε ταχύτητα και ξεκίνησε περιμένοντας κάποιο σχόλιο, όμως η μικρή έμεινε σιωπηλή και λίγο αργότερα αποκοιμήθηκε. Όταν ξανάνοιξε τα μάτια της, η Κιμ της χαμογέλασε και της πρότεινε να ανοίξει το ραδιόφωνο, αν ήθελε ν' ακούσει μουσική.

«Θα χρειαστώ βενζίνη. Ξέρεις μήπως αν έχει κάποιο πρατήριο στην περιοχή;» την ρώτησε σκοπεύοντας όχι μόνο στην συγκεκριμένη πληροφορία που ζητούσε, αλλά έμμεσα και στην λύση της απορίας της σχετικά με την παρουσία του κοριτσιού σ' αυτή την ερημιά.

Έδειξε να σκέφτεται. Έκλεισε μάλιστα τα μάτια και μια ελαφριά ρυτίδα αυλάκωσε το μέτωπο της. Έπειτα κούνησε καταφατικά το κεφάλι. «Μμ, ναι. Σε σαράντα περίπου χιλιόμετρα.» απάντησε με σιγουριά.

Η Κιμ έλεγξε το δείκτη της βενζίνης και αποφάσισε πως λογικά έπρεπε να τους πάει μέχρι εκεί ή τουλάχιστον αρκετά κοντά.

Άλλωστε το να περπατήσουν λίγα χιλιόμετρα μαζί, αν χρειαζόταν, δεν της φάνηκε και τόσο τρομερό αν σκεφτείς πως η μικρή σκόπευε να κάνει όλη τη διαδρομή με τα πόδια, ακόμη κι αν χρειάζονταν μέρες!

»Τι ανόητη ηλικία, Θεέ μου!« σκέφτηκε, »Παρατούν τις οικογένειες τους και τη σπιτική σιγουριά και αλωνίζουν στους δρόμους! Βέβαια ο θεσμός "οικογένεια" όπως και η "σπιτική σιγουριά", δεν είναι κάτι το δεδομένο για όλα τα παιδιά του κόσμου... Όμως σίγουρα είναι λιγότερο επικίνδυνο από το να τριγυρνάς ολομόναχος σ' αυτή την ηλικία.«

«Πώς σε λένε;» τη ρώτησε καθώς γύρισε να την παρατηρήσει καλύτερα. Αν έκρινε με την πρώτη ματιά, δεν φαίνονταν να προσπαθεί να το σκάσει από κάπου. Μάλλον να το διασκεδάζει έμοιαζε.

«Με λένε Τέρρυ, έχω κλείσει τα δεκατέσσερα και όχι, δεν το έχω σκάσει από το σπίτι μου!»

Η Κιμ όφειλε να ομολογήσει πως η μικρή έπιανε πουλιά, ή μάλλον σκέψεις, στον αέρα!

«Εμένα με λένε Κιμ, έχω κλείσει τα τριάντα έξι και... μάλλον, το έχω σκάσει από το σπίτι μου...» συμπλήρωσε, συνειδητοποιώντας μόλις εκείνη τη στιγμή ότι θα έπρεπε να επικοινωνήσει με τα παιδιά της και πως ο Μάρτιν θα είχε ανησυχήσει από την εξαφάνισή της. Η Τέρρυ γύρισε και την κοίταξε με σοβαρότητα σοφού.

«Θα νιώσεις καλύτερα αν αποφασίσεις να τους τηλεφωνήσεις!» την συμβούλεψε, ξαφνιάζοντας την άλλη μια φορά για την ακρίβεια με την οποία μπορούσε να παρακολουθεί τις σκέψεις της. Χάρισμα που προϋπέθετε μεγάλη οξυδέρκεια αν όχι και γνώσεις ψυχολογίας. Αναρωτήθηκε για άλλη μια φορά τι γύρευε σ' αυτή την ερημιά.

«Αλήθεια, που ακριβώς πηγαίνεις;» την ξαναρώτησε.

«Στο Ντουράνγκο, να συναντήσω τον πατέρα μου.»

«Ζεις με την μητέρα σου;»

«Όχι. Μαζί του, αλλά έχει έρθει εδώ για δουλειά.»

«Δεν θα ήταν ασφαλέστερο, αν ταξίδευες με το λεωφορείο της γραμμής;» τόλμησε να την ρωτήσει.

«Ίσως...» της απήντησε αόριστα και προσηλώθηκε σ' ένα

βιβλίο που έβγαλε από το σάκο της.

Η Κιμ προσπάθησε να δει τον τίτλο, όμως το βιβλίο ήταν ξενόγλωσσο. «Τι διαβάζεις;» τη ρώτησε, προσπαθώντας να της ξαναπιάσει κουβέντα.

«Όμηρο.» έκανε εκείνη αδιάφορα.

«Και το διαβάζεις στα Ελληνικά;» έμεινε έκπληκτη η Κιμ.

«Αρχαία Ελληνικά, της εξήγησε με απόλυτη φυσικότητα εκείνη. Το πρωτότυπο κείμενο δεν συγκρίνεται με τις μεταφράσεις...»

«Και πώς έμαθες αρχαία ελληνικά;»

«Η... καταγωγή της μητέρας μου είναι Ελληνική.»

«Α» ήταν το μόνο που μπόρεσε να πει η Κιμ και η Τέρρυ έκλεισε το βιβλίο κι έγειρε το κεφάλι της στη ράχη του καθίσματος, κλείνοντας τα μάτια. Ήταν ένας καλός τρόπος για να της δείξει πως δεν είχε όρεξη για περισσότερη κουβέντα ή ερωτήσεις.

Το πρατήριο βενζίνης βρίσκονταν σ' ένα συγκρότημα ταξιδιωτικού σταθμού, όπως το χαρακτήριζε η μεγάλη πινακίδα που κρέμονταν στην σκεπή του κτιρίου. Υπήρχαν δωμάτια για διανυκτέρευση, ένα εστιατόριο-καφετέρια και ένα συνεργείο αυτοκινήτων.

Μπορούσες να καταλάβεις εύκολα ότι η επιχείρηση ήταν οικογενειακή και η οικογένεια πολυμελής. Η Κιμ, που είχε ξαναθυμηθεί για τα καλά τα ισπανικά της, ζήτησε να της γεμίσουν το ρεζερβουάρ κι έστειλε την Τέρρυ να παραγγείλει τοστ, καφέ και χυμούς. Η ίδια έριξε λίγο νερό στο πρόσωπο της κι έπειτα ενεργοποίησε το κινητό της. Τα μηνύματα για τις κλήσεις που είχε δεχθεί "έπεσαν βροχή"! Τηλεφώνησε στο σπίτι κι εξήγησε στην οικονόμο της πως της είχε τύχει κάτι απρόβλεπτο, μίλησε με τα παιδιά και άφησε μήνυμα για τον

Μάρτιν πως ήταν καλά και πως θα του τηλεφωνούσε κάποια στιγμή.

Δεν την ενδιέφερε πού ακριβώς θα πήγαινε, το μόνο σίγουρο ήταν πως δεν ήθελε ακόμη να γυρίσει πίσω. Ήθελε να μείνει μόνη να ηρεμήσει και να μπορέσει να σκεφτεί. Να βάλει σε τάξη και να κατανοήσει τα συναισθήματα της. Να αποφασίσει αν μπορούσε να παραβλέψει όσα της είχε εξομολογηθεί ο Μάρτιν και αν όχι, να το πάρει απόφαση πως η σχέση τους τελείωνε εκεί.

Ξαφνικά ένιωσε πολύ κουρασμένη. Αποτέλειωσε το χυμό της και αναρωτήθηκε μήπως έπρεπε να κλείσει δωμάτιο για το βράδυ και να συνεχίσει την επομένη. Τότε μόνο θυμήθηκε την παρουσία της Τέρρυ. Είχε διαλύσει τα σάντουιτς που υπήρχαν στο πιάτο της και αντίθετα απ' ό,τι θα έκαναν τα δικά της παιδιά, είχε αφήσει στην άκρη το ζαμπόν και το μπέικον κι έτρωγε το ψωμί με το τυρί και τα λαχανικά.

»Παράξενο παιδί« σκέφτηκε η Κιμ, ξεχνώντας για λίγο τα προβλήματα της κι ένιωσε περίεργη να μάθει περισσότερα για τη ζωή της μικρής.

«Που ακριβώς δουλεύει ο πατέρας σου;»

Η Τέρρυ κοίταξε έξω από το παράθυρο, προφανώς προσπαθώντας να σκεφτεί τι να της απαντήσει. «Κάπου στην έρημο του Ντουράνγκο.» είπε τελικά, με τον ίδιο τόνο που θα έδινε στη φωνή της αν της έλεγε "ακριβώς κάτω από την διαφημιστική πινακίδα του Hollywood."

«Πού;» η Κιμ νόμισε πως δεν είχε καταλάβει σωστά.

Η Τέρρυ ανακάθισε στη θέση της και την κοίταξε ίσια στα μάτια. «Κοίτα, μην προβληματίζεσαι με μένα, δεν είσαι υπεύθυνη για τη ασφάλεια μου. Αν δεν έχεις τίποτε καλύτερο να κάνεις με βοηθάς να φτάσω μια ώρα νωρίτερα στον προορισμό μου. Διαφορετικά πιες τον καφέ σου και πάρε το δρόμο της επιστροφής, πριν αρχίσουν να ανησυχούν οι δικοί σου.»

Η Κιμ έμεινε να την κοιτά εμβρόντητη νιώθοντας ξαφνικά σαν να ήταν εκείνη δεκατεσσάρων χρονών και η Τέρρυ τριάντα έξι. Ευχήθηκε να μπορούσε να έχει τη δική της αυτοπεποίθηση και να πάψει να αισθάνεται μόνη και χαμένη, όπως όλες αυτές τις μέρες από τότε που ο Μάρτιν είχε τραβήξει κάτω από τα πόδια της ό,τι η ίδια θεωρούσε σαν το "στέρεο κόσμο της". Και απρόσμενα, ένιωσε να παίρνει μια εσωτερική απάντηση στο βασικότερο ερώτημα της —ναι, μπορούσε να δημιουργήσει η ίδια το πεπρωμένο της! Αρκεί να ξεκαθάριζε μέσα της τι ακριβώς ήθελε και να έπαιρνε τη συνειδητή απόφαση να παλέψει γι αυτό, αντιμετωπίζοντας όλες τις συνέπειες.

«Πολύ καλά. Στο Ντουράνγκο λοιπόν!» δήλωσε, περισσότερο στον εαυτό της παρά στην Τέρρυ, αγνοώντας παντελώς πως το "πεπρωμένο" δεν ήταν μόνο θέμα δημιουργίας, αλλά και επιλογής ανάμεσα σε άπειρες δυνατές πραγματικότητες.

ΓΚΙΖΑ - ΑΙΓΥΠΤΟΣ

Η κουβέντα της απρόσμενης συντροφιάς κράτησε αρκετές ώρες, που όμως πέρασαν τόσο γρήγορα, ώστε όλοι ξαφνιάστηκαν όταν πρόσεξαν πως ο ήλιος είχε κατέβει χαμηλά στον ορίζοντα. Είχαν μιλήσει για πολλά, όμως το θέμα ήταν τόσο πολύπλευρο και ανεξάντλητο και κυρίως τόσο ενδιαφέρον, που αποφάσισαν πως έπρεπε να ξανασυναντηθούν. Αντάλλαξαν τηλέφωνα και διευθύνσεις και άφησαν στην Νασσίμ την πρωτοβουλία να τους συγκεντρώσει μέσα στο επόμενο εικοσιτετράωρο. Άλλωστε δεν είχαν και περισσότερο διαθέσιμο χρόνο αφού οι αποστολές τους θα ξεκινούσαν το συντομότερο δυνατό. Ο Ντάγκλας και ο Έρικ με τη Δάφνη γύρισαν μαζί στο ξενοδοχείο τους, όλοι τους αγχωμένοι στη σκέψη πως είχαν φανεί αμελείς, γιατί κανείς τους δεν σκέφτηκε να αφήσει κάποιο μήνυμα για τους συνεργάτες τους, που πιθανότατα θα είχαν φτάσει και θα τους αναζητούσαν.

Η αρνητική απάντηση που τους έδωσαν στην ρεσεψιόν τους ανακούφισε, προσωρινά, γιατί αμέσως μετά ο υπάλληλος τους πληροφόρησε πως είχαν μήνυμα από τον εργοδότη τους να επικοινωνήσουν επειγόντως μαζί του.

Όση ώρα ο Έρικ μιλούσε στο τηλέφωνο, η Δάφνη και ο

Ντάγκλας κατάλαβαν περίπου τι είχε συμβεί, όμως ζήτησαν να μάθουν λεπτομέρειες μόλις εκείνος κατέβασε το ακουστικό. «Ο Δρ. Άντριους υπέστη εγκεφαλικό χτες το πρωί και, παρ' ότι δείχνει να το ξεπερνά, η συμμετοχή τους φυσικά ματαιώνεται. Ο Μάθιου ψάχνει απεγνωσμένα αντικαταστάτες, αλλά είναι απίθανο να τα καταφέρει τέτοια εποχή και μάλιστα άμεσα. Σκέφτεται να ματαιώσει το πρόγραμμα, αν δεν βρεθεί λύσει μέσα στο επόμενο τριήμερο, και βέβαια δεν στέλνει ούτε το τηλεοπτικό συνεργείο, μέχρι να τακτοποιήσει το θέμα.» τους εξήγησε απογοητευμένος με την τροπή που είχαν πάρει τα πράγματα.

Ο Ντάγκλας δυσκολεύτηκε να συγκρατήσει το πλατύ χαμόγελο που φώτισε το πρόσωπο του. Όσο άσχημα κι αν ένιωθε για το δυσάρεστο συμβάν, του ήταν αδύνατο να μη σκεφτεί πως το εγκεφαλικό επεισόδιο του Δρ. Άντριους δεν ήταν "τυχαίο". Η λέξη "συγχρονικότητα" χοροπηδούσε μπροστά του γνέφοντας σαρκαστικά. Η Δάφνη και ο Έρικ τον κοίταξαν σαστισμένοι.

Τους ζήτησε συγνώμη και βιάστηκε να τους εξηγήσει. «Παρ' ότι είμαι εξοικειωμένος με τα παράδοξα φαινόμενα, υπάρχουν φορές που εκπλήσσομαι ακόμη! Φαίνεται πως ξεμείναμε από αρχαιολόγο, έτσι δεν είναι;»

«Ναι, ακριβώς...» συμφώνησε ο Έρικ.

«Αναρωτιέμαι λοιπόν, μήπως η Νασσίμ, μπορούσε να πάρει τη θέση τους. Λέτε να του πέφτει πολύ του Μάθιου, μια αιγυπτιολόγος του κύρους της;»

Την αμήχανη σιωπή που έπεσε ανάμεσα τους για τα επόμενα δευτερόλεπτα, την διέλυσε η Δάφνη με μια ευθυτενή ερώτηση, που σε άλλη περίπτωση ίσως δημιουργούσε ακόμη μεγαλύτερη αμηχανία.

«Τι ακριβώς, συμβαίνει ανάμεσα σας;»

Δεν χρειάστηκε να διευκρινίσει τίποτε περισσότερο κι όμως ο Ντάγκλας ένιωσε σαν μαθητής που συλλαμβάνεται εν ώρα αταξίας. Τους κοίταξε απολογητικά και σωριάστηκε, σχεδόν, σε μια πολυθρόνα.

«Ό,τι κι αν είναι δεν έχω ακόμη τολμήσει να το ομολογήσω ούτε στον ίδιο μου τον εαυτό!»

«Κεραυνοβόλος;» του χαμογέλασε ο Έρικ.

«Ονειροβόλος!» του απήντησε κι εκείνος ανασήκωσε τα φρύδια με απορία.

Αποφάσισε πως έπρεπε να τους εξηγήσει......

* * *

Η Νασσίμ κούνησε το κεφάλι της αρνητικά για δεύτερη φορά. «Λυπάμαι, αλλά μου είναι αδύνατον. Η θέση την οποία κατέχω με δεσμεύει απόλυτα ως προς τη συνεργασία μου με ιδιωτικούς φορείς. Ακόμη και το ότι κατάφερα να πάρω προσωπική άδεια για την ανασκαφή, ήταν ένας πραγματικός άθλος!»

Βρίσκονταν όλοι μαζί σ' ένα μικρό πούλμαν, καθ' οδόν προς τις πυραμίδες της Γκίζα. Κι ενώ η Δάφνη ήταν σίγουρη για την συνεργασία τους με την Νασσίμ Ρεφάτ, μετά από όσα είχε ακούσει από τον Ντάγκλας για τον τρόπο γνωριμίας τους, εκείνη αρνήθηκε κατηγορηματικά στην πρόταση που της έκαναν.

«Τότε, φοβάμαι πως πρέπει να τα μαζεύουμε. Ο Μάθιου δεν κατάφερε να βρει αντικαταστάτη και το μόνο που είναι διατεθειμένος να μας παραχωρήσει πλέον, είναι το εισιτήριο της επιστροφής.» δήλωσε απογοητευμένος ο Έρικ.

Ο Ντάγκλας αντίθετα, δεν ήθελε να παραδεχτεί πως είχε κάνει λάθος στις προβλέψεις του. Όχι βέβαια από εγωισμό, αλλά από την ένταση και την καθαρότητα των οραμάτων που είχε δει.

159

Δεν μπορεί να συνέβαιναν όλ' αυτά για το τίποτα, δεν μπορεί να τέλειωναν όλα έτσι! Ένιωθε πως κάτι δεν πήγαινε καλά, όμως δεν κατάφερνε να εντοπίσει τι. Αποφάσισε να περιμένει. Είχε πλέον άφθονο ελεύθερο χρόνο μπροστά του και πίστευε πως άξιζε να τον αφιερώσει στην αναμονή όσων ένοιωθε να γεννιούνται μέσα του και γύρω του.

Σε όλη τη διάρκεια της ξενάγησης οι φύλακες των μνημείων, ακόμη και όσοι δεν αναγνώριζαν την Νασσίμ, τους παραχωρούσαν τον απαιτούμενο χρόνο μόλις εκείνη τους έδειχνε την ταυτότητα της, ώστε να μένουν μακριά από τα τουριστικά γκρουπ που συνήθως έβλεπαν τα μνημεία επί τροχάδην και με την συνηθισμένη φασαρία που δημιουργούν πάντα τα πολλά άτομα.

Αντίθετα, στη δική τους συντροφιά επικρατούσε ευλαβική σιωπή και μόνο η φωνή της Νασσίμ ακούγονταν, ψίθυρος σχεδόν, καθώς τους εξηγούσε τα απαραίτητα.

Η δύση του ήλιου τους βρήκε σκαρφαλωμένους ψηλά στην Μεγάλη Πυραμίδα.

«Είναι το πιο μαγευτικό ηλιοβασίλεμα που έχω ζήσει στη ζωή μου!» δήλωσε η Πασκάλ γεμάτη έκσταση. «Μακάρι να μπορέσω να ζήσω κι άλλες τέτοιες στιγμές...»

Η Νασσίμ γύρισε και την κοίταξε με κατανόηση. Ήξερε πως ένιωθε, εκείνη το ένιωθε πάντα, όσες φορές κι αν είχε παρακολουθήσει τον χρυσοκόκκινο δίσκο του Θεού Ήλιου να βυθίζεται στον Κάτω Κόσμο! «Ίσως... » μονολόγησε σχεδόν, « ...ίσως να σου δοθεί η ευκαιρία.»

Η Πασκάλ την κοίταξε γεμάτη προσμονή. Το ίδιο και ο Ντάγκλας. Αυτό που "έπιανε" πως πλανιόταν όλη την ημέρα στην ατμόσφαιρα, κάτι σαν φυσαλίδα που ξεκινά από τα βάθη της θάλασσας, έβγαινε τώρα στην επιφάνεια. «Λοιπόν;» την παρότρυνε.

Τον κοίταξε σκεφτική. Η λογική, της έλεγε να μην συνεχίσει. Κάτι άλλο, βαθιά μέσα της, την διαβεβαίωνε πως η λογική έπεφτε συχνά έξω. Πήρε βαθιά αναπνοή κι αποφάσισε να ακούσει τη διαίσθηση της.

«Σκέφτηκα πως εφ' όσον δεν μπορώ να συνεργαστώ εγώ μαζί σας, και μια και η έρευνα σας ματαιώθηκε και μείνατε χωρίς δουλειά, ίσως θέλετε να με ακολουθήσετε εσείς, στη δική μου ανασκαφή... Είναι καθαρά κάτω από την δικαιοδοσία μου, να προσλάβω όσα άτομα κρίνω απαραίτητα για την διεκπεραίωση του έργου.»

Ο Ντάγκλας σήκωσε τα χέρια του ψηλά και στράφηκε προς τον δίσκο του ήλιου. «Μεγάλε Ρα, σε προσκυνώ!» αναφώνησε κι έπεσε στα γόνατα, φέρνοντας αμηχανία στην Νασσίμ και ευθυμία στους υπόλοιπους.

ΣΕΡΟ ΔΕ ΠΑΣΚΟ - ΠΕΡΟΥ

Η Τζέραλντιν κάθονταν σε αναμμένα κάρβουνα, όση ώρα περίμενε με τη συντροφιά της Πάολα, στο δωμάτιο υποδοχής της Μαρία Δε Όνια, γνωστής αστρολόγου και μέντιουμ στην υψηλή κοινωνία της Λίμα. Η ιδέα ήταν της Πάολα, φυσικά, που όταν άκουσε την εμπειρία της Τζέρυ μετά την γνωριμία της με τον Μάρτιν Χόρμπς, παρότρυνε τη φίλη της να επισκεφθούν το γνωστό μέντιουμ. Εκείνη είχε από την αρχή αντιρρήσεις και τώρα το μετάνιωνε ολοένα και περισσότερο.

Όταν ήρθε η σειρά της, ένιωθε τόση νευρικότητα που με κόπο κρατούσε τον εαυτό της να μην ξεσπάσει σε γέλια, διάθεση που βοηθούσε γενικότερα και όλο το σκηνικό γύρω της. Δεν πίστευε ακόμη, πώς αυτή που κάτι τέτοια τα κορόιδευε, βρίσκονταν τώρα απέναντι από την αστρολόγο.

Ίσως αυτός να ήταν και ο ένας λόγος που, φεύγοντας, ήξερε ακριβώς, ή έστω περίπου, ό,τι μπορούσε να υποθέσει και η ίδια πριν την επίσκεψή της στο μέντιουμ. Ο άλλος λόγος βέβαια, ήταν πιθανότατα, η απάτη της όλης υπόθεσης.

Αποφάσισε πως έπρεπε πρώτα, τουλάχιστον, να ενημερωθεί σχετικά με το θέμα της μετενσάρκωσης κι έπειτα θα έκρινε ποιο θα ήταν το επόμενο βήμα της. Δεν ήταν βέβαια η πρώτη φορά που άκουγε την συγκεκριμένη λέξη, όμως ποτέ πριν δεν την είχε απασχολήσει προσωπικά το θέμα. Έτσι, όσα είχε συγκρατήσει στο μυαλό της, ήταν γενικά και αόριστα.

«Θα έρθεις μαζί μου στην αγορά; Θέλω να ψάξω για βιβλία σχετικά με τη μετενσάρκωση.» πρότεινε στη Πάολα.

«Αν μου υποσχεθείς, πως μετά θα πάμε στου Αγκουστίν για ποτό, ναι!»

Η Τζέρυ της χαμογέλασε με συγκατάβαση. Ήξερε πως δεν θα γλίτωνε εύκολα από την επιμονή της κι έτσι συμφώνησε εξ αρχής. Άλλωστε ένιωθε και η ίδια την ανάγκη να ξεδώσει κάπως και, έστω για λίγο, να πάψει να σκέφτεται όσα την απασχολούσαν. Έπειτα είχε όλο τον καιρό να ασχοληθεί με την "μελέτη" της.

Αποφάσισαν να πάνε στο μεγαλύτερο βιβλιοπωλείο του κέντρου της πόλης, που διέθετε και αγγλόφωνα βιβλία, ώστε να μην χάνουν χρόνο. Η Τζέρυ ήθελε να αγοράσει όλα όσα κυκλοφορούσαν στη Λίμα με το συγκεκριμένο θέμα.

«Εσύ ψάχνεις στα ισπανικά κι εγώ πάω επάνω στα αγγλόφωνα.» υπέδειξε στην Πάολα. «Όποια τελειώσει πρώτη, ψάχνει να βρει την άλλη.»

Η σκάλα που ανέβαζε επάνω ήταν ξύλινη και έτριζε σε κάθε της βήμα. Ακόμη, της δημιουργούσε μια αίσθηση κλειστοφοβίας έτσι που οι τοίχοι δεξιά και αριστερά ήταν γεμάτοι βιβλία, τοποθετημένα σε ράφια που έφταναν ψηλά μέχρι το ταβάνι.

Η ίδια ατμόσφαιρα επικρατούσε και στον ημιώροφο, που αν και ήταν πάνω από εκατό τετραγωνικά, ήταν ασφυκτικά γεμάτος με σειρές από βιβλιοθήκες που δημιουργούσαν διαδρόμους από μόνες τους.

Η Τζέρυ άρχισε να ιδρώνει και να αισθάνεται περίεργα. Πρώτα απ' όλα την έπιασε άγχος. Υπήρχαν βέβαια πινακίδες,

163

όπου ήταν γραμμένα τα θέματα των βιβλίων κάθε διαδρόμου, όμως και πάλι έπρεπε να αφιερώσει ώρα μέχρι να βρει το σωστό ράφι.

Έριξε τριγύρω μια ματιά προσπαθώντας να αποφασίσει από πού ν' αρχίσει, κι έπειτα σκέφτηκε να τα παρατήσει. Εκείνη ακριβώς τη στιγμή εμφανίστηκε μπροστά της μια υπάλληλος με μια στοίβα βιβλία στα χέρια. Της χαμογέλασε με συγκατάβαση στο πρόβλημα της και την οδήγησε στο σωστό διάδρομο.

«Αν χρειαστείτε βοήθεια, θα είμαι στο γραφείο δίπλα στη σκάλα.» την καθησύχασε.

Στην αρχή κάθε βιβλίο που της κινούσε το ενδιαφέρον το κράταγε στα χέρια. Έπειτα, και επειδή της ήταν δύσκολο να ξεφυλλίζει κάθε νέο που ανακάλυπτε, άρχισε να τα ακουμπά στο πάτωμα, κατά μήκος της διαδρομής της. Στο τέλος τα συγκέντρωσε όλα, καμιά εικοσαριά περίπου, και αποφάσισε να τα ξανακοιτάξει και να διαλέξει τα σοβαρότερα. Για τα υπόλοιπα, θα κρατούσε τους τίτλους και τα ονόματα των συγγραφέων και θα τα αγόραζε κάποια άλλη φορά.

Κάθισε στο πάτωμα με τη ράχη ακουμπισμένη στα ράφια κι άρχισε να τα ξεφυλλίζει και να κρατά σημειώσεις. Άγνωστο πόση ώρα αργότερα, είχε καταλήξει ποιά θα αγόραζε, τα ξεχώρισε και ετοιμάστηκε να σηκωθεί, όταν κάποιος ήρθε και στάθηκε μπροστά της.

Ένιωσε πολύ άσχημα που ήταν καθισμένη κάτω κι αναρωτήθηκε πώς και δεν είχε ακούσει τις βαριές του μπότες στο ξύλινο πάτωμα. Όταν σήκωσε τα μάτια να τον κοιτάξει ένιωσε ακόμη πιο άσχημα κάτω από το διαπεραστικό του βλέμμα.

Ήταν ένας ψηλός και γεροδεμένος ινδιάνος και κρατούσε δυο βιβλία. Η Τζέρυ φαντάστηκε πως ήταν υπάλληλος και πως θα της έκανε παρατήρηση για την συμπεριφορά της, ωστόσο εκείνος της πήρε τα βιβλία από τα χέρια και τη βοήθησε να σηκωθεί.

Τον ευχαρίστησε βιαστικά, όταν όμως θέλησε να του πάρει πίσω τα βιβλία, εκείνος τα έσφιξε στην αγκαλιά του εμποδίζοντας την και της πρότεινε εκείνα που κρατούσε εξ αρχής. «Αυτά είναι αρκετά. Και τα καλύτερα.» Της εξήγησε με τραχιά αγγλική προφορά και ύφος που δεν σήκωνε αντίρρηση.

Κοίταξε τα βιβλία που της είχε δώσει. Τα είχε απορρίψει και τα δύο, και γι αυτό ετοιμάστηκε να διαμαρτυρηθεί, όμως εκείνος της έκανε νόημα να ακολουθήσει τη συμβουλή του. «Αν δεν μείνεις ικανοποιημένη θα σου χαρίσω όποιο άλλο θες» επέμεινε, και για ένα ακατανόητο λόγο, και ενώ εξακολουθούσε να έχει τις αντιρρήσεις της, κράτησε αυτά που της υπέδειξε.

Βρήκε την Πάολα να κουβεντιάζει με μια άλλη πελάτισσα, κρατώντας κάμποσα βιβλία στην αγκαλιά της, που της τα έδωσε με φανερή ανακούφιση και που εκείνη τα άφησε στον πρώτο πάγκο που βρήκε μπροστά της.

«Ήρθες επιτέλους!» σχολίασε και την ακολούθησε στο ταμείο, ξαφνιασμένη που η Τζέρυ είχε απορρίψει όλα τα βιβλία που της είχε διαλέξει, χωρίς ούτε καν να τους ρίξει μια ματιά. «Θα σου εξηγήσω μετά...» της είπε εκείνη και την τράβηξε στην έξοδο, δίνοντας της την εντύπωση πως βιάζονταν να βγει έξω να πάρει αέρα.

Προχώρησε περπατώντας γρήγορα προς το σημείο όπου είχαν αφήσει το αυτοκίνητο με την Πάολα να τρέχει σχεδόν πίσω της για να την προλάβει. «Μα γιατί τρέχεις σαν να σε κυνηγούν; Μου βγήκε η γλώσσα. Συμβαίνει κάτι;»

Η Τζέρυ αναρωτήθηκε για ποιο λόγο άραγε βιάζονταν και συνειδητοποίησε πως την διακατείχε μια παράλογη νευρικότητα. «Με συγχωρείς, έχεις δίκιο.» απολογήθηκε

165

«Τίποτε δεν συμβαίνει. Μ' έπιασε ασφυξία εκεί μέσα, είχε πολύ ζέστη.»

«Δεν θέλεις να κάνουμε μια βόλτα στα μαγαζιά; Είναι νωρίς ακόμη.» της πρότεινε η Πάολα κι εκείνη συμφώνησε.

Στου Αγκοστίν υπήρχε όπως συνήθως συνωστισμός ακόμη και στην είσοδο. Κατάφεραν να φτάσουν στο μπαρ και να πάρουν τα ποτά τους και σύντομα βρήκαν φίλους, που τις έκαναν χώρο στο τραπέζι τους. Το να συζητήσεις εκεί μέσα ήταν βέβαια κατόρθωμα, όμως για την Τζέρυ ήταν καλύτερα έτσι, μιας και δεν είχε και πολύ όρεξη για κουβέντα. Αλλά ήλπιζε πως η παρουσία του κόσμου και της μουσικής θα της άλλαζαν σιγά, σιγά τη διάθεση.

Συνειδητοποίησε πως εξακολουθούσε να σκέφτεται τον Μάρτιν, αν και έπινε το δεύτερο ποτό της, όταν σ' ένα από τα απέναντι τραπέζια είδε τον πωλητή του βιβλιοπωλείου, που την είχε αναγνωρίσει και την χαιρέτησε κάνοντας ένα ανεπαίσθητο νεύμα με το κεφάλι. Και ξαφνικά, την έπιασε πάλι τάση φυγής. Πήρε μια βαθιά ανάσα και προσπάθησε να συγκρατηθεί, αγνοώντας τη σκέψη που γεννιόταν κάπου βαθιά μέσα της, για το πόσο φυσιολογικό ήταν να συναντηθούν στο ίδιο μπαρ, ανάμεσα στα τόσα, ολόκληρης της πόλης.

Οι επόμενες ημέρες της πέρασαν ανάμεσα σε δουλειά και διάβασμα. Ανακάλυψε πως τα βιβλία που τελικά είχε πάρει, όσο κι αν δεν την ενέπνεαν οι τίτλοι τους, ήταν πράγματι ενδιαφέροντα και εξέταζαν την μετενσάρκωση όχι μόνο από την σκοπιά της μεταφυσικής αλλά και της επιστήμης.

Όχι βέβαια πως η επιστήμη παραδέχονταν την ύπαρξή της, όμως εδώ και κάμποσα χρόνια είχαν εμφανιστεί τέτοιες θεωρίες στη φυσική, που ανέτρεπαν το κατεστημένο και άφηναν ανοιχτό το ενδεχόμενο για νέες ερμηνείες σε πολλά από τα φαινόμενα που χαρακτηρίζονταν παραψυχολογικά ή ανεξήγητα.

Κι έπειτα ήταν και όλη εκείνη η ιστορική αναδρομή σε μυθολογίες, θρύλους και παραδόσεις ολόκληρης της ανθρωπότητας, που την έπεισαν πως πίσω από όλα αυτά πρέπει να υπήρχε μια συλλογική μνήμη της ύπαρξης των διαδοχικών επαναγεννήσεων.

Παράλληλα, υπήρχαν και σύγχρονοι ερευνητές, όπως ο Ίαν Στίβενσον, καθηγητής της ψυχιατρικής στο πανεπιστήμιο της Βιρτζίνια, ο οποίος είχε δημοσιεύσει μια έρευνα του με εκατοντάδες περιπτώσεων που αποτελούσαν ενδείξεις μετενσάρκωσης.

Και η Τζέρυ, καταλάβαινε απόλυτα για ποιο λόγο ο Στίβενσον χρησιμοποιούσε τον όρο -ενδείξεις- και όχι αποδείξεις. Ακόμη και εκείνη η ίδια, που είχε ζήσει μια ανάλογη εμπειρία, την θεωρούσε ένδειξη και όχι απόδειξη. Τουλάχιστον προς το παρών.

* * *

Στο τέλος της εβδομάδας είχε τελειώσει και τα δύο βιβλία και σκέφτονταν να κατέβει στη Λίμα να πάρει καινούργια, όμως παρ' όλα αυτά, την τελευταία στιγμή αποφάσισε να πάει για ψώνια στο Σέρο Δε Πάσκο.

Έκανε τις προμήθειες της από την υπαίθρια αγορά κι έπειτα επισκέφθηκε ένα φιλικό της ζευγάρι που κατά καιρούς την προμήθευαν με φυτικά χρώματα για την δουλειά της.

«Εϊ! Καλώς όρισες Κυρά μου!» της φώναξε ο Ραμόν μόλις την είδε στην πόρτα και της έβαλε πίσκο σ' ένα ποτήρι. «Έλα να μας κάνεις παρέα...» την προσκάλεσε στο τραπέζι και η Ιζαμπέλα έφερε καθαρό πιάτο και της σέρβιρε φαγητό, αντικούτσος από κοτόπουλο και κάουσα. «Μήπως θέλεις κόλα;» τη ρώτησε δείχνοντας της το ποτήρι με το ρακί.

«Δεν πειράζει, θα κάνω παρέα στο Ραμόν!»

«Μπράβο Κυρά μου! Εβίβα!»

«Σας επιθύμησα! Έχουμε τόσο καιρό να βρεθούμε! Τα παιδιά πού είναι; Είναι καλά;»

«Μια χαρά είναι αυτά... εμάς θα τρελάνουνε!» γέλασε η Ιζαμπέλα «Εσύ γιατί χάθηκες τόσο καιρό;»

«Έλειπα. Είχα μια έκθεση στην Καλιφόρνια!»

«Πούλησες;»

«Τα πάντα! Κι έχω και μια παραγγελία, που θα την δουλέψω με φυτικά. Αν έχετε έτοιμα χρώματα θα τα πάρω τώρα. Αν όχι να μου ετοιμάσετε όσο γίνεται πιο σύντομα.»

«Δεν έχουμε...» της ανακοίνωσε ο Ραμόν χαμογελώντας πονηρά και η Ιζαμπέλα τον κοίταξε ξαφνιασμένη ξέροντας πως έλεγε ψέματα. «Για να ξανάρθει!» της εξήγησε εκείνος κλείνοντας της το μάτι και η Τζέραλντιν αναστέναξε πικραμένη. Τώρα τελευταία κάθε εκδήλωση αγάπης εκ μέρους των άλλων προς αυτήν, την έθλιβε για ανεξήγητους λόγους.

«Δεν είσαι καλά.» Διαπίστωσε η Ιζαμπέλα κοιτώντας την εξεταστικά στα μάτια.

«Όχι, δεν είμαι...» παραδέχτηκε εκείνη κι άναψε τσιγάρο. Δεν χρειάστηκε μεγάλη επιμονή από μέρους τους για να την πείσουν να τους μιλήσει. Τους διηγήθηκε για την γνωριμία της με τον Μάρτιν και όλα όσα συνέβησαν εκείνη τη νύχτα, καταλήγοντας στο επεισόδιο με το μικροατύχημα που είχε βγαίνοντας στο δρόμο για τη Λίμα και στα βιβλία που είχε διαβάσει για την μετενσάρκωση. «Αν δεν είχα αυτά τα οράματα ίσως και να μην το έπαιρνα τόσο σοβαρά. Όμως κάτω απ' αυτές τις συνθήκες δεν μπορώ να το αγνοήσω. Αυτή η ιστορία μ' έχει στοιχειώσει και πρέπει να βρω την άκρη της, αλλιώς φοβάμαι πως θα τρελαθώ!» σχολίασε στο τέλος απελπισμένη.

«Σεσάρ Λόπες Δε Φερνάντες!» είπε ο Ραμόν κουνώντας συγκατανευτικά το κεφάλι του.

«Ποιος είναι αυτός;» ρώτησαν συγχρόνως οι δυο γυναίκες.

«Ξέρει πολλά... » τους απάντησε αόριστα και η Τζέραλντιν τους διηγήθηκε γελώντας την επίσκεψη της στο μέντιουμ.

«Όχι, όχι. Αυτός δεν είναι μέντιουμ.» την καθησύχασε ο Ραμόν. «Ας πούμε πως είναι ένας Σοφός! Αν μείνεις απόψε εδώ, θα σε πάω να τον συναντήσεις.»

«Δεν ξέρω, είμαι πολύ επιφυλακτική σε όλα αυτά, όμως αν μπορέσει να με βοηθήσει θα το εκτιμούσα ιδιαίτερα.»

«Ωραία! Στις οκτώ θα έρθω να σε πάρω.» Της χαμογέλασε ο Ραμόν αποτελειώνοντας το φαγητό του και σηκώθηκε. «Τώρα γυναίκες, μπορείτε να τα πείτε με την ησυχία σας. Εγώ πρέπει να ξαναπάω στη δουλειά μου.»

* * *

Ο Ραμόν πρότεινε να πάνε περπατώντας κι εκείνη το βρήκε καλή ιδέα. Τώρα όμως είχε αρχίσει να το μετανιώνει, καθώς το σοκάκι που ακολουθούσαν ανηφόριζε όλο και περισσότερο και είχε αρχίσει να κουράζεται. Και σαν να μην έφτανε αυτό, λίγο μετά την τελευταία διασταύρωση, κάποιος περπατούσε σταθερά πίσω τους σαν να τους ακολουθούσε. Ο Ράλφ βρίσκονταν βέβαια όπως πάντα στο πλευρό της και σε αρκετές από τις πόρτες των σπιτιών κάθονταν άνθρωποι κουβεντιάζοντας, όμως τίποτε από αυτά δεν την καθησύχαζε. Και η ανησυχία της έγινε σχεδόν πανικός, όταν σ' ένα από τα φώτα του δρόμου κατάφερε να δει το πρόσωπο του άντρα που περπατούσε πίσω τους. Στην αρχή σκέφτηκε πως η τρομαγμένη της φαντασία, της έπαιζε κάποιο παιχνίδι όμως τα μάτια της δεν την γελούσαν. Ήταν σίγουρη πως είχε δει τον ινδιάνο υπάλληλο από το βιβλιοπωλείο στη Λίμα.

169

«Σταμάτα λίγο να ξεκουραστούμε...» τράβηξε τον Ραμόν από το μανίκι, μόλις βρέθηκαν κοντά σε κόσμο, ελπίζοντας να τους προσπεράσει ο υποτιθέμενος διώκτης τους, αλλά εκείνος τους πλησίασε χαμογελώντας και χτύπησε το Ραμόν φιλικά στην πλάτη.

Αντάλλαξαν τα νέα τους και, προς μεγάλη έκπληξη της Τζέραλντιν, της τον σύστησε ως Σεσάρ Λόπες Δε Φερνάντες κάνοντας την να μετανιώσει για την απόφαση της να τον συναντήσει, ευτυχώς όμως, της εξήγησε πως ήταν εγγονός του Σεσάρ που πήγαιναν να δουν κι εκείνη ένιωσε κάπως καλύτερα.

Ο Σεσάρ, ο νεότερος, δεν έδειξε να την αναγνωρίζει κι εκείνη δεν θέλησε να του θυμίσει την συνάντηση τους. Ένιωθε άβολα κοντά του, έχοντας την τάση για άλλη μια φορά να το βάλει στα πόδια, όμως ακολούθησε τους δυο άντρες μέχρι το τελευταίο σπίτι του δρόμου, όπου τους υποδέχτηκε η μητέρα του και τους έβαλε να καθίσουν σε μια βεράντα στο πίσω μέρος του σπιτιού. Ο Σεσάρ-εγγονός κάθισε μαζί τους κι εκείνη ζήτησε συγνώμη και ξαναμπήκε στο σπίτι πριν προλάβουν να της εξηγήσουν το λόγο της επίσκεψής τους.

Λίγα λεπτά αργότερα, επέστρεψε και έκανε νόημα στην Τζέραλντιν να την ακολουθήσει. «Ελάτε, σας περιμένει.»

Ο γέροντας, που δεν ήταν και τόσο γέροντας όσο είχε φανταστεί, κάθονταν οκλαδόν σ' ένα στρώμα κάτω στο πάτωμα κι έπαιζε με δυο μικρά γατάκια, κάτω από το νυσταγμένο βλέμμα της μαμάς γάτας.

«Κάθισε...» της έδειξε μια ψάθα απέναντι του, κι εκείνη ακολούθησε την υπόδειξη του.

«Και τώρα πες μου ακριβώς την εμπειρία σου. Ο Ραμόν μου είπε μόνο πως έχει να κάνει με παλιές αναμνήσεις.»

Η Τζέραλντιν ανακουφίστηκε όταν κατάλαβε πως ο Ραμόν είχε επικοινωνήσει νωρίτερα μαζί τους και έτσι τους περίμεναν,

170

επειδή για λίγο πίστεψε πως η φυσικότητα με την οποία τους δέχτηκαν είχε να κάνει με κάποια μεταφυσική εξήγηση. Χαλάρωσε λοιπόν και του διηγήθηκε τα γεγονότα από την αρχή, απαντώντας στις διευκρινιστικές ερωτήσεις που της έκανε ο γέρο-Σεσάρ διακόπτοντας την αφήγηση της.

«Πριν την συγκεκριμένη εμπειρία, είχες ασχοληθεί ποτέ ή είχες διαβάσει γι αυτά τα πράγματα;» τη ρώτησε στο τέλος κι εκείνη του έγνεψε αρνητικά. «Μόνο αόριστα σχόλια σε διάφορες συζητήσεις.»

«Είσαι χριστιανή;»

«Ναι, δηλαδή η οικογένεια μου, αλλά εγώ δεν συμμετέχω πλέον στο τυπικό εδώ και πολλά χρόνια. Η αλήθεια είναι πως ποτέ δεν με κάλυπτε η ...θεωρία του δόγματος. Έχω μια πολύ προσωπική άποψη για το Θεό όμως δεν νομίζω πως αφορά το θέμα μας.»

«Και όμως, όλα συνδέονται! Ωστόσο είναι αδύνατον να μιλήσουμε για όλα! Κρίνοντας από αυτά που μου είπες, θεωρώ την εμπειρία σου αυθεντική. Είχες μια αυθόρμητη αναδρομή σε περασμένη σου ζωή, στην οποία προφανώς είχατε ζήσει μαζί με τον άνδρα που σε επισκέφτηκε. Το όραμα σου ήταν πολύ διαφωτιστικό όσον αφορά το τέλος εκείνης της σχέσης και επίσης εξηγεί αρκετά πειστικά τα συναισθήματα που αναπτύξατε σε τόσο λίγο χρόνο.

Το έναυσμα για την λειτουργία της αναδρομής ήταν το σοκ του φόβου σου πως θα του συμβεί κάτι κακό. Με τον ίδιο τρόπο λειτούργησε και το ατύχημα της επόμενης μέρας. Σε έκανε να φοβηθείς για τη ζωή σου, μόνο που το υποσυνείδητο σου απελευθέρωσε την ανάμνηση της περασμένης σου ζωής, την οποία σκεφτόσουν έντονα τις τελευταίες ώρες.

Το αν θα τα πιστέψεις όλα αυτά είναι καθαρά προσωπική σου απόφαση, που οφείλω να ομολογήσω, θα υπόκειται πάντα στα

EIΡΗΝΗ ΛΕΟΝΑΡΔΟΥ

βαθύτερα πιστεύω και τις πεποιθήσεις σου.

Εσύ θα κρίνεις αν πρέπει να δώσεις συνέχεια σ' αυτή τη σχέση ή όχι. Όλοι οι άνθρωποι υφαίνουμε το πεπρωμένο μας στο μεγάλο αργαλειό του Κόσμου. Από σένα εξαρτάται αν θα εκμεταλλευτείς την ευκαιρία να εντοπίσεις το σκοπό της παρούσας ζωής σου και να επαναπροσδιορίσεις σε ποιο στάδιο της εξέλιξής σου βρίσκεσαι. Εξετάζοντας τον προγραμματισμό που έχεις κάνει πριν την επαναγέννηση σου, μπορείς να ανακαλύψεις τα βαθύτερα αίτια για οτιδήποτε σου συμβαίνει. Έτσι, οι τωρινές σου σχέσεις με τους ανθρώπους γύρω σου αποκτούν άλλο νόημα και μπορείς να τις βελτιώσεις μέσα από την κατανόηση που σου προσφέρει η γνώση. Κι αν βρίσκεσαι στο σωστό δρόμο θα προσελκύεις και τους άλλους κοντά σου.

Άνοιξε την καρδιά σου και αφουγκράσου. Οι απαντήσεις υπάρχουν μέσα σου αρκεί να είσαι σε ετοιμότητα για να τις αντιληφθείς. Μάθε να συντονίζεσαι με τον Ουσιαστικό Εαυτό σου. Είναι εκείνο το κομμάτι σου που βρίσκεται σε αέναη σύνδεση με το Θείο και γι αυτό είναι αλάνθαστο. Εμπιστέψου το... Πήγαινε τώρα. Έχεις πολύ δρόμο μπροστά σου.»

Η Τζέραλντιν τον ευχαρίστησε και βγήκε από το δωμάτιο νυχοπατώντας. Ένιωθε κιόλας πιο δυνατή και πιο σίγουρη για τον εαυτό της, καθώς όσα της είχε πει ο γέροντας είχαν αγγίξει ένα βαθύτερο κομμάτι του εαυτού της την ύπαρξη του οποίου, μέχρι πριν λίγο καιρό, αγνοούσε. Τώρα, είχε την αίσθηση πως μπορούσε πλέον να σκεφτεί καθαρά και με ψυχραιμία.

172

ΖΩΝΗ ΤΗΣ ΣΙΩΠΗΣ

Όταν έφτασαν στο Σεμπάλος η Κιμ ανάσανε ανακουφισμένη. Αντίθετα από την Τέρρυ που έδειχνε απτόητη από την ταλαιπωρία του ταξιδιού, η ίδια ένιωθε πτώμα. Λαχταρούσε ένα δροσερό ντους κι ένα κρεβάτι σε δωμάτιο με κλειστές κουρτίνες και μακριά από θορύβους. Βρήκε κατάλυμα σε πανσιόν και πρότεινε στην Τέρρυ να μείνει μαζί της το βράδυ, όμως εκείνη αρνήθηκε ευγενικά την προσφορά της.

«Σ' ευχαριστώ που με έφερες. Αν είσαι εδώ τριγύρω, ίσως ξαναβρεθούμε.»

«Αν περιμένεις να ξεκουραστώ μπορούμε να ψάξουμε μαζί για τον πατέρα σου. Δεν θέλεις να πλυθείς και να φας κάτι;»

«Προτιμώ να ξεκουραστώ μια και καλή στο τροχόσπιτο.»

Η Κιμ πολύ αμφέβαλε για τις ανέσεις που θα εύρισκε η μικρή, όμως αυτό δεν ήταν δικό της πρόβλημα. Ανέβηκε στο δωμάτιο της και μένοντας μόνη, μόλις έκλεισε πίσω της την πόρτα, ήρθε αντιμέτωπη κατά πρόσωπο με την πραγματικότητα που όλες αυτές τις τελευταίες ημέρες προσπαθούσε να αποφύγει. Τηλεφώνησε επιτέλους στον Μάρτιν για να του πει απλά πως είναι καλά και τίποτε περισσότερο. Ούτε που βρίσκεται, ούτε

173

πότε θα γυρίσει. Αυτό το τελευταίο άλλωστε, δεν το ήξερε ούτε και η ίδια.

Έκανε ντους και ξάπλωσε, όμως η υπερένταση και οι ζοφερές σκέψεις της την έκαναν να στριφογυρίζει και να μη μπορεί να κοιμηθεί. Δυο ώρες αργότερα αποφάσισε πως ήταν μάταιο και κατέβηκε στο μπαρ, νιώθοντας περισσότερο κουρασμένη από πριν. Ήλπιζε πως αν έπινε ένα δυο ποτά θα κατάφερνε επιτέλους να χαλαρώσει και ζήτησε μαρτίνι με πάγο. Διάλεξε ένα τραπέζι μακριά από τις υπόλοιπες παρέες και ξαναβυθίστηκε στις σκέψεις της.

Λίγο αργότερα μια παρέα από αγόρια και κορίτσια, ήρθε και κάθισε στο μεγάλο τραπέζι της γωνίας, δημιουργώντας πανδαιμόνιο και ξαναγυρνώντας την στο παρών. Άρχισε να τους παρατηρεί αφηρημένα στην αρχή, όμως σιγά, σιγά της τράβηξαν το ενδιαφέρον.

Η ζωντάνια και η ενεργητικότητα τους μεταδόθηκε τριγύρω επηρεάζοντας και την ίδια, βγάζοντας την από το λήθαργο της. Από τις κουβέντες τους, υπέθεσε πως ήταν φοιτητές που είχαν έρθει να κάνουν κάποια μελέτη στην περιοχή, για να το επιβεβαιώσει λίγο αργότερα με την άφιξη ενός νέου σχετικά άντρα, που τον προσφωνούσαν -Κύριε Καθηγητά-. Ήταν παλαιοντολόγοι και σκόπευαν να συλλέξουν πετρώματα και απολιθώματα από την έρημο.

Ακούγοντας τους, οι σκέψεις της ξέφυγαν συνειρμικά απ' όσα άκουγε για να ξαναγυρίσουν στον άντρα της και το πρόβλημα της. Όμως από τις σκόρπιες κουβέντες τους που έπιανε που και που, μια φράση της τράβηξε την προσοχή, θυμίζοντας της την αναφορά του Μάρτιν στο είδος των βιβλίων που διάβαζε όλη τη νύχτα στο Βερμόντ. Της είχε πει, από το τηλέφωνο, πως είχαν σχέση με ιπτάμενους δίσκους ή κάτι τέτοιο, και τώρα που

174

το σκέφτονταν της φαίνονταν πολύ παράξενο αν και δεν είχαν ξαναμιλήσει γι αυτό.

«Και πιστεύει πως ήταν εξωγήινοι;» ρωτούσε με φανερό ενδιαφέρον τώρα μια κοπέλα τον υπάλληλο που τους είχε φέρει τα ποτά. Εκείνος κοίταξε διστακτικά προς το μπαρ κι έπειτα τριγύρω τους πελάτες και τελικά κάθισε στο τραπέζι τους.

«Αυτό το συμπέρασμα έβγαλε. Βλέπετε η κακή λειτουργία της μηχανής του αυτοκινήτου, θεωρείται συνηθισμένη συνέπεια της εξωγήινης παρουσίας. Κι έπειτα οι "νάνοι" φορούσαν ασημόχρωμες φόρμες και σκάφανδρα. Εννοείται πως μόλις άρχισαν να τον πλησιάζουν, το έβαλε στα πόδια!»

«Κακώς! Εγώ θα τους καλούσα για ποτό στο Σεμπάλος!» αστειεύτηκε κάποιος και μερικοί γέλασαν. Ο υπάλληλος φοβήθηκε πως τον κορόιδευαν και βιάστηκε να διατηρήσει την αξιοπιστία του.

«Υπάρχουν και άλλοι που ήταν μάρτυρες σε παράξενα γεγονότα. Το αφεντικό μου ξέρει δυο ρέιντζερς που κάποια νύχτα γυρνώντας από το Σεμπάλος στα σπίτια τους, είδαν ένα φωτεινό "κάτι" να κατεβαίνει από τον ουρανό κι από μέσα να βγαίνουν όντα που φωσφόριζαν αλλόκοτα. Έχω ακούσει κι άλλες τέτοιες ιστορίες, όμως γι αυτές τις δυο είμαι σίγουρος επειδή έχω εμπιστοσύνη σ' αυτούς που μου τις είπαν!» αποτέλειωσε την κουβέντα του και μάζεψε τα τασάκια με τα αποτσίγαρα.

Όταν απομακρύνθηκε, οι νεαροί στράφηκαν στον καθηγητή τους. «Λέτε να έχουν όλα αυτά σχέση με τις ιδιότητες τις περιοχής;»

«Πιθανόν! Αν υποθέσουμε πως η ύπαρξη των εξωγήινων είναι γεγονός, ίσως ερευνούν και αυτοί για τους λόγους που εξουδετερώνονται τα ραδιοκύματα στην περιοχή της Ζώνης. Ή ακόμη να χρησιμοποιούν αυτές τις ιδιότητες για δικούς τους σκοπούς και τέλος αν θέλετε, μπορεί και να ευθύνονται για την δημιουργία της!»

«Εσείς τι νομίζετε; Μπορεί η ύπαρξη των εξωγήινων να είναι γεγονός;» επέμεινε κάποιος άλλος.

«Κοιτάξτε, δεν είχα την τύχη ή ...την ατυχία, να έχω προσωπική εμπειρία κι έτσι το μόνο που μπορώ να κάνω είναι εικασίες. Όμως θεωρώ παράλογο να πιστεύουμε πως το ανθρώπινο είδος είναι και το μοναδικό μέσα σ' ένα άπειρο Σύμπαν!»

Οι φοιτητές άρχισαν να μιλούν όλοι μαζί κάνοντας σχόλια πάνω στο θέμα και η Κιμ δεν μπορούσε να παρακολουθήσει πια όσα λέγονταν. Άλλωστε είχε αρχίσει να την ζαλίζει και το ποτό κι έτσι προτίμησε να ανέβει για ύπνο.

* * *

Η Τέρρυ έστριψε στο πρώτο έρημο στενό που εντόπισε και προχώρησε καμιά πενηνταριά μέτρα για να απομακρυνθεί από τη φασαρία του κεντρικού δρόμου. Έπειτα κάθισε με τη πλάτη ακουμπισμένη στον τοίχο ενός σπιτιού κι έκλεισε τα μάτια. Πήρε μια βαθιά ανάσα κι έβγαλε όλο τον αέρα από τα πνευμόνια της με δύναμη, διώχνοντας παράλληλα όλη την ένταση από το σώμα της. Η σκέψη της συγκεντρώθηκε στη νοερή εικόνα του πατέρα της και αυτόματα το ηλιακό της πλέγμα ενεργοποιήθηκε κι ένιωσε καθαρά την παρουσία του. Βρίσκονταν βόρεια, ακριβώς έξω από το Σεμπάλος.

«Είμαι εδώ!» του δήλωσε κι ένιωσε την ανταπόκρισή του.

Ξαναπήρε μια βαθιά ανάσα, έτριψε τα μάτια της και σηκώθηκε. Γύρισε στον κεντρικό δρόμο και προχώρησε βόρεια. Δέκα λεπτά αργότερα τον είδε να έρχεται από το βάθος του δρόμου με τη μηχανή του. Παράτησε το σάκο της κάτω κι άρχισε να χοροπηδά κουνώντας τα χέρια της γεμάτη έξαψη μέχρι που ήρθε κοντά της.

Την αγκάλιασε χαρούμενος και τη γύρισε σβούρες όπως τότε που ήταν μικρή. «Σ' επιθύμησα πολύ!» της είπε.

«Κι εγώ! Κι από ό,τι βλέπω "έπιασες" το μήνυμα μου!» διαπίστωσε γελώντας.

«Ναι, και μάλιστα ήταν πολύ δυνατό! Βελτιώθηκες κι άλλο! Και ψήλωσες κι άλλο!» της χαμογέλασε κι εκείνη μάζεψε το σάκο της.

«Πεινάω!» του δήλωσε και ανέβηκε πίσω του στη μηχανή.

«Έβαλα καταψύκτη στο τροχόσπιτο και τον γέμισα λαχανικά. Ελπίζω πως δεν θα σου λείψουν. Αν όμως χρειαστεί μπορούμε να κατέβουμε στην πόλη.» της εξήγησε μόλις έφτασαν στο αυτοκινούμενο τροχόσπιτο που δεν είχε να ζηλέψει τίποτε από ένα κανονικό σπίτι. «Πώς ήταν το ταξίδι σου;»

«Άνετο. Ειδικά τα τελευταία χιλιόμετρα, σε αυτοκίνητο με κλιματισμό και γυναίκα οδηγό. Εσύ πώς τα πας εδώ;»

«Καλά. Έχω τελειώσει σχεδόν τις προετοιμασίες και μόλις ξεκουραστείς κι εσύ, ξεκινάμε.»

«Δεν νιώθω κουρασμένη. Άλλωστε το τελευταίο τρίμηνο έχω κάνει προόδους στο θέμα του ύπνου. Καταφέρνω να αναπληρώνω τις δυνάμεις μου με ελάχιστες ώρες ύπνου ή και μόνο με βαθιά χαλάρωση. Κι έπειτα, ανακάλυψα και κάτι άλλο, εντελώς τυχαία, όμως είμαι ακόμη πολύ σοκαρισμένη για να αρχίσω να το ψάχνω!»

Ο Λώρρεν ένιωσε οργή στον τόνο της φωνής της και την κοίταξε ανήσυχος. «Δηλαδή;»

«Μπορώ να γίνομαι ...αόρατη. Δεν έχω είδωλο στον καθρέφτη και η γιαγιά με έψαχνε σ' όλο το σπίτι ενώ εγώ καθόμουν στον καναπέ κι άκουγα μουσική!» του εξήγησε φανερά θυμωμένη πια, αλλά εκείνος δεν ξαφνιάστηκε που το

177

άκουσε. Ήταν μια από τις ικανότητες που είχε και η Μεη Ην. Απλά δεν μπορούσε να ξέρει πόσα είχε κληρονομήσει η Τέρρυ από τη μητέρα της.

Την κοίταξε στα μάτια προσπαθώντας να βρει την κατάλληλη απάντηση, κι αντίκρισε για άλλη μια φορά εκείνο το γεμάτο προσμονή βλέμμα. «Λοιπόν;» τον ρώτησε. «Γιατί μου συμβαίνουν όλα αυτά; Τι... είμαι; Δεν νομίζεις πως πρέπει επιτέλους να μου εξηγήσεις;»

Θεώρησε πως ήταν η πλέον κατάλληλη στιγμή για να της μιλήσει ανοιχτά. «Ακριβώς γι αυτό το σκοπό βρισκόμαστε εδώ!»

«Θα προτιμούσα να υπάρχει μια μεταφυσική εξήγηση, παρά να μου πεις πως είμαι κάποιο είδος επιστημονικού πειράματος!» του δήλωσε σαρκαστικά πετώντας στην άκρη τα παπούτσια της και κάθισε οκλαδόν στον καναπέ πίσω από το τραπέζι.

«Ούτε το ένα, ούτε το άλλο. Όπως σου έχω ξαναπεί είναι θέμα κληρονομικότητας, καταγωγής, από την πλευρά της μητέρας σου. Εσύ βέβαια γεννήθηκες στο Περού, όμως αυτή η χώρα και... ο πλανήτης μας, δεν ήταν παρά ένας σταθμός για κείνη. Είχε έρθει από πολύ μακριά... από Αλλού... » αποτέλειωσε τη φράση του δείχνοντας με το δάχτυλο προς τον ουρανό.

«Τι;» η Τέρρυ γέλασε μάλλον υστερικά. «Πλάκα μου κάνεις, έτσι δεν είναι;»

«Και βέβαια όχι! Κανονικά θα είχες την δυνατότητα να επικοινωνείς με τη συλλογική μνήμη των προγόνων της κι έτσι να γνωρίζεις τα πάντα για το παρελθόν τους. Όμως με κάποια τεχνική όταν ήσουν μωρό η μητέρα σου, σου μπλόκαρε αυτή την ικανότητα. Είχα την εντολή να σε φέρω εδώ, αφού συμπλήρωνες τα δεκατέσσερά σου χρόνια, για να σου αποκαταστήσουν αυτή την φυσιολογική για σένα, εγκεφαλική λειτουργία. Ποιος και πώς, δεν ξέρω. Το μόνο που μου εξήγησε ήταν πως έπρεπε να σε φέρω στη Ζώνη της Σιωπής, ακριβώς επειδή εδώ επικρατεί απόλυτη "σιγή" όσον αφορά τα ραδιοκύματα. Υποθέτω πως αυτό έχει κατά κάποιο τρόπο ζωτική σημασία, αλλά πλέον είναι θέμα ημερών, ή ίσως και ωρών. Σε λίγο θα ξέρουμε.»

«Γιατί;» ήταν η επόμενη ερώτηση της και ο πατέρας της αναρωτήθηκε για άλλη μια φορά πόσα μπορούσε να της πει. «Νομίζω πως είναι σοφότερο να κάνεις υπομονή. Πιστεύω πως όλες σου οι απορίες θα απαντηθούν όταν επικοινωνήσεις με τη μητέρα σου. Φοβάμαι πως δεν είμαι σε θέση να σου δώσω τις σωστότερες απαντήσεις.»

«Με ποιο τρόπο θα επικοινωνήσω; Υπάρχει περίπτωση να την συναντήσω;»

«Σύμφωνα με το αρχικό σχέδιο, ναι. Αλλά όχι σ' αυτή τη φάση. Το πότε, θα το μάθουμε εν καιρώ, όταν θα χρειαστεί να την συναντήσεις.»

«Κι εσύ, πού υποτίθεται πως θα βρίσκεσαι; Λες πως θα έρθει σε μένα. Η επιστροφή της δεν σημαίνει τίποτε για τον Λώρρεν-εραστή; Έχετε ένα παιδί μαζί...»

Του έβαζε πραγματικά δύσκολες ερωτήσεις και όπως πάντα, με τον αμεσότερο τρόπο.

Θεώρησε σκόπιμο να της απαντήσει το ίδιο ευθέως.

«Όλα αυτά τα χρόνια, σε άφηνα να πιστεύεις ό,τι νόμιζα πως ήταν καλύτερο για ένα μικρό παιδί.» έβαλε τα λαχανικά της στον ατμοβραστήρα.

« Η μητέρα σου, δεν ήταν για μένα αυτό που θα λέγαμε ο μεγάλος έρωτας ή η απελπισμένη αγάπη. Ζήσαμε αρκετούς μήνες μαζί, πριν μείνει έγκυος σε σένα και αναπτύχθηκε ανάμεσα μας φιλία, οικειότητα, συντροφικότητα, ερωτική έλξη. Βλέπεις η ...Φυλή της, αν και βασίζεται βιολογικά στον

179

άνθρακα, στην πορεία της εξέλιξης του Είδους, κατάφερε να ανεβάσει της ενεργειακές της δονήσεις και να ανέβει σε υψηλότερο επίπεδο συνειδητότητας. Έτσι μπόρεσε να εκμεταλλευτεί τις κρυμμένες μέχρι τότε, ενεργειακές δυνάμεις του Σύμπαντος με απίστευτα αποτελέσματα, διατηρώντας όμως την ικανότητα να μετακινείται στα διάφορα επίπεδα κατά βούληση. Βασική προϋπόθεση για όλα αυτά ήταν η συναισθηματική αγνότητα και η απόλυτη αγάπη. Αυτός ήταν και ο λόγος που ήρθες στη ζωή μέσα από την φυσιολογική ψυχική και σωματική ένωση και όχι σαν πειραματόζωο σε κάποιο ...σωλήνα. Όμως, ήξερα ποια είναι και τι ήθελε από μένα. Όλα έγιναν με δική μου ελεύθερη βούληση και συνειδητή επιλογή, γιατί η μητέρα σου έπρεπε να είναι σίγουρη πως το παιδί της θα έμενε στις φροντίδες ενός υπεύθυνου ανθρώπου που μπορούσε να αντιμετωπίσει την κατάσταση. Θα χαρώ πολύ αν την ξαναδώ, όπως θα χαιρόμουν αν έβλεπα ένα παλιό καλό φίλο, όμως η επιστροφή της δεν σημαίνει τίποτε περισσότερο για μένα. Άλλωστε, θα έρθει ειδικά για να συναντήσει εσένα, για να σε βοηθήσει να περάσεις το στάδιο της "μύησης" που περνούν όλα τα παιδιά του είδους σου.»

«Υπάρχουν ...κι άλλοι;!»

«Πάντα υπήρχαν απ' ό,τι φαίνεται. Άλλοι άγνωστοι μεταξύ αγνώστων και άλλοι γνωστοί και διάσημοι. Όμως όλοι, αφοσιωμένοι στο έργο τους για την πρόοδο αυτού του πλανήτη.»

«Αν κρίνω από τα αποτελέσματα, μάλλον δεν τα πήγαν και πολύ καλά, παρ' όλη την αφοσίωση!» σχολίασε δεικτικά εκείνη.

«Αυτό είναι μια άλλη ιστορία, που δεν είναι επί του παρόντος. Φαντάζομαι πως θα ενημερωθείς παράλληλα και γι αυτήν.»

«Και ο Θεός; Τι ρόλο παίζει σε όλα αυτά;» τον κεραυνοβόλησε με καινούργια ερώτηση, εξ ίσου δύσκολη. Και όπως ήταν φυσικό, η συζήτηση συνεχίστηκε σχεδόν όλη τη νύχτα.

Μόλις που είχε χαράξει, όταν την ένιωσε να τον σκουντά για να ξυπνήσει. «Έλεος! Άσε με να κοιμηθώ λίγο ακόμη... » μουρμούρισε και άλλαξε πλευρό.

«Είχα επαφή! Ξέρω ποιόν θα συναντήσω και πού!» του εξήγησε κι εκείνος ξύπνησε αυτομάτως. «Λοιπόν;»

«Στην "Βιόσφαιρα" εργάζεται κάποιος... ομογενής μου και με περιμένει.»

«Στη Βιόσφαιρα; Μα αυτό είναι Κρατικό Κέντρο Ερευνών! Είναι σαν να μπαίνεις στο στόμα του δράκου!» Για πρώτη φορά στη ζωή του ένιωσε να φοβάται για την τύχη της κόρης του και σηκώθηκε φανερά ταραγμένος.

«Μην ανησυχείς! Κανείς δεν ξέρει την πραγματική του ταυτότητα. Ζήτησε να παρουσιαστείς με το όνομα και την ειδικότητα σου και να με πάρεις μαζί σου. Τους έχει ενημερώσει και σε περιμένουν, ως περιβαλλοντολόγο που πρόκειται να συνεργαστεί μαζί του.»

Ο Λώρρεν ένιωσε κάπως καλύτερα. Το ότι θα ήταν μαζί της τον καθησύχασε αρκετά, όμως η πείρα τον είχε διδάξει να προσέχει πάντα τα νότα του κι έτσι αποφάσισε πως έπρεπε να κάνει ορισμένα πράγματα, πριν εμφανιστούν στην Βιόσφαιρα. Ένα από αυτά ήταν η διερεύνηση της γύρω περιοχής και η καταγραφή, κατά μήκος της διαδρομής, τοπογραφικών χαρακτηριστικών της περιοχής ώστε να τους είναι εύκολο να προσανατολισθούν σε περίπτωση που χρειαζόταν να φύγουν ...βιαστικά! Ένα ακόμη ήταν να ενημερώσει κάποιους γνωστούς του στην πατρίδα, αλλά και εδώ στο Σεμπάλος για την πρόθεση τους να επισκεφτούν το ερευνητικό κέντρο.

Αποφάσισε να ξεκινήσει από το πρώτο και μάλιστα αμέσως, προκειμένου να γλιτώσει τη μεγάλη ζέστη, που θα είχε

181

αργότερα κατά τη διάρκεια της ημέρας, αφήνοντας την Τέρρυ στο τροχόσπιτο, να ξεκουραστεί.

* * *

Η Κιμ, όταν το πρωί έμαθε για την ύπαρξη των ερειπίων του αρχαίου αστρονομικού παρατηρητηρίου, που είχε δημιουργηθεί στην έρημο προ χιλιάδων ετών, θεώρησε καλή ιδέα το να τα επισκεφθεί. Όμως τώρα είχε μετανιώσει που βγήκε στην έρημο μόνη με το αυτοκίνητο.

Τα αυτοκίνητα είναι μηχανές και οι μηχανές χαλάνε κι εκείνη δεν είχε ιδέα απ' αυτά τα πράγματα.

Σ' αυτή τη σκέψη, παρά λίγο να την πιάσει πανικός, όταν στο βάθος του ορίζοντα νόμισε πως είδε σκόνη και υπέθεσε πως κινούνταν κάποιο όχημα, ωστόσο δεν φαίνονταν τίποτε να πλησιάζει. Αποφάσισε να κινηθεί προς το μέρος του, για να το συναντήσει.

Ο Λώρρεν είχε πάρει πια το δρόμο της επιστροφής νιώθοντας το δέρμα του να τραβά από το κάψιμο του ήλιου παρά το μακρυμάνικο μπλουζάκι που φορούσε. Έτσι σταμάτησε, ήπιε πάλι λίγο νερό κι έβγαλε την μπλούζα του για να ρίξει πάνω του λίγο νερό.

Άκουσε το αυτοκίνητο που πλησίαζε μόνο όταν είχε φτάσει αρκετά κοντά του και παρ' ότι θα προτιμούσε να μην τον δει κανείς στην περιοχή, δεν προλάβαινε πια να απομακρυνθεί.

Άλλωστε, όπως σύντομα διαπίστωσε, το αυτοκίνητο έρχονταν κατ' ευθείαν πάνω του και σταμάτησε μονάχα λίγα μέτρα μπροστά του. Στο τιμόνι κάθονταν μια μικροκαμωμένη γυναίκα και ήταν μόνη. Περίμενε να του μιλήσει πρώτη.

Εκείνη τον κοίταξε πίσω από το κλειστό παράθυρο κι έδειξε

προς στιγμή να διστάζει. Μια ανθρώπινη παρουσία καταμεσής στην έρημο, είχε φανεί πραγματική ανακούφιση στην Κιμ, όμως μπροστά της στέκονταν ένας ...άγγελος, χωρίς φτερά, με μπλουτζίν και Χάρλεϋ Ντάβινσον. Στέκονταν και την κοίταζε αμίλητος μεγαλώνοντας της την εντύπωση πως θα εξαφανίζονταν από στιγμή σε στιγμή σαν οπτασία. Ήταν ψηλός, όχι ιδιαίτερα γεροδεμένος, με σταρένιο άτριχο δέρμα και μακριά ξανθά μαλλιά. Εκείνο όμως που του έδινε αγγελική μορφή ήταν η ερμαφρόδιτη ομορφιά του. Μονάχα όταν κινήθηκε προς το μέρος της και της μίλησε, συνειδητοποίησε πόσο πραγματικός και αρρενωπός ήταν!

«Μπορώ να σας φανώ χρήσιμος σε κάτι;» τη ρώτησε καθώς εκείνη έβγαινε από το αυτοκίνητο, κι αναρωτήθηκε γιατί της φαίνονταν γνώριμος, ενώ ήταν απόλυτα σίγουρη ότι δεν τον είχε ξαναδεί ποτέ στη ζωή της.

Δεν ήξερε τι να του απαντήσει μιας και οι φόβοι της ήταν καθαρά υποθετικοί. Δεν είχε χαθεί και δεν είχε πρόβλημα με το αυτοκίνητο. Δεν ένιωθε ούτε καν διψασμένη, είχε μονάχα βγει μια βόλτα.

Ξαφνικά συνειδητοποίησε πως η ερημιά βρίσκονταν περισσότερο μέσα της παρά γύρω της, πως εκείνο το συναίσθημα του πανικού που την κυνηγούσε, πήγαζε από άλλες βαθύτερες σκέψεις της και όχι από τις αδικαιολόγητες προφάσεις που έβγαιναν στην επιφάνεια. Και κατέρρευσε! Εκεί μπροστά στον άγνωστο άνθρωπο, γονάτισε πάνω στο πυρωμένο χώμα κι έβαλε τα κλάματα!

Ο Λώρρεν, που είχε κάνει πολλές υποθέσεις για την ταυτότητα της, τώρα τα έχασε στην κυριολεξία. Το κενό που δημιουργήθηκε προς στιγμήν στο μυαλό του τον βοήθησε να αντιληφθεί πόσο γνήσια ήταν η ψυχική φόρτιση που ένιωθε η άγνωστη γυναίκα και βιάστηκε να την βοηθήσει να σηκωθεί.

Δεν θεώρησε ευγενικό να την βάλει να καθίσει ξανά στο αυτοκίνητο της κι έτσι την άφησε να πατήσει στα πόδια της εξακολουθώντας να την στηρίζει. Είχε αφήσει τα πανάκριβα γυαλιά της να πέσουν στο χώμα και μούσκευε το γυμνό του δέρμα με δάκρυα.

«Έχετε χαθεί;» τη ρώτησε διστακτικά.

Σιωπηλή άρνηση.

«Κινδυνεύετε από κάποιον; Μήπως αισθάνεστε άρρωστη;»

Διπλή, σιωπηλή άρνηση.

«Φοβηθήκατε μήπως από κάτι;»

Λυγμός, κατάφαση, ψίθυρος. «Την ερημιά...»

Ο Λώρρεν είχε υπ' όψη του την κλειστοφοβία, την αγοραφοβία, για ...ερημοφοβία πρώτη φορά άκουγε. Κοίταξε τριγύρω του το τοπίο.

Η Κιμ έπιασε την κίνηση του και διευκρίνισε χωρίς να ξέρει ούτε και η ίδια γιατί το έκανε.

«Την ερημιά που έχω μέσα μου...»

Τον ένιωσε που σταμάτησε ν' αναπνέει κι οι χτύποι της καρδιάς του άλλαξαν ρυθμό. Το άγγιγμα του έγινε στοργικό κι αυτό την βοήθησε να νιώσει καλύτερα. «Μίλησε μου γι αυτό που νιώθεις. Συνήθως βοηθάει αυτό.» την παρότρυνε.

Τι να του έλεγε; »Ο άντρας μου έχει γκόμενα κι εγώ... πήρα τους δρόμους;«

Ένιωσε γελοία! Ήταν τόσο κοινότυπο το πρόβλημα της, τόσο...

Όμως ήταν το *δικό* της πρόβλημα, ήταν *εκείνη* που ένιωθε εγκατάλειψη και ερημιά! Και λοιπόν;

Τραβήχτηκε από κοντά του ντροπιασμένη. «Συγνώμη! Ποιος ξέρει τι θα σκέφτεστε για μένα;»

«Πως έχετε ανάγκη από συμπαράσταση και βοήθεια. Δεν πρόλαβα να σκεφτώ τίποτε άλλο, ειλικρινά!»

Η απάντηση του την έκανε να χαμογελάσει.

«Αλήθεια, πως βρεθήκατε εδώ;» τη ρώτησε διστακτικά.

«Ήθελα να μείνω μόνη, να σκεφτώ. Πήρα τους δρόμους -το είπε τελικά- κι έπειτα ανακάλυψα πως απέφευγα να το κάνω. Το ανέβαλα συνεχώς. Φοβάμαι να το αντιμετωπίσω...»

«Κι όμως πρέπει. Και θα τα καταφέρετε. Είστε στο σωστό δρόμο! Θέλω να πω, πως ένας άνθρωπος που από ένστικτο βγαίνει έξω στην ύπαιθρο, κοντά στη φύση, για να βρει τις απαντήσεις που αναζητά και δεν το ρίχνει στο ποτό και στις ανούσιες συντροφιές, έχει κάνει τη σωστή επιλογή!»

«Δεν με βοήθησε καθόλου όμως αυτό...»

«Πόσο καιρό προσπαθείτε;»

«Μερικές μέρες...»

«Κουράγιο. Εμένα μου πήρε μερικά χρόνια!»

Η Κιμ τον κοίταξε για πρώτη φορά στα μάτια. Η έκπληξη της έγινε ακόμη μεγαλύτερη. Δεν ήταν το ανοιχτόγκριζο χρώμα τους που την ξάφνιασε. Ήταν το φως και η απεραντοσύνη της ψυχής του που αντίκρισε μέσα τους! Νόμισε πως εκτοξεύτηκε στον ουρανό κι ύστερα βυθίστηκε στο αχανές σύμπαν. Για μερικά δευτερόλεπτα, *όλος ο Κόσμος βρίσκονταν εκεί!* Το πρόβλημα της φάνταζε πια τόσο ασήμαντο, ενώ άλλα ερωτήματα που πάντα την βασάνιζαν, ήρθαν στην επιφάνεια - ποιοι είμαστε; ποιος ο σκοπός της ύπαρξης μας; γιατί συμβαίνει ό,τι συμβαίνει έτσι και όχι κάπως αλλιώς; -

Ο Λώρεν της χαμογέλασε. «Από τις ίδιες ερωτήσεις ξεκίνησα κι εγώ!» της είπε κάνοντας την να τρομάξει και να ξαναθυμηθεί την ...αγγελική εντύπωση που της είχε δώσει στην αρχή.

«Πώς ξέρεις, πώς μπορείς να ξέρεις τις σκέψεις μου; Ποιος είσαι;»

«Με λένε Λώρεν Όξενμπουργκ και είμαι περιβαλλοντολόγος, αν αυτό σε βοηθά να νιώσεις καλύτερα. Όμως ειλικρινά, δεν

185

έχει σημασία το ποιος είμαι εγώ, αλλά το να ανακαλύψεις ποια πραγματικά είσαι εσύ!»

Την έπιασε πάλι πανικός και θέλησε να το βάλει στα πόδια, να φύγει μακριά του.

«Θα ήταν λάθος!» την προειδοποίησε. «Μπορεί έτσι να φύγεις από μένα και όσα σου λέω, όμως δεν μπορείς να ξεφύγεις από τον εαυτό σου. Πρέπει να το αντιμετωπίσεις. Αν θέλεις να μείνεις και να με εμπιστευτείς, ίσως μπορέσω να σε βοηθήσω. Δεν είμαι ψυχαναλυτής, ούτε γκουρού. Δεν θα σου συστήσω φαρμακευτική αγωγή, ούτε εξωτικές πρακτικές. Ξέρω όμως να ακούω κι έχω υπομονή - » σταμάτησε απότομα μόλις συνειδητοποίησε τι της έλεγε. Είχε μιλήσει αυθόρμητα, χωρίς να σκεφτεί τις συνέπειες όσων έλεγε, κι αναρωτήθηκε τι είχε πάθει. Τι στο καλό τον έπιασε και της έκανε τέτοια πρόταση; Ήταν μεγάλη ευθύνη αυτό που αποφάσιζε έτσι αβίαστα κι έπειτα είχε τα δικά του προβλήματα. «Συγνώμη! Ίσως έγινα φορτικός. Δεν είναι δική μου δουλειά, πρέπει μόνη σου να το παλέψεις.» προσπάθησε να επανορθώσει.

Η Κιμ ένιωσε μπερδεμένη. Το μόνο σίγουρο ήταν πως όπου κι αν βρίσκονταν, θα κουβαλούσε το πρόβλημα μαζί της. Μονάχα μια διέξοδος υπήρχε: να το αντιμετωπίσει! Ο Λώρρεν είχε δίκιο. Απλά έπρεπε να βρει τη δύναμη να το κάνει. Γύρισε να φύγει. «Ευχαριστώ.» του είπε πριν απομακρυνθεί χωρίς να τον αποχαιρετήσει και μόνον όταν το αυτοκίνητο της έγινε μια μικρή κουκίδα στον ορίζοντα ο Λώρρεν συνειδητοποίησε πως το μόνο που δεν του είχε πει ήταν το όνομα της!

Ξαφνικά μετάνιωσε που την άφησε να φύγει. Ναι μεν η λογική του έλεγε πως ήταν καλύτερα έτσι, η διαίσθηση του όμως είχε διαφορετική γνώμη. Και κατά κανόνα την άκουγε. Έπρεπε να κρατήσει τουλάχιστον κάποιο σημείο επαφής, ένα τηλέφωνο ή έστω το όνομα της. Ευχήθηκε μέσα του να μην αποφάσιζε εκείνη να φύγει αμέσως από το Σεμπάλος. Διαφορετικά θα μπορούσε να την εντοπίσει εύκολα σ' ένα τόσο μικρό μέρος. Ωστόσο προς το παρόν είχε να κάνει πιο σοβαρά πράγματα και πρώτα απ' όλα να να ψάξει να βρει τον Σεμπάστιαν. Όχι μόνο θα λειτουργούσε ως συνδετικός κρίκος για "έξω", αλλά θα έκανε και ό,τι περνούσε από το χέρι του για να τον ξελασπώσει απ' οποιαδήποτε δύσκολη κατάσταση.

Η Κιμ, για πρώτη φορά, ύστερα από πολύ καιρό, κατάφερε να κοιμηθεί εύκολα και βαθιά. Από τη στιγμή που μπήκε στο αυτοκίνητο και άφησε πίσω της την έρημο, μέχρι και που ξάπλωσε κι έκλεισε τα μάτια της, δεν σκέφτονταν τίποτε άλλο παρά όσα της είχαν συμβεί τις τελευταίες εβδομάδες. Όχι τόσο τα γεγονότα, όσο τα συναισθήματα που τις είχαν δημιουργήσει, τα οποία φρόντισε να τα ξεθάβει και να τα αναλύει μέχρι και το παραμικρό.

Το τελικό της συμπέρασμα, αν και όχι απόλυτα παραδεκτό από τη λογική της, ήταν πως δεν είχε έρθει δα και το τέλους του κόσμου. Ναι, μπορεί ο *κόσμος της* να είχε έρθει το πάνω κάτω, όμως στη ζωή της υπήρχαν άπειρα πράγματα που άξιζαν την προσοχή της και το κυριότερο, μπορούσαν να υπάρξουν ακόμη πιο ουσιαστικά και ενδιαφέροντα, όπως όλα εκείνα που μέσα σε δευτερόλεπτα είχε καταφέρει να "διαβάσει" σε δυο ανοιχτόγκριζα μάτια! Μ' αυτή την τελευταία σκέψη, αποκοιμήθηκε.

Όταν το βραδάκι αποφάσισε να κατέβει στο μπαρ της πανσιόν για ένα ποτό, η διάθεση της δεν είχε καμία σχέση μ' αυτήν της προηγούμενης μέρας. Στο μεγάλο τραπέζι της γωνίας κάθονταν πάλι η συντροφιά των φοιτητών και αυτή τη φορά κάθισε επίτηδες κοντά τους. Ήλπιζε πως, με το κέφι και τα αστεία τους, θα ξεχνιόταν και θα κατάφερνε να διασκεδάσει. Μπορεί η μοναξιά να ήταν καλός σύμβουλος, κατά τα λεγόμενα του "αγγέλου" Λώρρεν, όμως μια ευχάριστη παρέα, βοηθούσε συνήθως την ψυχολογική εκτόνωση ευκολότερα.

Στη θύμηση του, η καρδιά της έχασε μερικούς χτύπους, όμως λίγη ώρα αργότερα της κόπηκε ακόμη και η αναπνοή όταν τον είδε να της χαμογελά από την είσοδο του μπαρ. Ένιωσε τα μάγουλα της να φλογίζονται από ντροπή για την αντίδρασή της και μέσα σε δευτερόλεπτα σκέφτηκε πως ίσως ήταν πολύ άδικη με τον Μάρτιν αν είχε νιώσει κι εκείνος κάπως έτσι για την ζωγράφο του! Αμέσως μετά αναρωτήθηκε αν όντως συνέβαιναν στην ίδια ολ' αυτά, όμως ο Λώρρεν την πλησίασε κι έπαψε να σκέφτεται οτιδήποτε. Ωστόσο τίποτε στην αντίδραση της εξωτερικά δεν πρόδινε τη φουρτούνα της ψυχής της. Ή τουλάχιστον, έτσι πίστευε!

Τη ρώτησε αν του επέτρεπε να καθίσει κι όταν του έδωσε την άδεια ενδιαφέρθηκε να μάθει αν τώρα ένιωθε καλύτερα απ' ότι το πρωί. Του απήντησε πως ναι, χάρη σ' αυτόν, και βρέθηκαν να κουβεντιάζουν για τους προβληματισμούς και τις ανησυχίες της, σαν φίλοι που γνωρίζονταν χρόνια.

«Α, βλέπω πως γνωριστήκατε!» Η Τέρρυ τράβηξε μια καρέκλα και κάθισε δίπλα στον πατέρα της.

«Ο πατέρας μου, η Κιμ. Η κυρία που με έφερε με το αυτοκίνητο της μέχρι εδώ.» έκανε τις συστάσεις. «Ναι, ε;» έκανε ξαφνιασμένος εκείνος, αλλά η Κιμ τους κοίταξε και μονολόγησε: «Έπρεπε να το φανταστώ!»

Και οι λόγοι, ήταν πολλοί και διάφοροι. Πρώτον έμοιαζαν καταπληκτικά! Γι αυτό άλλωστε της είχε φανεί γνωστή η φυσιογνωμία του όταν συναντήθηκαν στην έρημο. Έπειτα, είχαν την ίδια παράξενη ικανότητα να μαντεύουν τι σκέφτεται. Και τρίτον, και ατυχέστερο, δεν μπορούσε παρά να έπεφτε σε παντρεμένο! Όμως, αν θυμόταν καλά... Αλήθεια, μέχρι τώρα, μιλούσαν μόνο για κείνη. Μήπως ήταν ώρα, να μάθει λεπτομέρειες και για τη δική του ζωή;

ΑΒΥΔΟΣ – ΑΙΓΥΠΤΟΣ

Η αρχαιολογική αποστολή της Δρ. Ρεφάτ, υπό την προστασία δωδεκαμελούς στρατιωτικής συνοδείας, έφτασε στην Άβυδο νωρίς το απόγευμα. Έκαναν μια μικρή στάση στο rest house της περιοχής, για να πάρουν μιαν ανάσα, κι έπειτα οι εργάτες και η ομάδα των φοιτητών, που θα παρακολουθούσε την ανασκαφή, προπορεύθηκαν προκειμένου να στήσουν τις σκηνές του καταυλισμού τους. Η Νασσίμ και οι υπόλοιποι βρήκαν έτσι λίγο περισσότερο χρόνο για να ξεκουραστούν και να κουβεντιάσουν.

Ο Ντάγκλας κάθισε δίπλα της χαμογελώντας της με νόημα. Είχαν περάσει αρκετές ημέρες από την τελευταία φορά που είχαν συναντηθεί και πάντα με την παρουσία των ανθρώπων από το επαγγελματικό της περιβάλλον. Συγκεκριμένα την τελευταία φορά που είχαν συγκεντρωθεί ήταν στο γραφείο της, προκειμένου να υπογράψουν τα συμβόλαια συνεργασίας και να ενημερωθούν επίσημα για την ανασκαφή.

Όλοι ήξεραν πως η Άβυδος, ήταν η βασιλική νεκρόπολη της Άνω Αιγύπτου κατά την προδυναστική εποχή, με πρώτο βασιλιά μετά τους ημίθεους, τον Νάρμερ. Σ' αυτόν αποδίδονταν και η πολιτική ενότητα της Άνω και Κάτω

189

Αιγύπτου. Όμως άκουγαν για πρώτη φορά, το όνομα του Μενεφθά, που είχε διατελέσει Αρχιερέας όχι μόνο κατά την βασιλεία του Νάρμερ, αλλά και του διαδόχου του, του Ώρου Αχά, πιθανόν ο Μήνης κατά τον Ηρόδοτο. Ο Αχά ίδρυσε την πόλη της Μεν-νεφρού ή Μέμφιδας, αρχικά σαν φρούριο με το όνομα "Λευκά Τείχη" και ήταν κατά τους μελετητές ο πρώτος βασιλιάς της Θινιτικής Περιόδου, που θεωρείται η αρχή των ιστορικών χρόνων της Αιγύπτου.

Η Νασσίμ είχε εντοπίσει για πρώτη φορά την ύπαρξη του Μενεφθά σ' ένα κατάλογο με ονόματα ιερέων που ανήκε στο ναό του Φθα στην ακρόπολη της Μέμφιδα. Τότε δεν είχε δώσει ιδιαίτερη σημασία, όμως αργότερα, μια επιγραφή αφιέρωμα κάποιου πιστού, που εξυμνούσε τη σοφία και τη δύναμη του Αρχιερέα των δύο βασιλέων, της κίνησε την περιέργεια.

Ξεκίνησε λοιπόν μια προσωπική έρευνα, σε γραφές και ευρήματα, για να καταλήξει στο συμπέρασμα πως ο συγκεκριμένος ιερέας είχε διαδραματίσει σημαντικό ρόλο, αρχικά στην Νέχεν - Ιερακόπολη, την πρωτεύουσα της Άνω Αιγύπτου, και κατόπιν στην Πόλη των Λευκών Τειχών ως Αρχιερέας του Φθα και μέχρι τα βαθιά του γεράματα είχε κρατήσει τα ινία του Ιερατείου με απόλυτη εξουσία.

Σίγουρη πια για την σπουδαιότητα του, η Νασσίμ αποφάσισε πως άξιζε τον κόπο να ασχοληθεί μαζί του. Μέσα από την έρευνα της είχε εντοπίσει ως τόπο ταφής του Μενεφθά την νεκρόπολη της Αβύδου, αν και ήδη την εποχή του θανάτου του είχε δημιουργηθεί η νεκρόπολη της Σακκάρα.

Ήταν μεγάλο ρίσκο, το ήξερε, όμως πίστευε πως αν κατάφερνε να φέρει στο φως περισσότερα στοιχεία για τη ζωή και το έργο του Αρχιερέα, θα ήταν τόσο σημαντικά, που θα της χάριζαν μια καλύτερη θέση και φυσικά οριστική καταξίωση ανάμεσα στους υπόλοιπους συναδέλφους της, αλλά και κατ' επέκταση, στην οικογένεια και τον προσωπικό της κύκλο.

Όλες οι ενδείξεις που είχε οδηγούσαν στο νότιο τμήμα της νεκρόπολης, σε μια περιοχή δίχως άλλα ευρήματα, προς το παρόν. Όμως την, κατά τα άλλα επίπεδη, επιφάνεια του αμμώδους εδάφους διέκοπτε ελαφρά αλλά αναμφισβήτητα η παρουσία μιας τούμπας, που κατά καιρούς χάνονταν κάτω από τον όγκο της άμμου που έφερναν οι άνεμοι για να ξαναφανεί και πάλι όταν η άμμος παρασύρονταν μακριά.

Αυτό ήταν και το μόνο σημάδι αναφοράς για τον εντοπισμό της πιθανής τοποθεσίας όπου βρίσκονταν, όπως υποψιαζόταν η Νασσίμ σύμφωνα με τα στοιχεία που είχε, ο τάφος του Αρχιερέα Μενεφθά. Υποψίες που έγιναν βεβαιότητα, ως προς την ύπαρξη κάποιου ταφικού συγκροτήματος τουλάχιστον, με την βοήθεια του συνεργείου γεωφυσικών μελετών και του γεωραντάρ που χρησιμοποιούσαν στις μετρήσεις τους. Μετά και από αυτή την επιβεβαίωση όλα πήραν το δρόμο τους και επιτέλους είχαν φτάσει σε απόσταση αναπνοής από το όλο εγχείρημα.

Παρήγγειλαν τσάι και περίμεναν. «Λοιπόν;» ρώτησε εκείνη. «Πώς νιώθεις τώρα που η επιθυμία σου έγινε πραγματικότητα;»

«Ήρεμος. Έπαψα πια να ανησυχώ μήπως και κάτι δεν πάει καλά. Εσύ;»

«Γεμάτη αγωνία. Ουσιαστικά βρισκόμαστε στην αρχή. Τώρα θα κριθούν όλα!»

«Από μια άποψη δεν έχεις άδικο, όμως ό,τι κι αν γίνει, όποιο κι αν είναι το αποτέλεσμα... είμαστε μαζί!»

* * *

Η επόμενη μέρα τους, ξεκίνησε με το πρώτο φως της αυγής. Έπρεπε να εκμεταλλεύονται την πρωινή δροσιά στο έπακρο, μιας και το μεσημέρι η θερμοκρασία, αν και φθινόπωρο, περνούσε πολλές φορές ακόμα και τους τριάντα βαθμούς. Οι περισσότεροι από τους εργάτες ήταν προς το παρών απασχολημένοι με το στήσιμο των εγκαταστάσεων που θα εξυπηρετούσαν τη διαμονή τους, όμως η Νασσίμ πήρε τον καφέ της και περπάτησε μέχρι το σημείο που θα άνοιγαν το πρώτο σκάμμα. Μια επίλεκτη ομάδα εργατών και οι φοιτητές, ήταν κιόλας εκεί και την περίμεναν. Εκείνη, περίμενε την ανατολή του ήλιου.

Την προηγούμενη μέρα, την ώρα της δύσης, είχε ξανάρθει εδώ και είχε στήσει, δυτικά της τούμπας, ένα τοπογραφικό θεοδόλιχο έτσι ώστε να σημαδέψει τη γωνία που σχημάτιζε ο δίσκος του ήλιου με τον ορίζοντα. Τώρα στέκονταν ακριβώς μπροστά του, κοιτάζοντας προς την ανατολή. Ήλπιζε πως εντοπίζοντας τον ακριβή άξονα ανατολής-δύσης, θα μπορούσε και να εντοπίσει ακριβέστερα το πιθανό σημείο της εισόδου, λαμβάνοντας πάντα υπ' όψη της την μετατόπιση του άξονα της Γης στο διάβα των αιώνων και φυσικά το σχήμα και τις διαστάσεις του μασταμπά. Κι έπειτα δεν έμενε παρά να ξεκινήσουν την ανασκαφή και να διαπιστώσουν αν όλα ήταν έτσι όπως τα είχε υπολογίσει.

Ο ήλιος ανέτειλε, το σημείο ορίστηκε και το σύνθημα δόθηκε. Η ανασκαφή ήταν πια γεγονός!

Οι ομάδες εργασίας χώρισαν το χώρο σε ανασκαφικά τετράγωνα και οριοθέτησαν η κάθε μία το δικό της, κάτω από την άγρυπνη επίβλεψη της καθηγήτριας τους και στη συνέχεια έστησαν ξύλινες ράμπες στους διαδρόμους, για να διευκολύνουν το πέρασμα των εργατών που θα απομάκρυναν τα χώματα της ανασκαφής. Το σκάψιμο ξεκίνησε παράλληλα σε όλα τα τετράγωνα, όμως το ενδιαφέρον όλων ήταν εστιασμένο στο σημείο που είχε υποδείξει η Νασσίμ ως το πιθανότερο για την είσοδο του μνημείου.

Ωστόσο, χρειάστηκε κοπιαστική δουλειά δέκα ημερών και η απομάκρυνση τόνων χώματος μέχρι να καθαρίσουν ένα μέρος της πρόσοψης και την είσοδο του μασταμπά.

Η Νασσίμ κρατούσε σημειώσεις και ο Ντάγκλας που είχε αναλάβει το ημερολόγιο, κατέγραφε τις δικές του παρατηρήσεις ώστε να μπορεί αργότερα εκείνη να συντάξει μια λεπτομερή έκθεση της όλης επιχείρησης.

Ο Βέρτζιλ είχε αναλάβει το σκιτσάρισμα των ευρημάτων και η Πασκάλ τη φωτογράφηση. Έτσι βρίσκονταν κι οι δυο στο σκάμμα, εκείνος με τα μπλοκ και τα μολύβια του κι εκείνη με την επαγγελματική μηχανή που της είχε παραχωρήσει η Νασσίμ. Η φωτογραφία ήταν το χόμπι της και ήταν πολύ ευχαριστημένη που οι γνώσεις που είχε πάνω στο αντικείμενο θα της φαίνονταν χρήσιμες σε μια τόσο σημαντική περίπτωση.

Η Δάφνη είχε αναλάβει την επίβλεψη της ομάδας καθαρισμού και συντήρησης και ο Έρικ υπεύθυνος για την καταγραφή και αρίθμηση των τμημάτων της ανασκαφής καθώς και την βιντεοσκόπηση του όλου εγχειρήματος.

* * *

Η δίφυλλη πέτρινη πόρτα φαίνονταν τόσο ερμητικά κλεισμένη θαρρείς και προσπαθούσε και μόνο με την παρουσία της να αποτρέψει οποιαδήποτε απόπειρα εισβολής στο εσωτερικό του τάφου. Μετά όμως από τον σχολαστικό καθαρισμό της αποδείχτηκε πως δεν παρουσίαζε καμιά ιδιαίτερη δυσκολία στο χειρισμό της. Όχι μεγαλύτερη από όση παρουσίαζε την εποχή της κατασκευής της.

193

Η Δάφνη επέμενε να χρησιμοποιήσουν τις ειδικές μάσκες φιλτραρίσματος του αέρα κατά τη διάρκεια της αποσφράγισης και επειδή είχαν μόνο δέκα από αυτές, όσοι δεν φορούσαν υποχρεώθηκαν να απομακρυνθούν. Η Νασσίμ και οι υπόλοιποι πέντε, μαζί με δύο φοιτητές και δύο εργάτες, ήταν οι πρώτοι που μπήκαν στο εσωτερικό.

Στο κέντρο της πρώτης αίθουσας ο δυνατός προβολέας, που είχαν φέρει μαζί τους καθώς και αυτός της βιντεοκάμερας, φώτισαν μια τετράπλευρη στήλη-οβελίσκο. Μαζεύτηκαν όλοι γύρω της, και η Νασσίμ άγγιξε τρέμοντας, με τα ακροδάχτυλα, τα χαραγμένα πάνω της ιερογλυφικά.

Το βλέμμα της αναζήτησε με αγωνία το ποθητό σημάδι και το πρόσωπο της φωτίστηκε από χαρά όταν το εντόπισε στη βορινή πλευρά της στήλης. Το δέος της πρώτης επαφής με το χιλιόχρονο παρελθόν, διαδέχτηκε η συγκίνηση της επιτυχίας. Τα δάκρυα θόλωσαν τα μάτια της κι ένιωσε την καρδιά της να χτυπά τόσο δυνατά που κόντευε να σπάσει. Ήταν εκεί! Ο Μέγας Αρχιερέας Μενεφθά τους κοιτούσε από το καρτούς του αυστηρά, ήταν όμως εκεί!

Ένεψε στους άλλους καταφατικά, συγκρατώντας τον ενθουσιασμό της, όμως εκείνοι πανηγύρισαν ενθουσιασμένοι, δίνοντας της συγχαρητήρια.

Ο προθάλαμος, ήταν τετράγωνος και χωρίζονταν από την επόμενη αίθουσα με πλινθόκτιστη τοιχοποιία που είχε δύο εισόδους, δεξιά και αριστερά από την στήλη. Δεν υπήρχαν πόρτες παρά μονάχα γύρω από κάθε πέρασμα ήταν φτιαγμένα, με επίχρισμα, περίτεχνα διακοσμητικά σχέδια με θέματα από το φυτικό βασίλειο ενώ οι τοίχοι καλύπτονταν από χρωματιστά ανάγλυφα με διάφορες σκηνές από τη ζωή του νεκρού.

Πέρασαν προσεκτικά στην διπλανή αίθουσα φωτίζοντας διαδοχικά κάθε γωνιά της. Βρίσκονταν στην Αίθουσα των

Προσφορών. Ήταν διπλάσια σχεδόν σε μήκος από τον προθάλαμο, με την Τράπεζα των Προσφορών να δεσπόζει στο κέντρο και παντελώς άδεια, δημιουργώντας τους την εντύπωση πως είχαν προηγηθεί τυμβωρύχοι. Εδώ οι τοίχοι ήταν σκαλισμένοι απ' άκρη σ' άκρη με στήλες ιερογλυφικών, πιθανότατα προσευχές και επικλήσεις στους Θεούς.

Δεξιά υπήρχαν είσοδοι που οδηγούσαν σ' ένα μικρότερο ναΐσκο με την ψευδόθυρα στην δυτική πλευρά του και στο σερντάπ τον "οίκο του αγάλματος". Αριστερά, βρίσκονταν οι χώροι αποθήκευσης, που τους ανέτρεψαν την εσφαλμένη αρχική εντύπωση. Όλα όσα θεωρούνταν απαραίτητα για το νεκρό, τρόφιμα, κτερίσματα, έπιπλα, εργαλεία, όπλα και φυσικά λιβάνι και προσφορές για τους θεούς, βρίσκονταν ακόμη στη θέση τους σχεδόν για πέντε χιλιάδες χρόνια! Ανάμεσα τους ξεχώριζαν τεχνουργήματα εκπληκτικής ομορφιάς, σκαλισμένα με χρυσάφι και λάπις λάζουλι, γυάλινα ουσάπτι, αλαβάστρινα βάζα, αγγεία, κιβώτια, όλα να λάμπουν στο φως των προβολέων!

Η Νασσίμ, αλλά και οι φοιτητές, ξέροντας πως στο πρώτο επίπεδο, αποθηκεύονταν αντικείμενα μικρότερης αξίας από ότι στο υπόγειο επίπεδο, κοιτάχτηκαν συνεπαρμένοι. Η σκέψη πως στον ταφικό θάλαμο τους περίμενε ένας παραμυθένιος θησαυρός, τους έκοβε την ανάσα!

Στο βάθος της μεγάλης αίθουσας, πίσω από την Τράπεζα των Προσφορών, δύο ακόμη περάσματα οδηγούσαν στο θάλαμο του κλιμακοστασίου. Σε κάθε έναν από τους τοίχους, δεξιά και αριστερά από τη σκάλα, στέκονταν μέσα σε εσοχές και φύλαγαν το πέρασμα, δυο μεγαλόπρεπα αγάλματα. Το ένα απεικόνιζε τον Χαρμάκχι και το άλλο ήταν ο τσακαλοκέφαλος Ουπ Ουαβέτ, που το όνομα του σημαίνει "Αυτός που Ανοίγει το Δρόμο". Στο τέλος της σκάλας, που οδηγούσε στο όρυγμα του υπόγειου τάφου, μια πέτρινη δίφυλλη πόρτα εξ ίσου βαριά με αυτήν της εισόδου, τους έκλεινε την πρόσβαση.

Είχαν ήδη συμφωνήσει να μην προχωρήσουν περισσότερο πριν ανανεώσουν τον αέρα και καθαρίσουν την ατμόσφαιρα. Έτσι οι φοιτητές με τη βοήθεια των εργατών τοποθέτησαν τους αεραγωγούς κι έβαλαν την αντλία να δουλέψει. Ήταν ένα πρόσθετο μέτρο που είχε προτείνει η Δάφνη, που σαν βιολόγος, έδινε μεγαλύτερη σημασία στο θέμα της καθαρότητας του αέρα στο εσωτερικό του τάφου απ' όση μπορούσε να διαθέσει η Νασσίμ αυτή την ώρα. Κάποτε πίστευαν πως για τους ανεξήγητους θανάτους των αρχαιολόγων έφταιγε αποκλειστικά η Κατάρα των Φαραώ. Τώρα ήξεραν πως ακόμη μια υποψήφια αιτία ήταν και ο δηλητηριώδης μύκητας Aspergillus miger.

Η διαδικασία ήταν απλή αλλά χρονοβόρα. Έτσι βγήκαν όλοι έξω, κι εκεί άφησαν τον ενθουσιασμό τους να εκδηλωθεί ελεύθερα. Αυτοί που τους περίμεναν απ' έξω ξέσπασαν σε ζητωκραυγές και χειροκροτήματα.

Η Νασσίμ ανακοίνωσε και επίσημα πως ο μασταμπάς που είχαν φέρει στο φως ανήκε όντως στον Αρχιερέα Μενεφθά και τους έδωσε οδηγίες για το πώς να συνεχίσουν τον καθαρισμό και του υπόλοιπου εξωτερικού τμήματος. Έπειτα κάλεσε τους συνεργάτες της, καθώς και τους τελειόφοιτους φοιτητές της, σε συμβούλιο.

Όπως είχαν διαπιστώσει, ο τάφος ήταν ασύλητος. Έπρεπε λοιπόν να κινηθούν με ακόμη μεγαλύτερη προσοχή ώστε να μην μετακινήσουν τίποτε προτού φωτογραφηθεί και καταγραφεί.

Στον προθάλαμο έτσι κι αλλιώς δεν υπήρχε παρά μόνο η αναθηματική στήλη και οι τοιχογραφίες. Όμως οι αίθουσες των προσφορών ήταν γεμάτες και αυτό σήμαινε πολλή και δύσκολη δουλειά για όλους. Ωστόσο σ' αυτές θα ξεκινούσαν την καταγραφή από την επόμενη μέρα. Προς το παρών η Νασσίμ αποφάσισε να ασχοληθούν αποκλειστικά και μόνο, με τη στήλη του Μενεφθά. Άλλωστε τους είχε όλους καταγοητεύσει με την επιβλητική παρουσία της και ειδικά την ίδια, την τραβούσε σαν μαγνήτης.

Ετοίμασαν λοιπόν ο καθένας τον εξοπλισμό του και μόλις τέλειωσε η διαδικασία του καθαρισμού της ατμόσφαιρας στο εσωτερικό και έφυγαν οι εργάτες, μπήκαν στον τάφο. Ο αέρας, τώρα που δεν φορούσαν τις μάσκες, και παρ' ότι είχε ανανεωθεί μύριζε κλεισούρα και μούχλα και γενικά ή ατμόσφαιρα ήταν "βαριά".

Κατά ένα περίεργο τρόπο, το σκοτάδι γίνονταν ακόμη πιο βαθύ εκεί που δεν έφτανε το ηλεκτρικό φως και όταν έκαναν ησυχία, συνειδητοποίησαν πως κανένας εξωτερικός ήχος δεν έφτανε σ' αυτούς παρ' όλο που δούλευαν τόσοι άνθρωποι λίγα βήματα έξω από την είσοδο.

Η Νασσίμ περίμενε την Πασκάλ να τελειώσει με τη φωτογράφηση και πήρε το σημειωματάριο της. Έκανε τη μετάφραση των ιερογλυφικών της στήλης διαβάζοντας δυνατά, ώστε να την παρακολουθούν όλοι, αρχίζοντας από την δυτική πλευρά και προχωρώντας δεξιόστροφα.

"Έφυγα αλλά είμαι πάντα εδώ
με την ευλογία του Χαρμάκχι
Μέγας Φύλακας και τιμωρός των βέβηλων.

Εγώ ο Μενεφθά, που όσο ζούσα ήμουν
Μέγας Αρχιερέας του Φθα
και εκλεκτός του βασιλιά Ναρμέρ
και του γιου του Ώρου Αχά

ΕΙΡΗΝΗ ΛΕΟΝΑΡΔΟΥ

Πιστός στο καθήκον
περιμένω εκείνους
που θα με ακολουθήσουν
κάτω από το φως της Γνώσης

Για να τους οδηγήσω
στο υπέρτατο αγαθό
της Μεγάλης Μυστικής Αλήθειας.
Είθε οι Θεοί να μας προστατεύουν.

Όλη αυτή την ώρα, που η Νασσίμ προσπαθούσε να μεταφράσει τα λόγια του Αρχιερέα Μενεφθά, οι υπόλοιποι είχαν μαζευτεί γύρω της.

«Μπορείς να το ξαναδιαβάσεις από την αρχή;» της ζήτησε ο Βέρτζιλ.

«Ναι, θα το ξαναδιαβάσω. Και όχι μόνο. Σκέφτομαι να το ξαναμελετήσω από την αρχή. Κάτι δεν πάει καλά. Ή εγώ έχω κάνει μεγάλα λάθη στη μετάφραση ή ο Μενεφθά έχει κάνει μεγάλη παρατυπία.» του δήλωσε σκεφτική.

«Δηλαδή;»

«Δηλαδή... Συνήθως, σε παρόμοιες στήλες, που και γι αυτό άλλωστε λέγονται αναθηματικές, το κείμενο είναι αφιερωμένο στον νεκρό και στην ζωή του. Εκθειάζει τις αρετές που είχε όταν ζούσε και τα κατορθώματα του και γενικά είναι αφιερωμένες στη μνήμη του. Όμως, όπως ακούσατε ήδη, στην προκειμένη περίπτωση, εκτός από τους στίχους της βορινής πλευράς, το υπόλοιπο κείμενο δεν αναφέρεται σε όσα είχε κάνει κατά τη διάρκεια της ζωής του ο νεκρός, αλλά για κάτι που πρόκειται να κάνει στο μέλλον. Και αυτό βέβαια, είναι παρατυπία!»

«Σαφώς! Τι θα μπορούσε να κάνει ένας νεκρός στο μέλλον;»

198

αναρωτήθηκε ο Έρικ. «Και σε ποιο μέλλον;»

«Μπορούμε σας παρακαλώ να συνεχίσουμε τη συζήτηση έξω; Δεν αισθάνομαι και πολύ καλά.» τους διέκοψε η Πασκάλ.

«Ναι κι εγώ θα ήθελα να βγω λίγο έξω. Έχω παγώσει εδώ μέσα.» συμφώνησε η Δάφνη.

«Ας κάνουμε ένα διάλειμμα. Νομίζω πως όλοι θα πίναμε ένα καφέ ευχαρίστως.» πρότεινε ο Ντάγκλας, που πρώτος απ' όλους είχε αρχίσει να νιώθει μια δυσφορία να τον πλακώνει.

Όμως η Νασσίμ δεν ήθελε να τα παρατήσει. «Πηγαίνετε εσείς. Εγώ θα μείνω να ξανακοιτάξω το κείμενο. Θα σας βρω μόλις τελειώσω.»

«Να σου πάρουμε το κείμενο της μετάφρασης; Θέλω να του ρίξω μια ματιά.» επέμενε ο Βέρτζιλ.

Βγαίνοντας στον απογευματινό ήλιο, ένιωσαν όλοι καλύτερα. Γέμισαν τις κούπες τους με καφέ και μαζεύτηκαν γύρω από το μεγάλο τραπέζι στο κέντρο της τέντας που χρησιμοποιούσαν για τραπεζαρία. Μερικοί φοιτητές τους πλησίασαν περίεργοι για τα τελευταία νέα.

«Μπορείτε να πάτε μέσα, να μιλήσετε με την Δρ. Ρεφάτ. Άλλωστε έχει μείνει μόνη και ίσως χρειαστεί κάποιον βοηθό.» τους πρότεινε ο Ντάγκλας, νιώθοντας άσχημα που είχαν φύγει όλοι από κοντά της. Είχε ένα περίεργο συναίσθημα, από την στιγμή που μπήκαν για δεύτερη φορά στο μασταμπά, το οποίο είχε ενταθεί καθώς περνούσε η ώρα, που όμως ούτε μπορούσε να το προσδιορίσει ούτε και να του δώσει κάποια λογική εξήγηση. Και όταν άκουσε πως και οι δυο γυναίκες δεν αισθάνονταν καλά, αποφάσισε σπρωγμένος καθαρά από ένστικτο να τους απομακρύνει από κει για λίγο προκειμένου να παρατηρήσει τις αντιδράσεις τους.

Αλλά και τον Βέρτζιλ έδειχνε πως κάτι τον απασχολούσε καθώς το πρόσωπο του ήταν σκυθρωπό έτσι όπως είχε σκύψει πάνω από το χαρτί με το κείμενο του Μενεφθά.

«Ποιος ήταν ο Χαρμάκχι;» ρώτησε και οι άλλοι ανασήκωσαν τους ώμους.

«Ηλιακός Θεός, που συνδέονταν με τις Πύλες του Υπερπέραν.» Την απάντηση έδωσε μια φοιτήτρια που είχε έρθει να πάρει νερό.

«Έτσι εξηγείται...» μουρμούρισε εκείνος δίχως να σηκώσει το κεφάλι.

«Έτσι εξηγείται τι;» ρώτησε ο Έρικ.

«Που ο Μενεφθά χρειάζεται την ευλογία του, προκειμένου να είναι πάντα εδώ, αν και έχει φύγει!»

«Τι θέλεις να πεις;» ο Ντάγκλας τον κοίταξε έντονα καθώς η ίδια υποψία, είχε περάσει κι από το δικό του μυαλό.

Αυτή τη φορά ο Βέρτζιλ άφησε κάτω το χαρτί και τους κοίταξε όλους έναν, έναν με βλέμμα απόμακρο και παγωμένο. «Το φάντασμα του Μενεφθά είναι παντού... » είπε με βροντερή φωνή, σηκώνοντας απειλητικά τα χέρια του πάνω τους και οι γυναίκες άρχισαν να τσιρίζουν. Εκείνος έσκασε στα γέλια και η Πασκάλ του έριξε μερικές καρπαζιές, από αντίδραση πάνω στη λαχτάρα της.

»Το γέλιο πάντα εξορκίζει το φόβο...« σκέφτηκε ο Ντάγκλας και κάθισε δίπλα του. «Με άλλα λόγια, νομίζεις πως ο Μενεφθά, έχοντας την ευλογία του Φύλακα της Πύλης, μπορεί να πηγαινοέρχεται όποτε θέλει;»

«Δεν είναι κάτι που νομίζω εγώ. Έτσι λέει ο ίδιος!» εξήγησε, στα σοβαρά πλέον, ο Βέρτζιλ, δείχνοντας το χαρτί που είχε μπροστά του. «Όμως εκείνο που με απασχολεί είναι τα στάνταρ που είχε ο Μέγας Αρχιερέας, σύμφωνα με τα οποία, κρινόταν κάποιος βέβηλος... » αποτέλειωσε τη σκέψη του.

«Δεν ξέρω αν κατάλαβα καλά, όμως ανησυχείς μήπως θεωρηθούμε βέβηλοι από τον Μενεφθά και επιστρέψει να μας τιμωρήσει;» ρώτησε εύθυμα η Δάφνη.

Ο Έρικ γέλασε με την ερώτηση της. «Έλα, σοβαρέψου. Ξέρει ότι φοβάστε και σας πειράζει, δεν το βλέπεις;»

Ο μόνος που είχε συνειδητοποιήσει πόσο σοβαρά μιλούσε ο Βέρτζιλ, ήταν ο Ντάγκλας. Ίσως επειδή είχε την ικανότητα να αντιλαμβάνεται και συνειδητά ό,τι οι δυο γυναίκες είχαν εντοπίσει με το υποσυνείδητο, την ώρα που βρίσκονταν στο εσωτερικό του μασταμπά.

Η Πασκάλ ήταν η δεύτερη που κατάλαβε ότι ο Βέρτζιλ δεν αστειεύονταν πια.

«Δεν ξέρω ποιος μπορεί να θεωρούνταν βέβηλος, όμως υποθέτω, πως ο κάθε ευσεβής που θα διέκοπτε την ησυχία του νεκρού, θα το έκανε μονάχα για να προσφέρει θυσίες στους θεούς και πως θα φρόντιζε να ξανασφραγίσει τον τάφο ώστε να είναι πάντα ασφαλής.»

«Άρα είμαστε χαμένοι από χέρι...» αστειεύτηκε ο Έρικ.

«Ίσως να μην είναι πολύ αργά.» Ο Βέρτζιλ στράφηκε στο Ντάγκλας. «Τουλάχιστον εσύ, ελπίζω να μη το θεωρήσεις γελοίο, αν προτείνω να δείξουμε ευσέβεια. Πιστεύω πως εκείνο που έχει σημασία, δεν είναι η πράξη αυτή καθ' αυτή, αλλά η πρόθεση με την οποία ενεργείς. Αν μπούμε στον τάφο νιώθοντας απληστία και το μόνο που μας νοιάζει είναι το τι θα κερδίσουμε απ' αυτό, σίγουρα θα είμαστε βέβηλοι για τον Αρχιερέα. Αν όμως μπούμε έχοντας τις καρδιές μας γεμάτες σεβασμό και πιστεύοντας πως δοξάζουμε τη μνήμη του κάνοντας γνωστό σε όλο τον κόσμο το μεγαλείο του, τότε νομίζω πως δεν θα έχει λόγους να μας θεωρήσει βέβηλους!»

«Μην ανησυχείς, καταλαβαίνω τι εννοείς και συμφωνώ.» του χαμογέλασε εκείνος.

«Μια στιγμή βρε παιδιά. Τι λέτε;» διαμαρτυρήθηκε ο Έρικ.

«Μιλάτε σοβαρά τώρα;»

Ο Ντάγκλας ανέλαβε να του εξηγήσει. «Άκουσε με αγαπητέ! Ακόμη και σύμφωνα με την επιστήμη σου, υπάρχουν δυνάμεις που ακόμη δεν έχουμε καταφέρει να κατανοήσουμε. Ωστόσο, συμβαίνει μερικές φορές, κάποιοι άνθρωποι να γίνονται μάρτυρες της ύπαρξης αυτών των δυνάμεων που εκδηλώνονται είτε τυχαία είτε για κάποιο συγκεκριμένο λόγο. Στην προκειμένη περίπτωση, οι γυναίκες από ένστικτο, και ο Βέρτζιλ κι εγώ λόγω εμπειρίας, ξέρουμε σ' ένα βαθύτερο επίπεδο κατανόησης πως κάτι έχει αρχίσει να συμβαίνει. Παράλληλα, η λογική αφ' ενός και το ένστικτο της επιβίωσης αφ' εταίρου, μας παροτρύνουν να βρούμε, έγκαιρα, λύση στο πρόβλημα μας. Στο κάτω, κάτω οφείλουμε να δείξουμε τον απαιτούμενο σεβασμό στο λείψανο ενός νεκρού ανθρώπου ακόμη κι αν αυτός έχει πεθάνει πριν μερικές χιλιάδες χρόνια.»

«Δεν έχω καμιά αντίρρηση σε ότι αφορά τον σεβασμό προς τον νεκρό. Όμως μου φαίνεται παιδαριώδες να πιστεύετε πως θα επιστρέψει να μας τιμωρήσει αν μας θεωρήσει βέβηλους. Και άλλωστε βρισκόμαστε εδώ για κάποιο συγκεκριμένο λόγο και όχι για να προσφέρουμε θυσίες στους θεούς του Μενεφθά, που έτσι κι αλλιώς έχουν πεθάνει μαζί του.»

«Αυτό το τελευταίο σηκώνει πολύ μεγάλη συζήτηση.» παρατήρησε ο Βέρτζιλ. «Αν αναλογιστείς πως οι "Θεοί" των ανθρώπων είναι οι αρχέγονες δυνάμεις του σύμπαντος προσωποποιημένες, τότε έχουν πεθάνει μόνο τα ονόματα. Όχι οι ίδιοι οι "Θεοί". Αλλά αν κάνουμε κάτι, πρέπει να το κάνουμε όσο είναι νωρίς. Σε λίγο ο ήλιος θα δύσει.»

«Πηγαίνω να ενημερώσω τη Νασσίμ. Εκείνη φαντάζομαι πως ξέρει τι ακριβώς πρέπει να κάνουμε.» δήλωσε ο Ντάγκλας και σηκώθηκε.

Ο Έρικ είχε μείνει άναυδος. «Δεν το πιστεύω.» μουρμούρισε μονολογώντας και ακολούθησε τον Ντάγκλας.

Την βρήκαν να εξηγεί στους φοιτητές κάποιες λεπτομέρειες των ιερογλυφικών που διέφεραν από σύμβολο σε σύμβολο, αλλάζοντας έτσι το τελικό νόημα. Είχε τελειώσει για άλλη μια φορά τη μετάφραση και είχε καταλήξει στο συμπέρασμα πως ήταν σωστή. Άλλωστε και οι φοιτητές της, είχαν αποδώσει το ίδιο νόημα στο κείμενο.

Άκουσε με προσοχή όσα της είπε ο Ντάγκλας και παρ' ότι ξαφνιάστηκε, συμφώνησε κι εκείνη μαζί τους. «Μη φαντάζεσαι πως χρειάζεται να κάνουμε τίποτε το ιδιαίτερο.» την καθησύχασε. «Αρκεί να το κάνουμε τελετουργικά»

«Δηλαδή;»

«Ο Βέρτζιλ ως σαμάνος γνωρίζει ήδη κάποιο τελετουργικό. Οι υπόλοιποι δεν έχουμε παρά να παρακολουθήσουμε με τον ανάλογο, φυσικά, σεβασμό. Κι αν κάποιος νομίζει πως αυτή η μικρή τελετή είναι κάτι που δεν τον εκφράζει, ή νιώθει άβολα, καλύτερα να μην παρευρεθεί.» της εξήγησε και συμπλήρωσε πως Βέρτζιλ πίστευε πως έπρεπε να κάνουν την τελετή πριν νυχτώσει.

«Έχει δίκιο. Πού είναι τώρα; Πάμε να τον βρούμε, θέλω κι εγώ λίγο καφέ.» Η Νασσίμ έδωσε μερικές οδηγίες στους φοιτητές και προπορεύθηκε για την έξοδο. Όμως η αναστάτωση που επικρατούσε ανάμεσα στους εργάτες, όταν βγήκαν, τους έκανε να σταματήσουν.

«Τι συμβαίνει;» ζήτησε να μάθει εκείνη, φοβούμενη για κάποιο καυγά ανάμεσα τους, πράγμα όχι απίθανο.

«Σηκώθηκε αέρας.» Της εξήγησε κάποιος. «Έριξε την τέντα της αποθήκης και πήρε μια σκηνή. Κάποιοι πήγαν μ' ένα τζιπ να τη μαζέψουν.»

«Έγιναν πολλές ζημιές;»

«Όχι ευτυχώς. Κράτησε πολύ λίγο.»

«Πάλι καλά. Πες στον Αλί να επικοινωνήσει με την

203

μετεωρολογική υπηρεσία να πάρει την πρόγνωση, και να τους πει να μας ενημερώνουν για την παραμικρή αλλαγή.»

Ο εργάτης έφυγε τρέχοντας κι εκείνοι πήγαν να συναντήσουν τους άλλους στην τραπεζαρία.

Τους βρήκαν να προσπαθούν να καθαρίσουν την άμμο από το τραπέζι και τους πάγκους προετοιμασίας. Ο Βέρτζιλ κι ένας φοιτητής έσφιγγαν τα σχοινιά στα πασαλάκια της τέντας. «Ευτυχώς που δεν ήταν ώρα φαγητού....» σχολίασε ο Ντάγκλας και ξέπλυνε μια κούπα για την Νασσίμ.

«Σκέτο, ή με ...άμμο;» αστειεύτηκε βάζοντας της καφέ και κάθισαν όλοι μαζί γύρω από το τραπέζι.

«Λοιπόν;» ρώτησε ο Βέρτζιλ. «Τι αποφασίσατε;»

«Αν έτσι θα νιώθετε καλύτερα, απέναντι στον νεκρό, εγώ δεν έχω καμιά αντίρρηση. Συμφωνώ πάντως πως είσαι ο πλέον κατάλληλος για την απόδοση της προσφοράς.»

«Θα ακολουθήσω το δικό μου τυπικό, αλλά λίγο λιβάνι θα ήταν ευπρόσδεκτο...» στράφηκε εκείνος στον Ντάγκλας.

«Και πού θα βρούμε λιβάνι;» αναρωτήθηκε η Δάφνη.

«Έχω εγώ.» δήλωσε η Πασκάλ.

«Κι εγώ έχω.» συνέχισε η Νασσίμ. «Το χρησιμοποιώ τα βράδια. Το άρωμα του με χαλαρώνει και κοιμάμαι καλύτερα.»

«Σσς... Τι ήταν αυτό;» ο Ντάγκλας τους έκανε νόημα να ησυχάσουν. «Δεν το ακούσατε;»

«Ναι, κάτι σαν μακρινό μπουμπουνητό...» συμφώνησε ο Έρικ. Μηχανικά, έψαξαν όλοι στον ουρανό για σύννεφα.

«Δεν νομίζω... Μπουμπουνίζει και χωρίς σύννεφα;» ρώτησε η Πασκάλ.

«Ούτε εγώ το νομίζω. Εδώ η βροχή είναι σπάνια.» τους ενημέρωσε η Νασσίμ. «Ίσως ήταν αέρας.»

Ο θόρυβος ξανακούστηκε. Μακρινός και υπόκωφος, αλλά ξεκάθαρος. Ήταν πράγματι μπουμπουνητό μόνο που έρχονταν από τη γη κι όχι από τον ουρανό. Αυτή τη φορά ένιωσαν κι έναν ανεπαίσθητο κραδασμό.

«Σεισμός;» είπαν όλοι μαζί κι έμειναν ασάλευτοι περιμένοντας. Όμως αυτό ήταν όλο. Δεν έγινε δόνηση κι ούτε ξανακούστηκε τίποτε. Ξαναβολεύτηκαν στις θέσεις τους βάζοντας κι άλλο καφέ.

«Τι απέγινε με τη μετάφραση; Την ξανακοίταξες;» ρώτησε η Δάφνη.

«Ναι και μάλιστα άφησα και τα παιδιά να κάνουν τη δική τους χωρίς να τα βοηθήσω. Για να την συγκρίνω με τη δική μου και να δω αν έχουμε διαφορές και πού. Ωστόσο το νόημα ήταν πάνω κάτω το ίδιο και οι διαφορές που προέκυπταν ήταν λάθη σύνταξης κι όχι ερμηνείας.»

«Αυτό σημαίνει επομένως πως αντιμετωπίζουμε κάτι πρωτοφανές. Έτσι δεν είναι;»

«Πιστεύω πως ναι. Ελπίζω όμως πως θα μας βοηθήσουν και τα υπόλοιπα ευρήματα να καταλάβουμε τις προθέσεις του Αρχιερέα. Γιατί υπάρχει μεγάλη πιθανότητα, σύμφωνα με τις υποψίες που μου δημιούργησε η αναθηματική του στήλη, να βρούμε κάτι περισσότερο από την σαρκοφάγο του.»

«Ξαναδιάβασε μας το κείμενο!» παρακάλεσε η Πασκάλ.

«Το είδες αυτό;» αναπήδησε στη θέση του ο Βέρτζιλ απευθυνόμενος στον Ντάγκλας που ήταν στραμμένος προς την ίδια μ' αυτόν κατεύθυνση.

«Εμφανίστηκε από το πουθενά!» σχολίασε έκπληκτος.

«Και ξαναχάθηκε στο πουθενά!»

Οι άλλοι στράφηκαν να κοιτάξουν κι αυτοί. Δεν πρόλαβαν όμως να δουν τον μικρό ανεμοστρόβιλο που σηκώθηκε αθόρυβα και κινήθηκε για λίγα μέτρα για να ξαναχαθεί το ίδιο ξαφνικά όπως είχε εμφανιστεί.

Μα πριν προλάβουν να τους εξηγήσουν τι είχαν δει, ένας δεύτερος σηκώθηκε λίγο πιο πέρα κι απομακρύνθηκε περνώντας ανάμεσα από τις σκηνές. Αυτόν τον είδαν όλοι και ανακάθισαν ανήσυχοι. Πριν προλάβουν να κάνουν οποιοδήποτε σχόλιο, το φαινόμενο επαναλήφθηκε και μάλιστα με συχνότητα που άρχισε να πυκνώνει.

Οι ανεμοστρόβιλοι εμφανίζονταν τώρα δυο ή και τρεις συγχρόνως και περνώντας ανάμεσα από τις σκηνές, σαν να τις "έβλεπαν", απομακρύνονταν ακολουθώντας όλοι την ίδια κατεύθυνση. Νότια, προς την περιοχή της ανασκαφής.

Ο Βέρτζιλ και ο Ντάγκλας κοιτάχτηκαν, κάνοντας την ίδια σκέψη. «Δεν μου αρέσει καθόλου αυτό!» δήλωσε ο δεύτερος.

«Ούτε κι εμένα!» Ο Βέρτζιλ σηκώθηκε φανερά ανήσυχος. «Πρέπει να βιαστούμε. Πηγαίνετε στην ανασκαφή κι έρχομαι. Μην ξεχάσετε το λιβάνι και ένα παγούρι νερό.»

«Μα δεν πρέπει να μείνουμε να βοηθήσουμε εδώ; Η κατάσταση φαίνεται άσχημη!» διαμαρτυρήθηκε ο Έρικ.

«Και φοβάμαι πως θα γίνει χειρότερη, αν δεν κάνουμε γρήγορα.»

«Πιθανότατα, οι ανεμοστρόβιλοι έχουν άμεση σχέση με τον Φύλακα και Τιμωρό Μενεφθά.» εξήγησε βιαστικά ο Ντάγκλας. «Αλλά ας μην το ρισκάρουμε. Ελάτε, πάμε!»

Στον καταυλισμό επικρατούσε πανδαιμόνιο. Όλοι είχαν κατατρομάξει κι έτρεχαν πανικόβλητοι να στερεώσουν καλύτερα τις σκηνές και να μαζέψουν ό,τι ελαφρύ μπορούσε να παρασύρει ο αέρας. Μέσα στη γενική φασαρία, κανείς δεν έδωσε σημασία στην ομάδα των έξι που αδιαφορώντας για τα υπάρχοντα τους, μπήκαν στο τάφο.

Η θερμοκρασία ήταν αισθητά πιο χαμηλή εκεί μέσα όμως επικρατούσε μια πραγματικά ταφική ησυχία, αφού κανένας εξωτερικός ήχος δεν έφτανε ως εκεί. Μπήκαν στην Αίθουσα των Προσφορών την στιγμή που τα φώτα τρεμόπαιξαν κι έσβησαν. Αυθόρμητα γύρισαν προς την έξοδο απ' όπου έφεγγαν οι τελευταίες αχτίδες του ήλιου. Ο Βέρτζιλ έφτασε τρέχοντας. «Δεν έχουμε φως!» του φώναξαν μόλις μπήκε.

«Παρασύρθηκαν τα κολωνάκια που κρατούν το καλώδιο και ο ηλεκτρολόγος έσβησε τη γεννήτρια για προληπτικούς λόγους.» τους εξήγησε «Έτσι κι αλλιώς έφερα κεριά.»

«Τι κάνουμε τώρα;»

«Πρώτα απ' όλα, ησυχία! Ηρεμήστε και αυτοσυγκεντρωθείτε. Μείνετε ο ένας κοντά στον άλλο και δείξτε μου εμπιστοσύνη.»

Ο Ντάγκλας και ο Βέρτζιλ, χωρίς να μιλούν, και σαν να είχαν από πριν συνεννοηθεί για το τι έπρεπε να κάνουν, έδεσαν ένα λοστό στην άκρη ενός σκοινιού και με τη βοήθεια του, χάραξαν πάνω στην άμμο που κάλυπτε το δάπεδο και γύρω από την Τράπεζα των Προσφορών ένα κύκλο, ξεκινώντας από την ανατολή και ακολουθώντας δεξιόστροφη φορά. Έπειτα, στερέωσαν τα αναμμένα κεριά στην περιφέρεια του, έτσι ώστε να αντιστοιχεί από ένα σε κάθε γωνία της Τράπεζας και ένα να βρίσκεται πίσω απ' αυτήν, και σε ίση απόσταση από τις γωνίες της μεγάλης πλευράς της.

«Μπείτε όλοι στο κύκλο, σταθείτε πλάτη με πλάτη και πιαστείτε χέρι με χέρι. Μείνετε εκεί και μην το κουνήσετε ό,τι κι αν συμβεί.» τους πρόσταξε ο Ντάγκλας ενώ ο Βέρτζιλ ακουμπούσε πάνω στην τράπεζα των προσφορών ένα πάνινο σακούλι.

«Δηλαδή σαν τι θα μπορούσε να συμβεί;» ρώτησε έντρομη η Δάφνη καθώς το όλο σκηνικό της θύμιζε φτηνό θρίλερ του στυλ "το ξύπνημα της μούμιας".

Δεν της απήντησε κανείς. Μονάχα η Πασκάλ την έπιασε από το χέρι συμμεριζόμενη απόλυτα τον τρόμο της. Το σκοτάδι είχε γίνει πυκνό σαν λάδι έξω από τον κύκλο και η παγωνιά τους τρυπούσε μέχρι το κόκαλο.

Οι δυο άντρες συνεργάζονταν μεθοδικά και ενώ ο Βέρτζιλ άναβε το λιβάνι, ο Ντάγκλας σκόρπισε αλάτι κατά μήκος της περιφέρειας του κύκλου. Ο πρώτος άναψε μερικά κάρβουνα ακόμη κι έριξε πάνω τους λιβάνι και μια χούφτα αποξηραμένα φύλλα, που άρχισαν να πετούν μικρές σπίθες ολόγυρα, σκορπίζοντας ένα πυκνό ευωδιαστό καπνό. Έκανε κάποιες τελετουργικές κινήσεις υψώνοντας το δεξί του χέρι κι έπειτα μπήκαν κι αυτοί στον κύκλο.

Ο Βέρτζιλ απήγγειλε μια προσευχή στην μητρική του γλώσσα με φωνή που ξεκίνησε σαν ψίθυρος κι ολοένα δυνάμωνε όταν ξαφνικά μια δυνατή ριπή αέρα μπήκε από την είσοδο σβήνοντας όλα τα κεριά και αφήνοντας τους μέσα σε βαθύ σκοτάδι. Ταυτόχρονα ένας διαπεραστικός ήχος σαν απόκοσμη κραυγή κάλυψε τον θόρυβο που έκανε ο αέρας και ο Βέρτζιλ σταμάτησε την απαγγελία.

«Αυτό είναι κάτι περισσότερο από έναν θυμωμένο Αρχιερέα!» δήλωσε ιδιαίτερα ανήσυχος ο Ντάγκλας.

«Χρειάζομαι τη βοήθεια σου - τώρα!» ήταν η επιτακτική απάντηση του Βέρτζιλ στη διαπίστωση του κι ο Ντάγκλας τον κοίταξε αιφνιδιασμένος, ωστόσο ένοιωσε τι περίμενε ο Βέρτζιλ από εκείνον.

«Εις το Όνομα της Ζωοδόχου Πηγής και της Ιερής μας Ενότητας επικαλούμαι το πανίσχυρο Πεντάκτινο Άστρο και με την Δύναμη του Σφραγίζω τις Υπάρξεις μας, τον Κόσμο μας και το Έργο μας! Εγένοιτο!» απήγγειλε ο Ντάγκλας κι ένα μεγάλο πεντάκτινο άστρο από λευκό φως εμφανίστηκε και κάλυψε το έδαφος εκεί όπου όλοι στέκονταν με την κορυφή του να δείχνει προς την ανατολή.

Ο αέρας σταμάτησε απότομα και ο Βέρτζιλ απήγγειλε με τη σειρά του.

«Εις το Όνομα της Ζωής παίρνω το Ξίφος της Δύναμης και χαράσσω τον κύκλο της Ιερής Φωτιάς που μας προστατεύει! Εγένοιτο!»

Ο κύκλος μιας χαμηλής αλλά σταθερής φλόγας διέτρεξε το έδαφος γύρω τους περικλείοντας μέσα του το πεντάκτινο άστρο και όλη την ομάδα ενώ ο Ντάγκλας και Βέρτζιλ απήγγειλαν τώρα ταυτόχρονα.

«Εις το Όνομα της αρχαίας Ψυχής του Φωτός καλώ το Λευκό Φως που διαλύει τα πλάσματα του Σκότους και το έργο τους! Εγένοιτο!»

Κάτω από τα πόδια τους και από το κέντρο του κύκλου της Ιερής Φλόγας ξεπήδησε μια έντονη λάμψη λευκού φωτός που απλώθηκε περιμετρικά γεμίζοντας όλο το χώρο. Και καθώς το φως διαπερνούσε τους τοίχους και χάνονταν μαζί με τον κύκλο και το πεντάκτινο άστρο, τα κεριά άναψαν μόνα τους και η θερμοκρασία του χώρου επανήλθε στο φυσιολογικό ενώ μια γαλήνια σιωπή απλώθηκε ανάμεσα τους.

Οι δυο άντρες κοιτάχτηκαν μεταξύ τους καθώς οι υπόλοιποι στέκονταν αμίλητοι, σοκαρισμένοι.

«Ελάτε, ας φύγουμε από εδώ μέσα!» τους παρότρυνε ο Έρικ.

Βγαίνοντας, ο Ντάγκλας πλησίασε τη Νασσίμ.

«Καλύτερα να κλείσουμε με κάτι πρόχειρα την είσοδο και βάλε και κάποιον να την προσέχει. Κι επίσης καλό θα ήταν, ακόμη και την ημέρα, να μην μπαινοβγαίνει όποιος και όποτε θέλει. Φρόντισε ώστε να παίρνουν την άδεια σου όσοι θέλουν να μπουν, όταν κανείς από μας δεν είναι μέσα.»

«Με συγχωρείται που διακόπτω, τους πλησίασε ο Βέρτζιλ, αλλά Ντάγκλας θέλω να σε ρωτήσω αν μπορώ να κοιμάμαι στην σκηνή σου, μέχρι να δούμε τι γίνεται. Καταλαβαίνεις πως

209

πρέπει να ακολουθήσω κατά γράμμα το τυπικό για την περίπτωση που θα υπάρξει συνέχεια.»

«Μα ναι, φυσικά. Αλλά η Πασκάλ τι λέει γι αυτό; Μήπως φοβάται να κοιμηθεί μόνη.»

«Μην στενοχωριέστε για κείνη. Θα μετακομίσω εγώ στη σκηνή της.» προσφέρθηκε η Νασσίμ. «Τώρα πλέον δεν θέλω ούτε κι εγώ να είμαι μόνη!»

«Ωραία, λοιπόν. Και κάτι ακόμη, ακούστε με λίγο όλοι σας...» ζήτησε την προσοχή τους ο Ντάγκλας. «Απόψε, αν για οποιοδήποτε λόγο νιώσετε πως "κάτι δεν πάει" καλά, να με φωνάξετε αμέσως.»

«Πιστεύω πως καλό θα ήταν, να περάσουμε μερικές ώρες παρέα με τους φοιτητές. Μαζεύονται συνήθως κάθε βράδυ όλοι έξω από τις σκηνές και κάνουν καλαμπούρι. Η συντροφιά τους θα μας βοηθήσει να ξεχαστούμε και να ηρεμήσουμε.» πρότεινε ο Βέρτζιλ και οι υπόλοιποι συμφώνησαν ομόφωνα. «Και όλη τη νύχτα, αν θέλετε!» δήλωσε, χλωμή ακόμη, η Δάφνη.

ΛΟΣ ΑΝΤΖΕΛΕΣ – ΚΑΛΙΦΟΡΝΙΑ

Η Κιμ έμεινε στο Σεμπάλος σχεδόν μια εβδομάδα. Μια εβδομάδα που ήταν αρκετή για να αναθεωρήσει πολλές από τις απόψεις που είχε μέχρι πρότινος για την ζωή της. Καταλυτικός παράγοντας, η ύπαρξη του Λώρρεν που περνούσε όλες τις ελεύθερες ώρες του μαζί της. Αλλά κάποια στιγμή, εκείνος και η Τέρρυ, έπρεπε να μπουν στην Βιόσφαιρα και η Κιμ να γυρίσει στα παιδιά της.

Πριν χωριστούν, αντάλλαξαν διευθύνσεις και τηλέφωνα και της υποσχέθηκε πως μόλις γύριζε στην Καλιφόρνια, θα επικοινωνούσε μαζί της. Κι εκείνη πήρε το δρόμο του γυρισμού νοιώθοντας στην κυριολεξία άλλος άνθρωπος. Μέχρι να φτάσει στο σπίτι της είχε τον απαραίτητο χρόνο, που της χρειάζονταν, για να σκεφτεί και να αποφασίσει για το μέλλον του γάμου της και τις προοπτικές της σχέσης που γεννιόταν με τον Λώρρεν.

Ο Μάρτιν την περίμενε στο αεροδρόμιο φανερά καταβεβλημένος και ξέσπασε σε κλάματα μόλις την έσφιξε στην αγκαλιά του. «Βάλθηκες να με πεθάνεις μ' αυτή την τρέλα σου!» την μάλωσε με παράπονο κι εκείνη του ζήτησε ειλικρινά συγνώμη.

Αποφάσισαν να πάνε για λίγες ημέρες στο σπίτι τους στην

211

ακτή. Τους χρειάζονταν πραγματικά να μείνουν μόνοι οι δυο τους, για να μπορέσουν να βάλουν σε μια τάξη τις σκέψεις και τα συναισθήματα τους και να πάρουν τις αποφάσεις τους. Άλλωστε είχαν πάντοτε σαν αρχή να μην μεταφέρουν τις εντάσεις τους στα παιδιά.

Του διηγήθηκε εν συντομία το ταξίδι της και του μίλησε για την γνωριμία της με τον Λώρρεν και την κόρη του. Απέφυγε να του εκμυστηρευτεί πόσο ερωτευμένη ένοιωθε, τον άφησε όμως να καταλάβει πως ήταν ένας άνθρωπος που την ενδιέφερε. Του δήλωσε ωστόσο απερίφραστα πως ήθελε να χωρίσουν. Ήξεραν καλά και οι δύο πως το γυαλί είχε ραγίσει. Και άλλωστε, από τη στιγμή που ανάμεσα τους βρίσκονταν δυο άλλοι άνθρωποι, δεν υπήρχε νόημα να προσπαθήσουν να το αγνοήσουν.

Η αλήθεια ήταν πως ο Μάρτιν ξαφνιάστηκε με αυτή την τροπή που έπαιρναν τα πράγματα. Είχε προετοιμαστεί για ακριβώς το αντίθετο και την ρωτούσε ξανά και ξανά αν ήταν σίγουρη για την απόφαση της. Ακόμη, της πρότεινε να το ξανασκεφθεί και να μη βιαστεί να οριστικοποιήσει την καινούργια κατάσταση. Η Κιμ ήταν όμως σίγουρη πως δεν μπορούσε πια να γυρίσει πίσω το χρόνο. Ακόμη κι αν ο Μάρτιν δεν ξανάβλεπε την ζωγράφο, ακόμη κι αν ο Λώρρεν δεν έδινε σημεία ζωής, εκείνη δεν θα ήταν ποτέ πια η παλιά Κιμ. Κατά βάθος, δεν ήθελε να ξαναγίνει. Είχε την αίσθηση πως μόλις τώρα είχε αρχίσει να ανακαλύπτει τον πραγματικό εαυτό της και αυτό την ενθουσίαζε και την ικανοποιούσε όσο τίποτε μέχρι πριν στη ζωή της.

Αποφάσισε να δώσει το μερίδιο της από την επιχείρηση στα παιδιά και την διαχείριση στον Μάρτιν κι εκείνη να ασχοληθεί αποκλειστικά με την μουσική. Θα της έμενε επομένως και ελεύθερος χρόνος για τον εαυτό της, κάτι που μέχρι πρότινος αποτελούσε πολυτέλεια.

Ο Μάρτιν θα μετακόμιζε στο διαμέρισμα που διατηρούσαν στο κέντρο της πόλης κι εκείνη με τα παιδιά θα εξακολουθούσαν να μένουν στη μονοκατοικία τους στα προάστια. Έτσι δεν θα υπήρχαν τρανταχτές αλλαγές στη ζωή των παιδιών, που απλά θα έβλεπαν τον πατέρα τους κάπως λιγότερο. Υποσχέθηκαν άλλωστε, ο ένας στον άλλο, να διατηρήσουν μια πολιτισμένη σχέση και να φτιάξουν ένα πρόγραμμα σχετικό με τα παιδιά, έτσι όπως θα τους βόλευε τους ίδιους και να αποφύγουν τη νομική οδό και τις δικαστικές αποφάσεις.

Γύρισαν μαζί στο σπίτι αλλά δεν είπαν τίποτε στα παιδιά. Τα άφησαν να ξαναβρούν το ρυθμό της καθημερινότητας και σταδιακά ο Μάρτιν άρχισε να μένει όλο και συχνότερα στο διαμέρισμα, ώσπου μετακόμισε οριστικά. Τους μίλησαν μόνον όταν εκείνα αντελήφθησαν την παρατεταμένη βραδινή απουσία του και άρχισαν να ρωτούν για τον πατέρα τους.

Στο μεταξύ ο Λώρρεν τηλεφώνησε στην Κιμ από το Σεμπάλος λέγοντας πως ήθελε να μάθει τι κάνει και πως δεν μπορούσε να περιμένει μέχρι την επιστροφή του. Τελικά η τηλεφωνική τους επικοινωνία καθιερώθηκε σε καθημερινή σχεδόν βάση και εκείνη άρχισε να μετρά τις ημέρες μέχρι να τον ξαναδεί.

Συναντήθηκαν το πρώτο Σαββατοκύριακο μετά την επιστροφή του, στο σπίτι της ακτής.

Ο Λώρρεν της άνοιξε την αγκαλιά του από μακριά, όπως θα έκανε σ' ένα παιδί. Αλλά η Κιμ δεν έτρεξε. Τα βήματα της ήταν σταθερά και σίγουρα. Κρύφτηκε κάτω από τις "φτερούγες" του και απόλαυσε για δεύτερη φορά τη ζέστη και τη μυρωδιά του κορμιού του. Κάπου είχε διαβάσει πως ο έρωτας ήταν θέμα χημείας, αλλά εκείνη ήξερε καλά πως στην περίπτωση τους εκείνο που είχε παίξει καθοριστικό ρόλο ήταν τα μάτια του. Όπως τότε στην έρημο, έτσι και τώρα, το βλέμμα της βυθίστηκε στο δικό του κι όλος ο Κόσμος έγινε μια τεράστια δίνη που την ρούφηξε και την κατάπιε. Αντάλλαξαν το πρώτο τους φιλί και η ερημιά χάθηκε ανεπιστρεπτί! Όμως εκείνο που έκανε τη διαφορά, ήταν η ανταπόκριση της ψυχής της! Δεν υπήρχε τρόπος να το περιγράψει ούτε στον ίδιο της τον εαυτό, ωστόσο ήταν απόλυτα σίγουρη πως το ένιωθε και ο Λώρρεν. Οι ψυχές τους είχαν ένα δικό τους τρόπο επικοινωνίας!

Το διήμερο πέρασε σαν να ήταν μονάχα λίγα λεπτά και συμφώνησαν να ξαναβρεθούν το επόμενο. Εκείνος έπρεπε να επιστρέψει στην πόλη του για να τακτοποιήσει ορισμένες εκκρεμότητες, την μεθεπόμενη εβδομάδα όμως θα μπορούσε κατά πάσα πιθανότητα να μείνει μερικές ημέρες μαζί της.

Δεν είχαν μιλήσει καθόλου για το πρόβλημα της απόστασης που τους χώριζε και όταν η Κιμ έμεινε μόνη, συνειδητοποίησε πως της ήταν αδύνατο να αρκεστεί σε λίγες ώρες ή μέρες που θα μοιράζονταν οι δυο τους. Τον ήθελε αναπόσπαστο κομμάτι της ζωής της και αυτό εκ των πραγμάτων ήταν αδύνατο. Εκείνη είχε ένα συγκεκριμένο ρυθμό και υποχρεώσεις απέναντι στα παιδιά και την δουλειά της και η ζωή του Λώρρεν δεν έμπαινε σε καλούπια. Από όσα της είχε πει, πέρα από τη δουλειά του που τον υποχρέωνε να βρίσκεται κάθε φορά και σε διαφορετική περιοχή, περνούσε ακόμη και τον ελεύθερο χρόνο του ταξιδεύοντας.

Δεν είχαν αναφέρει για το τι προσδοκούσε ο καθένας από αυτή τη σχέση, ήταν άλλωστε ακόμη πολύ νωρίς και η Κιμ διαπίστωνε πανικόβλητη, πως ουσιαστικά δεν μπορούσε καν να υπάρξει σχέση. Αποφάσισε πως ήταν ένα θέμα, αν όχι Το θέμα, που έπρεπε να κουβεντιάσουν όσο ήταν καιρός, πριν δημιουργηθούν εσφαλμένες εντυπώσεις και παρεξηγήσεις ανάμεσα τους.

«Το θέτεις σε λάθος βάση.» ήταν η γνώμη του, όταν του μίλησε γι αυτές τις σκέψεις της στην επόμενη συνάντηση τους. «Αυτό που εγώ θεωρώ σημαντικό επί του παρόντος, είναι όσα συμβαίνουν ανάμεσα μας και ό,τι νιώθουμε ο ένας για τον άλλο. Άσε το χρόνο να κυλήσει και όπου μας βγάλει. Πάρε για παράδειγμα το γάμο σου. Ήταν ό,τι πιο σταθερό και σίγουρο είχες στη ζωή σου κι όμως έπαψε να υφίσταται. Τις ίδιες πιθανότητες έχει και η σχέση μας, που τώρα είναι αβέβαιη, να εξελιχθεί σε κάτι πιο συγκεκριμένο και σταθερό. Άλλωστε είχα σκοπό να σου ζητήσω να έρθεις το καλοκαίρι μαζί μας στην Ελλάδα κι έτσι να έχουμε την ευκαιρία να βρεθούμε αρκετό χρόνο μαζί και κυρίως να πάρεις μια ιδέα από τον τρόπο της ζωής μου. Ίσως σου αρέσει και δεν θελήσεις να ξαναγυρίσεις στις παλιές σου συνήθειες!» κατέληξε φιλώντας την τρυφερά στην άκρη της μύτης της.

Η Κιμ συγκινήθηκε με την πρόταση που της έκανε, όμως ένιωθε ανήμπορη να την δεχτεί. «Ξεχνάς πως έχω δυο μικρά παιδιά. Και βέβαια δεν είμαι από τις μητέρες εκείνες που θα τα εγκατέλειπαν ή θα αδιαφορούσαν γι αυτά.» συμπλήρωσε κι αμέσως μετά ένιωσε άσχημα γιατί σκέφτηκε την μητέρα της Τέρρυ. Δεν της το είχαν ξεκαθαρίσει, όμως είχε μείνει με την εντύπωση πως εκείνη είχε προτιμήσει την καριέρα της εις βάρος του παιδιού της.

«Δεν το ξεχνώ και ούτε θα σου ζητούσα ποτέ να τα εγκαταλείψεις. Όμως τα παιδιά έχουν και πατέρα κι εσύ δικαιούσαι διακοπές όπως όλοι οι άνθρωποι. Ακόμη κι αν αποφάσιζες να ακολουθήσεις το δικό μου τρόπο ζωής, τα παιδιά σου θα έχουν πάντα το προβάδισμα.»

«Η ανατροφή των παιδιών μου, είναι για μένα ένα καθήκον

ιερό και δεν μπορώ να φανταστώ πως θα μπορούσα να σας συνδυάσω όλους μαζί... όμως και δεν μπορώ να ζήσω μακριά από κανέναν σας. Ακριβώς γι αυτό ήθελα να τα κουβεντιάσουμε τώρα όλα αυτά. Μπορεί να είναι πολύ νωρίς, όμως δεν νομίζω πως μπορεί να βρεθεί λύση. Όσο για τις διακοπές, είναι σαφώς πιο εύκολο, αρκεί να μπορεί ο Μάρτιν να τα αναλάβει για όσο καιρό θα λείπω. Νομίζω πως σχεδίαζε να περάσει ένα διάστημα στο Ράσελ της Νεβάδα και βέβαια δεν θεωρώ την έρημο ό,τι καλύτερο για τις διακοπές των παιδιών!»

«Στο Ράσελ;» ρώτησε έκπληκτος ο Λώρρεν. «Και γιατί ειδικά εκεί;»

Η Κιμ ξεφύσησε συγχυσμένη. «Γιατί του είπαν πως εκεί οι ιπτάμενοι δίσκοι κυκλοφορούν όπως τα αεροπλάνα στα μέρη μας. Τακτικά και ανενόχλητα! Άσε, αυτό το βίτσιο του, είναι το δεύτερο κατά σειρά μετά την Τζέρυ. Από τότε που είχε μια εμπειρία μαζί της στο Περού, περνά όλο τον ελεύθερο χρόνο του διαβάζοντας και ερευνώντας γι αυτά τα θέματα!»

«Μου φαίνεσαι αρνητική, ή κάνω λάθος;» σχολίασε ο Λώρρεν που άδραξε την ευκαιρία να ανοίξει συζήτηση γύρω από το θέμα, κάτι που είχε σκοπό να το κάνει έτσι κι αλλιώς. Όχι βέβαια πως θα της μιλούσε για την Μέη Ην και την καταγωγή της Τέρρυ, αλλά οπωσδήποτε έπρεπε να μάθει τις απόψεις της και αν χρειαστεί να την προετοιμάσει ως ένα βαθμό, τουλάχιστον.

«Να σου πω... Ποτέ πριν δεν με είχε απασχολήσει το θέμα, αν και θεωρώ απίθανο να είναι η Γη ο μοναδικός πλανήτης με ζωή σε ολόκληρο το σύμπαν. Εκείνο που με εκνευρίζει στην όλη ιστορία είναι το πάθος που τον έχει κυριεύσει γι αυτά τα πράγματα. Έχει γίνει στην κυριολεξία άλλος άνθρωπος!»

Ο Λώρρεν χαμογέλασε με κατανόηση. «Δεν έχει κι άδικο!» σχολίασε αφήνοντας την έκπληκτη.

«Ασπάζεσαι κι εσύ αυτού του είδους τις απόψεις ή μου φαίνεται;»

«Πρέπει να ομολογήσω πως είχα κι εγώ κάποτε μια σχετική εμπειρία!» της δήλωσε απολογητικά.

«Για φαντάσου! Ξαφνικά, οι εξωγήινοι μπήκαν στη ζωή μου και μάλιστα ...ντουέτο! Τουλάχιστον εσύ, ελπίζω να μην αρχίσεις να παίρνεις τις έρημους και τα βουνά!»

«Όχι. Το έχω ξεπεράσει αυτό το στάδιο. Αλλά αν θέλεις, μπορούμε να πάμε μαζί στο Ράσελ, αλλά και σε μερικές ακόμη περιοχές, που έχω υπ' όψη μου.»

«Δεν μιλάς σοβαρά;» τον κοίταξε καχύποπτα.

«Σοβαρότατα! Μπορώ ακόμη να σου φέρω βιβλία σχετικά με το θέμα να διαβάσεις, αλλά κυκλοφορούν και ορισμένα αξιόπιστα περιοδικά που ασχολούνται με τα επίκαιρα περιστατικά.»

«Μπορώ να δανειστώ και από τον Μάρτιν. Τώρα τελευταία, μόνο τέτοια διαβάζει!»

«Να το κάνεις. Μπορώ να σε διαβεβαιώσω πως θα αλλάξεις γνώμη για το θέμα.»

«Κοίταξε, δεν είμαι σκεπτικίστρια, αλλά δεν μπορώ να πάρω και τις μετρητοίς δυο, τρία φώτα που είδε ο Μάρτιν και τα θεωρεί σώνει και καλά εξωγήινα σκάφη!»

«Δεν είναι τόσο απλά τα πράγματα... Καλύτερα όμως να ασχοληθείς πρώτα, να το ψάξεις, και μετά τα ξανά λέμε. Εκείνο πάντως που θα πρέπει να έχεις κατά νου από την αρχή, είναι πως το θέμα είναι πολύπλευρο και ...πανάρχαιο!»

«Νταίνιγκεν, έχω διαβάσει...» του δήλωσε απαξιωτικά.

«Μυθολογία, όμως;» τη ρώτησε εκείνος κοιτώντας την περιπαιχτικά και την ξάφνιασε για άλλη μια φορά, όπως άλλωστε και το περίμενε.

* * *

217

Το ταξίδι του Λώρρεν και της Τέρρυ ήταν προγραμματισμένο για τον Ιούνιο. Συγκεκριμένα μέχρι τις δεκαπέντε του μηνός, το αργότερο, έπρεπε να βρίσκονται στην Σαμοθράκη, στην βόρειο Ελλάδα. Σκοπός του ταξιδιού ήταν η συνάντηση της Τέρρυ με τη μητέρα της. Λεπτομέρειες δεν ήξεραν ούτε και οι ίδιοι. Εκείνο που τους είχαν μεταβιβάσει ήταν η τελευταία προθεσμία της ημερομηνίας και πως ο σύνδεσμος τους για την Σαμοθράκη ήταν ο καπετάνιος ενός ιστιοφόρου που έκανε κρουαζιέρες στη Μεσόγειο. Θα έρχονταν σε επικοινωνία μαζί του μόλις έφταναν στην Αθήνα, προκειμένου να κανονίσουν τις λεπτομέρειες.

Η Κιμ κουβέντιασε με τον Μάρτιν για την προοπτική αυτού του ταξιδιού και αποφάσισαν να φύγει με τον Λώρρεν και αργότερα να της στείλει τα παιδιά υπό την επίβλεψη αεροσυνοδού, έτσι ώστε να κάνει κι αυτός τις διακοπές του. Εκείνη το θεώρησε δίκαιο και σκέφτηκε πως ήταν μια καλή ευκαιρία να γνωρίσουν τα κορίτσια τον Λώρρεν και την Τέρρυ. Άλλωστε δεν είχε ιδέα για τον πραγματικό σκοπό του ταξιδιού.

Ωστόσο, ο Λώρρεν συμφώνησε χωρίς ενδοιασμούς. Έτσι κι αλλιώς μέχρι να έρθουν τα παιδιά θα είχαν φύγει από τη Σαμοθράκη και θα μπορούσαν να κάνουν πραγματικές διακοπές, ίσως σε κάποιο άλλο νησί. Όσο για την ενημέρωση της Κιμ ήταν κάτι που ήθελε να το κάνει μόνο την τελευταία στιγμή και για δύο λόγους. Ο ένας ήταν πως ανησυχούσε για την αντίδραση της. Ο άλλος, επειδή προτιμούσε να την αφήσει να βιώσει την εμπειρία χωρίς πολλές, πολλές κουβέντες. Πίστευε άλλωστε, πως όσα είχαν ήδη κουβεντιάσει και όσα εκείνη είχε διαβάσει, όλο αυτό τον καιρό, ήταν αρκετά για να την προετοιμάσουν όσο χρειαζόταν. Και βέβαια, ήξερε εκ πείρας, πως κάποια πράγματα γίνονταν κατανοητά μόνο μέσα από βιώματα και όχι από τη θεωρία!

ΜΕΝΕΦΘΑ

Η ημέρα στην κατασκήνωση της ανασκαφής ξεκινούσε με το πρώτο αχνοφέγγισμα της αυγής. Μια ώρα αργότερα βρίσκονταν όλοι στις θέσεις τους κι έπιαναν δουλειά. Εκείνο όμως το πρωί η ομάδα των έξι παρέμεινε συγκεντρωμένη γύρω από το τραπέζι ακόμη κι όταν είχαν τελειώσει το πρωινό τους, πίνοντας και δεύτερη κούπα καφέ. Η Νασσίμ είχε στείλει όλους τους φοιτητές στις εξωτερικές ομάδες εργασίας με την ρητή εντολή να μην μπει κανείς στο εσωτερικό του μασταμπά, αν πρώτα δεν το επιτρέψει η ίδια, εκείνη όμως δεν τους ακολούθησε.

Κανείς τους δεν φαίνονταν να έχει διάθεση να ξαναβρεθεί στον τάφο και μέχρι ενός σημείου ήταν εξηγήσιμο, όμως είχαν αναλάβει μία υποχρέωση και έπρεπε να την φέρουν εις πέρας. Και κανείς τους δεν το σκέφτονταν έτσι, ούτε καν η Νασσίμ.

Πρώτος έσπασε την αγουροξυπνημένη σιωπή ο Ντάγκλας. «Αισθάνομαι ράκος! Δεν κοιμήθηκα καθόλου καλά. Και τις λίγες ώρες που με πήρε ο ύπνος είδα στο όνειρο μου τον Μενεφθά! Όλη την διαδικασία της κατασκευής του τάφου, την επίβλεψη της οποίας έκανε ο ίδιος μαζί με τον διάδοχο του, ακόμη και τους λόγους για τους οποίους διάλεξε τη συγκεκριμένη τοποθεσία!»

«Μήπως αυτό σημαίνει κάτι;» τον ρώτησε η Νασσίμ που είχε προσωπική πείρα από όνειρα που είχαν σχέση με τον Ντάγκλας!

«Τώρα που το λες, συνειδητοποιώ πως ήταν μάλλον ένα "φωτεινό" όνειρο, είχε δηλαδή λογική πλοκή και αιτιοκρατική συνέχεια, αλλά ήταν τόσο μεγάλο που δεν μπορώ να θυμηθώ όλες τις λεπτομέρειες! Όσο για το αν σημαίνει κάτι, δεν μπορώ να το πω με βεβαιότητα, τουλάχιστον όχι τώρα. Το μόνο για το οποίο μπορώ να σας βεβαιώσω, είναι πως αισθάνομαι πτώμα από την κούραση σαν να έσκαβα εγώ όλη τη νύχτα!»

«Κι εγώ κάτι σχετικό έβλεπα, αλλά δεν θυμάμαι τι ακριβώς...» μουρμούρισε η Δάφνη.

«Κι εγώ, αλλά... επόμενο δεν ήταν; Ύστερα από όλα όσα έγιναν λίγο πολύ όλοι μας κάτι σχετικό θα βλέπαμε!» το θεώρησε φυσικό ο Έρικ.

«Εγώ είδα τον Χαρμάκχι!» θυμήθηκε ξαφνικά η Πασκάλ. «Στέκονταν βλοσυρός στην εξωτερική είσοδο του τάφου και οι εργάτες το είχαν βάλει στα πόδια από την τρομάρα τους!»

Η Νασσίμ γέλασε παράξενα. «Ε, λοιπόν κι εγώ τον Χαρμάκχι είδα! Το άγαλμά του δηλαδή. Πως το είχαμε πάει στο Κάιρο, στο μουσείο, και πως αυτό ξαναγύρισε μόνο του πίσω στη θέση του!»

Όλη αυτή την ώρα ο Βέρτζιλ, που κάθονταν στην κορυφή του τραπεζιού, είχε γείρει πίσω την πολυθρόνα του και τους παρακολουθούσε χωρίς να μιλά. Ύστερα από την δική του εμπειρία, ήταν πολύ ενδιαφέρον να ακούει τα όσα είχαν να πουν οι άλλοι. Όταν όλοι σώπασαν αποφάσισε πως ήταν καιρός να μιλήσει. «Υποψιάζομαι πως τα χτεσινοβραδινά μας όνειρα δεν ήταν απλά και μόνο το καθρέφτισμα των γεγονότων της ημέρας.» Οι υπόλοιποι τον κοίταξαν ξαφνιασμένοι, εκτός ίσως από τον Ντάγκλας.

«Έκανα ένα "ταξίδι" χτες τη νύχτα, για το οποίο δεν είχα σκοπό να σας μιλήσω, όμως ύστερα από όσα είπατε νομίζω πως πρέπει να σας ενημερώσω. Ίσως είναι σημαντικά όσα είδα για την επιτυχία της ανασκαφής γενικότερα.»

«Όταν λες "ταξίδι", τι ακριβώς εννοείς;» ρώτησε ο Έρικ προσπαθώντας να καταλάβει.

Ο Βέρτζιλ δεν ήθελε να μπλέξει σε επί πλέον εξηγήσεις και λεπτομέρειες κι έτσι απάντησε λακωνικά στην ερώτηση του Έρικ, ελπίζοντας να του δοθεί κάποια άλλη στιγμή η ευκαιρία να του εξηγήσει. «Ένα ταξίδι Σαμάνου. Ένα ταξίδι που μου έδωσε την ευκαιρία να συγκεντρώσω κάποιες γνώσεις ή πληροφορίες αν θέλετε, σχετικά με τα δρώμενα. Στην περιοχή λοιπόν, και ειδικά στο σημείο που βρίσκεται ο τάφος, επιδρούν ασύλληπτες, για τη λογική μας, ενέργειες. Ενέργειες μυθικά παλιές, που επηρεάζουν υποσυνείδητα την ψυχολογία μας και πολύ φοβάμαι και την πνευματική μας ισορροπία. Με άλλα λόγια, η ανασκαφή βρίσκεται ακριβώς πάνω σ' έναν ισχυρότατο Τόπο Δύναμης. Το αισιόδοξο σε όλη αυτή την κατάσταση είναι πως οι συγκεκριμένες ενέργειες είναι από την φύση τους θετικές, αν και χθες μας δημιούργησαν ακριβώς την αντίθετη εντύπωση. Αυτό, όσο εξωπραγματικό και αν σας φανεί, δεν ήταν παρά ένα "τέχνασμα" του Αρχιερέα Μενεφθά!» κατέληξε ξεσηκώνοντας σχόλια και επιφωνήματα στους υπόλοιπους.

«Έχεις απόλυτο δίκιο!» τον υποστήριξε ένθερμα ο Ντάγκλας. «Αυτές οι ενέργειες ήταν ο λόγος που έκαναν τον Μενεφθά να διαλέξει αυτή την τοποθεσία για την κατασκευή του τάφου του. Οι ενέργειες και το φυσικό σπήλαιο που υπάρχει κάτω από τον μασταμπά!» δήλωσε τέλος αφήνοντας τους όλους άφωνους.

«Δηλαδή τι θέλεις να πεις;» Ήταν η Νασσίμ εκείνη που έσπασε πρώτη τη σιωπή.

«Σύμφωνα με το όνειρο μου πάντα, ο μασταμπάς στήθηκε πάνω από ένα φυσικό σπήλαιο που προϋπήρχε στην περιοχή.» εξήγησε ο Ντάγκλας εξάπτοντας τους την περιέργεια.

Ξαφνικά, όλοι ήθελαν να αρχίσει η αποσφράγιση του ταφικού θαλάμου για να διαπιστώσουν κατά πόσο είχε δίκιο ο Ντάγκλας. Ωστόσο είχαν ακόμη να αντιμετωπίσουν άλλα προβλήματα και κυρίως τον Αρχιερέα!

«Πριν κάνουμε οτιδήποτε άλλο, προτείνω να καθιερώσουμε μια μικρή τελετή προσφοράς που θα επαναλαμβάνουμε κάθε πρωί πριν ανοίξουμε την είσοδο του τάφου.» ξαναπήρε το λόγο ο Βέρτζιλ. «Απ' ό,τι ξέρω, εκείνη την εποχή, κάθε πρωί και σε όλους τους ναούς, ένας ιερέας έκανε προσφορές στο άγαλμα του Θεού και φεύγοντας ξανασφράγιζε την είσοδο του Ιερού. Καλό θα είναι λοιπόν να ακολουθήσουμε κι εμείς αυτό το τυπικό και ακόμη, και αυτό έγκειται στην δικαιοδοσία της Νασσίμ, καλύτερα να είναι ελάχιστοι οι φοιτητές που θα δουλεύουν στο εσωτερικό και να το κάνουν με τον απαιτούμενο σεβασμό. Δεν ξέρω αν όλα αυτά θα έχουν κάποιο αποτέλεσμα, όμως δεν ξέρω και τι άλλο θα μπορούσαμε να κάνουμε.» Οι υπόλοιποι δήλωσαν πως συμφωνούσαν.

«Στο κάτω, κάτω δεν έχουμε να χάσουμε και τίποτε! Θα αναλάβεις εσύ την τελετή;» ρώτησε η Νασσίμ.

«Ναι, αν μου εξασφαλίσεις ιδιωτικό χρόνο στον τάφο κάθε ανατολή!»

Η διαδικασία της απογραφής του περιεχομένου των αποθηκευτικών χώρων, αποδείχτηκε περισσότερο δύσκολη και χρονοβόρα από όσο περίμεναν. Όμως η Νασσίμ ήταν κατηγορηματική ως προς την απόφαση που είχε πάρει. Δεν θα προχωρούσαν στην αποσφράγιση του ταφικού θαλάμου αν πρώτα δεν φωτογράφιζαν και κατέγραφαν και το τελευταίο αντικείμενο. Παράλληλα συνεχίζονταν και η ανασκαφή του εξωτερικού χώρου με την απομάκρυνση της άμμου και τώρα πια το τραπεζοειδές σχήμα του μασταμπά διαγράφονταν ξεκάθαρα.

Παρά τα σχόλια και τις συζητήσεις που είχαν δημιουργηθεί, όταν κάποιοι αντιλήφθηκαν τις προσφορές που έκανε ο Βέρτζιλ κάθε πρωί στους δύο Θεούς που φύλαγαν το κλιμακοστάσιο, συνέχισαν να ακολουθούν το τυπικό, το οποίο φαίνεται πως είχε αποδώσει γιατί δεν είχε ξανασυμβεί κάτι που να τους προβληματίσει. Το μόνο που είχε ταράξει το ρυθμό της δουλειάς τους ήταν η ξαφνική εμφάνιση ενός τηλεοπτικού συνεργείου, που είχε πληροφορηθεί την επιτυχία της ανασκαφής και είχε σπεύσει να πάρει την πρωτιά για το δελτίο ειδήσεων του καναλιού του.

Η Νασσίμ ήταν, το άκρως απαραίτητο, ευγενική μαζί τους και ευχήθηκε να ήταν οι πρώτοι και οι τελευταίοι που μπερδεύονταν στα πόδια τους. Σαφώς και χρειάζονταν την δημοσιότητα, αλλά όχι ακόμη.

* * *

Η ημέρα που έκλεισαν και το τελευταίο ξύλινο κιβώτιο, από αυτά μέσα στα οποία είχαν συσκευάσει τα ευρήματα, ήταν και η ημέρα που ο καταυλισμός της ανασκαφής άλλαξε ριζικά όψη. Τα κιβώτια φορτώθηκαν σε ειδικά καμιόνια του στρατού που είχαν έρθει γι αυτό το λόγο και η πλειοψηφία των εργατών μάζεψε τις σκηνές της και πήρε το δρόμο της επιστροφής.

Στην ανασκαφή, μαζί με την ομάδα των έξι παρέμειναν οι φοιτητές, είκοσι από τους καλύτερους εργάτες με το προσωπικό του μαγειρείου, η στρατιωτική συνοδεία τους και

223

φυσικά ο γιατρός και οι νοσοκόμοι.

Όταν καταλάγιασε η σκόνη από τη φασαρία της αναχώρησης, μαζεύτηκαν όλοι γύρω από τις φωτιές που είχαν ανάψει και γιόρτασαν για την μέχρι τότε επιτυχία του εγχειρήματος.

Άλλωστε ύστερα από τόσους μήνες κοπιαστικής δουλειάς χρειάζονταν όλοι να εκτονωθούν και να διασκεδάσουν και κυρίως να ξαναβρούν τις δυνάμεις που τους χρειάζονταν για να συνεχίσουν.

Η έξαψη που ένιωθαν όλοι ήταν φανερή στα μάτια και στις συζητήσεις τους, όταν το άλλο πρωί, ετοιμάζονταν για την αποσφράγιση του εσωτερικού του νεκρικού θαλάμου. Η βαριά δίφυλλη πόρτα στο τέλος της σκάλας δεν μπορούσε παρά να ανοίγει προς τα μέσα. Ακολούθησαν την ίδια διαδικασία όπως και με την εξωτερική είσοδο παίρνοντας τις απαραίτητες προφυλάξεις και βρέθηκαν σ' έναν ορθογώνιο, λαξευμένο στο βράχο προθάλαμο, που φυλάσσονταν από ένα άγαλμα του Άνουβη. Στέκονταν αριστερά από την είσοδο έχοντας απέναντί του τον ιβιοκέφαλο Θεό Θωθ!

Η Νασσίμ και οι δύο φοιτητές που ήταν μαζί τους κοιτάχτηκαν έκπληκτοι και δικαιολογημένα. Την εποχή του θανάτου του Μενεφθά ο θεός που λατρεύονταν κατ' εξοχήν στην Άβυδο ήταν ο Χοντ Αμεντί, που αργότερα αφομοιώθηκε από τον Όσιρη. Το αναμενόμενο επομένως και το πιο φυσιολογικό, θα ήταν να υπήρχε ένα αφιέρωμα σ' εκείνον ή έστω στον Φθα, του οποίου ιερέας είχε υπάρξει σε όλη τη ζωή του ο Μενεφθά. Άλλωστε ακόμη και το όνομα του σήμαινε "ο Εκλεκτός του Φθά".

Η παρουσία του Θωθ ήταν ένα γεγονός που αποτελούσε μια ακόμη παρατυπία και γεννούσε περισσότερα ερωτηματικά, ακόμη κι αν λάμβαναν υπ' όψη τους την ιδιότητα του Θεού ως βασικού κριτή των ψυχών κατά την τελευταία κρίση των νεκρών. Ωστόσο την προσοχή τους μονοπώλησε, αμέσως μετά, η σορός από άμμο που έκλεινε το στενό πέρασμα προς το Θάλαμο της Σαρκοφάγου.

Απογοήτευση ζωγραφίστηκε στα πρόσωπα τους κι απέμειναν να την κοιτάζουν καρτερικά. Η Νασσίμ τους έκανε νόημα να την ακολουθήσουν κι όταν βρέθηκαν έξω στον καθαρό αέρα κι έβγαλαν τις μάσκες τους, τους εξήγησε πως συνηθίζονταν να κλείνουν τις εισόδους κατ' αυτό τον τρόπο ώστε να αποτρέπουν τους τυμβωρύχους. Στη συνέχεια έδωσε εντολή για τον καθαρισμό του αέρα και συγκέντρωσε τους εργάτες που, κάνοντας αλυσίδα, θα μετέφεραν την άμμο έξω από τον μασταμπά, ελευθερώνοντας το πέρασμα για το εσωτερικό.

Παρ' όλη την ανυπομονησία τους δεν μπορούσαν παρά να περιμένουν το τέλος της διαδικασίας κι έτσι μαζεύτηκαν, όπως συνήθως, γύρω από το μεγάλο τραπέζι του φαγητού. Οι ερωτήσεις των φοιτητών σχετικά με την ύπαρξη του Θωθ άρχισαν να πέφτουν βροχή, δημιουργώντας εύλογες απορίες στους μη αρχαιολόγους συνεργάτες της Νασσίμ που βρέθηκε να δίνει μια μικρή διάλεξη για χάρη τους.

«Ο Θωθ» τους εξήγησε «ήταν ο Θεός της Σοφίας. Απεικονίζονταν σαν άνδρας με μάσκα ίβης και ανήκε στις Ανώτερες Θεότητες του Ζεπ Τεπί, δηλαδή της Πρώτης Περιόδου της Δημιουργίας.

Ήταν οι μεγάλοι Θεοί Νέτερου! Θεωρούνταν αυτοδημιούργητοι και είχαν έρθει από την Τα-Νέτερου, τη Χώρα των Θεών. Ήταν πανέμορφα πλάσματα και ζούσαν μαζί με το ανθρώπινο γένος, ασκώντας την εξουσία τους από την Ίνου Μέρε -Ηλιούπολη και άλλα άδυτα της περιοχής του Νείλου. Όλοι τους είχαν υπερφυσικές δυνάμεις καθώς και την ικανότητα να εμφανίζονται, κατά βούληση, ως άνδρες ή γυναίκες, ως ζώα, πουλιά, ερπετά, δένδρα ή φυτά. Αν και ήταν

Θεοί, τα λόγια τους και οι πράξεις τους αποκάλυπταν ανθρώπινους φόβους και πάθη και παρότι περιγράφονταν ως δυνατότεροι και εξυπνότεροι από τους ανθρώπους, μπορούσαν κάτω από συγκεκριμένες συνθήκες να αρρωστήσουν ή ακόμη και να πεθάνουν.

Ο Θωθ, σύμφωνα με τον Κανόνα του Τορίνο, αλλά και άλλα αρχαία κείμενα, αναγνωρίζεται ως ο έκτος ή έβδομος Θεϊκός βασιλιάς της Αιγύπτου, που κυβέρνησε για τρεις χιλιάδες διακόσια είκοσι έξι χρόνια! Οι αρχαίοι Αιγύπτιοι μνημόνευαν και τιμούσαν τον Θωθ σαν πατέρα των μαθηματικών, της αστρονομίας, της μηχανικής, της γεωμετρίας, της ιατρικής και της βοτανικής. Αυτός επινόησε τα Ιερογλυφικά και ήταν ο συγγραφέας όλων των έργων σε κάθε κλάδο της γνώσης, ανθρώπινης και θεϊκής. Σε μια επιγραφή στο μνημείο του Σέτι Α' αποκαλείται 'Γραμματέας των Εννέα Θεών, που γράφει την αλήθεια των Εννέα Θεών'', προστάτης των αρχείων που υπήρχαν στα ιερά και στις βιβλιοθήκες. Ήταν ο Μέγας Κύριος της Μαγείας που μπορούσε να μετακινεί αντικείμενα μόνο με τη δύναμη της φωνής του.

Την διδασκαλία του φύλαγαν ζηλότυπα οι Ιερείς στους ναούς υπό τη μορφή βιβλίων με οδηγίες, που είχαν παραδοθεί από γενιά σε γενιά.

Αυτό λοιπόν που προκύπτει για τον Θωθ, πέρα από τα διαπιστευτήρια του ως αρχαίου επιστήμονα, είναι ο ρόλος του ως ευεργέτη και εκπολιτιστή.

«Αν δεν κάνω λάθος,» παρατήρησε η Δάφνη, «ο Θωθ δεν είναι εκείνος που οι Έλληνες ονόμαζαν Ερμή Τρισμέγιστο;»

«Η αλήθεια είναι πως υπάρχει σύγχυση ανάμεσα στους λόγιους πάνω σ' αυτό. Ο Θωθ είναι ο *Θεός* Ερμής, ο *αγγελιοφόρος* των Θεών! Κατά μία εκδοχή ο Ερμής ο Τρισμέγιστος αποτελεί μια σύνθεση αυτών των δύο θεοτήτων. Όπως συχνά συνέβαινε όταν δύο Θεοί είχαν πολλά κοινά χαρακτηριστικά, έτσι και ο Ερμής ταυτίστηκε με τον Θωθ. Ο Ερμής, εκτός από αγγελιοφόρος των Θεών ήταν προστάτης των οδοιπόρων, της μαντείας, της αστρονομίας, της μουσικής, αλλά και των εφευρέσεων και κυρίως ο δημιουργός του ελληνικού αλφάβητου, βοηθώντας με αυτό την διακίνηση των ιδεών! Αντιπροσωπεύει επίσης τον πιο παλιό από τους Θεούς του Ολύμπου κατά αντιστοιχία με τον Θωθ, που ανάγεται στην μακρινή εποχή των Νέτερου.»

«Είχα διαβάσει κάποτε μια συλλογή των Ερμητικών Κειμένων... Από ότι θυμάμαι, αναφέρονταν κυρίως στη Δημιουργία και στη σχέση του Θεού με τους ανθρώπους.» συμπλήρωσε εκείνη και τα λόγια της ξεσήκωσαν ένα μουρμουρητό αποδοκιμασίας ανάμεσα στους φοιτητές, κάνοντας παράλληλα την Νασσίμ αλλά και τον Βέρτζιλ να χαμογελάσουν συγκαταβατικά.

«Άλλο ένα θύμα κακής πληροφόρησης!» σχολίασε μάλιστα ο δεύτερος κι εκείνη ζήτησε να της εξηγήσουν τι εννοούσαν. Η Νασσίμ, ξαναπήρε το λόγο.

«Ας πάρουμε τα πράγματα από την αρχή. Η εποχή που ονομάζονταν από τους αρχαίους Αιγύπτιους Ζεπ Τεπί και κατά την οποία, σύμφωνα με τις παραδώσεις, έζησαν και μεγαλούργησαν πάνω στη Γη οι Νέτερου, οι Θεοί, ανάγεται πριν τον μεγάλο κατακλυσμό που κατέστρεψε τον τότε πολιτισμό και που σήμερα πιστεύεται πως οφείλονταν σ' ένα καταιγισμό κοσμικών κυμάτων, αποτέλεσμα έκρηξης του πυρήνα του γαλαξία.

Σύμφωνα με τα πορίσματα σύγχρονων ερευνητών και επιστημόνων, -γεωλόγων, προϊστορικών, αρχαιολόγων,- από τεκμήρια που ήρθαν στο φως τα τελευταία χρόνια, επιβεβαιώνεται πως πράγματι υπήρξε μια σημαντική περίοδος της Αιγυπτιακής προϊστορίας που χρονικά τοποθετείται σε κάποιο σημείο ανάμεσα στα 13.000 π. Χ. και 8.000 π. Χ. Στα ίδια χρονικά πλαίσια τοποθετείται και το λιώσιμο των πάγων του βορείου ημισφαιρίου, σύμφωνα με τη θεωρία της Εποχής των Παγετώνων.

Κρατάμε λοιπόν στο μυαλό μας πως σ' εκείνη την απώτατη εποχή ο Θωθ, ο Θεός της Σοφίας, σύμφωνα με τα αρχαία κείμενα, *"χάραξε τις γνώσεις του σε Ιερά βιβλία, τα οποία έκρυψε σε διάφορα σημεία της Γης με σκοπό να τα αναζητήσουν οι επόμενες γενεές, αλλά να τα ανακαλύψουν μόνο οι αληθινά εκλεκτοί, αυτοί που θα αναλάμβαναν το έργο να αφιερώσουν τις ανακαλύψεις τους στο καλό της ανθρωπότητας."*

Ερχόμαστε τώρα, στην "πρόσφατη" εποχή των Πτολεμαίων, δηλαδή από τον τέταρτο αιώνα προ Χριστού και μετά. Ήταν τότε που η Αλεξάνδρεια, εκτός από πρωτεύουσα, έγινε και το σημαντικότερο πολιτιστικό και πνευματικό κέντρο της Μεσογείου, με την ξακουστή της βιβλιοθήκη. Οι Πτολεμαίοι λοιπόν αναθέτουν στον Μανέθωνα, σοφό ιερέα της Ηλιούπολης και γνώστη όχι μόνο της Ελληνικής γλώσσας αλλά και των ιερογλυφικών, να μεταφράσει τα αρχαία Αιγυπτιακά Ιερά Κείμενα. Ανάμεσα σ' αυτά, όπως επιβεβαιώνει ο ίδιος τον Πτολεμαίο Β' Φιλάδελφο, βρίσκονται και "τα Ιερά Βιβλία που γράφτηκαν από τον προπάτορα μας τον Ερμή τον Τρισμέγιστο". Όμως αυτή η μετάφραση, που θεωρείται από ιστορικούς και αρχαιολόγους έγκυρη, έχει χαθεί. Σώθηκαν μόνο αποσπάσματα που είχαν χρησιμοποιήσει μέσα σε δικά τους κείμενα μεταγενέστεροι συγγραφείς και δυστυχώς, ελάχιστες φορές χωρίς να τα έχουν παραποιήσει σύμφωνα με τα δικά τους προσωπικά φίλτρα και τους δογματισμούς.

Αυτά λοιπόν που σήμερα ονομάζουν "Ερμητικά Κείμενα" δεν είναι η αυθεντική μετάφραση του Μανέθωνα, αλλά κείμενα που διαμορφώθηκαν από τον 2ο έως τον 4ο μ. Χ. αιώνα *σύμφωνα με* αυτά τα αποσπάσματα. Όπως καταλαβαίνεις λοιπόν ανάμεσα στα αυθεντικά κείμενα του Θωθ και στα "Ερμητικά" παρεμβάλλονται όχι μόνο μερικές χιλιάδες χρόνια, αλλά και οι επιρροές και οι παρεμβάσεις των μεταφραστών από διαφορετικές κουλτούρες, δόγματα και σκοπιμότητες!»

Η Δάφνη είχε μείνει κατάπληκτη συνειδητοποιώντας πως ήταν πολύ εύκολο να θεωρείς κάποια πράγματα δεδομένα επειδή, σε ανύποπτο χρόνο, έτσι σου έχουν μεταφερθεί. Και το χειρότερο, δεν μπορούσες να ξέρεις ποτέ με βεβαιότητα πόσα και ποια είναι αυτά!

Δυστυχώς, οι είκοσι εργάτες που είχαν απομείνει στην ανασκαφή αποδείχτηκαν λίγοι, με αποτέλεσμα οι εργασίες να προχωρούν με τον εκνευριστικό ρυθμό χελώνας. Έτσι οι φοιτητές προσφέρθηκαν να δουλέψουν δεύτερη βάρδια, βοηθώντας αρκετά την κατάσταση, μειώνοντας στο ελάχιστο δυνατό τον χρόνο της απομάκρυνσης της άμμου από το πέρασμα για την Αίθουσα της Σαρκοφάγου. Άλλο ένα πρόβλημα που αντιμετώπιζαν ήταν η σκόνη που σηκώνονταν κατά την εκσκαφή. Όσο προσεκτικά κι αν έσκαβαν και παρότι ο αεραγωγός δούλευε συνέχεια, τους δυσκόλευε όχι μόνο στην αναπνοή αλλά και στα μάτια.

Το έδαφος και οι πλαϊνοί τοίχοι ήταν λαξευμένα στο βράχο, ορισμένα όμως σημεία της οροφής έμοιαζαν να ανήκουν σε φυσικό σπήλαιο, σαν να είχε διαπλατυνθεί ένα προϋπάρχον φυσικό πέρασμα. Και τελικά ο Ντάγκλας είχε απόλυτο δίκιο. Ήταν ένα φυσικό σπήλαιο που οι άνθρωποι του Μενεφθά είχαν διαμορφώσει σύμφωνα με τις απαιτήσεις του, χωρίς όμως να εξαλείψουν τελείως την φυσική δομή του.

Ο διάδρομος, είχε μια κλήση γύρω στο δεκαπέντε της εκατό και όπως αποδείχτηκε είχε μήκος δεκαέξι μέτρα και είκοσι περίπου εκατοστά και σταματούσε σ' ένα πλινθόκτιστο τοίχο που έκλεινε την είσοδο μέχρι την οροφή. Αρχικά, δουλεύοντας με σφυρί και σκαρπέλο, έφεραν στην επιφάνεια τους αρμούς της μεσοτοιχίας και στη συνέχεια με τον ίδιο τρόπο και παίρνοντας για άλλη μια φορά προστατευτικά μέτρα για το αναπνευστικό τους, άρχισαν να αποκολλούν έναν, έναν τους πλίνθους.

Μόλις το άνοιγμα έγινε αρκετό για να τους επιτρέπει να δουν, έριξαν το φως των προβολέων στο εσωτερικό του ταφικού θαλάμου γεμάτοι προσμονή. Ήταν μια μεγάλη αίθουσα, με την πέτρινη σαρκοφάγο να δεσπόζει στο κέντρο της έχοντας προσανατολισμό στον άξονα Βορρά-Νότου. Παρ' όλη την απόσταση που υπήρχε ανάμεσα τους, τους έκανε εντύπωση το μέγεθός της. Σε καμία περίπτωση δεν χωρούσε να περάσει από τον στενό διάδρομο.

Ο αεραγωγός ξαναμπήκε σε λειτουργία ενώ παράλληλα συνεχίζονταν η αποκόλληση των πλίνθων. Όταν επιτέλους ανανεώθηκε ο αέρας και μπήκαν, χρειάστηκε να περάσουν μερικά λεπτά έως ότου σταθεροποιήσουν τα φώτα και συνειδητοποιήσουν πως η πέτρινη σαρκοφάγος, με τις ανάγλυφες παραστάσεις, ήταν σκαλισμένη σ' ένα τετράγωνο πέτρωμα του εδάφους. Ήταν σκεπασμένη με καμπυλωτό κάλυμμα πάνω στο οποίο ήταν λαξευμένη η φιγούρα του νεκρού, να κρατά στα σταυρωμένα χέρια του τα ιερά σκήπτρα. Στα πόδια της, μέσα σε μια τεχνητή κοιλότητα, ήταν τοποθετημένα τα κανωπικά αγγεία.

Ο Έρικ έστριψε αργά την κάμερα δεξιά τους και το φως του προβολέα σταμάτησε σε ένα άγαλμα που παρίστανε το νεκρό στην κλασική στάση των γραφέων, με τα απαραίτητα σύνεργα κοντά του.

«Τι ήταν αυτό;» ρώτησε η Νασσίμ ξαφνιασμένη. «Γύρνα το φως λίγο αριστερά, πριν από την κόγχη του αγάλματος...» τον προέτρεψε τραβώντας και την προσοχή των υπολοίπων. Ο

Έρικ ακολούθησε πρόθυμα την υπόδειξη της και φώτισε τον πλαϊνό τοίχο.

Μέσα σε ένα παιχνίδι από φως και σκιές διακρίνονταν σε όλη την επιφάνεια του τοίχου, λαξευμένες πάνω στο βράχο, παραλληλόγραμμες βαθιές κόγχες μέσα στις οποίες στέκονταν όρθιες η μια δίπλα στην άλλη, όπως τα βιβλία σε μια βιβλιοθήκη, εκατοντάδες πήλινες πινακίδες!

Αυτόματα οι φοιτητές πήραν τους προβολείς που μόλις είχαν στερεώσει πλάι στη σαρκοφάγο και τους έστριψαν ολόγυρα στους τοίχους. Η αίθουσα ήταν πάνω από ογδόντα τετραγωνικά και όλοι οι τοίχοι της, εκτός από ένα δεύτερο άγαλμα του Μενεφθά που στέκονταν ακριβώς απέναντι από το πρώτο, ήταν λαξευμένοι με τις ίδιες κόγχες και όλες περιείχαν πινακίδες.

Η Νασσίμ ένιωσε ένα ρίγος να την διαπερνά σαν ηλεκτρισμός. Με τον ίδιο ακριβώς τρόπο, σαν bites σε κύκλωμα ηλεκτρονικού υπολογιστή, πέρασαν οι σκέψεις από το μυαλό της που έκανε τους απαραίτητους συνειρμούς και κατέληξε σ' ένα προφανέστατο συμπέρασμα που, ωστόσο, όλες αυτές τις ημέρες της είχε διαφύγει τελείως. Η αναφορά στο "Φως της Γνώσης" στην αναθηματική στήλη του Μενεφθά, η παρουσία του Θωθ, ακόμη και ο Ουπ Ουαβέτ, όλα με μιας, απέκτησαν νόημα!

Άναψε το φακό της και εξέτασε από κοντά μία σειρά από πινακίδες. Ήταν έξω από τις συνήθειες της όμως δεν άντεξε στον πειρασμό και, παρ' ότι δεν είχαν φωτογραφηθεί ακόμη, άπλωσε το χέρι της και πήρε αυτήν που ήταν πρώτη. Όπως φυσικά το περίμενε ήταν σκαλισμένη με ιερογλυφική γραφή σε όρθιες στήλες και με την πρώτη ματιά αναγνώρισε κάποια σύμβολα που πιθανόν αναφέρονταν σε φαρμακευτικά βότανα. Είχαν μαζευτεί όλοι γύρω της και κανείς δεν μιλούσε.

Είχαν όλοι συνειδητοποιήσει την τρομακτική σπουδαιότητα

της ανακάλυψης τους, απλά περίμεναν από την Νασσίμ να το επιβεβαιώσει.

Εκείνη τοποθέτησε την πινακίδα πάλι στη θέση της και τους κοίταξε με μάτια που έλαμπαν από χαρά και συγκίνηση.

«Νομίζω πως έχουμε αρχείο με κείμενα του Θωθ!» ανακοίνωσε με πνιγμένη φωνή.

Χάιδεψε το πέτρινο σκέπασμα της σαρκοφάγου και έκανε νόημα στους εργάτες να την ανοίξουν ζητώντας επιπλέον φωτισμό, ώστε να επαρκεί για όλη την αίθουσα, ενώ παράλληλα η Πασκάλ με την φωτογραφική μηχανή και ο Έρικ με την κάμερα κατέγραφαν τα πάντα.

Κατέβασαν το σκέπασμα με προσοχή. Στο εσωτερικό αντίκρισαν μια δεύτερη σαρκοφάγο, σκαλισμένη σε ξύλο συκομουριάς, με επίχρυσο προσωπείο. Η ύπαρξη του επιβεβαίωνε τη σπουδαιότητα του Μενεφθά και την δύναμη που ασκούσε στο περιβάλλον του κατά τη διάρκεια της πολύχρονης ζωής του.

Πάνω στο στήθος της σκαλιστής φιγούρας και στη θέση της καρδιάς, ήταν στερεωμένος ένας φτερωτός σκαραβαίος από καρνεόλιο. Από μόνος του ο φτερωτός σκαραβαίος ή αλλιώς Χεπέρ, συμβόλιζε την αυτοδημιουργία και προσωποποιούσε τον πρωινό ήλιο. Συνδέονταν με το νεκρό που προσδοκούσε να αναγεννηθεί ξανά στο φως. Η κόκκινη πέτρα, πάνω στην οποία ήταν σκαλισμένος, ήταν συνδεδεμένη με το αίμα των Θεών και συμβόλιζε τη ζωτική ενέργεια. Ένας συνδυασμός που δημιουργούσε ένα ισχυρότατο φυλακτό για την εξασφάλιση της επαναγέννησης του Αρχιερέα.

«Δεν θα προχωρήσουμε περισσότερο προς το παρόν.» ανακοίνωσε η Νασσίμ. «Εκ των πραγμάτων και για λόγους ασφαλείας των ευρημάτων, θα στήσουμε το εργαστήριο μας εδώ. Θέλω ένα πάγκο για τον Αρχιερέα και δύο πάγκους

232

εργασίας για την καταγραφή των πινακίδων. Τα κιβώτια συσκευασίας τα θέλω στην Αίθουσα των Προσφορών. Μόνο όσα σφραγίζουν θα μπαίνουν στην αποθήκη. Δεν θα βγει τίποτε έξω από τον ταφικό χώρο αν δεν είναι απόλυτα έτοιμο για την μεταφορά!»

Στη συνέχεια ανέθεσε στους φοιτητές της την οργάνωση και επίβλεψη του εσωτερικού εργαστηρίου κι εκείνη κάθισε να συντάξει το κείμενο της επίσημης ανακοίνωσης προς το αρχαιολογικό Ινστιτούτο και το δελτίο τύπου, ώστε να σταλούν το επόμενο πρωί στους παραλήπτες τους. Ήθελε να ξεμπερδεύει μια ώρα νωρίτερα με τις επιμέρους διαδικασίες για να ασχοληθεί απερίσπαστη με το ουσιαστικό σημείο της έρευνας και δεν ήταν η μόνη.

Όλοι ανυπομονούσαν εξ ίσου να "γνωρίσουν" τον Αρχιερέα και να "ακούσουν" όσα είχε να τους πει!

* * *

Φορώντας μάσκες και ιατρικά γάντια κατέβηκαν στην Αίθουσα της Σαρκοφάγου. Πριν προχωρήσουν στην περαιτέρω έρευνα έπρεπε να βεβαιωθούν πως η μούμια ήταν ελεύθερη από οτιδήποτε θα έβαζε σε κίνδυνο την υγεία τους.

Ακούμπησαν με προσοχή την ξύλινη σαρκοφάγο στον πάγκο που είχε στηθεί γι αυτό το σκοπό και άνοιξαν το καπάκι. Όπως συνηθίζονταν στην εποχή του, ο Αρχιερέας ήταν τοποθετημένος σε εμβρυακή στάση και πριν τον μετακινήσουν κοίταζε προς την δύση.

Η Δάφνη, με τα κατάλληλα χειρουργικά εργαλεία, αφαίρεσε με προσοχή μικρά κομμάτια γάζας και λίγο ιστό από τα ακροδάχτυλα του και τα έκλεισε σ' ένα μικρό γυάλινο δοχείο. Της ήταν αρκετά για να διαπιστώσει, στο εργαστήριο της, κατά

233

πόσο ήταν ακίνδυνος ο Αρχιερέας και κάνοντας νόημα στους άλλους πως είχε τελειώσει έφυγε για να ξεκινήσει τη διαδικασία. Η Νασσίμ ωστόσο, θεωρώντας αρκετά ασφαλή τα μέτρα προστασίας, αποφάσισε να προχωρήσει. Περίμενε την Πασκάλ να τελειώσει τη φωτογράφηση και κάτω από τον άγρυπνο φακό της βιντεοκάμερας, που κατέγραφε τα πάντα, απέσπασε με προσοχή τον παπυρικό κύλινδρο που κράταγε ο Μενεφθά στο δεξί του χέρι.

Τον ακούμπησε στον πάγκο εργασίας και τον ξετύλιξε σχεδόν με ευλάβεια, διαπιστώνοντας πως ήταν συμμιγής, αποτελούνταν δηλαδή από περισσότερα από ένα φύλλα, που ευτυχώς ξεχώρισαν μεταξύ τους χωρίς την παραμικρή δυσκολία.

Τα στερέωσε ανοιχτά πάνω στην επιφάνεια του πάγκου, με την αρχική τους σειρά το ένα δίπλα στο άλλο, τρία στο σύνολο και μήκους εβδομήντα εκατοστών το καθένα και ζήτησε να φωτογραφηθούν όλα μαζί, αλλά και ένα, ένα χωριστά.

«Η Βίβλος των Νεκρών;» ρώτησε ο Ντάγκλας σκύβοντας πάνω τους.

«Όχι ακριβώς... Μαγικές ρήσεις και εξορκισμοί που προστατεύουν τον νεκρό στο πέρασμα του προς τον άλλο κόσμο. Σ' αυτά θα στηριχθούν, πολύ αργότερα, τα Κείμενα των Πυραμίδων, που θα ονομαστούν Βιβλίο των Νεκρών...»

Η Νασσίμ άφησε τη φράση της μισοτελειωμένη, καθώς την προσοχή της τράβηξε ένα ιδεόγραμμα στον τελευταίο πάπυρο που της φάνηκε εντελώς παράταιρο και ξένο για να ανήκει σ' ένα κείμενο προσευχής. Όμως μελετώντας προσεκτικότερα και τα υπόλοιπα συνειδητοποίησε πως δεν ήταν το μοναδικό.

Αυτή τη φορά άρχισε τη μελέτη από την αρχή, από την πρώτη φράση του πρώτου φύλλου στην κορυφή του οποίου δέσποζε ένας περίτεχνος φτερωτός σκαραβαίος.

Εδώ όλα ακολουθούσαν τυπικά την επίκληση των Θεών με

234

σπονδές και προσφορές για προστασία του νεκρού και του έδιναν οδηγίες για την άνοδο του στον ουρανό, εξαίροντας τις αρετές και την σοφία του και καθιστώντας τον άξιο να καθίσει πλάι τους μετά την τελική κρίση. Ο πρώτος πάπυρος τελείωνε με μια ικεσία προς τον Ατούμ-Χεπέρ. "Εσύ Κύριε του λίθου μπενμπέν, που υψώθηκες με τη μορφή του φοίνικα, ευλόγησε και μένα με τη ζωτική σου δύναμη ώστε να σταθώ, ανάμεσα στους φωτοδότες Θεούς, πιστός στο καθήκον μου."

Στο δεύτερο φύλλο το κείμενο αναφερόταν στον Θωθ εξυμνώντας τη σοφία του και μετά - και αυτό εξηγούσε τον προβληματισμό της Νασσίμ - έδινε ένα κατάλογο με τα θέματα τα οποία περιέχονταν στις πήλινες πινακίδες, διευκρινίζοντας πως ήταν πιστά αντίγραφα από ό,τι είχε διασωθεί από το Πέτρινο Αρχείο, που είχε κληροδοτήσει ο Θωθ στο ανθρώπινο γένος. Μαθηματικά, γεωμετρία, αστρονομία, μηχανική, ιατρική, βοτανική. Και ο κατάλογος τέλειωνε με επίκληση προς τον Θεό της Σοφίας. "Επέτρεψε Εσύ ω, Κύριε, Άρχοντα του Χρόνου, σε αυτούς που με αγνή καρδιά θα αναζητήσουν το φως της γνώσης, να γίνουν κάτοχοι του ύψιστου μυστικού σου."

«Αυτό σημαίνει πως για πρώτη φορά ύστερα από πέντε χιλιάδες χρόνια, μπορούμε να ακούσουμε το Θεό της Σοφίας να μας "μιλά" χωρίς αλλοιώσεις και παρεμβάσεις τρίτων !» σχολίασε η Νασσίμ. «Και βέβαια αυτό ξεπερνά σαφώς τις προσδοκίες μας! Η ανακοίνωση της ανακάλυψης θα σκάσει σαν ατομική βόμβα στους αρχαιολογικούς και φιλοσοφικούς κύκλους. Και φαντάζομαι πως, όταν τελειώσει το μεταφραστικό έργο των κειμένων, θα δημιουργηθεί ένας νέος κλάδος, η αναθεωρητική φιλοσοφία!» κατέληξε χαμογελώντας με νόημα.

«Προς το παρών κερνάω μπύρες!»

Με το θερμόμετρο να είναι κολλημένο στους σαράντα

βαθμούς κι ας ήταν ακόμη Μάιος, οι μπύρες δεν ήταν ποτέ πραγματικά παγωμένες, όμως όλοι έδειξαν να ενθουσιάζονται με την ιδέα. Άλλωστε δεν ήταν και ό,τι πιο ευχάριστο να δουλεύουν φορώντας μάσκες και χειρουργικά γάντια όση δροσιά και αν είχε στο σπήλαιο του ταφικού θαλάμου.

* * *

Μόλις βγήκαν τα αποτελέσματα των χημικών αναλύσεων και η Δάφνη τους έδωσε το ελεύθερο να συνεχίσουν άφοβα, άρχισαν την καταμέτρηση των πινακίδων. Ακολουθώντας τις υποδείξεις του καταλόγου βρήκαν την αρχή της πήλινης αρχειοθήκης και άρχισαν να τις φωτογραφίζουν, να τις καθαρίζουν και να τις ξαναφωτογραφίζουν για δεύτερη φορά, να καταγράφουν και να καταχωρούν κάθε μία χωριστά και τέλος να τις συσκευάζουν κατά Κεφάλαια, ώστε να διατηρηθεί η συνοχή τους. Παράλληλα ετοίμασαν την ξύλινη σαρκοφάγο με τον Αρχιερέα για ένα ασφαλές ταξίδι και ο Βέρτζιλ άρχισε το σκιτσάρισμα της πέτρινης σαρκοφάγου.

Όταν φώτισε με ένα φακό το εσωτερικό της, έψαχνε ένα από τα μολύβια του που συνήθιζε να τα ακουμπά στο πέτρινο χείλος της και που είχε κατά λάθος πέσει μέσα. Και δεν θα είχε προσέξει ούτε αυτή τη φορά τον αρμό που υπήρχε τριγύρω από τον πυθμένα, αν το μολύβι δεν είχε σφηνώσει ακριβώς εκεί. Στην αρχή το κοίταξε χωρίς να καταλαβαίνει, όταν όμως άπλωσε το χέρι του να το βγάλει ένιωσε ένα λεπτό ρεύμα παγωμένου αέρα στα δάχτυλά του και οι τρίχες στο σβέρκο του σηκώθηκαν όρθιες, όχι βέβαια από το κρύο, αλλά από την βάσιμη υποψία που πέρασε από το μυαλό του. Διέτρεξε με τα δάχτυλα του όλο το μήκος του αρμού τριγύρω, διαπιστώνοντας πως και σε άλλα σημεία υπήρχε το ρεύμα του αέρα, πότε ανεπαίσθητο και πότε ισχυρότερο. Και τότε σιγουρεύτηκε και αποφάσισε να φωνάξει την Νασσίμ.

Ο μόνος τρόπος που υπήρχε για να αφαιρέσουν την πέτρινη πλάκα, που αποτελούσε τον πυθμένα της σαρκοφάγου, ήταν με ιμάντες που στερεώθηκαν πάνω της με βύσματα και τροχαλίες. Όμως ακόμη και έτσι οι διαστάσεις της ήταν τέτοιες που χρειάστηκαν ολόκληρη μέρα για να τα καταφέρουν. Και όταν την απομάκρυναν, από την χιλιόχρονη θέση της, το κατάμαυρο στόμα ενός πηγαδιού βρέθηκε να χάσκει μπροστά τους.

Έριξαν το φως των προβολέων όμως δεν κατάφεραν να διακρίνουν τίποτε περισσότερο από μια μαύρη γυαλάδα, λες και ο βράχος έστελνε πίσω και το τελευταίο φωτόνιο.

Ένας εργάτης έκανε κόμπους σ' ένα σχοινί, έναν ανά κάθε μέτρο, έδεσε στη μια του άκρη τον ισχυρότερο φακό που διέθεταν και άρχισε να το κατεβάζει προσεκτικά στο άνοιγμα. Στα τεσσεράμισι μέτρα σταμάτησε. Όμως το φως ήταν και πάλι λιγοστό για να μπορέσουν να αντιληφθούν οτιδήποτε συγκεκριμένο εκτός από την διαπίστωση πως, ένα μέτρο κάτω από το άνοιγμα, το στόμιο του πηγαδιού έδινε τη θέση του σε έναν μεγαλύτερο, αλλά άγνωστων διαστάσεων, χώρο.

Μ' ένα δεύτερο σχοινί κατέβασαν ένα φανάρι θυέλλης που έκαιγε με πετρέλαιο, προσπαθώντας να διαπιστώσουν τη σύνθεση του αέρα, αν και τον αισθάνονταν τόσο δροσερό και φρέσκο που τους έφερνε στο μυαλό εντυπώσεις από βρεγμένο δάσος.

«Διάλειμμα!» ανακοίνωσε η Νασσίμ και όσοι κάπνιζαν συνειδητοποίησαν πως κόντευαν να το κόψουν. Από τη στιγμή που ο Βέρτζιλ είχε ανακαλύψει την καταπακτή, είχαν παρατήσει οτιδήποτε άλλο έκαναν και ασχολήθηκαν με το άνοιγμα της. Μόλις τώρα καταλάβαιναν πόσες ώρες είχαν περάσει από τότε και σε όλο αυτό το διάστημα δεν είχαν ανταλλάξει ούτε ένα σχόλιο για την καινούργια τους ανακάλυψη, θαρρείς και τίποτε πια δεν μπορούσε να τους ξαφνιάσει.

Έξω είχε νυχτώσει και η θερμοκρασία ήταν σε ανεκτό επίπεδο όμως σε σχέση με τον ταφικό θάλαμο, έκανε ακόμη ζέστη. Οι εργάτες τους καληνύχτισαν και κατηφόρισαν για τον καταυλισμό τους ενώ εκείνοι, σαν να το είχαν κιόλας αποφασίσει πως θα συνέχιζαν το ίδιο βράδυ, ζήτησαν όλοι καφέ και αφού ικανοποίησαν σωματικές ανάγκες κι έριξαν λίγο νερό στα πρόσωπα τους, μαζεύτηκαν γύρω από το μεγάλο τραπέζι για ένα ελαφρύ δείπνο.

«Να λοιπόν που το όνειρο σου, αποδείχτηκε προφητικό!» σχολίασε η Νασσίμ καθώς κάθονταν δίπλα στον Ντάγκλας. «Απ' ότι φαίνεται, το σπήλαιο που χρησιμοποίησε ο Μενεφθά για να στεγάσει την αιώνια κατοικία του, έχει και συνέχεια!»

«Αναρωτιέμαι μήπως θα έπρεπε να καλέσουμε κάποιον σπηλαιολόγο.» δήλωσε ο Έρικ.

«Πιθανόν, όμως όχι πριν διαπιστώσουμε ακριβώς περί τίνος πρόκειται. Αν βέβαια καταφέρουμε να κατεβούμε...»

«Εγώ μπορώ να κατέβω.» ανακοίνωσε ο Βέρτζιλ.

«Και αν έχουμε περίσσια ξυλεία, από το φτιάξιμο του εργαστηρίου, μπορώ να στήσω μια σκαλωσιά από κάτω προς τα πάνω για τους υπόλοιπους.»

«Και βέβαια έχουμε! Θα στείλω αύριο μερικούς εργάτες να την μεταφέρουν στον ταφικό θάλαμο!» ενθουσιάστηκε η Νασσίμ. «Και τον ηλεκτρολόγο, να ξηλώσει τα φώτα από τις αποθήκες του μασταμπά και να τα κατεβάσει κάτω. Έτσι κι αλλιώς εκεί δεν μας χρειάζονται πια.»

Έφαγαν βιαστικά και σκόρπισαν για να ετοιμαστούν. Παρ' όλο που η παρουσία όλων των φοιτητών δεν ήταν απαραίτητη, κανείς δεν πήγε να κοιμηθεί. Εκείνο που τους παρότρυνε να συνεχίσουν ήταν η περιέργεια και μια υποβόσκουσα έξαψη περιπέτειας.

Χρησιμοποιώντας τις τροχαλίες, σχοινιά και τους ιμάντες, ο Βέρτζιλ έφτιαξε μια γερή θηλιά και την κρέμασε στο πηγάδι. Μαζί του κατέβηκε και ο Ντάγκλας.

Βρέθηκαν σε μια μικρή στοά στην περιφέρεια της οποίας υπήρχαν τρία ανοίγματα που οδηγούσαν σε ισάριθμους διαδρόμους. Στον μεγαλύτερο από τους τοίχους, ανάμεσα από τα ανοίγματα, έστεκε σε υπερφυσικό μέγεθος λαξευμένος πάνω στο βράχο ο Θωθ, κρατώντας την χαρακτηριστική διχαλωτή ράβδο των θεϊκών αγγελιοφόρων. Δίπλα του, ανάμεσα από τα γειτονικά περάσματα, στέκονταν περήφανη η Σεσάτ, "η Αφέντρα των Γραπτών Μνημείων" και αγαπημένη αδελφή του. Ο Βέρτζιλ πρότεινε να ακολουθήσουν την διαδρομή προς την οποία κοιτούσε ο Θεός της σοφίας.

Ο διάδρομος προχωρούσε ομαλά και χωρίς κλήση κι εκείνο που τους έκανε εντύπωση ήταν πως τόσο το έδαφος όσο και οι κάθετες πλευρές ήταν τέλεια λειασμένες, σε αντίθεση με την οροφή που διατηρούσε τη φυσική της μορφή. Σε κάποιο σημείο έστριβε απότομα αριστερά και σχεδόν αμέσως έβγαζε σε μια αίθουσα που κάλυπτε, όπως πρόχειρα υπολόγισαν, περίπου σαράντα τετραγωνικά και το ύψος της δεν ξεπερνούσε τα δυόμισι μέτρα. Ήταν αδιέξοδη και το έδαφος ήταν επίσης λειασμένο ενώ η οροφή της στηρίζονταν σε δυο στρόγγυλες χοντρές κολώνες που φαίνονταν συνέχεια του φυσικού πετρώματος. Όταν φώτισαν από κοντά τον ένα από τους πλαϊνούς τοίχους ανακάλυψαν πως όχι μόνο είχε λειανθεί το ίδιο αποτελεσματικά, αλλά ήταν γεμάτος με ιερογλυφικά σύμβολα, όπως άλλωστε και οι άλλοι τρεις από ότι διαπίστωσαν αμέσως μετά.

Ο Βέρτζιλ ένιωσε την καρδιά του να χτυπά σαν ταμπούρλο

από την έξαψη που τον πλημμύρισε. Δεν χρειάζονταν να είναι ειδικός για να υποψιαστεί πως βρίσκονταν μπροστά στο Πέτρινο Αρχείο του Θωθ που μνημόνευε ο Μενεφθά! Με ανυπομονησία γύρισαν πίσω και ακολούθησαν τον διπλανό διάδρομο. Αυτός έβγαζε σε μια μικρότερη αίθουσα που δεν υστερούσε σε τίποτε από την προηγούμενη. Ο τρίτος διάδρομος κατηφόριζε ελαφρά και η αίθουσα στην οποία σταματούσε ήταν ακόμη μεγαλύτερη από την πρώτη, με τους τοίχους γεμάτους με στήλες ιερογλυφικών. Ψηλά, κοντά στην οροφή και στο βάθος της αίθουσας, ένα άνοιγμα τριάντα περίπου εκατοστών έφερνε δροσερό φρέσκο αέρα, άγνωστο από πού! Ήταν καιρός να ενημερώσουν την Νασσίμ.

Όπως ήταν επόμενο κανείς δεν περίμενε την επόμενη μέρα για να στηθεί η σκαλωσιά. Χωρίστηκαν σε ομάδες και με πρώτη αυτή της Νασσίμ, κατέβηκαν στο σπήλαιο εναλλάξ.

Όταν είχαν επιστρέψει όλοι, στον ταφικό θάλαμο, εκείνη τους επιβεβαίωσε και επίσημα πως επρόκειτο πράγματι για το Αρχείο του Θωθ επισημαίνοντας, μάλλον χωρίς να χρειάζεται, πως αυτή η ανακάλυψη ξεπερνούσε κάθε προηγούμενο στα χρονικά της αιγυπτιολογίας. Και καταλήγοντας, τους ζήτησε να το κρατήσουν μεταξύ τους προς το παρών, κρυφό ακόμη και από τους εργάτες. Αν διέρρεε προς τα έξω, θα εμφανίζονταν τόσοι άσχετοι γύρω τους, που θα ήταν αδύνατο να δουλέψουν. Ο μόνος που θα ειδοποιούσαν να έρθει, χωρίς όμως να εξηγήσουν ούτε σ' αυτόν τον ακριβή λόγο, ήταν ο Καμάλ Ουίλιαμ Κάρβερ, Βρετανό-αιγύπτιος καθηγητής της αιγυπτιολογίας στο πανεπιστήμιο του Καΐρου και διευθύνων σύμβουλος στο αρχαιολογικό ινστιτούτο. Στους εργάτες θα έλεγαν πως η καταπακτή δεν ήταν παρά ένα πηγάδι και θα δούλευαν εκεί κάτω κατά ομάδες μόνο τα βράδια, όταν εκείνοι θα γύριζαν στον καταυλισμό τους.

240

ΤΟ ΜΥΣΤΙΚΟ ΤΩΝ ΘΕΩΝ

Δεν είχε κανείς αντίρρηση κι έτσι μάζεψαν τα σχοινιά της θηλιάς, σκέπασαν το άνοιγμα με σανίδες και όρισαν βάρδιες σύμφωνα με τις οποίες θα πρόσεχαν, διακριτικά πάντα, το πέρασμα.

* * *

Ο καθηγητής Κάρβερ τους ειδοποίησε πως λόγω ανειλημμένων υποχρεώσεων δεν μπορούσε να έρθει στην ανασκαφή παρά μόνο ύστερα από δυο εβδομάδες και μόνο σαββατοκύριακο. Αλλά αυτό ήταν το τελευταίο που τους απασχολούσε. Είχαν σχεδόν τελειώσει την ταξινόμηση των πινακίδων που ήταν έτοιμες να φύγουν για συντήρηση και παράλληλα, δουλεύοντας τα βράδια ως αργά όπως είχαν προγραμματίσει, προχωρούσαν την έρευνα στο αρχείο του Θωθ.

Οι τέλεια λειασμένες επιφάνειες των τοίχων έμοιαζαν να έχουν υαλοποιηθεί με μια άγνωστη τεχνική όμως αυτό δεν ήταν και το μόνο παράδοξο. Σύντομα αντιλήφτηκαν πως τα ιερογλυφικά σύμβολα ήταν τυποποιημένα όπως τα γράμματα σ' ένα τυπογραφημένο βιβλίο. Ο κατασκευαστής του αρχείου δεν είχε σκαλίσει τα σύμβολα στον βράχο, αλλά χρησιμοποιώντας κάποιου είδους μήτρες και μια άγνωστη τεχνική, τα είχε τυπώσει πάνω σ' αυτόν θαρρείς και έβαζε σφραγίδα σε βουλοκέρι!

Συγκρίνοντας τα κείμενα με αυτά των πινακίδων επαλήθευσαν τον ισχυρισμό του Μενεφθά πως οι δεύτερες ήταν πιστά τους αντίγραφα. Δυστυχώς, ο Αρχιερέας επαληθεύτηκε και ως προς το ότι δεν είχαν διασωθεί όλα. Πράγματι, τα κείμενα που βρίσκονταν κοντά στο έδαφος και σε ένα ύψος σαράντα περίπου εκατοστών, ήταν αλλοιωμένα σαν το πέτρωμα να είχε

241

διαβρωθεί από τρεχούμενο νερό. Ωστόσο ο Έρικ τους έδωσε μια σπίθα ελπίδας πως ίσως μπορούσαν, με τα στοιχεία που είχαν, να τα ανασυνθέσουν με τη βοήθεια υπολογιστή, χρησιμοποιώντας ένα ειδικό πρόγραμμα. Είχε κάποιο στενό φίλο και συνεργάτη που ειδικεύονταν σε τέτοιου είδους έρευνες και θα χαιρόταν να τους βοηθήσει.

«Πότε τελειώνουμε με τις πινακίδες;» ρώτησε την Δάφνη η Νασσίμ.

«Μεθαύριο αν όλα πάνε καλά. Υποθέτω και πως πρέπει να ειδοποιήσουμε εγκαίρως για την μεταφορά τους.»

«Ωραία! Θα χρειαστώ όλους τους φοιτητές κάτω μόλις τελειώσετε. Θέλω να καθαρίσουν όλα τα αλλοιωμένα σύμβολα και να ενισχύσουν τα περιγράμματα τους. Όσα περισσότερα γίνουν ευανάγνωστα τόσο πιο εύκολα θα ανασυνθέσουμε τα κατεστραμμένα κείμενα.»

* * *

Τελικά το φορτίο με τις πινακίδες και την ξύλινη σαρκοφάγο, με την μούμια του Μενεφθά, ήταν έτοιμο στο τέλος της εβδομάδας, όμως το στρατιωτικό κομβόι που θα έκανε τη μεταφορά θα έρχονταν την Δευτέρα. Ωστόσο αρκετοί από τους εργάτες, όσοι ζούσαν στις γύρω περιοχές, έφυγαν μόλις πληρώθηκαν. Άλλωστε η ανασκαφική περίοδος κόντευε να τελειώσει.

Οι υπόλοιποι αποφάσισαν να πάνε στις Θήβες για διασκέδαση. Η Νασσίμ ήταν σίγουρη πως δεν θα τους ξαναέβλεπαν πριν από το πρωί της Δευτέρας.

Εκείνοι, είχαν μπροστά τους μια ολόκληρη εβδομάδα μέχρι να έρθει ο Καμάλ Ο Κάρβερ και αποφάσισαν να ασχοληθούν με την ταξινόμηση του υλικού που είχαν συγκεντρώσει, έτσι ώστε να είναι έτοιμοι για αναχώρηση μόλις οι φοιτητές τέλειωναν την συντήρηση στις υπόγειες στοές.

Ήταν Σάββατο βράδυ, οι φοιτητές είχαν ανέβει για λίγες ώρες στις Θήβες και οι στρατιώτες, όσοι δεν είχαν υπηρεσία, ήταν μαζεμένοι έξω από την μεγάλη σκηνή τους κι έπαιζαν ζάρια καθισμένοι στο χώμα.

Οι υπόλοιποι κάθονταν όπως συνήθιζαν στο μεγάλο τραπέζι έξω από το εστιατόριο. Οι άντρες είχαν ανάψει φωτιά και είχαν ψήσει αρνίσια παϊδάκια που τους είχε αφήσει έτοιμα ο μάγειρας, πριν πάρει των ομματιών του, οι γυναίκες ετοίμασαν σαλάτες και άνοιξαν δυο μπουκάλια κόκκινο ημίγλυκο κρασί. Ήταν ώρα χαλάρωσης και ξεγνοιασιάς, αλλά και ώρα απολογισμού και ικανοποίησης. Είχαν περάσει σχεδόν οκτώ μήνες, από εκείνη την πρώτη μέρα που είχαν φτάσει στην Άβυδο γεμάτοι προσμονή και αγωνία, οκτώ μήνες εξαντλητικοί αλλά παράλληλα και τόσο προσοδοφόροι! Είχαν έρθει σαν μια συντροφιά με κοινά ενδιαφέροντα και αγάπη για την αναζήτηση και σε λίγο θα έφευγαν μια συντροφιά φίλων καρδιακών που είχαν την ευτυχία να ζήσουν από κοινού μια καταπληκτική εμπειρία.

«Στη μνήμη του Αρχιερέα Μενεφθά!» έκανε πρόποση ο Βέρτζιλ και όλοι σήκωσαν τα ποτήρια τους.

«Στη δόξα του Θωθ!» συμπλήρωσε η Νασσίμ.

«Σε σένα!» της είπε ο Ντάγκλας, βάφοντας τα μάγουλα της στο χρώμα του κρασιού. «Σε σένα, που μας έδωσες την ευκαιρία να συμμετέχουμε στην ανασκαφή και να μοιραστούμε τη δική σου δόξα!»

Οι άλλοι χειροκρότησαν ενθουσιασμένοι, συμμεριζόμενοι τα συναισθήματα του Ντάγκλας.

«Ξέρετε τι θέλω;» ρώτησε με στόμφο ο Έρικ και τον κοίταξαν όλοι. «Να μπω στον τάφο σαν τουρίστας! Σαν να τα βλέπω όλα αυτά για πρώτη φορά! Και επιτέλους χωρίς την κάμερα κολλημένη στο μάτι!» συμπλήρωσε απαυδισμένος.

«Ναι! Κι εγώ!» συμφώνησε η Πασκάλ που είχε περίπου το ίδιο πρόβλημα με την φωτογραφική μηχανή.

«Ωραία λοιπόν! Πάμε!»

«Επιτρέψτε μου να σας ξεναγήσω!» χαριτολόγησε η Νασσίμ και σηκώθηκε πρώτη.

* * *

Η ξενάγηση είχε φτάσει στο τέλος της και στέκονταν όλοι μπροστά στην σκαλιστή φιγούρα του Θωθ της υπόγειας στοάς και πιθανολογούσαν για την "Πραγματικότητα" της εποχής του, σχολιάζοντας τις πιθανές αντιδράσεις του επιστημονικού κατεστημένου απέναντι στην νέα ανακάλυψη.

Εκείνη που έκανε τον συνειρμό εποχής-χρονολογίας ήταν η Δάφνη. Στην βάση της φιγούρας και κάτω δεξιά από τα πόδια του Θωθ, οι φοιτητές είχαν καθαρίσει και τονίσει με κιμωλία κάποια σύμβολα που πριν την επέμβαση τους, διαγράφονταν σχεδόν ανεπαίσθητα : Τρεις κάθετες κυματιστές γραμμές, ένα παράξενο σύμβολο στο οποίο ξεχώριζε ένα κεφαλαίο έψιλον, ένα καθιστό περιστέρι, μια διχαλωτή ράβδος και ένα βέλος, βρίσκονταν με αυτή τη σειρά από αριστερά προς τα δεξιά. Όλα μαζί ήταν κλεισμένα σε ένα πλαίσιο που σχημάτιζαν τέσσερις σπείρες ενωμένες ανά δύο μεταξύ τους.

Η Δάφνη τα είχε ξαναδεί, ολόιδια αν θυμόταν καλά, σε κάποιο βιβλίο που αναφέρονταν στο Δίσκο της Φαιστού και στις πιθανές ερμηνείες του. Ανέφερε το συλλογισμό της και στους άλλους εξηγώντας τους πως οι τρεις κυματιστές γραμμές συμβόλιζαν πιθανότατα την εποχή του Υδροχόου και κατά συνέπεια κάπου ανάμεσα στο 23.960 και το 21.800 π.Χ.

Η Νασσίμ της χαμογέλασε εντυπωσιασμένη. «Σωστά!»

παρατήρησε και κάθισε στα πόδια της για να δει από κοντά τα σύμβολα που είχε ανακαλύψει η Δάφνη.

Είχε μελετήσει κι εκείνη κάποτε το Δίσκο της Φαιστού σαν φοιτήτρια και παρ' όλα τα χρόνια που είχαν μεσολαβήσει, ανέσυρε αμέσως από τη μνήμη της τις ερμηνείες τους και τους εξήγησε, σε ελεύθερη απόδοση.

»*Την εποχή που κυριαρχούσε ο αστερισμός του Υδροχόου- Ο λαός του Ήλιου- Σε ειρηνική αποστολή και με αγνή διάθεση- Έστειλε τον Θεϊκό αγγελιοφόρο Ερμή να αφυπνίσει τις ψυχές- Με το Φως της Υπέρτατης Αρχής.*«

«Μα αυτό επιβεβαιώνει πως ο Θωθ ήταν ο Θεός Ερμής των Ελλήνων!» ενθουσιάστηκε η Δάφνη. «Έτσι δεν είναι;»

«Έτσι! Με την προϋπόθεση βέβαια πως η ερμηνεία των συμβόλων τους αποδίδει το ίδιο νόημα με αυτό που είχαν εξ αρχής. Βλέπεις τα συγκεκριμένα σύμβολα, εκτός από το Δίσκο της Φαιστού, δεν έχουν βρεθεί πουθενά αλλού μέχρι τώρα! Όμως εδώ συμβαίνει κάτι ακόμη σημαντικό, που ενισχύει την Ελληνική καταγωγή των συμβόλων. Αποδίδουν το ίδιο νόημα ακόμη κι αν τα διαβάσεις ανάποδα, ξεκινώντας από δεξιά προς αριστερά!»

«Δεν είναι παράξενο όμως που η συγκεκριμένη επιγραφή είναι γραμμένη με αυτά και όχι με ιερογλυφικά όπως το υπόλοιπο αρχείο;» απόρησε η Πασκάλ.

«Όχι, αν πάρουμε ως δεδομένο την Ελληνική καταγωγή του Θωθ. Ήθελε κατ' αυτόν τον τρόπο να δηλώσει ποιος είναι και μάλιστα όχι σε όλους, αλλά μονάχα σ' αυτούς που γνώριζαν την σημειωτική των συμβόλων, προφανώς στους Αρχιερείς.»

«Μπορούμε να θεωρήσουμε αυτή την γραφή ως την Ιερή Γραφή των Θεών, στην οποία αναφέρονται τα αρχαία κείμενα;» ρώτησε με τη σειρά του ο Βέρτζιλ.

«Δεν έχουμε τέτοιες αποδείξεις ακόμη, όμως σαν θεωρεία μπορεί να σταθεί!»

«Και οι σπείρες;» ρώτησε ο Έρικ.

«Η σπείρα στα ιερογλυφικά συμβολίζει τα κοσμικά σώματα που βρίσκονται σε κίνηση και την σχέση ανάμεσα στην μονάδα και την πολλαπλότητα. Επίσης συνδέονταν με τον άνεμο και την πνοή της ζωής και κατ' επέκταση με την έννοια της δημιουργίας και επομένως με την Ισχύ. Αυτό άλλωστε δηλώνονταν με την τοποθέτηση της στα σκήπτρα των βασιλέων. Στην συγκεκριμένη περίπτωση όμως, μπορεί να μην σημαίνει τίποτε από όλα αυτά και να χρησιμοποιείται με την έννοια που της απέδιδαν οι αρχαίοι Έλληνες σαν σχηματική εικόνα της εξέλιξης του απείρου. Ένα δυναμικό σύμβολο με δεξιόστροφη φορά και δημιουργικά χαρακτηριστικά, γνώρισμα της Θεάς Αθηνάς, αλλά και αριστερόστροφο-καταστροφικό, γνώρισμα του Ποσειδώνα.»

«Εδώ υπάρχουν ανά δύο!» δήλωσε ο Έρικ παρατηρώντας προσεκτικά τα σύμβολα.

«Η συνύπαρξη των αντιθέτων! Που με την ένωση τους φέρνουν σε ύπαρξη κάτι νέο που τα περιέχει, αλλά και τα υπερβαίνει ταυτόχρονα! Όπως και να έχει πάντως και μόνο η ύπαρξη της επιγραφής, ρίχνει κι άλλο λάδι στη φωτιά που πρόκειται να ανάψει μεταξύ των απανταχού ερευνητών!» γέλασε η Νασσίμ προσπαθώντας να διασκεδάσει την κατάσταση και να μην σκέφτεται πως θα βρίσκονταν στο επίκεντρο της αναμενόμενης διαμάχης.

«Υπάρχει περίπτωση να είναι η επιγραφή μεταγενέστερη; Νομίζω πως είναι σκαλισμένη σε μια πλάκα ένθετη πάνω στο βράχο, αν βέβαια αυτό το σημάδι κατά μήκος του πλαισίου είναι πράγματι αρμός...» ρώτησε ο Έρικ και όλοι έσκυψαν πάνω του να δουν.

«Θέλω το πιο λεπτό κοπίδι που έχουμε, βουρτσάκι και περισσότερο φως.» ζήτησε η Νασσίμ μη μπορώντας να πιστέψει στα μάτια της. Δυο λεπτά αργότερα βάλθηκε να καθαρίζει τον αρμό, που ήταν τόσο λεπτός, ώστε έμοιαζε με βαθιά χαρακιά. Και ήταν σίγουρη πως ήταν πράγματι χαρακιά, μέχρι την στιγμή που καθάρισε και το τελευταίο εκατοστό του. Τότε συνέβη κάτι που τους τρόμαξε όλους ανεξαιρέτως!

Μόλις σταμάτησε να ασκεί πίεση πάνω στην πλάκα, ακούστηκε ένας υπόκωφος θόρυβος από γρανάζια που έτριξαν και το πλαίσιο με την επιγραφή "ξεκούμπωσε" μ' ένα κλικ από την θέση του και σύρθηκε συρταρωτά προς τα έξω.

Για αρκετά δευτερόλεπτα εξακολούθησαν όλοι να κοιτάζουν εμβρόντητοι το πέτρινο συρτάρι, που τόσο απλά είχε ανοίξει μπροστά τους!

Όμως όσο κι αν είχαν ξαφνιαστεί και εντυπωσιαστεί, από την νέα ανακάλυψη τους, έμελλε να ξεχαστεί ακαριαία όταν συνειδητοποίησαν το περιεχόμενο της κρύπτης.

Αυτή τη φορά κοιτάχτηκαν μεταξύ τους κι όλοι μαζί στράφηκαν στην Νασσίμ που έδειχνε να τα έχει το ίδιο χαμένα.

Ο κύλινδρος από μαύρο ματ μέταλλο, που αποδείχτηκε ελαφρύ σαν αλουμίνιο και σκληρό σαν ατσάλι, έμοιαζε τόσο παράταιρος εκεί μέσα όσο ένας ηλεκτρονικός υπολογιστής σε σπήλαιο της εποχής των δεινοσαύρων.

Κάποιος της έδωσε ένα κομμάτι ύφασμα από αυτά που χρησιμοποιούσαν στο καθάρισμα των ιερογλυφικών κι εκείνη τον σήκωσε από την θέση του με προσοχή, σαν να μετακινούσε ατομική βόμβα.

Η κρύπτη έκλεισε αυτόματα μόνη της, ξανατρίζοντας χαρακτηριστικά.

Η μια πλευρά του κυλίνδρου ήταν κλειστή πρεσαριστά από το ίδιο υλικό και η άλλη έκλεινε με βιδωτό καπάκι. Δεν ακούγονταν ούτε οι ανάσες τους, καθώς η Νασσίμ άρχισε να το ξεβιδώνει, έχοντας την αίσθηση πως κάποιος τους έκανε φάρσα! Περιμένοντας από λεπτό σε λεπτό να ξεπεταχτεί από το εσωτερικό του εκείνος ο κλασσικός κλόουν με το σπαστικό γέλιο! Αλλά βέβαια, το περιεχόμενο ήταν ένας παπυρικός κύλινδρος σφραγισμένος με την πήλινη σφραγίδα του Μενεφθά.

Η Νασσίμ τον ξανάκλεισε και τον τύλιξε στο ύφασμα που κρατούσε. «Αυτή τη φορά δεν έχω καμιά εξήγηση!» τους δήλωσε πριν προλάβουν να την ρωτήσουν οτιδήποτε. «Θέλω ένα τσιγάρο και κυρίως να βγω έξω, πριν ο Μενεφθά και ο φίλος του ο Θωθ με αποτρελάνουν οριστικά!» Και βέβαια, οι υπόλοιποι την κατανοούσαν απόλυτα και βιάστηκαν να ανέβουν πίσω της στη σκαλωσιά.

Δεν είχαν ακόμη βγει από την Αίθουσα της Σαρκοφάγου όταν άκουσαν φωνές και κάποιους να τρέχουν στον διάδρομο. Δυο φοιτητές όρμησαν μέσα αλαλιασμένοι.

«Δόξα τον Αλλάχ!» είπαν κι οι δυο συγχρόνως και ο ένας έφυγε τρέχοντας, φωνάζοντας σε όσους ήταν ακόμη έξω. «Εδώ είναι, όλοι τους! Ζωντανοί!»

«Μα τι στο καλό συμβαίνει;» ρώτησε αναστατωμένη η Νασσίμ αλλά ο νεαρός το μόνο που έκανε ήταν να μοιρολογεί τραβώντας τα μαλλιά του.

Ο Ντάγκλας τον άρπαξε από τους ώμους και τον ταρακούνησε. «Μίλα παιδί μου, τι έγινε; Πάθατε κάποιο ατύχημα;»

Εκείνος κούνησε αρνητικά το κεφάλι. «Όχι, όχι εμείς... έξω... οι στρατιώτες και οι το προσωπικό του ιατρείου... είναι... όλοι νεκροί!»

Την ίδια στιγμή μπήκαν οι φοιτήτριες με τη φρίκη ζωγραφισμένη στα πρόσωπα τους. Μια από αυτές είχε λιποθυμήσει και την έφερναν σηκωτή δυο συνάδελφοί της.

«Δεν καταλάβατε τίποτε; Πόση ώρα είστε εδώ; Φοβηθήκαμε πως σας έκαψαν στην αποθήκη!» Έβαλαν την κοπέλα να ξαπλώσει και προσπάθησαν να της δώσουν λίγο νερό.

«Τι είπες;» η Νασσίμ ένοιωσε τη γη να φεύγει κάτω από τα πόδια της.

«Τους σκότωσαν όλους κι έβαλαν φωτιά στον καταυλισμό. Πρέπει όμως να είδαν τα φώτα από τα αυτοκίνητα μας και να έφυγαν βιαστικά γιατί άφησαν πίσω τους έναν δικό τους νεκρό. Ευτυχώς που ήσασταν κάτω κι ευτυχώς που δεν πρόλαβαν να μπούνε στον τάφο...»

«Τι είπες;» ξαναρώτησε η Νασσίμ. «Καίγεται η αποθήκη;»

Ο νεαρός κούνησε συντριμμένος το κεφάλι κι εκείνη όρμησε να βγει έξω, όμως ο φοιτητής της την σταμάτησε. «Όχι κυρία. Είναι πολύ αργά πια.»

«Μα γιατί; Ποιος θα μπορούσε να κάνει κάτι τόσο φρικτό;» αναρωτήθηκε η Πασκάλ τρέμοντας από την ταραχή.

«Αν κρίνουμε από τον νεκρό τους πρέπει να ήταν φανατικοί ισλαμιστές ...και πρέπει να το είχαν σχεδιάσει!»

Ο Ντάγκλας έκανε νόημα στο Βέρτζιλ και στον Έρικ. «Ελάτε, ίσως υπάρχουν τραυματίες.»

«Πρέπει να έρθω μαζί σας!» επέμενε η Νασσίμ. «Θα είμαι ψύχραιμη.» του δήλωσε όταν τον είδε να διστάζει.

«Μείνε κοντά της.» πρόσταξε εκείνος τον νεαρό. «Είναι επικίνδυνο. Κρατηθείτε μακριά από τις εστίες.» τους συμβούλεψε και βγήκε πίσω από τους άλλους δυο.

Η Νασσίμ έδωσε τον τυλιγμένο κύλινδρο στην Δάφνη. «Μη το αφήσεις από τα χέρια σου και τσιμουδιά!» της ψιθύρισε με νόημα κι έτρεξε πίσω από τους άντρες.

ΑΝΑΖΗΤΗΣΗ

Ο Μάρτιν ένιωσε φανερή ανακούφιση όταν η Κιμ του ανακοίνωσε την απόφαση της να χωρίσουν. Αλλά εκείνο που έκανε πιο εύκολη την κατάσταση ήταν πως το είχε αποφασίσει χωρίς πικρία και εγωισμούς. Κάτι είχε αλλάξει πάνω της και μέσα της, ήταν πολύ εμφανές στα δικά του μάτια ύστερα από τόσα χρόνια συμβίωσης, όμως δεν μπορούσε να προσδιορίσει ακριβώς τι. Όταν έμαθε για την σχέση της με τον Λώρρεν, απέδωσε την αλλαγή της σ' αυτόν τον δεσμό. Όμως αν κάποιος άλλος άνθρωπος μπορούσε να την επηρεάσει τόσο καταλυτικά, αυτό σήμαινε πως εκείνος ήταν πραγματικά ελεύθερος.

Αμέσως μετά την αναχώρηση της Κιμ για την Ελλάδα, τακτοποίησε τις επαγγελματικές του υποχρεώσεις και έδωσε στον εαυτό του μια άδεια λίγων ημερών. Αυτή τη φορά φρόντισε να νοικιάσει αυτοκίνητο μέσω εταιρίας κι έτσι φτάνοντας στο αεροδρόμιο της Λίμα, το βρήκε να τον περιμένει ετοιμοπαράδοτο.

Ρισκάρισε το ενδεχόμενο να μην βρει την Τζέρυ στο σπίτι και ξεκίνησε για το βουνό χωρίς να την πάρει τηλέφωνο. Όμως ο Ράλφ τον υποδέχτηκε γαβγίζοντας μανιασμένα, σημάδι πως εκείνη δεν έλλειπε, γιατί δεν πήγαινε πουθενά χωρίς να τον πάρει μαζί της. Μόλις του μίλησε και άκουσε τη φωνή του, σταμάτησε το γαύγισμα και σήκωσε τη μουσούδα ψηλά προσπαθώντας να τον μυρίσει από την χαραμάδα που είχε ανοίξει στο τζάμι. Το τρελό κούνημα της ουράς και το χαρούμενο πήγαινε-έλα γύρω από το αυτοκίνητο, ήταν το σινιάλο πως ήταν ευπρόσδεκτος και μπορούσε να κατέβει.

Η Τζέρυ τον είδε από το παραθυράκι του στούντιο και δεν πίστευε στα μάτια της. Μετά την συνάντηση της με τον γέροντα Σεσάρ είχε ηρεμήσει και δούλευε πυρετωδώς τον πίνακα της παραγγελίας, όμως είχαν συνεννοηθεί με τον Μάρτιν πως θα του τηλεφωνούσε όταν θα ήταν έτοιμος και επομένως δεν περίμενε πως θα τον έβλεπε νωρίτερα.

Κατέβηκε τρέχοντας τη σκάλα, αλλά πριν του ανοίξει πήρε δυο τρεις βαθιές αναπνοές και προσπάθησε να ηρεμήσει τους χτύπους της καρδιάς της. Είχε βέβαια αποφασίσει να του μιλήσει για τις εμπειρίες με τις "αναμνήσεις" που είχε, όμως δεν ένιωθε ακόμη έτοιμη κι έπειτα, έτσι κι αλλιώς, δεν είχε το δικαίωμα να νιώθει έτσι όπως ένιωθε στην παρουσία του. Άνοιξε την πόρτα χαμογελώντας του ψύχραιμα.

«Καλώς τον! Μη μου πεις πως ήσουν περαστικός και ανέβηκες να δεις τι κάνω;!»

«Όχι!» γέλασε εκείνος και της άνοιξε την αγκαλιά του. «Ήρθα για να μείνω!»

Τον κοίταξε ξαφνιασμένη προσπαθώντας να συνειδητοποιήσει τι της έλεγε αλλά εκείνος την έσφιξε πάνω του χωρίς να της δώσει τον απαραίτητο χρόνο να σκεφτεί.

«Είμαι ελεύθερος!» της δήλωσε και την ανασήκωσε από το πάτωμα, απολαμβάνοντας τις εκφράσεις που άλλαζε το πρόσωπο της. Έπειτα την άφησε και γυρίζοντας προς την απέραντη ανοιχτωσιά του τοπίου, άνοιξε διάπλατα τα χέρια του και φώναξε με όλη του τη δύναμη. «Είμαι ελεύθερος!»

Της μίλησε για την απόφαση της Κιμ και τη σχέση της με τον Λώρρεν, κι εκείνη για τις "αναμνήσεις" που είχε και την επίσκεψη της στον γέροντα Σεσάρ. Και ενώ πίστευε πως τίποτε πια δεν θα τον εξέπληττε, μετά την εμπειρία του εκείνης της περίεργης νύχτας, εντυπωσιάστηκε τόσο που ζήτησε να μάθει κάθε λεπτομέρεια και έμεινε όλη τη νύχτα ξάγρυπνος και σκυμμένος πάνω από τα βιβλία που είχε αγοράσει η Τζέρυ. «Θέλω να τον γνωρίσω αυτόν τον άνθρωπο.» ήταν η πρώτη του κουβέντα, όταν το πρωί εκείνη άνοιξε τα μάτια της και του χαμογέλασε κάτω από τις κουβέρτες.

«Πώς κοιμήθηκες;» τον ρώτησε.

«Δεν κοιμήθηκα! Απ' ό,τι διάβασα, μπορεί κανείς να προκαλέσει τη λειτουργία αυτού του μηχανισμού εσκεμμένα και να ξαναθυμηθεί περασμένες ζωές του. Τι λες, θα δεχτεί αυτός ο Σεσάρ να μου κάνει αναδρομή;»

«Για να είμαι ειλικρινής δεν ξέρω. Πάντως το μέντιουμ στη Λίμα, αποδείχτηκε σκέτη απάτη. Τον Σεσάρ τον έχω εμπιστοσύνη, αλλά δεν ξέρω αν μπορεί. Μου έδωσε περισσότερο την εντύπωση ανθρώπου που έχει από τη φύση του κάποια χαρίσματα και την σοφία της ηλικίας του, όμως αν το θέλεις πολύ, μπορούμε να πάμε να τον δούμε.»

* * *

Η ανάβαση, σχεδόν αναρρίχηση σε αρκετά σημεία της πλαγιάς, τους πήρε περισσότερο από μισή μέρα. Οι ώρες που ο Μάρτιν αφιέρωνε συχνά στο γυμναστήριο είχαν πιάσει τόπο, όμως τα πνευμόνια του, ταλαιπωρημένα από το πολύχρονο κάπνισμα και το λιγοστό οξυγόνο εξ αιτίας του μεγάλου υψόμετρου, διαμαρτύρονταν ενοχλητικά.

Όταν ο γέροντας Σεσάρ του επεσήμανε τις δυσκολίες, δεν τον

είχε πάρει και τόσο σοβαρά.

«Μου ζητάς να σε πετάξω στη μέση του ωκεανού χωρίς να ξέρεις καν να κολυμπάς,» του είχε τονίσει, ενώ ακόμη και ερωτήσεις του τύπου "ποιος είμαι και ποιος ο σκοπός της ζωής μου" δεν τις λάμβανε σοβαρά υπ' όψη του μια και τις είχε ακούσει και από ανθρώπους που δεν ενδιαφέρονταν στ' αλήθεια για τις απαντήσεις.

Όμως ο Μάρτιν επέμενε και μόνον όταν, ύστερα από ώρες κουβέντας, ο γέροντας πείστηκε πως η επιθυμία του πήγαζε με ειλικρίνεια από τα βάθη της καρδιάς του, συμφώνησε να τον βοηθήσει. Η ηλικία του βέβαια δεν του επέτρεπε να τον συνοδεύσει μέχρι το Ιερό Δέντρο, αλλά ο εγγονός του είχε όλα τα απαραίτητα προσόντα καθώς και τις κατάλληλες γνώσεις.

Ετοίμασαν ένα σακίδιο με τα απαραίτητα και η Τζέρυ τον αποχαιρέτησε με σφιγμένη καρδιά. Η παρουσία του Σεσάρ-εγγονού εξακολουθούσε να την ενοχλεί και το ότι ο Μάρτιν θα περνούσε τρεις ολόκληρες ημέρες μαζί του στο βουνό, δεν της άρεσε καθόλου σαν ιδέα.

«Ούτε κι εγώ τον εμπιστεύομαι ιδιαίτερα, της είχε εξομολογηθεί κι εκείνος, όμως αν μπορεί να με βοηθήσει να καταλάβω το βαθύτερο νόημα της ζωής μου, είμαι πρόθυμος να το ρισκάρω!»

Τώρα, τον ακολουθούσε κατά πόδας σ' ένα ανύπαρκτο μονοπάτι στην μέση της δασωμένης πλαγιάς, εμπιστευόμενος εκ των πραγμάτων σ' εκείνον την ύπαρξη της ίδιας του της ζωής.

Έφτασαν στο τόπο όπου δέσποζε το Ιερό Δέντρο, αιωνόβιο και πανύψηλο, λίγο πριν το σούρουπο. Ίσα, ίσα που πρόλαβαν να μαζέψουν ξύλα για τη φωτιά και να καθαρίσουν λίγα τετραγωνικά για τον καταυλισμό τους.

Ο Σεσάρ ήταν αμίλητος και παρ' όλες τις προσπάθειες του

Μάρτιν να του πιάσει κουβέντα, απέφευγε τα πολλά λόγια απαντώντας μονολεκτικά. Όταν η φωτιά άναψε για τα καλά του υπέδειξε να καθίσει στηρίζοντας την πλάτη του στο γέρικο κορμό και του έδωσε από το ιερό φυτό των Ινδιάνων που φύλαγε σ' ένα δερμάτινο σακουλάκι.

«Αγιαχουάσκα. Θα σε βοηθήσει να ... χαλαρώσεις.» του εξήγησε λακωνικά.

Ο Μάρτιν το πήρε επιφυλακτικά και τον κοίταξε έντονα στα μάτια. Η ερώτηση που ήθελε να του κάνει ήταν ολοφάνερη, αλλά ο νεαρός ινδιάνος του ανταπέδωσε στα ίσια το βλέμμα και ανασήκωσε τους ώμους. «Υποτίθεται πως ήρθες ως εδώ έχοντας κάποιο σκοπό, πως είσαι *σίγουρος* για την *πρόθεση* σου... Ωστόσο μπορείς ακόμη να κάνεις πίσω!»

Για λίγα λεπτά ο Μάρτιν απέμεινε να το κοιτάζει, προσπαθώντας να ελέγξει τον ξαφνικό φόβο που τον είχε κυριεύσει. Ναι, ήξερε καλά γιατί βρίσκονταν εδώ. Δεν είχε όμως ιδέα για το πώς επρόκειτο να το αποκτήσει. Σκόρπιες κουβέντες από τη συζήτηση του με τον γέροντα, που δεν της είχε δώσει την πρέπουσα σημασία, έρχονταν τώρα στο μυαλό του και τον γέμιζαν απορίες και ανησυχία. Αν ήταν τώρα εκείνος εδώ! Αν μπορούσε να ξαναμιλήσει μαζί του!

Ξαφνικά θύμωσε με τον εαυτό του και την ανόητη επιπολαιότητα του. Αντί να ανοίξει τα αυτιά και την καρδιά του στα λόγια του γέροντα, το μόνο που σκέφτονταν ήταν πώς θα τον έπειθε να δεχτεί να τον βοηθήσει. Και τώρα που βρίσκονταν εδώ, έτρεμε σαν αδιάβαστο σχολιαρόπαιδο στις εξετάσεις.

Έσφιξε τα δόντια του τόσο που πόνεσαν. «Ή ταν ή επί τας!» σκέφτηκε και χαμογέλασε με τον εαυτό του. Είχε να θυμηθεί αυτή την έκφραση από τότε που ήταν πραγματικό σχολιαρόπαιδο!

Το πήρε με σιγουριά και έδωσε το σακουλάκι στον Σεσάρ που τον κοίταξε για πρώτη φορά λιγότερο βλοσυρός. Ίσως πίστευε μέχρι τώρα πως δεν ήταν παρά ένας χαζό αμερικάνος που δεν ήξερε τι του γίνονταν και πως είχαν ανέβει άδικα στο βουνό.

«Μίλησε μου για το Ιερό Δέντρο!» του ζήτησε και παρ' όλο που δεν το περίμενε, εκείνος έβαλε να βράσει νερό στη φωτιά και άρχισε να του διηγείται τους παλιούς θρύλους, συνοδεύοντας την αφήγηση του με τους χαμηλούς μονότονους ήχους ενός μικρού τύμπανου.

Σιγά, σιγά η φωνή του γίνονταν όλο και πιο μελωδική ώσπου κατέληξε να τραγουδά. Ένα τραγούδι που έμοιαζε περισσότερο με παλιό νανούρισμα. Και σιγά, σιγά μέσα στην αφήγηση, άρχισε να παρεμβάλει λέξεις της δικής του γλώσσας, λέξεις που δεν είχαν κανένα νόημα για τον Μάρτιν, ώσπου κατέληξε να τραγουδά αποκλειστικά στη δική του διάλεκτο.

Στην αρχή εκείνος είχε επιδιώξει να τον παρακολουθήσει, προσπαθώντας να βγάλει συμπέρασμα από τα συμφραζόμενα. Όμως του γίνονταν όλο και πιο δύσκολο να καταφέρνει να επαγρυπνεί καθώς είχε αρχίσει να καταλαμβάνεται από ένα μυϊκό μούδιασμα, ενώ οι παλμοί της καρδιάς του είχαν θαρρείς συντονιστεί με τον πρωτόγνωρο ρυθμό του τύμπανου.

Κι όταν πια έπαψε να προσπαθεί να παρακολουθήσει το νόημα και άφησε τους ήχους να τον διαπεράσουν χωρίς αντίσταση, ένιωσε το μυαλό του να απαλλάσσεται από τις αμφίβολες βεβαιότητες της καθημερινότητας του και να ανυψώνεται ακολουθώντας το τραγούδι σε κάποια άλλη πραγματικότητα, που ο ορθολογισμός του δεν μπορούσε να κατανοήσει. Όμως με έκπληξη διαπίστωνε πως σ' ένα βαθύτερο επίπεδο, αυτή η πραγματικότητα δεν του ήταν άγνωστη.

Ένιωσε να απλώνει δυο τεράστια φτερά και με μια απρόσμενη ώθηση να σηκώνεται ψηλά. Κι όταν αναζήτησε τον εαυτό του σαν υπόσταση, τον ένιωσε μέσα από την ενεργειακή ύπαρξη ενός αετού. Ενός αετού που πέταγε ελεύθερος στον ουρανό, αναζητώντας τη Γνώση στους μυθικούς δρόμους της πανάρχαιας εποχής της Δημιουργίας. *Κι εκεί, έξω από το χώρο και το χρόνο, η πρόθεση του έγινε το κλειδί που του άνοιγε τις πύλες για να βρει τις απαντήσεις.*

Όταν ξανάνοιξε τα μάτια του, βρίσκονταν ξαπλωμένος μέσα στον υπνόσακο του δίπλα στη φωτιά. Ο Σεσάρ κάθονταν απέναντί του τυλιγμένος στο πόντσο του και τον παρακολουθούσε άγρυπνος.

«Δεν ξημέρωσε ακόμη;» ρώτησε βραχνά και παράτησε την προσπάθεια να σηκώσει το κεφάλι του, έτσι που το ένιωθε να γυρίζει.

Ο Σεσάρ του έκανε νόημα να μείνει ξαπλωμένος.

«Κοιμήσου, είναι νωρίς ακόμη...» τον καθησύχασε και ο Μάρτιν γύρισε πλευρό, αγνοώντας τελείως πως κοιμόταν για περισσότερο από εικοσιτέσσερις ώρες.

Ωστόσο, ο ύπνος του ήταν βαθύς και γαλήνιος, γεμάτος μεγάλα και διαυγή όνειρα που διαδέχονταν το ένα το άλλο σχεδόν ασταμάτητα. Κάποιες φορές είχε την επίγνωση πως ονειρεύονταν, ενώ άλλοτε ήταν σίγουρος πως βρίσκονταν σε εγρήγορση. Μια τέτοια στιγμή ήταν που είδε τον εαυτό του να παίρνει μέρος σε μια συμπλοκή σώμα με σώμα με δυο άνδρες και με έκπληξη διαπίστωσε πως ο ένας ήταν ο Σεσάρ.

Πετάχτηκε σχεδόν όρθιος και χρειάστηκε αρκετά δευτερόλεπτα μέχρι να συνειδητοποιήσει πως ήταν όνειρο. Ο Σεσάρ κοιμόταν στο πλάι του και η φωτιά είχε χαμηλώσει, όμως είχε αρχίσει να ξημερώνει και το πρώτο φως της αυγής διαπερνούσε τα φυλλώματα των δέντρων διώχνοντας τις σκιές της νύχτας.

ΤΟ ΜΥΣΤΙΚΟ ΤΩΝ ΘΕΩΝ

Δυνάμωσε τη φωτιά κι έβαλε να βράσει νερό για να κάνει καφέ. Όταν ξύπνησε ο Σεσάρ τον βρήκε να κάθεται απορροφημένος στις σκέψεις του. Το μυαλό του είχε αρχίσει και πάλι να λειτουργεί με το γνωστό ορθολογικό του σύστημα, προσπαθώντας να αξιολογήσει την εμπειρία του, όμως ξαφνικά, ο Μάρτιν συνειδητοποίησε πως όσο "έψαχνε" το νόημα με τη λογική, τόσο πιο απόμακρο γινόταν. Ο νεαρός ινδιάνος του χαμογέλασε με κατανόηση. «Είμαι εδώ για να σε βοηθήσω να λύσεις κάποιες απορίες.» του είπε όταν εκείνος του εξέφρασε την αδυναμία του να εξηγήσει κάποια πράγματα. «Όμως μην περιμένεις από μένα να σου δώσω συγκεκριμένες απαντήσεις. Εκείνο που μπορώ να κάνω, είναι να σε βοηθήσω να βρεις τις κατάλληλες ερωτήσεις.....»

* * *

Η Τζέρυ ακούμπησε το πιάτο με τα τυριά στο χαμηλό τραπέζι και γέμισε τα ποτήρια τους με κόκκινο κρασί. Τα μάτια της έλαμπαν από χαρά για την επιστροφή του Μάρτιν, μα κυρίως γιατί ένιωθε πως ο Μάρτιν που είχε γυρίσει από το βουνό ήταν ο *δικός* της Μάρτιν. Εκείνος που τόσο καλά γνώριζε στο βάθος της καρδιάς και της ύπαρξής της.

Της μιλούσε για την εμπειρία του επί ώρες. Σε όλη τη διάρκεια της διαδρομής από το Πάσκο μέχρι το σπίτι της και μετά σχεδόν όλη τη νύχτα.

Όταν της είπε για την συμπλοκή που είχε στο όνειρο του με τον Σεσάρ, εκείνη αναγνώρισε την σκηνή στο δικό της όραμα και, ως δια μαγείας, η φοβία που ένιωθε στην σκέψη του νεαρού διαλύθηκε αφήνοντας την γεμάτη απορία.

«Τι μπορεί να σημαίνει αυτό;» αναρωτήθηκε και αμέσως θυμήθηκε πως κάπου είχε διαβάσει κάτι σχετικό, αλλά της ήταν αδύνατο να θυμηθεί τι ακριβώς.

«Εμένα είναι κάτι άλλο που με απασχολεί...» της δήλωσε εκείνος. «Ανάμεσα από όλες τις εικόνες που έχω κρατήσει μέσα μου, είναι κάποια που μου δημιουργεί μια καταλυτική αίσθηση του πεπρωμένου. Ξέρω με κάποιο τρόπο πως έχει ιδιαίτερη σημασία για τη ζωή, όχι μόνο τη δική μου, αλλά την δική σου, ακόμη και της Κιμ και όχι μόνο. Και εδώ είναι που μπερδεύομαι. Αισθάνομαι την παρουσία και άλλων ανθρώπων που τους ξέρω καλά, χωρίς να τους γνωρίζω! Εκείνο όμως που είναι πιο έντονο από όλα, είναι το συναίσθημα του χρέους. Κάτι που πρέπει να κάνω, γι αυτούς τους ανθρώπους ή μαζί με αυτούς! Όμως μου είναι αδύνατον να θυμηθώ τι. Ο Σεσάρ λέει, πως θα το θυμηθώ όταν έρθει η κατάλληλη ώρα. Όταν θα είμαι έτοιμος να το αντιμετωπίσω.»

«Ό,τι και αν είναι, θα το αντιμετωπίσουμε μαζί. Και αυτό, το ότι είμαστε μαζί, εμένα μου φτάνει. Νιώθω έτοιμη, ακόμη και να πεθάνω αυτή τη στιγμή, όσο μελοδραματικό κι αν ακούγεται!» Η Τζέρυ προσπάθησε να κρύψει το δάγκωμα της ζήλιας που ένιωσε στο άκουσμα του ονόματος της Κιμ, μάταια.

Ο Μάρτιν την τράβηξε κοντά του γελώντας. «Ελπίζω να μην το κάνεις χωρίς εμένα!» την πείραξε και η ατμόσφαιρα αποφορτίστηκε και η κουβέντα τους άλλαξε πορεία.

Ωστόσο, θα ξαναγύριζαν στο ίδιο θέμα πολύ πιο σύντομα απ' όσο περίμεναν, και κυρίως, από έναν δρόμο που δεν μπορούσαν ποτέ να φανταστούν.

ΑΣΙΟΥΤ - ΑΙΓΥΠΤΟΣ

Το μόνο που είχε απομείνει από τον Αρχιερέα ήταν ο φτερωτός σκαραβαίος από καρνεόλιο.

Η Νασσίμ τον καθάρισε από τις κάπνες της φωτιάς κλαίγοντας και τον φύλαξε πάνω της με σεβασμό. Οι πήλινες πινακίδες, τοποθετημένες ανάμεσα από πριονίδια και συσκευασμένες σε ξύλινα κιβώτια, είχαν μετατραπεί σε μαυρισμένα όστρακα, σκόρπια στη στάχτη......

Ο ήλιος είχε βγει καίγοντας ανελέητα από την πρώτη στιγμή όμως κανείς δεν έδινε σημασία στην ζέστη. Τα ασθενοφόρα είχαν πάρει ήδη τους νεκρούς και στην περιοχή βρίσκονταν ο διευθυντής αστυνομίας των Θηβών με τους άντρες του κι ένα στρατιωτικό απόσπασμα των ειδικών δυνάμεων. Από το Κάιρο, έρχονταν με πτήση τσάρτερ, ο αρχηγός της αντιτρομοκρατικής υπηρεσίας, ο υφυπουργός πολιτισμού με τον γραμματέα του και ο επίκουρος καθηγητής της έδρας της αιγυπτιολογίας στο πανεπιστήμιο όπου δίδασκε η Νασσίμ.

Οι φοιτητές και οι συνεργάτες της κρατούνταν υπό περιορισμό στο εσωτερικό του μασταμπά, όχι δηλαδή πως είχαν και κάπου να σταθούν αν έβγαιναν έξω, μέχρι να τελειώσει η έρευνα των ιχνευτών. Αν και ήταν απίθανο να βγάλουν άκρη, ύστερα από τα τρεχάματα τόσων ανθρώπων την προηγούμενη νύχτα.

259

Η φωτιά δεν είχε αφήσει πίσω της τίποτε και ξαφνικά το μόνο σημείο αναφοράς μέσα στην έρημο είχε γίνει και πάλι το ταφικό μνημείο, όπως πρέπει να ήταν και την εποχή της κατασκευής του. Τα προσωπικά τους αντικείμενα είχαν καταστραφεί και ό,τι τους απέμεινε ήταν αυτά που φορούσαν ή έτυχε να έχουν πάνω τους. Ευτυχώς ο Έρικ και Πασκάλ είχαν φυλαγμένες τις κάμερες και τα αρχεία τους στο Σερντάμπ του μασταμπά επειδή εκεί είχε δροσιά κι αυτό αποτελούσε κάποια παρηγοριά στην συμφορά που τους είχε τύχει.

Οι ώρες περνούσαν βαριές και μερικοί αποφάσισαν να ασχοληθούν με τη δουλειά ρουτίνας που είχαν προγραμματισμένη για να απασχολήσουν το μυαλό τους. Το μεσημέρι, τους έφεραν συσσίτιο από γειτονικό στρατόπεδο και αργά το απόγευμα τους πρότειναν να τους μεταφέρουν σε ξενοδοχείο στις Θήβες μέχρι να τελειώσουν οι καταθέσεις τους και η έρευνα.

Η Νασσίμ ζήτησε να τους ξαναστήσουν τον καταυλισμό τους για να μπορούν να συνεχίσουν τη μελέτη τους μέχρι να πάρουν κατάθεση από όλους, κάτι που σίγουρα θα έπαιρνε αρκετό καιρό. Όμως ο αρχηγός της αντιτρομοκρατικής ήταν ανένδοτος. Έπρεπε να εκκενώσουν την περιοχή και να σφραγίσουν τον τάφο μέχρι να ξεκαθαρίσει η κατάσταση και να ηρεμήσουν τα πράγματα.

Οι φοιτητές δεν είχαν καμία αντίρρηση να φιλοξενηθούν στις Θήβες. Γι αυτούς θα ήταν κάτι σαν δωρεάν διακοπές, αν βέβαια εξαιρούσες τις βόλτες στην αστυνομία. Όμως η Νασσίμ δήλωσε πως σ' αυτή την περίπτωση, προτιμούσε να κατέβουν στην Ασιούτ και να μείνουν στο σπίτι των γονιών της. Και ήταν ανυποχώρητη σ' αυτό, όταν ο διευθυντής της αστυνομίας άρχισε να της μασά δικαιολογίες, υψώνοντας τη φωνή της πως τους αντιμετώπιζαν σαν ύποπτους, ενώ θα έπρεπε εκείνοι να ζητήσουν ευθύνες από το στρατό που δεν είχε καταφέρει να τους προστατέψει και που αν ήταν ακόμη ζωντανοί το χρωστούσαν στην καλή τους τύχη!

Ο αστυνόμος ζήτησε λίγο χρόνο να συνεννοηθεί με τους συνεργάτες του και έπειτα από την επέμβαση του υφυπουργού τελικά συμφώνησε, με την προϋπόθεση να βρίσκονται σε επαφή μαζί του γι οτιδήποτε προέκυπτε. Αργά το ίδιο βράδυ, η Νασσίμ και η ομάδα της, βρίσκονταν στην ασφάλεια του πατρικού της.

* * *

Τα επόμενα εικοσιτετράωρα πέρασαν ανάμεσα σε τρεχάματα και διατυπώσεις σε πρεσβείες και κρατικές υπηρεσίες. Ευτυχώς η ασφαλιστική εταιρία φάνηκε ιδιαίτερα ευαίσθητη με την περίπτωση τους και μέχρι το τέλος της εβδομάδας είχαν πάρει τις αποζημιώσεις τους ενώ παράλληλα οι τράπεζες τους, τους έστειλαν τις νέες τους κάρτες. Ωστόσο τα υπόλοιπα από τα χρήματα της επιχορήγησης που περίμενε η Νασσίμ, και παρ' ότι η έγκριση είχε δοθεί από καιρό, είχαν "κολλήσει" κάπου μεταξύ υπουργείου και τραπεζικού συστήματος.

«Μην στενοχωριέσαι. Θα προλάβεις να μας πληρώσεις!» αστειεύονταν ο Ντάγκλας. «Έτσι κι αλλιώς δεν πρόκειται να πάμε πουθενά, τουλάχιστον όχι χωρίς συνοδεία!»

Αναφέρονταν σε τέσσερις μυστήριους τύπους που τους παρακολουθούσαν, εναλλάξ ανά δύο κατά πόδας, όπου κι αν πήγαιναν, από τη στιγμή που είχαν πατήσει το πόδι τους στην Ασιούτ. Διακριτικά υποτίθεται, όμως ο Βέρτζιλ τους είχε αντιληφθεί από την αρχή και διασκέδαζε μαζί τους, φέρνοντας τους σε δύσκολη θέση, χωρίς όμως να τους αφήνει να καταλάβουν πως ήξερε για την παρουσία τους. Οι υπόλοιποι

261

γελούσαν με την κατάσταση, όμως η Νασσίμ είχε αρχίσει να εκνευρίζεται.

Ήταν η πρώτη μέρα που δεν είχαν να κάνουν τίποτε, είχαν τελειώσει ακόμη και τα ψώνια τους από την αγορά σε ρούχα και είδη πρώτης ανάγκης και αποφάσισαν να μείνουν μέσα και να ξεκουραστούν.

«Απορώ με ποια λογική μας παρακολουθούν!» ξέσπασε αγανακτισμένη. «Τι νομίζουν, πως έχουμε διασυνδέσεις με τους εξτρεμιστές;»

«Ίσως θέλουν να είναι σίγουροι πως δεν θα φύγουμε πριν τελειώσουν την έρευνα τους. Προφανώς, ο καθένας από μας, θεωρείται απαραίτητος για την θετική έκβαση της.» σχολίασε ψύχραιμα ο Έρικ.

«Ανοησίες! Αύριο πρωί, πρωί θα τηλεφωνήσω στον υφυπουργό. Αυτό που κάνουν είναι απαράδεκτο!» επέμενε η Νασσίμ.

Όταν τρεις ημέρες αργότερα της τηλεφώνησε ο γραμματέας του υφυπουργού, ήταν κατηγορηματικός. Σύμφωνα με τις επαφές που είχε ο προϊστάμενος του, δεν τους παρακολουθούσε κανείς. Ούτε η αντιτρομοκρατική υπηρεσία, ούτε η αστυνομία.

«Μα δεν είναι δυνατόν! Και ποιοι είναι αυτοί δηλαδή;»

«Λυπάμαι, δεν έχω ιδέα. Καλά θα κάνατε να το καταγγείλετε.» την συμβούλεψε ο υπάλληλος του υπουργείου.

«Ναι, αφού είναι έτσι... Ευχαριστώ πολύ.» η Νασσίμ κατέβασε το ακουστικό σκεπτική και βγήκε στην πίσω αυλή όπου ήταν μαζεμένοι οι άλλοι και ταξινομούσαν τις φωτογραφίες που είχαν πάρει πριν λίγο από το εργαστήριο που τις είχε εμφανίσει.

Άκουσαν τα νέα ξαφνιασμένοι και συμμερίστηκαν τους προβληματισμούς της. «Τότε ποιος;» ήταν το κύριο ερώτημα αλλά η φαντασία τους δεν τους βοηθούσε καθόλου.

262

«Αρχίζω και ανησυχώ.» δήλωσε ο Βέρτζιλ.

«Ίσως απλά να μην θέλουν να το παραδεχτούν!» υπέθεσε η Πασκάλ.

«Ας περιμένουμε να δούμε μήπως αλλάξει κάτι τώρα που μαθεύτηκε πως τους έχουμε εντοπίσει και αν όχι, θα κάνω καταγγελία. Αυτή τουλάχιστον ήταν η γνώμη του γραμματέα.» εξήγησε η Νασσίμ κι όλοι συμφώνησαν.

«Εμείς φεύγουμε.» τους διέκοψε η μητέρα της. «Το βράδυ θα κοιμηθούμε στης θείας σου, γι αυτό μην ανησυχήσεις.»

«Εντάξει μανούλα. Να δώσεις τις ευχές μου και ζήτα συγνώμη που δεν μπορώ να έρθω στη γιορτή.»

«Εντάξει, εντάξει. Τους τα είπα κιόλας από το τηλέφωνο. Μη στενοχωριέσαι...» την κανάκεψε εκείνη κι έφυγε βιαστική να προλάβει τον άντρα της που ήταν κιόλας στο δρόμο.

«Θέλετε να βγούμε κι εμείς μια βόλτα όταν δροσίσει;» τους πρότεινε η Πασκάλ. «Έχουμε πολύ καιρό να ξεσκάσουμε λιγάκι...» συμπλήρωσε τάχα με παράπονο και δεν της χάλασαν το χατίρι.

Είδαν μια κωμωδία στον κινηματογράφο και μετά πήγαν για φαγητό. Στο γυρισμό αποφάσισαν να περπατήσουν ώστε να χωνέψουν πιο εύκολα, μια και η ώρα ήταν αρκετά περασμένη. Και φυσικά οι ...μυστήριοι από κοντά.

«Θα τους μιλήσω.» δήλωσε ο Βέρτζιλ αλλά οι υπόλοιποι διαφώνησαν πανικοβλημένοι. Έφτασαν τελικά στο σπίτι πριν εκείνος καταφέρει να τους αλλάξει γνώμη και με έκπληξη διαπίστωσαν πως το αυτοκίνητο που τους παρακολουθούσε έστριψε και απομακρύνθηκε αντί να παρκάρει στην πιο κάτω γωνία, όπως συνήθως.

«Αλλαγή βάρδιας προφανώς!» σχολίασε ο Ντάγκλας και η Νασσίμ ξεκλείδωσε και άναψε τα φώτα.

Παρ' όλο που ήξερε πως δεν ήταν κανείς "στημένος" έξω, την

263

ενοχλούσε που με αναμμένα φώτα φαίνονταν το εσωτερικό του σπιτιού από το δρόμο και βιάστηκε να τραβήξει τις κουρτίνες. Αντιλήφθηκε την τρύπα στο τζάμι μόνο όταν ο αέρας, που έμπαινε, φύσηξε το αραχνοΰφαντο ύφασμα. Ήταν σε μια από τις μπαλκονόπορτες του ισογείου, από αυτές που έβγαζαν στην πλαϊνή βεράντα. Μια ολοστρόγγυλη τρύπα παραδίπλα από το πόμολο.

Ένιωσε σαν να της έριχναν παγωμένο νερό στη ράχη και κοίταξε τριγύρω της έντρομη.

Όλα βρίσκονταν στην θέση τους και τίποτε δεν μαρτυρούσε αν κάποιος είχε μπει στο σπίτι. Προφανώς ούτε οι άλλοι είχαν αντιληφθεί κάτι παράξενο, γιατί τους άκουγε να κουβεντιάζουν και να γελούν στην κουζίνα.

Γύρισε με κομμένη την ανάσα στην γωνία όπου ήταν στημένη η κάβα με τα ποτά. Ο μαύρος κύλινδρος του Θωθ βρίσκονταν στο ράφι που τον είχε βάλει, δίπλα σ' ένα μπουκάλι ουίσκι συσκευασμένο σ' ένα επίσης μαύρο μεταλλικό κουτί. Ένιωσε την καρδιά της να έρχεται στη θέση της κι έσφιξε ασυναίσθητα το πάνινο πουγκί με τον φτερωτό σκαραβαίο που κρέμονταν από το λαιμό της. Και ενώ όλα έγιναν σε κλάσματα δευτερολέπτου, είχε την εντύπωση πως ο χρόνος είχε παγώσει και πως ζούσε σε slow motion.

Όταν ξαναβρήκε την ψυχραιμία της φώναξε τον Ντάγκλας και του έδειξε το τζάμι. Λίγα λεπτά αργότερα ανακάλυπταν πως έλλειπε όλο το κινηματογραφικό και φωτογραφικό υλικό.

Ο διαρρήκτης δεν είχε πάρει απολύτως τίποτε άλλο, ούτε καν είχε μπει στον κόπο να σκηνοθετήσει μια φαινομενική ληστεία, έτσι για να καλύψει τις προθέσεις του. Στόχος του ήταν τα ντοκουμέντα της ανασκαφής και κυρίως αυτά που αποτελούσαν αποδείξεις, εφ' όσον δεν είχε πειράξει τίποτε από τις σημειώσεις τους, που βρίσκονταν πάνω στο γραφείο.

«Ευτυχώς που δεν ήταν ακόμη έτοιμες οι διαφάνειες!» σχολίασε η Δάφνη και αστραπιαία έκαναν όλοι την ίδια σκέψη. Έπρεπε να κινηθούν γρήγορα, πριν ο διαρρήκτης και οι συνεργάτες του αντιληφθούν ότι έλλειπαν, αν βέβαια γνώριζαν την ύπαρξη τους, κάτι διόλου απίθανο.

«Θα πάμε εγώ με τον Έρικ.» δήλωσε ο Βέρτζιλ. «Εσείς τηλεφωνήστε στον φωτογράφο να τον ξυπνήσετε και μάλλον πρέπει να καλέσουμε και την αστυνομία.»

«Ίσως αυτό το τελευταίο πρέπει να το σκεφτούμε.» σχολίασε ο Ντάγκλας.

«Τι θέλεις να πεις;»

«Νομίζω πως είναι καλύτερα να γυρίσετε πρώτα και μετά να τους ειδοποιήσουμε. Και επίσης θα πρότεινα να μην αναφέρουμε την ύπαρξη των slides. Δεν ξέρουμε ποιος μας παρακολουθούσε όλες αυτές τις ημέρες, το σίγουρο πάντως είναι πως αποχώρησε ακριβώς λίγο μετά την κλοπή. Άλλωστε το τι -δεν- πήραν, δεν ενδιαφέρει την αστυνομία. Αν όμως υπάρχει η σχέση που προανέφερα και μια και δεν είμαστε σίγουροι για την ταυτότητα των "μυστήριων" καλύτερα να μην αναφέρουμε τίποτε.»

«Εγώ συμφωνώ.» δήλωσε η Νασσίμ διαπιστώνοντας πως δεν ήταν μόνο η δική της φαντασία που έτρεχε μακριά.

Και βέβαια, όπως ήταν αναμενόμενο, δεν έκλεισαν μάτι όλη τη νύχτα παρ' όλο που οι άνδρες της σήμανσης ήταν μεθοδικοί και γρήγοροι στη δουλειά τους.

Στην κατάθεση τους, τους ανέφεραν και το ότι παρακολουθούνταν όλες αυτές τις ημέρες και πως σκόπευαν να το καταγγείλουν όταν διαπίστωσαν πως καμιά κρατική υπηρεσία δεν ευθύνονταν γι αυτό, αλλά τους πρόλαβε η διάρρηξη. Ο αξιωματικός υπηρεσίας έστειλε δύο άνδρες του να ερευνήσουν την γύρω περιοχή, αλλά δεν εντόπισαν κανέναν.

Ωστόσο, δύο μέρες αργότερα συνειδητοποίησαν πως δεν είχαν πάψει ποτέ να παρακολουθούνται, απλά είχαν αντικατασταθεί οι γνωστοί-άγνωστοι τύποι με το αυτοκίνητο από ένα νεαρό ζευγάρι που μετακινούνταν με μηχανή. Κι ενώ προσπαθούσαν να βγάλουν κάποιο συμπέρασμα ως προς την ταυτότητα και τους σκοπούς του κυκλώματος, γιατί σίγουρα επρόκειτο για οργανωμένη δραστηριότητα, τους κάλεσαν από την αστυνομία για συμπληρωματικές καταθέσεις.

Όπως έμαθαν εκεί, σύμφωνα με το πόρισμα του ιατροδικαστή, ο νεκρός εξτρεμιστής είχε πεθάνει τουλάχιστον ένα εξάωρο πριν σκοτωθούν οι στρατιώτες κατά την διάρκεια της επίθεσης. Κι αυτό φυσικά ανέτρεπε τα πάντα και η έρευνα ξεκινούσε από την αρχή, βασισμένη πια στο νέο αυτό στοιχείο που συνδυαστικά, εκείνους τουλάχιστον, τους οδηγούσε σε περίεργα συμπεράσματα.

Κάθονταν στο κιόσκι της πίσω αυλής απολαμβάνοντας το δροσερό αεράκι της νύχτας, προσπαθώντας να χαλαρώσουν ύστερα από την ταλαιπωρία που είχαν υποστεί όλη σχεδόν την μέρα στο γραφείο του ανακριτή.

«Κάτι δεν κολλάει σ' αυτή την ιστορία...» μονολόγησε η Νασσίμ και ο Βέρτζιλ βιάστηκε να συμφωνήσει μαζί της. «Εγώ έχω αυτή την εντύπωση από την αρχή. Πέρα από το ότι δεν μπορώ να φανταστώ για ποιο λόγο μια τρομοκρατική οργάνωση θα χτυπούσε μια αρχαιολογική αποστολή και όχι κάτι πιο ουσιώδες, δεν μπορώ να καταλάβω γιατί να προχωρήσουν σε εμπρησμό των ευρημάτων, όταν προφανώς ο στόχος τους ήταν οι στρατιώτες που μας συνόδευαν.»

«Αν δεχθούμε ότι αυτοί που μας παρακολουθούν όντως δεν ανήκουν σε κάποιο κρατικό μηχανισμό,» πήρε το λόγο ο Έρικ «τότε θα μπορούσαμε να υποθέσουμε πως για τον ίδιο λόγο που έκλεψαν το φωτογραφικό υλικό, έκαψαν και τα ευρήματα.»

«Δηλαδή εννοείς πως υπάρχει σχέση ανάμεσα στην επίθεση και στη διάρρηξη;»

«Έτσι νομίζω. Μέχρι στιγμής τουλάχιστον, έχουμε ένα κοινό στοιχείο στα δύο συμβάντα −την καταστροφή των ευρημάτων και την κλοπή του φωτογραφικού υλικού της ανασκαφής.»

«Και γιατί να ενδιαφέρονται γι αυτά οι τρομοκράτες;» αναρωτήθηκε εύλογα η Πασκάλ.

Ο Ντάγκλας στράφηκε στην Νασσίμ. «Αλήθεια, όταν βρήκες μέσα στις στάχτες τον σκαραβαίο, δεν είχε απομείνει τίποτε άλλο από τα ευρήματα;»

«Υποθέτω... Ήταν όλα κάρβουνο και μάλιστα η θερμοκρασία αρκετά υψηλή, ώστε δεν μπορούσα να προχωρήσω περισσότερο. Ο σκαραβαίος ήταν πεσμένος παράταιρα και πρόλαβα να τον πάρω πριν με απομακρύνουν οι άντρες της υπηρεσίας.»

«Δεν μπορείς να είσαι σίγουρη δηλαδή για το μέγεθος της καταστροφής;»

«Όχι βέβαια, αλλά υποτίθεται πως αυτό θα το φροντίσει ειδικός εμπειρογνώμονας.»

«Ο οποίος, αν δεν βρει τίποτε, θα γράψει στην έκθεση του πως τα πάντα έχουν καταστραφεί!» επέμενε ο Ντάγκλας.

«Προφανώς...»

«Και επομένως κανείς πια δεν θα αναζητήσει τα ευρήματα, αλλά και ούτε θα μπορεί να τα αναγνωρίσει, εφ όσον δεν υπάρχουν πλέον ούτε οι φωτογραφίες τους!» κατέληξε εκείνος.

«Πιστεύεις δηλαδή πως ο εμπρησμός ήταν σκηνοθεσία, ώστε να καρπωθούν οι τρομοκράτες τον θησαυρό;»

«Πιστεύω πως όλο το συμβάν ήταν σκηνοθεσία! Δεν έχουμε να κάνουμε με τρομοκράτες, αλλά με οργανωμένη σπείρα αρχαιοκαπήλων! Σ' αυτό συνηγορεί και ο τρόπος που έγινε η επίθεση. Ήσυχα και μεθοδικά! Και βέβαια το πτώμα του, εντός

267

εισαγωγικών, τρομοκράτη! Δεν ξέρω ποιος ήταν αυτός ο καημένος, αλλά έπαιξε τον τελευταίο ρόλο της ζωής του, ως τρομοκράτης. Σαφώς, χωρίς τη θέληση του. Αναγκάστηκαν να τον σκοτώσουν αρκετές ώρες πριν, φοβούμενοι πως θα δοκιμάσει να τους προδώσει, όμως τελικά τους πρόδωσε ακόμη και νεκρός! Και επίσης, καμιά τρομοκρατική οργάνωση δεν έχει αναλάβει την ευθύνη της επίθεσης.»

«Και τότε γιατί εξακολουθούν να μας παρακολουθούν και γιατί η αστυνομία δεν μπόρεσε μέχρι στιγμής να τους εντοπίσει;» απόρησε η Δάφνη.

«Η δεύτερη ερώτηση μπορεί να έχει περισσότερες από μια απαντήσεις.

Όσο για την πρώτη υποψιάζονται πως έχουμε κι άλλα στοιχεία στα χέρια μας ή απλώς θέλουν να βεβαιωθούν ελέγχοντας τις κινήσεις μας.»

«Ευτυχώς που δεν μαγνητοσκοπούσαμε την ώρα που ανοίξαμε την κρύπτη με τον κύλινδρο. Διαφορετικά τώρα θα γνώριζαν για την ύπαρξη του!» σχολίασε ο Έρικ.

«Ξέρει κανείς άλλος εκτός από μας γι αυτόν;»

«Όχι. Δεν το ανέφερα ακόμη σε κανέναν και τελικά δεν μετανιώνω γι αυτό.» δήλωσε η Νασσίμ. «Προτιμώ να υποστώ τις επικρίσεις του οποιοδήποτε, παρά να βάλω σε κίνδυνο το μοναδικό ντοκουμέντο από τα κείμενα του Μενεφθά.»

Η Νασσίμ αναρωτήθηκε νοερά μήπως η φαντασία της το παρατραβούσε, όμως συσχετίζοντας την κλοπή με τον εμπρησμό των πινακίδων, ένας σωρός υποψίες γεννιόταν από μόνες τους. Κι αν είχε δίκιο, άραγε πως θα αντιδρούσαν -οι δράστες- όταν μάθαιναν για την ύπαρξη του Πέτρινου Αρχείου; Θα ανατίναζαν το μνημείο;

«Δεν θα τον ανοίξεις;» ρώτησε ο Βέρτζιλ.

«Είναι σφραγισμένος με την πήλινη σφραγίδα του Μενεφθά.

Θεώρησα σκόπιμο να γίνει επίσημα, τηρώντας όλες τις τυπικές διαδικασίες, αλλά μέχρι στιγμής δεν είχα τον απαραίτητο ελεύθερο χρόνο.»

«Μπορούμε να το κάνουμε τώρα;»

«Αν δεν είστε κουρασμένοι και έχετε διάθεση, εγώ συμφωνώ ευχαρίστως. Άλλωστε δεν το κρύβω πως όλες αυτές τις ημέρες, παρ' όλα όσα συνέβαιναν γύρω μας, το μυαλό μου ήταν συνέχεια σ' αυτόν. Υποθέτω πως είναι κάποιο ιδιαίτερα σημαντικό κείμενο, για να βρίσκεται φυλαγμένο με τόση προσοχή, όμως εκείνο που με βασανίζει είναι το υλικό κατασκευής του κυλίνδρου φύλαξης. Δεν έχω ξαναδεί κάτι τέτοιο σε όλη την πορεία της καριέρας μου, αλλά και ούτε θυμάμαι να έχω ακούσει ή διαβάσει για κάτι παρόμοιο. Και το χειρότερο είναι πως, έτσι όπως έχουν έρθει τα πράγματα, δεν μπορώ να απευθυνθώ ούτε στο χημικό εργαστήριο της σχολής προκειμένου να το εξετάσουν!»

«Δεν υπάρχει πιθανότητα να αναφέρεται η προέλευση του μέσα στο παπυρικό κείμενο;»

«Ίσως... Ας μην καθυστερούμε άλλο λοιπόν. Δεν έχουμε παρά να το διαπιστώσουμε!»

ΟΙ ΦΥΛΑΚΕΣ ΤΩΝ ΜΥΣΤΙΚΩΝ

Παρ' ότι το δωμάτιο όπου είχε το γραφείο του ο πατέρα της βρίσκονταν στην πλευρά του σπιτιού που έβλεπε στην πίσω αυλή, η Νασσίμ ήθελε να είναι σίγουρη πως κανένα αδιάκριτο μάτι δεν θα τους έβλεπε. Έτσι έκλεισε όχι μόνο τις κουρτίνες στο παράθυρο, αλλά και τα ξύλινα παραθυρόφυλλα. Έφερε τον κύλινδρο φύλαξης με τον πάπυρο και τον ακούμπησε πάνω στο έπιπλο του γραφείου ενώ ο Έρικ με την κάμερα και η Πασκάλ με την φωτογραφική μηχανή έπιασαν δουλειά.

Η Νασσίμ ήθελε, αν ήταν εφικτό, να αποκολλήσει την πήλινη σφραγίδα από τον παπυρικό κύλινδρο χωρίς να την σπάσει και φυσικά χωρίς να καταστρέψει το κείμενο. Αν βρίσκονταν στο πανεπιστήμιο, θα χρησιμοποιούσε κάποιο ειδικό διαβρωτικό γι αυτή την δουλειά, όμως τώρα ήταν υποχρεωμένη να το κάνει με κοπίδι και τσιμπιδάκι δουλεύοντας χιλιοστό προς χιλιοστό.

Η προσμονή της αποκάλυψης, η αγωνία του αν θα τα καταφέρει με επιτυχία και η ζέστη στο κλειστό δωμάτιο, έκαναν τα χέρια της να ιδρώνουν και να την δυσκολεύουν περισσότερο.

Ακούμπησε στη ράχη της καρέκλας της ξεφυσώντας.

«Πάω να ρίξω λίγο νερό στο πρόσωπο μου.» είπε καθώς

ετοιμάστηκε να σηκωθεί και ο Έρικ σταμάτησε την μαγνητοσκόπηση. Το επόμενο δευτερόλεπτο η πήλινη σφραγίδα έσπασε από μόνη της στα δύο μ' ένα χαρακτηριστικά δυνατότερο, απ' όσο δικαιολογούνταν, θόρυβο κάνοντας τους όλους να παγώσουν άφωνοι.

«Το τράβηξες;» ρώτησε με κομμένη την ανάσα ο Ντάγκλας που συνήλθε πρώτος από την έκπληξη και ο Έρικ δεν μπορούσε να χωνέψει πως το έχασε για κλάσματα του δευτερολέπτου.

«Είναι εδώ... » μουρμούρισε ο Βέρτζιλ κι όλοι τον κοίταξαν. «Ο Αρχιερέας είναι εδώ.» ξανάπε και τώρα όλοι κοίταξαν μουδιασμένοι τριγύρω τους αλλά ο Έρικ ξανάρχισε την μαγνητοσκόπηση.

«Έχουμε την άδεια και την ευλογία του να προχωρήσουμε στην ανάγνωση του κειμένου. Η σφραγίδα εκπλήρωσε πλέον τον σκοπό της... την έσπασε για χάρη μας... »

Μια απαλή αύρα δροσερού αέρα στροβιλίστηκε στο δωμάτιο και βγήκε από το κλειστό παράθυρο ενώ ο Βέρτζιλ σωριάζονταν εξαντλημένος σε μια πολυθρόνα.

«Φέρτε του λίγο νερό... » ζήτησε ο Ντάγκλας κάνοντας του ελαφρύ μασάζ στο μέτωπο, τους κροτάφους και τον αυχένα.

«Ελάτε να δείτε λίγο κάτι... » τους διέκοψε ο Έρικ που είχε γυρίσει πίσω την ταινία και οι γυναίκες στριμώχτηκαν γύρω του.

Στην μικρή οθόνη της βιντεοκάμερας η Νασσίμ ακούμπησε στη ράχη της καρέκλας της ξεφυσώντας. Γύρω της και πάνω στο γραφείο, σέρνονταν ένα ομιχλώδες σύννεφο θολώνοντας την εικόνα.

»Πάω να ρίξω λίγο νερό στο πρόσωπο μου.«

είπε καθώς ετοιμάστηκε να σηκωθεί και η εικόνα άλλαξε. Τώρα το πλάνο είχε ανοίξει και έπιανε όλο το δωμάτιο έχοντας κεντραρισμένο τον Βέρτζιλ. Σχεδόν όλο το σύννεφο ήταν συγκεντρωμένο γύρω του και, μόλις εκείνος σταμάτησε να μιλά, κινήθηκε αργά παίρνοντας το σχήμα στροβίλου και αφού διέγραψε μια τροχιά γύρω τους χάθηκε προς την μεριά που ήταν το παράθυρο.

Όλοι είχαν μείνει εκστατικοί, μη πιστεύοντας στα μάτια τους, όμως ο Ντάγκλας ενθουσιάστηκε. Μια τέτοια καταγραφή από κάμερα ήταν σπάνιο γεγονός ακόμη και για κάποιον που ασχολιόταν χρόνια με την έρευνα παραφυσικών φαινομένων. Αλλά βέβαια, όπως συνήθως, αυτά συνέβαιναν κυρίως κατά τύχη.

Όταν εκτονώθηκε η ένταση και ηρέμησαν η Νασσίμ ξανακάθισε στο γραφείο και ξετύλιξε προσεκτικά τον παπυρικό κύλινδρο για να διαπιστώσει πως μέσα από εκείνον υπήρχε τυλιγμένο ένα δεύτερο φύλλο, αλλά όχι από πάπυρο.

Ήταν λίγο πιο ανοιχτόχρωμο από τον πάπυρο, αλλά η εμφάνιση και η υφή του δεν είχαν καμία σχέση μ' αυτόν. Αν δεν το είχε μόλις ξετυλίξει μέσα από τον σφραγισμένο κύλινδρο θα έλεγε με βεβαιότητα πως επρόκειτο για ένα, αρίστης ποιότητας, χαρτί αρχιτεκτονικού σχεδίου σε υποκίτρινο χρώμα!

Επάνω αριστερά, στην θέση που σε μια επιστολή θα έμπαιναν τα στοιχεία ή το λογότυπο του αποστολέα, ήταν περίτεχνα ζωγραφισμένο το κηρύκειο του Ερμή. Το μονόστηλο κείμενο ήταν γραμμένο με κεφαλαία αρχαιοελληνικά γράμματα.

Στο άλλο φύλλο, του παπύρου, το κείμενο ήταν στα ιερογλυφικά και έφερε την υπογραφή και τη σφραγίδα του Μενεφθά.

Η Νασσίμ ακούμπησε για άλλη μια φορά στη ράχη της καρέκλας της ξεφυσώντας και σηκώνοντας τα χέρια ψηλά.

«Δεδομένης της κατάστασης, δεν έχουμε τη δυνατότητα να επιβεβαιώσουμε με την διαδικασία της χρονολόγησης την πραγματική ηλικία του χαρτιού, αλλά εκ των πραγμάτων οδηγούμαστε στο συμπέρασμα πως ο παπυρικός κύλινδρος ανήκει στον Μενεφθά και στην εποχή του, ενώ ο άλλος μαζί με τον κύλινδρο φύλαξης, στον Ερμή και επομένως είναι …μερικές χιλιετίες προγενέστερος. Ή αυτό, ή κάποιος τα έβαλε εκεί για να μας κάνει φάρσα!»

Οι υπόλοιποι την κοίταξαν δύσπιστα, προσπαθώντας να καταλάβουν κατά πόσο μιλούσε σοβαρά ή όχι. Ωστόσο το γεγονός, αν και παράδοξο, ήταν αναμφισβήτητο! Αλλά βέβαια, η παραδοξότητα δεν πήγαζε παρά μόνο από την επικρατούσα θεωρία πως ο Ερμής ήταν ένα πρόσωπο μυθικό και πως ακόμη κι αν κάποτε είχε ζήσει, ήταν αδύνατο να κατείχε την τεχνολογία που θα του επέτρεπε να χρησιμοποιεί υλικά σαν αυτά που βρίσκονταν τώρα μπροστά τους!

«Τι λένε τα κείμενα;» ρώτησε ο Ντάγκλας ανυπόμονα και η Νασσίμ έσκυψε πάνω τους.

«Από το κείμενο του Ερμή δεν μπορώ να καταλάβω παρά μόνο κάποιες λέξεις. Του Μενεφθά θα προσπαθήσω να σας το δώσω σε ελεύθερη απόδοση αλλά θα μας πάρει ώρα. Όμως θα ήθελα κάποιος να κρατήσει σημειώσεις, ή ακόμη και να γράψει την μετάφραση που θα δώσω. Λοιπόν……

« Είθε οι Θεοί να μας προστατεύουν!

Εγώ ο Ώρος-Νινούτερ-Σεμερχέτ, που με αποκαλούσαν Μενεφθά και που μου δόθηκε ο τίτλος του Ουρ Μάα, γράφω για τη ζωή μου, σε σένα άγνωστε που ο πανίσχυρος Ερμής, εκείνος που οι πρόγονοι μου αποκαλούσαν Θωθ, επέτρεψε εκτιμώντας την ευσέβεια και τη σοφία σου, να δεις με τα θνητά σου μάτια την Θεϊκή Γραφή και να Γνωρίσεις το Υπέρτατο Μυστικό των Θεών. Γιατί είναι αλήθεια πως, εσύ που μπορείς να καταλάβεις την Γλώσσα των Θεών, είσαι άξιος της εμπιστοσύνης και της τιμής που σου γίνεται.

273

Όμως εγώ, που γεννήθηκα από γονείς ιεροφάντες και μεγάλωσα στα ιερά των ναών αφιερωμένος στον Ιερακοκέφαλο Ώρο, έμαθα στη διάρκεια της ταλαίπωρης πολύχρονης ζωής μου πως η Γνώση μοιάζει με μια κοιμισμένη κόμπρα. Αλίμονο σ' αυτόν που δεν ξέρει πώς να την ξυπνήσει.

Έμαθα τις ιστορίες και τις παραδώσεις των θεϊκών προγόνων μου, στα γόνατα της μάνας μου, από τότε που ήμουν πολύ μικρός για να έχω κρίση. Στα έξι μου χρόνια, ο Ν-αρ-μερ, ο βασιλιάς που ήρθε από τη θάλασσα, κάλεσε τους γονείς μου και τους ανέθεσε να μου διδάξουν τη Σοφία των προγονικών Θεών και να με προετοιμάσουν παράλληλα με τον δικό του γιο, εκείνον για το στέμμα κι εμένα για τον ναό.

Όταν έφθασε η ώρα, με διόρισε Αρχιερέα και Μέγα Προφήτη και όταν ο Ώρος-Αχά, ο σύντροφος των παιδικών μου χρόνων, πήρε την εξουσία, με ονόμασε Εκλεκτό του Φθα και μου εμπιστεύτηκε την Πόλη των Λευκών Τειχών. Υπηρέτησα πολλά χρόνια σαν Αρχιερέας του Φθα, όμως η καρδιά μου πετούσε πάντα με τα φτερά του Γερακιού. Το ανήσυχο πνεύμα μου με έβγαλε στο δρόμο και ταξίδεψα σε όλη τη χώρα απ' άκρη σ' άκρη. Έγινα τα μάτια και τα αυτιά του φίλου μου και βασιλιά και δεν πέρασε ούτε μια μέρα χωρίς να του γράψω για τα όσα θαυμαστά ή θλιβερά συναντούσα εκεί που πήγαινα. Γνώρισα πολλούς και σπουδαίους ανθρώπους και αν οι γονείς μου, μου δίδαξαν τη Σοφία των Θεών, τα ταξίδια μου, μου δίδαξαν τη σοφία της ζωής.

Στην Ίνου, την Πόλη του Ήλιου, με υποδέχτηκαν με τιμές και μου αναγνώρισαν το δικαίωμα να μελετήσω τις Ιερές Γραφές από την εποχή του Ζεπ-Τεπί. Εκεί έμαθα για την ύπαρξη του Πέτρινου Αρχείου που σύμφωνα με τα ιερά κείμενα, ήταν έργο του πάνσοφου Θωθ. Κανείς δεν ήξερε αν σώζεται και κανείς δεν θυμόταν την ακριβή του θέση. Γύρισα στην αγαπημένη γη της Νέχεν και έκανα σκοπό της υπόλοιπης ζωής μου, που ο φιλεύσπλαχνος Θωθ, ο Άρχοντας του

274

Χρόνου, έδωσε να είναι πολύχρονη, να ξαναβρώ τις Θεϊκές του γραφές και να τις διαφυλάξω για την ανθρωπότητα.

Χάρη στην ευλογία του οδηγήθηκα στο Ιερό του σπήλαιο και χάρη στην γενναιοδωρία του Κύριου και Βασιλιά μου, άξιο απόγονο των Θεών, διαμόρφωσα αυτό τον τόπο έτσι ώστε να διαφυλάξει την ιερή κληρονομιά ως την αιωνιότητα. Ζήτησα από τον Χεμπ, τον πρωτότοκο γιο μου και μου ορκίστηκε, πως τούτος ο τόπος θα γίνει η αιώνια κατοικία μου κι εγώ ο άγρυπνος φρουρός της Μυστικής Γνώσης.

Και αν τώρα εσύ, άξιε αγιοσύνης, διαβάζεις όσα σου γράφω από τους χρόνους της λήθης, αυτό σημαίνει πως όλα έγιναν όπως όρισαν οι Θεοί. Και αν Εκείνοι κρίνουν πως έφτασε η ώρα, δίδαξε στα παιδιά των ανθρώπων το Μυστικό των Θεών. Αλλιώς άσε την Ιερή Σιωπή να σφραγίσει τα χείλη σου και ακολούθησε τους Φύλακες των Μυστικών στον δρόμο που θα σου δείξουν. Είθε οι Θεοί να σε προστατεύουν!

Ώρος-Νινούτερ-Σεμερχέτ, αυτός που αποκαλούσαν Μενεφθά.»

Πέρασαν αρκετά λεπτά μετά το τέλος της ανάγνωσης χωρίς να διακόψει κανείς την σιωπή που ακολούθησε, προσπαθώντας ο καθένας για τον εαυτό του να αφομοιώσει όσα μόλις είχε ακούσει. Είχαν μπροστά τους κάτι πολύ περισσότερο από δυο κείμενα με αρχαιολογική αξία. Βρίσκονταν στο κατώφλι μιας ανακάλυψης με τεράστια ίσως σημασία για την ανθρωπότητα και ο Αρχιερέας είχε φροντίσει να τους το επισημάνει από την πρώτη στιγμή και με διάφορους τρόπους.

Η Δάφνη πήρε στα χέρια της το κείμενο του Ερμή, μετανιώνοντας για την μαθητική της αδιαφορία στις ώρες διδασκαλίας των αρχαίων ελληνικών, αλλά διαπίστωσε πως αυτά που είχε διδαχθεί στο σχολείο ήταν έτσι κι αλλιώς πολύ φτωχά για να μπορέσει να καταλάβει κάτι περισσότερο από τα ονόματα του Ερμή και του Δία.

«Είναι ακόμη και πέρα από τις δικές μου δυνατότητες.» την παρηγόρησε η Νασσίμ. «Χρειαζόμαστε τη βοήθεια ειδικευμένου γλωσσολόγου, δυστυχώς!»

«Πολύ φοβάμαι πως δεν πρέπει να το ρισκάρουμε.» προειδοποίησε ο Ντάγκλας.

«Εκτός ίσως, αν πάρουμε εκ των προτέρων κάποια μέτρα.» πρότεινε ο Έρικ.

«Τι μέτρα δηλαδή;»

«Σε παρόμοιες περιπτώσεις εκείνο που λειτουργεί αποτελεσματικά σαν ασφαλιστική δικλείδα είναι η δημοσιότητα. Αν κάνουμε μια δημόσια ανακοίνωση για όσα βρήκαμε στην ανασκαφή, τα Μέσα Ενημέρωσης θα πέσουν σαν τις μέλισσες στο μέλι πάνω μας. Και βέβαια όλος αυτός ο θόρυβος που θα δημιουργηθεί είναι λογικό να αποτρέψει κάθε επίδοξο σφετεριστή.»

«Όχι! Δεν θέλω να το ρισκάρω! Πιστεύω πως τα δύο κείμενα, είναι περισσότερο ασφαλή όσο δεν είναι γνωστή η ύπαρξη τους.» αρνήθηκε η Νασσίμ.

«Δεν είναι απαραίτητο να μιλήσεις και γι αυτά στην ανακοίνωση σου. Ρίξε τα "φώτα" στο Πέτρινο Αρχείο και στις πινακίδες που καταστράφηκαν. Έτσι κι αλλιώς στα ψιλά των εφημερίδων η είδηση έχει ήδη περάσει. Έπειτα θα περιμένουμε τις εξελίξεις και θα κινηθούμε ανάλογα με τις αντιδράσεις. Όταν θα κρίνεις πως είναι ασφαλές, τότε θα ανακοινώσεις και την ύπαρξη των κυλίνδρων.» της διευκρίνισε εκείνος και όλοι συμφώνησαν πως ίσως ήταν το μόνο που μπορούσαν να κάνουν προς το παρόν.

«Έχω την κάρτα του δημοσιογράφου που είχε έρθει με το τηλεοπτικό συνεργείο στην ανασκαφή.» δήλωσε η Νασσίμ.

«Μήπως να επικοινωνήσω μαζί του;»

«Γιατί όχι; Άλλωστε εφ' όσον έδειξε ήδη μια φορά ενδιαφέρον, το πιο πιθανό είναι να ανταποκριθεί και τώρα. Οι άλλοι, θα έρθουν από μόνοι τους, μόλις ανέβει ψηλά ο "καπνός"!»

Και πράγματι, όταν το άλλο πρωί η Νασσίμ επικοινώνησε μαζί του, εκείνος ενθουσιάστηκε με την προοπτική και έκλεισαν ραντεβού στο σπίτι της για το επόμενο απόγευμα, προκειμένου να συζητήσουν τις λεπτομέρειες και να αποφασίσουν πως θα ήταν προτιμότερο να παρουσιάσουν το θέμα. Ήταν συνεπέστατος στο ραντεβού του και ακόμη πιο ενθουσιασμένος, φέρνοντας μαζί του ένα ολόκληρο χαρτοφύλακα με προτάσεις και δείγματα από άλλες του δουλειές, ώστε να γίνει πιο κατανοητός ο τρόπος της παρουσίασης που σκέφτονταν να κάνει.

Αποφάσισαν να παραβρεθούν όλοι στην συνέντευξη που θα έδινε η Νασσίμ στο στούντιο και μάλιστα να προβάλουν όχι μόνο πλάνα, αλλά ολόκληρη την ταινία που είχε τραβήξει εκείνος από την επίσκεψη του στην ανασκαφή. Το κανόνισαν για την επόμενη εβδομάδα και όταν έφυγε, ο Ντάγκλας πρότεινε να του δώσουν και ορισμένες από τις διαφάνειες που είχαν, αλλά μονάχα την τελευταία στιγμή, ώστε να είναι σίγουροι πως δεν θα διαρρεύσει τίποτε εκ των προτέρων.

Το βράδυ της Κυριακής, στο νυχτερινό δελτίο ειδήσεων, έμαθαν πως ο "νεότατος και φιλόδοξος δημοσιογράφος, σκοτώθηκε σε τροχαίο ατύχημα, όταν, από υπερβολική ταχύτητα, έχασε τον έλεγχο του αυτοκινήτου του."

Το πρωί της Δευτέρας, ανάμεσα στην αλληλογραφία, η Νασσίμ βρήκε ένα ανώνυμο φάκελο που περιείχε ένα απόκομμα εφημερίδας με την είδηση του τροχαίου.

Όποιοι ήθελαν να τους τρομοκρατήσουν, τα είχαν καταφέρει καλά. Προσπαθώντας να αποφασίσουν τι έπρεπε να κάνουν, οι

277

γνώμες διχάστηκαν. Οι μισοί πίστευαν πως έπρεπε να ενημερώσουν την αστυνομία, ενώ οι υπόλοιποι πως κάτι τέτοιο θα τους πρόσθετε μόνο περισσότερους μπελάδες. Τελικά συμφώνησαν να ενημερώσουν τον καθηγητή Κάρβερ και να ζητήσουν την γνώμη και την βοήθεια του. Αν μη τι άλλο, εκείνος θα έδειχνε το ανάλογο ακαδημαϊκό ενδιαφέρον και σεβασμό ως προς την αρχαιολογική αξία των ευρημάτων.

Το πρωί της Τρίτης η Νασσίμ τον βρήκε στο τηλέφωνο και του εξέθεσε τα γεγονότα και τις υποψίες τους.

«Ανοησίες!» σχολίασε εκείνος δεικτικά. «Αυτά συμβαίνουν μόνο στις ταινίες του Ιντιάνα Τζόουνς!» κι έβαλε τα γέλια. «Άκουσε, αγαπητή μου. Η υπόθεση βρίσκεται στα ικανά χέρια της αστυνομίας και της αντιτρομοκρατικής υπηρεσίας. Οποιαδήποτε ανάμιξη μας, θα δυσχεραίνει απλώς το έργο τους. Ηρέμησε και κοίτα να εκμεταλλευτείς το καλοκαίρι σου και να ξεκουραστείς. Σε περιμένει δύσκολος χειμώνας. Αντί να κάνεις "σενάρια" με τους φίλους σου, πάρε τους και πάτε διακοπές. Άλλωστε δεν ξέρω πως θα μπορούσα να σε βοηθήσω εγώ! Θα χαρώ να τα πούμε κάποια άλλη στιγμή, τώρα όμως με συγχωρείς, πρέπει να κλείσω. Καλό σου καλοκαίρι!»

Η Νασσίμ έμεινε με το ακουστικό στο χέρι, ευλογώντας την στιγμή που δίστασε και τελικά δεν του ανέφερε τίποτε για την κρύπτη και τον κύλινδρο φύλαξης με τα δύο κείμενα. Παρ' ότι είχε πέσει από τα σύννεφα με τον τρόπο που την αντιμετώπισε, η διαίσθηση της είχε λειτουργήσει εγκαίρως και την είχε γλιτώσει από ένα σοβαρό λάθος· να εμπιστευτεί έναν άνθρωπο μόνο και μόνο λόγω κύρους και ιδιότητας και όχι για τον χαρακτήρα του.

Δυο ώρες αργότερα η μητέρα της την φώναξε πως την ζητούσαν στο τηλέφωνο. «Μπεχρούζ! Τι ευχάριστη έκπληξη... » του είπε τάχα ενθουσιασμένη, ξινίζοντας το μούτρο της.

«Γειά σου Νασσίμ. Ελπίζω πως είσαι καλά!»

«Πολύ καλά, ευχαριστώ. Εσύ;»

«Εξαφανίστηκες από τότε που μπλέχτηκες μ' αυτή την ανασκαφή, όμως εγώ μαθαίνω τα νέα σου!»

«Ευχαριστώ για το ενδιαφέρον, αλλά πραγματικά δεν γινόταν να μην εξαφανιστώ! Καταλαβαίνεις ελπίζω, πως έχουν αυτές οι καταστάσεις...»

«Μα ναι φυσικά, και πολύ καλύτερα απ' όσο νομίζεις! Άλλωστε γι αυτό σου τηλεφώνησα. Έμαθα πως έχεις κάποια προβλήματα και σαν φίλος θα ήθελα να σου δώσω μια συμβουλή! Ξέρεις, έχεις μπλέξει σε κάτι πολύ μεγαλύτερο απ' όσο μπορείς να φανταστείς και δεν θα ήθελα να πάθεις κάτι κακό... Παράτα τα, άκου με που σου λέω! Άλλωστε ό,τι και να κάνεις δεν έχει νόημα. Είναι πολύ πάνω από τις δυνάμεις σου ...και όχι μόνο!»

Η Νασσίμ δεν πίστευε στ' αυτιά της με όσα άκουγε. Αν το τηλεφώνημα του Μπεχρούζ την είχε ξαφνιάσει, τα όσα της έλεγε την είχαν αφήσει εμβρόντητη. «Δεν καταλαβαίνω, τι εννοείς;» του έκανε τη χαζή.

«Ελπίζω, για το καλό σου, να καταλάβεις. Άλλωστε δεν νομίζω πως μπορώ να σε βοηθήσω περισσότερο. Θα χαρώ να σε δω όταν γυρίσεις στο Κάιρο, σ' αφήνω τώρα, έχω συμβούλιο. Καλές διακοπές!»

Η Νασσίμ έμεινε για άλλη μια φορά με το ακουστικό στο χέρι. Της ήταν αδύνατον να μην συνδυάσει τα δύο τηλεφωνήματα έτσι που μέσα σε λίγες ώρες είχε ακούσει τα ίδια σχεδόν πράγματα, από δύο τόσο διαφορετικούς και τόσο άσχετους, μεταξύ τους, ανθρώπους! Ή μήπως τελικά και δεν ήταν τόσο άσχετοι;

Την ίδια γνώμη σχημάτισαν και οι υπόλοιποι όταν τους είπε τα νέα. «Βέβαια έτσι πάει πολύ μακριά η ιστορία,» σχολίασε ο

Ντάγκλας, «αλλά δεν είναι διόλου απίθανο να είναι ανακατεμένα στην υπόθεση γνωστά ονόματα ή ακόμα και υψηλά ιστάμενα άτομα.»

«Και τι γίνεται στην προκειμένη περίπτωση;» ρώτησε ο Βέρτζιλ. «Τα παρατάμε;»

«Όχι βέβαια!» αντέδρασε έντονα η Νασσίμ. «Ακόμη κι αν δεν ήταν στη μέση η "παρουσία" του Μενεφθά, θα ήθελα οπωσδήποτε να μάθω τι ακριβώς γράφει το κείμενο του Ερμή. Ίσως πρέπει να πάω στο Κάιρο για λίγο. Έχω πρόσβαση σε αρκετές βιβλιοθήκες και θα μπορούσα ίσως να επιχειρήσω μόνη μου τη μετάφραση.»

«Δεν το θεωρώ ασφαλές! Εφ όσον βρίσκεσαι υπό άγρυπνη παρακολούθηση και η παραμικρή σου κίνηση καταγράφεται και διερευνάται.» την προειδοποίησε ο Ντάγκλας.

«Εγώ νομίζω πως το καλύτερο θα ήταν να αφήσουμε την κατάσταση να ηρεμήσει και να ξεχαστεί. Ακόμη και να πάμε διακοπές! Μετά βλέπουμε... » πρότεινε ο Έρικ.

«Ή να ...προσποιηθούμε πως πάμε διακοπές!» τους διέκοψε η Δάφνη.

«Δηλαδή;» ρώτησαν σχεδόν όλοι μαζί.

«Έχω κάτι στο νου μου, όμως δεν μπορώ να είμαι σίγουρη κατά πόσο είναι εφικτό, αν δεν μιλήσω πρώτα με τον αδελφό μου.»

«Μπορείς να γίνεις πιο συγκεκριμένη;»

«Ο αδελφός μου, γνωρίζει κάποιον που έχει επαφές με τον ακαδημαϊκό κόσμο στην Αθήνα. Ίσως θα μπορούσε να βρει κάποιον γλωσσολόγο πρόθυμο να μας βοηθήσει. Εννοείται βέβαια πως εμείς θα ανακοινώσουμε σε όλους πως πάμε στην Ελλάδα για διακοπές.»

«Μμ, δεν είναι και άσχημη ιδέα!» συμφώνησε η Νασσίμ, όμως ο Ντάγκλας είχε και πάλι τις αντιρρήσεις του. «Πιστεύω πως

όποιοι μας παρακολουθούν εδώ, θα συνεχίσουν να το κάνουν και στην Ελλάδα. Θα ήταν καλή ιδέα αν μπορούσαμε να φύγουμε από τη χώρα χωρίς να το καταλάβουν!»
«Σ' αυτό ίσως θα μπορούσε να μας βοηθήσει ο πατέρας μου!» δήλωσε η Νασσίμ. «Αν όχι εκτός Αιγύπτου, σίγουρα μέχρι κάποιο σημείο, ώστε να χάσουν τα ίχνη μας.»
«Όμως πρώτα πρέπει να επικοινωνήσω με τον αδελφό μου.» διευκρίνισε η Δάφνη.
«Το συντομότερο δυνατόν! Και επίσης ζήτησε του να βρίσκεται, όχι ο ίδιος, αλλά κάποιος δικός του έτοιμος να μας παραλάβει μόλις φτάσουμε, ώστε να μην χρειαστεί να καθυστερούμε σε διοργάνωση μετακινήσεων, διανυκτερεύσεις και τα σχετικά. Όσο λιγότερο κυκλοφορούμε τόσο καλύτερα!» της υπέδειξε ο Ντάγκλας.
«Φαντάζομαι πως μπορούμε να μείνουμε στο πατρικό σου... Δεν θα ήταν έξυπνο, μετά από όλα αυτά να κλείσουμε ξενοδοχείο!» επεσήμανε ο Βέρτζιλ.
«Όσο γι αυτό μην ανησυχείτε! Εμείς οι Μεσογειακοί λαοί, είμαστε ιδιαίτερα φιλόξενοι!» σχολίασε η Δάφνη κλείνοντας το μάτι της στην Νασσίμ, που οι γονείς της τους είχαν ανοίξει το σπιτικό τους τόσο πρόθυμα.
«Καλά θα ήταν, αν με κάποιο τρόπο, καταφέρναμε να αποπροσανατολίσουμε τους "μυστήριους" εν τω μεταξύ.» πρότεινε ο Έρικ.
«Ας ανακοινώσουμε πως τελικά τα παρατάμε και πάμε διακοπές. Όχι βέβαια στην Ελλάδα, αλλά κάπου εδώ κοντά. Μια κρουαζιέρα στο Νείλο, για παράδειγμα!» έδωσε την ιδέα η Πασκάλ.
«Καλή σκέψη! Και μάλιστα θα τηλεφωνήσω στον αστυνόμο και θα του το πω εγώ η ίδια, βεβαιώνοντας τον πως αν χρειαστεί θα μπορεί να επικοινωνήσει ανά πάσα στιγμή μαζί μας για να επιστρέφουμε!» συμφώνησε η Νασσίμ και όλοι μαζί αποφάσισαν πως σε γενικές γραμμές ήταν καλή ιδέα.
Αρκεί να μπορούσαν να την εφαρμόσουν με επιτυχία.

ΜΕΣΟΓΕΙΟΣ

Όταν η Δάφνη επικοινώνησε με τον αδελφό της, εκείνος της ζήτησε μια προθεσμία λίγων ημερών προτού της απαντήσει. Τελικά, όχι μόνο ήταν θετικός στο θέμα του γλωσσολόγου, αλλά τους είχε εξασφαλίσει και μέσον μεταφοράς. Υπό τον παράξενο όρο να μην έχει κανείς μαζί του κινητό τηλέφωνο.

Με την προϋπόθεση πως με κάποιο τρόπο θα έφταναν ως την Αλεξάνδρεια, μπορούσε από εκεί να τους πάρει ο Κωνσταντίνος, ένας φίλος του καπετάνιος, που διοργάνωνε κρουαζιέρες με το ιστιοφόρο του στο Αιγαίο και τη Μεσόγειο.

* * *

Έφυγαν από την Ασιούτ με κρουαζιερόπλοιο και προορισμό το Ασουάν, ακολουθώντας τα τουριστικά γκρουπ σε κάθε επίσκεψη τους στους αρχαιολογικούς χώρους. Αυτό τους έδωσε το χρόνο που χρειάζονταν για να εντοπίσουν αυτούς που τους παρακολουθούσαν, ώστε να ξέρουν από ποιους να φυλάγονται. Παράλληλα, ο πατέρας της Νασσίμ είχε συνεννοηθεί με δικούς του ανθρώπους από το πλήρωμα, που θα τους βοηθούσαν την κρίσιμη στιγμή.

Την δεύτερη νύχτα της κρουαζιέρας, ένα ταχύπλοο πλεύρισε στο πλοίο τους και τους επιβίβασε σ' ένα μικρό εμπορικό που μετέφερε βαμβάκι στην Αλεξάνδρεια. Το ταξίδι στο αμπάρι, πάνω σε βουνά από μπάλες βαμβακιού, αν μη τι άλλο ήταν άνετο.

Φτάνοντας στην Αλεξάνδρεια περίμεναν να νυχτώσει κι έπειτα κάποιος από το πλήρωμα τους μετέφερε πάλι με το ταχύπλοο στο "Μεσόγειος", το ιστιοφόρο του Κωνσταντίνου που περίμενε στ' ανοιχτά. Και επιτέλους, πατώντας το πόδι τους στο κατάστρωμα του ένιωσαν, για πρώτη φορά ύστερα από πολλές ημέρες, ασφαλείς.

Το σκάφος ήταν άνετο και πληρούσε όλες τις προϋποθέσεις για ένα ασφαλές και ξεκούραστο ταξίδι. Αφού πλύθηκαν και φόρεσαν καθαρά ρούχα, ανέβηκαν στην τραπεζαρία, όπου τους περίμενε ένας κρύος μπουφές και δροσερά ποτά. Στο τραπέζι του καπετάνιου, κάθονταν ένα ζευγάρι με την κόρη τους. Εκείνος, έκανε τις συστάσεις.

* * *

Ο Λώρεν με την Τέρρυ και την Κιμ, είχαν επιβιβαστεί στο "Μεσόγειος" από λιμάνι της Κρήτης. Ήταν μια αλλαγή στο πρόγραμμα τους που προέκυψε την τελευταία στιγμή, όταν ο Κωνσταντίνος ειδοποιήθηκε να παραλάβει επειγόντως από την Αλεξάνδρεια άλλους έξι επιβάτες. Όταν έφτασαν στην Ελλάδα, το "Μεσόγειος" βρίσκονταν ήδη στα ανοιχτά της Πελοποννήσου κι έτσι πήραν την πρώτη πτήση για Χανιά και το περίμεναν εκεί. Αμέσως μετά την Αλεξάνδρεια, έβαλαν πλώρη για το Αιγαίο.

Η Νασσίμ ένιωσε ευάλωτη στην παρουσία των ξένων. Θα προτιμούσε να μην ήξερε κανείς, όσο άσχετος και αν ήταν, ποιοι είναι και ποιος ο προορισμός τους.

Ο καπετάνιος που αντελήφθη τους ενδοιασμούς της βιάστηκε να την καθησυχάσει. Ζήτησε συγγνώμη από τους συνδαιτυμόνες του και κάθισε στο δικό τους τραπέζι.

«Είναι άνθρωποι της απολύτου εμπιστοσύνης μου.» τους διαβεβαίωσε. «Άλλωστε και μέχρι να μπορέσει να σας δεχθεί ο καθηγητής, θα ακολουθήσετε το πρόγραμμα τους. Σκοπεύουν να κάνουν μια επίσκεψη στην Σαμοθράκη και μαζί τους θα είστε ασφαλείς.»

«Μιλήστε μας για τον καθηγητή, εσείς τον γνωρίζετε;» ρώτησε η Νασσίμ ανησυχώντας κατά βάθος ακόμη.

«Προσωπικά όχι, έχω όμως ακούσει πολλά γι αυτόν. Ονομάζεται Ορέστης Γεράκης και έχει πολλές περγαμηνές στο ενεργητικό του. Εκείνο που τον κάνει να ξεχωρίζει είναι η ευρύτητα πνεύματος που τον χαρακτηρίζει και οι περίεργες διασυνδέσεις που έχει!»

«Δηλαδή;» ρώτησαν ο Έρικ και ο Βέρτζιλ συγχρόνως.

«Έχει πρόσβαση σε διάφορα κυκλώματα και απίστευτες γνωριμίες με ανθρώπους κλειδιά, ακόμη και σε επίπεδα εθνικής ασφάλειας, σε όλο τον κόσμο. Αυτό βέβαια δεν το παραδέχεται ποτέ ανοικτά, είναι όμως κοινό μυστικό. Ωστόσο είναι ένας άνθρωπος ακέραιος, με ηθικές αρχές και σταθερά πιστεύω, και σαφώς αυτό τον καθιστά πολύτιμο σύμμαχο και συμπαραστάτη! Πιστεύω πως θα σας βοηθήσει με πολλούς και διάφορους τρόπους.»

«Έχετε επικοινωνήσει μαζί του; Ξέρετε πότε θα μπορεί να μας συναντήσει;»

«Εγώ όχι. Μίλησε μαζί του ο Γιάννης, ο αδελφός της Δάφνης. Θα μας ειδοποιήσουν μόλις επιστρέψει από το εξωτερικό, πιθανότατα μέσα στο επόμενο εικοσαήμερο και τότε θα σας πάω στην Κατερίνη. Έχει ένα σπίτι στην Πέτρα, σ' ένα χωριό στους πρόποδες του Ολύμπου και θα σας φιλοξενήσει εκεί.»

Η Νασσίμ, αλλά και οι υπόλοιποι, ένιωσαν φανερά ανακουφισμένοι. Το πρόγραμμα αν και είχε διαμορφωθεί κατ' αυτό τον τρόπο εξ ανάγκης, δεν φαίνονταν άσχημο. Τους έδινε μάλιστα και λίγο χρόνο για να χαλαρώσουν και να ξεκουραστούν. Και η ιδέα να επισκεφθούν την Σαμοθράκη ήταν πράγματι συναρπαστική!

Μετά το δείπνο, πέρασαν όλοι στο σαλόνι όπου τους πρόσφεραν δροσερά κοκτέιλ, χυμούς και διάφορα ποτά. Έτσι είχαν την ευκαιρία να γνωριστούν με τους συνεπιβάτες τους και να κουβεντιάσουν.

Ο Λώρρεν έδειξε ιδιαίτερο ενδιαφέρον όταν άκουσε πως είχαν ασχοληθεί με την ανασκαφή ενός τάφου των προδυναστικών χρόνων στην Άνω Αίγυπτο και τους έκανε ένα σωρό ερωτήσεις. Του μίλησαν για την προσωπική έρευνα της Νασσίμ και τον Μενεφθά, καθώς και για την επιτυχία της ανασκαφής και τα πλούσια ευρήματα, απέφυγαν όμως να θίξουν το θέμα της επίθεσης και του κυλίνδρου φύλαξης με τα δύο κείμενα.

«Αν δεν κάνω λάθος στην Άβυδο δεν ήταν που βρέθηκαν τα ιδεογράμματα που παριστάνουν πυραύλους και ελικόπτερα;» ρώτησε ο Κωνσταντίνος την Νασσίμ σε μια προσπάθεια να στρέψει αλλού την συζήτηση νιώθοντας την αμηχανία τους.

«Αναφέρεσαι προφανώς στην αποστολή Enterprise! Πράγματι, στις τραβέρσες της οροφής ενός ναού του Νέου Βασιλείου και κάτω από νεώτερο επίχρισμα που αποκολλήθηκε από την φθορά, βρέθηκαν εντελώς κατά τύχη παλαιότερα ανάγλυφα που αναπαριστούν πέρα από κάθε αμφιβολία σύγχρονες πτητικές συσκευές!»

«Και πως εξηγείται η ύπαρξή τους τόσες χιλιάδες χρόνια πριν;» ρώτησε η Πασκάλ.

285

«Μέχρι στιγμής δεν έχει δοθεί καμιά επίσημη εξήγηση, αλλά φαντάζομαι όπως και οι περιγραφές των Vimanas στις Βεδικές γραφές αλλά και τόσων άλλων ευρημάτων που φαντάζουν εκτός τόπου και χρόνου!»

«Και γιατί ήταν καλυμμένα;»

«Προφανώς ο ναός ήταν παλαιότερος και χρησιμοποιήθηκε εκ νέου από κάποιον σφετεριστή, κάτι που συνέβαινε συχνά.»

«Ή, ο κατασκευαστής τα κάλυψε εσκεμμένα!» επενέβη ο Κωνσταντίνος.

«Δεν αποκλείεται. Αν η γνώση της ύπαρξής τους εθεωρείτο πως έπρεπε να μείνει μυστική! Με αυτό τον τρόπο κατάφεραν να την περάσουν στις μελλοντικές γενιές, ελπίζοντας πως θα ήταν σε θέση να αναγνωρίσουν και να κατανοήσουν όσα έβλεπαν.»

«Αν το δεχθούμε όμως αυτό,» μπήκε στη συζήτηση η Κιμ, «γεννάται ένα μεγαλύτερο ερώτημα. Ποιοι ήταν αυτοί που κατείχαν και χρησιμοποιούσαν τόσο εξελιγμένη τεχνολογία εκείνη την εποχή, αν όχι προγενέστερα;»

«Μα, οι "Θεοί" βέβαια!» πρότεινε ο Κωνσταντίνος χαμογελώντας με σιγουριά.

«Αα... μα τώρα ανοίγεις ένα τεράστιο θέμα!» σχολίασε ο Λώρρεν που δεν ήθελε να μιλήσει ανοιχτά μπροστά σε ανθρώπους που δεν γνώριζε.

«Εμένα θα με ενδιέφερε να ακούσω κάποια εκδοχή!» του είπε η Τέρρυ ξαφνιάζοντας τον με αυτή τη δήλωση που δεν είχε κανένα νόημα εκτός, ίσως, αν ήθελε να του στείλει κάποιο μήνυμα. «Είσαι σίγουρη;» την κοίταξε επίμονα.

«Απολύτως!» τον βεβαίωσε χαμογελώντας.

«Μα είναι μια συζήτηση που δεν τελειώνει, θα μπορούσε να μας πάρει μέρες!» επέμενε εκείνος σφυγμομετρώντας τις αντιδράσεις.

«Παρουσιάζει όμως μεγάλο ενδιαφέρον!» τον προέτρεψε ο Βέρτζιλ.

«Και άλλωστε τι καλύτερο θα μπορούσαμε να κάνουμε τα βράδια, αν όχι κάποιες συζητήσεις με ξεχωριστό περιεχόμενο;» αναρωτήθηκε ο Έρικ και όλοι έσπευσαν να συμφωνήσουν μαζί του, ανάβοντας το πράσινο φως για τον Λώρρεν. Η Τέρρυ τον κοίταξε ανασηκώνοντας το ένα της φρύδι με νόημα. Είχε "πιάσει" το θετικό κλίμα που επικρατούσε και θέλησε να το γνωστοποιήσει και στον πατέρα της.

«Η περίπτωση των συγκεκριμένων ιδεογραμμάτων δεν είναι ούτε πρωτότυπη, ούτε η μοναδική!» διευκρίνισε εκείνος. «Εκείνο που ίσως την χαρακτηρίζει είναι το ότι δεν αφήνει περιθώρια αμφιβολίας ως προς το τι απεικονίζουν αυτά τα ιδεογράμματα.»

«Από όσο ξέρω έχουν βρεθεί κατά καιρούς και αρχαία αντικείμενα που αναπαριστούν αεροπλάνα,» τον διέκοψε ο Ντάγκλας, «όπως αυτό της Μποκότα το οποίο οι αρχαιολόγοι το χαρακτήρισαν ως "θρησκευτικό κόσμημα". Έπειτα όμως από τεχνικό έλεγχο που έκανε πάνω στο εύρημα το Αεροναυτικό Ινστιτούτο της Ν. Υόρκης αποδείχτηκε η καταλληλότητα του για πτήση! Κάτι ανάλογο συνέβη και με το πέτρινο μοντέλο που βρέθηκε στην Τούσπα της ανατολικής Τουρκίας, το οποίο αν και ηλικίας τριών χιλιάδων χρόνων, θεωρήθηκε πλαστό επειδή εκείνη την εποχή, σύμφωνα με τους επιστήμονες, -δεν μπορούσαν να υπάρχουν- αεροπλάνα......»

Η Νασσίμ τους χαμογέλασε φιλάρεσκα. «Στο Μουσείο του Καΐρου είχαν εκτεθεί δεκατέσσερα τέτοια μοντέλα στις αρχές του 1972. Είναι αντικείμενα που βρέθηκαν τον προ-περασμένο αιώνα και που τότε, είχαν χαρακτηριστεί ως "πουλιά" και αναγνωρίστηκαν μόνο το 1969 ως ακριβή μοντέλα αρχαίων αεροπλάνων! Την έκθεση είχαν τότε παρουσιάσει ο αντιπρόσωπος του Πρωθυπουργού και ο Υπουργός Αεροπορίας!»

«Για φαντάσου!» μουρμούρισε ξαφνιασμένη η Δάφνη.

«Προοδευτικότατοι. Μπράβο τους!»

«Συμβαίνει να υπάρχουν και τέτοιοι άνθρωποι. Χωρίς παρωπίδες! Η περίπτωση, μου θύμισε ένα από τα πρώτα μου ταξίδια στην Ινδία,» ξαναπήρε το λόγο ο Λώρρεν. «Επρόκειτο για ένα αρχαίο σανσκριτικό κείμενο του μάντη Μαχάρσι Μπαραντβάγια. Η Διεθνής Ακαδημία Σανσκριτικών Ερευνών στη Μυσώρη αποπειράθηκε να το μεταφράσει σύμφωνα με τις δικές μας σύγχρονες έννοιες και γνώσεις. Απέδωσαν ένα κείμενο που μιλούσε για αεροπλάνα και τα κράματα των μετάλλων τους, τα οπλικά τους συστήματα και το μυστικό που τα κάνει αόρατα, όπως και την τεχνολογία για υποκλοπή και καταγραφή των συζητήσεων στο εσωτερικό των εχθρικών σκαφών!»

«Μα κάτι ανάλογο συνέβη και με κάποιο κείμενο του Αριστοτέλη!» τους επεσήμανε η Δάφνη. «Ένα κωδικοποιημένο κείμενο, που όταν κάποιος ερευνητής κατάφερε να το αποκωδικοποιήσει βρέθηκε μπροστά σε τεχνικές περιγραφές κατασκευής ενός κοσμοσκάφους!»

«Μήπως θα έπρεπε να συνδέσουμε τους κατόχους μιας τόσο προηγμένης τεχνολογίας, για εκείνη την εποχή, με τους χειριστές των σημερινών ΑΤΙΑ που προηγούνται από την δική μας τεχνολογία σήμερα; Δεν υπάρχει μια εμφανέστατη αναλογία ανάμεσα στο παρελθόν και το παρόν;» ρώτησε η Κιμ και στη συνέχεια ανέφερε όσα είχε ακούσει στο Σεμπάλος από την συζήτηση του σερβιτόρου με τους φοιτητές, ξαφνιάζοντας τον Λώρρεν.

Η Νασσίμ είχε τη δική της εκδοχή, υποστηρίζοντας την

288

ύπαρξη ενός εξελιγμένου προκατακλυσμιαίου πολιτισμού του οποίου τα ίχνη είχαν καταστραφεί σχεδόν στο εκατό τοις εκατό. Ο Λώρρεν θεώρησε καλή ευκαιρία να εκμαιεύσει την απάντηση που θα οδηγούσε την συζήτηση στην κατεύθυνση που εκείνος ήθελε. «Θεωρείτε απίθανο να ισχύουν παράλληλα και οι δύο αυτές εκδοχές;»

«Όχι βέβαια!» Ήταν ο Βέρτζιλ που απάντησε. «Με την προϋπόθεση πάντα πως δεχόμαστε όχι μόνο την ύπαρξη εξωγήινων πολιτισμών, αλλά και την παρουσία τους στον πλανήτη μας!»

«Ακόμη και αν κάπου στο σύμπαν υπάρχουν άλλοι πολιτισμοί, σύμφωνα με τους αστρονόμους μιλάμε για τεράστιες αποστάσεις, που ακόμη και σκάφη με την ταχύτητα του φωτός θα χρειάζονταν χιλιάδες χρόνια για να τις διανύσουν!» αντέδρασε ο Έρικ και η Πασκάλ βιάστηκε να του θυμίσει την θεωρία του Αϊνστάιν για την διαστολή του χρόνου.

«Όλα αυτά είναι σκέψεις που απορρέουν από τον συμβατικό τρόπο συλλογισμού του σύγχρονου ανθρώπου.» ξαναπήρε το λόγο ο Λώρρεν. «Παραβλέπουμε δυστυχώς, την πιθανότητα, πως υπάρχουν "συστήματα" ασύλληπτα από την ανθρώπινη διάνοια και κατανόηση. Παρά την ενασχόληση μας, έναν αιώνα σχεδόν τώρα, με την κβαντική φυσική, οι σκουληκότρυπες, οι άλλες διαστάσεις και οι παράλληλοι κόσμοι, εξακολουθούν να υπάρχουν μόνο προς κατανάλωση των πανεπιστημιακών σχολών και πιθανότατα κάποιων ερευνητικών κέντρων που χρηματοδοτούνται από μαύρους προϋπολογισμούς!»

«Μα αυτό είναι αναμενόμενο, με την τακτική παραπληροφόρησης που ακολουθείται!» του υπενθύμισε ο Ντάγκλας.

Ο Έρικ χαμογέλασε κοιτάζοντας ενθουσιασμένος τον Λώρρεν. «Τώρα μπήκαμε στα δικά μου χωράφια! Κατέχω έδρα φυσικομαθηματικού στο πανεπιστήμιο της Περθ,» του εξήγησε, «και παράλληλα διεξάγω μια προσωπική έρευνα με επίκεντρο τον τρόπο επικοινωνίας παρατηρητή-παρατηρούμενου και της σχέσης που τους διέπει. Θα χαιρόμουν αν μπορούσα να ακούσω τις απόψεις σου πάνω σε ανάλογα θέματα, αν έχεις βέβαια κάποιες.»

«Εγώ είμαι περιβαλλοντολόγος και οι γνώσεις μου της φυσικής είναι περιορισμένες. Έχω βέβαια διαβάσει αρκετά και μπορώ να κατανοήσω τις νέες θεωρίες, όμως ό,τι πιστεύω είναι αποτέλεσμα των δικών μου συνειρμών και συμπερασμάτων, ακόμη και της διαίσθησης μου θα έλεγα, γι αυτό μη μου ζητήσεις να σου τα αναλύσω ή να τα τεκμηριώσω.» του εξήγησε ο Λώρρεν, κρατώντας για τον εαυτό του πως οι περισσότερες από τις γνώσεις του ήταν τεκμηριωμένες μέσα από την επαφή του με την Μέη Ην, αλλά και την πρόσφατη εμπειρία τους στη Ζώνη της Σιωπής.

«Πιστεύω λοιπόν, πως είναι μεγάλο λάθος να κρίνουμε τα πάντα βάση των δικών μας γνώσεων και δυνατοτήτων. Η κβαντική φυσική άνοιξε μια χαραμάδα στην μονοδρομική λογική μας, όμως παρ' όλα αυτά δεν θέλουμε να κοιτάξουμε προσεκτικότερα μέσα από αυτήν. Αγνοούμε όσα μας λέει για τις υπάρχουσες Άλλες Διαστάσεις και ψάχνουμε για ραδιοσήματα προηγμένων πολιτισμών στα μακρινά άστρα. Όχι πως δεν μπορεί να συμβαίνει και αυτό, όμως δεν μας περνά από το μυαλό πως οι "εξωγήινοι" μπορεί να υπάρχουν "δίπλα" μας, αλλά σ' ένα διαφορετικό χωροχρόνο! Ίσως έτσι να εξηγούνται οι στιγμιαίες εμφανίσεις και εξαφανίσεις των ΑΤΙΑ και η περίεργη συμπεριφορά τους. Όσο για τις περιπτώσεις που έρχονται από το δικό μας Σύμπαν, μπορεί να χρησιμοποιούν τα βαρυτικά πεδία για να καμπυλώνουν το χωροχρονικό συνεχές. Απενεργοποιώντας τον χρόνο, μηδενίζονται οι αποστάσεις και η μετακίνηση είναι ακαριαία... Αντιλαμβανόμαστε το Διάστημα σαν άδειο χώρο, όμως δεν είναι έτσι! Στη νέα φυσική, η ύλη και ο κενός χωροχρόνος είναι ένα και το αυτό. Οι "σκουληκότρυπες" μπορούν να συνδέσουν δυο διαφορετικές περιοχές στο χώρο, δημιουργώντας μια κβαντική αλληλοσύνδεση, στην οποία το κάθε σημείο του χώρου συνδέεται με οποιοδήποτε άλλο μέσα από κομβικά σημεία ενός ασύλληπτου Ενεργειακού Ιστού. Κομβικά σημεία που λειτουργούν σαν Πύλες για Άλλους Κόσμους, πέρα από τις δυνατότητες της εγκεφαλικής μας αντίληψης!»

Ο Λώρρεν θα μπορούσε να μιλά για ώρες. Όμως το πονηρό χαμόγελο στο ύφος της κόρης του, τον ανάγκασε να βάλει φρένο πριν παρεκτραπεί περισσότερο και μονοπωλήσει τη συζήτηση. Μόλις σταμάτησε, οι ερωτήσεις και τα σχόλια των υπόλοιπων έπεσαν βροχή. Εκείνη που κατάφερε να τραβήξει την προσοχή, ήταν η Κιμ.

«Τα κομβικά αυτά σημεία, οι Πύλες, έχουν κάποια αντιστοιχία με συγκεκριμένα τοπογραφικά σημεία πάνω στη Γη; Υπάρχουν δηλαδή τόποι όπου οι Άλλοι Κόσμοι έρχονται σε επαφή με τον δικό μας;»

«Ναι, υπάρχουν! Ένα τέτοιο κομβικό σημείο είναι και η Ζώνη της Σιωπής!» δήλωσε ο Λώρρεν κοιτάζοντας την με νόημα και ξαφνικά ένιωσε να ξεκαθαρίζουν πολλές ασάφειες μέσα στο μυαλό της.

«Είναι γενικά αποδεκτό πως το μαγνητικό πεδίο της Γης παρουσιάζει διακυμάνσεις. Σε δώδεκα συγκεκριμένες περιοχές του πλανήτη εμφανίζει μεταβολές στην τιμή της έντασης του δημιουργώντας μαγνητικούς στροβίλους. Δύο από αυτούς βρίσκονται στον νότιο και στο βόρειο πόλο αντίστοιχα, ενώ οι υπόλοιποι σε συμμετρικές θέσεις στην υπόλοιπη επιφάνεια.»

«Επομένως έτσι μπορούν να ερμηνευθούν και τα φαινόμενα

στο γνωστό Τρίγωνο των Βερμούδων;»

«Και όχι μόνον! Υπάρχει και η Θάλασσα του Διαβόλου στον Ειρηνικό ωκεανό νότια της Ιαπωνίας, αλλά και το Τρίγωνο της Μεσογείου, που δεν είναι ευρέως γνωστό...»

Και η συζήτηση, συνεχίστηκε με ενθουσιασμό σχεδόν μέχρι τα ξημερώματα, δικαιώνοντας την διαίσθηση της Τέρρυ. Ό,τι όμως επρόκειτο να επακολουθήσει τις επόμενες μέρες, δεν μπορούσε ούτε εκείνη να το φανταστεί!

Όλα ξεκίνησαν από την υποβόσκουσα ανησυχία που ένιωθαν οι "αρχαιολόγοι", όπως τους χαρακτήριζε όλους για χάρη συντομίας, αν και είχαν αναφερθεί στο επάγγελμα του καθένα και στις ασχολίες τους. Ήξερε επίσης πως είχαν φύγει βιαστικά από την Αίγυπτο, αλλά κανείς τους δεν είχε εξηγήσει το λόγο που τους είχε αναγκάσει. Λίγο η περιέργεια της, λίγο η απραγία στην οποία την καθήλωνε το ταξίδι, την έσπρωξαν να το "ψάξει".

Αποφάσισε πως μια καλή στιγμή ήταν όταν ξάπλωναν στο κατάστρωμα για ηλιοθεραπεία και θεώρησε το πιο κατάλληλο πρόσωπο την Νασσίμ, επειδή "έπιανε" εντονότερα συναισθήματα από εκείνη.

Ξάπλωσε κοντά της και χαλάρωσε. Άδειασε το μυαλό της από κάθε δική της σκέψη και αφέθηκε να συντονιστεί μαζί της. Δεν άργησε να τα καταφέρει και σε λίγο είχε απορροφηθεί από όσα άρχισε να αντιλαμβάνεται, αποφεύγοντας να τα εκλογικεύει, προς το παρόν.

Ξαφνικά, "άκουσε" μια αυστηρή ανδρική φωνή, που παρεμβλήθηκε, να την επιπλήττει. «Γιατί το κάνεις αυτό; Δεν ξέρεις ότι δεοντολογικά αντιτίθεται;»

Πάγωσε από το ξάφνιασμα και για κάποια δευτερόλεπτα έμμεινε ασάλευτη, εσωτερικά και εξωτερικά. Έπειτα, πήρε μια βαθιά ανάσα και "επανήλθε", ανοίγοντας τρομαγμένη τα μάτια της. Από την απέναντι πολυθρόνα, ο Ντάγκλας την κοιτούσε θυμωμένος.

Ωστόσο ένιωσε πως ήταν κι εκείνος ξαφνιασμένος όσο και η ίδια. Έκλεισε τα μάτια προσπαθώντας να συνειδητοποιήσει πως όντως όλα αυτά συνέβαιναν και τον αντιλήφθηκε να χαλαρώνει και να χαμογελά. Πράγματι, έπρεπε να το παραδεχτούν, η κατάσταση ήταν κάπως ...για γέλια!

Τον κοίταξε με θράσος, συνειδητοποιώντας πως είχε κάνει κι εκείνος ακριβώς αυτό, για το οποίο την επέπληττε. Εκείνος την κοίταξε απολογητικά και της χαμογέλασε.

«Τι συμβαίνει εδώ;» ρώτησε μέσα στα κεφάλια τους ο Βέρτζιλ και η Τέρρυ γύρισε και τον κοίταξε γουρλώνοντας τα μάτια. Έπειτα γύρισε και κοίταξε με δέος έναν, έναν όλους τους υπόλοιπους, προσπαθώντας να εντοπίσει αν είχαν και οι άλλοι παραψυχικές ικανότητες και ο Ντάγκλας με τον Βέρτζιλ ξέσπασαν σε γέλια με το ύφος της, αναστατώνοντας και τους υπόλοιπους, που μέχρι στιγμής βέβαια δεν είχαν αντιληφθεί το παραμικρό.

«Θέλετε να πάμε μέσα στη δροσιά; Νομίζω πως έχουμε πολλά να πούμε;» πρότεινε ο Ντάγκλας όταν οι άλλοι άρχισαν να ρωτούν τι συνέβαινε και τον ακολούθησαν γεμάτοι περιέργεια.

Η Τέρρυ βρέθηκε στα πρόθυρα πανικού και αναζήτησε νοητικά τον πατέρα της που ανταποκρίθηκε άμεσα και έσπευσε ανήσυχος να την συναντήσει. Παράλληλα "κλείδωσε" όλες τις προσβάσεις της, όμως δεν ήξερε πόσο "δυνατοί" ήταν οι άλλοι δυο και αυτό την έκανε να νιώθει ευάλωτη. Ήταν η πρώτη φορά στη ζωή της που συναντούσε κι άλλους ανθρώπους με τις δικές της ικανότητες και αυτό την είχε κατά κάποιο τρόπο σοκάρει.

Ο Λώρρεν τους βρήκε στο σαλόνι να σερβίρονται χυμούς και πήρε την Τέρρυ παράμερα. Του εξήγησε τι είχε συμβεί και τον κοίταξε γεμάτη ανησυχία σχετικά με το πόσα θα μπορούσαν να

293

καταλάβουν για την ταυτότητα της. Εκείνος την έστειλε στην καμπίνα της.

Δεν μπορούσε να σκεφτεί καμιά λογική εξήγηση για την κατάσταση που είχε προκύψει και δεν ήταν σίγουρος για το πώς έπρεπε να το χειριστεί. Πιστεύοντας όμως πως η καλύτερη άμυνα είναι η επίθεση, πήρε πρώτος το λόγο και ζήτησε εξηγήσεις. Ήθελε να μάθει ποιοι, πραγματικά, ήταν οι άλλοι και τις προθέσεις τους. Εκείνοι έδειξαν να ξαφνιάζονται από την αμεσότητα με την οποία έθεσε το ερώτημα του αλλά και να θίγονται από την αμφισβήτηση της ταυτότητας τους, που είχε διατυπωθεί εμμέσως πλην σαφώς.

Η Κιμ δεν είχε καταλάβει ακριβώς τι είχε συμβεί. Όταν ο Λώρρεν έφυγε από την καμπίνα τους βιαστικά λέγοντας πως τον χρειάζονταν επειγόντως το παιδί, χωρίς να της διευκρινίσει πώς το ήξερε, εκείνη ντύθηκε κι έτρεξε να τους συναντήσει. Μπαίνοντας στο σαλόνι αντιλήφθηκε την ηλεκτρισμένη ατμόσφαιρα και χωρίς να το σκεφθεί δεύτερη φορά, έτρεξε να φωνάξει τον καπετάνιο ενώ από το μυαλό της είχαν περάσει κιόλας ένα σωρό σενάρια εις βάρος του παιδιού.

Ωστόσο η παρουσία του Κωνσταντίνου, αν και όχι απαραίτητη, λειτούργησε ως καταλύτης. Τους διαβεβαίωσε όλους, για άλλη μια φορά, πως δεν είχαν να φοβηθούν τίποτε οι μεν από τους δε, εξηγώντας παράλληλα πως το μόνο που συνέβαινε ήταν το ότι αποτελούσαν μια συντροφιά ιδιαίτερων ανθρώπων, ορισμένοι από τους οποίους διέθεταν ξεχωριστά χαρίσματα. Αλλά αυτό δεν ήταν και το μόνο κοινό τους. Όπως οι περισσότεροι ξεχωριστοί άνθρωποι, προτιμούσαν την μοναξιά και την ηρεμία τους. Και αυτό, πίστευε, πως ήταν κατανοητό και πως γίνονταν σεβαστό από όλους. Ό,τι συνέβη δεν ήταν παρά μόνο μια ατυχής παράβαση των κανόνων και το επεισόδιο έπρεπε να θεωρηθεί λήξαν.

Με την παρέμβαση του η ηλεκτρισμένη ατμόσφαιρα διαλύθηκε και την αμηχανία της έντασης διαδέχτηκε ένα κλίμα συγκρατημένου ενθουσιασμού. Είχαν πλέον τόσα πολλά να συζητήσουν! Βέβαια ο Λώρρεν τους είπε απλά πως το χάρισμα το είχε κληρονομήσει η Τέρρυ από την μητέρα της και τίποτε περισσότερο. Δεν ήθελε να προσθέσει άλλες εντάσεις και άλλωστε δεν υπήρχε λόγος να τους αποκαλύψει περισσότερα.

Ωστόσο είχε ανοίξει ένας νέος δρόμος στη σχέση που αναπτύσσονταν μεταξύ τους. Ακόμη και η Κιμ, που είχε σοκαριστεί όταν έμαθε ακριβώς τι συνέβαινε, είχε αρχίσει να το ξεπερνά και να νιώθει καταγοητευμένη αλλά και άλλο τόσο περίεργη βομβαρδίζοντας τους πάντες με ερωτήσεις.

Όταν το "Μεσόγειος" έδεσε στο λιμάνι της Καμαριώτισσας, όχι απλά ένιωθαν άνετα μεταξύ τους, αλλά η οικειότητα που είχε αναπτυχθεί ανάμεσα τους ήταν τόση, σαν να γνωρίζονταν εδώ και χρόνια.

Πέρασαν την ημέρα τους κολυμπώντας και το βραδάκι έφαγαν σ' ένα μικρό ταβερνάκι και περπάτησαν στους δρόμους του χωριού. Αργά τη νύχτα, ο Κωνσταντίνος τους ανακοίνωσε πως ήταν ώρα να ανοιχτούν στο πέλαγος και να περιμένουν το μικρό βαθυσκάφος που θα τους μετέφερε στον προορισμό τους.

ΣΑΜΟΘΡΑΚΗ - ΕΛΛΑΔΑ

Ξαφνιάστηκαν. Ο Κωνσταντίνος ήταν ιδιαίτερα λιγομίλητος σχετικά με το θέμα και το μόνο που τους είπε ήταν πως μπορούσαν να πάρουν μαζί τους μόνο ένα σακίδιο με τα άκρως απαραίτητα, ένα ζεστό μπουφάν και παπούτσια κατάλληλα για πορεία.

Το σημείο της αποβίβασης βρίσκονταν στο εσωτερικό ενός φυσικού σπηλαίου, κάτω από τους απόκρημνους βράχους της ακτής, όπου μπορούσαν να προσεγγίσουν μόνον υποβρύχια.

Ο χειριστής του βαθυσκάφους, ένας μικροκαμωμένος νέος άνδρας με ολόσωμη λευκή φόρμα, τους καλωσόρισε στα αγγλικά, τους συστήθηκε με το όνομα Ποσειδώνας, τους συγχάρηκε που είχαν αποφασίσει να ζήσουν αυτή την εμπειρία και τους ευχήθηκε ευχάριστη διαμονή, δημιουργώντας τους την ψευδαίσθηση πως βρίσκονταν σε αεροσκάφος έτοιμοι για πτήση.

«Είναι το πραγματικό σου όνομα αυτό;» τον ρώτησε έκπληκτη η Δάφνη στα ελληνικά κι εκείνος της χαμογέλασε. «Όχι! Μου το "κολλήσανε" οι συνάδελφοι
επειδή πιλοτάρω το σκάφος. Η αλήθεια είναι όμως πως το προτιμώ από το βαφτιστικό μου!»

296

Το σπήλαιο ήταν αρκετά μεγάλο και φωτισμένο με ψηλούς πυρσούς που ήταν στηριγμένοι στα βότσαλα. Αποβιβάστηκαν με την βοήθεια ενός δεύτερου λευκοντυμένου άντρα που τους περίμενε στην ειδική αποβάθρα, πλάι στην οποία "έδεσε" το σκάφος.

Όταν συγκεντρώθηκαν όλοι και κάτω από τις υποδείξεις των δύο συνοδών τους, φόρεσαν τα σακίδια τους, άναψαν τους φακούς μπαταρίας που τους μοίρασαν και έχοντας τον ένα από τους δύο να προπορεύεται και τον άλλο να ακολουθεί, ξεκίνησαν την ανάβαση μέσα από ένα στενό τούνελ που άνοιγε στο βάθος του σπηλαίου.

Η διαδρομή, αν εξαιρούσες την κούραση της ανάβασης, ήταν εύκολη και ο φωτισμός των φακών επαρκής. Κατά την πορεία προσπέρασαν αρκετές διακλαδώσεις, όλες σκοτεινές και με τις εισόδους κλειστές από σανίδες σε χιαστή, εκτός από μια που κατηφόριζε και μύριζε θειάφι.

Ώρες αργότερα και μετά από αρκετές στάσεις, έφτασαν σ' ένα μικρό πλάτωμα όπου ο οδηγός τους, τους συμβούλεψε να βγάλουν τα σακίδια τους από την πλάτη επειδή έπρεπε να διανύσουν λίγα μέτρα διαδρομής από ένα χαμηλό πέρασμα, πριν βγουν σε ανοιχτό χώρο.

Έξω, μόλις είχε αρχίσει να χαράζει. Οι συνοδοί τους, τους άφησαν να ξεκουραστούν και τους πρόσφεραν ζεστό καφέ που τους περίμενε σε μεγάλα θερμός, σε μια εσοχή του βράχου πριν την έξοδο του σπηλαίου.

Δέκα λεπτά αργότερα ξεκινούσαν και πάλι ακολουθώντας αυτή τη φορά ένα δυσδιάκριτο μονοπάτι που διέσχιζε το δάσος ανηφορίζοντας στο βουνό. Το δροσερό αεράκι του πρωινού γέμισε με ευωδιές τα πνευμόνια τους και στο πέρασμα τους αγουροξυπνημένα πουλιά πέταγαν ξαφνισμένα από τα κλαδιά τους τιτιβίζοντας.

297

Μέσα σε λίγα λεπτά, η φύση είχε κιόλας ξυπνήσει για τα καλά και τα τριζόνια της νύχτας είχανε δώσει τη θέση τους στα τζιτζίκια που χάλαγαν τον κόσμο από τη φασαρία. Ο ήλιος ανέτειλε, ήταν όμως ακόμη χαμηλά στον ορίζοντα και οι πρώτες ακτίνες του χάνονταν πίσω από την πυκνή βλάστηση.

Ένα σμήνος θαλασσοπούλια πέρασε ψηλά κρώζοντας και βούτηξε πίσω από την πρώτη κορυφή, κατά τη θάλασσα. Δεν ήξεραν πού βρίσκονταν αλλά δίσταζαν να ρωτήσουν. Το μόνο σίγουρο ήταν πως ακολουθούσαν νότια πορεία και πως ήδη είχαν ανέβει αρκετά ψηλά, όμως η περιορισμένη από το δάσος ορατότητα δεν τους επέτρεπε να αντιληφθούν τίποτε περισσότερο.

Ο ψηλός πέτρινος μαντρότοιχος, βρέθηκε τόσο ξαφνικά μπροστά τους που κόντεψαν να πέσουν ο ένας πάνω στον άλλο έτσι που τους έκοψε απότομα την πορεία. Έστριψαν αριστερά και περπάτησαν κατά μήκος του ώσπου συνάντησαν μια μεγάλη ξύλινη πόρτα που τους έμπασε σε μια τεράστια αυλή περιτριγυρισμένη από τις κορυφογραμμές που σχημάτιζαν το μικρό οροπέδιο.

Η βλάστηση ήταν οργιώδης κι ένα ρυάκι κατέβαινε από ένα χαμηλό καταρράκτη σχηματίζοντας μια μικρή λίμνη και αφού διέσχιζε κάθετα το μονοπάτι της αυλής, χάνονταν σ' ένα υπόγειο πέρασμα κάτω από τους βράχους.

Στις ρίζες των βράχων, χτισμένοι από πετρώματα της περιοχής, ακουμπούσαν μικροί κοιτώνες που έμοιαζαν περισσότερο με κελιά. Από κάπου μακριά ο αέρας έφερε τον χαρμόσυνο ήχο μιας καμπάνας και η Δάφνη χαμογέλασε τρυφερά, καθώς στο νου της έλαμψε ξαφνικά μια φράση από τη Μεγάλη Χίμαιρα του Καραγάτση «..."η μικρή καμπάνα σήμαινε τον όρθρο και ο αγνός αχός της έδιωχνε, μεσ' το λυκαύγισμα, τα στερνά τελώνια της νύχτας"...». ψιθύρισε στη μητρική της γλώσσα και οι άλλοι την κοίταξαν απορημένοι. Δεν έκανε τον κόπο να τους εξηγήσει. Χωρίς να μπορεί να καταλάβει για ποιο λόγο, ένιωσε την ανάγκη να μείνει μόνη. Να περπατήσει κάτω από τα σκιερά δέντρα, να σκαρφαλώσει ψηλά στις κορφές, να φτάσει τον ουρανό! Το κράξιμο ενός αρσενικού παγωνιού, που επιδείκνυε την φανταχτερή ουρά του, την ξανάφερε στην πραγματικότητα.

Πέρασαν το μικρό γεφυράκι αναστατώνοντας τις χήνες και τους κύκνους που τσαλαβουτούσαν στα νερά και που τους πήραν από πίσω φωνάζοντας.

«Είναι η ώρα που τα ταΐζουμε!» τους εξήγησαν και τους οδήγησαν στο κεντρικό κοιτώνα που ήταν και ο μεγαλύτερος και που όπως αποδείχτηκε χρησιμοποιούνταν σαν σαλοτραπεζαρία.

Τους υποδέχτηκαν ο επικεφαλής του Ξενώνα κι ένα ζευγάρι κάπως περασμένης ηλικίας, που εκτελούσαν χρέη τραπεζοκόμων και που είχαν το μεγάλο μοναστηριακό τραπέζι στρωμένο με το πρωινό τους. Αφού προγευμάτισαν τους οδήγησαν στους κοιτώνες τους διευκρινίζοντας τους πως πάντα υπήρχε κάποιος σε βάρδια στο γραφείο της βιβλιοθήκης, πλάι στην τραπεζαρία, στον οποίο μπορούσαν να απευθύνονται για οτιδήποτε χρειάζονταν.

«Αναρωτιέμαι αν υπάρχει δυνατότητα να επικοινωνήσω με τα παιδιά μου.» ρώτησε η Κιμ και η Δάφνη εξέφρασε την ίδια επιθυμία.

«Θα σας παραχωρήσουμε ένα καρτοκινητό τηλέφωνο για όσο θα βρίσκεστε εδώ. Θα ενημερώσω στο γραφείο, να σας το ετοιμάσουν. Σήμερα και αύριο είστε ελεύθεροι για λόγους προσαρμογής. Το πρόγραμμα σας ξεκινά μεθαύριο το πρωί, αλλά σχετικά θα σας ενημερώσει ο υπεύθυνος. Καλή σας μέρα!»

Πάνω στα κρεβάτια τους βρήκαν όλοι διπλωμένες τις λευκές φόρμες που έπρεπε να φορέσουν. Ήταν ολόιδιες με των συνοδών τους εκτός από το μικρό μπλε στρογγυλό σηματάκι επάνω αριστερά.

«Παράξενο "ξενοδοχείο", δεν νομίζετε;» σχολίασε ο Βέρτζιλ όταν ξανά συναντήθηκαν αργότερα κάτω από το ξύλινο κιόσκι στην άκρη της αυλής, πυροδοτώντας και την αντίδραση των υπολοίπων που έσπευσαν να συμφωνήσουν.

«Δεν θα το χαρακτήριζα ξενοδοχείο.» διευκρίνισε ο Λώρρεν «Η λέξη "ησυχαστήριο" θα του ταίριαζε αρκετά. Την ύπαρξη του γνωρίζουν ελάχιστοι, άλλωστε όπως αντιλαμβάνεστε και μόνοι σας, λόγω βλάστησης και υλικών κατασκευής, δεν φαίνεται ούτε από τον αέρα. Και η μόνη δυνατή πρόσβαση είναι με τον τρόπο που φτάσαμε εμείς. Στην αρχαιότητα, από τα προϊστορικά χρόνια, υπήρχε εδώ ακόμη ένα Ιερό των Μεγάλων Θεών. Η περιοχή ήταν από τότε δύσβατη, όμως με τον μεγάλο σεισμό του 200 μΧ καταστράφηκαν τελείως τα περάσματα με αποτέλεσμα να απομονωθεί και να ξεχαστεί η ύπαρξη του Ιερού. Όχι όμως από όλους... Τώρα λειτουργεί ως "ξενώνας" για όσους έχουν "ειδικούς" λόγους να βρίσκονται εδώ.»

«Έχω την εντύπωση πως είναι μια έξυπνα στημένη επιχείρηση!» δήλωσε ο Ντάγκλας.

«Μα δεν είναι επιχείρηση! Σας μίλησε κανείς για χρήματα;» ρώτησε ο Λώρρεν.

«Όχι, αλλά φαντάζομαι πως συμπεριλαμβάνονται στα έξοδα του ταξιδιού.» υπέθεσε η Δάφνη.

«Λάθος. Όσο γι αυτό είμαι σίγουρος. Προσφέρουν φιλοξενία αφιλοκερδώς, αλλά βέβαια, μόνο σε όσους έχουν τον "κατάλληλο" σύνδεσμο! Στην περίπτωση μας, τον Κωνσταντίνο!»

«Ποιοι; Αν δεν είναι επαγγελματική επιχείρηση, ποιοι είναι αυτοί που έχουν οργανώσει το χώρο και τον ξενώνα;» επέμεινε ο Ντάγκλας.

«Αυτό είναι μια μεγάλη ιστορία που πάει πολύ πίσω στο χρόνο. Και βέβαια δεν ξέρω ούτε κι εγώ ακριβώς. Συμπερασματικά, υποθέτω περισσότερο, πως έχει να κάνει με κάποιου είδους Ιερατείου που διατηρείται μέχρι την εποχή μας.»

«Φαντάζομαι ότι συνειδητοποιήσατε πως τα κτίρια δεν έχουν ηλεκτρική εγκατάσταση;» σχολίασε ο Ντάγκλας χαμογελώντας περίεργα.

«Θυμάστε που μιλήσαμε πριν μερικές ημέρες για Τόπους Δύναμης και Κομβικά σημεία; Ένα τέτοιο σημείο είναι και ο τόπος που βρισκόμαστε τώρα. Αυτός άλλωστε είναι και ο λόγος που δεν υπάρχει ηλεκτρική εγκατάσταση. Για να μην διαταράσσονται οι φυσικές ενεργειακές ροές.» τους εξήγησε ο Λώρρεν.

«Και βέβαια,» μπήκε στη συζήτηση η Δάφνη ανακαλώντας από τη μνήμη της όσα είχε διαβάσει άλλοτε για την αρχαία ιστορία της πατρίδας της, «αυτές οι ενεργειακές ροές όχι μόνο ήταν γνωστές στην αρχαιότητα, αλλά και τις εκμεταλλεύονταν στο έπακρο. Η κύρια Θεότητα, γύρω από την οποία συγκεντρώνονταν όλες οι άλλες, ήταν η Μεγάλη Μητέρα που ονομάζονταν Αξίερος και που αργότερα ταυτίστηκε με την Δήμητρα, αλλά την αποκαλούσαν επίσης και Ηλέκτρα – Λαμπερή, θεωρώντας την, Θεά του φωτός που πολεμά το σκοτάδι. Η λατρεία της σχετιζόταν με Ιερούς Βράχους που είχαν μεταλλικο-μαγνητική δομή. Από αυτούς κατασκεύαζαν "μαγικά" δαχτυλίδια που φορούσαν οι Μεγάλοι Μύστες σε κάποιες τελετές και που τους επέτρεπαν να έρχονται σε επαφή με την Δύναμη της Θεότητας ό,τι και αν σημαίνει αυτό... ».

«Υποψιάζομαι, πως αν όλα αυτά τα μεταφράσουμε με την σύγχρονη επιστημονική ορολογία, θα ταυτιστούν με το ηλεκτρομαγνητικό φάσμα που αγκαλιάζει και διαπερνά τον πλανήτη μας!» σχολίασε ο Έρικ.

«Και επίσης,» συνέχισε η Δάφνη, «ένας από τους Θεούς που συμπλήρωναν την Μεγάλη Θεά Μητέρα, ήταν ο Κάδμιλος. Είχε ως ιερό του ζώο τον κριό και σύμβολο του το Κηρύκειο με τα δύο περιτυλιγμένα φίδια, αν αυτό κάτι σας θυμίζει! Και βέβαια, αργότερα ταυτίστηκε με τον Θεό Ερμή!»

Ο Ντάγκλας δεν μπόρεσε να κρύψει το σαρδόνιο χαμόγελο που χαράχτηκε αυθόρμητα στα χείλη του. «Να 'τος λοιπόν και ο παλιός μας φίλος!» σχολίασε με νόημα αλλά η Νασσίμ άλλαξε τη ροή της συζήτησης, πιθανόν εσκεμμένα.

«Για ποιο πρόγραμμα μας μίλησε πριν ο νεαρός; Σας είπε τίποτε σχετικό ο Κωνσταντίνος;» ρώτησε απευθυνόμενη στη Δάφνη, αλλά εκείνη κούνησε αρνητικά το κεφάλι της.

«Δεν έχω ιδέα!»

«Όπως και να 'χει όλα αυτά είναι παράξενα, δεν νομίζετε;» επέμενε ο Βέρτζιλ.

«Ναι είναι,» συμφώνησε η Δάφνη, «όμως ούτε κι εμείς είμαστε …εντελώς φυσιολογικοί!»

Όλοι γέλασαν με την παρατήρηση της και η Τέρρυ αντάλλαξε μια γεμάτη νόημα ματιά με τον πατέρα της, που δεν πέρασε απαρατήρητη. Ο Βέρτζιλ αποφάσισε να τους ρωτήσει ευθέως. «Ελπίζοντας να μην γίνομαι αδιάκριτος, ποιο ήταν το κίνητρο σας γι αυτό το ταξίδι;»

Ο Λώρρεν και η Τέρρυ κοιτάχτηκαν και για λίγο κανείς τους δεν μίλησε. Έπειτα, όταν η σιωπή άρχισε να γίνεται πιεστική, εκείνος την ρώτησε αν θα την πείραζε να τους εξηγήσει. Υποθέτοντας πως θα τους έλεγε κάτι αόριστο, ανασήκωσε τους ώμους δίνοντας του την συγκατάθεση της.

«Εδώ πρόκειται να συναντηθεί η Τέρρυ με την μητέρα της, που έχει να την δει από τότε που ήταν μωρό. Βέβαια είχαν συχνά... επικοινωνία, αλλά τώρα ήρθε ο καιρός να βρεθούν και από κοντά».

«Εδώ ζει η μητέρα σου;» την ρώτησε η Πασκάλ έκπληκτη. «Είχα μείνει με την εντύπωση πως είναι διπλωματικός ακόλουθος ή κάτι τέτοιο...».

«Όχι, δεν ζει εδώ. Εδώ θα συναντηθούμε.» τους εξήγησε εκείνη και όλοι έκαναν την ίδια σκέψη, σχετικά με την παράξενη εκλογή του τόπου συνάντησης. Κανείς βέβαια δεν το σχολίασε, όμως οι σκέψεις τους ήταν τόσο έντονες, που η Τέρρυ ένιωσε άσχημα για το θέατρο που παιζόταν. Ήξερε πως ήταν αδύνατο να μην υποψιαστούν ότι συνέβαινε κάτι παράξενο ή έστω ασυνήθιστο και πολύ πιθανό, με τις ικανότητες που είχαν ο Βέρτζιλ και ο Ντάγκλας, να μπορούσαν να καταλάβουν πολλά περισσότερα. Αναρωτήθηκε μήπως έπρεπε να τους μιλήσουν ανοιχτά και αν ναι, ποιες θα ήταν οι αντιδράσεις τους. Άλλο οι θεωρητικές συζητήσεις και άλλο οι χειροπιαστές αποδείξεις...

* * *

Τελικά, το πρόγραμμα για το οποίο τους είχαν μιλήσει, περιελάμβανε πρωινές πεζοπορίες στο βουνό και λουτρό στην μεγαλύτερη από τις Θέρμες της περιοχής. Προσκύνημα και σπονδές στον Ιερό Βράχο, ειδική διατροφή, ασκήσεις χάθα γιόγκα και Tai Chi τα απογεύματα και συμμετοχή σε θεατρικά δρώμενα τα βράδια, πάντα κάτω από τις οδηγίες και τις υποδείξεις των διαχειριστών του ξενώνα.

Όλες αυτές οι δραστηριότητες ήταν μέσα στα πλαίσια της προετοιμασίας από την οποία έπρεπε να περάσει η Τέρρυ ώστε

303

να συντονιστεί με την συχνότητα της μητέρας της. Και αυτό επειδή η μεταβίβαση της γνώσης έπρεπε να γίνει σε υψηλό συνειδησιακό επίπεδο. Όμως παράλληλα, δημιουργούσε και την κατάλληλη ψυχική κατάσταση στους υπόλοιπους, ώστε να είναι όλοι εναρμονισμένοι με την ενεργειακή ροή του τόπου.

Αρχικά, εκείνη, ακολούθησε το δικό τους πρόγραμμα, μερικές ημέρες όμως αργότερα απομονώθηκε στο Άδυτο του αρχαίου Ναού κάτω από τις φροντίδες της προσωπικής συνοδού της που ήταν υπεύθυνη για την προετοιμασία της.

Η απουσία της ήταν επόμενο να γίνει αμέσως αντιληπτή και να δημιουργήσει απορίες. Όλοι υπέθεταν, πως κάποια στιγμή θα ερχόταν η μητέρα της. Κανείς δεν περίμενε πως θα "εξαφανίζονταν" η Τέρρυ. «Ήθελαν να βρεθούν μόνες...» τους εξήγησε αόριστα ο Λώρρεν όταν τον ρώτησαν σχετικά και το θεώρησαν φυσικό.

Το απόγευμα της ίδιας εκείνης ημέρας ο επικεφαλής του Ξενώνα τους ανακοίνωσε πως, κάθε χρόνο τέτοια εποχή, οργάνωναν μια γιορτή με την ευκαιρία του Θερινού Ηλιοστάσιου και τους προσκάλεσε να συμμετάσχουν, μοιράζοντας τους έντυπο υλικό που θα τους βοηθούσε να παρακολουθήσουν ενεργά τις τελετές.

Στις εικοσιμία του μήνα, η ημέρα τους ξεκίνησε πριν ακόμη χαράξει. Συγκεντρώθηκαν όλοι στην αυλή και κρατώντας αναμμένους πυρσούς, σχημάτισαν μια πομπή και ακολούθησαν το μονοπάτι για τον Ιερό Βράχο.

Σχημάτισαν ένα ημικύκλιο γύρω από τον Βράχο και ο επικεφαλής άναψε το λιβάνι. Υψώνοντας τα χέρια τους, με τις παλάμες να κοιτούν στον ήλιο που μόλις ανέτειλε, απάγγειλαν όλοι μαζί τον ύμνο.

"Άκουσε μακάριε, που έχεις οφθαλμό αιώνιο, παντεπόπτη, Τιτάνα χρυσαυγή, Υπερίωνα, φως ουράνιο. Συ είσαι αυτοφυής,

ακάματος, γλυκιά θέα των ζωντανών πλασμάτων, γεννήτορα της αυγής δεξιέ κι αριστερέ της νύκτας. Εσύ τις εποχές εναρμονίζεις, χορεύοντας με τέσσερα πόδια·
εύδρομε, ορμητικέ, πύρινε, χαρωπέ, αρματηλάτη,
που διέρχεσαι στροβιλιζόμενος τον απέραντο ρόμβο·
οδηγέ των ευσεβών στα καλά και τιμωρέ των ασεβών.
Με χρυσή λύρα ελκύεις τον κόσμο στον εναρμόνιο δρόμο· δείκτη των αγαθών έργων, αιώνιε νεανία που τρέφεις τις ώρες· κοσμοκράτορα, αυλητή, πυρίδρομε, κυκλόστροφε, φωτοβόλε, ποικιλόμορφε, ζωοδότη, καρποφόρε, Παιάν αειθαλής είσαι, ω πατέρα του χρόνου, αθάνατε Δία, ήπιε, ολόφωτε, μάτι περιφερόμενο του κόσμου που σβήνεις και λάμπεις με ωραίες φωτεινές ακτίνες· δείκτη δικαιοσύνης, υδροχαρή, του κόσμου δεσπότη, φύλακα των πιστών όρκων, αιώνια υπέρτατε και αρωγέ όλων, μάτι της δικαιοσύνης, φως της ζωής. Ω ηνίοχε, που οδηγείς άρμα τέθριππο με συριχτό μαστίγιο, άκουσε τα λόγια μου και αποκάλυψε στους μύστες το γλυκό βίο."

Άφησαν τις προσφορές τους στον Ιερό Βράχο και επέστρεψαν στον Ξενώνα για να ετοιμάσουν τις πυροστιές για το ψήσιμο των φαγητών. Όλη η υπόλοιπη μέρα ήταν αφιερωμένη σ' ένα μαραθώνιο συμπόσιο με απαγγελίες λογοτεχνικών αποσπασμάτων, έντεχνη μουσική και τραγούδι, αλλά και φιλοσοφικές ομιλίες και συζητήσεις.

Στις είκοσι δύο ήταν η μέρα των Καθαρμών. Η ανατολή του ήλιου τους βρήκε στον Ιερό Βράχο, όπου παρακολούθησαν την τελετή ανάματος της Ιερής Φλόγας από την Τέρρυ και τις έξι κοπέλες που την συνόδευαν. Ήταν η φλόγα που θα άναβε την βραδινή φωτιά της εστίας.

Στη συνέχεια κατέβηκαν στον καταρράκτη για την τελετή του εξαγνισμού. Έκαψαν αρωματικά χόρτα και πριν μπουν στα νερά, απάγγειλαν ύμνο προς τις Νύμφες. Ήταν τα τελευταία λόγια που θα πρόφεραν όλοι τους για το υπόλοιπο της ημέρας, που θα την περνούσαν μέσα σε σιωπή, περισυλλογή και νηστεία. Και η σιωπή θα έσπαγε τα μεσάνυχτα, όταν στο τελετουργικό άναμμα της Πυρράς με την Ιερή Φλόγα, θα απάγγειλαν τον ύμνο στην Εστία.

Λίγο πριν από τα μεσάνυχτα ένα ξύλινο σήμαντρο κάλυψε με τους κτύπους του τους ήχους της νύχτας, καλώντας τους να συγκεντρωθούν στο κέντρο της αυλής όπου βρίσκονταν η μεγάλη ημισφαιρική πέτρινη εστία.

Από νωρίς είχαν κουβαλήσει ξύλα, τόσα όσα θα χρειάζονταν για το επόμενο εικοσιτετράωρο που θα έμενε αναμμένη η πυρρά και είχαν προετοιμάσει το γύρω χώρο για όσους ήθελαν να αγρυπνήσουν προσέχοντας και τροφοδοτώντας τη φωτιά. Είχαν επίσης ετοιμάσει τον Κλείδωνα, ένα πήλινο πιθάρι γεμάτο με νερό που είχαν φέρει οι γυναίκες αμίλητες από την πηγή και μέσα είχαν

ρίξει όλοι τους από ένα προσωπικό αντικείμενο, κυρίως δαχτυλίδια και μικροκοσμήματα.

Το σήμαντρο συνέχισε να κτυπά, αν και όλοι βρίσκονταν εκεί, εντείνοντας το ρυθμό του μέχρι που ο ιεροφάντης ύψωσε την δάδα με την Ιερή Φλόγα και άναψε την πυρρά, για να σταματήσει τόσο απότομα που μέσα στην σιωπή που ακολούθησε, ακούγονταν ακόμη και οι ανάσες τους. Κι έπειτα οι φωνές τους ενώθηκαν και ο ύμνος αντήχησε μέχρι τις κορυφογραμμές...

Ιστίη ευδυνάτοιο Κρόνου θύγατερ βασίλεια,
η μέσον οίκον έχεις πυρός αενάοιο μεγίστου,
τούσδε συ εν τελεταίς οσίους μύστας αναδείξαις,
θεισ' αειθαλέας, πολυόλβους, εύφρονας, αγνούς
οίκε θεών μακάρων, θνητών στήριγμα κραταιόν.
Αϊδίη, πολύμορφε, ποθεινοτάτη, χλοόμορφε,
μειδιόωσα, μάκαιρα, τάδ' ιερά δέξαι προθύμως,

όλβον επιπνείουσα και ηπιόχειρ' υγίειαν.

Την ίδια ώρα, με την είσοδο της εικοστής τρίτης Ιουνίου, οι κοπέλες που φρόντιζαν την Τέρρυ, την έλουσαν στο Λουτρό και της έκαναν χαλαρωτικό μασάζ με αιθέρια έλαια κι έπειτα την άφησαν να διαλογιστεί στο Ιερό του αρχαίου ναού. Όταν ήταν έτοιμη της πρόσφεραν ρόφημα από βότανα του βουνού κι έπειτα με τη συνοδεία του Επόπτη και του πατέρα της ξεκίνησαν για τον τόπο της συνάντησης· ένα σπήλαιο στα νότια του Ιερού, που άλλοτε, θα ονομάζονταν καταβάσιο.

Στην είσοδο υπήρχαν αναμμένοι πυρσοί ενώ το εσωτερικό του είχε εξοπλισθεί με τις πλέον απαραίτητες σύγχρονες ανέσεις, παραμένοντας λιτό και αυστηρό. Εκείνο που δεν είχε πειραχθεί στο ελάχιστο ήταν ο βωμός από λευκό μάρμαρο. Ήταν προσανατολισμένος στον άξονα βορά-νότου και η οριζόντια επιφάνεια του ήταν ελαφρώς κυρτή στο σχήμα του ανθρώπινου σώματος. Τον κάλυψαν με ένα λευκό λινό ύφασμα, όπως από λευκό λινό ήταν και οι ολόσωμες φόρμες που φορούσαν όλοι τους.

Η Τέρρυ ξάπλωσε και ο Επόπτης, που είχε τις απαραίτητες ιατρικές γνώσεις, της πήρε το σφυγμό, άκουσε την καρδιά της και της χαμογέλασε ενθαρρυντικά.

Κι έπειτα όλοι αποσύρθηκαν στον προθάλαμο παίρνοντας μαζί τους και από ένα λυχνάρι, αφήνοντας μονάχα δύο πίσω από το προσκεφάλι της.

Από τον προθάλαμο ακούστηκαν οι πρώτες νότες της μουσικής που έπαιζαν οι έξι κοπέλες και η αρχή της απαγγελίας των ύμνων. Οι φωνές τους ήταν καθαρές με τέμπο έμμετρο, λυρικό. Στην Τέρρυ θύμιζε χορό αρχαίας Ελληνικής τραγωδίας και δεν καταλάβαινε τι έλεγαν, αλλά αυτό δεν είχε και πολύ σημασία. Η αντίστροφη μέτρηση, είχε αρχίσει.

NIDUS

Αυτό που η Τέρρυ έπρεπε να κάνει, ήταν να θέσει σε εφαρμογή όλες τις βιοδυναμικές τεχνικές που είχε διδαχθεί στη Ζώνη της Σιωπής. Είχε εξοικειωθεί αρκετά με όλη την διαδικασία όμως ποτέ πριν δεν την είχε εφαρμόσει σ' ένα Τόπο Δύναμης όπως αυτός που βρίσκονταν τώρα.

Το αποτέλεσμα ήταν άμεσο και συγκλονιστικό. Το ενεργειακό της πλέγμα άρχισε να πάλλεται ξέφρενα κι έφτασε σε ελάχιστο χρόνο στο μέγιστο της δυναμικότητάς του συμπαρασύροντας, την εστιασμένη σ' αυτό Συνείδηση της, έξω από χώρο και χρόνο. Παράλληλα μια εξωτερική Δίνη, αυτή της τοπικής Πύλης, άρχισε να στροβιλίζεται αργά και σταθερά γύρω της. Ένιωθε την έλξη της σε κάθε ίνα της υπόστασής της. Το αγκάλιασμά της έμοιαζε να την περιδινίζει ως το άπειρο και τότε, η δομή της άρχισε να αλλάζει. Δεν ήταν πια παρά καθαρή ενέργεια!

Με ασύλληπτη ταχύτητα τραβήχτηκε στη χοάνη της Δίνης και, σαν ένας λαμπερός κρύσταλλος απίστευτης καθαρότητας, πέρασε το μηδενικό σημείο, για να βρεθεί στην αντίθετη χοάνη, εκείνη της άλλης πλευράς.

Η Τέρρα Ελ κοίταξε γύρω της. Βρίσκονταν στην κορυφή ενός λόφου και το πρώτο πράγμα που τράβηξε την προσοχή της ήταν η ακτή της γαλήνιας λιμνοθάλασσας που απλώνονταν στο βάθος εμπρός της κι εκείνος ο εξώκοσμος σχηματισμός των βράχων πλάι στον αλαργινό κόλπο. Πίσω της απλώνονταν μια ατέρμονη δασωμένη έκταση.

Η βλάστηση ήταν πέρα από κάθε τι γήινο στη φύση της. Τα φυτά ανήκαν σ' ένα εξωτικό είδος ζωής, με χρώματα αλλόκοσμα λαμπερά, δίνοντας την εντύπωση πως ήταν αυτόφωτα μ' ένα δικό τους ιδιαίτερο τρόπο και τα λουλούδια λες και σκαρφίζονταν μόνα τους σχήματα απίστευτης ομορφιάς. Μια δική του ιδιαίτερη νοήμων ζωή χαρακτήριζε το μεθυστικό τοπίο. Όμως το πιο χαρακτηριστικό, αυτό που της έφερνε μια αβάσταχτη νοσταλγία στην καρδιά, ήταν η ονειρική ατμόσφαιρα του αιώνιου δειλινού που βασίλευε ολόγυρα! Ένιωθε, τον απέραντο χώρο γύρω της, σαν να βρίσκονταν ολόκληρος σε μια "φυσαλίδα" που αιωρούνταν μακάρια κάπου σ' ένα άχρονο Σύμπαν.

Κι έπειτα την είδε! Κάτω δεξιά, ξάπλωνε νωχελικά η πόλη, δίπλα στο βαθύ μπλε βελούδο του νερού. Με τα χαμηλά της σπίτια, και τα λιγοστά τους φώτα ν' αχνοφέγγουν στο βάθος, με τ' ανείπωτα μυστικά της καλά κρυμμένα, αλλά και φανερωμένα, παντού και πουθενά. Και με μιας ήξερε πως κάπου εκεί την περίμενε η μητέρα της με τους Εκπαιδευτές της και η συνέχεια της μαθητείας της στις άχρονες δίνες της Γνώσης. Ένιωσε την βιοενέργεια της να μεγαλώνει και κατάλαβε πως έπρεπε να ξεκινήσει για την επικείμενη συνάντηση που περίμενε από μικρό παιδί.

Άρχισε να κατηφορίζει το μονοπάτι γεμάτη προσμονή. Δεν θυμόταν να έχει ξανάρθει εδώ όμως της ήταν τόσο οικεία όλα γύρω της!

Το στενό καλντερίμι, που περνούσε φιδογυρίζοντας ανάμεσα στην πόλη και φωτίζονταν μόνον από τα φαναράκια λαδιού, που έφεγγαν από τις μικρές αυλές με τις ξύλινες πέργολες ή από τα φανάρια στις εξώπορτες των σπιτιών που δεν είχαν αυλή και «έβλεπαν» κατευθείαν στο δρόμο!

Τις αυλές που περιορίζονταν από χαμηλούς πέτρινους τοίχους με τα ανοίγματα της εισόδου τους χωρίς αυλόπορτες!

Τα πυκνά σπίτια τα χτισμένα από μπεζ πέτρα, με σκουρόχρωμες ξύλινες πόρτες και παραθυρόφυλλα, με την τόσο διαφορετική αρχιτεκτονική, που αν και δεν έμοιαζαν μεταξύ τους δημιουργούσαν τόσο αρμονική ατμόσφαιρα!

Άλλα με σκεπή, είτε από πέτρα είτε από ξύλο και άλλα να καταλήγουν σε ταράτσες. Κάποιες από αυτές διακοσμημένες με μικρά δέντρα και πέργολες με αναρριχώμενα φυτά και κάποιες που επικοινωνούσαν μεταξύ τους, ενώ στενές πέτρινες σκάλες σφηνωμένες ανάμεσα σε κάποια σπίτια έβγαζαν από τις ταράτσες κάτω στο καλντερίμι!

Τάχυνε το βήματα της νοιώθοντας την νοσταλγία αβάσταχτη να την πονά.

Η αρμονική σύμπραξη ενός αυλού μ' ένα σαντούρι την καλωσόρισαν ενώ χαμηλόφωνες κουβέντες κι ένα εγκάρδιο γέλιο, από κάποιο σπίτι εκεί κοντά, συμπλήρωσαν την ατμόσφαιρα με την γνώριμη αίσθηση της θαλπωρής και της ξεγνοιασιάς μιας αιώνιας καλοκαιρινής νύχτας! Ήχοι σαν αλαργινό νανούρισμα που το παρασέρνει ο άνεμος...

Το οίκημα της Σχολής ήταν ακουμπισμένο στην ακρόπολη που δέσποζε πάνω από την πόλη.

Ένας πέτρινος ψηλός φράχτης, που τα αναρριχώμενα φυτά του είχαν αρχίσει να καλύπτουν την κορυφή του και να κρέμονται προς τα έξω, με βαριά δίφυλλη αυλόπορτα από ξύλο, περιέκλειε την αυλή με τα πανύψηλα δένδρα.

Στο βάθος της αυλής το κτίριο, με τα παράθυρα του όλα φωτισμένα, ήταν χτισμένο κολλητά στην πλαγιά του λόφου που βρίσκονταν πίσω του και χωρίς σκεπή κατέληγε σε ταράτσα. Το μεγαλύτερο τμήμα του ήταν διώροφο ενώ το υπόλοιπο είχε μόνο ισόγειο, με μια μεγάλη βεράντα μπροστά από την είσοδο. Μια φαρδιά πέτρινη σκάλα με εφτά σκαλοπάτια οδηγούσε στην βεράντα μπροστά στην φωτισμένη εξώπορτα όπου την περίμενε η μητέρα της.

Μετά τις πρώτες στιγμές της συνάντησης τους, γεμάτες συγκίνηση και για τις δυο, η Τέρρα Ελ γύρισε και κοίταξε την πόλη.

«Που βρισκόμαστε;»

«Στην πόλη Nidus του Trincust.Ο πλανήτης ανήκει σ' ένα σύστημα στις παρυφές του Γαλαξία.»

«Ποιοι ζουν εδώ; Δεν συνάντησα κανέναν στο δρόμο!»

«Ο πλανήτης δεν έχει μόνιμους κατοίκους. Είναι ένα μεγάλο θέρετρο με αποικίες διάφορων πολιτισμών που έρχονται στον Trincust για ξεκούραση. Η Nidus είναι αποικία ανθρωπόμορφων πλασμάτων και εκτός από τους ταξιδιώτες φιλοξενεί και τους Εκπαιδευτές μας.»

«Μαμά, πώς καθορίζουμε το ανθρώπινο στοιχείο; Τι είναι αυτό που κάνει τον άνθρωπο... άνθρωπο;»

«Η Ανθρώπινη Συνείδηση εκδηλώνεται σαν Φως. Αυτό καθορίζει και τον τρόπο Αντίληψης και Νόησης. Οι διαφορές που υπάρχουν προκύπτουν από τον βαθμό εξέλιξης της κάθε Φυλής ενώ η μορφή, για όσους δεν έχουν την ικανότητα να την τροποποιούν, εξαρτάται κυρίως από τις συνθήκες ζωής του μητρικού πλανήτη.»

«Κάτι μου θυμίζουν όλα αυτά! Έχω ξανάρθει εδώ;»

«Ναι, εκπαιδεύόσουν εδώ σε Ονειρικό Επίπεδο. Τώρα που ήρθες και με το υλικό σου σώμα, θα τα θυμηθείς όλα. Έλα όμως, οι Εκπαιδευτές σου μας περιμένουν.»

Η ευρύχωρη αίθουσα της εισόδου, πλαισιωμένη με εξωτικά πολύχρωμα φυτά, ήταν επιπλωμένη με ξύλινους λιτούς καναπέδες που τα μεγάλα μαξιλάρια τους σε γήινα και λευκά χρώματα, τους έκαναν να φαίνονται ιδιαίτερα αναπαυτικοί. Ένα μεγάλο στρογγυλό τραπέζι με επτά καρέκλες δέσποζε στο αίθριο δεξιά από την είσοδο. Ένα αψιδωτό πέρασμα στα αριστερά, έβγαζε σε ένα φαρδύ διάδρομο που οδηγούσε στο υπόλοιπο κτίριο.

Τον ακολούθησαν μέχρι το τέλος προσπερνώντας τις πόρτες, δεξιά κι αριστερά του, όλες κλειστές εκτός από μία.

Από το άνοιγμα της η Τέρρα Ελ πρόλαβε να δει μια μικρή ομάδα νέων ανθρώπων που ήταν καθισμένοι απέναντι σε έναν άνδρα μεγαλύτερης ηλικίας. Κοντοστάθηκε στη θέα τους, καθώς τα σώματα όλων έμοιαζαν να μην έχουν υπόσταση.

Η μητέρα της την τράβηξε διακριτικά να προχωρήσουν και βγήκαν από το διάδρομο σε μια μεγάλη βεράντα.

«Ποιοι ήταν αυτοί; Γιατί ήταν έτσι;» την ρώτησε η Τέρρα Ελ με την έκπληξη έκδηλη στο πρόσωπο της.

Η Μεη Ην χαμογέλασε και της έδηξε την πέτρινη σκάλα που οδηγούσε στην ταράτσα. Άρχισαν να ανεβαίνουν.

«Ήταν ένας Γήινος Εκπαιδευτής με την ομάδα του. Βρίσκονται ακόμη σε στάδιο Ονειρικής Εκπαίδευσης με υπεραισθησιακή μεταβίβαση πληροφοριών.»

«Έτσι ερχόμουν κι εγώ;»

«Σ' αυτό το στάδιο όλοι έρχονται με το ενεργειακό τους σώμα.»

Η πίσω πλευρά της ταράτσας ακουμπούσε στο βράχο της πλαγιάς του λόφου και μια ξύλινη πόρτα οδηγούσε στο εσωτερικό ενός σπηλαίου.

«Από δω.» της υπέδειξε η Μέη Ην. «Ένα μέρος των

εγκαταστάσεων μας βρίσκεται στο εσωτερικό του λόφου. Σε φυσικά και τεχνικά σπήλαια.»

Ακολούθησαν τον λαξευμένο στο βράχο διάδρομο και μπήκαν σε μια κυκλική αίθουσα με θολωτή οροφή. Το πάτωμα ήταν καλυμμένο με ένα παχύ χαλί σε σκούρο καφέ χρώμα και διάσπαρτες κυπαρισσί μαξιλάρες.

Το ένα τρίτο του τοίχου είχε ξύλινη επένδυση και όλο το υπόλοιπο από κει και πάνω, όπως και όλη η οροφή, ήταν μια τεράστια οθόνη όπου προβάλλονται οι εικόνες κινούμενων φράκταλς.

«Φανταστικό! Τι είναι εδώ;»

«Ένας χώρος επικοινωνίας με την Ζωοδόχο Πηγή.»

«Και τα φράκταλς;»

«Κάποιες μαθηματικές απεικονίσεις Της.»

Η Τέρρα Ελ κοίταξε τη μητέρα της με έκπληξη.

«Η Ζωοδόχος Πηγή έχει δομή φράκταλ;»

«Είναι Gestalt ιδιοτήτων που εκδηλώνεται σαν φράκταλ.»

«Και είμαστε φτιαγμένοι "καθ' εικόνα και ομοίωση" Της!»

Η Μέη Ην της έγνεψε καταφατικά χαμογελώντας με τον συνειρμό της.

«Είμαι κι εγώ σαν την Πηγή!»

«Τα πάντα είναι σαν την Πηγή!»

Τα φράκταλς στην οθόνη έμοιαζαν να ανταποκρίνονται στον ενθουσιασμό της κι η Τέρρα Ελ, καθώς στέκονταν στο κέντρο του χώρου, γύρισε γύρω από τον εαυτό της παρακολουθώντας τις αλλαγές. «Γιατί το κάνει αυτό;» ρώτησε μαγεμένη.

«Η αίθουσα χρησιμοποιείται για την εκπαίδευση του ελέγχου των συγκινησιακών μας καταστάσεων με τη μέθοδο της νευροανάδρασης.»

«Δηλαδή;»

«Υπάρχουν στο χώρο αισθητήρες που επηρεάζονται από τις

313

μεταβολές της ενέργειας μας και αντιδρούν ανάλογα, μεταβάλλοντας την κίνηση των φράκταλς. Έτσι αντιλαμβανόμαστε πως είμαστε αλληλένδετοι με το περιβάλλον, πως το επηρεάζουμε και το διαμορφώνουμε με τη σκέψη και το συναίσθημα, Δημιουργώντας στην κυριολεξία τον Κόσμο στον οποίο ζούμε! Και η ...επιλογή είναι δική μας!»

Γύρισε και κοίταξε τη μητέρα της με μάτια που έλαμπαν. Έτσι ξαφνικά, μέσα σε μια στιγμή, ένοιωσε να παίρνει απαντήσεις σε ανείπωτες ερωτήσεις που υπήρχαν ασυνείδητα μέσα της.

Η άφιξη των Εκπαιδευτών της, επανέφερε την επίγνωση της Συνείδησης της στο παρόν. Εμφανίστηκαν γύρω τους από το πουθενά σαν ενεργειακοί στρόβιλοι και σταθεροποιήθηκαν στα υλικά τους σώματα. Δυο γυναίκες και δυο άνδρες, ο ένας αρκετά προχωρημένης ηλικίας.

Η Τέρρα Ελ τους αναγνώρισε αμέσως, καθώς οι Υπάρξεις τους υπήρχαν στην συνειδητή της μνήμη. Τα εγκάρδια χαμόγελα που αντάλλαξαν ήταν μονάχα η επιφανειακή εκδήλωση των συναισθημάτων χαράς και οικειότητας που πλημμύρισαν όλους.

Η μητέρα της την χάιδεψε στοργικά στην πλάτη. «Μείνε στο κέντρο.» της υπέδειξε και στάθηκε απέναντι της ανάμεσα στους δυο άνδρες.

Κάθισαν όλοι οκλαδόν στις μαξιλάρες και μ' ένα νεύμα της Μέη Ην, η Τέρρα Ελ τους μιμήθηκε.

Η επικοινωνία τους συνεχίστηκε με υπεραισθησιακή μεταβίβαση πληροφοριών. Σκοπός τους ήταν να ξεκλειδώσουν όλες τις υποσυνείδητες μνήμες της που αφορούσαν την εκπαίδευση που είχε λάβει από τον καθένα ξεχωριστά. Η Μέη Ην ξεκίνησε πρώτη την διαδικασία και αισθητήριες εικόνες άρχισαν να την κατακλύζουν.

Ένας αναμμένος πυρσός εμφανίστηκε στ' αριστερά της και το

314

βιοπεδίο της ενώθηκε με την ροή μιας πανίσχυρης Δύναμης απίστευτης αρχαιότητας. Την ακολούθησε γεμάτη λαχτάρα.

Ήξερε πως ήταν "ο Δρόμος για το Σπιτικό της", "Εκεί Όπου Ανήκε"!

Η "διαδρομή" κράτησε αρκετά και η επόμενη αισθητήρια εικόνα ήταν πλημμυρισμένη από το χρυσόλευκο Φως που διαχέονταν από το σύνολο άπειρων Υπάρξεων. Ξεχώριζαν όχι μόνον ενεργειακά, αλλά και σαν μικρά φωτεινά αστέρια μέσα στο ίδιο το φως.

«Τι είναι αυτές οι Υπάρξεις;» ρώτησε.

«Συνειδήσεις χωρίς Ιδιότητες!» ήταν η απάντηση που πήρε.

Ήξερε! Κατανόησε! Η φιγούρα ενός αρχαίου αμφιθεάτρου στο βάθος δεξιά της, ήταν το τελευταίο που αντιλήφθηκε πριν "επιστρέψει".

Οι εκπαιδευτές της αιωρήθηκαν ελαφρά και άλλαξαν θέση περιστρεφόμενοι δεξιόστροφα έτσι ώστε τώρα απέναντι της βρέθηκε να κάθεται ο Γέροντας. Η πατρική του φιγούρα απέπνεε Σοφία και Γνώση. Και άρχισε να θυμάται!

Ένας, ένας οι Εκπαιδευτές της, όταν έρχονταν η σειρά τους, άλλαζαν θέση και ξεκλείδωναν τις μνήμες της.

Πειράματα δημιουργίας πραγματικότητας, τεχνικές μάχης, χειρισμός των Ζώων Δύναμης, τρόποι και «εργαλεία» άμυνας, θεωρία και μαθήματα χειρισμού της ενέργειας, τεστ προόδου και δοκιμασίες σε πραγματικό χρόνο, όλα πέρασαν από το ασυνείδητο στο συνειδητό κομμάτι του εαυτού της ολοκληρώνοντας την ως Ύπαρξη.

Ο κύκλος των Εκπαιδευτών γύρισε για άλλη μια φορά και η Μέη Ην κάθονταν και πάλι απέναντί της.

Η Τέρρα Ελ βρέθηκε να αιωρείται στο διάστημα. Στο φυσικό διάστημα, αυτό που αντιλαμβάνονταν με τη φυσική της παρουσία.

Η Συνείδηση της ήταν Επικεντρωμένη στο ΕΙΜΑΙ ως Σφαίρα Φωτός. Γύρω της υπήρχαν διάσπαρτες κι άλλες Συνειδήσεις που φάνταζαν σαν αστέρια. Κάτω δεξιά της εντόπισε την Γη.

«Υπάρχει πολύ θόρυβος εκεί κάτω...» ήταν το μόνο που πρόλαβε να σκεφθεί και η Ύπαρξη της στροβιλίστηκε και αφέθηκε στην έλξη του πλανήτη.

"Επέστρεψε" στην αίθουσα και πρόλαβε να δει το γεμάτο θλίψη χαμόγελο της μητέρας της. Είχαν μόλις βιώσει την στιγμή της Σύλληψης της. Όμως η Τέρρα Ελ της χαμογέλασε ενθαρρυντικά. Ήξερε πως, κατά βάθος, σε κανέναν δεν άρεσε να φυλακίζεται σε μια και μόνο μορφή, αλλά ήξερε, επίσης, πως η Δράση ήταν μέρος της Φύσης τους. Και αν ήθελε να είναι ειλικρινής, δεν θα έχανε αυτό το "πάρτι" για τίποτε!

Η Μέη Ην και οι Εκπαιδευτές της γέλασαν τρανταχτά με την τελευταία της σκέψη.

ΗΛΙΟΣΤΑΣΙΟ

Η Νασσίμ και η ομάδα της, μαζί τους και η Κιμ αλλά και άλλα άτομα από το προσωπικό του Ξενώνα, είχαν φροντίσει κρατώντας βάρδιες να διατηρήσουν αναμμένη την πυρά όλο το εικοσιτετράωρο. Το βράδυ της εικοστής τρίτης συγκεντρώθηκαν γύρω της όλοι ανεξαιρέτως για το κλείσιμο της γιορτής με τα παραδοσιακά έθιμα.

Άναψαν τρεις μικρότερες εστίες και στην κεντρική από αυτές, έκαψαν το Μαγιάτικο στεφάνι που μέχρι πριν λίγες ώρες κρέμονταν στην εξώπορτα του γραφείου. Έπειτα έπρεπε να πηδήξουν πάνω από τις φλόγες τουλάχιστον τρεις φορές ο καθένας πριν ανοίξουν τον Κλείδωνα και διαβάσουν τους χρησμούς. Οι χρησμοί βέβαια δεν ήταν τίποτε περισσότερο από μικρά τετράστιχα με ανέκδοτο περιεχόμενο όμως θαρρείς και από σύμπτωση, ταίριαζαν πετυχημένα στον καθένα ξεχωριστά όταν ανασύρονταν το κόσμημα του. Το αποτέλεσμα ήταν πειράγματα και ξεκαρδιστικά γέλια μέχρι δακρύων. Τέλος, τους πρόσφεραν ζεστούς λουκουμάδες με μέλι και κάθισαν όλοι γύρω από τη φωτιά. Ήταν η ώρα των παραμυθιών. Όποιος ήθελε, μπορούσε να διηγηθεί μια φανταστική ιστορία και όποιος έλεγε την καλύτερη θα έπαιρνε τον τίτλο του

Μεγάλου Παραμυθά και ένα σκήπτρο φτιαγμένο από πλεγμένα γαϊδουράγκαθα!

Κόντευαν μεσάνυχτα όταν ήρθε η σειρά του Βέρτζιλ να διηγηθεί την ιστορία του και με την παραστατικότητα και τον ενθουσιασμό του, κατάφερε να αιχμαλωτίσει την προσοχή όλων από την πρώτη στιγμή. Ο ήρωας του, ένας νεαρός άπειρος κυνηγός, είχε μπλέξει σε απίθανες περιπέτειες και τώρα έτρεχε να γλιτώσει από ένα εξαγριωμένο σμάρι μελισσών. Ο Βέρτζιλ μιμήθηκε πετυχημένα το βούισμα που έκαναν οι μέλισσες και ακόμη πιο πετυχημένα το νεαρό που χτυπιόταν απελπισμένος προκαλώντας τα γέλια των ακροατών του. Όταν όμως ηρέμησαν κι έγινε πάλι ησυχία, ο Βέρτζιλ δεν πρόλαβε να ανοίξει το στόμα του κι όμως το βούισμα ξανακούστηκε. Αυτή τη φορά διάχυτο στη γύρω ατμόσφαιρα και σε υψηλότερο τόνο, κάνοντας τους όλους να παγώσουν από την τρομάρα τους. Τα μάτια όλων έμειναν καρφωμένα πάνω του, λες και γύρευαν από εκείνον την εξήγηση. «Δεν το κάνω εγώ! Σας ορκίζομαι!» τους είπε με ύφος κωμικοτραγικό και μερικοί γέλασαν.

Κάποιοι άλλοι ένιωσαν τις τρίχες πίσω στο σβέρκο τους να σηκώνονται! Έπειτα ο ήχος έσβησε κι εκείνοι τον ξέχασαν, σαν να μην τον είχαν προσέξει ποτέ. Ο Βέρτζιλ συνέχισε την ιστορία του και κατάφερε να κερδίσει τον τίτλο ομόφωνα.

Του είπαν πως αν καβάλιζε τα γαϊδουράγκαθα στη φωτιά κι έπειτα τα πετούσε στη στέγη κάνοντας μιαν ευχή, η ευχή του θα πραγματοποιούνταν αν το άλλο πρωί τα έβρισκε φρέσκα και δροσερά. Εκείνος χαμογέλασε και κούνησε αρνητικά το κεφάλι. «Όχι,» δήλωσε. «Θέλω να κοιμηθώ ήσυχος το βράδυ!» Και πέταξε το "σκήπτρο" του στη στέγη, δίχως να το καβαλίσει στη φωτιά.

Στις εικοσιτέσσερις, η ημέρα ήταν αφιερωμένη στην μνήμη

των νεκρών. Ξεκίνησε με χοές στον Ιερό βράχο και ο καθένας πρόσφερε στους υπόλοιπους κάποιο έδεσμα που είχε φτιάξει μόνος του για την μνήμη των δικών του. Η μελαγχολική ατμόσφαιρα του πρωινού ξεπεράστηκε γρήγορα, όταν άρχισαν να σχολιάζουν μεταξύ τους τις επιδώσεις τους στην ζαχαροπλαστική και έγινε ακόμη πιο ζωηρή όταν προς το μεσημέρι εμφανίστηκαν ο Λώρρεν και η Τέρρυ.

Ήταν σιωπηλή και φαίνονταν πιο εύθραυστη απ' ό,τι συνήθως, όμως τα μάτια της ήταν φωτεινά και χαρούμενα. Την καλωσόρισαν ρωτώντας την πώς είχε περάσει αυτές τις ημέρες της απουσίας της και βιάστηκαν να της διηγηθούν τις δικές τους εμπειρίες από τη συμμετοχή τους στην γιορτή.

«Έχω ένα μήνυμα για σας!» τους δήλωσε εκείνη όταν οι πολλές κουβέντες καταλάγιασαν. «Ένα μήνυμα από την μητέρα μου, για όλους εσάς!»

Την κοίταξαν ξαφνιασμένοι. Εκείνη στράφηκε στον Ντάγκλας και τον Βέρτζιλ. «Θα χρειαστώ τη βοήθεια σας.» τους είπε και ζήτησε από όλους να καθίσουν σε κύκλο με τους δυο άντρες, τον πατέρα της και την ίδια, να παρεμβάλλονται ανάμεσα στους άλλους.

Τους άπλωσε τα χέρια, έκλεισε τα ματιά και πήρε δυο τρεις βαθιές αναπνοές. Οι υπόλοιποι την μιμήθηκαν.

* * *

Η λέξη "είδαν" δεν ήταν αρκετή για να χαρακτηρίσει όσα διαδραματίζονταν μέσα τους. Ούτε η λέξη "βίωσαν", από μόνη της. Ίσως ο συνδυασμός αυτών των δυο, να πλησίαζε κάπως σαν έννοια σε ό,τι τους συνέβαινε. Αισθητήριες εικόνες, σε μορφή άμεσης γνώσης που συντελούνταν σε κάποιο άλλο βαθύτερο επίπεδο, άρχισαν να τους κατακλύζουν.

Είχαν από ψηλά την εποπτεία ενός τόπου έξω από την

συνηθισμένη διάσταση της καθημερινότητας. Ήταν ένας τόπος φωτεινός και μεστός από θετικές ενεργειακές δυνάμεις. Γύρω τους άλλες Υπάρξεις, που περισσότερο τις ένιωθαν παρά τις έβλεπαν, βρίσκονταν συγκεντρωμένες κατά ομάδες εκπέμποντας συναισθήματα γαλήνης και μακαριότητας.

Ήταν ένας τόπος που κανείς τους δεν θυμόταν να έχει ξαναεπισκεφτεί, τουλάχιστον όχι συνειδητά.

Ο Βέρτζιλ αναρωτήθηκε πού βρίσκονταν και ο Ντάγκλας γιατί;

Η Τέρρυ εστίασε νοητικά την προσοχή τους σε μια από τις ομάδες και ολότελα ξαφνικά ένιωσαν να έλκονται προς αυτήν ανακαλύπτοντας με έκπληξη κατ' αρχήν τον εαυτό τους και αμέσως μετά όλους τους υπόλοιπους της πρόσφατης συντροφιάς τους. Όμως εκτός από τους ίδιους, βρίσκονταν εκεί ακόμη δυο άτομα που όλοι, εκτός από την Κιμ, τα έβλεπαν για πρώτη φορά, αλλά μ' ένα παράλληλο τρόπο τα γνώριζαν ήδη. Η Τέρρυ τους εξήγησε πως στην παρούσα διάσταση ύπαρξής τους, ήταν ο Μάρτιν ο σύζυγος της Κιμ και η Τζέραλντιν, η νέα σύντροφος του που είχε γνωρίσει στο Περού.

Σε κάθε απορία που γεννιόταν στο μυαλό τους, η Τέρρυ τους βοηθούσε να εστιάσουν την προσοχή τους έτσι ώστε να πάρουν και την κατάλληλη απάντηση. Έτσι, όταν αναρωτήθηκαν ποια ήταν η σχέση της μητέρας της και

ποιο το μήνυμα που είχε γι αυτούς, ένιωσαν και την δική της παρουσία και συγχρόνως άρχισαν να θυμούνται!

Η γνώση πως δεν ήτανε ο καθένας μόνος και πως είχαν στενούς ψυχικούς δεσμούς μεταξύ τους, αναδύθηκε πρώτη. Κι έπειτα πως υπήρχε κάποιος κοινός σκοπός και ένα ιδιαίτερο νόημα στη ζωή τους! Ένιωσαν πως η συνάντησή τους δεν ήταν τυχαία, κάτι που για τον Ντάγκλας ήταν ήδη γνωστό χωρίς ωστόσο να ξέρει το γιατί. Η απάντηση ήρθε ξεκάθαρη μέσα από την αναλυτική ανασκόπηση των όσων διαδραματίζονταν ανάμεσα στην υπαρξιακή τους ομάδα.

"Κάποτε", σε κάποιο "άλλο επίπεδο", είχαν αποφασίσει να εργαστούν από κοινού για την αφύπνιση των ανθρώπων προς μια διαφορετική πνευματική αντίληψη από την παγιωμένη που επικρατούσε.

Η ανεύρεση των παπυρικών κυλίνδρων στην Άβυδο, δεν ήταν παρά η πυροδότηση των εξελίξεων.

Η γνωριμία τους στο "Μεσόγειος" , η επίσκεψη στη Σαμοθράκη και η επικείμενη συνάντηση τους με τον καθηγητή Γεράκη και βέβαια η άφιξη των άλλων δύο μελών που έλλειπαν, όλα ήταν μέσα στο "παιχνίδι"! Δεν έμενε παρά να θυμηθούν όλοι, όσα γνώριζαν σ' εκείνο το άλλο επίπεδο ύπαρξης και να κάνουν αυτή τη γνώση συνειδητή. Όσο παρατραβηγμένο και αν φάνταζε, είχαν έρθει σαν Αγγελιοφόροι, να μεταδώσουν το Μυστικό των Θεών!

Η Μέη Ην τους χαμογέλασε εγκάρδια. «Χαίρομαι που σας ξαναβλέπω! Δεν το θυμάστε, όμως έχουμε ξανασυναντηθεί. Όταν αποφασίσατε να συμμετάσχετε ενεργά στο Σχέδιο Αποκατάστασης, ήμουν εγώ που ανέλαβα τον συντονισμό της ομάδας σας.»

«Πού βρισκόμαστε;» την ρώτησε νοερά η Πασκάλ.

«Δεν έχετε μετακινηθεί στο χώρο. Η εστίαση της Συνείδησης σας έχει μετατοπιστεί σε διαφορετικό επίπεδο αντίληψης.»

«Τι είναι το Σχέδιο Αποκατάστασης;» ρώτησε ο Βέρτζιλ.

«Είναι αδύνατο να σας το εκφράσω με λέξεις. Σε ασυνείδητο επίπεδο το γνωρίζετε όλοι. Αυτό που μπορεί να ειπωθεί είναι ότι στην παρούσα φάση του στόχος είναι η διαφοροποίηση της αντιληπτικής ικανότητας των ανθρώπων της Γης.»

«Και ποιος είναι ο δικός μας ρόλος;» ζήτησε να μάθει ο Ντάγκλας.

«Είστε οι Πρωτοπόροι. Εκείνοι που πρώτοι θα κατακτήσουν

και θα εφαρμόσουν συνειδητά αυτή την Γνώση.»

Η Νασσίμ πήρε το λόγο. «Είναι στο κείμενο του Ερμή καταγεγραμμένη αυτή η γνώση;»

«Το κείμενο του Ερμή θα προετοιμάσει την ανθρωπότητα να δεχθεί τη Γνώση. Είναι μόνο το κλειδί.» της εξήγησε η Μέη Ην.

«Τι είναι αυτό που κλειδώνει τη Γνώση;» ρώτησε η Δάφνη, «Ποια είναι η κλειδαριά;»

Η Μέη Ην της χαμογέλασε κοιτώντας την πονηρά.

«Εσύ ποιά θεωρείς πως είναι;» τη ρώτησε με τη σειρά της, όμως η Δάφνη δεν πρόλαβε να απαντήσει καθώς την διέκοψε ο Ντάγκλας.

«Οτιδήποτε γίνεται Δόγμα...»

«Η ...υπάρχουσα πραγματικότητα!» πετάχτηκε ο Έρικ.

«Οι λέξεις!» δήλωσε με στόμφο ο Βέρτζιλ.

«Ποια είναι η Γνώση;» τους διέκοψε ο Λώρρεν και η Μέη Ην τον κοίταξε τάχα αυστηρά.

«Κλέβεις... Χρειάζεται πρώτα να βρεις την κλειδαριά!»

Έμειναν όλοι για λίγο σιωπηλοί να στοχάζονται όσα είχαν ειπωθεί ώσπου η Τέρρυ δήλωσε με σιγουριά.

«Αλλάζουμε τα δεδομένα! Καταλύουμε την κλειδαριά!»

Η Μέη Ην της χαμογέλασε ικανοποιημένη. «Θα σας ξαναδώ σύντομα.» τους είπε και το όραμα χάθηκε.

* * *

Στην αρχή, δεν μίλησε κανείς. Λίγα λεπτά αργότερα επικρατούσε κομφούζιο! Απορίες, αμφιβολίες, σχόλια, εκφράζονταν από όλους μαζί, όλα μαζί.

Η Τέρρυ έβαλε ένα τέλος σε όλα αυτά δηλώνοντας πως με τη βοήθεια του πατέρα της και των δύο χαρισματικών ανδρών της ομάδας τους, μπορούσε να μεταδώσει *άμεσα* και σε όλους τους άλλους τις *"εικόνες γνώσης"* που είχε αποκομίσει πάνω στο συγκεκριμένο θέμα. Μονάχα που έπρεπε να βρίσκονται μαζί τους και οι άλλοι δυο που έλλειπαν.

«Για να συμβεί αυτό, πρέπει πρώτα να πεισθεί ο Μάρτιν και... όχι μόνο, πως είναι άκρως απαραίτητο να μας συναντήσει!» εξέφρασε την ένσταση της η Κιμ και η Τέρρυ την κοίταξε χαμογελώντας με αυτοπεποίθηση.

«Είναι έτοιμος να σε ακούσει!»

ΤΟ ΜΥΣΤΙΚΟ ΤΩΝ ΘΕΩΝ

Ο Μάρτιν κατέβασε το ακουστικό κι απέμεινε να κοιτά το κενό αφηρημένος. Η τηλεφωνική σύνδεση δεν ήταν καλή και είχε μείνει με κάποια κενά από όσα του είχε πει η Κιμ, όμως ήταν βέβαιο πως τους ζητούσε, σε εκείνον και την Τζέρυ, να την συναντήσουν στην Ελλάδα το συντομότερο δυνατό! Ήταν εξαιρετικά σημαντικό, τόσο που δεν μπορούσε να του εξηγήσει από το τηλέφωνο και για να τον πείσει, του είπε πως είχε σχέση με την εμπειρία του στο Ιερό Δέντρο! Και τον άφησε μαρμαρωμένο.

Δεν είχε μιλήσει σε κανέναν γι αυτό και η Κιμ ήταν αδύνατο να το γνωρίζει. Όμως να που, κόντρα στη λογική, εκείνη όχι μόνο το ήξερε, αλλά και το χρησιμοποίησε για να του δώσει να καταλάβει την σπουδαιότητα της συνάντησης αλλά κατά κάποιο τρόπο και τον λόγο. Και φυσικά του κέντρισε τόσο το ενδιαφέρον που του ήταν αδύνατο να την αγνοήσει, ενώ παράλληλα η λογική πλευρά του μυαλού του, τον καθησύχαζε με τη σκέψη πως στο κάτω, κάτω η Ελλάδα ήταν μια υπέροχη χώρα για διακοπές!

Λίγες μονάχα ημέρες αργότερα ο Μάρτιν και η Τζέρυ βρίσκονταν μαζί με τα παιδιά τους στην Αθήνα. Έμειναν ένα σαρανταοκτάωρο εκεί για να συνηθίσουν την αλλαγή της ώρας και να συνέλθουν από το ταξίδι κι έπειτα πέταξαν για Θεσσαλονίκη. Και στο αεροδρόμιο "Μακεδονία" τους περίμενε το αυτοκίνητο που θα τους πήγαινε στην Πέτρα, το χωριό όπου και θα την συναντούσαν.

Όταν άφησαν τον κεντρικό δρόμο και άρχισαν να σκαρφαλώνουν στον στενό επαρχιακό, η Τζέρυ ενθουσιάστηκε. Και μόνον ότι το παλιό αρχοντικό όπου θα έμεναν βρίσκονταν μακριά από τον πολιτισμό, τη γέμιζε ανακούφιση. Είχε συνηθίσει τόσο τη ζωή στο βουνό που της ήταν δύσκολο να μείνει για πολύ μέσα σε πόλη. Και το βουνό που τώρα σκαρφάλωναν την κέρδισε από την πρώτη στιγμή που το είδε από μακριά. Ο Όλυμπος, ο θρόνος των Θεών!

Ευτυχώς ο Ρέιφ, ο γιος της, ήταν το ίδιο συνεπαρμένος κι έβλεπε τα πάντα σαν μια συνεχόμενη περιπέτεια. Τα παιδιά του Μάρτιν ήταν αρκετά μικρά για να ενδιαφέρονται για το τοπίο γύρω τους, το ότι όμως θα συναντούσαν τη μητέρα τους, τους δημιουργούσε τον ανάλογο ενθουσιασμό, με αποτέλεσμα να επικρατεί σε όλους μια γενική έξαψη.

Προσπέρασαν το έρημο σχεδόν χωριό και ακολούθησαν έναν ακόμη πιο στενό χωματόδρομο. Λίγο αργότερα, συνάντησαν την αυλόπορτα του μεγάλου αγροκτήματος.

Ήταν μερικές δεκάδες στρέμματα και φωλιασμένο σ' ένα στενό πλάτωμα ανάμεσα από το χωριό και την δασωμένη πλαγιά. Ο οδηγός άνοιξε τη βαριά μεταλλική πόρτα χρησιμοποιώντας τηλεκοντρόλ και ακολούθησαν τον πλακόστρωτο δρόμο μέχρι την αυλή μπροστά στο μεγάλο σπίτι.

Ήταν ένα κλασικό αρχοντικό της περιοχής, που είχε αναπαλαιωθεί, συνδυάζοντας την πατροπαράδοτη αρχιτεκτονική με τις σύγχρονες ανέσεις.

Ένας νέος άνδρας βγήκε βιαστικά από το σπίτι και ήρθε κοντά τους. Τους καλωσόρισε και συστήθηκε ως γιός του οικοδεσπότη. «Ο πατέρας μου ζητά να τον συγχωρήσετε που δεν μπόρεσε να σας υποδεχτεί. Θα σας δει το απόγευμα, όταν θα έχετε ξεκουραστεί. Ο σοφέρ θα σας πάει στα δωμάτια σας στο κτίριο του ξενώνα.» τους εξήγησε χαμογελώντας ευγενικά, συμπληρώνοντας πως θα χαιρόταν να τους εξυπηρετήσει σε οτιδήποτε χρειάζονταν.

Το κτίριο του ξενώνα ήταν εκατό περίπου μέτρα πίσω από το σπίτι. Ήταν καινούργια κατασκευή αλλά με υλικά, πέτρες και ξυλεία, που είχαν παρθεί από παλιά σπίτια της περιοχής. Ήταν τετράγωνο με εσωτερική αυλή, η οποία ήταν σκεπασμένη με μια πυραμιδοειδή κατασκευή από διάφανο υλικό. Η πρόσβαση σ' αυτήν γίνονταν από μια κεντρική είσοδο, αλλά όπως σύντομα διαπίστωσαν κάθε δωμάτιο είχε μια δική του δεύτερη πόρτα που οδηγούσε στο εσωτερικό της.

Ο οδηγός κόρναρε δυο τρεις φορές και μέχρι να σταματήσει το αυτοκίνητο, η Κιμ είχε βγει στην αυλή και έτρεχε να τους συναντήσει.

Τα κορίτσια ρίχτηκαν στην αγκαλιά της φωνάζοντας με λαχτάρα κι εκείνη τους έκανε σβούρες στον αέρα γελώντας χαρούμενη.

Λίγα λεπτά αργότερα ήρθαν ο Λώρρεν και η Τέρρυ, έγιναν οι απαραίτητες συστάσεις και παρ' όλο που όλοι τους ένιωθαν κάπως αμήχανα με την κατάσταση, δεν άργησαν να δουν και την κωμική πλευρά της, έτσι όπως ξαφνικά έγιναν μια μεγάλη οικογένεια!

Όταν τακτοποιήθηκαν και ξεκουράστηκαν την φροντίδα των παιδιών και την απασχόληση τους ανέλαβε η Αθηνά, η δασκάλα του Ορέστη του εννιάχρονου εγγονού του οικοδεσπότη τους, που απασχολούσε τον ίδιο και την Έμυ την κόρη της Δάφνης. Έτσι τα παιδιά έγιναν μια μεγάλη παρέα έτοιμη για τις δικές της περιπέτειες και οι γονείς έμμειναν ελεύθεροι για να γνωριστούν με τους υπόλοιπους της ομάδας, που είχαν φτάσει δυο μέρες νωρίτερα.

* * *

Η εσωτερική αυλή αποτελούσε μια τροπική ζούγκλα! Στο κέντρο είχε πισίνα και γύρω της, κάτω από μεγάλες λευκές ομπρέλες, αναπαυτικές ξαπλώστρες και ξύλινα τραπεζάκια. Τον υπόλοιπο χώρο καταλάμβαναν τεράστια φυτά σε μεγάλη ποικιλία και δυο κακατούα πετούσαν ελεύθερα ανάμεσα τους. Στη βορειοανατολική γωνία δέσποζε μια μεγάλη οθόνη προβολής και μπροστά της ήταν αραδιασμένες σε ημικύκλιο κάμποσες πολυθρόνες ενώ στην απέναντι πλευρά υπήρχε ένα ημικυκλικό μπαράκι και μια μικρή συλλογή από δίσκους βινυλίου και cd.

Όμως το πιο εντυπωσιακό από όλα ήταν οι βιβλιοθήκες. Όλοι οι τοίχοι ανάμεσα από τις εισόδους ήταν καλυμμένοι με ράφια που βογκούσαν κάτω από το βάρος χιλιάδων βιβλίων!

Είχαν συγκεντρωθεί όλοι, όταν ο καθηγητής Γεράκης μπήκε χαμογελαστός και τους χαιρέτησε. Ήταν ένας μικροκαμωμένος γκριζομάλλης άνδρας ακαθόριστου ηλικίας, με μούσι και στρογγυλά γυαλάκια, ένας κλασσικός τύπος διανοούμενου! Εκείνο που έκανε εντύπωση σε όλους ήταν τα μάτια του. Μάτια φωτεινά γεμάτα χαρά και σπιρτάδα!

Τους ζήτησε να τον ακολουθήσουν και βολεύτηκαν στις πολυθρόνες μπροστά από την οθόνη προβολής. Κάποιος από όλους έπρεπε να κάνει μια σύντομη έκθεση της κατάστασης και είχαν αποφασίσει να ξεκινήσει ο Λώρρεν, θεωρώντας τον ως πλέον κατάλληλο. Στη συνέχεια η Νασσίμ αναφέρθηκε στην ανασκαφή και όλα τα γεγονότα που ακολούθησαν, δείχνοντας τους αρκετές από τις διαφάνειες των ευρημάτων και παρέδωσε στον καθηγητή δύο πιστά αντίγραφα των παπυρικών κυλίνδρων, με το κείμενο του Αρχιερέα Μενεφθά και του Ερμή αντίστοιχα.

Εκείνος, που είχε εν τω μεταξύ την ευκαιρία να μελετήσει τα πρωτότυπα και να βγάλει τα πρώτα του συμπεράσματα, σηκώθηκε και στάθηκε απέναντι τους ελαφρά αμήχανος. Του είχε περάσει μια σκέψη από το νου, που όλο και του στριφογύριζε, ανησυχούσε όμως μήπως οι άλλοι γελάσουν μαζί του, όπως είχε γελάσει κι εκείνος με τον εαυτό του όταν του πέρασε η υποψία. «Αγαπητοί μου φίλοι, είναι πολύ πιθανό να έχετε μπροστά σας την μετενσάρκωση του Ώρου-Νινούτερ-Σεμερχέτ, κοινώς του Μενεφθά!» δήλωσε μεταξύ σοβαρού και αστείου.

Πράγματι όλοι γέλασαν, η Δάφνη όμως αντιλήφθηκε το λογοπαίγνιο που σχημάτιζε το επίθετο του καθηγητή Γεράκη με το γεράκι, το σύμβολο του Θεού Ώρου. Στα Ελληνικά οι λέξεις ήταν ομόηχες και πιθανότατα από την ίδια ρίζα. Όταν τους το εξήγησε, έδειξαν να εντυπωσιάζονται και κάποιοι είπαν πως τίποτε πλέον δεν θεωρούσαν απίθανο, ύστερα από τα όσα είχαν μεσολαβήσει. Κι έπειτα, ο καθηγητής χαμογελώντας ακόμη πονηρά, ξερόβηξε και άρχισε την ανάγνωση μεταφράζοντας το κείμενο από τον παπυρικό κύλινδρο του Αρχιερέα.

Όταν τελείωσε, κοίταξε το ακροατήριο του όμως κανείς δεν κουνήθηκε. Όλοι περίμεναν με κομμένες τις ανάσες να συνεχίσει. Ήταν μια στιγμή μαγική και το ένιωθαν όλοι, ακόμη και στην γύρω ατμόσφαιρα. Και ο καθηγητής ξερόβηξε και πάλι και συνέχισε με το αρχαιοελληνικό κείμενο του Ερμή.

ΠΑΡΑ ΕΜΟΥ ΤΟΥ ΕΡΜΟΥ ΩΣ ΑΝΤΙΠΡΟΣΩΠΟΥ ΚΑΙ ΑΓΓΕΛΙΟΦΟΡΟΥ ΤΟΥ ΥΨΙΣΤΟΥ ΖΗΝΟΣ

ΜΑΘΕΤΕ ΑΝΘΡΩΠΟΙ ΤΗΣ ΓΗΣ ΠΩΣ ΕΙΣΤΕ ΠΛΑΣΜΕΝΟΙ ΑΠΟ ΦΩΣ

ΑΠΟ ΤΟ ΑΙΩΝΙΟ ΦΩΣ ΔΗΜΙΟΥΡΓΗΘΗΚΑΤΕ ΚΑΙ ΣΤΟ ΑΙΩΝΙΟ ΦΩΣ ΔΥΝΑΣΘΕ ΝΑ ΕΠΙΣΤΡΕΨΕΤΕ

ΑΚΟΜΗ ΚΑΙ ΑΥΤΟ ΤΟ ΕΦΗΜΕΡΟ ΕΝΔΥΜΑ ΤΗΣ ΣΑΡΚΑΣ ΕΙΝΑΙ ΜΙΑ ΕΚΔΗΛΩΣΗ ΤΗΣ ΕΝΕΡΓΕΙΑΣ

ΜΙΑ ΔΙΑΦΟΡΕΤΙΚΗ ΕΚΔΗΛΩΣΗ ΤΗΣ ΖΩΟΔΟΧΟΥ ΔΥΝΑΜΗΣ ΠΟΥ ΕΞΗΛΘΕ ΣΤΟ ΕΠΙΠΕΔΟ ΤΗΣ ΦΥΣΗΣ

ΓΙΑΤΙ ΟΠΩΣ ΜΕΣΑ ΕΤΣΙ ΚΑΙ ΕΞΩ

ΠΟΛΛΟΙ ΟΙ ΤΡΟΠΟΙ ΤΗΣ ΕΚΔΗΛΩΣΗΣ ΑΛΛΑ ΜΙΑ Η ΑΡΧΕΓΟΝΗ ΚΟΣΜΙΚΗ ΔΥΝΑΜΗ ΚΑΙ ΟΛΑ ΕΝΑ

Ο ΚΟΣΜΟΣ ΔΗΜΙΟΥΡΓΗΘΗΚΕ ΜΕΣΑ ΣΤΟΝ ΠΡΩΤΟ ΑΔΙΑΜΟΡΦΩΤΟ ΝΟΥ Ο ΟΠΟΙΟΣ ΜΕ ΤΟΝ ΛΟΓΟ ΕΘΕΣΕ ΣΕ ΚΙΝΗΣΗ ΤΟΝ ΕΑΥΤΟ ΤΟΥ ΚΑΙ ΔΗΜΙΟΥΡΓΗΣΕ ΤΟ ΦΩΣ

ΚΑΙ ΤΟ ΦΩΣ ΧΩΡΙΣΤΗΚΕ ΚΑΙ ΕΚΔΗΛΩΘΗΚΕ ΣΕ ΑΠΕΙΡΕΣ ΜΟΡΦΕΣ ΚΑΙ ΑΠΕΙΡΕΣ ΔΥΝΑΜΕΙΣ

ΜΙΑ ΑΠΟ ΑΥΤΕΣ ΤΙΣ ΔΥΝΑΜΕΙΣ ΚΑΙ Η ΟΥΣΙΑ ΚΑΙ ΜΙΑ Η ΣΥΝΕΙΔΗΣΗ

ΚΑΙ ΟΠΩΣ Η ΟΥΣΙΑ ΚΡΑΤΑ ΣΕ ΣΥΝΟΧΗ ΤΟ ΣΩΜΑ ΕΤΣΙ ΚΑΙ Η ΣΥΝΕΙΔΗΣΗ ΚΡΑΤΑ ΤΗΝ ΟΥΣΙΑ ΚΑΙ ΤΗΝ ΦΕΡΝΕΙ ΣΕ ΥΠΑΡΞΗ

Ο ΘΑΝΑΤΟΣ ΕΙΝΑΙ ΜΟΝΟ ΜΙΑ ΑΛΛΑΓΗ ΑΠΟ ΜΙΑ ΚΑΤΑΣΤΑΣΗ ΥΠΑΡΞΗΣ ΣΕ ΑΛΛΗ ΜΙΑ ΠΥΛΗ ΑΠΟ ΤΟΝ ΚΟΣΜΟ ΤΗΣ ΥΛΗΣ ΣΤΟΝ ΚΟΣΜΟ ΤΟΥ ΑΔΙΑΜΟΡΦΩΤΟΥ ΧΑΟΥΣ

Η ΖΩΗ ΕΙΝΑΙ ΑΙΩΝΙΑ ΚΑΙ ΟΙ ΥΠΑΡΞΕΙΣ ΣΤΡΟΒΙΛΙΖΟΝΤΑΙ ΚΑΙ ΕΠΙΣΤΡΕΦΟΥΝ

ΕΛΕΥΘΕΡΕΣ ΣΤΗΝ ΠΡΩΤΑΡΧΙΚΗ ΠΗΓΗ ΚΑΙ ΕΝΩΝΟΝΤΑΙ ΜΑΖΙ ΤΗΣ

ΜΕΡΗ ΤΗΣ ΥΠΕΡΤΑΤΗΣ ΔΗΜΙΟΥΡΓΟΥ ΕΣΟΝΤΑΙ ΚΑΙ ΩΣ ΤΕΤΟΙΑ ΔΗΜΙΟΥΡΓΟΙ ΕΙΝΑΙ ΚΑΙ ΟΙ ΙΔΙΕΣ ΚΑΙ ΜΕΤΕΧΟΥΝ ΣΤΟΝ ΧΟΡΟ ΤΗΣ ΔΗΜΙΟΥΡΓΙΑΣ

ΕΥΠΛΑΣΤΗ Η ΟΥΣΙΑ ΤΗΣ ΠΡΑΓΜΑΤΙΚΟΤΗΤΑΣ ΚΑΙ ΙΕΡΟ ΤΟ ΔΙΚΑΙΩΜΑ ΤΗΣ ΕΠΙΛΟΓΗΣ

Ο ΑΝΘΡΩΠΟΣ ΠΟΥ ΓΝΩΡΙΖΕΙ ΤΗΝ ΠΝΕΥΜΑΤΙΚΗ ΑΘΑΝΑΤΗ ΦΥΣΗ ΤΟΥ ΒΑΔΙΖΕΙ ΤΟΝ ΔΡΟΜΟ ΠΡΟΣ ΤΟ ΥΠΕΡΤΑΤΟ ΑΓΑΘΟ ΟΤΑΝ ΤΗΝ ΑΓΝΟΕΙ ΠΡΟΣΚΟΛΛΑΤΑΙ ΣΤΗΝ ΥΛΗ - ΑΥΤΗ ΕΙΝΑΙ Η ΦΥΛΑΚΗ

Η ΜΕΤΑΤΡΟΠΗ ΤΗΣ ΟΥΣΙΑΣ ΣΕ ΣΥΝΕΙΔΗΣΗ ΕΙΝΑΙ Ο ΠΑΡΑΓΟΝΤΑΣ ΤΗΣ ΑΠΕΛΕΥΘΕΡΩΣΗΣ

Η ΕΛΕΥΘΕΡΙΑ ΑΠΟ ΤΙΣ ΑΝΑΓΚΕΣ ΚΑΙ ΤΑ ΠΑΘΗ ΕΙΝΑΙ ΤΟ ΜΥΣΤΙΚΟ ΟΠΛΟ

ΟΙ ΘΕΟΙ ΕΙΝΑΙ ΕΛΕΥΘΕΡΕΣ ΔΥΝΑΜΕΙΣ ΤΟΥ ΣΥΜΠΑΝΤΟΣ ΚΑΙ Ο ΑΝΘΡΩΠΟΣ ΩΣ ΤΕΤΟΙΑ ΕΙΝΑΙ ΚΙ ΑΥΤΟΣ ΘΕΟΣ ΠΟΥ ΛΗΣΜΟΝΗΣΕ ΤΗΝ ΚΑΤΑΓΩΓΗ ΤΟΥ

ΑΛΛΑ Η ΓΝΩΣΗ ΔΕΝ ΧΑΡΙΖΕΤΑΙ - ΑΠΟΚΤΑΤΑΙ

ΟΛΑ ΟΣΑ ΣΑΣ ΛΕΓΩ ΜΟΙΑΖΟΥΝ ΣΤΑΓΟΝΕΣ ΒΡΟΧΗΣ ΠΟΥ ΤΙΣ ΠΑΙΡΝΕΙ Ο ΑΝΕΜΟΣ ΑΚΟΛΟΥΘΗΣΤΕ ΤΟΝ ΑΝΕΜΟ ΤΗΣ ΨΥΧΗΣ ΣΑΣ ΑΚΟΥΣΤΕ ΤΟ ΤΡΑΓΟΥΔΙ ΤΟΥ

ΣΤΟΝ ΕΣΩΤΕΡΙΚΟ ΠΥΡΗΝΑ ΒΡΙΣΚΕΤΑΙ Ο ΕΑΥΤΟΣ ΣΤΗ ΣΙΓΑΛΙΑ ΤΟΥ ΕΑΥΤΟΥ ΒΡΙΣΚΕΤΑΙ Η ΓΝΩΣΗ

ΑΠΕΣΤΑΛΜΕΝΟΣ ΑΠΟ ΤΟΝ ΟΥΡΑΝΙΟ ΖΕΥ ΟΔΗΓΟΣ ΚΑΙ ΑΓΓΕΛΙΟΦΟΡΟΣ ΣΑΣ ΔΕΙΧΝΩ ΤΟ ΔΡΟΜΟ

ΑΦΥΠΝΙΣΘΕΙΤΕ ΕΣΕΙΣ ΠΟΥ ΟΔΕΥΕΤΕ ΣΤΗΝ ΠΛΑΝΗ ΚΑΙ ΜΕΤΕΧΕΤΕ ΤΗΣ ΑΓΝΟΙΑΣ
ΚΑΙ ΕΣΕΙΣ ΠΟΥ ΕΧΕΤΕ ΤΗ ΓΝΩΣΗ ΕΧΕΤΕ ΚΑΙ ΤΗ ΔΥΝΑΜΗ
ΕΞΑΠΛΩΘΕΙΤΕ ΣΕ ΟΛΗ ΤΗ ΓΗ ΚΑΙ ΣΑΝ ΑΛΛΟΙ ΟΔΗΓΟΙ ΚΑΙ ΑΓΓΕΛΙΟΦΟΡΟΙ ΔΙΑΔΩΣΤΕ ΤΟ ΜΥΣΤΙΚΟ ΤΩΝ ΘΕΩΝ
ΤΟ ΦΩΣ ΤΗΣ ΓΝΩΣΗΣ ΑΣ ΛΑΜΨΕΙ ΣΤΙΣ ΚΑΡΔΙΕΣ ΤΩΝ ΑΓΝΩΝ ΚΑΙ ΑΓΑΘΩΝ ΑΝΘΡΩΠΩΝ
ΑΥΤΟΣ ΕΙΝΑΙ Ο ΣΚΟΠΟΣ ΤΗΣ ΖΩΟΔΟΧΟΥ ΠΗΓΗΣ
ΥΠΑΓΕΤΕ ΕΝ ΑΡΜΟΝΙΑ

Όταν το κείμενο τέλειωσε, εκείνος σήκωσε μόνο τα μάτια και τους κοίταξε πάνω από τα γυαλιά του. Η σιωπή παρέμεινε, όμως η μαγεία είχε σταδιακά διαλυθεί. Το έβλεπε στα βλέμματα και στα πρόσωπα τους. Την είχαν διαδεχτεί η έκπληξη, οι απορίες, ακόμη και η αμφισβήτηση. Και ο καθηγητής ξανάσκυψε στο κείμενο και διάβασε πάλι μερικές φράσεις.

» Η ΓΝΩΣΗ ΔΕΝ ΧΑΡΙΖΕΤΑΙ ΑΠΟΚΤΑΤΑΙ
ΟΛΑ ΟΣΑ ΣΑΣ ΛΕΓΩ ΜΟΙΑΖΟΥΝ ΣΤΑΓΟΝΕΣ ΒΡΟΧΗΣ ΠΟΥ ΤΙΣ ΠΑΙΡΝΕΙ Ο ΑΝΕΜΟΣ
ΑΚΟΛΟΥΘΗΣΤΕ ΤΟΝ ΑΝΕΜΟ ΤΗΣ ΨΥΧΗΣ ΣΑΣ ΑΚΟΥΣΤΕ ΤΟ ΤΡΑΓΟΥΔΙ ΤΟΥ
ΣΤΟΝ ΕΣΩΤΕΡΙΚΟ ΠΥΡΗΝΑ ΒΡΙΣΚΕΤΑΙ Ο ΕΑΥΤΟΣ
ΣΤΗ ΣΙΓΑΛΙΑ ΤΟΥ ΕΑΥΤΟΥ ΒΡΙΣΚΕΤΑΙ Η ΓΝΩΣΗ«

Και σαν από θαύμα έγινε ένα κλικ στο μυαλό τους και αντιλήφθηκαν πως το Μυστικό δεν ήταν συνταγή μαγειρικής, ούτε θα τους φανερώνονταν εξ αποκαλύψεως! Ήταν εκεί μπροστά τους, μα καλά κρυμμένο ανάμεσα στις λέξεις!

Όπως ήταν επόμενο άρχισαν να ανταλλάζουν απόψεις και σχόλια κι εκείνος περίμενε καρτερικά να σταματήσουν. Χαμογέλασε καθώς η αντίδραση τους του θύμιζε τις τάξεις των φοιτητών του την εποχή που δίδασκε και χαίρονταν γιατί αυτό σήμαινε πως κατά βάθος ήταν όλοι ακόμη αγνοί σαν παιδιά! «Κυρίες και κύριοι, ευχαριστώ για την προσοχή σας!» ύψωσε τη φωνή του και ξανάγινε ησυχία.

«Όπως έχετε φαντάζομαι καταλάβει, βρισκόμαστε μόλις στην αρχή! Πιστεύω πως για να κατανοήσουμε, εγκεφαλικά τουλάχιστον το κείμενο, πρέπει να το αναλύσουμε διεξοδικά. Και για να γίνει αυτό χρειαζόμαστε βοήθεια. Κάποιοι από εσάς γνωρίζω πως έχουν γνώσεις και κάποιοι άλλοι εμπειρίες, που θα μας φανούν χρήσιμες. Όμως επειδή ο χρόνος μας πιέζει, καταλαβαίνω πως δεν είναι δυνατόν να παρατήσετε επ' αόριστον τη ζωή και τις υποχρεώσεις σας, ενημέρωσα δυο καλούς φίλους που ασχολούνται πολλά χρόνια με την έρευνα στο χώρο του Αγνώστου και που πιστεύω πως έχουν την δυνατότητα να μας βοηθήσουν. Ωστόσο θα πρέπει πρώτα να αποφασίσετε σταθερά και αμετάκλητα για το αν θέλετε να συνεχίσετε στον δρόμο που ανοίγεται μπροστά σας! Η γνώμη μου είναι, πριν πάρετε οποιαδήποτε απόφαση, να ακούσετε ή να δείτε ή δεν ξέρω πως, να μάθετε τέλος πάντων όσα έχει να σας μεταφέρει με το δικό της τρόπο η Τέρρυ. Μπορείτε να μείνετε στον ξενώνα ελεύθερα για όσο καιρό θέλετε, αρκεί να αναλάβετε την διατροφή και τα προσωπικά σας έξοδα. Εγώ θα είμαι πάντα στη διάθεση σας. Βλέπετε το ζήτημα με ενδιαφέρει άμεσα και θεωρώ τον εαυτό μου πολύ τυχερό που απευθυνθήκατε σε μένα. Υπάρχει βέβαια και το ενδεχόμενο να μην πρόκειται για τύχη, αλλά για ένα καλό σχεδιασμό από τότε που "η καρδιά μου πετούσε με τα φτερά του γερακιού..." συμπλήρωσε τέλος χαμογελώντας για άλλη μια φορά με το δικό του μοναδικό τρόπο και όλοι τον χειροκρότησαν. Η πρώτη επίσημη συνάντηση τους είχε τελειώσει.

* * *

Η προσπάθεια της Τέρρυ να μεταβιβάσει σε όλους τα όσα ήξερε, με τη βοήθεια των τριών ανδρών, είχε στεφθεί με επιτυχία. Όπως αποδείχτηκε, κατάφεραν να συντονιστούν πολύ εύκολα και σχεδόν απόλυτα. Η εμπειρία ήταν για όλους συγκλονιστική και είχε σαν αποτέλεσμα να διώξει και το παραμικρό ίχνος αμφιβολίας που τυχόν κάποιοι διατηρούσαν.

Τώρα πια ήταν θέμα χρόνου και προσωπικής δουλειάς του καθενός ξεχωριστά, ώστε να καταφέρουν να θυμηθούν, στην ουσία να ανασύρουν από το υποσυνείδητο στο συνειδητό, όλο και περισσότερα στοιχεία σχετικά με τον σκοπό που είχαν "άλλοτε" επιλέξει.

Αποφάσισαν πως ήταν απαραίτητο να παραμείνουν τουλάχιστον προς το παρόν όλοι εκεί, ώστε να εργαστούν συλλογικά. Ήταν άλλωστε όλοι τους αρκετά μπερδεμένοι έτσι που μέσα σε λίγες μονάχα ημέρες είχε ανατραπεί η παλιά τους προοπτική με την οποία μέχρι πρότινος έβλεπαν τη Ζωή και τον Κόσμο.

«Έχω την αίσθηση πως μόλις άρχισα να παρακολουθώ μια κινηματογραφική ταινία από τη μέση της προβολής!» είχε πει πολύ χαρακτηριστικά ο Έρικ κάποια στιγμή και δεν είχε άδικο. Ήταν τόσα πολλά τα κενά που έπρεπε να συμπληρώσουν! Χρειάζονταν πράγματι βοήθεια.

Ο καθηγητής ενθουσιάστηκε με την απόφαση τους και επικοινώνησε αμέσως με τους συνεργάτες του που επρόκειτο να έρθουν και οι οποίοι ανταποκρίθηκαν άμεσα.

Ο Άγγελος και ο Μηνάς έφτασαν μαζί δυο μέρες αργότερα.

ΕΙΡΗΝΗ ΛΕΟΝΑΡΔΟΥ

Ήταν κι οι δυο γύρω στα σαράντα και είχαν την ίδια εμφάνιση. Ψηλοί, αδύνατοι αλλά γυμνασμένοι, με μακριά μαλλιά που τα είχαν κοτσίδες και μούσι. Φορούσαν ρούχα εκστρατείας και άρβυλα και όχι άδικα, έδωσαν στους άλλους την εντύπωση ανταρτών. Ωστόσο, τα μάτια και τα πρόσωπα τους ήταν ζεστά και χαρούμενα και σε έκαναν να τους συμπαθήσεις αμέσως.

Απέκτησαν σύντομα οικειότητα με όλους και όταν η Δάφνη σχολίασε την εντύπωση που έδινε η εμφάνιση τους, γέλασαν καλόκαρδα. «Δεν πέφτεις έξω! Είμαστε κατά κάποιο τρόπο ένα είδος ανταρτών.» συμφώνησε ο Άγγελος.

«Αντάρτες της Συνείδησης!» συμπλήρωσε ο Μηνάς χαμογελώντας.

«Άρχισε λοιπόν ο τρίτος παγκόσμιος πόλεμος;» ρώτησε χαριτολογώντας ο Μάρτιν.

«Μμ, πρόκειται μάλλον για ανταρτοπόλεμο, αλλά σε παγκόσμιο επίπεδο!»

«Και όχι μόνο!» επεσήμανε ο Λώρρεν.

«Δηλαδή;» ρώτησε η Νασσίμ υποψιασμένη και ο Λώρρεν κοντοστάθηκε και μαζί του όλη η συντροφιά. Ήταν απόγευμα και είχαν βγει για πορεία στο βουνό με προορισμό τα ερείπια της αρχαίας πόλης της Πέτρας. «Όπως έχετε πλέον αντιληφθεί, υπάρχουν πολλά επίπεδα ή καταστάσεις ύπαρξης. Και επειδή όλα συνδέονται, ο "πόλεμος" διεξάγεται παράλληλα σε όλα. Ίσως μάλιστα, αυτό που στο δικό μας επίπεδο είναι ακόμη ανταρτοπόλεμος, κάπου αλλού να είναι ήδη ένας πόλεμος ανοιχτός και με την κυριολεξία της λέξης...» εξήγησε ο Λώρρεν.

«Μα περί τίνος επιτέλους πρόκειται; Για ποιο λόγο γίνεται αυτός ο πόλεμος, κι εμείς ως αγγελιοφόροι του Μυστικού των Θεών, τι σχέση μπορεί να έχουμε με όλα αυτά;» παρατήρησε εύστοχα ο Ντάγκλας και ο Μηνάς πήρε το λόγο.

«Το περί τίνος είναι μια μεγάλη και τόσο παλιά ιστορία,
που χάνεται στα βάθη του χρόνου. Ωστόσο, με δυο λόγια, ο
λόγος είναι πως κάποιοι "Θεοί" και οι... ακόλουθοί τους,
θέλουν να κρατήσουν ζηλότυπα το μυστικό για λογαριασμό
τους και κατ' επέκταση την επικρατούσα κατάσταση του
Κόσμου ως έχει. Όσο για σας, εκτός από Άγγελοι των
Μυστικών είστε και υποψήφιοι, εκπαιδευόμενοι αν θέλετε,
Πολεμιστές! Είστε ακόμη υποψήφιοι και για άλλα πράγματα,
αλλά αυτό ας το αφήσουμε για αργότερα. Όταν θα είστε
έτοιμοι...»

Η συντροφιά των ...αγγέλων, έμεινε για λίγο σιωπηλή. Η
καινούργια προοπτική, τους είχε εντυπωσιάσει και συγχρόνως
ένιωσαν μια σπίθα μέσα τους να μεγαλώνει τείνοντας να
εξελιχθεί σε μια δυναμική φλόγα. Ο σπόρος είχε καρπίσει!

Η Πασκάλ που ήταν και η πιο αυθόρμητη από όλους,
εκδηλώθηκε πρώτα. Στράφηκε στον Βέρτζιλ και τον αγκάλιασε
σφιχτά. «Ευχαριστώ», του είπε κοιτώντας τον στα μάτια.
«Ευχαριστώ που υπάρχεις και που είμαστε μαζί, ευχαριστώ που
είμαστε *ένας Άγγελος*!»

«Ίσως γίνουμε... Δεν είμαστε ακόμη!» την πείραξε εκείνος
τρυφερά και η Πασκάλ του σούφρωσε τη μύτη κάνοντας τους
άλλους να γελάσουν.

«Ελάτε, κοντεύουμε να φτάσουμε...» τους φώναξε ο Άγγελος
που προπορεύονταν επειδή γνώριζε την διαδρομή και
ξεκίνησαν.

Τα αρχαία ερείπια ξεπρόβαλαν ανάμεσα από τη βλάστηση
εγκαταλελειμμένα στην τύχη τους και στη λησμονιά. Το
μεγαλείο όμως της φύσης και η ενέργεια του τόπου
αποζημίωναν στο έπακρο όποιον έφτανε ως εκεί και ίσως τελικά
ήταν καλύτερα που κανείς "υπεύθυνος" δεν είχε ασχοληθεί με
την "αξιοποίηση" του χώρου.

Η Νασσίμ τάχυνε το βήμα της και έφτασε πρώτη. Όπως κάθε φορά που βρίσκονταν σε ανάλογο χώρο, έτσι και τώρα, ένιωσε τη σαγήνη των αρχαίων ερειπίων να την τραβά σαν μαγνήτης. Και αυτή τη φορά το συναίσθημα ήταν ακόμη πιο έντονο, καθώς ακολουθούσε τα βήματα της καρδιάς και όχι του επαγγελματικού ορθολογισμού. Οι σκορπισμένες πέτρες, ριζωμένοι «αιώνες» στη γη, της διηγούνταν την πανάρχαια ιστορία τους. Είχε μείνει με κομμένη την ανάσα κι αφουγκράζονταν, περιμένοντας από στιγμή σε στιγμή τα ερείπια να θεριέψουν και να πάρουν πίσω, από το χρόνο, το παλιό τους ανάστημα. Να ζωντανέψουν!

Ο Ντάγκλας είδε το φως της προσμονής στα μάτια της και χαμογέλασε. «Τι κρίμα, δεν πήραμε και τα σκουπάκια μας!» την πείραξε και την γύρισε στο παρόν.

Τριγύρισαν στο χώρο και παρά τα αγριόχορτα, κατάφεραν να εντοπίσουν αρκετά απομεινάρια ώστε να σχηματίσουν μια εικόνα της πόλης στο μυαλό τους. Είχε αρχίσει να σουρουπώνει, όταν συνειδητοποίησαν πως ήταν καιρός να ξεκινήσουν για την επιστροφή.

«Κοντεύει οκτώ και μισή και πρέπει να περάσουμε το δάσος πριν σκοτεινιάσει...» τους επισήμανε ο Άγγελος.

«Γιατί; Τι είμαστε, κοκκινοσκουφίτσες;» γέλασε ο Μάρτιν και όλοι οι άλλοι με τα καμώματα του!

«Μονάχα πέντε λεπτά ακόμη!» ζήτησε η Νασσίμ και ανηφόρισε προς το σημείο που στέκονταν δυο ψηλοί ορθόλιθοι. Και οι υπόλοιποι την ακολούθησαν και πρώτος από όλους ο Άγγελος που του έκανε εντύπωση το ότι δεν τους είχε εντοπίσει στην προηγούμενη επίσκεψή του, παρ' όλο που η βλάστηση σ' εκείνο το σημείο ήταν λιγότερη.

Ένα χορταριασμένο πλακόστρωτο μονοπάτι περνούσε ανάμεσα τους και αγκάλιαζε την πλαγιά στρίβοντας στην αντίθετη κατεύθυνση από τα ερείπια. Το ακολούθησαν από παρόρμηση, άλλωστε ήταν τόσο ευχάριστη η βραδιά για περπάτημα, χωρίς κανείς να σκεφτεί να φέρει αντίρρηση και μπήκαν στο δάσος. Μονάχα ο Λώρρεν κοντοστάθηκε και περίμενε την Τέρρυ που έρχονταν τελευταία. «Μήπως δεν πρέπει να συνεχίσουμε;» τη ρώτησε.

«Όχι, όχι. Θέλω να πάω!» τον τράβηξε εκείνη από το χέρι.

Ο Βέρτζιλ άνοιξε κι άλλο το βήμα του και τους προσπέρασε όλους. Πίσω του η Πασκάλ πάσχιζε μάταια να τον προλάβει. Όμως εκείνος βρίσκονταν κιόλας "αλλού", καθώς ο αίλουρος είχε ξυπνήσει μέσα του. Το μονοπάτι ανηφόριζε κι εκείνος σκαρφάλωνε με τα τέσσερα, με την αναμενόμενη ευλυγισία. Τα ρουθούνια του είχαν ανοίξει διάπλατα ρουφώντας τις μυρωδιές του δάσους και η ακοή του αντιλαμβάνονταν και τον παραμικρό ήχο ολόγυρα του.

Είχαν βαδίσει αρκετά και θα συνέχιζαν αμίλητοι, αν ο Ντάγκλας δεν σταματούσε κάθε τόσο διστάζοντας. Η Νασσίμ τον κοίταξε απορημένη. «Νιώθω πως κάτι δεν πάει καλά...» της εκμυστηρεύτηκε και εκείνη φώναξε στους άλλους να περιμένουν.

«Κάτι πάει στραβά...» ξανάπε εκείνος κι ενώ η αίσθηση ήταν έντονη, δεν μπορούσε να εξηγήσει το γιατί ούτε και ο ίδιος.

«Πόση ώρα περπατάμε; Δεν θα έπρεπε να έχει σκοτεινιάσει;»

Όλοι σήκωσαν τα μάτια, προσπαθώντας να διακρίνουν ανάμεσα από τα φυλλώματα τον ουρανό. Επικρατούσε ακόμη το ίδιο λυκόφως.

Ο Άγγελος κοίταξε το ρολόι του. Δεν είχε πάει οκτώμισι και αυτό ενέτεινε την αίσθηση του αλλόκοτου ακόμη περισσότερο. «Τι ώρα έχετε;» ρώτησε τους άλλους και όσοι φορούσανε ρολόι διαπίστωσαν πως έδειχναν την ίδια ώρα με το δικό του, αλλά και πως όλων ήτανε σταματημένα!

Ο Μάρτιν συμβουλεύτηκε το καντράν στο κινητό του τηλέφωνο όμως ήταν σβηστό και σε λίγα δευτερόλεπτα διαπίστωσε πως δεν λειτουργούσε καθόλου.

Ο Μηνάς και ο Άγγελος κοιτάχτηκαν στα πρόθυρα πανικού. Δεν χρειάστηκε να πουν τίποτε κι όμως είχαν κάνει κι οι δυο την ίδια σκέψη.

«Που είναι ο Βέρτζιλ;» ρώτησε ο Μηνάς ανήσυχα όταν με μια ματιά διαπίστωσε την απουσία του. Του έδειξαν την Πασκάλ που προπορεύονταν και της φώναξαν να σταματήσει. Εκείνη φώναξε με τη σειρά της στον Βέρτζιλ, όμως δεν έδειξε να την ακούει. «Τον βλέπω, αλλά δεν μ' ακούει» τους απήντησε και όλοι πήγαν βιαστικά κοντά της.

Ήταν σταματημένος στην κορυφή της πλαγιάς, εκεί όπου το δάσος τέλειωνε απότομα παραχωρώντας τη θέση του σ' ένα ξέφωτο. Τον πλησίασαν και στριμώχτηκαν όλοι γύρω του.

Στα πόδια τους απλώνονταν ένα μικρό υψίπεδο κι εκεί, ανάμεσα στις απότομες πλαγιές που δέσποζαν τριγύρω και κάτω από το λυκόφως, ορθώνονταν μια μεγαλόπρεπη μαρμάρινη πόλη! Μια πόλη έξω από κάθε γνωστή τεχνοτροπία και αρχιτεκτονική!

Απόμειναν να την κοιτούν γεμάτοι έκπληξη. Κι ενώ το μυαλό έψαχνε να βρει λογικές εξηγήσεις, η διαίσθηση τους, τους έδινε ...άλλες απαντήσεις.

«Ποια πόλη είναι αυτή;» ρώτησε η Δάφνη, περισσότερο τον εαυτό της παρά τους άλλους.

«Είναι τόσο παράξενη... και φαίνεται έρημη.»

Ο Μηνάς κοίταξε τον Άγγελο ρωτώντας τον με το βλέμμα αν θα έπρεπε να τους πουν αυτό που υποψιάζονταν κι εκείνος έγνεψε καταφατικά.

«Σύμφωνα με την εμπειρία μας,» εξήγησε με αρκετό δισταγμό, «εδώ και λίγη ώρα πρέπει να έχουμε περάσει σ' ένα παράλληλο *κόσμο, σε μια Άλλη Πραγματικότητα...»*

Ο Λώρρεν του έγνεψε καταφατικά επιβεβαιώνοντας το. «Η Τέρρυ κι εγώ το καταλάβαμε σχεδόν αμέσως μόλις περάσαμε τους ορθόλιθους, αλλά είχατε ήδη προχωρήσει και επειδή δεν εντοπίσαμε τίποτε αρνητικό δεν μιλήσαμε. Άλλωστε δεν θέλαμε και να σας επηρεάσουμε.»

«Και πως θα γυρίσουμε πίσω;» ρώτησε ανήσυχα η Κιμ.

«Όπως ήρθαμε, υποθέτω!»

«Δεν μπορούμε να πλησιάσουμε περισσότερο;» τόλμησε ο Έρικ.

«Μπορούμε, αλλά νομίζω πως είμαστε πολλοί για να επιχειρήσουμε κάτι τέτοιο.»

«Εγώ δεν θέλω να πάω...» δήλωσε η Κιμ.

«Ούτε κι εγώ. Άλλωστε όπου να 'ναι θα νυχτώσει!» συμφώνησε η Δάφνη.

«Δεν νομίζω... Συνήθως επικρατεί αυτό το λυκόφως!» εξήγησε ο Μηνάς.

Ο Βέρτζιλ έκανε λίγα βήματα μπροστά και γύρισε και τους κοίταξε με μάτια που γυάλιζαν παράξενα. Και το επόμενο δευτερόλεπτο "τριπόδιζε" με αυτοπεποίθηση κατά την πόλη.

Η Τέρρυ και ο Άγγελος τον ακολούθησαν. Κανείς δεν μίλησε, αλλά η ατμόσφαιρα γύρω τους "σπινθηροβόλησε". Τους παρακολουθούσαν γεμάτοι προσμονή.

Ο Ντάγκλας ένιωσε πρώτος την αλλαγή και στράφηκε.

Δεξιά τους, εκεί που πρώτα υπήρχε η συνέχεια της δασωμένης πλαγιάς, έχασκε τώρα μία χαράδρα.

Ο Λώρρεν και ο Μηνάς κοιτάχτηκαν ανήσυχοι και οι υπόλοιποι, σχεδόν τρομοκρατημένοι. «Επιστρέφουμε!» δήλωσε τελεσίδικα ο Λώρρεν.

«Όχι. Εγώ θα τους περιμένω. Δεν φεύγω χωρίς τον Βέρτζιλ.» αντέδρασε η Πασκάλ, αλλά ο Λώρρεν την πήρε από το χέρι.

«Μην φοβάσαι γι αυτόν... Κανείς από τους τρεις τους δεν μας χρειάζεται! Έχουν άλλωστε ο ένας τον άλλο...»

«Πρέπει να βιαστούμε.» τους προέτρεψε ο Μηνάς και ξεκίνησαν. Πίσω τους, το μονοπάτι άρχισε να "ξεθωριάζει". Όμως κανείς δεν στράφηκε να κοιτάξει...

Λίγα μέτρα αφ' ότου πέρασαν την Πύλη των Ορθόλιθων, και διαπιστώνοντας πως είχε πια νυχτώσει, αποφάσισαν να σταματήσουν. Τα ρολόγια και τα κινητά τους είχαν αρχίσει να ξαναδουλεύουν και επικοινώνησαν με τον καθηγητή για να ανακαλύψουν πως η ώρα μόλις που κόντευε δέκα. Άναψαν φωτιά και μαζεύτηκαν γύρω της. Μοιράστηκαν τα σάντουιτς και το νερό που είχαν απομείνει από το απόγευμα και περίμεναν.

Στις τέσσερις τα ξημερώματα στο κινητό τηλέφωνο του Μηνά ήρθαν δύο μηνύματα από τον Άγγελο. »Βγήκαμε. Είμαστε στη ρεματιά πίσω από το χωριό. Είναι νύχτα. – Είμαστε πολύ κουρασμένοι, απόψε θα μείνουμε εδώ. Τι μέρα έχουμε;«

Ο Μηνάς του τηλεφώνησε αμέσως και του εξήγησε πως είχαν περάσει μονάχα μερικές ώρες και πως εκείνοι τους περίμεναν στα ερείπια. «Είστε όλοι καλά; Η μικρή;»

«Όλοι καλά και η μικρή καλύτερα!» αστειεύτηκε εκείνος. «Δεν υπάρχει λόγος να μετακινηθούμε απόψε. Θα μείνουμε εδώ και ξαναμιλάμε το πρωί.»

Με το πρώτο φως της αυγής, και ύστερα από τις απαραίτητες συνεννοήσεις, ξεκίνησαν όλοι την κατάβαση. Οι δυο ομάδες συναντήθηκαν λίγο έξω από το χωριό, όπου τους περίμεναν δύο αυτοκίνητα που είχε στείλει ο καθηγητής. Η Τέρρυ αγκάλιασε φανερά ταλαιπωρημένη τον πατέρα της και η Πασκάλ έτρεξε στην αγκαλιά του Βέρτζιλ, αφήνοντας ένα επιφώνημα έκπληξης όταν εκείνος έσκυψε να τη φιλήσει. Τα γένια του ήταν τουλάχιστον τριών ημερών! Όμως βιάζονταν να γυρίσουν σπίτι. Είχαν άλλωστε τόσα πολλά να πουν!

ΜΕΡΟΣ ΤΡΙΤΟ

ΟΙ ΑΓΓΕΛΟΙ ΤΩΝ ΜΥΣΤΙΚΩΝ

Τείχη

Χωρίς περίσκεψιν, χωρίς λύπην, χωρίς αιδώ
μεγάλα κ' υψηλά τριγύρω μου εκτίσαν τείχη.

Και κάθομαι και απελπίζομαι τώρα εδώ.
Άλλο δεν σκέπτομαι: τον νούν μου τρώγει αυτή η τύχη·

διότι πράγματα πολλά έξω να κάμω είχον.
Ά όταν έκτιζαν τα τείχη πώς να μην προσέξω.

Αλλά δεν άκουσα ποτέ κρότον κτιστών ή ήχον.
Ανεπαισθήτως μ' έκλεισαν από τον κόσμον έξω.

Κ.Καβάφης,1896

ΠΑΖΛ

Είχε περάσει ήδη περισσότερο από ένα εικοσιτετράωρο, μετά την επιστροφή τους από το βουνό και ακόμη ήταν αναστατωμένοι από την περιπέτεια τους. Οι σκέψεις και οι συζητήσεις τους, περιστρέφονταν συνεχώς γύρω από την εμπειρία τους και καθώς είχαν πια κοιμηθεί και ανακτήσει τις δυνάμεις τους, συγκεντρώθηκαν στην αυλή για απογευματινό καφέ και κουβέντα.

Ο καθηγητής Γεράκης ήθελε να ακούσει λεπτομέρειες, αλλά και να ξεκινήσουν την ανάλυση του κειμένου, κάτι που ύστερα από τα τελευταία γεγονότα, είχε περάσει σε δεύτερη θέση. Και όπως έδειχνε η κατάσταση θα παρέμενε προς το παρόν έτσι, μιας και η συζήτηση έμελλε να ακολουθήσει τις λαβυρινθώδεις διαδρομές της Αναζήτησης.

«Κατ' αρχήν, και εφ' όσον έχετε πλέον αποφασίσει να μπείτε ενεργά στο χώρο της Αναζήτησης, πρέπει να ξέρετε πως η ενασχόληση με αυτά τα θέματα είναι πρωτίστως τρόπος ζωής...» τους διευκρίνισε, όταν ζήτησαν να τους πει την γνώμη του.

«Όσον αφορά τώρα το γεγονός που βιώσατε, και σύμφωνα με την θεωρία, αλλά κυρίως από την εμπειρία μας, είχατε την

343

τύχη να βρεθείτε την κατάλληλη στιγμή, με τις κατάλληλες προϋποθέσεις, στον κατάλληλο τόπο! Ένα *Ιερό Τόπο Δύναμης* ή αν θέλετε, σε μια *Κοσμική Πύλη*!»

«Μπορείτε να γίνετε πιο σαφής;» τον παρακάλεσε η Τζέρυ που άκουγε για πρώτη φορά οτιδήποτε σχετικό. Ο καθηγητής χαμογέλασε περίεργα και κοίταξε έναν, έναν τον Άγγελο και το Μηνά που του ανταπέδωσαν το ίδιο περίεργο χαμόγελο. Τελικά ανέλαβε να εξηγήσει ο Μηνάς.

«Θα προσπαθήσω...» υποσχέθηκε και ξαναγέμισε την κούπα του με καφέ.

«Ο Γαλαξίας, στον οποίο ανήκει το ηλιακό μας σύστημα, περιστρέφεται γύρω από το κέντρο του, το οποίο είναι μια πύρινη μάζα που αποτελείται από δισεκατομμύρια ήλιους. Επομένως, το κέντρο του Γαλαξία, ακτινοβολεί. Όχι μόνον το ορατό φως, αλλά ολόκληρο το ηλεκτρομαγνητικό φάσμα. Δηλαδή συχνότητες από τις πλέον ταχύτατες, έως τις πλέον αργές.

Ανάμεσα σ' αυτές τις συχνότητες, υπάρχει και ένα μήκος κύματος που αντιστοιχεί, δηλαδή ισούται, με την διάμετρο της Γης έχοντας σαν αποτέλεσμα το φαινόμενο της συνήχησης. Του συντονισμού δηλαδή της Γης στις συχνότητες αυτού του μήκους κύματος, για τις οποίες και μόνο, γίνεται δέκτης. Τα εισερχόμενα λοιπόν στον πλανήτη κύματα ανακλώνται εσωτερικά συνεχώς, και σε κάποια σημεία -όπου συναντώνται- οι τιμές τους προστίθενται, ενώ σε άλλα σημεία αλληλοαναιρούνται. Τα σημεία στα οποία συναντώνται δεν βρίσκονται σε τυχαίες θέσεις πάνω στην γήινη επιφάνεια, αλλά παράγουν μεταξύ τους μια γεωμετρία με αποδεδειγμένες γεωμετρικές και μαθηματικές σχέσεις. Υφαίνουν ένα "Κοσμικό Πλέγμα", ένα "Δίκτυο", που αγκαλιάζει και διαπερνά τον πλανήτη επηρεάζοντας τα φυσικά φαινόμενα και τα έμβια όντα.

344

Έτσι λοιπόν και εφ' όσον στον ανθρώπινο εγκέφαλο κυκλοφορούν εντολές και πληροφορίες υπό την μορφή ιόντων, ή πιο απλά θετικοί και αρνητικοί συνδυασμοί ηλεκτρικών μονάδων, επηρεάζονται και οι λειτουργίες της σκέψης, οι οποίες ουσιαστικά είναι ηλεκτρισμός.

Αυτές οι επιρροές ήταν ήδη αντιληπτές από την ανθρωπότητα από τα βάθη ακόμη της αρχαιότητας, καθιστώντας τους συγκεκριμένους χώρους *Ιερά Κέντρα, Τόπους Δύναμης, Κοσμικές Πύλες, Παράξενους Τόπους, Εδάφη της Περιπλάνησης, Νοητικούς Αντιδραστήρες* διαφορετικά ονόματα για το ίδιο γεγονός! Και μέσα στους αιώνες, έγιναν πόλοι έλξης και γέννησης του ανθρώπινου πολιτισμού, καθώς επηρέαζαν καταλυτικά την νοητική του εξέλιξη!»

«Αυτό το *Ενεργειακό Πλέγμα*, το *Κοσμικό Δίκτυο*, δημιουργείται από την ροή ενέργειας μεταξύ των Τόπων Δύναμης;»

«Ακριβώς! Είναι οι *Γραμμές Ley*, τα *Κανάλια Δύναμης*, τα *Τελλουργικά Ρεύματα*, οι *Ενεργειακοί Μεσημβρινοί*, τα *Γεωδαιτικά Φορτία*, το *Feng Shui*, ο *Ενεργειακός Χάρτης* και όπως αλλιώς τέλος πάντων, έχουν κατά καιρούς ονομασθεί, δημιουργώντας την *Ιερή Γεωγραφία*. Αυτές οι γραμμές ενέργειας του Κοσμικού Δικτύου, διασταυρώνονται στους Τόπους Δύναμης, συσσωρεύοντας την με την μορφή *Δίνης*. Γιατί η δίνη, είναι η τελική μορφή που τείνουν να πάρουν οι ροές, όταν ξεπεράσουν κάποιο ενεργειακό όριο. Και το επίκεντρο μιας ισχυρής Δίνης, μπορεί να γίνει η Πύλη για ...κάπου αλλού!»

«Πως νοείται όμως αυτό το "κάπου αλλού";»

«Δυστυχώς *οι λέξεις*, μας έχουν πλέον στερήσει την ικανότητα της επικοινωνίας μέσα από αρχετυπικά σύμβολα, που αντιπροσωπεύουν υπαρξιακές καταστάσεις της συνείδησης. Το *λάθος* με το ανθρώπινο είδος, είναι ότι του αρέσει *να κολλάει* "ετικέτες" σε όλα! Είναι στην φυσιολογία μας άλλωστε να θέλουμε να δίνουμε ερμηνείες και να εκλογικεύουμε τα πάντα. Έτσι είμαστε αναγκασμένοι να οριοθετήσουμε αυτό το *Αλλού* και το χειρότερο ίσως είναι πως δεν έχουμε την εγκεφαλική ικανότητα ή και τις ανάλογες προσλαμβάνουσες παραστάσεις, για να το κατανοήσουμε. Ορμώμενος από την εμπειρία με την "Μαρμάρινη Πόλη" θα αναφερθώ, επιγραμματικά πάντα, στους θρύλους για τις Μυστικές Πολιτείες και φαντάζομαι πως, λίγο πολύ, όλοι έχετε ακούσει κάποιες αναφορές σ' αυτές ή έστω στα ονόματα τους. *Μυθικές Χώρες* όπως η Υπερβορεία και η Θούλη, η Σαμπάλα και η Αγκάρθα, η Σάνκρι-Λα, και χαμένες ήπειροι όπως η Λεμουρία και η Ατλαντίδα, ίσως να υπήρξαν κάποτε στη Γη μας, ίσως να υπάρχουν ακόμη *Κάπου Αλλού* και, όπως η Μαρμάρινη Πόλη "μας", έδωσαν φευγαλέα μέσα στους αιώνες το δικό τους στίγμα κι έφτιαξαν το δικό τους "Μύθο".»

«Και για να μην ξεχνιόμαστε,» συμπλήρωσε ο Άγγελος, «ας κολλήσουμε ακόμη μια ετικέτα σ' αυτό το κάπου αλλού και ας το ονομάσουμε *Εναλλακτικές Πραγματικότητες*, χρησιμοποιώντας τον όρο με την κυριολεξία της έκφρασης.»

Ο Έρικ χαμογέλασε συγκαταβατικά. «Νομίζω πως έχω αρχίσει να καταλαβαίνω. Είναι αυτό που στη κβαντική φυσική ονομάζουμε "ερμηνεία των Πολλών Κόσμων". Σύμφωνα με αυτήν όλες οι κβαντικές πιθανότητες υπάρχουν πραγματικά στο δικό τους χωρόχρονο και εμείς απλά σε κάθε μας μέτρηση διαλέγουμε και παρατηρούμε μία από αυτές. Κάνουμε μία επιλογή ανάμεσα στις άπειρες, των άπειρων κόσμων!»

«Και παρατηρώντας την, την διαμορφώνουμε. Επικεντρώνουμε τη Συνείδηση μας σε αυτήν και την καθιστούμε *για μας* "πραγματικότητα"!»

«ΕΥΠΛΑΣΤΗ Η ΟΥΣΙΑ ΤΗΣ ΠΡΑΓΜΑΤΙΚΟΤΗΤΑΣ ΚΑΙ ΙΕΡΟ ΤΟ ΔΙΚΑΙΩΜΑ ΤΗΣ ΕΠΙΛΟΓΗΣ!»

μουρμούρισε ο καθηγητής και όλοι τον κοίταξαν ξαφνιασμένοι. Ήταν πλέον τόσο προφανές το νόημα της φράσης του αρχαίου κειμένου αλλά και τόσο παράδοξο να λέει ό,τι ακριβώς και μια σύγχρονη επιστημονική θεωρία!

«Για να καταλάβω,» ρώτησε η Πασκάλ, «αυτό σημαίνει πως υπάρχουν στην κυριολεξία *Παράλληλοι Κόσμοι* και πως *εμείς* διαλέγουμε σε ποιόν από όλους θα ζήσουμε;»

«Κάπως έτσι...»

«Και με ποιο κριτήριο;»

«Προφανώς τα κριτήρια είναι καθαρά προσωπικά.»

«Και αν όλες οι πιθανότητες υπάρχουν παράλληλα όπως λέει η θεωρία,» συμπλήρωσε ο Έρικ, «αυτό σημαίνει πως υπάρχουν και άπειροι παράλληλοι εαυτοί μου... Πού βρίσκονται λοιπόν όλοι αυτοί;»

Η Δάφνη έβαλε τα γέλια. «Εκεί που βρίσκεται και η γάτα που το έσκασε!» τον πείραξε για άλλη μια φορά και τους εξήγησε την εναλλακτική της θεωρία για τη "νεκροζώντανη" γάτα του Schrödinger, που *επιλέγει* να το σκάσει από τον κλωβό της πειραματικής συσκευής!

Ωστόσο ο Άγγελος είχε μια προφανή γι αυτό απάντηση. «Οι παράλληλοι εαυτοί μας βρίσκονται πολύ απλά στους παράλληλους κόσμους και ζουν τις δικές τους εκδοχές. Πιο απλά, ζουν ...*Άλλες Ζωές*! Εκείνες τις άπειρες ζωές που διαμορφώθηκαν από τις επιλογές που δεν κάναμε στο "παρόν" χωροχρονικό συνεχές. Και με τη λέξη "παρόν" εννοώ την κατάσταση της Συνείδησης στην οποία επικοινωνούμε μεταξύ μας αυτή τη στιγμή, αποφεύγοντας να χρησιμοποιήσω την έκφραση "εδώ και τώρα" γιατί *ΟΛΑ* συμβαίνουν *εδώ και τώρα*!»

«Και η μετενσάρκωση; Πως εξηγείται, αν όλα συμβαίνουν εδώ και τώρα;» ρώτησε η Τζέρυ έχοντας κατά νου την πρόσφατη εμπειρία της και την ερμηνεία που της είχε δώσει ο Σεσάρ.

«Θα σου θυμίσω,» της εξήγησε ο Μηνάς, «όσα είπαμε πιο πριν για τις ανεπαρκείς εγκεφαλικές δυνατότητες της φυσιολογίας μας. Μας είναι αδύνατο να συλλάβουμε εγκεφαλικά πως όλα συμβαίνουν συγχρόνως, γιατί έχουμε συνηθίσει να αντιλαμβανόμαστε το χρόνο ως ευθύγραμμο βέλος, κι έτσι "κολλάμε" την ετικέτα "παρελθόν" και νομίζουμε πως "θυμόμαστε" περασμένες ζωές, ενώ στην ουσία έχουμε έρθει για λίγο σε επαφή με μια *Άλλη Ζωή* μας! Με έναν από τους παράλληλους εαυτούς μας. Ίσως έτσι να εξηγείται και η αίσθηση που έχουμε σ' αυτές τις περιπτώσεις, ότι δηλαδή είμαστε *συγχρόνως παρατηρητές αλλά και συμμέτοχοι*, των σε εξέλιξη γεγονότων.»

«Μα τότε, ο θάνατος;»

»Ο ΘΑΝΑΤΟΣ ΕΙΝΑΙ ΜΟΝΟ ΜΙΑ ΑΛΛΑΓΗ ΑΠΟ ΜΙΑ ΚΑΤΑΣΤΑΣΗ ΥΠΑΡΞΗΣ ΣΕ ΑΛΛΗ ΜΙΑ ΠΥΛΗ ΑΠΟ ΤΟΝ ΚΟΣΜΟ ΤΗΣ ΥΛΗΣ ΣΤΟΝ ΚΟΣΜΟ ΤΟΥ ΑΔΙΑΜΟΡΦΩΤΟΥ ΧΑΟΥΣ « απήντησε με στόμφο ο Καθηγητής Γεράκης, απαγγέλλοντας για άλλη μια φορά την ανάλογη φράση "κλειδί" του κειμένου, συνειδητοποιώντας συγχρόνως πως ο Ερμής τους έδινε την εκάστοτε απάντηση, μόλις έκαναν την ανάλογη ερώτηση!

«Και τα όνειρα;» ρώτησε ο Ντάγκλας και κοίταξε την Νασσίμ που έσπευσε να συγκατανεύσει στην απορία του.

Ο Μηνάς έψαξε για λίγα λεπτά στην βιβλιοθήκη και γύρισε κρατώντας δυο βιβλία. «Ας ανατρέξουμε πρώτα στη θεωρία και με τη βοήθεια της, ας βγάλουμε το συμπέρασμα.»

Τα ξεφύλλισε, και διάβασε: »*Μερικοί φυσικοί πιστεύουν ότι η ουσία του "τίποτα" είναι ο αληθινός στοιχειώδης δομικός λίθος της ύλης. Στα 1876 ο Κ. Κλίφορντ διατύπωσε τη θεωρία ότι η ύλη δεν είναι τίποτε περισσότερο από κενό καμπύλο διάστημα. Σύμφωνα με τον Γουΐλερ, το τίποτα του διαστήματος μοιάζει να αποτελείται από θεμελιώδεις δομικούς λίθους.*

......*ο ιστός του χωροχρόνου ή "υπερδιάστημα", αποτελείται από μια ταραγμένη θάλασσα φυσαλίδων......(τον) "κβαντικό αφρό". Στον κβαντικό αφρό μπορούν να επιδράσουν ποικίλες ηλεκτρομαγνητικές και βαρυτικές δυνάμεις δημιουργώντας έτσι δονήσεις......(τις οποίες) επισημαίνουμε σαν υποπυρηνικά σωματίδια. Μερικά από αυτά μπορεί να είναι πρωτόνια, ενώ άλλα νετρόνια. Οι δονήσεις αλληλεπιδρούν για να δημιουργήσουν άτομα. Αυτά αλληλεπιδρούν για να δημιουργήσουν μόρια τα οποία με τη σειρά τους σχηματίζουν την ουσία του φυσικού κόσμου...... Στη νέα φυσική, η ύλη και ο κενός χωρόχρονος είναι ένα και το αυτό......*

Κατά τον Γουίλερ, οι φυσαλίδες μέσα στον κβαντικό αφρό μοιάζουν με *"χερούλια από φλιτζάνια τσαγιού" ή "σκουληκότρυπες"* στον ιστό του χωροχρόνου. Αυτές οι σκουληκότρυπες μπορούν να συνδέσουν δύο διαφορετικές περιοχές στο χώρο, με τον ίδιο τρόπο που ένα χερούλι φλιτζανιού συνδέει δύο περιοχές στο φλιτζάνι...... Δημιουργούν μια *"κβαντική αλληλοσύνδεση",* στην οποία το κάθε σημείο του χώρου συνδέεται με οποιοδήποτε άλλο.

Όλα είναι αλληλοσυνδεδεμένα. Οι ισχυρισμοί του Τζ. Μπέρκλεϊ και του Α. Ν. Ουάιτχεντ ότι η συνείδηση και ο φυσικός κόσμος συνδέονται, αποκτούν νέα σημασία στο φως της υπόθεσης του Γουίλερ. ......αρχίζουμε να υποπτευόμαστε ότι κάθε σημείο μέσα στον ανθρώπινο εγκέφαλο συνδέεται μέσω του κβαντικού αφρού, με οποιοδήποτε άλλο σημείο του σύμπαντος. Συχνά αυτή η πανπεριεκτική σύνδεση ανάμεσα στο νου και το σύμπαν παρομοιάζεται με την πραγματικότητα ενός ονείρου...... Η συνείδηση του ονειρευόμενου δημιουργεί το χωρόχρονο του ονείρου. «

»......ο εγκέφαλος, ως λειτουργικό σύστημα, μαθηματικώς δεν μπορεί προς το παρόν να προσεγγιστεί, γιατί είναι Χαοτικός...... Ο ύπνος είναι η κατάσταση που ο εγκέφαλος αποκτά πραγματικά όλες τις ελευθερίες που διαθέτει...... Μόλις τον αφήσουμε στην ησυχία του, ο *εγκέφαλος επιτέλους είναι ελεύθερος, ο ηλίθιος τύραννος του κοιμάται, μπορεί να λειτουργήσει ελεύθερα και να κάνει ό,τι θέλει. Αναζωογονείται από αυτή του την ελευθερία ...... Μόνο τότε λειτουργεί στα πραγματικά του επίπεδα, απομακρυσμένος από τα πλασματικά που του στήνουμε συνεχώς μπροστά του. Όταν μπαίνουμε στην κατάσταση του μικρού "θανάτου". Ίσως η "πραγματική πραγματικότητα" να είναι ο "θάνατος". Το Χάος...... «*

Έκλεισε τα βιβλία και τους κοίταξε προσπαθώντας να αντιληφθεί αν είχαν όλοι κατανοήσει όσα τους είχε διαβάσει. «Όλα λοιπόν *συνδέονται* και ο άνθρωπος είναι φτιαγμένος από το ίδιο "υλικό" που είναι φτιαγμένο το Σύμπαν. Ωστόσο σε κατάσταση εγρήγορσης και λόγω "κοινωνικής εκπαίδευσης", μπλοκάρουμε τις άπειρες ικανότητες του εγκεφάλου μας και τη δυνατότητα του της Αντίληψης. Όμως έτσι απομακρυνόμαστε από την αληθινή μας φύση και τότε τα όνειρα λειτουργούν σαν ασφαλιστική δικλείδα. *Γιατί τα όνειρα είναι ο τρόπος αντίληψης που διαθέτει ο εγκέφαλος για να επικοινωνεί με την αδιάσπαστη ολότητα της φύσης των Κόσμων.*

Μας φαίνονται χαοτικά επειδή αυτός είναι ο τρόπος λειτουργίας του εγκεφάλου. Και αν κατανοήσουμε τον μηχανισμό λειτουργίας τους, θα κατανοήσουμε κατ' επέκταση και τον μηχανισμό χειρισμού και διαμόρφωσης της πραγματικότητας!»

«Κάτι ανάλογο υποθέτω, με το Dreamtime των Aboriginals!» σχολίασε ο Έρικ και ο Άγγελος έγνεψε καταφατικά.

«Οι Aboriginals πιστεύουν πως τον Καιρό του Ονείρου, την εποχή δηλαδή της Δημιουργίας, οι Προγονικές δυνάμεις που δημιούργησαν τον κόσμο κινούνταν σ' ένα αδιαφοροποίητο πεδίο, υπονοώντας μια διαρκή διαδικασία μετουσίωσης της καθαρής ενέργειας σε μορφές. Ακόμη και ο θάνατος, θεωρείται ως τέτοια διαδικασία μετουσίωσης προς την αρχέγονη προγονική μορφή. Τα πάντα έχουν ξεπηδήσει από τον Ονειρόχρονο και μοιράζονται τη Συνείδηση της πρωταρχικής δημιουργικής δύναμης...»

»ΜΙΑ Η ΑΡΧΕΓΟΝΗ ΚΟΣΜΙΚΗ ΔΥΝΑΜΗ ΚΑΙ ΟΛΑ ΕΝΑ Ο ΚΟΣΜΟΣ ΔΗΜΙΟΥΡΓΗΘΗΚΕ ΜΕΣΑ ΣΤΟΝ ΠΡΩΤΟ ΑΔΙΑΜΟΡΦΩΤΟ ΝΟΥ ΠΟΥ ΜΕ ΤΟΝ ΛΟΓΟ ΕΘΕΣΕ ΣΕ ΚΙΝΗΣΗ ΤΟΝ ΕΑΥΤΟ ΤΟΥ ΚΑΙ ΔΗΜΙΟΥΡΓΗΣΕ ΤΟ ΦΩΣ ΚΑΙ ΤΟ ΦΩΣ ΧΩΡΙΣΤΗΚΕ ΚΑΙ ΕΚΔΗΛΩΘΗΚΕ ΣΕ ΑΠΕΙΡΕΣ ΜΟΡΦΕΣ ΚΑΙ ΑΠΕΙΡΕΣ ΔΥΝΑΜΕΙΣ ΜΙΑ ΑΠΟ ΑΥΤΕΣ ΤΙΣ ΔΥΝΑΜΕΙΣ ΚΑΙ Η ΟΥΣΙΑ ΚΑΙ ΜΙΑ Η ΣΥΝΕΙΔΗΣΗ ΚΑΙ ΟΠΩΣ Η ΟΥΣΙΑ ΚΡΑΤΑ ΣΕ ΣΥΝΟΧΗ ΤΟ ΣΩΜΑ ΕΤΣΙ ΚΑΙ Η ΣΥΝΕΙΔΗΣΗ ΚΡΑΤΑ ΤΗΝ ΟΥΣΙΑ ΚΑΙ ΤΗΝ ΦΕΡΝΕΙ ΣΕ ΥΠΑΡΞΗ «

Ήταν βέβαια ο καθηγητής αυτός που είχε ανατρέξει και πάλι στο κείμενο του Ερμή και ο λόγος ήταν ευνόητος!

«Οι πρόγονοι των Λουγκμπάρα, οι πρόγονοι δηλαδή της φυλής μου,» πήρε το λόγο ο Βέρτζιλ, «έχουν ένα παρόμοιο Μύθο για την Δημιουργία. Όχι τόσο ξεκάθαρα δοσμένο, όμως, αν έχεις την γνώση, είναι εμφανής η ομοιότητα. Λένε λοιπόν πως όλοι οι άνθρωποι κατάγονται από το "ίδιο αίμα" και πως αυτό το αίμα το έφτιαξε ο Δημιουργός από το *τίποτα*! Απ' ό,τι όμως έχω διαπιστώσει μέσα από τις μελέτες μου, είναι κοινή πεποίθηση ανάμεσα στους Σαμάνους όλων των φυλών, πως τα πάντα στο Σύμπαν, έμψυχα και άψυχα, από τον μακρόκοσμο έως τον μικρόκοσμο, μοιράζονται τη Μεγάλη Συνείδηση, τη Συνείδηση του Δημιουργού! Η ζωή είναι ενέργεια και το Ενεργειακό Πλέγμα ή Κοσμικό Δίκτυο για το οποίο μιλούσαμε πριν όχι μόνον υφίσταται, αλλά είναι και προσβάσιμο για όποιον ξέρει τον *"δρόμο"*. Και μέσα από την πράξη, μπορώ να βεβαιώσω, πως πράγματι τα Όνειρα είναι ο τρόπος αντίληψης που διαθέτει ο ανθρώπινος εγκέφαλος για την επικοινωνία του με τον *Αλλόκοσμο*.»

«Μόλις έβαλες άλλη μια ετικέτα!» του επισήμανε η Πασκάλ.

«Ωστόσο έρχεται τουλάχιστον δεύτερος!» διευκρίνισε ο Άγγελος. «Υπάρχει ολόκληρη μελέτη πάνω στο θέμα με την ετικέτα Αλλόκοσμος, που εξετάζει το παραφυσικό στις λαϊκές παραδόσεις, από την αρχαιότητα έως σήμερα.»

«Και μια και αναφέρθηκες στις παραδόσεις, τι νομίζεις πως συμβαίνει με το θέμα της Μυθολογίας; Τι είναι αυτό που έκανε τον άνθρωπο τόσο σκεπτικιστή απέναντι στις μυθολογίες των λαών και τις ταύτισε με ψεύτικες ιστορίες που γράφηκαν από ευφάνταστους μυθοπλάστες;»

«Αυτή είναι η άποψη των σύγχρονων ακαδημαϊκών... Για τους αρχαίους, "Μύθος" σήμαινε θρύλος, παράδοση, αναφορά. Η φαντασία δεν γεννιέται από το τίποτε, χρειάζεται κάποιο αρχικό γεγονός για να στηριχθεί. Μια βασική προσλαμβάνουσα παράσταση, πάνω στην οποία θα λειτουργήσει.

Το ιδανικό είναι να μπορεί κανείς να μελετήσει τις μυθολογίες στο πρωτότυπο και να κρίνει μόνος του τι ακριβώς συμβαίνει. Εγώ, θα επικεντρώσω την προσοχή σας στην ελληνική μυθολογία, παραθέτοντας παραδείγματα ερμηνείας μύθων από διαφορετικούς ερευνητές. Κάποιοι, έχουν ονομάσει αυτά τα συμπεράσματα "νεομυθολογία" όμως οι ερευνητές κατέληξαν σ' αυτά όχι αβάσιμα. Προσωπικά, πιστεύω πως το κακό ξεκίνησε αιώνες πριν, όταν οι τότε λόγιοι και σχολιαστές, έχοντας πλήρη άγνοια των σημερινών τεχνολογικών επιτεύξεων, προσπάθησαν να εξηγήσουν μύθους όπως της Τιτανομαχίας ή της Αργοναυτικής εκστρατείας βασισμένοι, όπως ήταν φυσικό, στις αντιλήψεις και τα δεδομένα της εποχής τους. Και βέβαια δεν παραμερίζω την άποψη, πως το ίδιο μπορεί κάλλιστα να συμβαίνει και τώρα. Γιατί κάτι που σήμερα είναι επιστημονική φαντασία αύριο θα είναι εφικτή πραγματικότητα, όπως άλλωστε τόσες και τόσες φορές έχει συμβεί. Ας δούμε λοιπόν τι συμπεράσματα θα αποκομίσουμε, αν διαβάσουμε τους μύθους με διαφοροποιημένη αντίληψη. Έχοντας δηλαδή κατά νου, πως δεν διαβάζουμε μια φανταστική ιστορία, αλλά μια "ανταπόκριση αρχαίας ειδησιογραφίας"!

Δεν θέλω να σας προϊδεάσω περισσότερο γι αυτό καλύτερα να σημειώσει ο καθένας τις δικές του απόψεις και μόλις είστε όλοι έτοιμοι θα τις αντιπαραβάλουμε και ...ιδωμεν!»

«Βέβαια αυτό,» επεσήμανε ο Βέρτζιλ, «δεν είναι "προνόμιο" μόνο της ελληνικής μυθολογίας! Δυστυχώς την ίδια μοίρα είχαν όλα τα αρχαία κείμενα, σε όποια εθνικότητα και αν ανήκουν.»

«Και επί τη ευκαιρία,» επενέβη ο καθηγητής, «σας θυμίζω πόσα κοινά σημεία έχουν μεταξύ τους οι μυθολογίες των διάφορων λαών. Λαών που υποτίθεται πως δεν είχαν καμία επαφή μεταξύ τους κατά τους χρόνους εκείνους!»

«Αλλά κοινά στοιχεία έχουν και οι θρησκείες. Ακόμη και αυτές που φαινομενικά είναι τελείως άσχετες μεταξύ τους! Μπορεί να αλλάζουν τα ονόματα, οι "ετικέτες", στην ουσία όμως μιλούν για τα ίδια πράγματα. Και αυτό συμβαίνει και με τις πιο εσωτερικές παραδώσεις.

Ένα παράδειγμα, κάτι που εγώ τουλάχιστον εντόπισα πρόσφατα, είναι η ταύτιση της ζωτικής ενέργειας, αυτό που στα σανσκριτικά ονομάζεται πράνα, με την Ιχώρ. Την αιθερική ουσία που έρεε στις φλέβες των Θεών των Ελλήνων και των απογόνων τους, εκείνο το στοιχείο που έκανε τους Έλληνες να ξεχωρίζουν από τους άλλους ανθρώπους.

Αν λοιπόν το παραλληλίσουμε με την Κουνταλίνι, την ενέργεια που βρίσκεται στο κάτω άκρο της σπονδυλικής στήλης "κουλουριασμένη σαν φίδι" και που σύμφωνα με την ανατολική

353

φιλοσοφία, ανυψωμένη χαρακτηρίζει τους *φωτισμένους* πνευματικά ανθρώπους, ανακαλύπτουμε πως κάτω από αυτή την νέα οπτική, η έκφραση "Έλλην εστί ο μετέχων της ημετέρας παιδείας", αποκτά άλλες διαστάσεις! Είναι πλέον εμφανές πως ο χαρακτηρισμός Έλλην, δεν είχε να κάνει με τα συμβατικά ανθρωπολογικά όρια της φυλετικής διάκρισης, αλλά μάλλον με το υψηλό πνευματικό επίπεδο της εξέλιξης στην οποία βρίσκονταν εκείνοι οι άνθρωποι που ζούσαν στην Ελλάδα, τη Γη του Ήλιου! Άλλωστε το Ελ είναι άρρηκτα δεμένο με το Ηλ και κατ' επέκταση με το *φως*! Και βέβαια στο ρητό "πας μη Έλλην, βάρβαρος", ο χαρακτηρισμός βάρβαρος, δεν έχει να κάνει με την φυλετική καταγωγή αλλά με την πνευματική καλλιέργεια και τις ανώτερες αξίες!

Παράλληλα, θεωρώ την Αμβροσία και το Νέκταρ που *έτρεφαν* τους Θεούς, ταυτόσημα με την *ζωτική ενέργεια* που ρέει στα δύο από τα κύρια ενεργειακά κανάλια του αιθερικού σώματος, που στα σανσκριτικά ονομάζονται Ίντα και Πιγκάλα.

Η Ίντα, σύμφωνα πάντα με την ανατολική φιλοσοφία, είναι ο φορέας της *δροσερής και ηρεμιστικής σεληνιακής* ενέργειας. Αντίστοιχα, ο Όμηρος, αναφέρεται στην αμβροσία χαρακτηρίζοντας την "*δροσερή της νύχτας, αμβροσία*"! Σύμπτωση; Ίσως, αν... υπάρχουν συμπτώσεις!»

«Με το τελευταίο σου σχόλιο, μου θύμισες αναπόφευκτα την *συγχρονικότητα* του Γιούνγκ.» τον διέκοψε ο Ντάγκλας.

«Του Καρλ Γιούνγκ; Του ιδρυτή της αναλυτικής ψυχολογίας;» ρώτησε ο Έρικ.

«Ακριβώς! Ο Γιούνγκ ασχολήθηκε σε βάθος με την εσωτερική αναζήτηση ξεφεύγοντας από τα ορθολογιστικά πλαίσια των συναδέλφων του, που και τον πολέμησαν γι αυτόν τον λόγο.»

«Όπως και όλους όσους από τους επιστήμονες υπερέβησαν τα όρια του συμβατικού!» σχολίασε ο καθηγητής. «Αλλά βέβαια η κατάσταση είναι πολύ πιο σύνθετη από ό,τι δείχνει. Θα μπορούσα να σας αναφέρω για παράδειγμα ονόματα όπως του Γαλιλαίου ή του Μπρούνο, όμως δυστυχώς η ίδια τακτική συνεχίζεται έως την εποχή μας. Νίκολα Τέσλα, Βίλχεμ Ράϊχ, Τζον Σήρλ... Βλέπετε, εκτός από την στενοκεφαλιά, την ηλιθιότητα και την άγνοια των πολλών, υπάρχουν και τα κατεστημένα συμφέροντα ορισμένων, που βέβαια και αυτοί δεν είναι παρά τα πιόνια των ολίγων!»

«Συνομωσιολογείτε ή μου φαίνεται;» τον πείραξε χαμογελώντας ο Μηνάς και ο καθηγητής του ανταπέδωσε ένα θλιμμένο χαμόγελο. «Ξέρω, γίνομαι γραφικός πολλές φορές, όμως παρά την πληθώρα των συνομωσιολογικών θεωριών, κάποιες είναι αδιαμφισβήτητα γεγονότα και άλλωστε αποτελούν σημαντικά κομμάτια του παζλ ώστε δεν μπορούμε να τις αγνοήσουμε. Βέβαια το θέμα είναι τεράστιο και οι αγαπητοί μας φίλοι πρέπει να το εξετάσουν ο καθένας μόνος του, όμως πιστεύω πως θα τους βοηθούσε κάποιο είδος εφαλτηρίου...»

«Αναφερθήκατε στα συμφέροντα ορισμένων και αυτό το καταλαβαίνω, όμως τι ακριβώς εννοείτε όταν μιλάτε για τους "λίγους";» ζήτησε να μάθει η Δάφνη.

«Όπως ήδη έχω πει, το θέμα είναι τεράστιο. Θα προσπαθήσω λοιπόν να σχηματίσω μια γενική εικόνα, με όσο γίνεται λιγότερα λόγια, ελπίζοντας να γίνω κατανοητός.» τους υποσχέθηκε εκείνος και στράφηκε στους συνεργάτες τους. «Ευελπιστώ και στην βοήθεια σας... Μια φορά κι έναν καιρό λοιπόν,» είπε χαμογελώντας πονηρά μιας και όπως το περίμενε αντέδρασαν όλοι γελώντας, «υπήρχαν τα Ιερατεία των Ναών· παρένθεση, ιερατεία υπήρχαν από πάντοτε, αλλά ας μην πάμε τόσο πίσω, κλείνει η παρένθεση. Υπήρχαν λοιπόν τα Ιερατεία των Ναών και να θυμίσω πως οι Ναοί και τα Ιερά δεν χτίζονταν σε τυχαία σημεία αλλά σε Τόπους Δύναμης και με συγκεκριμένο τρόπο, ώστε να διευθετούν και να χειρίζονται τις ενεργειακές δυνάμεις κατά βούληση.

Τα ιερατεία ήταν οι πρώτες κοινωνικές ομάδες που εκμεταλλεύτηκαν την Γνώση προς όφελος των συμφερόντων τους. Στο πέρασμα των αιώνων άλλαξαν πολλές μορφές· έγιναν τάγματα... μυστικές εταιρίες... οργανώσεις θρησκευτικές, συντεχνιακές, πολιτικές, φιλανθρωπικές, επιστημονικές και πάει λέγοντας. Ανάμεσα τους εισχώρησαν αναπόφευκτα και "ξένα στοιχεία" και κάποιοι που, είτε γνώριζαν ορισμένα πράγματα είτε νόμιζαν πως γνώριζαν.

Ο πραγματικός όμως πυρήνας έμενε αναλλοίωτος και μάλιστα εκμεταλλεύτηκε τους "νομίζοντας" καθιστώντας τους μια βολική "βιτρίνα", για να μπορεί να δρα ανενόχλητος. Βιτρίνες υπήρξαν και υπάρχουν πολλές. Φαινομενικά άσχετες μεταξύ τους ή ακόμη και αντιμέτωπες. Όσο πιο μπερδεμένη είναι η κατάσταση, τόσο πιο ανενόχλητα δρουν. Έτσι είναι μια από τις τακτικές τους η πρόκληση σύγχυσης με την διάδοση ψευδών ειδήσεων ή και καταστάσεων. Φροντίζουν να έχουν δικούς ανθρώπους σε θέσεις κλειδιά και μάλιστα πολλές φορές χωρίς εκείνοι να γνωρίζουν τους πραγματικούς στόχους και σκοπούς τους οποίους εξυπηρετούν.

Πίσω όμως από όλο αυτό το φαινομενικό κομφούζιο, δύο είναι κατ' ουσία τα αντίπαλα "στρατόπεδα" ανάμεσα στα οποία διεξάγεται σήμερα ο ...ανταρτοπόλεμος που λέγαμε. Εκείνο, που δήθεν κάτω από την "προστασία" του ενός υψίστου δυναστικού Θεού, επιδιώκει την υποταγή του ανθρώπου και την παγκόσμια κυριαρχία και αυτό που πρεσβεύει την ανάδειξη του ανθρώπου σε ανώτερο Θεϊκό Ον μέσα από την Γνώση και την Ελευθερία και αναγνωρίζει τη σπουδαιότητα του ανθρώπου ως άτομο και όχι ως αναλώσιμο σύνολο.

Το πρώτο προσπαθεί να κρατήσει, να "παγώσει", τον κόσμο ως

έχει, βάζοντας τροχοπέδη στην Συνειδησιακή Εξέλιξη του ανθρώπου με πολλούς και διάφορους τρόπους. Από τους πλέον απλούς όπως η προπαγάνδα και ο αποπροσανατολισμός μέσω του καταναλωτισμού και της τηλεόρασης, των ναρκωτικών, ή της άθλιας ποιότητας του εκπαιδευτικού συστήματος που κρατά τους νέους αδιάφορους στη πραγματική γνώση και στην αγάπη για μάθηση, έως τους πλέον πολυσύνθετους και εξωτικούς, όπως το mind control, το πρόγραμμα HARRP, ο βιολογικός και ψυχοτρονικός πόλεμος κλπ. Όσο για το δεύτερο στρατόπεδο, έχει ως ύψιστο σκοπό του την *ατομική Ελευθερία της βούλησης πέρα και έξω από δόγματα...* Είναι το στρατόπεδο στο οποίο έχετε αποφασίσει να ενταχθείτε!»

«Μπορώ να κάνω μια ερώτηση που με... τρώει;» ρώτησε η Δάφνη.

«Και βέβαια!»

«Γιατί όμως εδώ; Γιατί στην Ελλάδα;»

Ο καθηγητής και οι συνεργάτες του κοιτάχτηκαν χαμογελώντας. «Την περίμενα αυτή την ερώτηση, η απάντηση της ωστόσο είναι ιδιαίτερα "λεπτή"! Κι αυτό επειδή εκτός από σένα και την Τέρρυ, όλοι οι υπόλοιποι έχουν αλλοδαπή καταγωγή. Βέβαια πάνω στο θέμα του επιθετικού χαρακτηρισμού Έλλην, νομίζω πως ήδη δόθηκε απάντηση από τον Άγγελο λίγο πριν, όμως για κανένα λόγο δεν θα ήθελα να δημιουργηθούν εθνικιστικές ή ρατσιστικές εντυπώσεις! Ωστόσο, θέλω να τονίσω πως όπως κάθε έθνος και κάθε λαός, έχουμε όχι μόνο το δικαίωμα αλλά την Ιερή υποχρέωση να διαφυλάττουμε τα ιδεώδη, τον πολιτισμό, την ανεξαρτησία και την ελευθερία της σκέψης και της βούλησης μας! Όμως δυστυχώς το "όπλο" του αποπροσανατολισμού είναι ύπουλο και γι αυτό αποτελεσματικό. Και σε συνδυασμό με την άγνοια και την αμάθεια, ολέθριο. Η μόνη διέξοδος είναι η αντεπίθεση με το Φως του Πολιτισμού. Αυτό το Φως που φρόντισαν με μεθοδικότητα αλλά και με βία, αν αναλογιστούμε την καταστροφή που υπέστησαν τα φυλακτήρια του αρχαιοελληνικού πνεύματος από τον τρίτο μετά Χριστό αιώνα και μετά, να αφανίσουν από το πρόσωπο της Γης και από τις συνειδήσεις των ανθρώπων. Γιατί στην Ελλάδα; ...Επειδή η Ελλάδα, βρίσκεται σ' ένα από τα πιο ισχυρά ενεργειακά σημεία του πλανήτη! ...Επειδή εδώ, βρίσκονται οι Πηγές της Γνώσης. ...Επειδή από εδώ ξεκίνησαν όλα. Το είπαν άλλωστε οι ειδικοί! Ο Όλυμπος είναι η πρώτη στερεά μάζα του πλανήτη που αναδύθηκε από τα νερά της Πανθάλασσας! Μαζί με την Όσσα, το Πήλιο, την δυτική Μακεδονία και την Εύβοια, αποτελούσαν την Πελαγονική οροσειρά. Και στην Τρίγλια, της Χαλκιδικής, εντοπίστηκαν παλαιοανθρωπολογικά και παλαιοντολογικά ευρήματα έντεκα εκατομμυρίων ετών! Και αυτό το είπαν οι ειδικοί, όμως κάποιοι "ειδικότεροι", φρόντισαν να μη το ξαναπεί κανείς... Επειδή, όπως θα διαπιστώσετε εν καιρώ, έχετε ψυχικούς δεσμούς με τον ενεργειακό και συνειδησιακό γίγαντα Υπερέλληνα που έχει αρχίσει να ξυπνά! Γεννηθήκατε σε διάφορα σημεία του πλανήτη γιατί έτσι είχατε την ευκαιρία να γνωρίσετε τις κουλτούρες και την ψυχοσύνθεση αυτών των ανθρώπων κι έτσι να μπορείτε να τους κατανοήσετε και να έχετε την δυνατότητα να τους μιλήσετε στη γλώσσα τους, κυριολεκτικά και μεταφορικά.

Και... επειδή στην Ελλάδα η Φλόγα μένει άσβεστη και » ...όσο "το αίμα κυλάει στις φλέβες" του τόπου τούτου – η Φιλοσοφία θα ζει! «

Είναι πλέον καιρός να το συνειδητοποιήσουν όλοι και βέβαια πρώτοι απ' όλους όσοι πληρούν τις προϋποθέσεις και αισθάνονται Έλληνες! Η ανοχή και η ανεκτικότητα που έμφυτα, λόγω του ανωτέρου ήθους μας, δείχνουμε στους βάρβαρους, όχι μόνο δεν έχει εκτιμηθεί, αλλά αντίθετα, την έχουν εκμεταλλευτεί δεόντως!

Προφανώς αυτό ήταν αναμενόμενο, όμως κάναμε το λάθος και πάψαμε να επαγρυπνούμε. Και ο Εφιάλτης βρήκε για άλλη μια φορά την ευκαιρία... Αλλά και αυτό είναι άλλο ένα κομμάτι του παζλ!»

ΠΟΛΕΜΙΣΤΕΣ

Ο Ρέιφ και η Ντόροθυ πέρασαν σκυφτοί κάτω από το παράθυρο, σαν καταδρομείς σε ώρα δράσης. Η μικρή Άλις έτρεχε ξοπίσω τους προσπαθώντας να τους προλάβει, χωρίς να χρειάζεται να σκύβει.

«Εσύ κρύψου πίσω από τους θάμνους. Εγώ θα πάω στη γωνία.» έδωσε διαταγή ο κάπταιν Ρέιφ στην υπαξιωματικό Ντόροθυ.

«Εγώ που να πάω;» ρώτησε η Άλις τραβώντας τον από την μπλούζα και οι δυο μεγάλοι κοιτάχτηκαν ξεφυσώντας. «Εσένα σου είπαμε να μείνεις στο σκάφος! Θα ήσουν η φρουρός!»

«Δεν θέλω... Θέλω να είμαι στην επίθεση!» διαμαρτυρήθηκε χτυπώντας το πόδι της στις πλάκες.

«Φφςςςς... Φφςςς... Σας εξαέρωσα!» φώναξε ενθουσιασμένος ο Ορέστης που πετάχτηκε μπροστά τους πίσω από ένα δέντρο προτείνοντας το "φλογοβόλο" του.

«Τι λες... Δεν πιάνεται... Αφού είχαμε συμβούλιο!» ανακοίνωσε ο Ρέιφ.

«Ππχχχ... Ππχχ... Κι εγώ σε "πάγωσα"!» μπήκε στη μέση η μικρή ορθώνοντας το ανάστημα της.

«Μμ... Αφού σε εξαέρωσα! Δεν μπορείς!»

«Άντε ρε παιδιά... βαρέθηκα να περιμένω...» γκρίνιασε η Έμυ

που ήταν "αιχμάλωτη" και περίμενε να τη σώσουν!

«Εγώ δεν παίζω άλλο! Όλο ζαβολιές κάνετε! Κι εσύ Άλις δεν ακούς τι σου λένε!» διαμαρτυρήθηκε ο Ρέιφ κι απομακρύνθηκε κλοτσώντας τις πέτρες.

«Είδατε τώρα τι κάνατε!» τους μάλωσε η Έμυ και πήγε κοντά του. «Έλα να παίξουμε, και άμα θέλεις, σ' αφήνω να γίνεις κι εσύ Αμαζόνα!»

Ο Ρέιφ έσκασε στα γέλια. «Εγώ είμαι Ντράγκον και τις Αμαζόνες ...τις κάνω μια χαψιά!» την φοβέρισε κι εκείνη το βαλε στα πόδια... κι έπεσε πάνω στον καθηγητή Γεράκη που έβγαινε από την πόρτα της κλειστής αυλής.

«Παππού, παππού! Θα παίξεις μαζί μας;» έτρεξε κοντά του ο Ορέστης και κρεμάστηκε στο λαιμό του.

«Και τι παίζετε;» ρώτησε εκείνος γελώντας.

«Τους εξωγήινους και τις Αμαζόνες! Αλλά είμαστε λιγότεροι και η Τέρρυ δεν έρχεται να παίξει μαζί μας, γιατί λέει είναι πολύ μεγάλη. Αλλά εσύ θα παίξεις, ε;»

«Γιατί όχι! Εγώ δεν είμαι τόσο μεγάλος όσο η Τέρρυ...»

«Έλα παππού, μη κοροϊδεύεις... Εσύ θα κάνεις τη "φωλιά" μας και θα μας προστατεύεις. Εντάξει; Δεν χρειάζεται να τρέχεις. Θα κάτσεις στο κιόσκι. Έλα, παππού...»

«Αυτό κι αν είναι ζαβολιά!» αντέδρασε η Ντόροθυ. «Σα να μη φτάνει που μιλάτε με την Έμυ συνέχεια ελληνικά μεταξύ σας και δεν καταλαβαίνουμε, αν έχετε και τον παππού σου για φύλακα στη φωλιά σας, όλο εσείς θα νικάτε! Και δεν κάθεται και η Άλις να φυλάξει στο σκάφος μας...»

«Έτσι κι αλλιώς, εμείς, θα νικάμε! Αφού τα βέλη μας έχουν φωτιά και λιώνουν... »

«Για ηρεμήστε λίγο σας παρακαλώ!» τους διέκοψε ο καθηγητής χτυπώντας τα χέρια του.

«Εμένα δεν μου αρέσει να παίζω πόλεμο. Έχω κακές

αναμνήσεις απ' αυτόν.... Ξέρω όμως ένα άλλο παιχνίδι, που μου άρεσε πολύ όταν ήμουν στην ηλικία σας. Το παιχνίδι του κρυμμένου θησαυρού! Χρειάζεται μια μικρή προετοιμασία, αλλά μέχρι να ξεκουραστείτε λίγο και να πιείτε από ένα χυμό, εγώ θα είμαι έτοιμος!»

«Ναι, ναι!» ενθουσιάστηκε ο Ορέστης που ήξερε το παιχνίδι.

«Να παίξουν και οι μεγάλοι μαζί μας; Θα έχει πιο πολύ πλάκα!»

«Αν θέλουν, γιατί όχι; Εμπρός λοιπόν, πηγαίνετε να τους το πείτε!»

* * *

Είχε πια σκοτεινιάσει όταν γύρισαν ξεθεωμένοι από το παιχνίδι όμως τα πρόσωπα όλων, μικρών και μεγάλων, έλαμπαν από το ξεφάντωμα!

Τα παιδιά πήγαν βέβαια κατ' ευθείαν για ύπνο αλλά οι μεγάλοι μαζεύτηκαν στην αυλή για ένα ποτό και την καθιερωμένη βραδινή τους κουβέντα.

«Ε, όλα τα περίμενα, αλλά ότι θα έπαιζα στην αυλή σαν μικρό παιδί, δεν μπορούσα να το φανταστώ!» σχολίασε ο Ντάγκλας απλώνοντας τα πόδια του που τον πονούσαν από το τρέξιμο και το σκαρφάλωμα.

«Αχ, εμένα πολύ μου άρεσε! Ξεμούδιασα για τα καλά...» τεντώθηκε η Πασκάλ που της είχε λείψει η προπόνηση τόσο καιρό.

«Να το ξανακάνουμε!» πρότεινε η Δάφνη. «Είναι ωραία να συμμετέχεις σε ομαδικά παιχνίδια!»

«Αγαπητή μου,» χαμογέλασε ο καθηγητής, «είτε εν γνώσει είτε εν αγνοία μας, συμμετέχουμε στο μεγαλύτερο ομαδικό παιχνίδι. Στο Παιχνίδι του Κόσμου! Κι αν θελήσουμε να παρομοιάσουμε τον "χώρο" διεξαγωγής του παιχνιδιού με μια σκακιέρα, τότε κάποιοι κατέχουν τις θέσεις των βασιλέων, κάποιοι των αξιωματικών, οι λαοί είναι τα αναλώσιμα πιόνια, άλλοι αντιπροσωπεύουν τους πύργους και ...κάποιοι, κατέχουμε τη θέση των ευέλικτων αλόγων! Και ίσως και κάποιων ακόμη αντιπροσώπων του ζωικού είδους!» συμπλήρωσε, κλείνοντας το μάτι στον Βέρτζιλ πονηρά. «Αλλά οι Σαμάνοι, τα ξέρουν καλύτερα αυτά...» σχολίασε, δίνοντας του το λόγο.

«Φαντάζομαι πως αναφέρεστε στα Ζώα Δύναμης, έτσι δεν είναι;»

Ο καθηγητής του έγνεψε καταφατικά. «Ακριβώς! Στα Τοτεμικά μας ζώα...»

«Όλοι οι άνθρωποι ξέρετε, έχουν το Τοτέμ τους. Δεν χρειάζεται να γίνεις σαμάνος για να το αποκτήσεις...» διευκρίνισε ο Βέρτζιλ. «Απλά οι συνηθισμένοι άνθρωποι δεν βρίσκονται σε επαφή μαζί του, τουλάχιστον όχι εν γνώση τους. Συνήθως, στην περίπτωση τους, αναδύεται στην επιφάνεια και αναλαμβάνει δράση σε ώρες μεγάλης ανάγκης ή θανάσιμου κινδύνου. Βλέπετε το Ζώο Δύναμης είναι πάντα στη διάθεση μας, αρκεί να το καλέσουμε συνειδητά ή μη!»

Ο Μάρτιν είχε διαφορετική γνώμη σχετικά. «Εγώ πιστεύω πως πρέπει να διατηρούμε μια απόσταση από αυτά και όχι να ταυτιζόμαστε μαζί τους. Διαφορετικά είναι σαν να ξαναγυρίζουμε το ρολόι της εξελεγκτικής μας πορείας προς τα πίσω!»

«Ίσως εκ πρώτης όψεως να φαίνεται έτσι,» μπήκε στη συζήτηση ο Άγγελος. «Αλλά αν αναλύσουμε λίγο το θέμα, θα ανακαλύψεις πως συμβαίνει ακριβώς το αντίθετο. Κατ' αρχήν να κάνουμε σαφέστερο, τι είναι τα Ζώα Δύναμης. Αναφέρθηκε σε κάποια προηγούμενη συζήτηση μας πως οι λέξεις, μας έχουν στερήσει την ικανότητα να επικοινωνούμε μέσα από αρχετυπικά σύμβολα που αντιπροσωπεύουν διάφορες συνειδησιακές καταστάσεις. Τα "Ζώα Δύναμης" λοιπόν είναι ακριβώς αυτό. Σύμβολα, ή αν θέλετε ένας λεκτικός κώδικας που με μία και μόνο λέξη μεταφέρει από το αρχετυπικό επίπεδο στο επίπεδο της καθημερινότητας, τις ιδιότητες που χαρακτηρίζουν και αντιπροσωπεύουν την βαθύτερη φύση και τον χαρακτήρα του κάθε ανθρώπου.

Από τη στιγμή λοιπόν που ο σημερινός άνθρωπος στην πλειοψηφία του, δεν ξέρει να χρησιμοποιεί και να *ελέγχει* αυτή τη Δύναμη, αλλά έχει τη δυνατότητα να μάθει να το κάνει, σημαίνει σαφώς πως όταν το καταφέρει αυτό, θα έχει κάνει ένα βήμα εμπρός στην εξελεγκτική του πορεία και όχι πίσω. Θα έχει *μεταπηδήσει* στο επόμενο στάδιο!»

«Εν τοιαύτη περιπτώσει καταλαβαίνω γιατί χρειάζεται αυτή η ικανότητα σ' ένα σαμάνο, που κινείται έξω από τη συνηθισμένη ροή των πραγμάτων. Σ' ένα κοινό όμως άνθρωπο, τι έχει αυτή να προσφέρει;»

«Η αλήθεια είναι, πως ένας κοινός άνθρωπος, βρίσκεται έξω από την σφαίρα αυτού του τρόπου αντίληψης της πραγματικότητας. Έτσι, από τη στιγμή που θα αρχίσει να αντιλαμβάνεται και την άλλη πλευρά του νομίσματος, έχει μπει ενεργά στο Παιχνίδι και έχει πάψει πλέον να είναι ένας κοινός άνθρωπος. Έχει γίνει κατ' αρχήν Παίκτης και ίσως κάποια στιγμή αργότερα γίνει *και* Πολεμιστής.»

«Αυτό σημαίνει πως μπορεί να είναι κάποιος Παίκτης, αλλά όχι Πολεμιστής;»

«Φυσικά. Αν αποφασίσει πως τον ενδιαφέρει ο χειρισμός της Δύναμης μόνο για προσωπικό όφελος και εξουσία και όχι για την πρόοδο της ανθρωπότητας γενικότερα, δεν έχει πλέον λόγο να προσχωρήσει στην παράταξη των Πολεμιστών. Γιατί οι

Πολεμιστές αγωνίζονται ακριβώς γι αυτό. *Να δημιουργήσουν ρωγμή στο κατεστημένο σύστημα, ώστε η πρόσβαση στην Συνειδησιακή Πρόοδο, άρα και στην ρευστότητα που επιφέρουν οι αλλαγές, να είναι εφικτή για το σύνολο της ανθρωπότητας.*»

» Ο ΑΝΘΡΩΠΟΣ ΠΟΥ ΓΝΩΡΙΖΕΙ ΤΗΝ ΠΝΕΥΜΑΤΙΚΗ ΑΘΑΝΑΤΗ ΦΥΣΗ ΤΟΥ ΒΑΔΙΖΕΙ ΤΟΝ ΔΡΟΜΟ ΠΡΟΣ ΤΟ ΥΠΕΡΤΑΤΟ ΑΓΑΘΟ

ΟΤΑΝ ΤΗΝ ΑΓΝΟΕΙ ΠΡΟΣΚΟΛΛΑΤΑΙ ΣΤΗΝ ΥΛΗ ΑΥΤΗ ΕΙΝΑΙ Η ΦΥΛΑΚΗ Η ΜΕΤΑΤΡΟΠΗ ΤΗΣ ΟΥΣΙΑΣ ΣΕ ΣΥΝΕΙΔΗΣΗ ΕΙΝΑΙ Ο ΠΑΡΑΓΟΝΤΑΣ ΤΗΣ ΑΠΕΛΕΥΘΕΡΩΣΗΣ Η ΕΛΕΥΘΕΡΙΑ ΑΠΟ ΤΙΣ ΥΛΙΚΕΣ ΑΝΑΓΚΕΣ ΚΑΙ ΤΑ ΠΑΘΗ ΕΙΝΑΙ ΤΟ ΜΥΣΤΙΚΟ ΟΠΛΟ «

«Αχ, αυτός ο Ερμής!» σχολίασε η Δάφνη όταν ο καθηγητής ανέτρεξε στο αρχαίο κείμενο. «Μου έχει δημιουργηθεί η αίσθηση πως βρίσκεται κάπου εδώ κοντά και συμμετέχει στην κουβέντα μας! Αλλά, και επειδή εμείς ήδη έχουμε αποφασίσει πως θέλουμε να γίνουμε Πολεμιστές, μήπως μπορεί κάποιος να μας πει πώς και πότε θα συμβεί αυτό;»

«Μπαίνοντας σε μια νέα φάση της ζωής σας. Όσο και αν δεν φαίνεται στους τρίτους, η ζωή του Πολεμιστή είναι πολύ διαφορετική... Ένας Πολεμιστής είναι έτοιμος, όταν γνωρίζει αρκετά για να αρχίσει το έργο του, αλλά δεν ξέρει αρκετά για να το τελειώσει... Έτσι, μην περιμένετε να υπάρξει μια διαχωριστική γραμμή ανάμεσα σ' αυτό που είστε τώρα και σ' αυτό που θα γίνετε. Επειδή θα "γίνεστε" πάντα. Αν πάψετε να γίνεστε, σημαίνει πως έχει σταματήσει η εξέλιξη σας. Πως έχετε παγώσει"... Δεν είναι εύκολος ο δρόμος του Πολεμιστή. Και κατά κανόνα είναι μοναχικός. Μερικές φορές, όπως στη δική μας περίπτωση, χρειάζεται να ενώνουμε τις δυνάμεις μας και να εργαζόμαστε από κοινού για την επίτευξη των στόχων μας αλλά, τις πραγματικές μάχες τις δίνει ο καθένας μόνος του. Ωστόσο, ο Πολεμιστής ποτέ δεν ξεχνά πως στην δική του παράταξη ισχύει ότι και στο Σύμπαν, "Όλοι Ένας και Ένας Όλοι". Όμως πρέπει να ξέρει να πολεμά μόνος. Γνωρίζει μέσα του το σωστό και το ακολουθεί. Όταν είναι κανείς ανοιχτός και αναζητά με ειλικρίνεια, η αίσθηση του σωστού έρχεται χωρίς λόγια. Δεν έρχεται για να ειπωθεί, αλλά για να βιωθεί. Βρίσκεται στη σιωπή ανάμεσα στις λέξεις. Εκεί που ο καθένας μας μπορεί να έρθει σε επαφή με τον Ουσιαστικό Εαυτό του!»

» ΑΚΟΛΟΥΘΗΣΤΕ ΤΟΝ ΑΝΕΜΟ ΤΗΣ ΨΥΧΗΣ ΣΑΣ ΑΚΟΥΣΤΕ ΤΟ ΤΡΑΓΟΥΔΙ ΤΟΥ ΣΤΟΝ ΕΣΩΤΕΡΙΚΟ ΠΥΡΗΝΑ ΒΡΙΣΚΕΤΑΙ Ο ΕΑΥΤΟΣ ΣΤΗ ΣΙΓΑΛΙΑ ΤΟΥ ΕΑΥΤΟΥ ΒΡΙΣΚΕΤΑΙ Η ΓΝΩΣΗ «

«Τάδε έφη, Ερμής!» σήκωσε απολογητικά τα χέρια του ο καθηγητής και όλοι κοιτάχτηκαν, συνειδητοποιώντας πως είχαν αρχίσει και αυτοί να χαμογελούν ...κάπως περίεργα!

«Ωστόσο,» συνέχισε ο Άγγελος, «υπάρχουν κάποιες, ας πούμε, διαδικασίες που χρειάζεται να ακολουθήσει κάποιος εκπαιδευόμενος πολεμιστής. Όπως πολύ χαρακτηριστικά μας είπε ο Ορέστης, είναι τρόπος ζωής. Στην πορεία της, μαθαίνει πλέον να ζει και να δρα κάτω από ένα νέο και ευρύτατο πρίσμα αντίληψης. Χρησιμοποιεί νέες φόρμουλες αντιμετώπισης των καταστάσεων και μέσα από την προσωπική του εξέλιξη, ο καθένας ατομικά, βοηθά την γενική εξέλιξη του συνόλου της ανθρωπότητας. Για να γίνω πιο κατανοητός, θα σας δώσω ένα παράδειγμα που βγαίνει μέσα από την προσωπική μου εμπειρία, ευελπιστώντας παράλληλα να σας βοηθήσω μ' αυτό τον τρόπο στην πορεία σας. Είναι μία φόρμουλα αυτο-ίασης, που μου αρέσει να χαρακτηρίζω ως Νοητικό Υπερόπλο. Η φόρμουλα εκφράζεται, αναπόφευκτα και καλώς ή κακώς, με τέσσερις λέξεις. Πριν όμως σας τις πω θέλω να σας υποδείξω, όταν τις ακούσετε, να στρέψετε την αντίληψη σας στις συγκεκριμένες καταστάσεις συνείδησης που αυτές παραπέμπουν.

Και να τις βιώσετε. Να αφήσετε τον εσωτερικό σας πυρήνα ελεύθερο να τις βιώσει, ανενόχλητος από οποιαδήποτε σκέψη ή κρίση και με την σειρά που θα ειπωθούν... » ΧΑΡΑ – ΦΩΣ – ΔΥΝΑΜΗ – ΑΓΑΠΗ « ...

Ελπίζοντας πως τις βιώσατε» συνέχισε ο άγγελος ύστερα από μια μικρή παύση, «και άρα αντιληφθήκατε σ' ένα βαθύτερο επίπεδο τον τρόπο που λειτουργεί η φόρμουλα, ας επιχειρήσω να κάνω μια σύντομη ανάλυση. Για να λειτουργήσει λοιπόν κανείς συνειδητά έτσι ώστε να βιώσει το συναίσθημα της χαράς για την ίδια τη Χαρά και όχι από κάποια συγκεκριμένη αιτία, σημαίνει αυτόματα πως έρχεται σε εγρήγορση. Αυτό από μόνο του είναι κιόλας ένας τρόπος άμυνας.

Τα συναισθήματα είναι ενέργεια και η ενέργεια δονήσεις. Οι δονήσεις του συναισθήματος της χαράς δονούν το φυσικό μας σώμα σε μια συχνότητα που το απαλλάσσει από άλλες άχρηστες και επιβλαβείς δονήσεις του εξωτερικού περιβάλλοντος.

Αυτό είναι το πρώτο βήμα και μας επιτρέπει να έχουμε πρόσβαση στο επόμενο. Όταν περνάμε στην συνειδησιακή κατάσταση του Φωτός, έχουμε σταδιακή κάθαρση και εξαγνισμό από τα ξένα στοιχεία που έχουν κατά καιρούς προσκολληθεί στο σύνολο των σωμάτων μας, από το φυσικό έως και το νοητικό. Και όσο η κάθαρση προχωρά και επέρχεται ο εξαγνισμός, γινόμαστε όλο και πιο δεκτικοί στην Δύναμη. Έτσι, μπορούμε να μπούμε στην κατάσταση Δύναμης και να εδραιώσουμε την συχνότητα των δονήσεων της μέσα μας. Είμαστε πλέον ανοιχτοί και έτοιμοι να περάσουμε στην πεμπτουσία των συναισθημάτων, στην συνειδησιακή κατάσταση της απόλυτης Αγάπης. Είναι η ενέργεια που κινεί τα νήματα της Ζωής!»

«Και αν η Αγάπη είναι η ενέργεια που κινεί τα νήματα της ζωής, *η Πρόθεση είναι η μηχανή που κινεί τον Κόσμο!*» Ήταν ο Μηνάς εκείνος που έσπασε τη ολιγόλεπτη σιωπή που ακολούθησε τα λόγια του Άγγελου. «Όμως, για να φτάσει κάποιος να αποκτήσει πρόσβαση στη δυνατότητα της Πρόθεσης, πρέπει να περάσει από "σκληρή" εκπαίδευση. Και βέβαια, δεν εννοώ μ' αυτό υπερβολές ή τρελές πρακτικές, αλλά σταθερότητα χαρακτήρα, επιμονή και υπομονή και κυρίως *άκαμπτη Θέληση.* Ωστόσο υπάρχουν και μέθοδοι, θεωρητικοί και πρακτικοί, που βοηθούν στην απόκτηση και εδραίωση των παραπάνω. Μία από αυτές θα σας μάθουμε να χρησιμοποιείτε κι εσείς. Ή μάλλον θα σας υποδείξουμε την χρήση της. Γιατί η εκμάθηση της εφαρμογής της είναι καθαρά προσωπικό καθήκον του καθενός σας. Έχουμε έτοιμο σχετικό έντυπο και ηχογραφημένο υλικό και θα κάνουμε και κάποια πρακτική εξάσκηση τις επόμενες ημέρες. Η μέθοδος στηρίζεται στην εκμετάλλευση των ενεργειακών ροών για τις οποίες έχουμε πει τόσα πολλά. Μαθαίνουμε να δεχόμαστε και να αποστέλλουμε μορφές και δυνάμεις ενέργειας, από και προς όλες τις Ενεργειακές Ζώνες του Σύμπαντος. Όμως περισσότερα θα πούμε αύριο, κάνοντας μια οργανωμένη παρουσίαση! Φροντίστε να κοιμηθείτε νωρίς και να είστε ξεκούραστοι. Άλλωστε αυτό, το να κοιμάστε σχετικά νωρίς το βράδυ και να ξυπνάτε πολύ νωρίς το πρωί, είναι ένας από τους εύκολους κανόνες που πρέπει να ακολουθείτε στο νέο τρόπο της ζωής σας και εντάσσεται μέσα στα πλαίσια της βιοενεργειακής σας εναρμόνισης με την Φύση......»

* * *

Η Τζέρυ άλλαξε πλευρό μούσκεμα στον ιδρώτα. Η πίεση και το ψυχοπλάκωμα που ένιωθε ελαφρώς εξασθένισαν όμως δεν κατάφερε να ξυπνήσει. Το ονειρικό τοπίο που ανοίγονταν μπροστά της ήταν μια κακοτράχαλη έκταση και ο ουρανός ήταν σκοτεινός σαν να ήταν νύχτα. Στο βάθος αχνοφαίνονταν ένας οικισμός με χαμηλά σπίτια χωρίς στέγες, απ' όπου αναδύονταν η αίσθηση μιας παγωμένης ερημιάς. Ένας θανάσιμος κίνδυνος την απειλούσε πλησιάζοντας από πίσω της αλλά ο τρόμος που ένιωθε δεν την άφηνε να στραφεί και να κοιτάξει. Ήθελε απεγνωσμένα να φύγει, όμως ένοιωθε τα πόδια της βαριά σαν μολύβι να έχουν καρφωθεί στο χώμα και παρ' ότι ούρλιαζε από τον φόβο, η φωνή της δεν ακούγονταν. Λες και η βαρύτητα είχε αυξηθεί τόσο που πίεζε ακόμη και τους ήχους.

Η Τέρρυ ξύπνησε απότομα νιώθοντας την απειλή του κινδύνου και συνειδητοποιώντας πως, ήδη μέσα στον ύπνο της, είχε πάρει αμυντική στάση με το σώμα της έχοντας διπλώσει τα χέρια της με δύναμη πάνω στο ηλιακό της πλέγμα, σφίγγοντας τις παλάμες της πάνω στα πλευρά της. Το επόμενο που συνειδητοποίησε ήταν πως η "συχνότητα" του ατόμου που κινδύνευε ήταν της Τζέρυ. Μέσα σε ελάχιστα δευτερόλεπτα η αδρεναλίνη της είχε ανέβει κατακόρυφα και το ενεργειακό της σώμα βρέθηκε να στέκεται πάνω από την Τζέρυ που κοιμόταν φαινομενικά ήσυχα, αλλά στην ουσία καθηλωμένη από το παγερό χέρι του τρόμου της.

Την ξύπνησε καλώντας την με το όνομα της κι εκείνη πετάχτηκε σχεδόν όρθια πριν καλά, καλά ανοίξει τα μάτια της. Την ίδια στιγμή τα τζάμια στο παράθυρο του δωματίου έσπαγαν με εκκωφαντικό θόρυβο και πετάγονταν προς τα έξω, ενώ μια απαίσια μπόχα σαπίλας γέμισε τον χώρο.

Η Τζέρυ κοίταξε με ευγνωμοσύνη την Τέρρυ νιώθοντας πως

εκείνη την είχε ξυπνήσει αλλά στο μεταξύ, πριν προλάβει να σκεφτεί οτιδήποτε, ο Μάρτιν είχε ήδη πεταχτεί όρθιος και άναβε το φως. Η μορφή της Τέρρυ εξαφανίστηκε και στην αυλή ακούστηκε η φασαρία που έκαναν οι υπόλοιποι τρέχοντας να δουν τι είχε συμβεί.

Η Τζέρυ και, ακόμη περισσότερο ο Μάρτιν, είχαν σαστίσει. Πρώτος έφτασε ο Λώρρεν και αμέσως μετά ο Άγγελος. Η Τζέρυ τους είπε για τον εφιάλτη που είχε δει και πως ευτυχώς την ξύπνησε η Τέρρυ. Και μόνο τότε συνειδητοποίησε πως η Τέρρυ δεν βρίσκονταν στο δωμάτιο της και πώς, άλλωστε, θα μπορούσε;

Ο Λώρρεν που κατάλαβε τι είχε συμβεί έτρεξε αμέσως στην κόρη του. Την βρήκε καθισμένη στο κρεβάτι της και το ίδιο σαστισμένη. Δεν της είχε ξανασυμβεί κάτι ανάλογο και προσπαθούσε να βάλει τις εντυπώσεις της σε κάποια λογική σειρά.

Όπως ήταν επόμενο, σε λίγα λεπτά μαζεύτηκαν όλοι στην αυλή τελείως ξαγρυπνισμένοι και ανήσυχοι. Ο Μηνάς έβαλε στο CD player το «Shaman's Breath» να παίζει, για να τονώσει με την μουσική του την ψυχολογία τους και ζήτησε να μάθει ακριβώς τι συνέβη.

«Πριν κοιμηθείς, μήπως κουβεντιάσατε με τον Μάρτιν οτιδήποτε σχετικό;» τη ρώτησε στο τέλος κι εκείνη έγνεψε αρνητικά. «Μήπως διάβασες κάτι... γενικά, τι σκεφτόσουν;»

Η Τζέρυ έτριψε τα μηνίγγια της προσπαθώντας να θυμηθεί. «Σκεφτόμουν όσα είχαμε κουβεντιάσει νωρίτερα στην αυλή... σχετικά με την εκμετάλλευση των ενεργειακών ροών και την εκμάθηση της μεθόδου, νομίζω.»

«Και προφανώς κατάφερες να βρεθείς έξω ...από τα νερά σου, χωρίς να το καταλάβεις! Αλλά το λάθος είναι μάλλον δικό μας. Έπρεπε να σας προειδοποιήσουμε εγκαίρως. Βλέπετε, έχετε

370

όλοι σας έμφυτες κάποιες ικανότητες, αλλά η Τζέρυ είναι ίσως λίγο πιο ευαίσθητη, με αποτέλεσμα οι σκέψεις της και μόνο να λειτουργήσουν σαν κλειδί κι έτσι άθελα της, βρέθηκε σε ...λάθος τόπο...

Το Κατώφλι του Αόρατου, είναι μια επικίνδυνη ακτή για κολύμπι, αν δεν είσαι άριστος κολυμβητής! Η Ενεργειακή Θάλασσα δεν είναι από μόνη της εχθρική όμως είναι ισχυρότατη και αν δεν ξέρεις πώς να πλησιάσεις και να κινηθείς σ' αυτήν, αποβαίνει μοιραία καταστροφική. Όπως άλλωστε συμβαίνει και με την συμβατική θάλασσα που όλοι γνωρίζουμε... Γι αυτό πρέπει να είστε πολύ προσεκτικοί. Όχι μόνο να μην τολμάτε πράγματα για τα οποία νοιώθετε ότι δεν είστε έτοιμοι, αλλά πρέπει και να είστε πάντοτε σε εγρήγορση ελέγχοντας ανά πάσα στιγμή συνειδητά τις σκέψεις και τις παρορμήσεις σας. Καλό είναι επίσης να ξεκινήσετε τις μελέτες σας πρώτα με τις τεχνικές ψυχικής αυτοάμυνας, για τις οποίες υπάρχει σχετική βιβλιογραφία. Προς το παρόν Τζέρυ, θα σε συμβούλευα να κάνεις ένα ντους έχοντας κατά νου πως μαζί με το νερό που τρέχει παρασύρονται και απομακρύνονται από πάνω σου κάθε αρνητική ενέργεια και επιρροή. Είναι ένα μικρό τελετουργικό κάθαρσης, αλλά με απίστευτη αποτελεσματικότητα! Μετά φόρεσε καθαρά ρούχα και αλλάξτε δωμάτιο. Καλύτερα να μην κοιμηθείτε απόψε εκεί...»

«Ωστόσο,» επεσήμανε ο Άγγελος, «φρόντισε να αντιμετωπίσεις κάθε ίχνος φόβου. Και αυτό βέβαια ισχύει για όλους και σε κάθε περίπτωση. Κοιτάξτε τον φόβο σας καταπρόσωπο και αντιμετωπίστε τον. Έτσι χάνεται η δύναμη και η επιρροή του. Όταν δεν νιώθεις φόβο, η αύρα σου μένει ακέραια και τίποτε δεν μπορεί να την διαπεράσει.

Μην απωθήσεις την εμπειρία σου στο υποσυνείδητό σου, αλλά και μην ασχολείσαι μαζί της. Άλλωστε όλα αυτά είναι τεχνάσματα που μας στήνουν οι Φρουροί του Κόσμου, όμως ας αφήσουμε αυτή την συζήτηση για αύριο. Έτσι κι αλλιώς, μετά την αποψινή αναστάτωση, δεν μας βλέπω να ξυπνάμε και τόσο νωρίς το πρωί για την προγραμματισμένη παρουσίαση των ασκήσεων...»

* * *

Με το φως της επόμενης ημέρας, όλα φαίνονταν και πάλι ήρεμα, αν και η Τζέρυ δεν είχε ξεπεράσει ακόμη το σοκ εντελώς. Μετά τον πρωινό καφέ τους και το πρόγευμα αποφάσισαν να περπατήσουν μέχρι την άκρη του κτήματος, κάτω από την δροσερή σκιά των δέντρων. Θέμα συζήτησης το συμβάν της προηγούμενης νύχτας και η ανάλυση του. Όταν κάθισαν να ξεκουραστούν, η Πασκάλ θύμισε στον Άγγελο την αναφορά του στους Φρουρούς του Κόσμου και ζήτησε να τους μιλήσει γι αυτούς.

«Όσο και αν δεν γίνεται αντιληπτό, αυτοί που υποψιάζονται πως κάτι δεν "πάει καλά" με τον κόσμο και την φαινομενική πραγματικότητα, δεν είναι λίγοι. Αμφισβητίες υπήρχαν πάντα και ευτυχώς θα υπάρχουν πάντα, ελπίζω άλλωστε πως όλο και θα πληθαίνουν! Ορισμένοι όμως από αυτούς προσπαθούν να κάνουν πράξη τις ιδεολογίες τους και να ξεφύγουν από... την μάντρα της στάνης, όπου ζει το υπόλοιπο "κοπάδι". Σ' αυτή την περίπτωση ο φρουρός είναι η απειλή του "κακού λύκου" που παραμονεύει να τους φάει... Κανείς όμως δεν συνειδητοποιεί, πως αν μείνουν στην στάνη αργά ή γρήγορα θα τους φάει ο τσομπάνης! Από το "λύκο", αν επαγρυπνούν, μπορεί και να γλιτώσουν... Προσωπικά βέβαια το συγκεκριμένο παράδειγμα δεν μου αρέσει, επειδή παρουσιάζει τους λύκους ως κακούς κι εγώ τους θεωρώ φίλους μου!»

«Αυτό σημαίνει πως το τοτέμ σου είναι ο λύκος;» ρώτησε χαμογελώντας η Κιμ.

«Όχι, είναι το δελφίνι, όμως αυτό δεν αλλάζει σε τίποτε την συμπάθεια και την εκτίμηση που έχω στους λύκους! Άλλωστε ο "λύκος" στο συγκεκριμένο παράδειγμα είναι μια Ιδέα. Ο Καβάφης, πολύ ποιητικά, αλλά και εξ ίσου χαρακτηριστικά, μιλά για Κύκλωπας και Λαιστρυγόνας. Και μάλιστα, διευκρινίζει πως »...δεν θα τους συναντήσεις, αν δεν τους κουβανείς μες την ψυχή σου, αν η ψυχή σου δεν τους στήνει εμπρός σου...«

Οι Φρουροί του Κόσμου επομένως γίνεται αντιληπτό πως είναι κυρίως εμπόδια και αντίθετες δυνάμεις που είτε σαν εσωτερικοί, είτε σαν εξωτερικοί παράγοντες, προσπαθούν να μας αποτρέψουν από το να δραπετεύσουμε από την Φυλακή του Κόσμου. Όμως ο άνθρωπος έχει εγγενώς την δυνατότητα να επικοινωνήσει με την Θεϊκή Ουσία και να επιστρέψει σε αυτήν. Να γίνει και πάλι συνειδητά Θεός. Και βέβαια, δεν έχει καμία απολύτως ανάγκη μεσολαβητών, όπως για παράδειγμα πνεύματα, δαίμονες και άλλα τέτοια γλαφυρά... Στην πραγματικότητα, αυτά είναι που έχουν ανάγκη τον άνθρωπο, διότι από την δική του προσφορά *ενέργειας και προσοχής* συντηρούνται και υπάρχουν. Και μέσα από το πέρασμα των αιώνων έχουν καταφέρει εν αγνοία του να τον κάνουν υποχείριο τους. Πιστεύει, ο άνθρωπος, πως λειτουργεί αυτόβουλα όμως δεν είναι παρά μια μαριονέτα τα νήματα της οποίας χειρίζονται κάποιοι άλλοι. Το ζήτημα βέβαια δεν είναι τόσο απλό και χάνεται στα βάθη της αρχαιότητας και τα κάθε λογής ιερατεία δεν είναι παρά πιόνια στα ανίερα πλοκάμια των αλλοκοσμικών Όντων που επιβουλεύονται την ανθρωπότητα. Επομένως εξαρτάται καθαρά από την κρίση μας αν θα αφήσουμε την κατάσταση να διαιωνίζεται ή αν θα πάρουμε τα ηνία στα χέρια μας, απαγορεύοντας ρητά και κατηγορηματικά σε οτιδήποτε ξένο να μας εκμεταλλεύεται προς δικό του όφελος.

Βέβαια στην πράξη δεν είναι τόσο απλά τα πράγματα και συμβαίνει μερικές φορές, αυτές οι αρνητικές ενέργειες και δυνάμεις, να δρουν με την μορφή πραγματικών ανθρώπων, όπως έγινε στην περίπτωση του Αρχείου του Ερμή! Φαντάζομαι πως τώρα πλέον είστε σε θέση να κατανοήσετε τα γεγονότα. Η επίθεση που δεχτήκατε δεν είχε καμία σχέση με τους εξτρεμιστές, αλλά ούτε και με κάποια οργανωμένη σπείρα αρχαιοκαπήλων. Ήταν καθαρά μια προσπάθεια αποτροπής σας από τον "εχθρό"!»

Τα τελευταία λόγια του Άγγελου έπεσαν σαν κεραυνός εν αιθρία! Κοιτάχτηκαν για λίγο σιωπηλοί προσπαθώντας να αφομοιώσουν αυτό που είχαν ακούσει και όσο το σκέφτονταν, όλο και πιθανότερο το θεωρούσαν...

«Να λοιπόν ακόμη ένα κομμάτι του παζλ!» μονολόγησε ο Έρικ και οι άλλοι του χαμογέλασαν συγκαταβατικά συνειδητοποιώντας τις διαστάσεις του "παιχνιδιού".

«Και λοιπόν, τώρα τι κάνουμε;» ρώτησε η Πασκάλ.

«Πάνω απ' όλα ΖΕΙΤΕ!» τόνισε ο Μηνάς. «Ζείτε την κάθε σας στιγμή, ζείτε εδώ και τώρα! ΕΣΕΙΣ ΠΟΥ ΕΧΕΤΕ ΤΗ ΓΝΩΣΗ ΕΧΕΤΕ ΚΑΙ ΤΗ ΔΥΝΑΜΗ! Και το ισχυρότερο αντίδοτο σε οποιαδήποτε μορφή συνειδησιακής χειραγώγησης είναι η ΓΝΩΣΗ και η ΕΓΡΗΓΟΡΣΗ!»

«Βέβαια,» συνέχισε ο Άγγελος, «είναι καλό να έχετε και κάποιο σχέδιο κατά νου. Σκεφθείτε καλά όλα όσα έχετε βιώσει το τελευταίο διάστημα και ψάξτε για τις απαντήσεις στις απορίες που σίγουρα έχετε, κυρίως μέσα σας. Με τον καιρό θα κατασταλάξετε και θα αποφασίσετε ποιος είναι ο καλύτερος, για τον καθένα, τρόπος δράσης. Ίσως κάποιοι διαπιστώσουν πως μπορούν μέσα από το επάγγελμα τους, να πλησιάσουν και να διαδώσουν και σε άλλους ανθρώπους τις νέες γνώσεις τους. Ίσως κάποιοι καταφέρουν να ασχοληθούν στον ελεύθερο χρόνο τους ή ακόμη και κάποιοι να αλλάξουν επάγγελμα ώστε να αφοσιωθούν αποκλειστικά με την διάδοση του... Μυστικού των Θεών! Και να θυμάστε πως δεν είστε μόνοι. Υπάρχουν και ...Άλλες Δυνάμεις, που προστατεύουν και βοηθούν τον άνθρωπο, αρκεί να τους το ζητήσει και πάντα βέβαια με την προϋπόθεση πως "συν Αθηνά και χείρα κίνει"! Κι έπειτα έχετε και ο ένας τον άλλο. Η ομάδα σας μπορεί να σκορπίσει στα πέρατα της Γης όμως δεν πρόκειται να χαθείτε. Άλλωστε είναι μέσα στο πρόγραμμα να συναντιόμαστε σε τακτά χρονικά διαστήματα για να ανταλλάσσουμε απόψεις, ιδέες, να λύνουμε προβλήματα και να θέτουμε νέους στόχους. Και αν νομίζετε πως χρειάζεστε και κάποιο σύνθημα, ...*Fight – No Fate*... λοιπόν!» τους χαμογέλασε με αυτοπεποίθηση ο Άγγελος και τους έδειξε ένα φυσικό μονοπάτι, στρωμένο με χαμηλό τριφύλλι και διάσπαρτες μικρές κορυφές από τους βράχους που αποτελούσαν το υπόστρωμα του εδάφους. «Οδηγεί σ' έναν *Ξωτικόκηπο*! Θέλετε να πάμε ως εκεί;» τους ρώτησε, αλλά ξεκίνησε δίχως να περιμένει την απάντηση τους...

ΝΤΟΜΙΝΟ

Μέσα από τις συζητήσεις των επόμενων ημερών, άρχισε σιγά, σιγά να διαφαίνεται το σχεδιάγραμμα βάση του οποίου προτίθετο να ξεκινήσουν.

Πρωταρχικός τους στόχος η προσωπική αλλαγή. Μια διαδικασία που είχε δρομολογηθεί βέβαια, όμως θα γινόταν καθ' όλα εφικτή μόνο μετά από την διεύρυνση της Συνειδητότητας τους. Κάτι που προϋπέθετε την απελευθέρωση τους από τους ψυχοσωματικούς και πνευματικούς περιορισμούς που, μέσω του νοητικού προγραμματισμού και της κοινωνικής διαμόρφωσης, είχαν υποστεί.

Ο επαναπροσδιορισμός, σε πρακτικό επίπεδο, της πορείας τους στη ζωή ήταν το δεύτερο ζητούμενο. Κάτω από τις νέες συνθήκες είχαν να εντάξουν στους προσωπικούς τους στόχους και την διακριτική διάδοση του Μυστικού των Θεών. Μια απόφαση που δεν είχαν πάρει μόνο με την καρδιά, αλλά έπειτα από πολλή σκέψη και αναλύσεις.

Στην τελευταία τους συνάντηση, την παραμονή της αναχώρησης τους, ο καθηγητής Γεράκης ήταν σαφέστατος.

«Σύμφωνα με τον Emmanuel Kant, »*Διανοητική εξάρτηση είναι η ανικανότητα ενός ανθρώπου να χρησιμοποιεί το νου του χωρίς να*

376

τον καθοδηγεί κάποιος άλλος. Αυτή τη διανοητική εξάρτηση και ανωριμότητα θεωρούμε ότι τη δημιουργεί κανείς ο ίδιος για τον εαυτό του αν ο λόγος ύπαρξής της έγκειται όχι στην έλλειψη διάνοιας αλλά στην απουσία του θάρρους και της αποφασιστικότητας να την χρησιμοποιούμε χωρίς να μας δίνει οδηγίες κάποιος άλλος.«

Εύλογα λοιπόν συμπεραίνεται πως παρ' ότι και ο εικοστός αιώνας είναι πια παρελθόν, η ανθρωπότητα διανύει έναν ακόμη Μεσαίωνα. Μια ακόμη εποχή σκοταδισμού, έντεχνα μεταμφιεσμένη σε high tech show. Υφίσταται, σαφέστατα, μια πολιτισμική κρίση η οποία απειλεί όχι μόνο την ύπαρξη τη δική της, αλλά και την ύπαρξη της ζωής ολόκληρου του πλανήτη. Κάτω από τη σκιά της μειονοτικής αλλά πανίσχυρης ελίτ, συντηρούνται οι κατάλληλοι κοινωνικοί θεσμοί που παρεμποδίζουν την ανθρώπινη εξέλιξη. Και παρ' ότι ο άνθρωπος γεννιέται με άπειρες δυνατότητες, προγραμματίζεται νοητικά από την βρεφική του ακόμη ηλικία, σύμφωνα με τα κοινωνικά στερεότυπα που κάθε άλλο παρά προς όφελος της ανθρώπινης κοινωνίας πρεσβεύουν. Στερείται εσκεμμένα της επαρκούς, αν όχι της ολοκληρωτικής, ικανοποίησης και των πλέον αυτονόητων αναγκών του, όπως ασφάλεια και αυτοπεποίθηση, αγάπη, σεβασμός και αυτοσεβασμός, αυτοπραγμάτωση, δικαίωμα στην υγεία, ευκαιρίες για δημιουργική απασχόληση, πνευματικό σκοπό στη ζωή. Αποκομμένος από το πραγματικό νόημα της ζωής, που εντοπίζεται κατ' αρχήν στην απρόσκοπτη αναζήτηση της βαθύτερης γνώσης του εαυτού μέσα από την αρμονική και συνεχή επαφή του με τη φύση και την πνευματική καλλιέργεια και κατά δεύτερον με την επίτευξη της βιωματικής και άμεσης γνώσης της λειτουργίας του Σύμπαντος και της Δημιουργίας γενικότερα, καταλήγει να διαμορφώσει μια πάγια απογοητευμένη προσωπικότητα. Και αυτό έχει ως συνέπεια είτε

EIPHNH ΛΕΟΝΑΡΔΟΥ

την εκδήλωση ψυχοσωματικών ασθενειών -μια εκδήλωση βίας προς τον εαυτό-, είτε την εκδήλωση εγκληματικής συμπεριφοράς -βία προς το κοινωνικό σύνολο. Βρίσκεται μπλεγμένος στα γρανάζια ενός φαύλου κύκλου όπου η καταστροφή του εξωτερικού περιβάλλοντος συντελείται παράλληλα με την καταστροφή του εσωτερικού του κόσμου και αντίστροφα. Έχει "κολλήσει" σε δοτά -μοντέλα σκέψης που δεν εξηγούν πλέον με επάρκεια την πραγματικότητα- και "ζει" υποταγμένος στους στόχους της κατευθυνόμενης καταπιεστικής κοινωνίας.

Μέσα από ένα τέτοιο αμφιλεγόμενο μοντέλο, αυτό της παγκοσμιοποίησης, ας κρατήσουμε το όραμα της Γης ως πλανητικής κοινότητας και ας αντιληφθούμε επιτέλους πως τα προβλήματα του καθενός είναι προβλήματα όλων. Είναι προβλήματα πλανητικού επιπέδου.

Και η λύση τους θα οριοθετήσει σαφώς μια καινούργια εποχή στην εξελικτική μας πορεία ως Γήινη Ανθρωπότητα. Αρκεί να αντιληφθούμε, ο καθένας ξεχωριστά, πως υπάρχουν και εναλλακτικοί τρόποι ζωής και να αλλάξουμε την οπτική μας θεώρηση των πραγμάτων. Να δούμε τον Κόσμο με "άλλα μάτια". Ελεύθεροι από δογματικές και προκατειλημμένες αντιλήψεις που μας περιορίζουν στα στενά όρια της εξοντωτικής αρένας του ανταγωνισμού σε οποιοδήποτε επίπεδο. Πιο απλά, αρκεί να ξυπνήσουμε! Να αρχίσουμε να ZOYME από πρώτο χέρι και όχι μέσα από τα reality show του γυάλινου κόσμου που μας σερβίρεται ως βραδινό κρύο πιάτο.

Να βάλουμε επιτέλους τον "πουρέ" που έχουμε στο κεφάλι μας να δουλέψει και να ξαναγίνει το μυαλό με τις ασύλληπτες ικανότητες που μας χάρισε η Φύση. Να εντοπίσουμε τις κοινωνικές συνθήκες που εμποδίζουν την εξέλιξη της ανθρωπότητας και να κινηθούμε ανάλογα προς την ατομική

378

μας ψυχολογική χειραφέτηση. Είναι φυσικό να επακολουθήσει η κοινωνική αναδόμηση εφ όσον εμείς είμαστε τα κύτταρα της κοινωνίας και επόμενο η ανάπτυξη και διεύρυνση της συλλογικής Συνειδητότητας.

Η δημιουργία κοινωνικών πυρήνων που θα στηρίζονται σε νέες βάσεις, κρίνεται λοιπόν απαραίτητη. Πυρήνες ατόμων που έχουν ήδη συνειδητοποιήσει όχι μόνον την κατασκευασμένη ψευδαισθητική καθημερινότητα αλλά και τις δυνάμεις τους και αναζητούν τρόπους απελευθέρωσης. Με την συμπαράσταση σας, σύντομα θα περάσουν στο στάδιο της ολοκλήρωσης της απελευθέρωσης τους από τα δεσμά του κοινωνικού νοητικού προγραμματισμού και θα είναι πολύτιμοι σύμμαχοι και σύντροφοι σας για την διεύρυνση της ρωγμής στο Κατεστημένο.

Δεν θα είναι εύκολος δρόμος. Αυτό άλλωστε, μας το επισημαίνει ο ήρωας Ηρακλής εδώ και χιλιάδες χρόνια... Πρέπει να οπλιστείτε με θάρρος και αυτοπεποίθηση. Υπομονή και επιμονή. Να μην συγχωρείτε αλλά και να μην υποχωρείτε. Έτσι και θα εισακουστείτε...»

* * *

Ωστόσο η προσέγγιση και η αφύπνιση όλο και περισσότερων ανθρώπων, είχε ως κριτήριο την αγαθή πρόθεση των δεύτερων. Και πιθανόν εκ των πραγμάτων κάποιοι από αυτούς βρίσκονταν σε θέσεις κλειδιά, ώστε την κατάλληλη στιγμή να βοηθήσουν με την επέμβαση ή την συμπαράσταση τους, τη ροή των εξελίξεων. Η παγκόσμια κατάσταση πήγαινε έτσι κι αλλιώς, από το κακό στο χειρότερο και δεν έβλεπαν σε τι θα μπορούσε πλέον να βλάψει το αν η Γνώση περνούσε ανοιχτά στην ανθρωπότητα. Τι περισσότερο κακό θα μπορούσε να συμβεί;

379

Να αυτοεξωντοθεί; Μα μήπως και τώρα αυτό δεν συνέβαινε; Δεν την έσπρωχναν έντεχνα και συστηματικά να το κάνει, οι κινούντες τα νήματα; Αν της άνοιγαν τα μάτια, αν την ξυπνούσαν, ίσως και να σήκωνε το βλέμμα ψηλά και να έβλεπε πως κρέμονταν σαν μαριονέτα από τα αιματοβαμμένα χέρια του "θιάσου" της πλανητικής ελίτ.

Άλλωστε, ήταν της γνώμης, πως αν η γνώση είχε περάσει στην ανθρωπότητα από την αρχή και δεν την είχαν σφετεριστεί τα ιερατεία, σήμερα ο κόσμος θα ήταν διαφορετικός. Ό,τι ήταν να γίνει θα είχε γίνει πριν χιλιάδες χρόνια και θα είχε επέλθει πλέον η δυναμική ισορροπία.

Όμως, όσο τέλεια και αν είχαν επιχειρήσει να παγιωθούν τα "ιερατεία" στην εξουσία, υπήρχε πάντα ένας αστάθμητος παράγοντας που δεν θα μπορούσαν ποτέ να τον ελέγξουν, ακόμη και αν τον είχαν υπ' όψη τους. Ένας παράγοντας που είχε να κάνει όχι με τη λογική αλλά με το Εσωτερικό Σύμπαν των Ανθρώπων! Και είναι στη φύση της ανθρώπινης καρδιάς, να βρίσκεται σε ανοικτή επικοινωνία με την Αγάπη, την Ελευθερία, την Ομορφιά...

Άλλωστε ήταν πλέον ορατό πως τα τελευταία χρόνια η συνειδησιακή ανάπτυξη της ανθρωπότητας είχε φτάσει στο κρίσιμο όριο πέρα από το οποίο άρχιζε μια αλυσιδωτή αντίδραση που εξελίσσονταν με γεωμετρική πρόοδο και εξαπλώνονταν σαν ένα τεράστιο ντόμινο με ποικίλες διαδρομές που εισχωρούσαν σε άπειρες διαστάσεις.

Πολιτισμικά κινήματα, εμπνευσμένοι καλλιτέχνες, νέες θεωρίες, πρωτοποριακοί ερευνητές, μη συμβατικοί επιστήμονες, εδραίωναν μέρα τη μέρα νέες αντιλήψεις θεώρησης των πραγμάτων. Ούτε γι αυτούς ο δρόμος ήταν εύκολος. Όμως μια ανασκόπηση του έργου τους σε συλλογικό επίπεδο έδινε μια ιδιαίτερα αισιόδοξη εικόνα του παζλ.

Τα πλοκάμια των mems αφ' ενός και η μηχανική του ντόμινο αφ' ετέρου, καθώς αλληλοεπιδρούσαν και συμπλέκονταν με την εκάστοτε συνείδηση του -ενός- δημιουργούσαν ήδη ένα τεράστιο κύμα, ένα τσουνάμι αφυπνισμένων Συνειδήσεων των – πολλών-.

Μια διαδικασία ευτυχώς χωρίς επιστροφή εφόσον η αρχική ώθηση είχε ήδη δοθεί.

Η αντίδραση βέβαια των κρατούντων τα ινία του κόσμου παρουσίαζε ιδιαίτερη κινητικότητα, όπως και ήταν αναμενόμενο. Αν και η κλιμάκωση της κατάστασης σε παγκόσμιο επίπεδο για κάποιους απέβαινε δυστυχώς τραγική, όλο αυτό δεν ήταν παρά το "κύκνειο άσμα" τους. *Η νέα ανθρωπότητα είχε περάσει ήδη τις πύλες!*

* * *

Τώρα πια ήξεραν, *τι έκανε η "πολιτεία" γι αυτούς·* και αναρτιόντουσαν , *τί έκαναν οι ίδιοι για τον εαυτό τους......*
Ο καθηγητής χαμογέλασε εγκάρδια με την τελευταία τους διαπίστωση. «Έτσι ακριβώς!» τους ενθάρρυνε. «Εμείς για εμάς! Ας πάψουμε να στηρίζουμε τις ελπίδες μας σε κάτι έξω από μας κι ας πάρουμε τις ζωές μας στα χέρια μας. Είναι δική μας ευθύνη! Και τώρα αν μου επιτρέπετε θα ήθελα να ξαναρίξω μια ματιά στο κείμενο του Ερμή. Θέλω να κρατήσω κάποιες σημειώσεις.»
«Εμείς θα βγούμε για έναν τελευταίο περίπατο στο βουνό.» τον ενημέρωσε η Νασσίμ. «Εκτός κι αν εμένα με χρειάζεστε να μείνω.»
«Να πάτε, να πάτε! Μην χάσετε αυτή την ευκαιρία τώρα που βρίσκεστε εδώ!»

ΔΗΜΙΟΥΡΓΟΙ

Ακολούθησαν το ανηφορικό μονοπάτι που διέσχιζε το δάσος, όμως αυτή τη φορά παρέκαμψαν σε μια από τις διακλαδώσεις του που οδηγούσε στην ανατολική πλαγιά του βουνού. Ήθελαν να απολαύσουν την θέα της θάλασσας που απλώνονταν κάτω χαμηλά, ψιθυρίζοντας τα μυστικά της στο Γέρο Όλυμπο!

Το λυκόφως, τους βρήκε ζευγάρι, ζευγάρι να κάθονται στη ζεστή γη αγναντεύοντας τη θάλασσα, με το απαλό αεράκι να τους χαϊδεύει τα πρόσωπα κουβαλώντας ως εκεί πάνω την αλμύρα της.

Η Τέρρυ τριγύρναγε ανάμεσα στα δέντρα παραφυλάγοντας τα μικρά ζωάκια του δάσους κι ακολουθώντας το κελάηδημα των αηδονιών, όταν κοριτσίστικα γέλια της τράβηξαν την προσοχή κι έμεινε κοκαλωμένη στη θέση της. Η δική της ακινησία της έδωσε την ευκαιρία να πιάσει, με την άκρη του ματιού της, μια κίνηση στα δεξιά της.

Χαμήλωσε, λυγίζοντας τα γόνατα της, ανάμεσα στη βλάστηση κι ανηφόρησε όσο πιο αθόρυβα μπορούσε προς τα εκεί.

Κολλημένη στην πλαγιά κελάρυζε μια πηγή χτισμένη από πέτρα. Και δίπλα της τρία κορίτσια στην ηλικία της, περίπου, έπαιζαν γελώντας με τα νερά βρέχοντας η μία την άλλη.

Η Τέρρυ ανατρίχιασε σε όλο της το σώμα από το σοκ. Τα τρία ξυπόλυτα κορίτσια φορούσαν κοντούς χιτώνες στο χρώμα του λιναριού και τα σγουρά μαλλιά τους έφταναν σχεδόν ως τη μέση τους. Έμοιαζαν μεταξύ τους σαν σταγόνες νερό!

Και ξαφνικά τα γέλια τους σώπασαν και γύρισαν ταυτόχρονα προς το μέρος της. Οι ματιές τους διασταυρώθηκαν και τα κορίτσια με μια αστραπιαία κίνηση το έβαλαν στα πόδια και χάθηκαν ανάμεσα στα δένδρα.

«Ει! Μη φεύγετε!» τους φώναξε κι έτρεξε ξοπίσω τους μάταια. Ήταν σαν να είχαν εξαφανισθεί! Καμιά κίνηση, κανένα θρόισμα, σε καμιά κατεύθυνση.

Απέμεινε ολομόναχη να τις αναζητά τριγύρω ως εκεί που έφτανε το βλέμμα της. Και τότε το είδε! Αντίθετα από κάθε λογική της τρισδιάστατης τοπολογίας, στέκονταν πάνω του. Το λιθόστρωτο μονοπάτι που οδηγούσε στους ορθόλιθους!

Το ακολούθησε δίχως δεύτερη σκέψη και στην πρώτη στροφή του τους είδε. Και το νοητικό κάλεσμα που έστειλε στον πατέρα της ήταν τόσο έντονο, που χρειάστηκε λιγότερο από ένα λεπτό για να βρεθούν όλοι οι υπόλοιποι πλάι της.

* * *

Όταν έφτασαν αυτή τη φορά στην κορυφή της πλαγιάς, εκεί όπου το δάσος τέλειωνε απότομα παραχωρώντας τη θέση του στο ξέφωτο, συνειδητοποίησαν πως το τοπίο ήταν αλλαγμένο!

Στα πόδια τους απλώνονταν και πάλι το μικρό υψίπεδο, εκεί ανάμεσα στις απότομες πλαγιές που δέσποζαν τριγύρω, όμως η μαρμάρινη πόλη δεν ήταν η ίδια!

Ένας αναμμένος δίμετρος πυρσός από μάρμαρο, σηματοδοτούσε την "είσοδο" στην περιοχή της. Αρκετά μέτρα πιο κάτω, στα αριστερά τους αχνοφαίνονταν ένας κυκλικός ναός με περιστύλιο και τρούλο.

Όλη η περιοχή μπροστά τους ήταν με κάποιο τρόπο θολή, σαν ενός ονείρου στο οποίο δυσκολεύεσαι να εστιάσεις, ωστόσο, ανάμεσα στις πανύψηλες βελανιδιές και τα άλλα δέντρα, διακρίνονταν καμιά δεκαριά χαμηλά λευκά κτίρια και στην απέναντι πλαγιά και δεξιά τους, δέσποζε ένα μεγάλο αμφιθέατρο. Το Κοίλο του φώλιαζε στην πλαγιά του λόφου και στο κέντρο της Ορχήστρας του υπήρχε ένας βωμός, αλλά από την Σκηνή του φαίνονταν μονάχα η πρόσοψη του Οίκου με τις τρεις εισόδους.

Η Τέρρυ κατηφόρισε μερικά βήματα και στράφηκε στον πατέρα της. «Η μαμά είναι εδώ! Μας περιμένει στο Αμφιθέατρο!» του ανακοίνωσε.

Κοιτάχτηκαν όλοι μεταξύ τους και η απόφαση πάρθηκε χωρίς να μιλήσει κανείς. Λίγα δευτερόλεπτα αργότερα κατηφόριζαν το λιθόστρωτο μονοπάτι της πόλης. Αυτό που ακολούθησε ήταν κυριολεκτικό σοκ για όλους.

Για κάποιο απροσδιόριστο χρονικό διάστημα, ο καθένας τους έχασε κάθε οπτική επαφή με τα πάντα γύρω του κι απέμεινε μονάχα με την Επίγνωση της Ύπαρξης του σ' ένα άχρονο παρόν. Όταν απέκτησαν ξανά επαφή με το περιβάλλον, η ονειρική εστίαση είχε αντικατασταθεί από την γνωστή οπτική ικανότητα της ανθρώπινης φυσιολογίας.

Υπήρχε όμως μια απρόσμενη διαφορά. Μπορούσαν όλοι να δουν τις ενεργειακές Αύρες γύρω από τα σώματα τους, ενώ βρέθηκαν όλοι να φορούν κόκκινους χιτώνες με κουκούλες που έδεναν στην μέση τους με λευκές ζώνες από χοντροπλεγμένα κορδόνια.

Αλληλοκοιτάχτηκαν άναυδοι. «Παράλληλος Κόσμος;» αναρωτήθηκε η Τέρρυ και η σκέψη της "ακούστηκε" μέσα στο μυαλό όλων ενώ ταυτόχρονα ένοιωθαν την απορία της σαν να ήταν δική τους.

Ο Ντάγκλας και ο Βέρτζιλ κοιτάχτηκαν χαμογελώντας.

«Φανταστικό! Ένας Κόσμος επικοινωνίας με μεταβίβαση σκέψης!» μεταβίβασε ο Ντάγκλας.

«Αντίληψη με εστίαση της προσοχής στις εικόνες, στο αίσθημα, στις έννοιες...» διόρθωσε ο Βέρτζιλ.

«Η Θεωρία του Ολογραφικού Παραδείγματος εφαρμοσμένη!» συμπλήρωσε ο Έρικ και οι υπόλοιποι τον κοίταξαν ξαφνιασμένοι. Όχι γι αυτό που είχε πει, αλλά επειδή όλοι ανεξαιρέτως είχαν καταλάβει τι ακριβώς εννοούσε!

Συνέχισαν την πορεία τους ώσπου συνάντησαν ένα τρίστρατο. Το μονοπάτι αριστερά τους φαίνονταν να οδηγεί στο ναό που είχαν προσπεράσει ενώ αυτό στα δεξιά συνέχιζε για κάποιο άγνωστο προορισμό καθώς χάνονταν ανάμεσα στα δέντρα. Μια πύλη από κίονες κι ένα τριγωνικό αέτωμα με την επιγραφή ORTESSEA, σηματοδοτούσαν την αρχή του.

Η Νασσίμ κοντοστάθηκε. «Ορτέσια... τι να σημαίνει άραγε;» αναρώτησε τη Δάφνη που την ακολουθούσε κι εκείνη ανασήκωσε τους ώμους. «Παράξενο όνομα! Δεν έχω ιδέα...» μεταβίβασε με τη σειρά της.

Η Μέη Ην, φορώντας και η ίδια κόκκινο χιτώνα με λευκή ζώνη, τους πλησίασε χαμογελώντας καθώς έφτασαν στην είσοδο του αμφιθεάτρου. Αγκάλιασε την Τέρρυ και άπλωσε το χέρι της στον Λώρεν που με τη σειρά του τις αγκάλιασε και τις δυο. Κι έτσι όπως στέκονταν κι οι τρεις μαζί, οι Αύρες τους συγχωνεύτηκαν κι έγιναν μία και μεγάλωσε σε ένταση.

«Τα συγχαρητήρια μου για την επιτυχία σας στο τεστ!» μεταβίβασε σε όλους, όταν χωρίστηκαν.

«Στο τεστ;» αναρώτησε η Τέρρυ κι εκείνη της χαμογέλασε

πονηρά. «Ναι. Το κάλεσμα σας σε υποσυνείδητο επίπεδο και η επιτυχημένη σας ανταπόκριση!»

«Γι αυτό δεν με ενημέρωσες;» η Τέρρυ την κοίταξε υπό γωνία κάνοντας την να γελάσει και κοίταξε γύρω τους νοσταλγικά. «Τι είναι εδώ; Έχει την αίσθηση μιας απίστευτης αρχαιότητας! Την ίδια με...»

«Η ενέργεια που εκπέμπει ο τόπος είναι πανίσχυρη και... γνώριμη!» την διέκοψε ο Βέρτζιλ.

«Νοιώθω πως ανήκω εδώ! Πως είναι το μέρος στο οποίο ανήκω!» δήλωσε με ζέση η Δάφνη.

«Είναι ένας ενδιάμεσος τόπος. Ένας Μετασταθμός που οδηγεί στην, ...ας πούμε εκεί όπου οι Συνειδήσεις δεν έχουν Ιδιότητες. Η αίσθηση πως γυρίζεις στο σπιτικό σου διαχέεται από εκεί!» τους εξήγησε η Μέη Ην και η Τέρρυ της χαμογέλασε με νόημα.

«Γιατί είμαστε εδώ;» την αναρώτησε ο Λώρρεν.

«Εδώ θα λάβει χώρα η συνάντηση των Επτά. Εδώ θα τους ανταμώσουμε.»

Η Πασκάλ την κοίταξε με απορία. «Και τι σημαίνει αυτό;»

«Ας πούμε πως είναι μια συνάντηση των Πρωταρχικών Μελών μιας αυτοκαθοριζόμενης Αδελφότητας.» ήταν η αινιγματική της απάντηση. «Όμως ελάτε. Είναι ώρα να πηγαίνουμε.»

Την ακολούθησαν στην ορχήστρα. Στα εδώλια κάθονταν μικρές ομάδες κι άλλων ανθρώπων, διάφορων φυλών, που φορούσαν τους ίδιους κόκκινους χιτώνες με λευκές ζώνες εκτός από μια ομάδα επτά ατόμων που οι ζώνες τους ήταν μαύρες. Ανέβηκαν από τα πρώτα σκαλοπάτια που συνάντησαν και κάθισαν και οι ίδιοι, ο ένας κοντά στον άλλο.

Ο Βέρτζιλ έσκυψε προς τη μεριά της Μέη Ην. «Τι είναι οι Επτά;» ρώτησε.

«Είναι οι Εκπρόσωποι για το Σχέδιο Αποκατάστασης.»

«Αυτοί γιατί φορούν μαύρο κορδόνι;» αναρώτησε η Τέρρυ δείχνοντας με ένα νεύμα του κεφαλιού την μικρή ομάδα.

«Ειδικές Δυνάμεις. Επεμβαίνουν διακριτικά σε συγκεκριμένες καταστάσεις...» της αναψιθύρισε η μητέρα της αλλά την διέκοψε η απαλή αύρα που σηκώθηκε ξαφνικά, κάνοντας τα φύλλα των δέντρων να θροΐσουν έντονα.

Από την δεξιά είσοδο της ορχήστρας μπήκε μια ακόμη ομάδα και κάθισε βιαστικά στα κοντινά της εδώλια, καθώς ο άνεμος δυνάμωσε τόσο που τα κλαδιά των δέντρων κινούνταν τώρα βίαια στο πέρασμα του.

Μικροί ανεμοστρόβιλοι σήκωναν τα πεσμένα φύλλα και ξαναχάνονταν λίγο πιο κάτω. «Έρχονται!» τους ενημέρωσε η Μέη Ην και σηκώθηκε όρθια, όπως και όλοι οι παραβρισκόμενοι.

Ο άνεμος κόπασε και απόλυτη ησυχία επικράτησε παντού. Ακόμη και τα πουλιά σταμάτησαν να κελαηδούν. Η προσοχή όλων στράφηκε στην δεξιόστροφη δίνη της λευκόχρυσης ενέργειας που άρχισε να σχηματίζεται στο κέντρο της ορχήστρας.

Περιστράφηκε αργά στην αρχή, όλο και πιο γρήγορα μετά, καθώς η ένταση της ακτινοβολίας της εντείνονταν όλο και περισσότερο.

Αναγκάστηκαν όλοι να φορέσουν τις κουκούλες τους για να προστατεύσουν τα μάτια τους από το ισχυρό φως. Οι αύρες τους ακτινοβολούσαν το ίδιο έντονα!

Η Δίνη της ενέργειας σχημάτισε σταδιακά μια μεγάλη σφαίρα που άρχισε να περιστρέφεται στο ρυθμό της δίνης και η δίνη τραβήχτηκε και χάθηκε στο εσωτερικό της.

Κι έπειτα ελάττωσε την περιστροφή της και σταμάτησε. Άρχισε να πάλλεται και να διευρύνεται ώσπου κάλυψε όλους όσους κάθονταν στα εδώλια.

Και οι αύρες τους συγχωνεύτηκαν με την σφαίρα, γεμίζοντας τους ενέργεια και ευεξία.

Όταν λίγα δευτερόλεπτα αργότερα επανήλθε στο αρχικό της μέγεθος, μετατοπίστηκε από την ορχήστρα στην σκηνή και το λευκό φως της αντικαταστάθηκε από τα χρώματα της ίριδας. Κάθε ένα από τα επτά χρώματα διαχωρίστηκε από τη σφαίρα, παίρνοντας σχήμα αυγοειδές και πήρε τη θέση του πάνω στη Σκηνή με την σειρά που εμφανίζονται στο Ουράνιο Τόξο. Κι όλα μαζί σχημάτισαν ένα ανοιχτό ημικύκλιο.

Μέσα στο κάθε χρωματιστό κουκούλι άρχισε να σχηματίζεται μια ανθρωπόμορφη φιγούρα και καθώς σταδιακά τα χρώματα υποχωρούσαν, οι φιγούρες γίνονταν απτές, υλοποιούνταν.

Φορούσαν κι αυτές μανδύες με κουκούλες. Οι τρεις τους στο χρώμα του χρυσού και τέσσερις ασημένιους. Οι αύρες τους συνέχιζαν να ακτινοβολούν με το λευκόχρυσο φως τους.

Έβγαλαν τις κουκούλες τους και τους χαμογέλασαν ζεστά. Ήταν τρεις άνδρες και τέσσερις γυναίκες.

Οι παρευρισκόμενοι κάθισαν βγάζοντας κι αυτοί τις κουκούλες τους κι ανταπέδωσαν το χαμόγελο. Η αίσθηση της οικειότητας και της θαλπωρής ήταν διάχυτη στην ατμόσφαιρα και στις καρδιές τους και οι Εκπρόσωποι πήραν το λόγο εναλλάξ.

«Βρίσκεστε εδώ ως τα συνειδητά Γήινα μέλη που εργάζονται για το Σχέδιο Αποκατάστασης. Το αν θα παραμείνετε ενεργά μέλη του Σχεδίου εξαρτάται μόνον από τα φυσικά αποτελέσματα των αυτόβουλων πράξεων σας.»

«Οι ορίζοντες δεν έχουν όρια. Τα όρια βρίσκονται μονάχα εκεί που ο καθένας θέτει όρια στον εαυτό του. Είναι στην κρίση σας το εάν θα είστε ρευστοί και αυτόβουλοι ή αν θα επιτρέψετε την τελμάτωση.»

«Η μόνη ζητούμενη Αρχή από εσάς ως Μέλη είναι η άρνηση κάθε απόλυτης και δογματικής γνώσης, σκέψης και πράξης. Η τήρηση της ίδιας Αρχής οφείλει να χαρακτηρίζει και τα μη συνειδητά Μέλη.»

«Είστε όλοι παιδιά της Ανθρωπότητας, αλλά δεν ανήκετε σ' αυτήν. Ανήκετε μόνον στον εαυτό σας. Όμως η εξέλιξη της Ανθρωπότητας περνά μέσα από εσάς. Όσοι καταφέρουν να ακολουθήσουν την Εξέλιξη θα εξασφαλίσουν την Επιβίωση τους και κατά συνέπεια την Επιβίωση του εξελιγμένου Είδους. Το δικαίωμα της Ελεύθερης Επιλογής είναι αποκλειστική ευθύνη του καθενός.»

«Ο μονόδρομος που ακολουθεί η Ανθρωπότητα είναι στείρος και αδιέξοδος. Μια εξωτερική διαδρομή χωρίς νόημα. Το μονοπάτι της εξέλιξης οδηγεί προς τα μέσα. Εκεί όπου βρίσκεται ο Εσώτερος Πυρήνας.»

«Ο Κόσμος προσφέρει άπειρα μονοπάτια και άπειρες επιλογές. Άπειρες Πραγματικότητες. Άπειρες και οι δυνατότητες του εξελιγμένου Είδους. Δυνατότητες που στηρίζονται στην αλληλοσύνδεση των Μελών του. Ένας Όλοι και Όλοι Ένας. Μία Οντότητα. Αθάνατη και δυνατότερη από το σύνολο των Μελών της.»

«Μια Οντότητα με Συνειδητά Κύτταρα που επικοινωνούν σε μια Γλώσσα δίχως λέξεις. Μια Οντότητα ανοιχτή στον καθένα που έχει την Ικανότητα να ενταχθεί σ' αυτήν. Μια Οντότητα ευέλικτων, αυτόβουλων κυττάρων που δημιουργεί εύπλαστες Πραγματικότητες. Μια Οντότητα Δημιουργός.»

Απόλυτη σιωπή ακολούθησε τα λόγια της γυναίκας που μίλησε τελευταία. Κι έπειτα η Μέη Ην σηκώθηκε όρθια και άνοιξε τα χέρια της διάπλατα.

«Εγώ Είμαι η Δημιουργός της Πραγματικότητας!» δήλωσε με δυνατή φωνή και κάποιος άνδρας, σε ένα άλλο εδώλιο πιο πάνω, την μιμήθηκε.

«Εγώ Είμαι!» δήλωσε κι εκείνος δυνατά.

Κι όλα τα μέλη ταυτόχρονα σηκώθηκαν δηλώνοντας με μια φωνή την Δημιουργική τους Ικανότητα. Αυτή την Ικανότητα που εν δυνάμει υπάρχει μέσα στο κάθε Κύτταρο της Δημιουργικής Πηγής.

Οι Επτά ξαναπήραν την αρχική τους μορφή. Το Gestalt τους έγινε Δίνη και στροβιλίστηκε στις εσχατιές του Απείρου. Εκεί, όπου κάποιο νέο σύμπαν γεννιόταν......

By Anne E. Shoemaker-Magdaleno - Painter Illustrator Sculptor

ΙΘΑΚΗ

Σα βγεις στον πηγαιμό για την Ιθάκη,
να εύχεσαι νάναι μακρύς ο δρόμος,
γεμάτος περιπέτειες, γεμάτος γνώσεις.
Τους Λαιστρυγόνας και τους Κύκλωπας,
τον θυμωμένο Ποσειδώνα μη φοβάσαι,
τέτοια στον δρόμο σου ποτέ σου δεν θα βρεις,
αν μέν' η σκέψις σου υψηλή, αν εκλεκτή
συγκίνησις το πνεύμα και το σώμα σου αγγίζει.
Τους Λαιστρυγόνας και τους Κύκλωπας,
Τον άγριο Ποσειδώνα δεν θα συναντήσεις,
Αν δεν τους κουβανείς μες στην ψυχή σου,
Αν η ψυχή σου δεν τους στήνει εμπρός σου.
Να εύχεσαι νάναι μακρύς ο δρόμος.
Πολλά τα καλοκαιρινά πρωινά να είναι
Που με τι ευχαρίστηση, με τι χαρά
Θα μπαίνεις σε λιμένας πρωτοειδωμένους*
Να σταματήσεις σ' εμπορεία Φοινικικά,
Και τες καλές πραγμάτειες ν' αποκτήσεις,
Σεντέφια και κοράλλια, κεχριμπάρια κ' έβενους,
Και ηδονικά μυρωδικά κάθε λογής,
Όσο μπορείς πιο άφθονα ηδονικά μυρωδικά*
Σε πόλεις Αιγυπτιακές πολλές να πας,
Να μάθεις και να μάθεις απ' τους σπουδαγμένους.
Πάντα στο νου σου νάχεις την Ιθάκη.
Το φτάσιμον εκεί είν' ο προορισμός σου.
Αλλά μη βιάζεις το ταξείδι διόλου.
Καλλίτερα χρόνια πολλά να διαρκέσει*
Και γέρος πια ν' αράξεις στο νησί,
Πλούσιος με όσα κέρδισες στον δρόμο,
Μη προσδοκώντας πλούτη να σε δώσει η Ιθάκη.
Η Ιθάκη σ' έδωσε τ' ωραίο ταξείδι.
Χωρίς αυτήν δεν θάβγαινες στον δρόμο.
Άλλα δεν έχει να σε δώσει πιά.
Κι αν πτωχική την βρεις, η Ιθάκη δεν σε γέλασε.
Έτσι σοφός που έγινες, με τόση πείρα,
Ήδη θα το κατάλαβες οι Ιθάκες τι σημαίνουν.

Κ. Καβάφης, 1911

ΒΙΒΛΙΟΓΡΑΦΙΑ

_Μανέθωνος- Αιγυπτιακά- Γεωργιάδης- Αθήνα 1996

_Ακτουδιανάκης Ελευθ. – Η Πρωτογένεσι της Ελληνικής Γλώσσας, Ερωή του Ελληνικού Λόγου / Δίον-Ψαράς, Θεσ/νίκη 1996.

Δημ. Περετζής / Μια κιβωτός νοήματος – ΑΒΑΤΟΝ Νο 11

_ΑΛΤΑΝΗ / Ο μυστικός κώδικας του αρχαίου αλφαβήτου – ΑΒΑΤΟΝ Νο 11

_ΑΛΤΑΝΗ / Τα μυστικά της Ελληνικής Γλώσσας – ΑΒΑΤΟΝ Νο 15

_Ντενίζ Μπαντεβάν- Αίγυπτος- Γιαλλελής, 1990

Παγκόσμια Ιστορία- Time Life- Καπόπουλος, 1989

_Ναούμ Θεοδοσιάδη-Ερμής και Ερμητική παράδοση / Αλχημεία- εκδ. Ανιχνευτές, 1998

Σ. Κερνέζ- Οι μυστικές δυνάμεις της Χάθα Γιόγκα- Κονιδάρη, 1980

_Νέος Παγκόσμιος Άτλας - εκδ. Δομή- Αθήνα 1996

_Θαν. Βέμπος- Οι Πύλες του Αλλόκοσμου- εκδ. Μάριος Βερέττας, 1999

_Παν. Γιαννουλάκης / Ταξίδι στη μοναξιά του Χρόνου – Αρχέτυπο, 1999

_Alastair Rae – Κβαντομηχανική : πλάνη ή πραγματικότητα; - Κάτοπτρο

_Γιώργος Στάμκος – 1) Κατάδυση στον αόρατο χάρτη της Ηπείρου 2) Σαμοθράκη: Η Μυστηριώδης νήσος. / Μυστική Ελλάδα-Αρχέτυπο, 1999

_Γ. Λιβραγκά – Θήβες – Νέα Ακρόπολη, 1987

_Courtney Brown – Κοσμικό Ταξίδι – Έσοπτρον, 1998.

_Αριστοτέλους – Περί Ουρανού – Μεταφ. Π. Παναγιώτου, Λιβάνης 1989

_Ν. Ταμπάκη – Από τη φυσική στη μεταφυσική – Ι. Ζαχαρόπουλος

_Michael Talbot – Μυστικισμός και σύγχρονη επιστήμη – Ιάμβλιχος, 1993

_Deepak Chopra – Η δημιουργία της ευημερίας – Ασημάκης, 1995

_Paul Davies – Θεός και μοντέρνα Φυσική – Κάτοπτρο, Αθήνα

_Graham Hancock – Τα αποτυπώματα των Θεών – Λιβάνη, 1997

_Κων. Μοναχόπουλος / Η Ζώνη της Σιωπής - Ανεξήγητο, Τεύχος Νο/ 138, 11/1999

_Νίκος Κανακάρης- Μύθοι της Δημιουργίας- Αρχέτυπο, 1999

_Paul La Violette / Earth Under Fire. (Ανεξήγητο Νο 144)

_Ξ. Λίβα - Η Αιγηίς – Αθήνα, 1963 / Βραβείο Ι. Κούμαρη, Ελληνικής Ανθρωπολογικής Εταιρίας.

_Θεόδ. Αξιώτη / Νέο φως στα μεγαλύτερα μυστήρια του Κόσμου - Σμυρνιωτάκης

_Γεώργιος Κ. Λευκοφρύδης / Κοσμοσκάφος Στα-γυρο Έψιλον – Το Οργάνων Όργανο του Αριστοτέλη. / Αθήνα, 1977

_Νατάσσα Βαρσάκη / Τα αεροσκάφη της αρχαιότητας – Ανεξήγητο Νο 139 12/1999

_Αποστολή Enterprise / Περιοδικό Φάκελος Χ, Ιούνιος 1999

_Ε.Νταίνικεν – Ο κόσμος μου σε εικόνες – Ηριδανός, 1973

_Λ. Σαραγά – Νοητικοί Αντιδραστήρες – Ατραπός Νο 2, Ιούνιος 1998.

_James Redfield / Δέκατη Επίγνωση, Διόπτρα 1996

_Θ. Βέμπος / Το Κουτί της Πανδώρας – Μ. Βερέττας, 2000

_Εύα Αυλίδου / Ποια είναι η Μακεδονία;-Μυστική Ελλάδα – Αρχέτυπο, 1999

_Γιώργος Μπαλάνος / Αινίγματα σε γκρίζο φόντο & Δρόμοι της Γνώσης- Locus 7, 1998

_Γ. Μπαλάνος / Απαγορευμένες Γνώσεις - περιοδικό Strange

_Γ. Τσαγκρινός / Ο άγνωστος πόλεμος των Ιερατείων και η μυστική ιστορία του Κόσμου – ΑΒΑΤΟΝ 11

_David Icke / Επαναστάτες της Συνείδησης – Έσοπτρον, 1998

_Θ. Βέμπος / Η άλλη Μεσόγειος – Ανεξήγητο σειρά Β, τόμος Β'

_Γ. Μπαλάνος / Η Ελλάδα και οι πηγές της Γνώσης – Ανεξήγητο Super, τόμ. 5

_Γ. Καλογεράκης / Δίσκος Φαιστού – Δίον, 1999

_Γ. Καλογεράκης / Η επιστροφή των Θεών – Δίον, 2000

_Ορφικά Κείμενα / Άπαντα – Πύρινος Κόσμος, 1999

_Π. Γιαννουλάκη / Η "Ιερή" Γεωγραφία – Τρίτο Μάτι, τευχ. 55

_Γ. Στάμκος / Σαμανισμός – Μαγεία – Αρχέτυπο, 2000

_S. Sharamon & B. Baginski / Το βιβλίο των Τσάκρα Διόπτρα, 1997

_Δημ. Ευαγγελόπουλος / Το Συνειδητό ονείρεμα – Έσοπτρον, 1998

_Θανάσης Βασιλείου / Η Μεγάλη Μάχη, ΑΒΑΤΟΝ Νο 12

_Ανθρωπολογική Εταιρία Ελλάδος / Γεωργιάδης – Ελληνική Αγωγή, 2000

_Patton Boyle / Η κραυγή του Γερακιού, Έσοπτρον

_Ι. Γιαννόπουλος / Οι Ρούνες ως Μύηση και ως Προστασία – Τρίτο Μάτι

_Dion Fortune / Ψυχική Αυτάμυνα / Ιάμβλιχος, 1998

_Δημ. Ευαγγελόπουλος / Τεχνολογία Υποταγής Συνειδήσεων – Έσοπτρον, 2000

_Χ. Κλωνάρης / Προσωπική ή Κοινωνική αλλαγή;- Η διαλεκτική της Χειραφέτησης – Κυβέλη, 1999

Printed by CreatSpace
Charleston, SC USA